中国古典小说丛书

二刻拍案惊奇

上册

[明]凌濛初 著

江西美術出版社
全国百佳出版单位

图书在版编目（CIP）数据

二刻拍案惊奇:全 2 册/（明）凌濛初著.--南昌:
江西美术出版社,2018.10（2020.5重印）
ISBN 978-7-5480-6171-7
Ⅰ.①二… Ⅱ.①凌… Ⅲ.①话本小说—小说集—中
国—明代Ⅳ.①I242.3
中国版本图书馆CIP数据核字（2018）第139132号

出 品 人：周建森
企　　划：北京江美长风文化传播有限公司
责任编辑：楚天顺　朱鲁巍　康紫苏
责任印制：谭　勋

二刻拍案惊奇
ERKE PAI'AN JINGQI
（明）凌濛初　著

出　　版：江西美术出版社
地　　址：江西省南昌市子安路 66 号
网　　址：www.jxfinearts.com
电子信箱：jxms163@163.com
电　　话：010-82093808　0791-86566274
邮　　编：330025
经　　销：全国新华书店
印　　刷：河北盛世彩捷印刷有限公司
版　　次：2018 年 10 月第 1 版
印　　次：2020 年 5 月第 2 次印刷
开　　本：690mm × 960mm　1/16
印　　张：40
ISBN 978-7-5480-6171-7
定　　价：92.00 元

"中国古典小说丛书"出版说明

所谓"古典小说"云者，其义有二焉：一曰，但凡古代之小说，皆可谓之"古典小说"；一曰，但凡技法未受泰西影响之小说，亦可谓之"古典小说"。然此特就今人之观念言之耳。

揆诸坟典，"小说"一词，出自《庄子·外物篇》，其言曰："饰小说以干县令，其于大达亦远矣。"由此观之，庄子所谓"小说"，不过琐屑之言，以其无关道术，故以小说名之耳。

炎汉成、哀之世，刘向、刘歆父子典校秘书，检讨百家学说，取桓谭《新论》"小说家合丛残小语，近取譬论，以作短书，治身治家，有可观之辞"之意，把《伊尹说》《鬻子说》诸书，归为"小说家"之书，而《汉书·艺文志》(以下简称《汉志》)继之。夷考其说，"小说家者流，盖出于稗官，街谈巷语，道听途说者之所造也"(语出《汉志》)，此亦非后世之小说也。

唐修《隋书》，其《经籍志》立论本诸《汉志》，以小说为"街谈巷语之说"(《隋书·经籍志》语)。当此之时，小说之名虽同，而其类目稍广，举凡《燕丹子》《世说》《迩说》之属，皆可入诸小说名下。

后晋修《唐书》，其《经籍志》立论与《隋志》无异，以《博物志》隶小说，此为"神异志怪之书"入小说之始。

天水一朝，欧阳文忠公撰《新唐书·艺文志》(以下简称《新唐志》)，以《列异传》《甄异传》《续齐谐记》《感应传》《旌异记》等"史部·杂传类"之书移于"小说类"。至是，小说之部类日棼。

及元脱脱修《宋史》，《艺文志·小说类》承《新唐志》之旧而增广之。

明胡应麟以小说繁夥，派别滋多，于是综核大凡，分小说为六类：一曰“志怪”，一曰“传奇”，一曰“杂录”，一曰“丛谈”，一曰“辩订”，一曰“箴规”。至此，小说一类已蔚为大观，脱《汉志》“街谈巷语”之成规。

清修“四库”，《总目提要》（以下简称《提要》）别小说为三派，“其一叙述杂事……其一记录异闻……其一缀辑琐语”，而又损益之。考诸《提要》，则损益可知：一曰，进“丛谈”“辩订”“箴规”为“杂家”；一曰，隶《山海经》《穆天子传》诸书于小说。小说范围，至是乃稍整洁矣。其分目虽殊，而论述则袭诸旧志。

曩者宋元明清之史志，难觅“平话”“演义”之书，此特士夫习气，鄙其为末流所使然也。史家成见，一至于斯。今人刻书，自当脱古人窠臼。

说部诸书，以文体分，有“白话”“文言”之别；以体裁分，有“话本”“传奇”“演义”之别；以内容分，有“佳话”“世情”“侠义”“家将”“神魔”之别。细玩其文，既有劝世之良言，亦有“诲淫诲盗”之糟粕，而抉择去取，转成读说部书之第一要务。以此之故，编者特于说部诸书择其精者，辑之而为“中国古典小说丛书”，凡百余种。

然说部之书浩如烟海，其精者又何限于区区百十之数？此次出版，难免遗珠之憾。然能俾读者因之而省择取之劳，进而得窥说部精要，示人以津梁，则尚不违出版“中国古典小说丛书”之初心。

说部之书，多出自书坊，脱误错乱，在所难免，故于“取其精华，去其糟粕”外，尚需广施校雠，始得成其为可读之书。以此之故，编者多方搜罗以定底本，精排其版以美其观，躬自校雠以正讹误，然后付诸枣梨，装订成书，以飨读者。

限于编者学力有限，书中疏漏之处，在所难免，尚祈广大方家、读者诸君不吝批评斧正。凡能指出书中一二谬误者，皆为吾师，吾人不胜感激之至。

戊戌仲夏上浣，邵鹏军序于丰台晓月里

目　录

卷之一

进香客莽看金刚经　出狱僧巧完法会分

诗曰：

> 世间字纸藏经同，见者须当付火中。
> 或置长流清净处，自然福禄永无穷。

话说上古苍颉制字，有鬼夜哭，盖因造化秘密从此发泄尽了。只这一哭，有好些个来因。假如孔子作《春秋》，把二百四十二年间乱臣贼子心事阐发，凛如斧钺，遂为万古纲常之鉴，那些奸邪的鬼岂能不哭？又如子产铸刑书，只是禁人犯法，流到后来，奸胥舞文，酷吏锻罪，只这笔尖上边几个字，断送了多多少少人！那些屈陷的鬼岂能不哭？至于后世以诗文取士，凭着暗中朱衣神，不论好歹，只看点头。他肯点点头的，便差池些，也会发高科，做高官；不肯点头的，遮莫你怎样高才，没处叫撞天的屈。那些呕心抽肠的鬼，更不知哭到几时，才是住手。可见这“字”的关系，非同小可。况且圣贤传经讲道，齐家治国平天下，多用着他不消说；即是道家青牛骑出去，佛家白马驮将来，也只是靠这几个字，致得三教流传，同于三光。那字是何等之物，岂可不贵重他？每见世间人，不以字纸为意。见有那残书废叶，便将来包长包短，以致因而揩台抹桌，弃掷在地，扫置灰尘污秽中。如此作践，真是罪业深重。假如偶然见了，便轻轻拾将起来，付之水火，有何重难的事，人不肯做？这不是人不肯做，一来只为人不晓得关着祸福，二来不在心上的事，匆匆忽略过了。只要能存心的人，但见字纸便加爱惜，遇有遗弃即行收拾，那个阴德可也不少哩！

宋时王沂公之父，爱惜字纸。见地上有遗弃的，就拾起焚烧；便是落在粪秽中的，他毕竟设法取将起来，用水洗净，或投之长流水中，或候烘晒干了用火焚过。如此行之多年，不知收拾净了万万千千的字纸。一日，妻有娠将产，忽梦孔圣人来分付道："汝家爱惜字纸，阴功甚大。我已奏过上帝，遣弟子曾参来生汝家，使汝家富贵非常。"梦后果生一儿。因感梦中之语，就取名为王曾。后来连中三元，官封沂国公。宋朝一代中三元的止得三人，是宋庠、冯京与这王曾，可不是最希罕的科名了！谁知内中这一个，不过是惜字纸积来的福，岂非人人做得的事？如今世上人见了享受科名的，那个不称羡，道是"难得"？及致爱惜字纸这样容易事，却错过了不做，不知为何。且听小子说几句：

苍颉制字，爰有妙理。
三教圣人，无不用此。
眼观秽弃，颡当有泚。
三元科名，惜字而已。
一唾手事，何不拾取？

小子因为奉劝世人惜字纸，偶然记起一件事来。一个只因惜字纸，拾得一张故纸，合成一大段佛门中因缘，有好些的灵异在里头。有诗为证：

翰墨因缘法宝流，山门珍秘永传留。

从来神物多呵护，堪笑愚人欲强谋。

却说唐朝侍郎白乐天，号香山居士，他是个佛门中再来人，专一精心内典，勤修上乘，虽然顶冠束带是个宰官身，却自念佛看经，做成居士相。当时因母病，发愿手写《金刚般若经》百卷，以祈冥佑，散施在各处寺宇中。后来五代、宋、元，兵戈扰乱，数百年间，古今名迹，海内亡失已尽，何况白香山一家遗墨，不知多怎地消灭了。唯有吴中太湖内洞庭山一个寺中，流传得一卷。直至国朝嘉靖年间，依然完好，首尾不缺。凡吴中贤士大夫、骚人墨客，曾经赏鉴过者，皆有题跋在上，不消说得。就是四方名公游客，也多曾有赞叹顶礼、请求拜观、留题姓名日月的，不计其数，算是千年来希奇古迹，极为难得的物事。山僧相传，至宝收藏，不在话下。

且说嘉靖四十三年，吴中大水，田禾淹尽，寸草不生，米价踊贵。各处禁粜闭籴，官府严示平价，越发米不入境了。元来大凡年荒米贵，官府只合静听民情，不去生事。少不得有一伙有本钱趋利的商人，贪那贵价，从外方贱处贩将米来。有一伙有家当囤米的财主，贪那贵价，从家里廒中发出米去。米既渐渐辐辏，价自渐渐平减。这个道理，也是极容易明白的。最是那不识时务执拗的腐儒做了官府，专一遇荒，就行禁粜、闭籴、平价等事。他认道是不使外方籴了本地米去，不知一行禁止，就有棍徒诈害。遇见本地交易，便自声扬犯禁，拿到公庭，立受枷责。那有身家的怕惹事端，家中有米，只索闭仓高坐。又且官有定价，不许贵卖，无大利息，何苦出粜？那些贩米的客人见官价不高，也无想头。就是小民私下愿增价暗籴，俱怕败露，受责受罚，有本钱的人不肯担这样干系，干这样没要紧的事。所以越弄得市上无米，米价转高。愚民不知，上官不谙，只埋怨道："如此禁闭，米只不多；如此抑价，米只不贱。"没得解说，只囫囵说一句

"救荒无奇策"罢了。谁知多是要行荒政，反致越荒的。

闲话且不说。只因是年米贵，那寺中僧侣颇多，坐食烦难。平日檀越，也为年荒米少，不来布施。又兼民穷财尽，饿殍盈途，盗贼充斥，募化无路。那洞庭山位在太湖中间，非舟楫不能往来。寺僧平时吃着十方，此际料没得有凌波出险、载米上门的了。真个是：

香积厨中无宿食，净明钵里少馀粮。

寺僧无计奈何。内中有一僧，法名辨悟，开言对大众道："寺中僧徒不少，非得四五十石米，不能度此荒年。如今料无此大施主，难道抄了手，坐看饿死不成？我想白侍郎《金刚经》真迹，是累朝相传至宝，何不将此件到城中，寻个识古董人家，当他些米粮，且度一岁？到来年有收，再图取赎，未为迟也。"住持道："相传此经值价不少，徒然守着他，救不得饥饿，真是戤米囤饿杀了。把他去当米，诚是算计。但如此年时，那里撞得个人肯出这样闲钱，当这样冷货？只怕空费着说话罢了。"辨悟道："此时要遇个识宝太师，委是不能勾。想起来，只有山塘上王相国府当内严都管，他是本山人，乃是本房檀越，就中与我独厚。这卷白侍郎的经，他虽未必识得，却也多曾听得。凭着我一半面皮，挨当他几十挑米，敢是有的。"众僧齐声道："既然如此，事不宜迟，只索就过湖去走走。"住持走去房中，厢内捧出经来。外边是宋锦包袱包着，揭开里头看时，却是册叶一般装的，多年不经裱褙，糨气已无，周围镶纸多泛浮了。住持道："此是传名的古物，如此零落了，知他有甚好处！今将去与人家，藏放得好些，不要失脱了些便好。"众人道："且未知当得来当不来，不必先自耽忧。"辨悟道："依着我说，当便或者当得来，只是救一时之急，赎取时这项钱粮还不知出在那里！"众人道："且到赎时再做计较。眼下只是米要紧，不必多疑了。"当下雇了船只，辨悟叫个道人随了，带了经包，一面过湖，到山塘上来。

行至相府门前，远远望去，只见严都管正在当中坐地。辨悟上前稽首，相见已毕，严都管便问道："师父何事下顾？"辨悟道："有一件事特来与都管商量，务要都管玉成则个。"都管道："且说看何事。可以从命，无不应承。"辨悟道："敝寺人众缺欠斋粮，目今年荒米贵，无计可施。寺中祖传《金刚经》，是唐朝白侍郎真笔，相传价值千金，想都管平日也晓得这话的。意欲将此卷当在府上铺中，得应付米百来石，度过荒年，救取合寺人众生命，实是无量功德。"严都管道："是甚希罕东西，金银宝贝做的，值此价钱？我虽曾听见老爷与宾客们常说，真是千闻不如一见。师父且与我看看再商量。"辨悟在道人手里接过包来，打开看时，多是零零落落的旧纸。严都管道："我只说是怎么样金碧辉煌的，元来是这等悔气色脸，倒不如外边这包，还花碌碌好看。如何说得值多少东西？"都管强不知以为知的，逐叶翻翻。一直翻到后面去，看见本府有许多大乡宦名字及图书在上面，连主人也有题跋手书印章，方喜动颜色道："这等看起来，大略也值些东西，我家老爷才肯写名字在上面。除非为我家老爷这名字，多值了百来两银子，也不见得。我与师父相处中，又是救济好事，虽是百石不能勾，我与师父五十石去罢。"辨悟道："多当多赎，少当少赎。就是五十石也罢，省得担子重了，他日回赎难措处。"当下严都管将经包袱得好了，捧了进去。终久是相府门中手段，做事不小，当真出来写了一张当票，当米五十石。付与辨悟，道："人情当的，不要看容易了。"说罢，便叫开仓斛发。辨悟同道人雇了脚夫，将米一斛一斛的盘明下船，谢别了都管，千欢万喜，载回寺中不题。

且说这相国夫人平时极是好善，尊重的是佛家弟子，敬奉的是佛家经卷。那年冬底，都管当中送进一年簿籍，到夫人处查算。一向因过岁新正，忙忙未及简勘。此时已值二月中旬，偶然闲手揭开一叶看去，内一行写着："姜字五十九号；当洞庭山某寺《金刚经》一卷，本米五十石。”夫人道：“奇怪！是何经卷，当了许多米去？”猛然想道：“常见相公说道：‘洞庭山寺内有卷《金刚经》，是山门之宝。’莫非即是此件？”随叫养娘们传出去，取进来看。不逾时取到。夫人盥手净了，解开包，揭起看时，见是古老纸色，虽不甚晓得好处与来历出处，也知是旧人经卷。便念声佛道：“此必是寺中祖传之经，只为年荒，将来当米吃了。这些穷寺里，如何赎得去？留在此处亵渎，心中也不安稳。譬如我斋了这寺中僧人一年，把此经还了他罢。省得佛天面上取利，不好看。”分付当中都管说：“把此项五十石作做夫人斋僧之费，速唤寺中僧人，还他原经供养去。”

都管领了夫人的命，正要寻便稍信与那辨悟，教他来领此经。恰值十九日是观世音生日，辨悟过湖来观音山上进香，事毕到当中来拜都管。都管见了道：“来得正好！我正要寻山上烧香的人，稍信与你。”辨悟道：“都管有何分付？”都管道：“我无别事，便为你旧年所当之经。我家夫人知道了，就发心布施这五十石本米与你寺中，不要你取赎了，白还你原经去，替夫人供养着。故此要寻你来还你。”辨悟见说，喜之不胜，合掌道：“阿弥陀佛！难得有此善心的施主，使此经重还本寺，真是佛缘广大。不但你夫人千载流传，连老都管也种福不浅了！”都管道：“好说，好说。”随去禀知夫人，请了此经出来，奉还辨悟。夫人又分付都管：“可留来僧一斋。”都管遵依，设斋请了辨悟。

辨悟笑嘻嘻捧着经包，千恩万谢而行。到得下船埠头，正值山上烧香多人坐满船上，却待开了。辨悟叫住，也搭将上去，坐好了，开船。船中人你说张家长，我说李家短，不一时行至湖中央。辨悟对众人道：“列位说来说去，总不如小僧今日所遇施主，真是个善心喜舍、量大福大的了。”众人道：“是那一家？”辨悟道：“是王相国夫人。”众人内中有的道：“这是久闻好善的。今日却如何布施与师父？”辨悟指着经包道：“即此便是大布施。”众人道：“想是你募缘簿上开写得多了。”辨悟道：“若是有心施舍，多些也不为奇。专为是出于意外的，所以难得。”众人道：“怎生出于意外？”辨悟就把去年如何当米，今日如何白还的事，说了一遍，道：“一个荒年，合寺僧众多是这夫人救了的。况且寺中传世之宝，正苦没本利赎取，今得奉回，实出侥幸。”众人见说一本经当了五十石米，好生不信。有的道：“出家人惯说天话，那有这事！”有的道：“他又不化我们东西，何故掉谎？敢是真的。”又有的道：“既是值钱的佛经，我们也该看看。一缘一会，也是难得见的。”要与辨悟取出来看。辨悟见一伙多是些乡村父老，便道：“此是唐朝白侍郎真笔，列位未必识认。亵亵渎渎，看他则甚？”内中有一个教乡学假斯文的，姓黄，号丹山，混名黄撮空，听得辨悟说话，便接口道：“师父出言太欺人！甚么白侍郎、黑侍郎，便道我们不认得？那个白侍郎，名字叫得白乐天，《千家诗》上多有他的诗，怎欺负我不晓得？我们今日难得同船过湖，也是个缘分，便大家请出来看看古迹。”众人听得，尽拍手道：“黄先生说得有理！”一齐就去辨悟身边，讨取来看。

辨悟四不拗六，抵当众人不住，只得解开包袱，摊在舱板上，揭开经来。那经叶叶不粘连的了，正揭到头一板，怎当得湖中风大，忽然一阵旋风，搅到经边一掀，急得辨悟忙将两手揿住，早把一叶吹到船头上。那时辨悟只好按着，不能脱手去取，忙叫众人快快收着。众人也大家忙了手脚，你挨我挤，吆吆喝喝，磕磕撞撞，那里捽捽得着？说时迟，那时快，被风一卷，早卷起在空中。元来一年之中，惟有正二月的风是从地下起的，所以小儿们放纸鸢风筝，只在此时。那时是二月天气，正好随风上去，那有下来的风恰恰吹来还你船中？况且太湖中间泬泬漾漾的所在，没弄手脚处，只好共睁着眼望空仰看。但见：

天际飞冲，似炊烟一道直上；云中荡漾，如游丝几个翻身。纸鸢到处好为邻，俊鹘飞来疑是伴。底下叫的叫，跳的跳，只在湖中一叶舟；上边往一往，来一来，直通海外三千国。不生得补青天的大手抓将住，没处借系白日的长绳缚转来。

辨悟手按着经卷，仰望着天际，无法施展，直看到望不见才住。眼见得这一纸在爪哇国里去了，只叫得苦。众人也多呆了，互相埋怨。一个道：“才在我手边，差一些儿不拿得住。”一个道：“在我身边飞过，只道你来拿，我住了手。”大家唧哝。一个老成的道：“师父再看看，敢是吹了没字的素纸还好。”辨悟道：“那里是素纸！刚是揭开头一张，看得明明白白的。”众人疑惑，辨悟放开双手看时，果然失了头一板。辨悟道：“千年古物，谁知今日却弄得不完全了！”忙把来叠好，将包包了，紫涨了面皮，只是怨怅。众人也多懊悔，不敢则声。黄撮空没做道理处，文诌诌强通句把不中款解劝的话。看见辨悟不喜欢，也再没人敢讨看了。船到山边，众人各自上岸散讫。

辨悟自到寺里来，说了相府白还经卷缘故，合寺无不喜欢赞叹，却把湖中失去一叶的话瞒住不说。寺僧多是不在行的，也没有人翻来看看，交与住持收拾过罢了。

话分两头。却说河南卫辉府有一个姓柳的官人，补了常州府太守，择日上任。家中亲眷，设酒送行。内中有一个人，乃是个博学好古的山人，曾到苏杭四处游玩访友过来。席间对柳太守说道：“常州府与苏州府接壤。那苏州府所属太湖洞庭山某寺中，有一件希奇的物事，乃是白香山手书《金刚经》。这个古迹，价值千金。今老亲丈就在邻邦，若是有个便处，不可不设法看一看。”那个人是柳太守平时极尊信的。他虽不好古董，却是个极贪的性子，见说了值千金，便也动了火，牢牢记在心上。

到任之后，也曾问起常州乡士大夫，多有晓得的。只是苏、松隔属，无因得看。他也不是本心要看，只因千金之说上心，希图频对人讲，或有奉承他的解意了，购求来送他，未可知。谁知这些听说的人，道是隔府的东西，他不过无心问及，不以为意。以后在任年馀，渐渐放手长了。有几个富翁为事打通关节，他传出密示，要苏州这卷《金刚经》。讵知富翁要银子反易，要这经却难。虽曾打发人寻着寺僧求买，寺僧道是家传之物，并无卖意。及至问价，说了千金，买的多不在行，伸伸舌，摇摇头，恐怕做错了生意，折了重本，看不上眼，不是算了。宁可苦着百来两银子送进衙去，回说“《金刚经》乃本寺镇库之物，不肯卖的，情愿纳价”罢了。太守见了白物，收了顽涎，也不问起了。如此不止一次，这《金刚经》倒是那太守发科分、起发人的丹头了。因此明知这经好些难取，一发上心。

有一日，江阴县中解到一起劫盗，内中有一行脚头陀僧。太守暗喜道:“取《金刚经》之计，只在此僧身上了。”一面把盗犯下在死囚牢里，一面叫个禁子到衙来，悄悄分付他道:“你到监中，可与我密密叮嘱这行脚僧，我当堂再审时，叫他口里扳着苏州洞庭山某寺是他窝赃之所，我便不加刑罚了。你却不可泄漏讨死吃!”禁子道:“太爷分付，小的性命恁地不值钱?多在小的身上罢了。”禁子自去依言行事。

果然，次日升堂，研问这起盗犯，用了刑具，这些强盗各自招出赃仗窝家。独有这个行脚僧，不上刑具就一口招道:“赃在洞庭山某寺窝着，寺中住持叫甚名字。”元来行脚僧人做歹事的，一应荒庙野寺投斋投宿，无处不到，打听做眼。这寺中住持姓名，恰好他晓得的，正投太守心上机会。太守大喜，取了供状，叠成文卷，一面行文到苏州府捕盗厅来，要提这寺中住持，差人赍文坐守。

捕厅佥了牌，另差了两个应捕，驾了快船，一直望太湖中洞庭山来。真个：

人似饥鹰，船同蜚虎。鹰在空中思攫食，虎逢到处立吞生。静悄村墟，魆地神号鬼哭；安闲舍宇，登时犬走鸡飞。即此便是活无常，阴间不数真罗刹。

应捕到了寺门前，雄纠纠的走将入来，问道:“那一个是住持?”住持上前稽首道："小僧就是。"应捕取出麻绳来便套。住持慌了手脚道："有何事犯，便直得如此？"应捕道："盗情事发，还问甚么事犯？"众僧见住持被缚，大家走将拢来，说道："上下不必粗鲁，本寺是山塘王相府门徒，等闲也不受人欺侮。况且寺中并无歹人，又不曾招接甚么游客住宿，有何盗情干涉？"应捕见说是相府门徒，又略略软了些，说道："官差吏差，来人不差。我们捕厅因常州府盗情事，扳出与你寺干连，行关守提。有干无干，当官折辨，不关我等心上，只要打发我等起身。"一个应捕假做好人道："且宽了缚，等他去周置。这里不怕他走了去。"住持脱了身，讨牌票看了，不知头由。一面商量收拾盘缠去常州分辨，一面将差使钱送与应捕。应捕嫌多嫌少，诈得满足了才住手。应捕带了住持下船。辨悟叫个道人跟着，一同随了住持，缓急救应。到了捕厅，点了名，办了文书解将过去，免不得书房与来差多有了使费。住持与辨悟、道人共是三人，雇了一个船，一路盘缠了来差，到常州来。说话的，你差了。隔府关提，尽好使用支吾，如何去得这样容易？看官有所不知，这是盗情事，不比别样闲讼，须得出身辨白。不然，怎得许多使用？所以只得来了。

未见官时，辨悟先去府中细细打听劫盗与行脚僧名字、来踪去迹，与本寺没一毫影响，也没个仇人在内。正不知祸根是那里起的，真摸头路不着。说话间，太守升堂，来差投批，带住持到。太守不开言问甚事繇，即写监票发下监中去。住持不曾分说得一句话，竟自黑碌碌地吃监了。太守监罢了住持，唤原差到案前来，低问道："这和尚可有人同来么？"原差道："有一个徒弟，一个道人。"太守道："那徒弟可是了事的？"原差道："也晓得事体的。"太守道："你悄地对那徒弟说，可速回寺中去取那本《金刚经》来，救你师父，便得无事。若稍迟几日，就讨绝单了。"原差道："小的去说。"

太守退了堂，原差跌跌脚道："我只道真是盗情，元来又是甚么《金刚经》！"——盖只为先前借此为题，诈过了好几家，衙门人多是晓得的了。——走去一十一五对辨悟说了。辨悟道："这是我上世之物。怪道日前有好几起常州人来寺中求买，说是府里要。我们不卖与他。直到今日，却生下这个计较，陷我师父，强来索取。如今怎么处？"原差道："方才明明分付，稍迟几日，就讨绝单。我老爷只为要此经，我这里好几家受了累。何况是你本寺有的，不送得他，他怎肯住手，却不枉送了性命？快去与你住持师父商量去！"辨悟就央原差领了到监里，把这些话一一说了。住持道："既是如此，快去取来送他，救我出去罢了。终不成为了大家门面的东西，断送了我一个人性命罢？"辨悟道："不必二三，取了来就是。"对原差道："有烦上下代禀一声，略求宽容几日，以便往回。师父在监，再求看觑。"原差道："既去取了，这个不难，多在我身上，放心前去。"

辨悟留下盘缠与道人送饭。自己单身，不辞辛苦，星夜赶到寺中。取了经卷，复到常州。不上五日，来会原差道："经已取来了，如何送进去？"原差道："此是经卷，又不是甚么财物，待我在转桶边击梆，禀一声递进去不妨。"果然原差递了进去。

太守在私衙，见说取得《金刚经》到，道是宝物到了，合衙人眷，多来争看。打开包时，太守是个粗人，本不在行，只道千金之物，必是怎地庄严；看见零零落落，纸色晦黑，先不像意。揭开细看字迹，见无个起首，没头没脑。看了一会，认有细字号数，仔细再看，却元来是第二叶起的。太守大笑道："凡事不可虚慕名，虽是古迹，也须得完全才好。今是不全之书，头一板就无了，成得甚用？说甚么千金百金，多被这些酸子传闻误了，空费了许多心机。难为这个和尚坐了这几日监，岂不冤枉！"内眷们见这经卷，既没甚么好看，又听得说和尚坐监，一齐撺掇，叫还了经卷，放了和尚。太守也想道没甚紧要，仍旧发与原差，给还本主。

衙中传出去，说少了头一张，用不着，故此发了出来。辨悟只认还要补头张，怀着鬼胎道："这却是死了！"正在心慌，只见连监的住持多放了出来。原差来讨赏道："已此没事了。"住持不知缘故。原差道："老爷起心要你这经，故生这风波。今见经不完全，没有甚么头一张，不中他意，有些懊悔了。他原无怪你之心，经也还了，事也罢了。恭喜！恭喜！"住持谢了原差，回到下处，与辨悟道："那里说起，遭此一场横祸！今幸得无事，还算好了。只是适才听见说经上没了头张，不完全，故此肯还。我想此经怎的不完全？"辨悟才把前日太湖中众人索看，风卷去头张之事，说了一遍。住持道："此天意也！若是风不吹去首张，此经今日必然被留，非复我山门所有了。如今虽是缺了一张，后边名迹还在，仍旧归吾寺宝藏，此皆佛天之力。"喜喜欢欢，算还了房钱饭钱，师徒与道人三众，雇了一个船，同回苏州来。

过了浒墅关数里，将到枫桥，天已昏黑。忽然风雨大作，不辨路径。远远望去，一道火光烛天，叫船家对着亮处，只管摇去。其时风雨也息了，看看至近，却是草舍内一盏灯火明亮，听得有木鱼声。船到岸边，叫船家缆好了，辨悟踱上去叩门讨火。门还未关，推将进去，却是一个老者靠着桌子诵经。见是个僧家，忙起身叙了礼。辨悟求点灯，老者打个纸捻儿，蘸蘸油点着了，递与辨悟。辨悟接了纸捻，照得满屋明亮。偶然抬头带眼，见壁间一幅字纸粘着，无心一看，吃了一惊，大叫道："怪哉！怪哉！"老者问道："师父见此纸为何大惊小怪？"辨悟道："此话甚长。小舟中还有师父在内，待小僧拿火去照了，然后再来奉告，还有话讲。"老者道："老汉是奉佛弟子，何不连尊师接了起来？"老者就叫小厮祖寿出来，同了辨悟，到舟中来接那一位师父。辨悟未到船上，先叫住持道："师父快起来，不但投着主人，且有奇事了！"住持道："有何奇事？"辨悟道："师父且到里面，见了主人，请看一件物事。"住持同了辨悟走进门来，与主人相见了。辨悟拿了灯，拽了住持的手，走到壁间，指着那一幅字纸道："师父可认认看。"住持抬眼一看，只见首一行是"金刚般若波罗密经”，第二行是“法会因由分第一”，正是白香山所书，乃经中之首叶，在湖中飘失的。拍手道：“好像是吾家经上的，何缘得在此处？”老者道：“贤师徒惊怪此纸，必有缘故。”辨悟道：“老丈肯把得此纸的根繇一说，愚师徒也剖心相告。”老者摆着椅子道：“请坐了献茶，容老汉慢讲。”师徒领命，分次坐了。

奉茶已毕，老者道：“老汉姓姚，是此间渔人。幼年不曾读书，从不识字，只靠着鱼虾为生。后来中年家事尽可度日了，听得长老们说因果，自悔作业太多，有心修行。只为不识一字，难以念经，因此自恨。凡见字纸，必加爱惜，不敢作践，如此多年。前年某月某日晚间，忽然风飘甚么物件下来，到于门首。老汉望去，只看见一道火光落地，拾将起来，却是一张字纸。老汉惊异，料道多年宝惜字纸，今日见此光怪，必有奇处。不敢亵渎，将来粘在壁间，时常顶礼。后来有个道人到此，见了，对老汉道：‘此《金刚经》首叶。若是要念全经，我当教汝。’遂手出一卷，教老汉念诵一遍。老汉随口念过，心中豁然，就把经中字一一认得。以后日渐增加，今颇能遍历诸经了。记得道人临别时指着此纸道：‘善守此幅，必有后果。’老汉一发不敢怠慢，每念诵时，必先顶礼。今两位一见，共相惊异，必是晓得此纸的来历了。”住持与辨悟同声道：“适间迷路，忽见火光冲天，随亮到此，却只是灯火微明，正在怪异。方才见老丈见教，得此纸时，也见火光，乃知是此纸显灵，数当会合。老丈若肯见还，功德更大了。”老者道：“非师等之物，何云见还？”辨悟道：“好教老丈得知：此纸非凡笔，乃唐朝侍郎白香山手迹也。全经一卷，在吾寺中，海内知名。吾师为此，近日被一个狠官人拿去，强逼要献，几丧性命。没奈何，只得献出。还亏得前年某月某日，湖中遇风，飘去首叶。那官人嫌他不全，方得重还。今日正奉归寺中供养，岂知却遇着所失首叶在老丈处，重得瞻礼。前日若非此纸失去，此经已落他人之手；今日若非此纸重逢，此经遂成不全之文。

一失一得，不先不后，两番火光，岂非韦驮尊天有灵，显此护法手段出来么？”老者似信不信的答应。

辨悟走到船内，急取经包上来，解与老者看，乃是第二叶起的。将来对着壁间字法纸色，果然一样无差。老者叹异，念佛不已。将手去壁间揭下来，合在上面，长短阔狭，无不相同。一卷经完完全全了，三人尽皆欢喜。老者分付治斋相款，就留师徒两人同榻过夜。

住持私对辨悟道：“起初我们恨柳太守，如今想起来，也是天意。你失去首叶，寺中无一人知道，珍藏到今。若非此一番跋涉，也无从遇着原纸来完全了。”辨悟道：“上天晓得柳太守起了不良之心，怕夺了全卷去，故先吹掉了一纸；今全卷重归，仍旧还了此一纸。实是天公之巧，此卷之灵。想此老亦是会中人，所云道人，安知不是白侍郎托化来的？”住持道：“有理，有理。”

是夜姚老者梦见韦驮尊天来对他道：“汝幼年作业深重，亏得中年回首，爱惜字纸，已命香山居士启汝天聪。又加守护经文，完成全卷，阴功更大，罪业尽消。来生在文字中受报，福禄非凡。今生且赐延寿一纪，正果而终。”老者醒来，明明记得。次日对师徒二人道：“老汉爱护此纸经年，今见全经，无量欢喜。虽将此纸奉还，老汉不能忘情，愿随老师父同行，出钱请个裱匠，到寺中重新装好，使老汉展诵几遍，方为称怀。”师徒二人道：“难得檀越如此信心，实是美事。便请下船，同往敝寺随喜一番。”

老者分付了家里，带了盘缠，唤小厮祖寿跟着。又在城里接了一个高手的裱匠，买了作料，一同到寺里来。盘桓了几日，等裱匠完工，果然裱得焕然一新。便出衬钱，请了数众，展念《金刚经》一昼夜。与师徒珍重而别。后来每年逢诞日或佛生日，便到寺中瞻礼白香山手迹一遍，即行持念一日，岁以为常。年过八十，到寺中沐浴，坐化而终。寺中宝藏此卷，闻说至今犹存。有诗为证：

一纸飞空大有缘，反因失去得周全。
拾来宝惜生多福，故纸何当浪弃捐?

小子不敢明说寺名，只怕有第二个像柳太守的，寻踪问迹，又生出事头来。再有一诗笑那太守道：

伧父何知风雅缘？贪看古迹只因钱。
若教一卷都将去，宁不冤他白乐天!

卷之二

小道人一着饶天下　女棋童两局注终身

词云：

> 百年伉俪是前缘，天意巧周全。试看人世，禽鱼草木，各有蝉联。　从来材艺称奇绝，必自种姻娃。文君琴思，仲姬画手，匹美双传。（词寄《眼儿媚》）

自古道：物各有偶。才子佳人，天生匹配，最是人世上的佳话。看官且听小子说：

山东兖州府钜野县，有个秾芳亭，乃是地方居民秋收之时，祭赛田祖先农、公举社会聚饮的去处。向来亭上有一匾额，大书三字在上，相传是唐颜鲁公之笔，失去已久，众人无敢再写。一日正值社会之期，乡里父老相商道："此亭徒有其名，不存其匾。只因向是木匾，所以损坏。今若立一通石碑在亭中，别请当今名笔，写此三字在内，可垂永久。"此时只有一个秀才，姓王名维翰，是晋时王羲之一派子孙，惯写颜字，书名大盛。父老具礼相求，道其本意。维翰欣然相从，约定社会之日就来赴会，即当举笔。父老砻石端正。到于是日，合乡村男妇儿童，无不毕赴，同观社火。你道如何叫得社火？凡一应吹箫、打鼓、踢球、放弹、拘拦、傀儡、五花爨弄、诸般戏具，尽皆施呈，却像献来与神道观玩的意思，其实只是人扶人兴，大家笑要取乐而已。所以王孙公子，尽有携酒挟伎，特来观看的。直待诸戏尽完，赛神礼毕，大众齐散，止留下主会几个父老，亭中同分神福，享其祭馀，尽醉方休。此是历年故事。

此日只为邀请王维翰秀才书石，特接着上厅行首谢天香，在会上相陪饮酒。不想王秀才别被朋友留住，一时未至。父老虽是设着酒席，未敢自饮，呆呆等待。谢天香便问道："礼事已毕，为何迟留不饮？"众父老道："专等王秀才来。"谢天香道："那个王秀才？"父老道："便是有名会写字的王维翰秀才。"谢天香道："我也久闻其名，可惜不曾会面。今日社酒，却等他做甚？"父老道："他许下在石碑上写'秾芳亭'三字。今已磨墨停当在此，只等他来动笔罢，然后饮酒。"谢天香道："既是他还未来，等我学写个儿要要何如？"父老道："大姐又能写染？"谢天香道："不敢说能，粗学涂抹而已。请过大笔一用，取一回笑话，等王秀才来时，抹去了再写不妨。"父老道："俺门那里有大笔？凭着王秀才带来用的。"谢天香看见瓦盆里墨浓，不觉动了挥洒之兴，却恨没有大笔应手。心生一计，伸手在袖中摸出一条软纱汗巾来，将角儿团簇得如法，拿到瓦盆边，蘸了浓墨，向石上一挥，早写就了"秾芳"二字。正待写"亭"字起，听得鸾铃响，一人指道："兀的不是王秀才来也！"谢天香就住手不写，抬眼看时，果然王秀才骑了高头骏马，瞬息来到亭前，从容下马，到亭中来。众父老迎着，以次相见，谢天香末后见礼。王秀才看了谢天香容貌，谢天香看了王秀才仪表，两相企羡，自不必说。

王秀才看见碑上已有"秾芳"二大字，墨尚未干，称赞道："此二字笔势非凡，有恁样高手在此，何待小生操笔！却为何不写完了？"父老道，"久等秀才不到，此间谢大姐先试写一番看看，刚写得两字，恰好秀才来了，所以住手。”谢天香道：“妾身不揣，闲在此间作耍取笑，有污秀才尊目。”王秀才道：“此书颜骨柳筋，无一笔不合法，不可再易。就请写完罢了。”父老不肯，道：“专仰秀才大名，是必要烦妙笔一番。”谢天香也谦逊道：“贱妾偶尔戏耍，岂可当真？”王秀才道：“若要抹去二字，真是可惜。倘若小生写来，未必有如此妙绝，悔之何及？恐怕难为父老每盛心推许，容小生续成罢了。只问适间大姐所用何笔，就请借用一用。若另换一管，锋端不同了。”谢天香道：“适间无笔，乃贱妾用汗巾角蘸墨写的。”王秀才道：“也好，也好，就借来试一试。”谢天香把汗巾递与王秀才。王秀才接在手中，向瓦盆中一蘸，写个“亭”字续上去，看来笔法俨如一手写成，毫无二样。父老内中也有斯文在行的，大加叹赏道：“怎的两人写来恰似出于一手？真是才子佳人，可称双绝。”王秀才与谢天香俱各心里喜欢，两下留意。

父老一面就命勒石匠把三字刻将起来，一面就请王秀才坐了首席，谢天香陪坐，大家尽欢吃酒。席间王秀才与谢天香讲论字法，两人多是青春美貌，自然投机。父老每多是有年纪历过多少事体过的，有甚么不解意处？见两人情投意合，就撺掇两下成其夫妇。后来竟偕老终身。

这是两个会写字的成了一对的话。看来天下有一种绝技，必有一个同声同气的在那里凑得。在夫妻里面，更为希罕。自古书画琴棋，谓之文房四艺。只这王谢两人，便是书家一对夫妻了。若论画家，只有元时魏国公赵子昂，与夫人管氏仲姬两个多会画，至今湖州天圣禅寺东西两壁，每人各画一壁，一边山水，一边竹石，并垂不朽。若论琴家，是那司马相如与卓文君，只为琴心相通，临邛夜奔。这是人人晓得的，小子不必再来敷演。如今说一个棋家，在棋盘上赢了一个妻子，千里姻缘，天生一对，也是一段希奇的故事，说与看官每听一听。有诗为证：

世上输赢一局棋，谁知局内有夫妻。

坡翁当日曾遗语，胜固欣然败亦宜。

话说围棋一种，乃是先天河图之数：三百六十一着，合着周天三百六十五度四分度之一；黑白分阴阳，以象两仪；立四角，以按四象。其中有千变万化，神鬼莫测之机，仙家每每好此，所以有王质烂柯之说。相传是帝尧所置，以教其子丹朱。此亦荒唐之谈，难道唐虞以前连神仙也不下棋？况且这家技艺，不是寻常教得会的。若是天性相近，一下手晓得走道儿，便有非常仙着，着出来，一日高似一日，直到绝顶方休。也有品格所限，只差得一子两子地步，再上进不得了。至于本质下劣，就是奢遮的国手师父指教他秘密几多年，只到得自家本等，高也高不多些儿。真所谓棋力酒量，恰像个前生分定，非人力所能增减也。

宋时蔡州大吕村有个村童，姓周，名国能，从幼便好下棋。父母送他在村学堂读书，得空就与同伴每画个盘儿，拾取两色砖瓦块做子赌胜。出学堂来，见村中老人家每动手下棋，即袖着手儿站在旁边，呆呆地厮看。或时看到闹处，不觉心痒，口里漏出着把来，指手画脚教人，定是寻常想不到的妙着。自此日着日高，是村中有名会下棋的高手。先前曾饶过国能几子的，后来多反受国能饶了，还下不得两平。遍村走将来，并无一个对手。此时年才十五六岁，棋名已著一乡。乡人见国能小小年纪，手段高得崚屼，尽传他在田畔拾枣，遇着两个道士打扮的，在草地上对坐，安枰下棋。他在旁边蹲着观看，道士觑着笑道：“此子亦好棋乎？可教以人间常势。”遂就枰上指示他攻守杀夺、救应防拒之法。也是他天缘所到，说来就解，一一领略不忘。道士说：“自此可无敌于天下矣！”笑别而去。此后果然下出来的迥出人上，必定所遇是仙长，得了仙诀过来的。有的说是这小伙子调喉，无过是他天性近这一家，又且耽在里头，所以转造转高，极穷了秘妙，却又撰出见神见鬼的天话，哄着愚人。这也是强口人不肯信伏的常态。总来不必辨其有无，却是棋高无敌是个实的了。

因为棋名既出，又兼年小希罕，便有官员士夫、王孙公子与他往来。又有那不伏气甘折本的小二哥与他赌赛，十两五两输与他的。国能渐渐手头饶裕，礼度熟闲，性格高傲，变尽了村童气质，弄做个斯文模样。父母见他年长，要替他娶妻。国能就心里望头大了，对父母说道："我家门户低微，目下取得妻来，不过是农家之女，村妆陋质，不是我的对头。儿既有此绝艺，便当挟此出游江湖间，料不须带着盘费走。或者不拘那里，天缘有在，等待依心像意，寻个对得我来的好女儿为妻，方了平生之愿。"父母见他说得话大，便就住了手。过不多几日，只见国能另换了一身衣服，来别了父母出游。父母一眼看去，险些不认得了。你道他怎生打扮？

头戴包巾，脚蹬方履。身上穿浅地深绿的蓝服，腰间系一坠两股的黄绦。若非葛稚川侍炼药的丹童，便是董双成同思凡的道侣。

说这国能葛巾野服，扮做了道童模样。父母吃了一惊，问道："儿如此打扮，意欲何为？"国能笑道："儿欲从此云游四方，遍寻了一个好妻子来做一对耳。"父母道："这是你的志气，也难阻你。只是得手便回，莫贪了别处欢乐，忘了故乡。"国能道："这个怎敢。"

是日是个黄道吉日，拜别了父母，即便登程。从此自称小道人，一路行去。晓得汴梁是帝王之都，定多名手，先向汴京进发。到得京中，但是对局，无有不输与小道人的，棋名大震。往来多是朝中贵人，东家也来接，西家也来迎，或是行教，或是赌胜，好不热闹过日。却并不见一个对手，也无可意的女佳人撞着眼里的。混过了多时，自想姻缘未必在此，遂离了京师，又到太原、真定等处游荡。一路行棋，眼见得无出其右，奋然道：“吾闻燕山乃辽国郎主在彼称帝，雄丽过于汴京，此中必有高人国手、天下无敌的在内。今我在中国既称绝技，料然到那里不到得输与人了，何不往彼一游，寻个出头的国手，较一较高低，也与中国吐一吐气，博他一个远乡异域的高名，传之不朽。况且自古道：‘燕赵多佳人。’或者借此技艺，在王公贵人家里出入，图得一个好配头也不见得。”遂决意往北路进发，风飧水宿，夜住晓行，不多几日，已到了燕山地面。

且说燕山形胜：

左环沧海，右拥太行，北枕居庸，南襟河济。向称天府之国，暂为夷主所都。

此时燕山正是耶律部落称尊之所，宋时呼之为北朝，相与为兄弟之国。盖自石晋以来，以燕云一十六州让与彼国了，从此渐染中原教化，百有馀年。所以夷狄名号，向来只是单于、可汗、赞普、郎主等类。到得辽人，一般称帝称宗，以至官员职名，大半与中国相参；衣冠文物，百工技艺，竟与中华无二。

辽国最好的是弈棋。若有第一等高棋，称为国手，便要遣进到南朝，请人比试。曾有一个王子最高，进到南朝。这边棋院待诏顾思让也是第一手，假称第三手，与他对局，以一着解两征，至今棋谱中传下“镇神头”势。王子赢不得顾待诏，问通事，说是第三手。王子愿见第一。这边回他道：“赢得第三，方见第二；赢得第二，方见第一。今既赢不得第三，尚不得见第二，怎能勾见得第一？”王子只道是真，叹口气道：“我北朝第一手，赢不得南朝第三手，再下棋何干！”摔碎棋枰，伏输而去。却不知被中国人瞒过了。此是已往的话。

只说那时辽国围棋第一称国手的，乃是一个女子，名为妙观，有亲王保举，受过朝廷册封为女棋童。设个棋肆，教授门徒。你道如何教授？盖围棋三十二法，皆有定名：

有冲，有干，有绰，有约，有飞，有关，有劄，有粘，有顶，有尖，有觑，有门，有打，有断，有行，有立，有捺，有点，有聚，有跷，有挟，有拶，有嶭，有刺，有勒，有扑，有征、有劫，有持，有杀，有松，有盘。

妙观以此等法，传授于人。多有王侯府中送将男女来学棋，以及大家小户少年好戏欲学此道的，尽来拜他门下，不记其数，多呼妙观为师。妙观亦以师道自尊，妆模做样，尽自矜持，言笑不苟。也要等待对手，等闲未肯嫁人。却是棋声传播，慕他才色的，咽干了涎唾，只是不能胜他，也没人敢启齿求配。空传下个美名，受下许多门徒，晚间师父娘只是独宿而已。有一首词，单道着妙观好处：

丽质本来无偶，神机早已通玄。枰中举国莫争先，女将驰名善战。　玉手无惭国手，秋波合唤秋仙。高居师席把棋传，石作门生也眩。（右词寄《西江月》）

话说国能自称小道人，游到燕山，在饭店中歇下。已知妙观是国手的话，留心探访。只见来到肆前，果然一个少年美貌的女子在那里点指画脚，教人下棋。小道人见了，先已飞去了三魂，走掉了七魄，恨不得双手抱住了他，做一点两点的事。心里道："且未可露机，看他着法如何。"呆呆地袖着手，在旁冷眼厮觑。见他着法还有不到之处，小道人也不说破。一连几日，有些耐不得了，不觉口中嗫嚅，逗露出一两着来。妙观出于不意，见指点出来的多是神着，抬眼看时，却是一个小伙儿，又是道家妆扮的，情知有些诧异。心里疑道："那里来此异样的人？"忍着只做不睬，只是大剌剌教徒弟们对局。妙观偶然指点一着，小道人忽攘臂争道："此一着未是胜着，至第几路，必然受亏。"果然下到其间，一如小道人所说。妙观心惊道："奇哉！此童不知自何处而来，若再使他在此观看，形出我的短处，枉为人师，却不受人笑话？”大声喝道：“此系教棋之所，是何闲人，乱入厮混？”便叫两个徒弟把小道人扠了出来，不容观看。小道人冷笑道：“自家棋低，反要怪人指教。看你躲得过我么？”反了手，踱了出来。私下想道：“好个美貌女子！棋虽非我比，女人中有此，也不易得。只在这几个黑白子上，定要赚他到手。倘不如意，誓不还乡。”

走到对门，问个老者道：“此间店房可赁与人否？”老者道：“赁来何用？”小道人道：“因来看棋，意欲赁个房儿住着，早晚偷学他两着。”老者道：“好，好。对门女棋师，是我国中第一手，说道天下无敌的。小师父小小年纪，要在江湖上云游，正该学他些着法。老汉无儿女，止有个老嬷缝纫度日，也与女棋师往来得好。此门面房空着，专一与远来看棋的人闲坐，趁几文茶钱的。小师父要赁，就打长赁了也好。”小道人就在袖里摸出包来，拣一块大些的银子与他，做了定钱。抽身到饭店中搬取行囊，到这对门店中安下。

铺设已定，见店中有见成垩就的木牌在那里，他就与店主人说，要借来写个招牌。老者道：“要招牌何用？莫非有别样高术否？”小道人道：“也要在此教教下棋，与对门棋师赛一赛。”老者道：“不当人子！那里还讨个对手么？”小道人道：“你不要管，只借我牌便是。”老者道：“牌自空着，但凭取用。只不要惹出事来，做了话靶。”小道人道：“不妨，不妨。”就取出文房四宝来，磨得墨浓，蘸得笔饱，挥出一张牌来，竖在店面门口。只因此牌一出，有分交：绝技佳人，望枰而纳款；远来游客，出手以成婚。你道牌上写的是甚话来？他写道：

汝南小道人手谈，奉饶天下最高手一先。

老者看见了道：“天下最高手你还要饶他先哩？好大话！好大话！只怕

见我女棋师不得。”小道人道：“正要饶得你女棋师，才为高手。”老者似信不信，走进里面去，把这些话告诉老嬷。老嬷道：“远方来的人敢开大口，或者有些手段，也不见得。”老者道：“点点年纪，那里便有甚么手段？”老嬷道：“有智不在年高。我们女棋师又是有年纪的么？”老者道：“我们下着这样一个人，与对门作敌，也是一场笑话。且看他做出便见。”

不说他老口儿两下唧哝，且说这边立出牌来，早已有人报与妙观得知。妙观见说写的是饶天下最高手，明是与他放对的了，情知是昨日看棋的小伙，心中好生忿忿不平。想道：“我在此擅名已久，那里来这个小冤家，来寻我们的错处！发个狠，要就与他决个胜负。”又转一个念头道：“他昨日看棋时，偶然指点的着数，多在我意想之外。假若与他决一局，幸而我胜，劈破他招牌，赶他走路不难。万一输与他了，此名一出，那里还显得有我？此事不可造次。须着一个先探一探消息，再作计较。”妙观有个弟子张生，是他门下最得意的高手，也是除了师父再无敌手的。妙观唤他来，说道：“对门汝南小道人口说大话，未卜手段虚实，我欲与决输赢，未可造次。据汝力量，已与我争不多些儿了。汝可先往一试，看汝与彼优劣，便可以定彼棋品。”

张生领命而出，走到小道人店中，就枰求教。张生让小道人是客。小道人道：“小牌上有言在前，遮末是高手，也要饶他一先，决不自家下起。若输与足下时，受让未迟。”张生只得占先下了。张生穷思极想，方才下得一着，小道人只随手应去。不到得完局，张生已败。张生拱手伏输道：“客艺果高，非某敌手。增饶一子，方可再请教。”果然摆下二子，然后请小道人对下。张生又输了一盘。张生心服道：“还饶不住，再增一子。”增至三子，然后张生觉得松些，恰恰下个两平。——看官听说：凡棋有敌手，有饶先，有先两；受饶三子，厥品中中，未能通幽，可称用智。受得国手三子饶的，也算是高强了。只为张生也是妙观门下出色弟子，故此还挣得来；若是别一个，须动手不得。看来只是小道人高得紧了。——小道人三局后，对张生道："足下之棋，也算高强，可见上国一斑矣。不知可有堪与小道对敌的，请出一个来，小道情愿领教。"张生晓得此言是搦他师父出马，不敢应答，作别而去。来到妙观跟前，密告道："此小道人技艺甚高，怕吾师也要让他一步。"妙观摇手，戒他不可说破，惹人耻笑。自此之后，妙观不敢公然开肆教棋。

旁人见了标牌，已自惊骇，又见妙观收敛起来，那张生受饶三子之说，渐渐有人传将开去，正不知这小道人与妙观果是高下如何。自有这些好事的人，三三两两议论。有的道："我们棋师不与较胜负，想是不放他在眼里的了。"有的道："他牌上明说饶天下最高手一先，我们棋师难道忍得这话起，不与争雄？必是个有些本领的棋师，不敢造次出头。"有的道："我们棋师现是本国第一手，并无一个男人赢得他的。难道别处来这个小小道人，便恁地高强不成？是必等他两个对一对局，定个输赢来我们看一看，也是着实有趣的事。"又一个道："妙是妙，他们岂肯轻放对？是必众人出些利物，与他们赌胜，才弄得成。"内中有个胡大郎道："妙，妙。我情愿助钱五十千。"支公子道："你出五十千，难道我又少得不成？也是五十千。"其馀也有认出十千、五千的，一时凑来，有了二百千之数。众人就推胡大郎做个收掌之人，敛出钱来多交付与他。就等他约期对局，临时看输赢，对付发利物，名为保局。此也是赌胜的旧规。其时众人议论已定。胡大郎等利物齐了，便去两边约日比试手段。果然两边多应允了，约在第三日午时，在大相国寺方丈内对局。众人散去，到期再会。

女棋童妙观得了此信，虽然应允，心下有些虚怯。道："利物是小事，不争与他赌胜，一下子输了，枉送了日前之名。此子远来作客，必然好利。不如私下买嘱他，求他让我些儿，我明收了利物，暗地加添些与他，他料无不肯的。怎得个人来与我通此信息便好！"又怕弟子们见笑，不好商量得。思量对门店主老嬷常来此缝衣补裳的，小道人正下在他家，何不央他来做个引头，说合这话也好。

算计定了，魆地着个女使招他来说话。老嬷听得，便三脚两步走过对门来，见了妙观道：“棋师娘子有何分付？”妙观直引他到自己卧房里头坐下了。妙观开口道：“有件事要与嬷嬷商量则个。”老嬷道：“何事？”妙观道：“汝南小道人正在嬷嬷家里下着，奴有句话要嬷嬷说与他。嬷嬷好说得么？”老嬷道：“他自恃棋高，正好来与娘子放对。我见老儿说道，众人出了利物，约着后日对局，娘子却又要与他说甚么话？”妙观道：“正为对局的事，要与嬷嬷商量。奴在此行教已久，那个王侯府中不唤奴是棋师？寻遍一国，没有奴的对手。眼见得手下收着许多徒弟哩！今远来的小道人，却说饶尽天下的大话。奴曾教最高手的弟子张生去试他两局，回来说，他手段颇高。众人要看我每两下本事，约定后日放对。万一输与他了，一则丧了本朝体面，二则失了日前名声，不是耍处。意欲央嬷嬷私下与他说说，做个人情，让我些个。”嬷嬷道：“娘子只是放出日前的本事来，赢他方好，怎么折了志气，反去求他？况且见赌着利物哩，他如何肯让？”妙观道：“利物是小事。他若肯让奴赢了，奴一毫不取，私下仍旧还他。”嬷嬷道：“他赢了你棋，利物怕不是他的？又讨个大家喝声采不好？却明输与你了，私下受这样说不响的钱，他也不肯。”妙观道：“奴再于利物之外，私下赠他五十千。他与奴无仇，况又不是本国人，声名不关甚么干系。得了若干利物，又得了奴这些私赠，也勾了他了。只要嬷嬷替奴致意于他，说奴已甘伏，不必在人前赢奴，出奴之丑便是。”嬷嬷道：“说便去说，肯不肯，只凭得他。”妙观道：“全仗嬷嬷说得好些。肯时，奴自另谢嬷嬷。”老嬷道：“对门对户，日前相处面上，甚么大事，说起谢来？”嘻嘻的笑了出去。

走到家里，见了小道人，把妙观邀去的说话，一十一五对他说了。小道人见说罢，便满肚子痒起来道：“好，好。天送个老婆来与我了！”回言道：“小子虽然年幼远游，靠着些小技艺，不到得少了用度，那钱财颇不希罕。只是旅邸孤单，小娘子若要我相让时，须依得我一件事，无不从命。”老嬷道：“可要怎生？”小道人嘻着脸道：“妈妈是会事的，定要说出来？”老妈道：“说得明白，咱好去说。”小道人道：“日里人面前对局，我便让让他；晚间要他来被窝里对局，他须让让我。”老嬷道：“不当人子！后生家讨便宜的话莫说！”小道人道：“不是讨便宜。小子原非贪财帛而来，所以住此许久，专慕女棋师之颜色耳。嬷嬷为我多多致意，若肯容我半晌之欢，小子甘心诈输，一文不取。若不见许，便当尽着本事对局，不敢容情。”老嬷道：“言重，言重。老身怎好出口？”小道人道：“你是妇道家，对女人讲话有甚害羞？这是他喉急之事，便依我说了，料不怪你。”说罢，便深深一喏道：“事成另谢媒人！”老嬷笑道：“小小年纪，倒好老脸皮。说便去说，万一讨得骂时，须要你赔礼！”小道人道：“包你不骂的。”老嬷只得又走将过对门去。

妙观正在心下虚怯，专望回音。见了老嬷，脸上堆下笑来，道：“有烦嬷嬷尊步。所说的事，可听依么？”老嬷道：“老身磨了半截舌头，依倒也依得，只要娘子也依他一件事。”妙观道：“遮莫是甚么事，且说将来，奴依他便了。”老嬷道：“若是娘子肯依，倒也不费本钱。”妙观道：“果是甚么事？”老嬷道：“这件事易则至易，难则至难。娘子恕老身不知进退的罪，方好开口。”妙观道：“奴有事相央嬷嬷，尽着有话便说，岂敢有嫌？”老嬷又假意推让了一回，方才带笑说道：“小道人只身在此，所慕娘子才色兼全，他阴沟洞里想天鹅肉吃哩。”妙观通红了脸，半晌不语。老嬷道：“娘子不必见怪。这个原是他妄想，不是老身撰造出来的话。娘子怎生算计，回他便了。”妙观道：“我起初原说利物之外再赠五十千，也不为轻鲜，只可如此求他了。肯让不肯让，好歹回我便了，怎胡说到这个所在？羞人答答的。”老嬷道：“老身也把娘子的话一一说了。他说道，原不希罕钱财，只要娘子允此一事，甘心相让，利物可以分文不取。叫老身就没法回他了，所以只得来与娘子直说。老身也晓得不该说的，却是既要他相让，他有话不敢隐瞒。”妙观道：“嬷嬷，他分明把此话挟制着我，我也不好回得。”嬷嬷道：“若不回他，他对局之时，决不容情。娘子也要自家算计。”妙观见说到对局，肚子里又怯将起来；想着说到这话，又有些气不忿，思量道：“叵耐这没廉耻的小弟子孩儿，我且将计就计，哄他则个。”对老嬷道：“此话羞人，不好直说。嬷嬷见他，只含糊说道，若肯相让，自然感德非浅，必当重报就是了。”

嬷嬷得了此言，想道：“如此说话，便已是应承的了。我且在里头撮合了他两口，必有好处到我。”千欢万喜，就转身到店中来，把前言回了小道人。小道人少年心性，见说有些口风儿，便一团高兴，皮风骚痒起来。道：“虽然如此传言送语不足为凭，直待当面相见，亲口许下了，方无翻悔。”老嬷只得又去与妙观说了。妙观有心求他，无言可辞，只得约他黄昏时候灯前一揖为定。

是晚，老嬷领了小道人，径到妙观肆中客坐里坐了。妙观出来相见。拜罢，小道人开口道：“小子云游到此，得见小娘子芳容，十分侥幸。”妙观道：“奴家偶以小艺擅名国中，不想遇着高手下临，奴家本不敢相敌。争奈众心欲较胜负，不得不在班门弄斧。所有奉求心事，已托店主嬷嬷说过，万望包容则个。”小道人道：“小娘子分付，小子岂敢有违？只是小子仰慕小娘子已久，所以在对寓栖迟，不忍舍去。今客馆孤单，若蒙小娘子有见怜之心，对局之时，小子岂敢不揣自逞？定当周全娘子美名。”妙观道：“若得周全，自当报德，决不有负足下。”小道人笑容满面，作揖而谢道：“多感娘子美情，小子谨记不忘。”妙观道：“多蒙相许，一言已定。夜晚之间，不敢亲送，有烦店主嬷嬷伴送过去罢。”叫丫鬟另点个灯，转进房里来了。小道人自同老嬷到了店里，自想适间亲口应承，这是探囊取物，不在话下的了。只等对局后图成好事，不题。

到了第三日，胡大郎早来两边邀请对局，两人多应允了，各自打扮停当，到相国寺方丈里来。胡大郎同支公子，早把利物摆在上面一张桌儿上。中间一张桌儿，放着一个白铜镶边的湘妃竹棋枰，两个紫檀筒儿，贮着黑白两般云南窑棋子。两张椅，东西对面放着，请两位棋师坐着交手。看的人只在两横长凳上坐。妙观让小道人是客，坐了东首，用着白棋。妙观请小道人先下子。小道人道："小子有言在前，这一着先要饶天下最高手，决不先下的。直待赢得过这局，小子才占起。"妙观只得拱一拱道："恕有罪！应该低者先下了。"果然妙观手起一子，小道人随手而应。正是：

花下手闲敲，出楸枰，两下交。争先布摆妆圈套。单敲这着，双关那着，声迟思入风云巧。笑山樵，从交柯烂，谁识这根苗？（右调《黄莺儿》）

小道人虽然与妙观下棋，一眼偷觑着他容貌，心内十分动火。想着他有言相许，有意让他一分，不尽情攻杀，只下得个两平。算来白子一百八十着，小道人认输了半子。这一番却是小道人先下起了。少时完局，他两人手下明白，已知是妙观输了。旁边看的嚷道："果然是两个敌手！你先我输，我先你输，大家各得一局。而今只看这一局，以定输赢。"妙观见第二番这局，觉得力量挪拽，心里有些着忙。下第三局时，频频以目送情。小道人会意，仍旧东支西吾，让他过去。临了收拾了官着，又是小道人少了半子。大家齐声喝采道："还是本国棋师高强，赢了两局也！"小道人只不则声，呆呆看着妙观。胡大郎便对小道人道："只差半子，却算是小师父输了。小师父莫怪。"忙忙收起了利物，一同众人，哄了女棋师妙观到肆中，将利物交付，各自散去。

小道人自和一二个相识，尾着众人闲话而归。有的问他道："那里不争出了这半子？却算做输了一局，失了这些利物。"小道人只是冷笑不答。众人恐怕小道人没趣，多把话来安慰他，小道人全然不以为意。到了店中，看的送的多已散去，店中老嬷便出来问道：“今日赌胜的事却怎么了？”小道人道：“应承过了说话，还舍得放本事赢他？让他一局过去，帮衬他在众人面前生光采，只好是这样凑趣了。”老嬷笑道：“这等却好。他不忘你的美情，必有好处到你，带挈老身也兴头则个。”小道人口里与老嬷说话，一心想着佳音，一眼对着对门，盼望动静。

此时天色将晚，小道人恨不得一霎时黑下来。直到点灯时候，只见对面肆里“扑”地把门关上了。小道人着了急，对老嬷道：“莫不这小妮子负了心？有烦嬷嬷往彼处探一探消息。”老嬷道：“不必心慌，他要瞒生人眼哩。再等一会，待人静后没消息，老身去敲开门来，问他就是。”小道人道：“全仗嬷嬷作成好事。”正说之间，只听得对过门环“珰”的一响，走出一个丫鬟来，径望店里走进。小道人犹如接着一纸九重恩赦，心里好不侥幸，只听他说甚么好话出来。丫鬟向嬷嬷道了万福，说道：“侍长棋师小娘子多多致意嬷嬷，请嬷嬷过来说话则个。”老嬷就此同行，起身便走。小道人赶着，附耳道：“嬷嬷精细着。”老嬷道：“不劳分付。”带着笑脸同丫鬟去了。小道人就像热地上蚰蜒，好生打熬不过，禁架不定。正是：

眼盼捷旌旗，耳听好消息。
若得遂心怀，愿彼观音力。

却说老嬷随了丫鬟走过对门，进了肆中，只见妙观早已在灯下笑脸相迎，直请至卧房中坐地。开口谢道：“多承嬷嬷周全之力，日间对局，侥幸不失体面。今要酬谢小道人相让之德，原有言在先的，特请嬷嬷过来交付利物并谢礼与他。”老嬷道：“娘子花朵儿般后生，恁地会忘事？小道人原说不希罕财物的，如何又说利物谢礼的话？”妙观假意失惊道：“除了利物谢礼，还有甚么？”老嬷道：“前日说过的，他一心想慕娘子，诸物不爱，只求圆成好事。娘子当面许下了他。方才叮嘱了又叮嘱，在家盼望，真似渴龙思水哩。娘子如何把话说远了？”妙观变起脸来道：“休得如此胡说！奴是清清白白之人，从来没半点邪处，所以受得朝廷册封，王亲贵戚供养，偌多门生弟子尊奉。那里来的野种，敢说此等污言！教他快些息了妄想，收此利物及谢礼过去，便宜他多了。”说罢，就指点丫鬟将日间收来的二百贯文利物，一盘托出，又是小匣一个，放着五十贯的谢礼，交付与老嬷，道：“有烦嬷嬷，将去交付明白。”分外又是三两一小封，送与老嬷做辛苦钱，说道：“有劳嬷嬷两下周全，些小微礼，勿嫌轻鲜则个。”那老嬷是个经纪人家，眼孔小的人，见了偌多东西，心里先自软了。又加自己有些油水，想道：“许多利物，又添上谢礼，真个不为少了，那个小伙儿也该心满意足。难道只痴心要那话不成？且等我回他去看。”便对妙观道：“多蒙娘子赏赐，老身只得且把东西与他再处。只怕他要说娘子失了信，老身如何回他？”妙观道：“奴家何曾失甚么信？原只说自当重报，而今也好道不轻了。”随唤两个丫鬟，捧着这些钱物，跟了老嬷，送在对门去；分付放下便来，不要停留。两个丫鬟领命，同老嬷三人共拿了礼物，径往对门来。果然丫鬟放下了物件，转身便走。

小道人正在盼望之际，只见老嬷在前，丫鬟在后，一齐进门，料道必有好事到手。不想放下手中东西，登时去了，正不知是甚么意思，忙问老嬷道：“怎的说了？”老嬷指着桌上物件道：“谢礼已多在此了，收明便是，何必再问？”小道人道：“那个希罕谢礼？原说的话要紧。”老嬷道：“要紧！要紧！你要紧，他不要紧，叫老娘怎处？”小道人道：“说过的话，怎好赖得？”老嬷道：“他说道原只说自当重报，并不曾应承甚的来，叫我也不好替你讨得嘴。”小道人道：“如此混赖，是白白哄我让他了。”老嬷道：“见放着许多东西，白也不算白了。只是那话且消停消停，抹干了嘴边这些顽涎再做计较。”小道人道：“嬷嬷休如此说。前日是与小子觌面讲的话，今日他要赖将起来？嬷嬷再去说一说，只等小子今夜见他一见，看他当面前怎生悔得！”老嬷道：“方才为你磨了好一会牙，他只推着谢礼，并无些子口风。而今去说也没干，他怎肯再见你？”小道人道：“前日如何去一说就肯相见？”老嬷道：“须知前日是求你的时节，作不得难。今事体已过，自然不同了。”小道人叹口气道：“可见人情如此！我枉为男子，反被这小妮子所赚。毕竟在此守他个破绽出来，出这口气。”老嬷道：“且收拾起了利物，慢慢再看机会商量。”当下小道人把钱物并叠过了，闷闷过了一夜。有诗为证：

> 亲口应承总是风，两家黑白未和同。
> 当时未见一着错，今日满盘还是空。

一连几日没些动静。一日，小道人在店中闲坐，只见街上一个番汉，牵着一匹高头骏马，一个虞候骑着。到了门前，虞候跳下马来，对小道人声喏道：“罕察王府中请师父下棋，备马到门，快请骑坐了就去。”小道人应允，上了马，虞候步行随着。瞬息之间，已到王府门首。小道人下了马，随着虞候进去，只见诸王贵人正在堂上饮宴。见了小道人，尽皆起身道：“我辈酒酣，正思手谈几局，特来奉请。今得到来恰好。”即命当直的掇过棋桌来。

诸王之中先有两个下了两局，赌了几大觥酒，就推过高手，与小道人对局。以后轮换请教，也有饶六七子的，也有饶四五子的，最少的也饶三子两子，并无一个对下的。诸王你争我嚷，各出意见，要逞手段。怎当得小道人随手应去，尽是神机莫测。诸王尽皆叹服，把酒称庆。因问道：“小师父棋品与吾国棋师妙观，果是那个为高？”小道人想着妙观失信之事，心里有些怀恨，不肯替他隐瞒，便道：“此女棋本下劣，枉得其名，不足为道。”诸王道：“前日闻得你两人比试，是妙观赢了，今日何反如此说？”小道人道：“前日他叫人私下央求了小子，小子是外来的人，不敢不让本国的体面，所以故意输与他。岂是棋力不敌？若放出手段来，管取他输便了。”诸王道：“口说无凭，做出便见。去唤妙观来，当面试看。”

罕察立命从人控马去，即时取将女棋童妙观到来。妙观向诸王行礼毕，见了小道人，心下有好些忸怩，不敢撑眼看他，勉强也见了一礼。诸王俱赐坐了，说道：“你每两人多是国手，未定高下，今日在咱门面前比试一比试。咱们出一百千利物为赌，何如？”妙观未及答应，小道人站起来道：“小子不愿各殿下破钞。小子自有利物，与小娘子决赌。”说罢，袖中取出一包黄金来，道：“此金重五两，就请赌了这些。”妙观回言道：“奴家却不曾带得些甚么来，无可相对。”小道人向诸王拱手道：“小娘子无物相赌，小子有一句话说来，请问各殿下看，可行则行。”诸王道：“有何话说？”小道人道：“小娘子身畔无金，何不即以身躯出注？如小娘子得胜，就拿了小子的黄金去；若小子胜了，赢小娘子做个妻房。可中也不中？”诸王见说，俱各拍手跌足，大笑起来道：“妙！妙！妙！咱们多做个保亲，正是风流佳话。”妙观此时欲待应承，情知小道人手段高，输了难处；欲待推却，明明是怯怕赌胜，不交手算输了。真是在左右两难。怎当得许多贵人在前力赞，不繇得你躲闪。亦且小道人兴高气傲，催请对局。妙观没个是处，羞惭窘迫，心里先自慌乱了。勉强就局，没一子下去是得手的，觉是触着便碍。正所谓“棋高一着，缚手缚脚”。况兼是心意不安的，把平日的力量一发减了，连败了两局。小道人起身出局，对着诸王叩一头道：“小子告赢了。多谢各殿下赐婚。”诸王抚掌称快道：“两个国手，原是天生一对。妙观虽然输了局，嫁得此丈夫，可谓得人矣。待有吉日了，咱们各助花烛之费就是了。”急得个妙观羞惭满面，通红了脸皮，无言可答，只低着头不做声。罕察每人与了赏赐，分付从人，各送了回家。

小道人扬扬自得，来对店主人与老嬷道：“一个老婆被小子棋盘上赢了来，今番须没处躲了。”店主、老嬷问其缘故。小道人将王府中与妙观对局赌胜的事说了一遍。老嬷笑道："这番却赖不得了！”店主人道："也须使个媒、行个礼才稳。”小道人笑道："我的媒人大哩，各位殿下多是保亲。”店主人道："虽然如此，也要个人通话。”小道人道："前日他央嬷嬷求小子，往来了两番。如今这个媒，自然是嬷嬷做了。”嬷嬷道："这是带挈老身吃喜酒的事，当得效劳。”小道人道："小子如今即将昨日赌胜的黄金五两，再加白银五十两为聘仪，择一吉日，烦嬷嬷替我送去订约成亲则个。”店主人即去房中取出一本择日的星书来，翻一翻道："明日正是黄道日，师父只管行聘便了。”一夜无词。

次日，小道人整顿了礼物，托老嬷送过对门去。连这老嬷也装扮得齐整起来：

白皙皙脸揸胡粉，红霏霏头戴绒花。胭脂浓抹露黄牙，鬏髻浑如斗大。　没把臂一双窄袖，忒狼犺一对宽鞋。世间何处去寻他，除是金刚脚下。

说这店家老嬷，装得花簇簇地，将个盒盘盛了礼物，双手捧着，一径到妙观肆中来。妙观接着，看见老嬷这般打扮，手中又拿着东西，也有些瞧科，忙问其来意。老嬷嘻着脸道："小店里小师父多多拜上棋师小娘子，道是昨日王府中席间娘子亲口许下了亲事，今日是个黄道吉日，特着老身来作伐行礼。这个盒儿里的，就是他下的聘财，请娘子收下则个。”妙观呆了一晌才回言道："这话虽有个来因，却怎么成得这事？”老嬷道："既有来因，为何又成不得？”妙观道："那日王府中对局，果然是奴家输与他了。这话虽然有的，止不过一时戏言。难道奴家终身之事，只在两局棋上结果了不成？”老嬷道："别样话戏得，这个话他怎肯认做戏言？娘子前日央求他时节，他兀自妄想。今日又添出这一番赌赛事体，他怎由得你翻悔？娘子休怪老身说，看这小道人人物聪俊，年纪不多，你两家同道中又是对手，正好做一对儿夫妻。娘子不如许下这段姻缘，又完了终身好事，又不失一时口信，带挈老身也吃一杯喜酒，未知娘子主见如何？”妙观叹口气道：“奴家自幼失了父母，寄养在妙果庵中，亏得老道姑提挈成人，教了这一家技艺。自来没一个对手，得受了朝廷册封，出入王宫内府，谁不钦敬？今日身子虽是自家做得主的，却是上无尊长之命，下无媒妁之言，一时间凭着两局赌赛，偶尔亏输，便要认起真来，草草送了终身大事，岂不可羞？这事断然不可。”老嬷道：“只是他说娘子失了口信，如何回他？”妙观道：“他原只把黄金五两出注的，奴家偶然不带得东西在身畔，以后输了。今日拚得赔还他这五两，天大事也完了。”老嬷道：“只怕说他不过。虽然如此，常言道事无三不成，这遭却是两遭了。老身只得替你再回他去，凭他怎么处。”妙观果然到房中箱里面，秤了五两金子，把个封套封了，拿出来，放在盒儿面上，道：“有烦嬷嬷还了他。重劳尊步，改日再谢。”老嬷道：“谢是不必说起，只怕回不倒时，还要老身聒絮哩。”

老嬷一头说，一头拿了原礼，并这一封金子，别了妙观，转到店中来。对小道人笑道：“原礼不曾收，回敬倒有了。”小道人问其缘故，老嬷将妙观所言，一一说了。小道人大怒道：“这小妮子昧了心，说这等说话！既是自家做得主，还要甚尊长之命，媒妁之言？难道各位大王算不得尊长的么？就是嬷嬷将礼物过去，便也是个媒妁了，怎说没有？总来他不甘伏，又生出这些话来混赖，却将金子搪塞。我不希罕他金子，且将他的做个告状本，告下他来，不怕他不是我的老婆。”老嬷道：“不要性急。此番老身去，他说的话比前番不同，也是软软的了，还等老身去再三劝他。”小道人道：“私下去说，未免是我求他了，他必然还要拿班。不如当官告了他，须赖不去。”

当下写就了一纸告词，竟到幽州路总管府来。那幽州路总管泰不华正升堂理事，小道人随牌进府，递将状子上去。泰不华总管接着，看见上面写道：

> 告状人周国能，为赖婚事。能本籍蔡州，流寓马足。因与本国棋手女子妙观赌赛，将金五两聘定，诸王殿下，尽为证见。讵料事过心变，悔悖前盟。夫妻一世伦常，被赖死不甘伏。恳究原情，追断完聚，异乡沾化。上告。

总管看了状词，说道："元来为婚姻事的。凡户婚田土之事，须到析津、宛平两县去，如何到这里来告？"周国能道："这女子是册封棋童的，况干连着诸王殿下，非天台这里不能主婚。"总管准了状词，一面差人行拘妙观对理。

差人到了妙观肆中，将官票与妙观看了。妙观吃了一惊，道："这个小弟子孩儿，怎便如此恶取笑？"一边叫弟子张生将酒饭陪待了公差，将赏钱出来打发了，自行打点出官。公差知是册封的棋师，不敢啰唣，约在衙门前相会，先自去了。

妙观叫乘轿，抬到府前，进去见了总管。总管问道："周国能告你赖婚一事，这怎么说？"妙观道："一时赌赛亏输，实非情愿。"总管道："既已输了，说不得情愿不情愿。"妙观道："偶尔戏言，并无甚么文书约契，怎算得真？"周国能道："诸王殿下多在面上作证，大家认做保亲，还要甚文书约契？"总管道："这话有的么？"妙观一时语塞，无言可答。总管道："岂不闻'一言既出，驷马难追'。况且婚姻大事，主合不主离。你们两人，既是棋中国手，也不错了配头。我做主，与你成其好事罢。"妙观道："天台张主，岂敢不从？只是此人不是本国之人，萍踪浪迹，嫁了他，须随着他走。小妇人是个官身，有许多不便处。"周国能道："小人虽在湖海飘零，自信有此绝艺，不甘轻配凡女。就是妙观，女中国手，也岂容轻配凡夫？若得天台做主成婚，小人情愿超籍在此，两下里相帮行教，不回故乡去了。"总管道："这个却好。"妙观无可推辞，只得凭总管断合。

周国能与妙观各回下处。周国能就再央店家老嬷重下聘礼，约定日期成亲。又到各王府说知，各王府俱各助花红灯烛之费。胡大郎、支公子一干好事的，才晓得前日暗地相嘱、许下佳期之说，大家笑耍，各来帮兴。成亲之日，好不热闹。

过了几时，两情和洽，自不必说。周国能又指点妙观神妙之着，两个都造到绝顶，竟成对手。诸王贵人以为佳话，又替周国能提请官职，封为棋学博士，御前供奉。后来周国能差人到蔡州，密地接了爹娘到燕山，同享荣华。周老夫妻见了媳妇一表人物，两心快乐，方信国能起初不肯娶妻，毕竟寻出好姻缘来，所谓有志者事竟成也。有诗为证：

国手惟争一着先，个中藏着好姻缘。
绿窗相对无馀事，演谱推敲思入玄。

卷之三

权学士权认远乡姑　白孺人白嫁亲生女

词云：

世间奇物缘多巧，不怕风波颠倒。遮莫一时开了，到底还完好。　丰城剑气冲天表，雷焕张华分宝。他日偶然齐到，津底双龙袅。

此词名《桃源忆故人》，说着世间物事有些好处的，虽然一时拆开，后来必定遇巧得合。那丰城剑气是怎么说？晋时大臣张华，字茂先，善识天文，能辨古物。一日，看见天上斗牛分野之间，宝气烛天，晓得豫章丰城县中当有奇物出世。有个朋友雷焕，也是博物的人，遂选他做了丰城县令，托他到彼，专一为访寻发光动天的宝物。分付他道："光中带有杀气，此必宝剑无疑。"那雷焕领命，到了县间，看那宝气，却在县间狱中。雷焕领了从人，到狱中尽头去处，果然掘出一对宝剑来，雄曰纯钩，雌曰湛卢。雷焕自佩其一，将其一献与张华。各自宝藏，自不必说。后来张华带了此剑，行到延平津口，那剑忽在匣中跃出，到了水边，化成一龙。津水之中也钻出一条龙来，凑成一双，飞舞升天而去。张华一时惊异，分明晓得宝剑通神，只水中这个出来凑成双的，不知何物。因遣人到雷焕处问前剑所在。雷焕回言道："先曾渡延平津口，失手落于水中了。"方知两剑分而复合，以此变化而去也。至今人说因缘凑巧，多用延津剑合故事，所以这词中说的，正是这话。

而今说一段因缘，隔着万千里路，也只为一件物事，凑合成了，深为奇巧。有诗为证：

温峤曾输玉镜台，圆成钿合更奇哉。
可知宿世红丝系，自有媒人月下来。

话说国朝有一位官人，姓权，名次卿，表字文长，乃是南直隶宁国府人氏。少年登第，官拜翰林编修之职。那翰林生得仪容俊雅，性格风流，所事在行，诸般得趣，真乃是天上谪仙，人中玉树。他自登甲第，在京师为官一载有馀。京师有个风俗，每遇初一、十五、二十五日，谓之庙市，凡百般货物，俱赶在城隍庙前，直摆到刑部街上来卖，挨挤不开、人山人海的做生意。那官员每清闲好事的，换了便巾便衣，带了一两个管家长班出来步走游看，收买好东西、旧物事。朝中惟有翰林衙门最是清闲，不过读书下棋、饮酒拜客，别无他事相干。权翰林况且少年心性，下处闲坐不过，每遇做市热闹时，就便出来行走。

一日，在市上看见一个老人家，一张桌儿上摆着许多零碎物件，多是人家动用家伙，无非是些灯台、铜杓、壶瓶、碗碟之类，看不得在文墨眼里的。权翰林偶然一眼瞟去，见就中有一个色样奇异些的盒儿。用手去取来一看，乃是个旧紫金钿盒儿，却只是盒盖。翰林认得是件古物，可惜不全，问那老儿道："这件东西，须还有个底儿，在那里？"老儿道："只有这个盖，没有见甚么底。"翰林道："岂有没底的理？你且说这盖是那里来的，便好再寻着那底了。"老儿道："老汉有几间空房在东直门，赁与人住。有个赁房的，一家四五口，害了天行症候，先死了一两个后生。那家子慌了，带病搬去，还欠下些房钱，遗下这些东西作退帐。老汉收拾得，所以将来货卖度日。这盒儿也是那人家的，外边还有一个纸簏儿藏着，有几张故字纸包着，咱也不晓得那半扇盒儿要做甚用，所以摆在桌儿上，或者遇个主儿买去，也不见得。”翰林道：“我倒要买你的，可惜是个不全之物。你且将你那纸簏儿来看。”老儿用手去桌底下摸将出来，却是一个破碎零落的纸糊头簏儿。翰林道：“多是无用之物，不多几个钱，卖与我罢。”老儿道：“些小之物，凭爷赏赐罢。”翰林叫随从管家权忠与他一百个钱，当下成交。老儿又在簏中取出旧包的纸儿来包了，放在簏中，双手递与翰林。翰林叫权忠拿了，又在市上去买了好几件文房古物。回到下处来，放在一张水磨天然几上，逐件细看，多觉买得得意。落后看到那纸簏儿，扯开盖，取出纸包来。开了纸包，又细看那钿盒，金色灿烂，果是件好东西。颠倒相来，到底只是一个盖。想道：“这半扇落在那里？且把来藏着，或者凑巧有遇着的时节，也未可知。”随取原包的纸儿包他。只见纸破处，里头露出一些些红的出来。翰林把外边纸儿揭开来看，里头却衬着一张红字纸。翰林取出，定睛一看，道：“元来如此！”你道写的甚么？上写道：

> 大时雍坊住人徐门白氏，有女徐丹桂，年方二岁。有兄白大，子曰留哥，亦系同年生。缘氏夫徐方，原籍苏州，恐他年隔别无凭，有紫金钿盒，各分一半，执此相寻为照。

后写着年月，下面着个押字。翰林看了道：“元来是人家婚姻照验之物，是个要紧的，如何却将来遗下，又被人卖了？也是个没搭煞的人了。”又想道：“这写文书的妇人，既有丈夫，如何却不是丈夫出名？”又把年月迭起指头算一算看，笑道：“立议之时，到今一十八年，此女已是一十九岁，正当妙龄，不知成亲与未成亲。”又笑道：“妄想他则甚！且收起着。”因而把几件东西一同收拾过了。

到了下市，又踱出街上来行走，看见那老儿仍旧在那里卖东西。问他道：“你前日卖的盒儿，说是那一家掉下的。这家人搬在那里去了，你可晓得？”老儿道：“谁晓得他！他一家人，先从小的死起，死得来慌了，连夜逃去。而今敢是死绝了，也不见得。”翰林道：“他住在你家时，有甚么亲戚往来？”老儿道：“他有个妹子，嫁与下路人，住在前门。以后不知那里去了，多年不见往来了。”权翰林自想道：“问得着时，还了他那件东西，也是一桩方便的好事。而今不知头绪，也只索繇他罢了。”

回还寓所，只见家间有书信来，夫人在家中亡过了。翰林痛哭了一场，没情没绪，打点回家，就上个告病的本。奉圣旨：“权某准回籍调理，病痊赴京听用。钦此。”权翰林从此就离了京师，回到家中来了。

话分两头。且说钿盒的来历。苏州有个旧家子弟，姓徐名方，别号西泉，是太学中监生。为干办前程，留寓京师多年。在下处岑寂，央媒娶下本京白家之女为妾。生下一个女儿，是八月中得的，取名丹桂。同时，白氏之兄白大郎也生一子，唤做留哥。白氏女人家性子，只护着自家人。况且京师中人不知外方头路，不喜欢攀扯外方亲戚，一心要把这丹桂许与侄儿去。徐太学自是寄居的人，早晚思量回家，要留着结下路亲眷，十分不肯。一日，太学得选了闽中二尹，打点回家赴任，就带了白氏出京。白氏不得遂愿，恋恋骨肉之情，瞒着徐二尹，私下写个文书。不敢就说许他为婚，只把一个钿盒儿分做两处，留与侄儿做执照，指望他年重到京师，或是天涯海角，做个表证。白氏随了二尹到了吴门。元来二尹久无正室，白氏就填了孺人之缺，一同赴任。又得了一子，是九月生的，名唤糕儿。二尹做了两任官回家，已此把丹桂许下同府陈家了。白孺人心下之事，地远时乖，只得丢在脑后。虽然如此，中怀歉然，时常在佛菩萨面前默祷，思想还乡，寻钿盒的下落。已后二尹亡逝，守了儿女，做了孤孀，才把京师念头息了。想那出京时节，好歹已是十五六个年头。丹桂长得美丽非凡。所许陈家儿子年纪长大，正要纳礼成婚，不想害了色痨，一病而亡。眼见得丹桂命硬，做了望门寡妇，一时未好许人，且随着母亲、兄弟，穿些淡素衣服，挨着过日。正是：

孤辰寡宿无缘分，空向天边盼女牛。

不说徐丹桂凄凉。且说权翰林自从断了弦，告病回家，一年有馀，尚未续娶。心绪无聊，且到吴门闲耍，意图寻访美妾。因怕上司府县知道，车马迎送，酒礼往来，拘束得不耐烦；揣料自己年纪不多，面庞娇嫩，身材琐小，傍人看不出他是官，假说是个游学秀才，借寓在城外月波庵隔壁静室中。那庵乃是尼僧，有个老尼，唤做妙通师父，年有六十已上，专在各大家往来，礼度熟闲，世情透彻。看见权翰林一表人物，虽然不晓得是埋名贵人，只认做青年秀士，也道他不是落后的人，不敢怠慢，时常叫香公送茶来，或者请过庵中清话。权翰林也略把访妾之意问及妙通，妙通说是出家之人不管闲事，权翰林也就住口，不好说得。

是时正是七月七日，权翰林身居客邸，孤形吊影，想着牛女银河之事，好生无聊。乃咏宋人汪彦章《秋闱》词，改其末句一字云：

高柳蝉嘶，采菱歌断，秋风起。晚云如髻，湖上山横翠。　　帘卷西楼，过雨凉生袂。天如水。画楼十二，少个人同倚。（词寄《点绛唇》）

权翰林高声歌咏，趁步走出静室外来。新月之下，只见一个素衣的女子，走入庵中。翰林急忙尾在背后，在黑影中闪着身子，看那女子。

只见妙通师父出来接着，女子未叙寒温，且把一炷香在佛前烧起。那女子生得如何？

闻道双衔凤带，不妨单着鲛绡。夜香知与阿谁烧？怅望水沉烟袅。　云鬓风前丝卷，玉颜醉里红潮。莫教空度可怜宵，月与佳人共僚。（词寄《西江月》）

那女子拈着香，跪在佛前，对着上面，口里喃喃呐呐，低低微微，不知说着许多说话，没听得一个字。那妙通老尼便来收科道："小娘子，你的心事说不能尽，不如我替你说一句简便的罢。"那女子立起身来道："师父怎的简便？"妙通道："佛天保佑，早嫁个得意的丈夫，可好么？"女子道："休得取笑。奴家只为生来命苦，父亡母老，一身无靠，所以拜祷佛天，专求福庇。"妙通笑道："大意相去不远。"女子也笑将起来。妙通摆上茶食，女子吃了两盏茶，起身作别而行。

权翰林在暗中看得明白，险些儿眼里放出火来，恨不得走上前一把抱住。见他去了，心痒难熬。正在禁架不定，恰值妙通送了女子回身转来，见了道："相公还不曾睡？几时来在此间？"翰林道："小生见白衣大士出现，特来瞻礼。"妙通道："此邻人徐氏之女，丹桂小娘子。果然生得一貌倾城，目中罕见。"翰林道："曾嫁人未？"妙通道："说不得。他父亲在时，曾许下在城陈家小官人，比及将次成亲，那小官人没福死了，担阁了这小娘子做了个望门寡，一时未有人家来求他的。"翰林道："怪道穿着淡素，如何夜晚间到此？"妙通道："今晚是七夕牛女佳期，他遭着如此不偶之事，心愿不足，故此对母亲说了，来烧炷夜香。"翰林道："他母亲是甚么样人？"妙通道："他母亲姓白，是个京师人。当初徐家老爷在京中选官，娶了来家的，且是直性子好相与。对我说还有个亲兄在京，他出京时节，有个侄儿方两岁，与他女儿同庚的。自出京之后，杳不相闻，差不多将二十年来了，不知生死存亡，时常托我在佛前保佑。”翰林听着，呆了一会，想道：“我前日买了半扇钿盒，那包的纸上，分明写是‘徐门白氏，女丹桂；兄白大，子白留哥’。今这个女子姓徐名丹桂，母亲姓白，眼见得就是这家了。那卖盒儿的老儿说，那家死了两个后生，老人家连忙逃去，把信物多掉下了。想必死的后生，就是他侄儿留哥，不消说得。谁想此女如此妙丽，在此另许了人家，可又断了。那信物却落在我手中，却又在此相遇，有如此凑巧之事？或者倒是我的姻缘，也未可知。”以心问心，跌足道：“一二十年的事，三四千里的路，有甚查帐处？只须如此如此！”

算计已定，对妙通道：“适才所言白老孺人，多少年纪了？”妙通道：“有四十多岁了。”翰林道：“他京中亲兄可是白大？侄儿子可叫做留哥？”妙通道：“正是，正是。相公如何晓得？”翰林道：“那孺人正是家姑，小生就是白留哥，是孺人的侄儿。”妙通道：“相公好取笑！相公自姓权，如何姓白？”翰林道：“小生幼年离了京师，在江湖上游学，一来慕南方风景，二来专为寻取这头亲眷，所以移名改姓，游到此地。今偶然见师父说着端的，也是一缘一会，天使其然。不然，小生怎地晓得他家姓名？”妙通道：“元来有这等巧事！相公，你明日去认了令姑，小尼再来奉贺便了。”

翰林当下别了老尼，到静室中游思妄想，过了一夜。天明起来，叫管家权忠，叮嘱停当了说话。结束整齐，一直问到徐家来。到了门首，看见门上一个老儿在那里闲坐。翰林叫权忠对他说：“可进去通报一声，有个白大官，打从京中出来的。”老儿说道：“我家老主人没了，小官儿又小，你要见那个的？”翰林道：“你家老孺人可是京中人姓白么？”老儿道：“正是姓白。”权忠道：“我主人是白大官，正是孺人的侄儿。”老儿道：“这等，你随我进去通报便是。”老儿领了权忠，竟到孺人面前。权忠是惯事的人，磕了一头，道：“主人白大官，在京中出来，已在门首了。”白孺人道：“可是留哥？”权忠道：“这是主人乳名。”孺人喜动颜色道：“如此喜事！”即忙唤自家儿子道：“糕儿，你哥哥到了，快去接了进来！”那小孩子嬉嬉颠颠，摇摇摆摆，出来接了翰林进去。翰林觍觍腆腆、冒冒失失进去，见那孺人起来，翰林叫了姑娘一声，唱了一喏，待拜下去。孺人一把扯住道：“行路辛苦，不必大礼。”孺人含着眼泪看那翰林，只见眉清目秀，一表非俗，不胜之喜。说道：“想老身出京之时，你只有两岁，如今长成得这般好了。你父亲如今还健么？”翰林假意掩泪道：“弃世久矣。小侄只为眼底没个亲人，见父亲在时，曾说有个姑娘嫁在下路，所以小侄到南方来游学，专欲寻访。昨日偶见月波庵妙通师父，说起端的，方知姑娘在此，特来拜见。”孺人道：“如何声口不像北边？”翰林道：“小侄在江湖上已久，爱学南言，所以变却乡音也。”翰林叫权忠送上礼物，孺人欢喜收了，谢道：“至亲骨肉，只来相会便是，何必多礼？”翰林道：“客途乏物孝敬姑娘，不必说起。且喜姑娘康健。昨日见妙通说过，已知姑夫不在了。适间这位是表弟，还有一位表妹，与小侄同庚的，在么？”孺人道：“你姑夫在时，已许了人家，姻缘不偶，未过门就断了。而今还是个没吃茶的女儿。”翰林道：“也要请相见。”孺人道：“昨日去烧香，感了些风寒，今日还没起来梳洗。总是你在此还要久住，兄妹之间，时常可以相见。且到西堂安下了行李再处。”一边分付排饭，一手拽着翰林到西堂来。打从一个小院门边经过，孺人用手指道：“这里头就是你妹子的卧房。”翰林鼻边悄闻得一阵兰麝之香，心中好生徯幸。那孺人陪翰林吃了饭，着落他行李在书房中，是件安顿停当了，方才进去。权翰林到了书房中，想道：“特地冒认了侄儿，要来见这女子，谁想尚未得见。幸喜已认做是真，留在此居住，早晚必然生出机会来。不必性急，且等明日相见过了，再作道理。”

且说徐氏丹桂，年正当时，误了佳期，心中常怀不足。自那七夕烧香，想着牛女之事，未免感伤情绪，兼冒了些风寒，一时懒起。见说有个表兄自京中远来，他曾见母亲说，小时有许他为婚之意，又闻得他容貌魁梧，心用也有些暗动，思量会他一面。虽然身子懒怯，只得强起梳妆。对镜长叹道："如此好容颜，到底付之何人也？"有《绵搭絮》一首为证：

瘦来难任，宝镜怕初临。鬼病侵寻，闷对秋光冷透襟。最伤心静夜闻砧。慵拈绣纴，懒抚瑶琴。终宵里有梦难成。待晓起翻嫌晓思沉。

梳妆完了，正待出来见表兄，只见兄弟糕儿急急忙忙走将来道："母亲害起急心疼来，一时晕去。我要到街上去取药，姐姐可快去看母亲去。"桂娘听得，疾忙抽身便走了出房，减妆也不及收，房门也不及锁，竟到孺人那里去了。

权翰林在书房中梳洗已毕，正要打点精神，今日求见表妹，只听得人传出来道："老孺人一时急心疼晕倒了！"他想道："此病惟有前门棋盘街定神丹一服立效，恰好拜匣中带得在此。我且以子侄之礼，入堂问病，就把这药送他一丸。医好了他，也是一个讨好的机会。"就去开出来，袖在袖里，一径望内里来问病。路经东边小院，他昨日见孺人说，已晓得是桂娘的卧房。却见门开在那里，想道："桂娘一定在里头，只作三不知闯将进去，见他时再作道理。"翰林捏着一把汗，走进卧房。只见：

香奁尚启，宝镜未收。剩粉残脂，还在盆中荡漾；花钿翠黛，依然几上铺张。想他纤手理妆时，少个画眉人凑巧。

翰林如痴似醉，把桌上东西这件闻闻，那件嗅嗅，好不伎痒。又闻得扑鼻馨香，回首看时，那绣帐牙床，锦衾角枕，且是整齐精洁。想道："我且在他床里眠他一眠，也沾他些香气，只当亲挨着他皮肉一般。"一躺躺下去，眠在枕头上，呆呆地想了一回。等待几时，不见动静，没些意智，慢慢走了出来。将到孺人房前，摸摸袖里，早不见了那丸药，正不知失落在那里了。定性想一想，只得打原来路上，一路寻到书房里去了。

桂娘在母亲跟前，守得疼痛少定。思量房门未锁，妆台未收，跑到自房里来。收拾已完，身子困倦，揭开罗帐，待要歇息一歇息。忽见席间一个纸包，拾起来打开看时，却是一丸药，纸包上有字，乃是“定神丹，专治心疼，神效”几个字。桂娘道：“此自何来？若是兄弟取至，怎不送到母亲那里去，却放在我的席上？除了兄弟，此处何人来到？却又恰恰是治心疼的药，果是跷蹊。且拿到母亲那里去，问个端的。”取了药，掩了房门，走到孺人处来，问道：“母亲，兄弟取药回来未曾？”孺人道：“望得眼穿。这孩子不知在那里顽耍，再不来了。”桂娘道：“好教母亲得知，适间转到房中，只见床上一颗丸药，纸上写着‘定神丹，专治心疼，神效’。我疑心是兄弟取来的，怎不送到母亲这里，却放在我的房中？今兄弟兀自未回，正不知这药在那里来的。”孺人道：“我儿，这定神丹，只有京中前门街上有得卖，此处那讨这？分明是你孝心所感，神仙所赐。快拿来我吃！”桂娘取汤来，递与孺人，咽了下去。一会，果然心疼立止。母子欢喜不尽。

孺人疼痛既止，精神疲倦，懞懞的睡了去。桂娘守在帐前，不敢移动。恰好权翰林寻药不见，空手走来问安，正撞着桂娘在那里，不及回避。桂娘认做是白家表兄，少不得要相见的，也不躲闪。这里权翰林正要亲傍，堆下笑来，买将上去，唱个肥喏道：“妹子，拜揖了！”桂娘连忙还礼道：“哥哥万福。”翰林道：“姑娘病体若何？”桂娘道：“觉道好些，方才睡去。”翰林道：“昨日到宅，渴想妹子芳容一见。见说玉体欠安，不敢惊动。”桂娘道：“小妹听说哥哥到来，心下急欲迎侍，梳洗不及，不敢草率。今日正要请哥哥厮见，恰遇母亲病急脱身不得。不想哥哥又进来问病，幸瞻丰范。”翰林道：“小兄不远千里而来，得见妹子玉貌，真个是不枉奔波走这遭了。”桂娘道：“哥哥与母亲姑侄至亲，自然割不断的。小妹薄命之人，何足挂齿？”翰林道：“妹子芳年美质，后禄正长，佳期可待，何出此言？”此时两人对话，一递一来。桂娘年大知味，看见翰林丰姿俊雅，早已动火了八九分。亦且认是自家中表兄妹一脉，甜言软语，更不羞缩。对翰林道：“哥哥初来舍下，书房中有甚不周到处，可对你妹子说，你妹子好来照瞭一二。”翰林道：“有甚么不周到？”桂娘道：“难道不缺长少短？”翰林道：“虽有缺少，不好对妹子说得。”桂娘道：“但说何妨？”翰林道：“所少的，只怕妹子不好照管。然不是妹子，也不以有照管。”桂娘道：“少甚东西？”翰林笑道“晚间少个人作伴耳。”桂娘通红了面皮，也不回答，转身就走。翰林赶上去，一把扯住道：“携带小兄到绣房中，拜望妹子一拜望，何如？”桂娘见他动手动脚，正难分解，只听得帐里老孺人开声道：“那个在此说话响？”翰林只得放了手，回首转来道：“是小侄问安。”其时桂娘已脱了身，跑进房里去了。

孺人揭开帐来，看见了翰林道：“元来是侄儿到此。小兄弟街上未回，妹子怎不来接待？你方才却和那个说话？”翰林心怀鬼胎，假说道：“只是小侄，并没有那个。”孺人道：“这等是老人家听差了。”翰林心不在焉，一两句话，连忙告退。孺人看见他有些慌速，失张失志的光景，心里疑惑道：“起初我服的定神丹，出于京中，想必是侄儿带来的，如何却在女儿房内？适才睡梦之中，分明听得与我女儿说话，却又说道没有。他两人不要晓得前因，辄便私自往来，日后做出勾当。他男长女大，况我原有心配合他的。只是侄儿初到，未见怎的，又不知他曾有妻未，不好就启齿。且再过几时，看相机会，圆成罢了。”

踌躕之间，只见糕儿拿了一贴药走将来道：“医生入娘贼出去了，等了多时，才取这药来。”孺人嗔他来迟，说道：“等你药到，娘死多时了。今天幸不疼，不吃这药了。你自陪你哥哥去。”糕儿道：“那哥哥也不是老实人。方才走进来撞着他，却在姐姐卧房门首东张西张，见了我方出去了。”孺人道：“不要多嘴。”糕儿道：“我看这哥哥也标致，我姐姐又没了姐夫，何不配与他了，也完了一件事。省得他做出许多馋痨喉急出相。”孺人道：“孩子家恁地轻出口！我自有主意。”孺人虽喝住了儿子，却也道是有理的事，放在心中打点，只是未便说出来。

那权翰林自遇桂娘，两下交口之后，时常相遇，便眉来眼去，彼此有情。翰林终日如痴似狂，拿着一管笔写来写去，茶饭懒吃。桂娘也日日无情无绪，恹恹欲睡，针线慵拈，多被孺人看在眼里。然两个只是各自有心，碍人耳目，不曾做甚手脚。

一日，翰林到孺人处去，恰好遇着桂娘梳妆已毕，正待出房。翰林阑门迎着，相唤了一礼。翰林道：“久闻妹子房闼精致，未曾得造一观。今日幸得在此相遇，必要进去一看。”不由分说，望门里一钻，桂娘只得也走了进来。翰林看见无人，一把抱住道：“妹子慈悲，救你哥哥客中一命则个！”桂娘不敢声张，低低道：“哥哥尊重。哥哥不弃小妹，何不央人向母亲处求亲，必然见允。如何做那轻薄模样？”翰林道：“多蒙妹子指教，足见厚情。只是远水救不得近火，小兄其实等不得那从容的事了。”桂娘正色道：“若要苟合，妹子断然不从。他日得做夫妻，岂不为兄所贱？”挣脱了身子，望门外便走，早把个云髻扭歪，两鬓都乱了。急急走到孺人处，喘气尚是未息。孺人见了，觉得有些异样，问道：“为何如此模样？”桂娘道：“正出房来，撞见哥哥后边走来，连忙先跑，走得急了些个。”孺人道：“自家兄妹，何必如此躲避？”孺人也只道侄儿就在后边来，却又不见到。元来没些意思，反走出去了。

孺人自此，又是一番疑心，性急要配合他两个了，只是少个中间撮合的人。猛然想道：“侄儿初到时，说道见妙通师父说了，才寻到我家来的。何不就叫妙通来，与他说知其事，岂不为妙？”当下就分付儿子糕儿，叫他去庵中接那妙通，不在话下。

却说权翰林走到书房中，想起适才之事，心中怏怏。又思量桂娘有心于他，虽是未肯相从，其言有理。却不知我是假批子，教我央谁的是？自又忖道："他母子俱认我是白大，自然是钿盒上的根瓣了。我只将钿盒为证，怕这事不成？"又转想一想道："不好，不好。万一名姓偶然相同，钿盒不是他家的，却不弄真成假？且不要打破网儿，只是做些工夫，偎得亲热，自然到手。"正胡思乱想，走出堂前闲步，忽然妙通师父走进门来。见了翰林，打个问讯道："相公，你投亲眷，好处安身，许久了，再不到小庵走走。"权翰林还了一礼，笑道："不敢瞒师父说，一来家姑相留，二来小生的形孤影只，岑寂不过，贪着骨肉相傍，懒向外边去了。"妙通道："相公既苦孤单，老身替你做个媒罢。"翰林道："小生久欲买妾，师父前日说不管闲事，所以不敢相央。若得替我做个媒人，十分好了。"妙通道："亲事倒有一头在我心里。适才白老孺人相请说话，待我见过了他，再来和相公细讲。"翰林道："我也有个人在肚里，正少个说合的，师父来得正好。见过了家姑，是必到书房中来走走，有话相商则个。"妙通道："晓得了。"

说罢话，望内里就走进去，见了孺人。孺人道："多时不来走走。"妙通道："见说孺人有些贵恙，正要来看，恰好小哥来唤我，故此就来了。"孺人道："前日我侄初到，心中一喜一悲，又兼辛苦了些儿，生出病来。而今小恙已好，不劳费心。只有一句话儿，要与师父说说。"妙通道："甚么话？"孺人道："我只为女儿未有人家，日夜忧愁。"妙通道："一时也难得像意的。"孺人道："有倒有一个在这里，正要与师父商量。"妙通道："是那个，倒要与我出家人商量？"孺人道："且莫说出那个。只问师父一句话，我京中来的侄儿，说道先认得你的，可晓得么？"妙通道："在我那里作寓好些时，见我说起孺人，才来认亲的。怎不晓得？且是好一个俊雅人物。"孺人道："我这侄儿，与我女儿同年所生，先前也曾告诉师父过的。当时在京，就要把女儿许他为妻，是我家当先老爹不肯。我出京之时，私下把一个钿盒分开两扇，各藏一扇，以为后验，写下文书一纸。当时侄儿还小，经今年远，这钿盒、文书虽不知还在不在，人却是了。眼见得女儿别家无缘，也似有个天意在那里。我意欲完前日之约，不好自家启齿，抑且不知他京中曾娶过妻否，要烦你到西堂与我侄儿说此事。如若未娶，待与他圆成了，可好么？”妙通道：“这个当得，管取一说就成。且拿了这半扇钿盒去，好做个话柄。”孺人道：“说得是。”走进房里去，取出来交与妙通。

妙通袋在袖里了，一径到西堂书房中来。翰林接着，道：“师父见过家姑了？”妙通道：“是见过了。”翰林道：“有甚说话？”妙通道：“多时不见，闲叙而已。”翰林道：“可见我妹子么？”妙通道：“方才不曾见。再过会，到他房里去。”翰林道：“好个精致房，只可惜独自孤守。”妙通道：“目下也要说一个人与他了。”翰林道：“起先师父说，有头亲事，要与小生为媒。是那一家？”妙通道：“是有一家，是老身的檀越。小娘子模样尽好，正与相公厮称。只是相公要娶妾，必定有个正夫人了。他家却是不肯做妾的。”翰林道：“小生曾有正妻，亡过一年多了。恐怕一时难得门当户对的佳配，所以且说个取妾。若果有好人家，像得吾意，自然聘为正室了。”妙通道：“你要怎么样的才像得你意？”翰林把手指着里面道：“不瞒老师父说，得像这里表妹方妙。”妙通笑道：“容貌倒也差不多儿。”翰林道：“要多少聘财？”妙通袖里摸出钿盒来，道：“不须别样聘财，却倒是个难题目。他家有半扇金盒儿，配得上的就嫁他。”翰林接上手一看，明知是那半扇的底儿，不胜欢喜。故意问道：“他家要配此盒，必有缘故。师父可晓得备细？”妙通道：“当初这家子，原是京中住的，有个中表曾结姻盟，各分钿盒一扇为证。若有那扇，便是前缘了。”翰林道：“若论钿盒，我也有半扇，只不知可配得着否？”急在拜匣中取出来一配，却好是一个盒儿。妙通道：“果然是一个，亏你还留得在。”翰林道：“你且说那半扇是那一家的？”妙通道：“再有那家？怎佯不知，倒来哄我？是你的亲亲表妹桂娘子的，难道你倒不晓得？”翰林道：“我见师父藏头露尾，不肯直说出来，所以也做哑装呆，取笑一回。却又一件，这是家姑从幼许我的，何必今日又要师父多这些宛转？”妙通道：“令姑也曾道来，年深月久，只怕相公已曾别娶，就不好意思，所以要老身探问个明白。今相公弦断未续，钿盒现配成双，待老身回覆孺人，只须成亲罢了。”翰林道：“多谢撮合大恩。只不知几时可以成亲，早得一日也好。”妙通道：“你这馋样的新郎！明日是中秋佳节，我撺掇孺人就完成了罢。等甚么日子？”翰林道：“多感！多感！”

妙通袖里怀了这两扇完全的钿盒，欣然而去，回覆孺人。孺人道是骨肉重完，旧物再见，喜欢无尽，只待明日成亲吃喜酒了。此时胸中十万分，那有半分道不是他的侄儿？正是：

只认盒为真，岂知人是假。
奇事颠倒颠，一似塞翁马。

权翰林喜之如狂，一夜不睡。绝早起来，叫权忠到当铺里去赁了一顶儒巾，一套儒衣，整备拜堂。孺人也绝早起来，料理酒席，催促女儿梳妆。少不得一对参拜行礼。权翰林穿着儒衣，正似白龙鱼服，掩着口只是笑。连权忠也笑。傍人看的，无非道是他喜欢之故，那知其情？但见花烛辉煌，恍作游仙一梦。有词为证：

银烛灿芙渠，瑞鸭微喷麝烟浮。喜红丝初绾，宝合曾输。何郎俊才调凌云，谢女艳容华濯露。月轮正值团圆暮，雅称锦堂欢聚。（右调《画眉序》）

酒罢送入洞房，就是东边小院桂娘的卧房，乃前日偷眠妄想、强进挨光的所在。今日停眠整宿，你道快活不快活？权翰林真如入蓬莱山岛了。入得罗帏，男贪女爱，两情欢畅，自不必说。云雨既阑，翰林抚着桂娘道："我和你千里姻缘，今朝美满，可谓三生有幸。"桂娘道："我和你自幼相许，今日完聚，不足为奇。所喜者，隔着多年，又如此远路，到底团圆，乃像是天意周全耳。只有一件，你须不是这里人。今入赘我家，不知到底萍踪浪迹，归于何处。抑且不知你为儒为商，作何生业。我嫁鸡逐鸡，也要商量个终身之策。一时欢爱，不足恋也。"翰林道："你不须多虑。只怕你不嫁得我，既嫁了我，包你有好处。"桂娘道："有甚好处？料没有五花官诰夫人之分。"翰林笑道："别件或者烦难，若只要五花官诰，包管箱笼里就取得出。"桂娘啐了一啐道："亏你不羞。"桂娘只道是一句夸大的说话，不以为意。翰林却也含笑不就明言，且只软款温柔，轻怜痛惜，如鱼似水，过了一夜。

明晨起来，各各梳洗已毕，一对儿穿着大衣，来拜见尊姑，并谢妙通为媒之功。正行礼之时，忽听得堂前一片价筛锣，像有十来个人，喧嚷将起来，慌得小舅糕儿没钻处。翰林走出堂前来，问道："谁人在此啰唣？"说声未了，只见老家人权孝同了一班京报人，一见了就磕头道："京中报人特来报爷高升的。小人们那里不寻得到？方才街上遇见权忠，才知爷寄迹在此。却如何这般打扮？快请换了衣服。"权翰林连忙摇手，叫他不要说破，禁得那一个住？你也"权爷"，我也"权爷"，不住的叫。拿出一张报单来，已升了学士之职，只管嚷着求赏。翰林着实叫他们"不要说我姓权"，京报人那管甚么头谿，早把一张报喜的红纸高高贴起在中间。上写：

飞报：贵府老爷权高升翰林学士命下。

这里跟随管家权忠，拿出冠带，对学士道："料想瞒不过了，不如老实行事罢。"学士带笑，脱了儒巾儒衣，换了冠带，讨香案来，谢了圣恩。分付京报人出去门外候赏，转身进来，重请岳母拜见。

那孺人出于不意，心慌撩乱，没个是处。好像青天里一个霹雳，不知是那里起的。只见学士拜下去，孺人连声道："折杀老身也！老身不知贤婿姓权，乃是朝廷贵臣，真是有眼不识泰山。望高抬贵手，恕家下简慢之罪。"学士道："而今总是一家人，不必如此说了。"孺人道："不敢动问贤婿，贤婿既非姓白，为何假称舍侄，光降寒门？其间必有因由。"学士道："小婿寄迹禅林，晚间闲步，月下看见令爱芳姿，心中仰慕无已。问起妙通师父，说着姓名居址，家中长短备细，故此托名前来，假意认亲。不想岳母不疑，欣然招纳，也是三生有缘。"妙通道："学士初到庵中，原说姓权。后来说着孺人家事，就转口说了姓白。小尼也曾问来，学士回说道，因为访亲，所以改换名姓。岂知贵人游戏，我们多被瞒得不通风，也是一场天大笑话。"孺人道："却又一件，那半扇钿盒却自何来？难道贤婿是通神的？"学士笑道："侄儿是假，钿盒却真。说起来实有天缘，非可强也。"孺人与妙通多惊异道："愿闻其详。"学士道："小婿在长安市上，偶然买得此盒一扇。那包盒的，却是文字一纸，正是岳母写与令侄留哥的，上有令爱名字。今此纸见在小婿处，所以小婿一发有胆冒认了。求岳母饶恕欺诳之罪。"孺人道："此话不必题起了。只是舍侄家为何把此盒出卖，卖的是甚么样人，贤婿必然明白。"学士道："卖的是一个老儿，说是令兄旧房主。他说令兄全家遭疫，少者先亡，止遗老口，一时逃去。所以把物件遗下，拿出来卖的。"孺人道："这等说起来，我兄与侄皆不可保，真个是物在人亡了。"不觉掉下泪来。妙通便收科道："老孺人，姻缘分定，而今还管甚侄儿不侄儿，是姓权是姓白。招得个翰林学士做女婿，须不辱莫了你的女儿。"孺人道："老师父说得有理。"大家称喜不尽。

此时桂娘子在旁，逐句逐句听着，口虽不说出来，才晓得昨夜许他五花官诰做夫人，是有来历的，不是过头说话。亦且钿盒天缘，实为凑巧，心下得意，不言可知。权学士既喜着桂娘美貌，又见钿盒之遇，以为奇异，两下恩爱非常。重谢了妙通师父，连岳母小舅都带了赴任。后来秩满，桂娘封为宜人，夫妻偕老。

世间百物总凭缘，大海浮萍有偶然。
不向长安买钿盒，何从千里配婵娟。

卷之四

青楼市探人踪　红花场假鬼闹

昔宋时三衢守宋彦瞻，以书答状元留梦炎，其略云：

> 尝闻前辈之言，吾乡昔有第奉常而归，旗者、鼓者、馈者、迓者、往来而观者，阗路骈陌，如堵墙。既而闺门贺焉，宗族贺焉，姻者、友者、客者交贺焉。至于仇者，亦蒙耻含愧而贺且谢焉。独邻居一室，扃鐍远引，若避寇然。予因怪而问之。愀然曰："所贵乎衣锦之荣者，谓其得时行道也，将有以庇吾乡里也。今也或窃一名，得一官，即起朝贵暮富之想。名愈高，官愈穹，而用心愈谬。武断者有之，庇奸慝持州县者有之。是一身之荣，一乡之害也。其居日以广，邻居日以蹙，吾将入山林深密之地以避之。是可吊，何以贺为？

此一段话载在《齐东野语》中。皆因世上官宦，起初未经发际变泰，身居贫贱时节，亲戚、朋友、宗族、乡邻，那一个不望他得了一日，大家增光？及至后边风云际会，超出泥涂，终日在仕宦途中、冠裳里面，驰逐富贵，奔趋利名，将自家困穷光景尽多抹过，把当时贫交看不在眼里，放不在心上，全无一毫照顾周恤之意，淡淡相看，用不着他一分气力。真叫得官情纸薄。不知向时盼望他这些意思，竟归何用！虽然如此，这样人虽是恶薄，也只是没用罢了。撞着有志气、肩巴硬的，拚得个不奉承他，不求告他，也无奈我何，不为大害。更有一等狠心肠的人，偏要从家门首打墙脚起，诈害亲戚，侵占乡里，受投献，窝盗贼，无风起浪，没屋架梁，把一个地方搅得荠菜不生，鸡犬不宁，人人惧惮，个个收敛，怕生出衅端，撞在他网里了。他还要疑心别人仗他势力，得了甚么便宜，心下不放松的，昼夜算计。似此之人，乡里有了他，怎如没有的安静？所以宋彦瞻见留梦炎中状元之后，把此书规讽他，要他做好人的意思。其间说话虽是愤激，却句句透切着今时病痛。看官每不信，小子而今单表一个作恶的官宦，做着没天理的勾当，后来遇着清正严明的宪司做对头，方得明正其罪，说来与世上人劝戒一番。有诗为证：

恶人心性自天生，慢道多因习染成。
用尽凶谋如翅虎，岂知有日贯为盈。

这段话文，乃是四川新都县有一乡宦，姓杨，是本朝甲科，后来没收煞，不好说得他名讳。其人家富心贪，凶暴残忍，居家为一乡之害，自不必说。曾在云南做兵备佥事。其时属下有个学霸廪生，姓张，名寅。父亲是个巨万财主，有妻有妾。妻所生一子，就是张廪生。妾所生一子，名唤张宾，年纪尚幼。张廪生母亲先年已死，父亲就把家事尽托长子经营。那廪生学业尽通，考试每列高等，一时称为名士，颇与郡县官长往来。只是赋性阴险，存心不善。父亲见他每事苛刻取利，常劝他道："我家道尽裕，勾你几世受用不了。况你学业日进，发达有时，何苦锱铢较量，讨人便宜怎的？"张廪生不以为好言，反疑道："父亲必竟身有私藏，故此把财物轻易，嫌道我苛刻。况我母已死，见前父亲有爱妾幼子，到底他们得便宜。我只有得眼面前东西，还有他一股之分，我能有得多少？"为此日夕算计，结交官府，只要父亲一倒头，便思量摆布这庶母幼弟，占他家业。已后父亲死了，张廪生恐怕分家，反向父妾要索取私藏。父妾回说“没有”。张廪生罄将房中箱笼搜过，并无踪迹。又道他埋在地下，或是藏在人家，胡猜乱嚷，没个休息。及至父妾要他分家与弟，却又分毫不吐，只推道：“你也不拿出来，我也没得与你儿子。”族人各有私厚薄，也有为着哥子的，也有为着兄弟的，没个定论。未免两下搬斗，构出讼事。那张廪生有两子，俱已入泮，有财有势，官府情熟。眼见得庶弟孤儿寡妇，下边没申诉处，只得在杨巡道手里告下一纸状来。

张廪生见杨巡道准了状，也老大吃惊。你道为何吃惊？盖因这巡道又贪又酷，又不让体面，恼着他性子，眼里不认得人。不拘甚么事由，匾打侧卓，一味倒边。还亏一件好处，是要银子；除了银子，再无药医的。有名叫做“杨疯子”，是惹不得的意思。张廪生忖道：“家财官司，只凭府县主张。府县自然为我斯文一脉，料不有亏。只是是这疯子手里的状，不先停当得他，万一拗彆起来，依着理断个平分，可不去了我一半家事？这是老大的干系。”张廪生世事熟透，便寻个巡道梯已过龙之人，与他暗地打个关节，许下他五百两买心红的公价。巡道依允，只要现过采，包管停当；若有不妥，不动分文。张廪生只得将出三百两现银，嵌宝金壶一把，缕丝金首饰一副，精工巧丽，价值颇多，权当二百两，他日备银取赎。要过龙的写了议单，又讨个许赎的执照。只要府县申文上来，批个像意批语，永杜断与兄弟之患。目下先准一诉词为信。若不应验，原物尽还。要廪生又换了小服，随着过龙的到私衙门首，当面交割。四目相视，各自心照。张廪生自道算无遗策，只费得五百金，巨万家事一人独享，岂不是九牛去得一毛，老大的便宜了？喜之下胜。

看官，你道人心不平。假如张廪生是个克己之人，不要说平分家事，就是把这一宗五百两东西让与小兄弟了，也是与了自家骨肉，那小兄弟自然是母子感激的。何故苦苦贪私，思量独吃自屙，反把家里东西送与没些相干之人？不知驴心狗肺，怎样生的！有诗曰：

私心只欲蔑天亲，反把家财送别人。
何不家庭略相让，自然忿怒变欢欣。

张廪生如此算计，若是后来依心像意，真是天没眼睛了。岂知世事浮云，倏易不定。杨巡道受了财物，准了诉状下去，问官未及审详。时值万寿圣节将近，两司里头，例该一人赍表进京朝贺。恰好轮着该是杨巡道去，没得推故，杨巡道只得收拾起身。张廪生着急，又寻那过龙的去讨口气。杨巡道回说："此行不出一年可回，府县且未要申文，待我回任，定行了落。"张廪生只得使用衙门，停阁了词状，呆呆守这杨佥宪回道。

争奈天下从人愿，杨佥宪赍表进京，拜过万寿，赴部考察。他贪声大著，已注了"不谨"项头，冠带闲住。杨佥宪闷闷出了京城，一面打发人到任所接了家眷，自回籍去了。

家眷动身时，张廪生又寻了过龙的去，要倒出这一宗东西。衙里回言道："此是老爷自做的事。若是该还，须到我家里来自与老爷取讨，我们不知就里。"张廪生没计奈何，只得住手，眼见得这一项银子抛在东洋大海里了。这是张廪生心劳术拙，也不为奇。若只便是这样没讨处罢了，也还算做便宜。张廪生是个贪私的人，怎舍得五百两东西平白丢去了？自思："身有执照，不干得事，理该还我。他如今是个乡官，须管我不着，我到他家里讨去。说我不过，好歹还我些。就不还得银子，还我那两件金东西也好。况且四川是进京必由之道，由成都省下到新都，只有五十里之远，往返甚易。我今年正贡，须赴京廷试。待过成都时，恰好到彼讨此一项，做路上盘缠，有何不可？"算计得停当，怕人晓得了暗笑，把此话藏在心中，连妻子多不曾与他说破。

此时家中官事未决，恰值宗师考贡，张廪生已自贡出了学门。一时兴匆匆地回家受贺，饮酒作乐了几时，一面打点长行，把争家官事，且放在一边了。带了四个家人，免不得是张龙、张虎、张兴、张富，早晚上道，水宿风飧，早到了成都地方。在饭店里宿了一晚。张贡生想道：“我在此间，还要迂道往新都取讨前件，长行行李留在饭店里不便。我路上几日，心绪郁闷，何不往此间妓馆一游，拣个得意的宿他两晚，遣遣客兴。就把行囊下在他家，待取了债，回来带去，有何不可？”就唤四个家人，说了这些意思。那家人是出路的，见说家主要嫖，是有些油水的事，那一个不愿随鞭镫？簇拥着这个老贡生，竟往青楼市上去了。

老生何意入青楼，岂是风情未肯休？
只为业冤当显露，埋根此处做关头。

却说张贡生走到青楼市上，走来走去，但见：

艳抹浓妆，倚市门而献笑；穿红着绿，搴帘箔以迎欢。或联袖，或凭肩，多是些凑将来的姊妹；或用嘲，或共语，总不过造作出的风情。心中无事自惊惶，日日恐遭他假母怒；眼里有人难撮合，时时任换□□生来。

张贡生见了这些油头粉面行径，虽然眼花撩乱，没一个同来的人，一时间不知走那一家的是，未便入马。只见前面一个人摇摆将来，见张贡生带了一伙家人东张西觑，料他是个要嫖的勤儿，没个帮的人，所以迟疑。便上前问道：“老先生定是贵足，如何踹此贱地？”张贡生拱手道：“学生客邸无聊，闲步适兴。”那人笑道：“只是眼嫖，怕适不得甚么兴。”张贡生也笑道：“怎便晓得学生不倒身？”那人笑容可掬道：“若果有兴，小子当为引路。”张贡生正投着机，问道：“老兄高姓贵表？”那人道：“小子姓游，名守，号好闲，此间路数最熟。敢问老先生仙乡上姓？”张贡生道：“学生是滇中。”游好闲道：“是云南了。”后边张兴撺出来道："我相公是今年贡元，上京廷试的。"游好闲道："失敬，失敬，小子幸会。奉陪乐地一游，吃个尽兴，作做主人之礼何如？"张贡生道："最好。不知此间那个妓者为最？"游好闲把手指一掐二掐的道："刘金、张赛、郭师师、王丢儿，都是少年行时的姊妹。"张贡生道："谁在行些？"游好闲道："若是在行，论这些雏儿多不及一个汤兴哥，最是帮衬软款，有情亲热。也是行时过来的人，只是年纪多了两年，将及三十岁边了，却是着实有趣的。"张贡生道："我每自家年纪不小，倒不喜欢那孩子心性的，是老成些的好。"游好闲道："这等不消说，兴哥那里去就是。"于是陪着张贡生，一直望汤家进来。

兴哥出来相见，果然老成丰韵，是个作家体段，张贡生一见心欢。告茶毕，叙过姓名，游好闲一一代答明白。晓得张贡生中意了，便指点张家人，将出银子来，送他办乐道。是夜游好闲就陪着饮酒。张贡生原是洪饮的，况且客中高兴，放怀取乐。那游好闲去了头，便是个酒坛。兴哥老在行，一发是行令不犯，连觥不醉的。三人你强我赛，吃过三更方住。游好闲自在寓中去了。张贡生遂与兴哥同宿。兴哥放出手段，温存了一夜，张贡生甚是得意。次日叫家人把店中行李尽情搬了来，顿放在兴哥家里了。

一连住了几日，破费了好几两银子，贪慕着兴哥才色，甚觉恋恋不舍。想道："我身畔盘费有限，不能如意。何不暂往新都，讨取此项到手，便多用些在他身上也好。"出来与这四个家人商议，装束了鞍马，往新都去。他心里道指日可以回来的，对兴哥道："我有一宗银子在新都，此去只有半日路程。我去讨了来，再到你这里顽耍几时。"兴哥道："何不你留住在此，只教管家们去取讨了来？"张贡生道："此项东西，必要亲身往取的。叫人去，他那边不肯发。"兴哥道："有多少东西？"张贡生道："有五百多两。"兴哥道："这关系重大，不好阻得你。只是你去了，万一不到我这里来了，教我家枉自盼望。"张贡生道:“我一应行囊都不带去,留在你家;只带了随身铺盖,并几件礼物去。好歹一两日,随即回来了。看你家造化,若多讨得到手,是必多送你些。”兴哥笑道:“只要你早去早来,那在乎此?”两下珍重而别。

看官,你道此时若有一个见机的人对那张贡生道:“这项银子,是你自己欺心不是处,黑暗里葬送了,还怨怅兀谁?那官员每手里东西,有进无出,老虎喉中讨脆骨,大象口里拔生牙,都不是好惹的,不要思想到手了。况且取得来,送与衙衙人家,又是个填不满底雪井。何苦枉用心机,走这道路?不如认个悔气,歇了帐罢。”若是张贡生闻得此言,转了念头,还是老大的造化。可惜当时没人说破;就有人说,料没人听。只因此一去,有分交:半老书生,狼籍作红花之鬼;穷凶乡宦,拘挛为黑狱之囚。正是:

猪羊入屠户之家,一步步来寻死路。

这里不题。

且说杨佥宪自从考察断根回家,自道日暮穷途,所为愈横。家事已饶,贪心未足,终日在家设谋运局,为非作歹。他只有一个兄弟,排行第二,家道原自殷富,并不干预外事,倒是个守本分的。见哥子作恶,每每会间微词劝谏。佥宪道:“你仗我势做二爷,挣家私勾了,还要管我?”话不投机。杨二晓得他存心克毒,后来未必不火并自家屋里,家中也养几个了得的家人,时时防备他。近新一病不起,所生一子,止得八岁。临终之时,唤过妻子在面前,分付众家人道:“我一生止存此骨血。那边大房做官的,虎视眈眈,须要小心抵对他,不可落他圈套之内。我死不瞑目。”泪如雨下,长叹而逝。死后,妻子与同家人辈牢守门户,自过日子,再不去叨忝佥宪家一分势利。

佥宪无隙可入,心里思量:“二房好一分家当,不过留得这一个黄毛小厮。若断送了他，这家当怕不是我一个的？”欲待暗地下手，怎当得这家母子关门闭户，轻易不来他家里走动。想道：“我若用毒药之类暗算了他，外人必竟知道是我，须瞒不过，亦且急忙不得其便。若纠合强盗劫了他家，害了性命，我还好瞒生人眼，说假公道话，只把失盗做推头，谁人好说得是我？总是不害得他性命，劫得家私一空，也只当是了。”他一向私下养着剧盗三十馀人，在外庄听用。但是掳掠得来的，与他平分；若有一二处做将出来，他就出身包揽遮护。官府晓得他刁，公人怕他的势，没个敢正眼觑他。但有心上不像意，或是眼里动了火的人家，公然叫这些人去搬了来庄里分了。弄得久惯，不在心上。他只待也如此劫了小侄儿子家里，趁便害了他性命。争奈他家家人昼夜巡逻，养着狼也似的守门犬数只，隄防甚紧。也是天有眼睛，到别处去，捽了就来；到杨二房去几番，但去便有阻碍，下不得手。

佥宪正在时刻挂心，算计必克，忽然门上传进一个手本来，乃是“旧治下云南贡生张寅禀见”。心中吃了一惊，道：“我前番曾受他五百两贿赂，不曾替他完得事，就坏官回家了。我心里也道此一宗银两必有后虑，不想他果然直寻到此。这事元不曾做得，说他不过，理该还他。终不成咽了下去又吐出来？若不还他时，他须是个贡生，酸子智量，必不干休。倘然当官告理，且不顾他声名不妙，谁耐烦与他调唇弄舌？我且把个体面见见他，说话之间，或者识时务不提起，也不见得。若是这等，好好送他盘缠，打发他去罢了。若是提起要还，又作道理。”佥宪以口问心，计较已定，踱将出厅来，叫请贡生相见。张贡生整肃衣冠，照着旧上司体统，行个大礼，送了些土物为候敬。佥宪收了，设坐告茶。佥宪道：“老夫承乏贵乡，罪过多端。后来罢职家居，不得重到贵地。今见了贵乡朋友，还觉无颜。”张贡生道：“公祖大人直道不容，以致忤时。敝乡士民，迄今廑想明德。”佥宪道：“惶恐，惶恐。”又拱手道：“恭喜贤契岁荐了。”张贡生道：“挨次幸及，殊为叨冒。”佥宪道：“今将何往，得停玉趾？”张贡生道：“赴京廷试，假途贵省，特来一觐台光。”佥宪道：“此去成都五十里之遥，特烦枉驾，足见不忘老朽。”张贡生见他说话不招揽，只得自说出来道：“前日贡生家下有些琐事，曾处一付礼物，面奉公祖大人处收贮，以求周全。后来未经结局，公祖已行，此后就回贵乡。今本不敢造次，只因贡生赴京缺费，意欲求公祖大人发还此一项，以助贡生利往。故此特来叩拜。”佥宪作色道：“老夫在贵处，只吃得贵乡一口水，何曾有此赃污之事，出口诬蔑！敢是贤契被别个光棍哄了？”张贡生见他昧了心，改了口不认帐，若是个知机的，就该罢了。怎当得张贡生原不是良善之人，心里着了急，就狠狠的道：“是贡生亲手在私衙门前交付的，议单执照俱在，岂可昧得？”佥宪见有议单执照，回嗔作喜道：“是老夫忘事，得罪！得罪！前日有个妻弟，在衙起身，需索老夫馈送。老夫宦囊萧然，不得已，故此借宅上这一项打发了他。不匡日后多阻，不曾与宅上出得力，此项该还。只是妻弟已将此一项用去了，须要老夫赔偿，且从容两日，必当处补。”张贡生见说肯还，心下放了两分松。又见说用去，心中不舍得那两件金物，又对佥宪道：“内中两件金器，是家下传世之物，还求保全原件则个。”佥宪冷笑了一声道：“既是传世之物，谁教轻易拿出来？且放心，请过了洗尘的薄款再处。”就起身请张贡生书房中慢坐，一面分付整治酒席。张贡生自到书房中去了。

佥宪独自算了一回。他起初打白赖之时，只说张贡生会意，是必凑他的趣，他却重重送他个回敬做盘缠，也倒两全了。岂知张贡生算小，不还他体面，搜根剔齿，一直说出来。然也还思量还他一半现物，解了他馋涎。只有那金壶与金首饰，是他心上得意的东西，时刻把玩的，已曾几度将出来夸耀亲戚过了，你道他舍得也不舍得？张贡生恰恰把这两件口内要紧。佥宪左思右思，便一时不怀好意了。哏地一声道：“一不做，二不休。他是个云南人，家里出来，中途到此间的，断送了他，谁人晓得？须不到得尸亲知道。”就叫几个干仆，约会了庄上一伙强人，到晚间酒散听候使用。

分付停当，请出张贡生来赴席。席间说些闲话，评论些朝事，且是殷勤。又叫俊俏的安童频频奉酒。张贡生见是公祖的好意，不好推辞。又料道是如此美情，前物必不留难，放下心怀，只顾吃酒，早已吃得醺醺地醉了。又叫安童奉了又奉，只等待不省人事方住。又问：“张家管家们可曾吃酒了未？”却也被几个干仆轮番更换，陪伴饮酒。那些奴才们见好酒好饭，道是投着好处，那里管三七二十一，只顾贪婪无厌，四个人一个个吃得瞪眉瞠眼，连人多不认得了。禀知了佥宪，佥宪分付道：“多送在红花场结果去。”

元来这杨佥宪有所红花场庄子，满地种着红花，广衍有一千馀亩。每年卖那红花，有八九百两出息。这庄上造着许多房子，专一歇着客人，兼亦藏着强盗。当时只说送张贡生主仆到那里歇宿。到得庄上，五个人多是醉的，看着被卧，倒头便睡，鼾声如雷，也不管天南地北了。那空阔之处，一声锣响，几个飞狠的庄客走将拢来，多是有手段的强盗头，一刀一个。遮莫有三头六臂的，也只多费得半刻工夫；何况这一个酸子与几个呆奴，每人只生得一颗头，消得几时，早已罄净。当时就在红花稀疏之处，掘个坎儿，做一堆儿埋下了。可怜张贡生痴心指望讨债，还要成都去见心上人，怎知遇着狠主，弄得如此死于非命。正是：

> 不道逡巡命，还贪倾刻花。
> 黄泉无妓馆，今夜宿谁家？

过了一年有馀，张贡生两个秀才儿子在家，自从父亲入京以后，并不曾见一纸家书、一个便信回来。问着个把京中归来的人，多道不曾会面，并不晓得。心中疑惑，商量道：“滇中处在天末，怎能勾京中信至？还往川中省下打听，彼处不时有在北京还往的。”于是两个凑些盘缠在身边了，一径到成都，寻个下处宿了。在街市上行来走去闲撞，并无遇巧熟人。两兄弟住过十来日，心内无聊，商量道：“此处尽多名妓，我每各寻一个消遣则个。”两个小伙子，也不用帮闲，我陪你，你陪我，各寻一个雏儿：一个童小五，一个顾阿都。接在下处，大家取乐。混了几日，闹烘烘、热腾腾的，早把探父亲信息的事撇在脑后了。

一日，那大些的有跳槽之意。两个雏儿晓得他是云南人，戏他道：“闻得你云南人只要嫖老的，我每敢此不中你每的意？不多几日，只要跳槽。”两个秀才道：“怎见得我云南人只要嫖老的？”童小五便道：“前日见游伯伯说，去年有个云南朋友到这里来，要他寻婊子，不要兴头的，只要老成的。后来引他到汤家兴哥那里去了。这兴哥是我们母亲一辈中人，他且是与他过得火热，也费了好些银子。约他再来，还要使一主大钱，以后不知怎的了。这不是云南人要老的样子？”两个秀才道：“那云南人姓个甚么？怎生模样？”童小五、顾阿都大家拍手笑道：“又来趔了！不在我每肝上的事，管他姓张姓李？那曾见他模样来。只是游伯伯如此说，故把来取笑。”两个秀才道：“游伯伯是甚么人？住在那里？这却是你每晓得的。”童小五、顾阿都又拍手道：“游伯伯也不认得，还要嫖？”两个秀才必竟要问个来历。童小五道：“游伯伯千头万脑的人，撞来就见；要寻他，却一世也难。你要问你们贵乡里，竟到汤兴哥家问不是！”两个秀才道：“说得有理。”留小的秀才窝伴着两个雏儿，大的秀才独自个问到汤家来。

那个汤兴哥自从张贡生一去，只说五十里的远近，早晚便到。不想去了一年有多，绝无消息。留下衣囊行李，也不见有人来取。门户人家，不把来放在心上，已此放下肚肠了。那日无客，在家闭门昼寝，忽然得一梦，梦见张贡生到来，说道取银回来。至要叙寒温，却被扣门声急，一时惊醒。醒来想道：“又不曾念着他，如何魃地有此梦？敢是有人递信息取衣装，也未可知。”正在疑似间，听得又扣门响。兴哥整整衣裳，叫丫鬟在前，开门出来。丫鬟叫一声：“客来了！”张大秀才才那得脚进，兴哥抬眼看时，吃了一惊道：“分明像张贡生一般模样，如何后生了许多？”请在客坐里坐了，问起地方姓名，却正是云南姓张。兴哥心下老大稀罕，未敢遽然说破。张大秀才先问道：“请问大姐，小生闻得这里去年有个云南朋友往来，可是甚么样人？姓甚名谁？”兴哥道：“有一位老成朋友，姓张，说是个贡行，要往京廷试，在此经过的。盘桓了数日，前往新都取债去了。说半日路程，去了就来，不知为何一去不来了。”张大秀才道：“随行有几人？”兴哥道：“有四位管家。”张大秀才心里晓得是了，问道：“一去不来，敢是竟自长行了？”兴哥道：“那里是！衣囊行李，还留在我家里，转来取了才起身的。”张大秀才道：“这等为何不来？难道不想进京，还留在彼处？”兴哥道：“多分是取债不来，担阁在彼。就是如此，好歹也该有个信，或是叫位管家来。影响无踪，竟不知甚么缘故。”张大秀才道：“见说新都取甚么债？”兴哥道：“只听得说有一宗五百两东西，不知是甚么债。”张大秀才跌脚道：“是了，是了，这等我每须在新都寻去了。”兴哥道：“他是客官甚么瓜葛，要去寻他？”张大秀才道：“不敢欺大姐，就是小生的家父。”兴哥道：“失敬，失敬。怪道模样恁地厮像！这等是一家人了。”笑欣欣的去叫小二整起饭来，留张大官人坐一坐。张大秀才回说道：“这倒不消，小生还有个兄弟在那厢等候。只是适间的话，可是确的么？”兴哥道：“怎的不确？见有衣囊行李在此，可认一认，看是不是。”随引张大秀才到里边房里来，把留下物件与他看了。张大秀才认得是实，忙别了兴哥道：“这等，事不宜迟，星夜同兄弟往新都寻去。寻着了，再来相会。”兴哥假亲热的留了一会，顺水推船，送出了门。

张大秀才急急走到下处，对兄弟道：“问倒问着了，果然去年在汤家嫖的正是。只是依他家说起来，竟自不曾往京哩。”小秀才道：“这等在那里？”大秀才道：“还在这里新都，我们须到那里问去。”小秀才道：“为何住在新都许久？”大秀才道：“他家说是听得往新都取五百金的债，定是到杨疯子家去了。”小秀才道：“取得取不得，好歹走路，怎么还在那里？”大秀才道：“行囊还在汤家，方才见过的，岂有不带了去，径自跑路的理？毕竟是担阁在新都不来，不消说了。此去那里苦不多远，我每收拾起来，一同去走遭，访问下落则个。”

两人计议停当，将出些银两，谢了两个妓者，送了家去。

一径到新都来，下在饭店里。店主人见是远来的，问道：“两位客官贵处？”两个秀才道：“是云南。到此寻人的。”店主人道：“云南来？是寻人的，不是倒赃的么？”两个秀才吃惊道：“怎说此话？”店主人道：“偶然这般说笑。”两个秀才坐定，问店主人道：“此间有个杨佥事，住在何处？”店主人伸伸舌头：“这人不是好惹的。你远来的人，有甚要紧？没事问他怎么？”两个秀才道：“问声何妨？怎便这样怕他？”店主人道：“他轻则官司害你，重则强盗劫你。若是远来的人，冲撞了他，好歹就结果了性命。”两个秀才道：“清平世界，难道杀了人不要偿命的？”店主人道：“他偿谁的命？去年也是一个云南人，一主四仆，投奔他家，闻得是替他讨甚么任上过手赃的，一夜里多杀了，至今冤屈无伸。那见得要偿命来？方才见两位说是云南，所以取笑。”两个秀才见说了，吓得魂不附体，你看我，我看你，一时做不得声。呆了一会，战抖抖的问道：“那个人姓甚名谁，老丈可知得明白否？”店主人道：“我那里明白？他家有一个管家，叫做老三，常在小店吃酒。这个人还有些天理的，时常饮酒中间，把家主做的歹事，一一告诉我，心中不服。去年云南这五个被害，忒煞乖张了，外人纷纷扬扬，也多晓得。小可每还疑心，不敢轻信。老三说是果然真有的，煞是不平，所以小可每才信。可惜这五个人死得苦恼，没个亲人得知。小可见客官方才问及杨家，偶然如此闲讲。客官，各人自扫门前雪，不要闲管罢了。”两个秀才情知是他父亲被害了，不敢声张，暗暗地叫苦。一夜无眠。次日到街上，往来察听，三三两两，几处说来，一般无二。两人背地里痛哭了一场，思量要在彼发觉，恐怕反遭网罗。亦且乡宦势头，小可衙门奈何不得他。含酸忍苦，原还到成都来。

见了汤兴哥，说了所闻详细，兴哥也赔了几点眼泪。兴哥道："两位官人何不告了他讨命？"两个秀才道："正要如此。"此时四川巡按察院石公正在省下。两个秀才问汤兴哥取了行囊，简出贡生赴京文书，放在身边了。写了一状，抱牌进告。状上写道：

> 告状生员张珍、张琮，为冤杀五命事。有父贡生张寅，前往新都恶宦杨某家取债，一去无踪。珍等亲投彼处寻访，探得当彼恶宦谋财害命，并仆四人同时杀死。道路惊传，人人可证。尸骨无踪。滔天大变，万古奇冤，亲剿告。　　告状生员张珍，系云南人。

石察院看罢状词，他一向原晓得新都杨佥事的恶迹著闻，体访已久，要为地方除害。只因是个甲科，又无人敢来告他，没有把柄，未好动手。今见了两生告词，虽然明知其事必实，却是词中没个实证实据，乱行不得。石察院赶开左右，直唤两生到案前来，轻轻地分付道："二生所告，本院久知此人罪恶贯盈。但彼奸谋叵测，二生可速回家去，毋得留此。倘为所知，必受其害。待本院廉访得实，当有移文至彼知会，关取尔等到此明冤。万万不可泄漏。"随将状词折了，收在袖中。两生叩头谢教而出，果然依了察院之言，一面收拾，竟回家中，静听消息去了。

这边石察院待两司作揖之日，独留宪长谢公叙话，袖出此状，与他看着，道："天地间有如此人否？本院留之心中久矣。今日恰有人来告此事，贵司刑法衙门可为一访。"谢廉使道："此人枭獍为心，豺狼成性，诚然王法所不容。"石察院道："旧闻此家有家僮数千，阴养死士数十，若不得其实迹，轻易举动，吾辈反为所乘。不可不慎。”谢廉使道：“事在下官。”袖了状词，一揖而出。

这谢廉使是极有才能的人，况兼按台嘱付，敢不在心？他司中有两个承差，一个叫做史应，一个叫做魏能，乃是点头会意的人，谢廉使一向得用的。是日叫他两个进私衙来，分付道：“我有件机密事，要你每两个做去。”两个承差叩头道：“凭爷分付，那厢使用，水火不辞。”廉使袖中取出状词来与他两个看，把手指着杨某名字道：“按院老爷要根究他家这事。不得那五个人尸首实迹，拿不倒他；必要体访的实，晓得了他埋藏去处，才好行事。却是这人凶狡非常，只怕容易打听不出。若是泄漏了事机，不惟无益，反致有害。是这些难处。”两承差道：“此宦之恶，播满一乡。若是晓得上司寻他不是，他必竟先去下手，非同小可。就是小的每往彼体访，若认得是衙门人役，惹起疑心，祸不可测。今蒙差委，除非改换打扮，只做无意游到彼地，乘机缉探，方得真实备细。”廉使道：“此言甚是有理。你们快怎么计较了去。”两承差自相商议了一回，道：“除非如此如此。”随禀廉使道：“小的们有一计在此，不知中也不中。”廉使道：“且说来。”承差道：“新都专产红花，小的们晓得杨宦家中有个红花场，利息千金。小的们两个打扮做买红花客人，到彼市买，必竟与他家管事家人交易往来。等走得路数多，人眼熟了，他每没些疑心，然后看机会空便，留心体访，必知端的。须拘不得时日。”廉使道：“此计颇好。你们小心在意，访着了此宗公事，我另眼看你不打紧，还要对按院老爷说了，分外抬举你。”两承差道：“蒙老爷提挈，敢不用心？”叩头而出。

元来这史应、魏能多是有身家的人，在衙门里图出身的。受了这个差委，日夜在心。各自收拾了百来两银子，放在身边了，打扮做客人模样，一同到新都来，只说买红花。问了街上人，晓得红花之事，多是他三管家姓纪的掌管。此人生性梗直，交易公道，故此客人来多投他，买卖做得去，每年与家主挣下千来金利息，全亏他一个。若论家主这样贪暴，鬼也不敢来上门了。当下史应、魏能一竟来到他家，拜望了，各述来买红花之意，送过了土宜。纪老三满面春风，一团和气，就置酒相待。这两个承差是衙门老溜，好不乖觉。晓得这人有用他处，便有心结识了他，放出虔婆手段，甜言美语，说得入港。魏能便开口道："史大哥，我们新来这里做买卖，人面上不熟。自古道：人来投主，鸟来投林。难得这样贤主人。我们序了年庚，结为兄弟何如？"史应道："此意最好。只是我们初相会，况未经交易，只道是我们先讨好了，不便论量。待成了交易，再议未迟。"纪老三道："多承两位不弃，足感盛情。待明日看了货，完了正事，另治个薄设，从容请教，就此结义何如？"两个同声应道："妙！妙！"当夜纪老三送他在客房歇宿，正是红花场庄上之房。

次日起来看了红花，讲倒了价钱。两人各取银子出来兑足了，两下各各相让有馀，彼此情投意合。是日纪老三果然宰鸡买肉，办起东道来。史、魏两人市上去买了些纸马香烛之类，回到庄上摆设了，先献了神，各写出年月日时来。史应最长，纪老三小六岁，魏能又小一岁。挨次序立，拜了神，各述了结拜之意道："自此之后，彼此无欺，有无相济，患难相救，久远不忘。若有违盟，神明殛之。"设誓已毕，从此两人称纪老三为二哥，纪老三称两人为大哥、三哥，彼此喜乐。当晚吃个尽欢而散。

元来蜀中传下刘、关、张三人之风，最重的是结义。故此史、魏二人先下此工夫，以结其心，却是未敢说甚么正经心肠话。只收了红花停当，且还成都，发在铺中兑客，也原有两分利息。收起银子，又走此路。数月之中，如此往来了五六次。去便与纪老三绸缪，我请你，你请我，日日欢欢，真个如兄若弟，形迹俱忘。

一日酒酣，史应便伸伸腰道："快活，快活。我们遇得好兄弟，到此一番，尽兴一番。"魏能接口道："纪二哥待我们弟兄，只好这等了。我心上还嫌他一件未到处。"纪老三道："小弟何事得罪，但说出来。

自家弟兄，不要避忌。”魏能道：“我们晚间贪得一觉好睡，相好弟兄，只该着落我们在安静去处，便好。今在此间，每夜听得鬼叫，梦寐多是不安的。有这件不像意，这是二哥欠检点处。小弟心性怕鬼的，只得直说了。”纪老三道：“果然鬼叫么？”史应道：“是有些咤异。小弟也听得的，不只是魏三哥。”魏能道：“不叫，难道小弟掉谎？”纪老三点点头道：“这也怪他叫不得。”对着斟酒的一个伙计道：“你道叫的是兀谁？毕竟是云南那人了。”史应、魏能见说出真话来，只做原晓得的一般，不加惊异。趁口道：“云南那人之死，我们也闻得久了。只是既死之后，二哥也该积些阴骘，与你家老爷说个方便，与他一堆土埋藏了尸骸也好。为何抛弃他在那里了，使他每夜这等叫苦连天。”纪老三道：“死便死得苦了。尸骸原是埋藏的，不要听外边人胡猜乱说。”两人道：“外人多说是当时抛弃了，二哥又说是埋藏了。若是埋藏了，他怎如此叫苦？”纪老三道：“两个兄弟不信，我领你去看。煞也古怪，但是埋他这一块地上，一些红花也不生哩。”史应道：“我每趁着酒兴，斟杯热酒儿，到他那堆里浇他一浇，叫他晚间不要这等怪叫。就在空旷去处，再吃两大杯尽尽兴。”两个一齐起身，走出红花场上来。

纪老三只道是散酒之意，那道是有心的？也起了身，叫小的带了酒盒，随了他们同步。引他们到一个所在来看，但见：

> 弥漫怨气结成堆，凛冽凄风团作阵。
> 若还不遇有心人，沉埋数载谁相问？

纪老三把手指道：“那一块一根草也不生的底下，就是他五个的尸骸，怎说得不曾埋藏？”史应就斟下个大杯，向空里作个揖道：“云南的老兄，请一杯儿酒，晚间不要来惊吓我们。”魏能道：“我也奠他一杯，凑成双杯。”纪老三道：“一饮一啄，莫非前定。若不是大哥、三哥来，这两滴酒几时能勾到他泉下？”史应道：“也是他的缘分。”大家笑了一场，又将盒来摆在红花地上，席地而坐，豁了几拳，各各连饮几个大觥。看看日色曛黑，方才住手。两人早已把埋尸的所在周围暗记认定了，仍到庄房里宿歇。

次日，对纪老三道：“昨夜果然安静些，想是这两杯酒吃得快活了。”大家笑了一回。是日别了纪老三要回，就问道：“二哥几时也到省下来走走，我们也好做个东道，尽个薄意，回敬一回敬。不然，我们只是叨扰，再无回答，也觉面皮忒厚了。”纪老三道：“弟兄家何出此言？小弟没事不到省下，除非冬底要买过年物事，是必要到你们那里走走，专意来拜大哥、三哥的宅上便是。”三人分手，各自散了。

史应、魏能此番踹知了实地，是长是短，来禀明了谢廉使。廉使道：“你们果是能干。既是这等了，外边不可走漏一毫风信，但等那姓纪的来到省城，即忙密报我知道，自有道理。”两人禀了出来，自在外边等候纪老三来省。

看看残年将尽，纪老三果然来买年货，特到史家、魏家拜望。两人住处差不多远，接着纪老三，欢天喜地道：“好风吹得贵客到此！”史应叫魏能偎伴了他道：“魏三哥且陪着纪二哥坐一坐，小弟市上走一走，看中吃的东西，寻些来家请二哥。”魏能道：“是，是。快来则个。”史应就叫了一个小厮，拿了个篮儿，带着几百钱，往市上去了。一面买了些鱼肉果品之类，先打发小厮归家整治；一面走进按察司衙门里头去，密禀与廉使知道。廉使分付史应先回家去伴住他，不可放走了。随即差两个公人，写个朱笔票与他，道：“立拘新都杨宦家人纪三面审，毋迟时刻。”公人赍了小票，一径到史应家里来。

史应先到家里，整治酒肴。正与纪老三接风，吃到兴头上，听得外边敲门响。史应叫小厮开了门，只见两个公人跑将进来，对史、魏两人唱了喏。却不认得纪老三，问道：“这位可是杨管家么？”史、魏两人会了意，说道：“正是杨家纪大叔。”公人也拱一拱手，说道：“敝司主要请管家相见。”纪老三吃一惊道：“有何事要见我？莫非错了？”公人道：“不错，见有小票在此。”便拿出朱笔的小票来看。史应、魏能假意吃惊道：“古怪！这是怎么起的？”公人道：“老爷要问杨乡宦家中事体一向分付道：但有管家到省，即忙缉报。方才见史官人市上买东西，说道请杨家的纪管家。不知那个多嘴的禀知了老爷，故此特着我每到来相请。”纪老三呆了一晌，道：“没事唤我怎的？我须不曾犯事。”公人道：“谁知犯不犯，见了老爷便知端的。”史、魏两人道：“二哥自身没甚事，便去见见不妨。”纪老三道：“决然为我们家里的老头儿，再无别事。”史、魏两人道：“倘若问着家中事体，只是从直说了，料不吃亏的。既然两位牌头到此，且请便席略坐一坐，吃三杯了去何如？”公人道：“多谢厚情。只是老爷立等回话的公事，从容不得。”史应不由他分说，拿起大觥，每人灌了几觥，吃了些案酒。公人又催起身，史应道：“我便陪着二哥到衙门里去去，魏三哥在家，再收拾好了东西，盪热了酒，等见见官来尽兴。”纪老三道：“小弟衙门里不熟，史大哥肯同走走，足见帮衬。”纪老三没处躲闪，只得跟了两个公人，到按察司里来。

传梆禀知谢廉使。廉使不升堂，竟叫进私衙里来。廉使问道：“你是新都杨佥事的家人么？”纪老三道：“小的是。”廉使道：“你家主做的歹事，你可知道详细么？”纪老三道：“小的家主果然有一两件不守分勾当，只是小的主仆之分，不敢明言。”廉使道：“你从直说了，我饶你打。若有一毫隐蔽，我就用夹棍了。”纪老三道：“老爷要问那一件？小的好说。家主所做的事非一，叫小的何处说起？”廉使冷笑道：“这也说的是。”案上翻那状词，再看一看，便问道：“你只说那云南张贡生主仆五命，今在何处？”纪老三道：“这个不该是小的说的。家主这件事，其实有些亏天理。”廉使道：“你且慢慢说来。”纪老三便把从头如何来讨银，如何留他吃酒，如何杀死了埋在红花地里，说了个备细。谢廉使写了口词，道：“你这人倒老实，我不难为你。权发监中，待提到了正犯就放。”当下把纪老三发下监中。史应、魏能倒也为日前相处分上，照管他一应事体，叫监中不要难为他，不在话下。

谢廉使审得真情，即发宪牌一张，就差史应、魏能两人赍到新都县，着落知县身上，要佥事杨某正身，系连杀五命公事。如不擒获，即以知县代解。又发牌捕衙，在红花场起尸。

两人领命，到得县里，已是除夜那一日了。新都知县接了来文，又见两承差口禀紧急，吓得两手无措。忖道：“今日是年晚，此老必定在家。须乘此时，调兵围住，出其不意，方无走失。”即忙唤兵房佥牌出去，调取一卫兵来，有三百馀人。知县自领了，把杨家围得铁桶也似。

其时杨佥事正在家饮团年酒。日色未晚，早把大门重重关闭了，自与群妾内宴，歌的歌，舞的舞。内中一妾唱一只《黄莺儿》道：

> 积雨酿春寒，见繁花树树残。泥涂满眼登临倦。江流几湾，云山几盘，天涯极目空肠断。寄书难，无情征雁，飞不到滇南。

杨佥事见唱出“滇南”两字，一个撞心拳，变了脸色道：“要你们提起甚么滇南不滇南！”心下有些不快活起来。

不想知县已在外边，看见大门关上。两个承差是认得他家路径的，从侧边梯墙而入，先把大门开了，请知县到正厅上坐下。叫人到里边传报道：“邑主在外有请。”杨佥事正因“滇南”二字触着隐衷，有些动心。忽听得知县来到正厅上，想道：“这时候到此何干？必有跷蹊。莫非前事有人告发了？”心下惊惶。一时无计，道：“且躲过了他再处。”急往厨下灶前去躲。知县见报了许久不出，恐防有失，忙入中堂，自来搜寻。家中妻妾，一时藏避不及。知县分付：“唤一个上前来说话。”此时无奈，只得走一个妇女出来答应。知县问道：“你家爷那里去了？”这个妇人回道：“出外去了，不在家里。”知县道：“胡说！今日是年晚，难道不在家过年的？”叫从人将搒子搒将起来。这妇人着了忙，喊道：“在！在！”就把手指着厨下。知县率领从人，竟往厨下来搜。佥事无计可施，只得走出来道：“今日年夜，老父母何事直入人内室？”知县道：“非干晚生之事，乃是按台老大人、宪长老大人相请，问甚么连杀五命的公事，要老先生星夜到司对理。如老先生不去，要晚生代解。不得不如此唐突。”佥事道：“随你甚么事，也须让过年节。”知县道：“上司紧急，两个承差坐提，等不得过年。只得要烦老先生一行，晚生奉陪同往就是。”知县就叫承差守定，不放宽展。佥事无奈，只得随了知县出门。知县登时签了解批，连夜解赴会城。两个承差又指点捕官，一面到庄上掘了尸首，一同赶来。那些在庄上的强盗，见主人被拿，风声不好，一哄的走了。

谢廉使特为这事，岁朝升堂。知县已将佥事解进。佥事换了小服，跪在厅下，口里还强道：“不知犯官有何事故，钧牌拘提，如捕反寇。”廉使将按院所准状词读与他听。佥事道：“有何凭据？”廉使道：“还你个凭据。”即将纪老三放将出来，道：“这可是你家人么？他所供口词的确，还有何言？”佥事道：“这是家人怀挟私恨诬首的，怎么听得？”廉使道：“诬与不诬，少顷便见。”说话未完，只见新都巡捕县丞，已将红花场五个尸首在衙门外着落地方收贮，进司禀知。廉使道：“你说无凭据，这五个尸首如何在你地上？”廉使又问捕官：“相得尸首怎么的？”捕官道：“县丞当时相来，俱是生前被人杀死，身首各离的。”廉使道：“如何？可正与纪三所供不异，再推得么？”佥事俯首无辞，只得认了道：“一时酒醉触怒，做了这事。乞看缙绅体面，遮盖些则个。”廉使道：“缙绅中有此，不但衣冠中禽兽，乃禽兽中豺狼也。石按台早知此事，密访已久，如何轻贷得？”即将杨佥事收下监候，待行关取到原告再问。重赏了两个承差，纪三释放宁家去了。

关文行到云南，两个秀才知道杨佥事已在狱中，星夜赴成都来执命。晓得事在按察司，竟来投到。廉使叫押到尸场上，认领父亲尸首。取出佥事，对质一番。两子将佥事拳打脚踢。廉使喝住道：“既在官了，自有应得罪名，不必如此！”将佥事依一人杀死三命者律，今更多二命，拟凌迟处死，决不待时。下手诸盗以为从定罪，候擒获发落。佥事系是职官，申院奏请定夺。

不等得旨意转来，杨佥事是受用的人，在狱中受苦不过。又见张贡生率领四仆，日日来打他，不多几时，毙于狱底。佥事原不曾有子，家中竟无主持，诸妾各自散去。只有杨二房八岁的儿子杨清，是他亲侄，应得承受。泼天家业，多归了他。杨佥事枉自生前要算计并侄儿子的，岂知身后连自己的倒与他了。这便是天理不泯处。

那张贡生只为要欺心小兄弟的人家，弄得身子冤死他乡。幸得官府清正，有风力，才报得仇。却是行关本处，又经题请，把这件行贿上司，图占家产之事，各处播扬开了。张宾此时同了母亲，禀告县官道：“若是家事不该平分，哥子为何行贿？眼见得欺心，所以丧身。今两姓执命既已明白，家事就好公断了。此系成都成案，奏疏分明，须不是撰造得出的。”县官理上说他不过，只得把张家一应产业，两下平分。张宾得了一半。两个侄儿得了一半。两个侄儿也无可争论。张贡生早知道到底如此，何苦将钱去买憔悴？白折了五百两银子，又送了五条性命。真所谓无梁不成，反输一帖也。奉劝世人，还是存些天理，守些本分的好。

钱财有分苦争多，反自将身入网罗。
看取两家归束处，心机用尽竟如何。

卷之五

襄敏公元宵失子　十三郎五岁朝天

词云：

瑞烟浮禁苑。正绛阙春回，新正方半。冰轮桂华满。溢花衢歌市，芙蓉开遍。龙楼两观。见银烛、星球有烂。卷珠帘，尽日笙歌，盛集宝钗金钏。　堪羡。绮罗丛里，兰麝香中，正宜游玩。风柔夜暖。花影乱，笑声喧。闹娥儿满路，成团打块，簇着冠儿斗转。喜皇都、旧日风光，太平再见。（词寄《瑞鹤仙》）

这一首词，乃是宋绍兴年间词人康伯可所作。伯可元是北人，随驾南渡，有名是个会做乐府的才子，秦申王荐于高宗皇帝。这词单道着上元佳景，高宗皇帝极其称赏，御赐金帛甚多。词中为何说“旧日风光，太平再见”？盖因靖康之乱，徽、钦被虏，中原尽属金夷；侥幸康王南渡，即了帝位，偏安一隅，偷闲取乐，还要摸拟盛时光景。故词人歌咏如此，也是自解自乐而已。怎如得当初柳耆卿另有一首词云：

禁漏花深，绣工日永，熏风布暖。变韶景、都门十二，元宵三五，银蟾光满。连云复道凌飞观。耸皇居丽，佳气瑞烟葱茜。翠华宵幸，是处层城阆苑。　　龙凤烛、交光星汉。对咫尺鳌山开雉扇。会乐府两籍神仙，梨园四部弦管。向晓色、都人未散。盈万井、山呼鳌抃。愿岁岁，天仗里常瞻凤辇。（词寄《倾怀乐》）

这首词多说着盛时宫禁说话。只因宋时极作兴是个元宵，大张灯火，御驾亲临，君民同乐，所以说道“金吾不禁夜，玉漏莫相催”。

然因是倾城士女通宵出游，没些禁忌，其间就有私期密约，鼠窃狗偷，弄出许多话柄来。当时李汉老又有一首词云：

帝城三五，灯光花市盈路。天街游处。此时方信，凤阙都民，奢华豪富。纱笼才过处，喝道转身，一壁小来且住。见许多才子艳质，携手并肩低语。

东来西往谁家女？买玉梅争戴，缓步香风度。北观南顾。见画烛影里，神仙无数。引人魂似醉，不如趁早，步月归去。这一双情眼，怎生禁得，许多胡觑。（词寄《女冠子》）

细看此一词，可见元宵之夜，趁着喧闹丛中，干那不三不四勾当的，不一而足，不消说起。而今在下说一件元宵的事体，直教：

闹动公侯府，分开帝主颜。
猾徒入地去，稚子见天还。

话说宋神宗朝有个大臣王襄敏公，单讳着一个韶字。全家住在京师，真是潭潭相府，富贵奢华，自不必说。那年正月十五元宵佳节，其时王安石未用，新法未行，四境无侵，万民乐业，正是太平时候。家家户户点放花灯，自从十三日为始，十街九市，欢呼达旦。这夜十五日是正夜，年年规矩，官家亲自出来赏玩通宵，倾城士女专待天颜一看。且是此日难得一轮明月当空，照耀如同白昼，映着名色奇巧花灯，从来叫做灯月交辉，极为美景。襄敏公家内眷，自夫人以下，老老幼幼，没一个不打扮齐整了，祗候人牵着帷幕，出来街上看灯游耍。看官，你道如何用着帷幕？盖因官宦人家女眷，恐防街市人挨挨擦擦，不成体面，所以或用绢段，或用布匹等类，扯作长圈围着，只要隔绝外边人，他在里头走的人，原自四边看得见的。晋时叫他做步障，故有紫丝步障、锦步障之称。这是大人家规范如此。

闲话且过。却说襄敏公有个小衙内，是他末堂最小的儿子，排行第十三，小名叫做南陔。年方五岁，聪明乖觉，容貌不凡。合家内外大小都是喜欢他的，公与夫人自不必说。其时也要到街上看灯。大宅门中衙内，穿着齐整还是等闲，只头上一顶帽子，多是黄豆来大不打眼的洋珠，穿成双凤穿牡丹花样；当面前一粒猫儿眼宝石，睛光闪烁；四围又是五色宝石镶着，乃是鸦青祖母禄之类。只这顶帽也值千来贯钱。襄敏公分付一个家人王吉驮在背上，随着内眷一起看灯。

那王吉是个晓法度的人，自道身是男人，不敢在帷中走，只相傍帷外而行。行到宣德门前，恰好神宗皇帝正御宣德门楼。圣旨许令万目仰观，金吾卫不得拦阻。楼上设着鳌山，灯光灿烂，香烟馥郁，奏动御乐，箫鼓喧阗。楼下施呈百戏，供奉御览。看的真是人山人海，挤得缝地都没有了。有翰林承旨王禹玉《上元应制》诗为证：

> 雪消华月满仙台，万烛当楼宝扇开。
> 双凤云中扶辇下，六鳌海上驾山来。
> 镐京春酒沾周宴，汾水秋风陋汉才。
> 一曲升平人尽乐，君王又进紫霞杯。

此时王吉拥在人丛之中，因为肩上负了小衙内，好生不便，观看得不甚像意。忽然觉得背上轻松了些，一时看得浑了，忘其所以，伸伸腰，抬抬头，且是自在，呆呆里向上看着。猛然想道："小衙内呢？"急回头看时，眼见得不在背上。四下一望，多是面生之人，竟不见了小衙内踪影。欲要找寻，又被挤住了脚，行走不得。王吉心慌撩乱，将身子尽力挨出，挨得骨软筋麻，才到得稀松之处。遇见府中一伙人，问道：“你们见小衙内么？”府中人道：“小衙内是你负着，怎倒来问我们？”王吉道：“正是闹嚷之际，不知那个伸手来我背上接了去。想必是府中弟兄们见我费力，替我抱了，放松我些，也不见得。我一时贪个松快，人闹里不看得仔细，及至寻时，已不见了。你们难道不曾撞见？”府中人见说，大家慌张起来，道：“你来作怪了，这是作耍的事？好如此不小心！你在人千人万处失去了，却在此问张问李，岂不误事？还是分头再到闹头里寻去！”一伙十来个人同了王吉，挨出挨入，高呼大叫。怎当得人多得紧了，茫茫里向那个问是？落得眼睛也看花了，喉咙也叫哑了，并无一些影响。

寻了一回，走将拢来，我问你，你问我，多一般不见，慌做了一团。有的道：“或者那个抱了家去了。”有的道：“你我都在，又是那一个抱去？”王吉道：“且到家问问看又处。”一个老家人道：“决不在家里。头上东西，耀人眼目，被歹人连人盗拐去了。我们且不要惊动夫人，先到家禀知了相公，差人及早缉捕为是。”王吉见说要禀知相公，先自怯了一半，道：“如何回得相公的话？且从容计较打听，不要性急便好。”府中人多是着了忙的，那由得王吉主张？一齐奔了家来。私下问问，那得个小衙内在里头？只得来见襄敏公，却也嗫嗫嚅嚅，未敢一直说失去小衙内的事。

襄敏公见众人急急之状，倒问道：“你等去未多时，如何一齐跑了回来？且多有些慌张失智光景，必有缘故。”众家人才把王吉在人丛中失去小衙内之事说了一遍。王吉跪下，只是叩头请死。襄敏公毫不在意，笑道：“去了自然回来，何必如此着急？”众家人道：“此必是歹人拐了去，怎能勾回来？相公还是着落开封府及早追捕，方得无失。”襄敏公摇头道：“也不必。”众人道是一番天样大、火样急的事，怎知襄敏公看得等闲，声色不动，化做一杯雪水。众人不解其意，只得到帷中禀知夫人。夫人惊慌，抽身急回，噙着一把眼泪，来与相公商量。襄敏公道："若是别个儿子失去，便当急急寻访。今是吾十三郎，必然自会归来，不必忧虑。"夫人道："此子虽然伶俐，点点年纪，奢遮煞也只是四五岁的孩子。万众之中挤掉了，怎能勾自会归来？"养娘每道："闻得歹人拐人家小厮去，有擦瞎眼的，有斫掉脚的，千方百计摆布坏了，装做叫化的化钱。若不急急追寻，必然衙内遭了毒手。"各各啼哭不住。家人每道："相公便不着落府里缉捕，招帖也写几张，或是大张告示，有人贪图赏钱，便有访得下落的来报了。"一时间你出一说，我出一见，纷纭乱讲。只有襄敏公怡然不以为意，道："随你议论百出，总是多的。过几日自然来家。"夫人道："魔合罗般一个孩子，怎生舍得失去了，不在心上？说这样懈话！"襄敏公道："包在我身上，还你一个旧孩子便了，不要性急。"夫人那里放心？就是家人每、养娘每，也不肯信相公的话。夫人自分付家人各处找寻去了，不题。

却说那晚南陔在王吉背上，正在挨挤喧嚷之际，忽然有个人趁近到王吉身畔，轻轻伸手过来接去，仍旧一般驮着。南陔贪着观看，正在眼花撩乱，一时不觉。只见那一个人负得在背，便在人丛里乱挤将过去，南陔才喝声道："王吉如何如此乱走！"定睛一看，那里是个王吉？衣帽装束多另是一样了。南陔年纪虽小，心里煞是聪明，便晓得是个歹人，被他闹里来拐了。欲待声张，左右一看，并无一个认得的熟人。他心里思量道："此必贪我头上珠帽，若被他掠去，须难寻讨。我且藏过帽子，我身子不怕他怎地。"遂将手去头上除下帽子来，揣在袖中。也不言语，也不慌张，任他驮着前走，却像不晓得甚么的。将近东华门，看见轿子四五乘叠联而来。南陔心里忖量道："轿中必有官员贵人在内，此时不声张求救，更待何时？"南陔觑轿子来得较近，伸手去攀着轿幰，大呼道："有贼！有贼！救人！救人！"那负南陔的贼出于不意，骤听得背上如此呼叫，吃了一惊。恐怕被人拿住，连忙把南陔撩下背来，脱身便走，在人丛里混过了。

轿中人在轿内闻得孩子声唤，推开帘子一看，见是个青头白脸魔合罗般一个小孩子，心里喜欢。叫住了轿，抱将过来，问道："你是何处来的？"南陔道："是贼拐了来的。"轿中人道："贼在何处？"南陔道："方才叫喊起来，在人丛中走了。"轿中人见他说话明白，摩他头道："乖乖，你不要心慌，且随我去再处。"便双手抱来放在膝上，一直进了东华门，竟入大内去了。你道轿中是何等人？元来是穿宫的高品近侍中大人。因圣驾御楼观灯已毕，先同着一般的中贵四五人，前去宫中排宴。不想遇着南陔叫喊，抱在轿中，进了大内。中大人分付从人，领他到自己入直的房内，与他果品吃着，被卧温着，恐防惊吓了他，叮嘱又叮嘱。内监心性喜欢小的，自然如此。

次早，中大人四五人直到神宗御前，叩头跪禀道："好教万岁爷爷得知，奴婢等昨晚随侍赏灯回来，在东华门外拾得一个失落的孩子，领进宫来。此乃万岁爷爷得子之兆，奴婢等不胜喜欢。未知是谁家之子，未请圣旨，不敢擅便。特此启奏。"神宗此时前星未耀，正急的是生子一事。见说拾得一个孩子，也道是宜男之祥，喜动天颜，叫快宣来见。

中大人领旨，急到入直房内，抱了南陔，先对他说："圣旨宣召，如今要见驾哩，你不要惊怕。"南陔见说见驾，晓得是见皇帝了，不慌不忙，在袖中取出珠帽来，一似昨日带了。随了中大人，竟来见神宗皇帝。娃子家虽不曾习着甚么嵩呼拜舞之礼，却也擎拳曲腿，一拜两拜的叩头稽首，喜得个神宗跌脚欢忭。御口问道："小孩子，你是谁人之子？可晓得姓甚么？"南陔竦然起答道："儿姓王，乃臣韶之幼子也。"神宗见他说出话来，声音清朗，且语言有体，大加惊异。又问道："你缘何得到此处？"南陔道："只因昨夜元宵，举家观灯，瞻仰圣容，嚷乱之中，被贼人偷驮背上前走。偶见内家车乘，只得叫呼求救。贼人走脱，臣随中贵大人一同到此。得见天颜，实出万幸。"神宗道："你今年几岁了？"南陔道："臣五岁了。"神宗道："小小年纪，便能如此应对，王韶可谓有子矣。昨夜失去，不知举家何等惊惶。朕今即要送还汝父，只可惜没查处那个贼人。"南陔对道："陛下要查此贼，一发不难。"神宗惊喜道："你有何见，可以得贼？"南陔道："臣被贼人驮走，已晓得不是家里人了，便把头带的珠帽除下藏好。那珠帽之顶，有臣母将绣针彩线插戴其上，以厌不祥。臣比时在他背上，想贼人无可记认，就于除帽之时，将针线取下，密把他衣领缝线一道，插针在衣内，以为暗号。今陛下令人密查，若衣领有此针线者，即是昨夜之贼。有何难见？"神宗大惊道："奇哉此儿！一点年纪，有如此大见识。朕若不得贼，孩子不如矣。待朕擒治了此贼，方送汝回去。"又对近侍夸称道："如此奇异儿子，不可令宫闱中人不见一见。"传旨急宣钦圣皇后见驾。

穿宫人传将旨意进宫，宣得钦圣皇后到来。山呼行礼已毕，神宗对钦圣道："外厢有个好儿子，卿可暂留宫中，替朕看养他几日，做个得子的谶兆。"钦圣虽然遵旨谢恩，不知甚么事由，心中有些犹豫不决。神宗道："要知详细，领此儿到宫中问他，他自会说明白。"钦圣得旨，领了南陔，自往宫中去了。神宗一面写下密旨，差个中大人赍到开封府，是长是短的从头分付了大尹，立限捕贼以闻。

开封府大尹奉得密旨，非比寻常，访贼的事怎敢时刻怠缓？即唤过当日缉捕使臣何观察，分付道："今日奉到密旨，限你三日内，要拿元宵夜做不是的一伙人。"观察禀道："无赃无证，从何缉捕？"大尹叫何观察上来，附耳低言，把中大人所传衣领针线为号之说说了一遍。何观察道："恁地时，三日之内管取完这头公事，只是不可声扬。"大尹道："你好干这事，此是奉旨的，非比别项盗贼。小心在意！"观察声喏而出。到得使臣房，集齐一班眼明手快的公人来商量道："元宵夜趁着热闹做歹事的，不止一人。失事的也不止一家。偶然这一家小的儿不曾捞得去，别家得手处必多。日子不远，此辈不过在花街柳陌，酒楼饭店中，庆松取乐，料必未散。虽是不知姓名地方，有此暗记，还怕甚么？遮莫没踪影的，也要寻出来。我每几十个做公的，分头体访，自然有个下落。”当下派定张三往东，李四往西。各人认路，茶坊酒肆，凡有众人团聚，面生可疑之处，即便留心，挨身体看。各自去讫。

元来那晚这个贼人，有名的叫做“雕儿手”。一起有十来个，专一趁着闹热时节，人丛里做那不本分的勾当。有诗为证：

> 昏夜贪他唾手财，全凭手快眼儿乖。
> 世人莫笑胡行事，譬似求人更可哀。

那一个贼人，当时在王家门首窥探踪迹，见个小衙内齐整打扮，背将出来，便自上了心，一路尾着走，不离左右。到了宣德门楼下，正在挨挤喧哄之处，觑个空便，双手溜将过来，背了就走。欺他是小孩子，纵有知觉，不过惊怕啼哭之类，料无妨碍，不在心上。不隄防到官轿旁边，却会叫喊“有贼”起来。一时着了忙，想道：“利害！”卸着便走。更不知背上头暗地里又被他做工夫，留下记认了。此是神仙也不猜到之事。后来脱去，见了同伙，团聚扰来，各出所获之物，如簪钗、金宝、珠玉、貂鼠暖耳、狐尾护颈之类，无所不有；只有此人却是空手，述其缘故。众贼道：“何不单雕了珠帽来？”此人道：“他一身衣服，多有宝珠钮嵌，手足上各有钏镯。就是四五岁一个小孩子，好歹也值两贯钱，怎舍得轻放了他？”众贼道：“而今孩子何在？正是贪多嚼不烂了。”此人道：“正在内家轿边叫喊起来，随从的虞候虎狼也似，好不多人在那里。不兜住身子，便算天大侥幸，还望财物哩！”众贼道：“果是利害！而今幸得无事，弟兄们且打平伙，吃酒压惊去。”于是一日轮一个做主人，只拣隐僻酒务，便去畅饮。

是日，正在玉津园旁边一个酒务里头欢呼畅饮。一个做公的叫做李云，偶然在外经过，听得猜拳豁指、呼红喝六之声。他是有心的，便踅进门来一看，见这些人举止气象，心下有十分瞧科。走去坐了一个独副座头，叫声："买酒饭吃。"店小二先将盏箸安顿去了，他便站将起来，背着手踱来踱去，侧眼把那些人逐个个觑将去，内中一个果然衣领上挂着一寸来长短彩线头。李云晓得着手了，叫店家："且慢盪酒，我去街上邀着个客人一同来吃。"忙走出门，口中打个胡哨，便有七八个做公的走将拢来，问道："李大，有影响么？"李云把手指着店内道："正在这里头，已看的实了。我们几个守着这里，把一个走去，再叫集十来个弟兄，一同下手。"内中一个会走的，飞也似去，又叫了十来个做公的来了。发声喊，望酒务里打进去，叫道："奉圣旨拿元宵夜贼人一伙。店家协力，不得放走了人！"店家听得"圣旨"二字，晓得利害，急集小二、火工、后生人等，执了器械，出来帮助。十来个贼不曾走了一个，多被捆倒。正是：

日间不做亏心事，夜半敲门不吃惊。

大凡做贼的见了做公的，就是老鼠遇了猫儿，见形便伏；做公的见了做贼的，就是仙鹤遇了蛇洞，闻气即知。所以这两项人每每私自相通，时常要些孝顺，叫做"打业钱"。若是捉破了贼，不是甚么要紧公事，得些利市，便放松了。而今是钦限要人的事，衣领上针线斗着海底眼，如何容得宽展？当下捆住，先剥了这一个的衣服。众贼虽是口里还强，却个个肉颤身摇，面如土色。身畔一搜，各有零赃。一直里押到开封府来，报知大尹。

大尹升堂，验着衣领针线是实，明知无枉，喝教用起刑来，令招实情。挪扒吊拷，备受苦楚，这些顽皮赖肉，只不肯招。大尹即将衣领针线问他道："你身上何得有此？"贼人不知事端，信口支吾。大尹笑道："如此剧贼，却被小孩子算破了，岂非天理昭彰？你可记得元宵夜内家轿边叫救人的孩子么？你身上已有了暗记，还要抵赖到那里去！”贼人方知被孩子暗算了，对口无言，只得招出实话来。乃是积年累岁，遇着节令盛时，即便四出剽窃，以及平时略贩子女，伤害性命，罪状山积，难以枚举，从不败露。岂知今年元宵行事之后，卒然被擒，却被小子暗算，惊动天听，以致有此。莫非天数该败，一死难逃！

大尹责了口词，叠成文卷。大尹却记起旧年元宵真珠姬一案，现捕未获的那一件事来。

你道又是甚事？看官，且放下这头，听小子说那一头。

也只因宣德门张灯，王侯贵戚女眷多设帷幕，在门外两庑，日间先在那里等候观看。其时有一个宗王，家在东首。有个女儿名唤真珠，因赵姓天潢之族，人都称他真珠族姬。年十七岁，未曾许嫁人家。颜色明艳，服饰鲜丽，耀人眼目。宗王的夫人姨妹族中却在西首。姨娘晓得外甥真珠姬在帷中观灯，叫个丫鬟走来相邀一会。上覆道：“若肯来，当差兜轿来迎。”真珠姬听罢，不胜之喜，便对母亲道：“儿正要见见姨娘，恰好他来相请，是必要去。”夫人亦欣然许允，打发丫鬟先去回话，专候轿来相迎。过不多时，只见一乘兜轿打从西边来到帷前，真珠姬孩子心性，巴不得就到那边玩耍。叫养娘们问得是来接的，分付从人随后来，自己不耐烦等待，慌忙先自上轿去了。才去得一会，先前来的丫鬟又领了一乘兜轿来到，说道：“立等真珠姬相会，快请上轿。”王府里家人道：“真珠姬方才先随轿去了，如何又来迎接？”丫鬟道：“只是我同这乘轿来，那里又有甚么轿先到？”家人们晓得有些跷蹊了，大家忙乱起来，闻之宗王，着人到西边去看，眼见得决不在那里的了。急急分付虞候、祗从人等四下找寻，并无影响。急具事状，告到开封府。府中晓得是王府里事，不敢怠慢，散遣缉捕使臣挨查踪迹。王府里自出赏揭，报信者二千贯。竟无下落，不题。

且说真珠姬自上了轿后，但见轿夫四足齐举，其行如飞。真珠姬心里道：“是顷刻就到的路，何须得如此慌走？”却也道是轿夫脚步惯了的，不以为意。及至抬眼看时，倏忽转湾，不是正路，渐渐走到狭巷里来，轿夫们脚高步低，越走越黑。心里正有些疑惑，忽然轿住了，轿夫多走了去。不见有人相接，只得自己掀帘，走出轿来，定睛一看，只叫得苦。元来是一所古庙，旁边鬼卒十馀个，各持兵杖。夹立中间坐着一位神道，面阔尺馀，须髯满颏，目光如炬，肩臂摇动，像个活的一般。真珠姬心慌，不免下拜。神道开口大言道：“你休得惊怕。我与汝有夙缘，故使神力摄你至此。”真珠姬见神道说出话来，愈加惊怕，放声啼哭起来。旁边两个鬼卒走来扶着。神道说：“快取压惊酒来！”旁边又一鬼卒，斟着一杯热酒，向真珠姬口边奉来。真珠姬欲待推拒，又怀惧怕，勉强将口接着，被他一灌而尽。真珠姬早已天旋地转，不知人事，倒在地下。神道走下座来，笑道：“着了手也！”旁边鬼卒多攒将拢来，同神道各卸了装束，除下面具，元来个个多是活人，乃一伙剧贼装成的。将蒙汗药灌倒了真珠姬，抬到后面去。后面走将一个婆子出来，扶去放在床上眠着。众贼汉乘他昏迷，次第奸淫。可怜金枝玉叶之人，零落在狗党狐群之手。奸淫已毕，分付婆子看好，各自散去，别做歹事了。

真珠姬睡至天明，看看苏醒。睁眼看时，不知是那里，但见一个婆子在旁边坐着。真珠姬自觉阴户疼痛，把手摸时，周围虚肿，明知着了人手。问婆子道：“此是何处，将我送在这里？”婆子道：“夜间众好汉每送将小娘子来的。不必心焦，管取你就落好处便了。”真珠姬道：“我是宗王府中闺女，你每歹人怎如此胡行乱做？”婆子道：“而今说不得王府不王府了。老身见你是金枝玉叶，须不把你作贱。”真珠姬也不晓得他的说话因由，侮着眼只是啼哭。元来这婆子是个牙婆，专一走大人家雇卖人口的。这伙剧贼掠得人口，便来投他家下，留下几晚，就有头主来成了去的。那时留了真珠姬，好言温慰得熟分。

刚两三日，只见一日一乘轿来抬了去，已将他卖与城外一个富家为妾了。

主翁成婚后，云雨之时，心里晓得不是处子。却见他美色，甚是喜欢，不以为意，更不曾提起，问他来历。真珠姬也深怀羞愦，不敢轻易自言。怎当得那家姬妾颇多，见一人专宠，尽生嫉妒之心，说他来历不明，多管是在家犯奸，被逐出来的奴婢。日日在主翁耳根边激聒。主翁听得不耐烦，偶然问其来处。真珠姬揆着心中事，大声啼泣，诉出事由来，方知是宗王之女被人掠卖至此。主翁多曾看见榜文赏帖的，老大吃惊，恐怕事发连累，急忙叫人寻取原媒牙婆，已自不知去向了。

主翁寻思道："此等奸徒，此处不败，别处必露。到得跟究起来，现赃在我家，须藏不过，可不是天大利害？况且王府女眷，不是取笑，必有寻着根底的日子。别人做了歹事，把个愁布袋丢在这里，替他顶死不成？"心生一计，叫两个家人家里抬出一顶破竹轿来，装好了，请出真珠姬来，主翁纳头便拜道："一向有眼不识贵人，多有唐突。却是辱莫了贵人，多是歹人做的事，小可并不知道。今情愿折了身价，白送贵人还府。只望高抬贵手，凡事遮盖，不要牵累小可则个。"真珠姬见说送他还家，就如听得一封九重恩赦到来。又原是受主翁厚待的，见他小心赔礼，好生过意下去，回言道："只要见了我父母，决不题起你姓名罢了。"主翁请真珠姬上了轿，两个家人抬了飞走，真珠姬也不及分别一声。慌忙走了五七里路，一抬抬到荒野之中，抬轿的放下竹轿，抽身便走，一道烟去了。

真珠姬在轿中探头出看，只见静悄无人。走出轿来，前后一看，连两个抬轿的影踪不见。慌张起来道："我直如此命蹇！如何不明不白，抛我在此？万一又遇歹人，如何是好？"没做理会处，只得仍旧进轿坐了，放声大哭起来，乱喊乱叫，将身子在轿内撷掷不已，头发多撷得蓬松。此时正是春三月天道，时常有郊外踏青的。有人看见空旷之中，一乘竹轿内有人大哭，不胜骇异，渐渐走将拢来。起初止是一两个人，后来簸箕般围将转来，你诘我问，你喧我嚷。真珠姬慌慌张张，没口得分诉，一发说不出一句明白话来。内中有老成人，摇手叫四旁人莫嚷，朗声问道："娘子是何家宅眷，因甚独自歇轿在此？"真珠姬方才噙了眼泪，说得话出来道："奴是王府中族姬，被歹人拐来在此的。有人报知府中，定当重赏。"当时王府中赏帖、开封府榜文，谁不知道？真珠姬话才出口，早已有请功的飞也似去报了。

须臾之间，王府中干办、虞候，走了偌多人来认看，果然破轿之内坐着的是真珠族姬。慌忙打轿来换了，抬归府中。父母与合家人等看见头鬅鬓乱，满面泪痕，抱着大哭。真珠姬一发乱撕乱掷，哭得一佛出世，二佛生天。直等哭得尽情了，方才把前时失去、今日归来的事端，一五一十告诉了一遍。宗王道："可晓得那讨你的是那一家？便好挨查。"真珠姬心里还护着那主翁，回言道："人家便认得，却是不晓得姓名，也不晓得地方。又来得路远了，不记起在那一边。抑且那人家原不知情，多是歹人所为。"宗王心里道是家丑不可外扬，恐女儿许不得人家，只得含忍过了，不去声张下老实报究，只暗地嘱付开封府，留心访贼罢了。

隔了一年，又是元宵之夜，弄出王家这件事来。其时大尹拿倒王家做歹事的贼，记得王府中的事，也把来问问看。果然即是这伙人。大尹咬牙切齿，拍案大骂道："这些贼男女，死有馀辜！"喝教加力行杖，各打了六十讯棍，押下死囚牢中，奏请明断发落。奏内大略云：

> 群盗元夕所为，止于胠箧，居恒所犯，尽属椎埋。似此枭獍之徒，岂容辇毂之下？合行骈戮，以靖邦畿。

神宗皇帝见奏，晓得开封府尽获盗犯，笑道："果然不出小孩子所算。"龙颜大喜，批准奏章，着会官即时处决。又命开封府再录狱词一通来看。开封府钦此钦遵，处斩众盗已毕，一面回奏，复将前后犯由狱词，详细录上。神宗得奏，即将狱词笼在袍袖之中，含笑回宫。

且说正宫钦圣皇后，那日亲奉圣谕，赐与外厢小儿鞠养，以为得子之兆，当下谢恩，领回宫中来。试问他来历备细，那小孩子应答如流，语言清朗。他在皇帝御前也曾经过，可知道不怕面生，就像自家屋里一般，嘻笑自若。喜得个钦圣心花也开了，将来抱在膝上，“宝器心肝”的不住的叫。命宫娥取过梳妆匣来，替他掠发整容，调脂画额，一发打扮得齐整。合宫妃嫔闻得钦圣宫中御赐一个小儿，尽皆来到宫中，一来称贺娘娘，二来观看小儿。盖因小儿是宫中所不曾有的，实觉稀罕。及至见了，又是一个眉清目秀，唇红齿白，魔合罗般一个能言能语，百问百答，你道有不快活的么？妃嫔每要奉承娘娘，亦且喜欢孩子，争先将出宝玩、金珠、钏镯等类来做见面钱，多塞在他小袖子里。袖子里盛满了，着不得。钦圣命一个老内人逐一替他收好了，又叫领了他到各宫朝见顽耍。各宫以为盛事，你强我赛，又多各有赏赐。宫中好不喜欢热闹。

如是十来日，正在喧哄之际，忽然驾幸钦圣宫，宣召前日孩子。钦圣当下率领南陔朝见已毕，神宗问钦圣道：“小孩子莫惊怕否？”钦圣道：“蒙圣恩敕令暂鞠此儿，此儿聪慧非凡，虽居禁地，毫不改度，老成人不过如此。实乃陛下洪福齐天，国家有此等神童出世。臣妾不胜欣幸。”神宗道：“好教卿等知道，只那夜做歹事的人，尽被开封府所获。则为衣领上针线暗记，不到得走了一个。此儿可谓有智极矣！今贼人尽行斩讫。怕他家里不知道，在家忙乱，今日好好送还他去。”钦圣与南陔各叩首谢恩。当下传旨，敕令前日抱进宫的那个中大人护送归第，御赐金犀一簏，与他压惊。中大人得旨，就御前抱了南陔，辞了钦圣，一路出宫。钦圣尚兀自好些不割舍他，梯己自有赏赐，与同前日各宫所赠之物总贮一箧，令人一同交付与中大人收好，送到他家。中大人出了宫门，传命辆起犊车，赍了圣旨，就抱南陔坐在怀里了，径望王家而来。

> 去时蓦地偷将去，来日从天降下来。
> 孩抱何缘亲见帝？恍疑鬼使与神差。

话说王襄敏家中自那晚失去了小衙内，合家里外大小，没一个不忧愁思虑，哭哭啼啼。只有襄敏毫不在意，竟不令人追寻。虽然夫人与同管家的分付众家人各处探访，却也并无一些影响。人人懊恼，没个是处。忽然此日朝门上飞报将来，有中大人亲赍圣旨到第开读。襄敏不知事端，分付忙排香案迎接，自己冠绅袍笏，俯伏听旨。只见中大人抱了个小孩子下犊车来。家人上前来争看，认得是小衙内，倒吃了一惊。不觉大家手舞足蹈，禁不得喜欢。中大人喝道："且听宣圣旨！"高声宣道：

> 卿元宵失子，乃朕获之，今却还卿。特赐压惊物一簏，奖其幼志。钦哉。

中大人宣毕，襄敏拜舞谢恩已了，请过圣旨，与中大人叙礼，分宾主坐定。中大人笑道："老先儿，好个乖令郎！"襄敏正要问起根由，中大人笑嘻嘻的袖中取出一卷文书出来，说道："老先儿要知令郎去来事端，只看此一卷，便明白了。"襄敏接过手来一看，乃开封府获盗狱词也。襄敏从头看去，见是密诏开封捕获，便道："乳臭小儿如此惊动天听，又烦圣虑获贼，直教老臣粉身碎骨，难报圣恩万一。"中大人笑道："这贼多是令郎自家拿倒的，不烦一毫圣虑，所以为妙。"南陔当时就口里说那夜怎的长，怎的短，怎的见皇帝，怎的拜皇后，明明朗朗，诉个不住口。

先前合家人听见圣旨到时，已攒在中门口观看。及见南陔出车来，大家惊喜，只是不知头脑。直待听见南陔备细述此一遍，心下方才明白，尽多赞叹他乖巧之极。方信襄敏不在心上，不肯追求，道是他自家会归来的，真有先见之明也。

襄敏分付治酒款待中大人。中大人就将圣上钦赏压惊金犀及钦圣与各宫赐之物，陈设起来，真是珠宝盈庭，光采夺目，所直不啻巨万。中大人摩着南陔的头道：“哥，勾你买果儿吃了。”襄敏又叩首对阙谢恩。方命馆客写下谢表，先附中大人陈奏，等来日早朝面圣，再行率领小子谢恩。中大人道：“令郎哥儿是咱家遇着，携见圣人的。咱家也有个薄礼儿，做个纪念。”将出元宝二个，彩段八表里来。襄敏再三推辞不得，只得收了。另备厚礼答谢过中大人。中大人上车，回覆圣旨去了。

襄敏送了回来，合家欢庆。襄敏公道：“我说你们不要忙，我十三必能自归。今非但归来，且得了许多恩赐，又已拿了贼人，多是十三自己的主张来。可见我不着急的是么？”合家各各称服。

后来南陔取名王寀，政和年间大有文声，功名显达。只看他小时举动如此，已占大就矣。

小时了了大时佳，五岁孩童已足夸。
计缚剧徒如反掌，直教天子送还家。

卷之六

李将军错认舅　刘氏女诡从夫

诗云：

在天愿为比翼鸟，在地愿为连理枝。
天长地久有时尽，此恨绵绵无限期。

这四句乃是白乐天《长恨歌》中之语。当日只为唐明皇与杨贵妃，七月七日之夜，在长生殿前对天发了私愿，愿生生世世，得为夫妇。后来马嵬之难，杨贵妃自缢。明皇心中不舍，命鸿都道士求其魂魄。道士凝神御气，见之玉真仙宫，道是因为长生殿前私愿，还要复降人间，与明皇做来生的夫妇。所以白乐天述其事，做一篇《长恨歌》，有此四句。盖谓世间惟有愿得成双的，随你天荒地老，此情到底不泯也。

小子而今先说一个不愿成双的古怪事，做个得胜头回。

宋时唐州比阳有个富人王八郎，在江淮做大商，与一个娼伎往来得密。相与日久，胜似夫妻，每要取他回家。家中先已有妻子，甚是不得意。既有了娶娼之意，归家见了旧妻时，一发觉得厌憎，只管寻是寻非，要赶逐妻子出去。那妻子是个乖巧的，见不是头，也就怀着二心，无心恋着夫家。欲待要去，只可惜先前不曾留心积攒得些私房，未好便轻易走动。其时身畔有一女儿，年止数岁，把他做了由头，婉辞哄那丈夫道："我嫁你已多年了，女儿又小，你赶我出去，叫我那里去好？我决不走路的。"口里如此说，却日日打点出去的计较。

后来王生竟到淮上，带了娼妇回来。且未到家，在近巷另赁一所房子，与他一同住下。妻子知道，一发坚意要去了，把家中细软尽情藏过，狼犺家伙什物，多将来卖掉。等得王生归来家里，椅桌多不完全，箸长碗短，全不似人家模样。访知尽是妻子败坏了。一时发怒道："我这番决留你不得了！今日定要决绝。"妻子也奋然攘臂道："我晓得到底容不得我！只是要我去，我也要去得明白。我与你当官休去。"当下扭住了王生双袖，一直嚷到县堂上来。

知县问着备细，乃是夫妻两人彼此愿离，各无系恋。取了口词，画了手模，依他断离了。家事对半分开，各自度日；妻若再嫁，追产还夫。所生一女，两下争要。妻子诉道："丈夫薄幸，宠娼弃妻。若留女儿与他，日后也要流落为娼了。"知县道他说得是，把女儿断与妻子领去。各无词说，出了县门，自此两人各自分手。王生自去接了娼妇到家同住。妻子与女儿，另在别村去买一所房子住了，买些瓶罐之类，摆在门前，做些小经纪。他手里本自有钱，恐怕丈夫他日还有别是非，故意装这个模样。

一日，王生偶从那里经过，恰好妻子在那里搬运这些瓶罐。王生还有些旧情不忍，好言对他道："这些东西能进得多少利息？何不别做些甚么生意？"其妻大怒，赶着骂道："我与你决绝过了，便同路人。要你管我怎的？来调甚么喉嗓？"王生老大没趣，走了回来。自此再不相问了。

过了几时，其女及笄，嫁了方城田家。其妻方将囊中蓄积搬将出来，尽数与了女婿，约有十来万贯，皆在王家时瞒了丈夫所藏下之物也。可见王生固然薄幸有外好，其妻元也不是同心的了。

后来王生客死淮南。其妻在女家亦死，既已殡殓，将要埋葬。女儿道："生前与父不合，而今既同死了，该合做了一处，也是我女儿每孝心。"便叫人去淮南，迎了丧柩归来。重复开棺，一同母尸，各加洗涤，换了衣服，两尸同卧在一榻之上。等天明时辰到了，下了棺，同去安葬。安顿好了，过了一会，女儿走来看看，吃了一惊：两尸先前同是仰卧的，今却东西相背，各向了一边。叫聚合家人，多来看着，尽都骇异。有的道："眼见得生前不合，死后还如此相背。"有的道："偶然那个移动了，那里有死尸会掉转来的？"女儿啼啼哭哭，叫爹叫娘，仍旧把来仰卧好了。到得明日下棺之时，动手起尸，两个尸骸仍旧多是侧眠着，两背相向的。方晓得果然是生前怨恨之所致也。女儿不忍，毕竟将来同葬了。要知他们阴中也未必相安的。

此是夫妇不愿成双的榜样，比似那生生世世愿为夫妇的，差了多少！而今说一个做夫妻的被拆散了，死后精灵还归一处，到底不磨灭的话本。可见世间夫妇，原自有这般情种。有诗为证：

生前不得同衾枕，死后图他共穴藏。
信是世间情不泯，韩凭冢上有鸳鸯。

这个话本，在元顺帝至元年间。淮南有个民家，姓刘，生有一女，名唤翠翠。生来聪明异常，见字便认，五六岁时，便能诵读诗书。父母见他如此，商量索性送他到学堂去，等他多读些在肚里，做个不带冠的秀才。邻近有个义学，请着个老学究，有好些生童在里头从他读书。刘老也把女儿送去入学。

学堂中有个金家儿子，叫名金定，生来俊雅，又兼赋性聪明。与翠翠一男一女，算是这一堂中出色的了。况又是同年生的，学堂中诸生多取笑他道："你们两个一般的聪明，又是一般的年纪，后来毕竟是一对夫妻。”金定与翠翠虽然口里不说，心里也暗地有些自认，两下相爱。金生曾做一首诗赠与翠翠，以见相慕之意。诗云：

十二栏杆七宝台，春风到处艳阳开。
东园桃树西园柳，何不移来一处栽？

翠翠也依韵和一首答他，诗云：

平生有恨祝英台，怀抱何为不肯开？
我愿东君勤用意，早移花树向阳栽。

在学堂一年有馀，翠翠过目成诵，读过了好些书。已后年已渐长，不到学堂中来了。

十六岁时，父母要将他许聘人家。翠翠但闻得有人议亲，便关了房门，只是啼哭，连粥饭多不肯吃了。父母初时不在心上，后来见每次如此，心中晓得有些尴尬。仔细问他，只不肯说。再三委曲盘问，许他说了出来必定依他。翠翠然后说道：“西家金定，与我同年。前日同学堂读书时，心里已许下了他。今若不依我，我只是死了，决不去嫁别人的。”父母听罢，想道：“金家儿子虽然聪明俊秀，却是家道贫穷，岂是我家当门对户？”然见女儿说话坚决，动不动哭个不住，又不肯饮食，恐怕违逆了他，万一做出事来。只得许他道：“你心里既然如此，却也不难，我着媒人替你说去。”

刘老寻将一个媒妈来，对他说女儿翠翠要许西边金家定哥的说话。媒妈道：“金家贫穷，怎对得宅上起？”刘妈道：“我家翠小娘与他家定哥同年，又曾同学。翠小娘不是他不肯出嫁，故此要许他。”媒妈道：“只怕宅上嫌贫不肯。既然肯许，却有何难？老媳妇一说便成。”

媒妈领命，竟到金家来说亲。金家父母见说了，惭愧不敢当，回覆媒妈道："我家甚么家当，敢去扳他？"媒妈道："不是这等说。刘家翠翠小娘子，心里一定要嫁小官人，几番啼哭不食。别家来说的，多回绝了。难得他父母见女儿立志如此，已许下他肯与你家小官人了。今你家若把贫来推辞，不但失了此一段好姻缘，亦且辜负那小娘子这一片志诚好心。"金老夫妻道："据着我家定哥才貌，也配得他翠小娘过。只是家下委实贫难，那里下得起聘定？所以容易应承不得。"媒妈道："应承由不得不应承，只好把说话放婉曲些。"金老夫妻道："怎的婉曲？"媒妈道："而今我替你传去，只说道：'寒家有子，颇知诗书。贵宅见谕，万分盛情，敢不从命？但寒家起自蓬筚，一向贫薄自甘。若要取必聘问婚娶诸仪，力不能办。是必见亮，毫不责备，方好应承。'如此说去，他家晓得你每下礼不起的，却又违女儿意思不得，必然是件将就了。"金老夫妻大喜道："多承指教，有劳周全则个。"

媒妈果然把这番话到刘家来复命。刘家父母爱女过甚，心下只要成事。见媒妈说了金家自揣家贫，不能下礼，便道："自古道：'婚姻论财，夷虏之道。'我家只要许得女婿好，那在财礼？但是一件，他家既然不足，我女到他家里，只怕难过日子。除非招入我每家里，做个赘婿，这才使得。"媒妈再把此意到金家去说。这是倒在金家怀里去做的事，金家有何推托？千欢万喜，应允不迭。遂凭着刘家拣个好日，把金定招将过去。凡是一应币帛羊酒之类，多是女家自备了过来。从来有这话的："入舍女婿只带着一张卵袋走。"金家果然不费分毫，竟成了亲事。只因刘翠翠坚意看上了金定，父母拗他不得，只得曲意相从了。

当日过门交拜，夫妻相见，两下里各称心怀。是夜翠翠于枕上口占一词，赠与金生道：

曾向书斋同笔砚，故人今作新人。洞房花烛十分春。汗沾蝴蝶粉，身惹麝香尘。　殢雨尤云浑未惯，枕边眉黛羞颦。轻怜痛惜莫辞频。愿郎从此始，

日近日相亲。（右调《临江仙》）

金生也依韵和一阕道：

记得书斋同笔砚，新人不是他人。扁舟来访武陵春。仙居邻紫府，人世隔红尘。　　誓海盟山心已许，几番浅笑深颦。向人犹自语频频。意中无别意，亲后有谁亲。（调同前）

两人相得之乐，真如翡翠之在丹霄，鸳鸯之游碧沼，无以过也。

谁料乐极悲来，快活不上一年，撞着元政失纲，四方盗起。盐徒张士诚兄弟，起兵高邮。沿海一带郡县，尽为所陷。部下有个李将军，领兵为先锋，到处民间掳掠美色女子。兵至淮安，闻说刘翠翠之名，率领一队家丁打进门来，看得中意，劫了就走。此时合家只好自顾性命，抱头鼠窜，那个敢向前争得一句？眼睁睁看他拥着去了。金定哭得个死而复生，欲待跟着军兵踪迹寻访他去，争奈元将官兵北来征讨，两下争持，干戈不息，路断行人。恐怕没来由走去撞在乱兵之手，死了也没说处，只得忍酸含苦，过了日子。

至正末年张士诚气概弄得大了，自江南江北，三吴两浙，直拓至两广益州，尽归掌握。元朝不能征剿，只得定议招抚。士诚原没有统一之志，只此局面，已自满足，也要休兵。因遂通款元朝，奉其正朔，封为王爵，各守封疆。民间始得安静，道路方可通行。金生思念翠翠，时刻不能去心，看见路上好走，便要出去寻访。收拾了几两盘缠，结束了一个包裹，来别了自家父母。对丈人、丈母道："此行必要访着妻子踪迹。若不得见，誓不还家了。"痛哭而去。路由扬州，过了长江，进了润州。风飧水宿，夜住晓行，来到平江。听得路上人说，李将军见在绍兴守御，急忙赶到临安，过了钱塘江，趁着西兴夜船，到得绍兴。去问人时，李将军已调在安丰去屯兵了。又不辞辛苦，问到安丰。安丰人说："早来两日，也还在此，而今回湖州驻扎，才起身去的。"金生道："只怕到湖州时，又要到别处去。"安丰人道："湖州是驻扎地方，不到别处去了。"金生道："这等，便远在天边，也赶得着。"于是一路向湖州来。算来金生东奔西走，脚下不知有万千里路跑过来。在路上也过了好两个年头，不能勾见妻子一见，却是此心再不放懈。于路没了盘缠，只得乞丐度日；没有房钱，只得草眠露宿。真正心坚铁石，万死不辞。

不则一日，到了湖州。去访问时，果然有个李将军开府在那里。那将军是张王得力之人，贵重用事，势焰赫奕。走到他门前去看时，好不威严。但见：

门墙新彩，棨戟森严。兽面铜环，并衔而宛转；彪形铁汉，对峙以巍峨。门阑上贴着两片不写字的桃符，坐墩边列着一双不吃食的狮子。虽非天上神仙府，自是人间富贵家。

金生到了门首，站立了一回，不敢进去，又不好开言。只是舒头探脑，望里边一望，又退立了两步，踌躇不决。正在没些起倒之际，只见一个管门的老苍头走出来，问道："你这秀才有甚么事干，在这门前探头探脑的？莫不是奸细么？将军知道了，不是要处。"金生对他唱个喏道："老丈拜揖。"老苍头回了半揖道："有甚么话？"金生道："小生是淮安人氏。前日乱离时节，有一妹子失去，闻得在贵府中。所以不远千里，寻访到这个所在，意欲求见一面。未知确信，要寻个人问一问，且喜得遇老丈。"苍头道："你姓甚名谁？你妹子叫名甚么？多少年纪？说得明白，我好替你查将出来，回覆你。"金生把自家真姓藏了，只说着妻子的姓，道："小生姓刘，名唤金定。妹子叫名翠翠，识字通书。失去时节，年方十七岁，算到今年，该有二十四岁了。"老苍头点点头，道："是呀，是呀。我府中果有一个小娘子，姓刘，是淮安人，今年二十四岁，识得字，做得诗。且是做人乖巧、周全。我本官专房之宠，不比其他。你的说话，不差，不差。依说是你妹子，你是舅爷了。你且在门房里坐一坐，我去报与将军知道。”苍头急急忙忙奔了进去，金生在门房等着回话，不题。

且说刘翠翠自那年掳去，初见李将军之时，先也哭哭啼啼，寻死觅活，不肯随顺。李将军吓他道：“随顺了，不去难为你合家老小；若不随顺，将他家寸草不留。”翠翠惟恐累及父母与丈夫家里，只得勉强依从。李将军见他聪明伶俐，知书晓事，爱得他如珠似玉一般，十分抬举，百顺千随。翠翠虽是支陪笑语，却是无刻不思念丈夫，没有快活的日子。心里痴想：缘分不断，或者还有时节相会。争奈日复一日，随着李将军东征西战，没个定踪。不觉已是六七年了。

此日李将军见老苍头来禀，说有他的哥哥刘金定在外边求见。李将军问翠翠道：“你家里有个哥哥么？”翠翠心里想道：“我那得有甚么哥哥来？多管是丈夫寻到此间，不好说破，故此托名。”遂转口道：“是有个哥哥，多年隔别了，不知是也不是。且问他甚么名字才晓得。”李将军道：“管门的说是甚么刘金定。”翠翠听得“金定”二字，心下痛如刀割，晓得是丈夫冒了刘姓来访问的了。说道：“这果然是我哥哥，我要见他。”李将军道：“待我先出去见过了，然后来唤你。”将军分付苍头去请那刘秀才进来。

苍头承命出来，领了金生进去。李将军武夫出身，妄自尊大，走到厅上居中坐下。金生只得向上再拜。将军受了礼，问道：“秀才何来？”金生道：“金定姓刘，淮安人氏。先年乱离之中，有个妹子失散，闻得在将军府中，特自本乡到此，叩求一见。”将军见他仪度斯文，出言有序，喜动颜色道：“舅舅请起。你令妹无恙，即当出来相见。”傍边站着一个童儿，叫名小竖，就叫他进去传命道：“刘官人特自乡中远来，叫翠娘可快出来相见。”

起初翠翠见说了，正在心痒难熬之际，听得外面有请，恨不得两步做一步移了，急趋出厅中来。抬头一看，果然是丈夫金定。碍着将军眼睁睁在上面，不好上前相认，只得将错就错，认了妹子。叫声“哥哥”，以兄妹之礼，在厅前相见。

看官听说，若是此时说话的在傍边，一把把那将军扯了开来，让他每讲一程话，叙一程阔，岂不是凑趣的事？争奈将军不做美，好像个监场的御史，一眼不煞坐在那里。

金生与翠翠虽然夫妻相见，说不得一句私房话，只好问问父母安否，彼此心照，眼泪从肚里落下罢了。

昔为同林鸟，今作分飞燕。
相见难为情，不如不相见。

又昔日乐昌公主在杨越公处见了徐德言，做一首诗道：

今日何迁次，新官对旧官。
笑啼俱不敢，方信做人难。

今日翠翠这个光景，颇有些相似。然乐昌与徐德言，杨越公晓得是夫妻的。此处金生与翠翠，只认做兄妹，一发要遮遮饰饰，恐怕识破，意思更难堪也。还亏得李将军是武夫粗卤，看不出机关，毫没甚么疑心。只道是当真的哥子，便认做舅舅，亲情的念头重起来，对金生道：“舅舅既是远来，道途跋涉，心力劳困，可在我门下安息几时，我还要替舅舅计较。”分付拿出一套新衣服来，与舅舅穿了，换下身上尘污的旧衣。又令打扫西首一间小书房，安设床帐被席，是件整备，请金生在里头歇宿。金生巴不得要他留住，寻出机会，与妻子相通。今见他如此认帐，正中心怀，欣然就书房里宿了。只是心里想着妻子就在里面，好生难过。

过了一夜，明早起来，小竖来报道："将军请秀才厅上讲话。"将军相见已毕，问道："令妹能识字，舅舅可通文墨么？"金生道："小生在乡中以儒为业，那诗书是本等。就是经史百家，也多涉猎过的，有甚么不晓得的勾当？"将军喜道："不瞒舅舅说，我自小失学，遭遇乱世，靠着长枪大戟，挣到此地位。幸得吾王宠任，趋附我的尽多，日逐宾客盈门，没个人替我接待；往来书札堆满，没个人替我裁答。我好些不耐烦。今幸得舅舅到此，既然知书达礼，就在我门下做个记室，我也便当了好些。况关至亲，料舅舅必不弃嫌的。舅舅心下何如？"金生是要在里头的，答道："只怕小生才能浅薄，不称将军任使，岂敢推辞？"将军见说，大喜，连忙在里头去取出十来封书启来，交与金生道："就烦舅舅替我看详里面意思，回他一回。我正为这些难处，而今却好了。"金生拿到书房里去，从头至尾，逐封逐封备审来意，一一回答停当，将稿来与将军看。将军就叫金生读一遍，就带些解说在里头。听罢，将军拍手道："妙，妙！句句像我肚里要说的话。好舅舅，是天送来帮我的了。"从此一发看待得甚厚。

金生是个聪明的人，在他门下，知高识低，温和待人，自内至外，没一个不喜欢他的。他又愈加谨慎，说话也不敢声高，将军面前只有说他好处的。将军得意，自不必说。却是金生主意，只要安得身牢，寻个空便，见见妻子，剖诉苦情。亦且妻子随着别人已经多年，不知他心腹怎么样了，也要与他说个倒断。谁想自厅前一见之后，再不能勾相会。欲要与将军说那要见的意思，又恐怕生出疑心来，反为不美。私下要用些计较，通个消息，怎当得闺阁深邃，内外隔绝，再不得一个便处。日挨一日，不觉已是几个月了。

时值交秋天气，西风夜起，白露为霜。独处空房，感叹伤悲，终夕不寐。思量妻子翠翠，这个时节绣围锦帐同人卧起，有甚不快活处？不知心里还记念着我否？怎知我如此冷落孤恓，时刻难过。乃将心事做成一诗道：

好花移入玉阑干，春色无缘得再看。
乐处岂知愁处苦，别时虽易见时难。
何年塞上重归马，此夜庭中独舞鸾。
雾阁云窗深几许？可怜辜负月团团。

诗成，写在一张笺纸上了。要寄进去与翠翠看，等他知其心事，但恐怕泄漏了风声。生出一个计较来，把一件布袍拆开了领线，将诗藏在领内了，外边仍旧缝好，叫那书房中伏侍的小竖来，说道："天气冷了，我身上单薄。这件布袍垢秽不堪，你替我拿到里头去，交付我家妹子，叫他拆洗一拆洗，补一补好，拿来与我穿。"再把出百来个钱与他道："我央你走走，与你这钱买果儿吃。"小竖见了钱，千欢万喜，有甚么推托？拿了布袍，一径到里头去，交与翠翠道："外边刘官人叫拿进来付与翠娘整理的。"翠翠晓得是丈夫寄进来的，必有缘故。叫他放下了，过一日来拿。小竖自去了。

翠翠把布袍从头至尾看了一遍，想道："是丈夫着身的衣服，我多时不与他缝纫了。"眼泪索珠也似的掉将下来。又想道："丈夫到此多时，今日特地寄衣与我，决不是为要拆洗，必有甚么机关在里面。"掩了门，把来细细拆将开来。刚拆得领头，果然一张小小字纸缝在里面，却是一首诗。翠翠将来细读，一头读，一头哽哽咽咽，只是流泪。读罢，哭一声道："我的亲夫呵，你怎知我心事来？"噙着眼泪，慢慢把布袍洗补好，也做一诗缝在衣领内了，仍叫小竖拿出来付与金生。

金生接得，拆开衣领看时，果然有了回信，也是一首诗。金生拭泪，读其诗道：

一自乡关动战锋，旧愁新恨几重重。
肠虽已断情难断，生不相从死亦从。

长使德言藏破镜，终教子建赋游龙。

绿珠碧玉心中事，今日谁知也到侬。

金生读罢其诗，才晓得翠翠出于不得已，其情已见。又见他把死来相许，料道今生无有完聚的指望了。感切伤心，终日郁闷涕泣，茶饭懒进，遂成痞鬲之疾。将军也着了急，屡请医生调治。又道是“心病还须心上医”，你道金生这病可是医生医得好的么？看看日重一日，只待不起。

里头翠翠闻知此信，心如刀刺，只得对将军说了，要到书房中来看看哥哥的病症。将军看见病势已凶，不好阻他，当下依允。翠翠才到得书房中来。这是他夫妻第二番相见了。可怜金生在床上，一丝两气，转动不得。翠翠见了，十分伤情，噙着眼泪，将手去扶他的头起来，低低唤道：“哥哥挣扎着，你妹子翠翠在此看你。”说罢，泪如泉涌。金生听得声音，撑开双眼，见是妻子翠翠扶他，长叹一声道：“妹妹，我不济事了！难得你出来见这一面。趁你在此，我死在你手里了，也得瞑目。”便叫翠翠坐在床边，自家强抬起头来，枕在翠翠膝上奄然而逝。

翠翠哭得个发昏章第十一。报与将军知道，将军也着实可怜他。又恐怕苦坏了翠翠，分付从厚殡殓，替他在道场山脚下寻得一块好平坦地面，将棺木送去安葬。翠翠又对将军说了，自家亲去送殡，直看坟茔封闭了，恸哭得几番死去叫醒，然后回来。自此精神恍惚，坐卧不宁，染成一病。李将军多方医救，翠翠心里巴不得要死，并不肯服药。

展转床席，将及两月。一日，请将军进房来，带着眼泪对他说道：“妾自从十七岁上抛家相从，已得八载。流离他乡，眼前并无亲人。止有一个哥哥，今又死了。妾病若毕竟不起，切记我言：可将我尸骨埋在哥哥傍边，庶几黄泉之下，兄妹也得相依，免做了他乡孤鬼。便是将军不忘贱妾之大恩也。”言毕大哭。将军好生不忍，把好言安慰他，叫他休把闲事萦心，且自将息。说不多几时，昏沉上来，早已绝气。

将军恸哭一番，念其临终叮嘱之言，不忍违他，果然将去葬在金生冢傍。可怜金生、翠翠二人，生前不能成双，亏得诡认兄妹，死后倒得做一处了。

已后国朝洪武初年，于时张士诚已灭，天下一统，路途平静。翠翠家里淮安刘氏有一旧仆，到湖州来贩丝绵。偶过道场山下，见有一所大房子，绿户朱门，槐柳掩映。门前有两个人，一男一女打扮，并肩坐着。仆人道大户人家家眷，打点远避而过。忽听得两个声唤，走近前去看时，却是金生与翠翠。翠翠开口问父母存亡及乡里光景，仆人一一回答。已毕，仆人问道：“娘子与郎君离了乡里多年，为何倒在这里住家起来？”翠翠道：“起初兵乱时节，我被李将军掳到这里。后来郎君远来寻访，将军好意，仍把我归还郎君。所以就侨居在此了。”仆人道：“小人而今就回淮安，娘子可修一封家书，带去报与老爹、安人知道，省得家中不知下落，终日悬望。”翠翠道：“如此最好。”就领了这仆人进去，留他吃了晚饭，歇了一夜。

明日将出一封书来，叫他多多拜上父母。仆人谢了，带了书来到淮安，递与刘老。此时刘、金两家，久不见二人消耗，自然多道是兵戈死亡了。忽见有家书回来，问是湖州寄来的，道两人见住在湖州了，真个是喜从天降。叫齐了一家骨肉，尽来看这家书。元来是翠翠出名写的，乃是长篇四六之书。书上写道：

伏以父生母育，难酬罔极之恩；夫唱妇随，夙著三从之义。在人伦而已定，何时事之多艰？曩者汉日将倾，楚氛甚恶。倒持太阿之柄，擅弄潢池之兵。封豕长蛇，互相吞并；雄蜂雌蝶，各自逃生。不能玉碎于乱离，乃至瓦全于仓卒。驱驰战马，随逐征鞍。望高天而入翼莫飞，思故国而三魂屡散。良辰易迈，伤青鸾之伴木鸡；怨耦为仇，惧乌鸦之打丹凤。虽应酬而为乐，终感激以生悲。夜月杜鹃之啼，春风蝴蝶之梦。时移事往，苦尽甘来。今则杨素览镜而归妻，王敦开阁而放妓。蓬岛践当时之约，潇湘有故人之逢。自怜赋命之屯，不恨寻春之晚。章台之柳，虽已折于他人；玄都之花，尚不改于前度。将谓瓶沉而簪折，岂期璧返而珠还？殆同玉萧女两世姻缘，难比红拂妓一时配合。天与其便，事非偶然。煎鸾胶而续断弦，重谐缱绻；托鱼腹而传尺素，谨致叮咛。未奉甘旨，先此申复。

读罢，大家欢喜。刘老问仆人道："你记得那里住的去处否？"仆道："好大房子，我在里头歇了一夜，打发了家书来的，怎不记得？"刘老道："既如此，我同你湖州去走一遭，会一会他夫妻来。"

当下刘老收拾盘缠，别了家里，一同仆人径奔湖州。仆人领至道场山下前日留宿之处，只叫得声："奇怪！"连房屋影响多没有，那里说起高堂大厦？惟有些野草荒烟，狐踪兔迹，茂林之中两个坟堆相连。刘老道："莫不错了？"仆人道："前日分明在此，与我吃的是湖州香稻米饭，苕溪中鲜鲫鱼，乌程的酒，明明白白住了一夜去的。怎会得错？"

正疑怪间，恰好有一个老僧杖锡而来。刘老与仆人问道："老师父，前日此处有所大房子，有个金官人同一个刘娘子在里边居住。今如何不见了？"老僧道："此乃李将军所葬刘生与翠翠兄妹两人之坟，那有甚么房子来？敢是见鬼了！"刘老道："见有写的家书寄来，故此相寻。今家书见在，岂有是鬼之理？"急在缠袋里摸出家书来一看，乃是一副白纸，才晓得果然是鬼，这里正是他坟墓。因问老僧道："适间所言李将军何在？我好去问他详细。"老僧道："李将军是张士诚部下的，已为天朝诛灭，骨头不知落在那里了，怎得有这样坟上堆埋呢？你到何处寻去？"刘老见说，知是二人已死，不觉大恸。对着坟墓道："我的儿，你把一封书赚我千里远来，本是要我见一面的意思。今我到此地了，你们却潜踪隐迹，没处追寻，叫我怎生过得？我与你父子之情，人鬼可以无间。你若有灵，千万见我一见，放下我的心罢！”老僧道：“老檀越不必伤悲，此二位官人娘子，老僧定中时得相见。老僧禅舍去此不远，老檀越今日已晚，此间露立不便，且到禅舍中一宿。待老僧定中与他讨个消息，回你何如？”刘老道：“如此，极感老师父指点。”遂同仆人随了老僧，行不上半里，到了禅舍中。老僧将素斋与他主仆吃用，收拾房卧，安顿好，老僧自入定去了。

刘老进得禅房，正要上床，忽听得门响处，一对少年的夫妻走到面前。仔细看来，正是翠翠与金生。一同拜跪下去，悲啼宛转，说不出话来。刘老也挥着眼泪，抚摩着翠翠道：“儿，你有说话，只管说来。”翠翠道：“向者不幸，遭值乱兵。忍耻偷生，离乡背井，叫天无路，度日如年。幸得良人不弃，特来相访，托名兄妹，暂得相见。隔绝夫妇，彼此含冤，以致良人先亡，儿亦继没。犹喜许我附葬，今得魂魄相依。惟恐家中不知，故特托仆人寄此一信。儿与金郎生虽异处，死却同归。儿愿已毕，父母勿以为念。”刘老听罢，哭道：“我今来此，只道你夫妻还在，要与你们同回故乡。今却双双去世，我明日只得取汝骸骨归去，迁于先垄之下，也不辜负我来这一番。”翠翠道：“向者因顾念双亲，寄此一书。今承父亲远至，足见慈爱，故不避幽冥，敢与金郎同来相见。骨肉已逢，足慰相思之苦。若迁骨之命，断不敢从。”刘老道：“却是为何？”翠翠道：“儿生前不得侍奉亲闱，死后也该依傍祖垄。只是阴道尚静，不宜劳扰。况且在此，溪山秀丽，草木荣华，又与金郎同栖一处。因近禅室，时闻妙理，不久就与金郎托生，重为夫妇。在此已安，再不必提起他说了。”抱住刘老，放声大哭。寺里钟鸣，忽然散去。刘老哭将醒来，乃是南柯一梦。

老僧走到面前，道：“夜来有所见否？”刘老一一述其梦中之言。老僧道：“贤女辈精灵未泯，其言可信也。幽冥之事，老檀越既已见得如此明白，也不必伤悲了。”刘老再三谢别了老僧，一同仆人到城市中，办了些牲醴酒馔，重到墓间浇奠一番。哭了一场，返棹归淮安去了。至今道场山有金翠之墓，行人多指为佳话。

此乃生前隔别，死后成双，犹自心愿满足，显出这许多灵异来，真乃是情之所钟也。有诗为证：

连理何须一处栽，多情只愿死同埋。
试看金翠当年事，愦愦将军更可哀！

卷之七

吕使君情媾宦家妻　吴太守义配儒门女

词曰：

疏眉秀盼，向春风、还是宣和装束。贵气盈盈姿态巧，举止况非凡俗。宋室宗姬，秦王幼女，曾嫁钦慈族。干戈横荡，事随天地翻覆。　　一笑邂逅相逢，劝人满饮，旋吹横竹。流落天涯俱是客，何必平生相熟？旧日荣华如今憔悴，付与杯中醁。兴亡休问，为伊且尽船玉。

这一首词，名唤《念奴娇》，乃是宋朝使臣张孝纯在粘罕席上有所见之作。当时靖康之变，徽、钦被掳，不知多少帝女王孙，被犬羊之类群驱北去，正是“内人红袖泣，王子白衣行”的时节。到得那里，谁管你是金枝玉叶，多被磨灭得可怜。有些颜色技艺的，才有豪门大家收作奴婢，又算是有下落的了。其馀驱来逐去，如同犬彘一般。张孝纯奉使到彼云中府，在大将粘罕席上，见个吹笛劝酒的女子，是南方声音。私下偷问他，乃是秦王的公主，粘罕取以为婢。说罢，呜咽流涕。孝纯不胜伤感，故赋此词。

后来金人将钦宗迁往大都燕京，在路行至平顺州地方，驻宿在馆驿之中。时逢七夕佳节，金虏家规制，是日官府在驿中排设酒肆，任从人沽酒会饮。钦宗自在内室坐下，闲看外边喧闹。只见一个鞑婆领了几个少年美貌的女子，在这些饮酒的座头边或歌或舞，或吹笛，斟着酒，劝着座客。座客吃罢，各赏些银钞，或是酒食之类。众女子得了，就去纳在鞑婆处。鞑婆又嫌多道少，打那讨得少的。这个鞑婆想就是中华老鸨儿一般。少间，驿官叫一个皂衣吏典，赍了酒食，来送钦宗。其时钦宗只是软巾长衣，秀才打扮，那鞑婆也不晓得是前日中朝的皇帝，道是客人吃酒，差一个吹横笛的女子到室内来伏侍。女子看见是南边官人，心里先自凄惨，呜呜咽咽，吹不成曲。钦宗对女子道："我是你的乡人，你东京是谁家女子？"那女子向外边看了又看，不敢一时就说；直等那鞑婆站得远了，方说道："我乃百王宫魏王孙女，先嫁钦慈太后侄孙。京城既破，被贼人掳到此地，卖在粘罕府中做婢。后来主母嫉妒，终日打骂，转卖与这个胡妇。领了一同众多女子，在此日夜求讨酒钱食物，各有限数。讨来不勾，就要痛打，不知何时是了。官人也是东京人，想也是被掳来的了。"钦宗听罢，不好回言，只是暗暗泪落，目不忍视，好好打发了他出去。这个女子便是张孝纯席上所遇的那一个。词中说"秦王幼女"，秦王乃是廷美之后，徽宗时改封魏王，魏王即秦王也。真个是凤子龙孙，遭着不幸，流落到这个地位，岂不可怜？然此乃是天地反常时节，连皇帝也顾不得自家身子。这样事体，不在话下。

还有个清平世界世代为官的人家，所遭不幸，也堕落了的。若不是几个好人相逢，怎能勾拔得个身子出来？所以说：

> 红颜自古多薄命，若落娼流更可怜。
> 但使逢人提掇起，淤泥原会长青莲。

话说宋时饶州德兴县有个官人董宾卿，字仲臣。夫人是同县祝氏。绍兴初年，官拜四川汉州太守，全家赴任。不想仲臣做不得几时，死在官上了。一家老小人口又多，路程又远，宦囊又薄，算计一时间归来不得，只得就在那边寻了房子，权且驻下。仲臣长子元广，也是祝家女婿。他有祖荫在身，未及调官，今且守孝在汉州。

三年服满，正要别了母亲兄弟，挈了家小，赴阙听调，待补官之后，看地方如何，再来商量搬取全家。不料未行之先，其妻祝氏又死，遗有一女。元广就在汉州娶了一个富家之女，做了继室。带了妻女，同到临安补官，得了房州竹山县令。地方窄小，又且路远，也不能勾去四川接家属，只同妻女在衙中。过了三年。

考满，又要进京，当时挈家东下。且喜竹山到临安虽是路长，却自长江下了船，乃是一水之地。有同行驻泊一船，也是一个官人在内，是四川人，姓吕，人多称他为吕使君，也是到临安公干的。这个官人年少风流，模样俊俏，虽然是个官人，还像个子弟一般。栖泊相并，两边彼此动问。吕使君晓得董家之船是旧汉州太守的儿子在内，他正是往年治下旧民，过来相拜。董元广说起亲属尚在汉州居驻，又兼继室也是汉州人氏，正是通家之谊。大家道是在此联舟相遇，实为有缘，彼此欣幸。大凡出路之人，长途寂寞，巴不得寻些根绊，图个往来。况且同是衣冠中，体面相等，往来更便。因此两家不是你到我船中，就是我到你船中，或是饮酒，或是下棋，或是闲话，真个是无日不会。就是骨肉相与，不过如此。这也是官员每出外的常事。不想董家船上却动火了一个人。你道是那个？正是那竹山知县的晚孺人。

元来董元广这个继室不是头婚，先前曾嫁过一个武官。只因他丰姿妖艳，情性淫荡，武官十分嬖爱，尽力奉承，日夜不歇，淘虚了身子，一病而亡。青年少寡，那里熬得？待要嫁人，那边厢人闻得他妖淫之名，没人敢揽头，故此肯嫁与外方，才嫁这个董元广。怎当得元广禀性怯弱，一发不济，再不能畅他的意。他欲心如火，无可煞渴之处，因见这吕使君丰容俊美，就了不得动火起来。况且同是四川人，乡音惯熟，倒比丈夫不同。但是到船中来，里头添茶暖酒，十分亲热。又抛声调嗓，要他晓得。那吕使君乖巧之人，颇解其意，只碍着是同袍间，一时也下不得手。谁知那孺人或是露半面，或是露全身，眉来眼去，恨不得一把抱了他进来。日间眼里火了，没处泻得，但是想起，只做丈夫不着，不住的要干事。弄得元广一丝两气，支持不过，疾病上了身子。吕使君越来候问殷勤，晓夜无间，趁此就与董孺人眉目送情，两下做光，已此有好几分了。

舟到临安，董元广病不能起。吕使君分付自己船上道："董爷是我通家，既然病在船上，上去不得，连我行李也不必发上岸，只在船中下着，早晚可以照管。我所有公事，抬进城去勾当罢了。"过了两日，董元广毕竟死了。吕使君出身替他经纪丧事，凡有相交来吊的，只说"通家情重，应得代劳"。来往的人尽多赞叹他高义出人，今时罕有。那晓得他自有一副肚肠藏在里头，不与人知道的。正是：

周公恐惧流言日，王莽谦恭下士时。
假若当时身便死，一生真伪有谁知？

吕使君与董孺人计议道："饶州家乡又远，蜀中信息难通，令公棺柩，不如就在临安权且择地安葬。他年亲丁集会了，别作道理。"商量已定，也都是吕使君摆拨，一面将棺柩厝顿停当。事体已完，孺人率领元广前妻遗女，出来拜谢使君。孺人道："亡夫不幸，若非大人周全料理，贱妾茕茕母子，怎能勾亡夫入土？真乃是骨肉之恩也。"使君道："下官一路感蒙令公不弃，通家往来，正要久远相处，岂知一旦弃撇。客途无人料理，此自是下官身上之事。小小出力，何足称谢？只是殡事既毕，而今孺人还是作何行止？"孺人道："亡夫家口尽在川中，妾身也是川中人，此间并无亲戚可投，只索原回到川中去。只是路途迢递，茕茕母子，无可倚靠，寸步难行。如何是好？"使君陪笑道："孺人不必忧虑。下官公事勾当一完，也要即回川中，便当相陪同往。只望孺人勿嫌弃足矣。"孺人也含笑道："果得如此提挈，还乡有日。寸心感激，岂敢忘报？"使君带着笑，丢个眼色道："且看孺人报法何如？"两人之言，俱各有意，彼此心照。只是各自一只官船，人眼又多，性急不便做手脚，只好咽干唾而已。有一只《商调·错葫芦》单道这难过的光景：

两情人，各一舟；总春心，不自由。只落得双飞蝴蝶梦庄周，活冤家犹然不聚头。又不知几时消受，抵多少眼穿肠断为牵牛。

却说那吕使君只为要营勾这董孺人，把自家公事趱干起了，一面支持动身。两只船厮帮着，一路而行，前前后后，止隔着盈盈一水。到了一个马头上，董孺人整备着一席酒，以谢孝为名，单请着吕使君。吕使君闻召，千欢万喜，打扮得十分俏倬，趋过船来。孺人笑容可掬，迎进舱里，口口称谢。三杯茶罢，安了席，东西对坐了，小女儿在孺人肩下打横坐着。那女儿止得十来岁，未知甚么头脑，见父亲在时往来的，只说道可以同坐吃酒的了。船上外水的人，见他们说的多是一口乡谈，又见日逐往来甚密，无非是关着至亲的勾当，那管其中就里？谁晓得借酒为名，正好两下做光的时节。正是：

茶为花博士，酒是色媒人。

两人饮酒中间，言来语去，眉目送情，又不须用着马泊六，竟是自家觌面打话，有甚么不成的事？只是耳目众多，也要遮饰些个。看看月色已上，只得起身作别。使君道："匆匆别去，孺人晚间寂寞，如何消遣？"孺人会意，答道："只好独自个推窗看月耳。"使君晓得意思许他了，也回道："月色果好，独睡不稳，也待要开窗玩月，不可辜负此清光也。”你看两人之言尽多有意，一个说“开窗”，一个说“推窗”，分明约定晚间窗内走过相会了。

使君到了自家船中，叫心腹家僮分付船上要两船相并帮着，官舱相对，可以照管。船上水手听依分付，即把两船紧紧贴着住了。人静之后，使君悄悄起身，把自已船舱里窗轻推开来。看那对船时节，舱里小窗虚掩。使君在对窗咳嗽一声，那边把两扇小窗一齐开了。月光之中，露出身面，正是孺人独自个在那里。使君忙忙跳过船来。这里孺人也不躲闪，两下相偎相抱，竟到房舱中床上，干那话儿去了。

> 一个新寡的文君，正要相如补空。一个独居的宋玉，专待邻女成双。一个是不系之舟，随人牵挽。一个如中流之楫，惟我荡摇。沙边鸂鶒好同眠，水底鸳鸯堪比乐。

云雨既毕，使君道：“在下与孺人无意相逢，岂知得谐夙愿，三生之幸也。”孺人道：“前日瞥见君子，已使妾不胜动念。后来亡夫遭变，多感周全。女流之辈无可别报，今日报以此身，愿勿以妾自献为嫌，他日相弃，使妾失望耳。”使君道：“承子不弃，且自欢娱，不必多虑。”自此朝隐而出，暮隐而入，日以为常。虽外边有人知道，也不顾了。

一日，正欢乐间，使君忽然长叹道：“目下幸得同路而行，且喜蜀道尚远，还有几时。若一到彼地，你自有家，我自有室，岂能长有此乐哉？”孺人道：“不是这样说。妾夫既身亡，又无儿女，若到汉州，或恐亲属拘碍。今在途中，惟妾得以自主，就此改嫁从君，不到那董家去了，谁人禁得我来？”使君闻言，不胜欣幸，道：“若得如此，足感厚情。在下益州成都郫县，自有田宅，庄房尽可居住。那是此间去的便道，到得那里，我接你上去住了，打发了这两只船。董家人愿随的，就等他随你住了；不愿的，听他到汉州去；或各自散去。汉州又远，料那边多是孤寡之人，谁管得到这里的事？倘有人说话，只说你遭丧在途，我已礼聘为外室了，却也无奈我何。”孺人道：“这个才是长远计较。只是我身边还有这小妮子，是前室祝氏所生。今这个却无去处，也是一累。”使君道：“这个一发不打紧。目下还小，且留在身边养着。日后有人访着还了他去；没人来访，等长大了，不拘那里着落了便是。何足为碍？”两人一路商量的停停当当。

到了郫县，果然两船上东西尽情搬上去住了。可惜董家竹山一任县令，所有宦资连妻女多属之他人。随来的家人也尽有不平的，却见主母已随顺了，吕使君又是个官宦，谁人敢与他争得？只有气不伏、不情愿的，当下四散而去。吕使君虽然得了这一手便宜，也被这一干去的人各处把这事播扬开了。但是闻得的，与旧时称赞他高谊的，尽多讥他没行止，鄙薄其人。至于董家关亲的，见说着这话，一发切齿痛恨，自不必说了。

董家关亲的莫如祝氏最切。他两世嫁与董家，有好些出仕的在外，尽多是他夫人每弟兄叔侄之称。有一个祝次骞，在朝为官，他正是董元广的妻兄。想着董氏一家飘零四散，元广妻女被人占据，亦且不知去向，日夜系心。其时乡中王恭肃公到四川做制使，托他在所属地方访寻。道里辽阔，谁知下落？

乾道初年，祝次骞任嘉州太守，就除利路运使。那吕使君正补着嘉州之缺，该来与祝次骞交代。吕使君晓得次骞是董家前妻之族，他干了那件短行之事，怎有胆气见他？迁延稽留，不敢前来到任。祝次骞也恨着吕使君是禽兽一等人，心里巴不得不见他。趁他未来，把印绶解卸，交与僚官，权时收着，竟自去了。吕使君到得任时，也就有人寻他别是非，弹上一本，朝廷震怒，狼狈而去。祝次骞枉在四川路上做了一番的官，竟不曾访得甥女儿的消耗，心中常时抱恨。

也是人有不了之愿，天意必然生出巧来。直到乾道丙戌年间，次骞之子祝东老，名震亨，又做了四川总干之职，受了檄文，前往成都公干。道经绵州，绵州大守吴仲广出来迎着，置酒相款。仲广元是待制学士出身，极是风流文采的人。是日郡中开宴，凡是应得承直的倡优，无一不集。东老坐间，看见户椽傍边立着一个妓女，姿态恬雅，宛然闺阁中人，绝无一点轻狂之度。东老注目不瞬，看勾多时，却好队中行首到面前来斟酒。东老且不接他的酒，指着那户椽傍边的妓女问他道："这个人是那个？"行首笑道："官人喜他么？"东老道："不是喜他。我看他有好些与你们不同处，心中疑怪，故此问你。"行首道："他叫得薛倩。"

东老正要细问，吴太守走出席来，斟着巨觥来劝东老，只得住了话头。接着太守手中之酒，放下席间，却推辞道："贱量实不能饮，只可小杯适兴。"太守看见行首正在傍边，就指着巨觥分付道："你可在此奉着总干，是必要总干饮干，不然就要罚你。"行首笑道："不须罚小的。若要总干多饮，只叫薛倩来奉，自然毫不推辞。"吴太守也笑道："说得古怪，想是总干曾与他相识么？"东老道："震亨从来不曾到大府这里，何繇得与此辈相接？"太守反问行首道："这等，你为何这般说？"行首道："适间总干殷殷问及，好生垂情于他。"东老道："适才邂逅之间，见他标格，如野鹤在鸡群。据下官看起来，不像是个中之人。心里疑惑，所以在此询问他为首的。岂关有甚别意来？"太守道："既然如此，只叫薛倩侍在总干席傍劝酒罢了。"行首领命，就唤将薛倩来侍着。

东老正要问他来历，恰中下怀。命取一个小杌子赐他坐了，低问他道："我看你定然不是风尘中人，为何在此？"薛倩不敢答应，只叹口气，把闲话支吾过去。东老越越疑心，过会又问道："你可实对我说。"薛倩只是不开口，要说又住了。东老道："直说不妨。"薛倩道："说也无干，落得羞人。"东老道："你尽说与我知道，焉知无益？"薛倩道："尊官盘问不过，不敢不说，其实说来可羞。我本好人家儿女，祖、父俱曾做官，所遭不幸，失身辱地。只是前生业债所欠，今世偿还，说他怎的！”东老恻然动心道：“汝祖、汝父，莫不是汉州知州，竹山知县么？”薛倩大惊，哭将起来，道：“官人如何得知？”东老道：“果若是，汝母当姓祝了。”薛倩道：“后来的是继母。生身亡母，正是姓祝。”东老道：“汝母乃我姑娘也，不幸早亡。我闻你与继母流落于外，寻觅多年，竟无消耗。不期邂逅于此。却为何失身妓籍？可备与我说。”薛倩道：“自从父亲亡后，即有吕使君来照管丧事，与同继母一路归川。岂知得到川中，经过他家门首，竟自尽室占为己有。继母与我多随他居住多年。那年坏官回家，郁郁不快，一病而亡。连继母无所倚靠，便将我出卖，得了薛妈七十千钱，遂入妓籍，今已是一年多了。追想父亲亡时，年纪虽小，犹在目前。岂知流落羞辱，到了这个地位！”言毕，失声大哭。东老不觉也哭将起来。

初时说话低微，众人见他交头接耳，尽见道无非是些调情肉麻之态，那里管他就里。直见两人多哭做一堆，方才一座惊骇，尽来诘问。东老道：“此话甚长，不是今日立谈可尽，况且还要费好些周折。改日当与守公细说罢了。”太守也有些疑心，不好再问。酒罢各散，东老自向公馆中歇宿去了。

薛倩到得家里，把席间事体对薛妈说道：“总干官府是我亲眷，今日说起，已自认帐。明日可到他寓馆一见，必有出格赏赐。”薛妈千欢万喜。

到了第二日，薛妈率领了薛倩来到总干馆舍前求见。祝东老见说，即叫放他母子进来。正要与他细话，只见报说太守吴仲广也来了。东老笑对薛倩道：“来得正好！”薛倩母子多未知其意。

太守下得轿，薛倩走过去先叩了头。太守笑道：“昨日哭得不匀，今日又来补么？”东老道：“正要见守公，说昨日哭的缘故。此子之父董元广，乃竹山知县。祖父仲臣，是汉州太守。两世衣冠之后。只因祖死汉州，父又死于都下，妻女随在舟次，所遇匪人，流落到此地位。乞求守公急为除去乐籍。”太守恻然道：“元来如此。除籍在下官所司，甚为易事。但除籍之后，此女毕竟如何？若明公有意，当为效劳。”东老道：“不是这话。此女之母，即是下官之姑，下官正与此女为嫡表兄妹。今既相遇，必须择个良人嫁与他，以了其终身。但下官尚有公事须去，一时未得便有这样凑巧的。愚意欲将此女暂托之尊夫人处，安顿几时。下官且到成都往回一番，待此行所得诸台及诸郡馈遗路赆之物，悉将来为此女的嫁资。慢慢拣选一个佳婿与他，也完我做亲眷的心事。”太守笑道：“天下义事，岂可让公一人做尽了？我也当出二十万钱为助。”东老道：“守公如此高义，此女不幸中大幸矣！”当下分付薛倩随着吴太守到衙中奶奶处住着：“等我来时再处。”太守带着自去。东老叫薛妈过来，先赏了他十千钱，说道：“薛倩身价，在我身上，加利还你。”薛妈见了是官府做主，怎敢有违？只得凄凄凉凉自去了。东老一面往成都进发，不题。

且说吴太守带得薛倩到衙里来，叫他见过了夫人，说了这些缘故，叫夫人好好看待他夫人应允了。吴太守在衙里仔细把薛倩举动看了多时，见他仍是满面忧愁，不歇的叹气。心里忖道：“他是好人家儿女，一向堕落，那不得意是怪他不得的。今既已遇着表兄相托，收在官衙，他日打点嫁人，已提挈在好处了，为何还如此不快？他心中毕竟还有掉不下的事。”教夫人缓缓盘问他备细。薛倩初时不肯说。吴太守对他道：“不拘有甚么心事，只管明白说来，我就与你做主。”薛倩方才说道：“官人再三盘问，不敢不说。说来也是枉然的。”太守道：“你且说来，看是如何。”薛倩道：“贱妾心中，实是有一个人放他不下，所以被官人看破了。”太守道：“是甚么人？”薛倩道：“妾身虽在烟花之中，那些浮浪子弟，未尝倾心交往。只有一个书生，年方弱冠，尚未娶妻，曾到妾家往来，彼此相爱。他也晓得妾身出于良家，深加悯恤，越觉情深。但是入城，必来相叙。他家父母知道，拿回家去痛打一顿，锁禁在书房中。以后虽是时或有个信来，再不能勾见他一面了。今蒙官人每抬举，若脱离了此地，料此书生无缘再会，所以不觉心中怏怏，撇放不开。岂知被官人看了出来。”太守道：“那个书生姓甚么？”薛倩道：“姓史，是个秀才，家在乡间。”太守道：“他父亲是甚么人？”薛倩道：“是个老学究。”太守道：“他多少家事，娶得你起么？”薛倩道：“因是寒儒之家，那书生虽往来了几番，原自力量不能，破费不多。只为情上难舍，频来看觑，他家兀自道破坏了家私，狠下禁锁。怎有钱财娶得妾身？”太守道：“你看得他做人如何？可真心得意他否？”薛倩道：“做人是个忠诚有馀的，不是那些轻薄少年，所以妾身也十分敬爱，谁知反为妾受累。而今就得意也没处说了。”说罢，早又眼泪落将出来。

太守问得明白，出堂去签了一张密票，差一个公人，拨与一匹快马，急取绵州学史秀才到州，有官司勾当，不可迟误。公人得了密票，狐假虎威，扯做了一场火急势头。忙下乡来，敲进史家门去，将朱笔官票与看，乃是府间遣马追取秀才，立等回话的公事。史家父子惊得呆了，各没想处。那老史埋怨儿子道：“定是你终日宿娼，被他家告害了。再无他事！”史秀才道：“府尊大人取我，又遣一匹马来，焉知不是文赋上边有甚么相商处？”老史道：“好，来请你！柬贴不用一个，出张朱票！”史秀才道：“决是没人告我。”父子两个胡猜不住，公人只催起身。老史只得去收拾酒饭，待了公人，又送了些辛苦钱，打发儿子起身到州里来。正是：

> 乌鸦喜鹊同声，吉凶全然未保。
> 今日捉将官去，这回头皮送了。

史生同了官差，一程来到州中，不知甚么事繇，穿了小服，进见太守。太守教换了公服相见，史生才把疑心放下了好些。换了衣服，进去行礼已毕，太守问道：“秀才家小小年纪，怎不苦志读书，倒来非礼之地频游，何也？”史生道：“小生诵读诗书，颇知礼法，蓬窗自守，从不游甚非礼之地。”太守笑道：“也曾去薛家走走么？”史生见道着真话，通红了两颊，道：“不敢欺大人，客寓州城，诵读馀功，偶与朋友辈适兴闲步，容或有之，并无越礼之事。”太守又道：“秀才家说话不必遮饰，试把与薛倩往来事情实诉我知道。”史生见问得亲切，晓得瞒不过了，只得答道：“大人问及于此，不敢相诳。此女虽落娼地，实非娼流，乃名门宦裔，不幸至此。小生偶得邂逅，见其标格，有似良人。问得其详，不胜义愤。自惜身微力薄，不能拔之风尘，所以怜而与游。虽系儿女子之私，实亦士君子之念。然如此鄙事，不知大人何以知而问及。殊深惶愧，只得实陈，伏乞大人容恕。”太守道：“而今假若以此女配足下，足下愿以之为室家否？”史生道：“淤泥青莲，亦愿加以拂拭。但贫士所不能，不敢妄想。”太守笑道：“且站在一边，我教你看一件事。”就掣一枝签，唤将薛妈来。

薛妈慌忙来见太守。太守叫库吏取出一百道官券来，与他道：“昨闻你买薛倩身价，止得钱七十千。今加你价三十千，共一百道，你可领着。”时史生站在傍边，太守用手指着对薛妈道：“汝女已嫁此秀才了。此官券即是我与秀才出的聘礼也。”薛妈不敢违拗，只得收了。当下认得史生的，又不好问得缘故。老妈们心性，见了一百千，算来不亏了本，随他女儿短长，也不在他心上，不管三七二十一，欢欢喜喜自出去了。

此时史生看见太守如此发放，不晓其意。心中想道：“难道太守肯出己钱讨来与我不成？这怎么解？”出了神，没可想处。太守唤史生过来，笑道：“足下苦贫，不能得娶，适间已为足下下聘了。今以此女与足下为室，可喜欢么？”史生叩头道：“不知大人何以有此天恩，出自望外，岂不踊跃！但家有严父，不敢不告。若知所娶娼女，事亦未必可谐。所虑在此耳。”太守道：“你还不知，此女为总干祝使君表妹，前日在此相遇，已托下官脱了乐籍，俟成都归来，替他择婿。下官见此义举，原许以二十万钱助嫁。今此女见在我衙中，昨日见他心事不快，问得其故，知与足下两意相孚，不得成就。下官为此相请，欲为你两人成此好事。适间已将十万钱还了薛媪，今再以十万钱助足下婚礼，以完下官口信。待总干来时，整备成亲。若尊人问及，不必再提起薛家，只说总干表妹，下官为媒，无可虑也。”史生见说，欢喜非常，谢道：“鲰生何幸，有此奇缘，得此恩遇，虽粉骨碎身，难以称报。”太守又叫库吏取一百道官券付与史生。史生领下，拜谢而去。看见丹墀之下，荷花正开，赋诗一首以见感恩之意。诗云：

莲染青泥埋暗香，东君移取一齐芳。
擎珠拟作衔环报，已学葵心映日光。

史生到得家里，照依太守说的话，回覆了父母。父母道是喜从天降，不费一钱，攀了好亲事。又且见有许多官券拿回家来，问其来历，说道是太守助的花烛之费，一发支持有馀，十分快活。一面整顿酒筵各项，只等总干回信不题。

却说吴太守虽已定下了史生，在薛倩面前只不说破。隔得一月，祝东老成都事毕，重回绵州，来见太守。一见便说表妹之事。太守道：“别后干干办得一个佳婿在此，只等明公来，便可嫁了。”东老道：“此行所得，合来有五十万。今当悉以付彼，使其成家立业。”太守道：“下官所许二十万，已将十万还其身价，十万备其婚资。今又有此助，可以不忧生计。况其人可倚，明公可以安心了。”东老道：“婿是何人？”太守道：“是个书生，姓史。今即去召他来相见。”东老道：“书生最好。”太守立刻命人去召将史秀才来到，教他见了东老。东老见他少年，丰姿出众，心里甚喜。太守即择取来日大吉，叫他备轿，明日到州迎娶家去。

太守回衙，对薛倩道：“总干已到，佳婿已择得有人，看定明日成婚。婚资多备。从此为良人妇了。”薛倩心里且喜且悲。喜的是亏得遇着亲眷，又得太守做主，脱了贱地，嫁个丈夫，立了妇名；悲的是心上书生从此再不能勾相会了。正是：

笑啼俱不敢，方信做人难。
早知灯是火，落得放心安。

明日，祝东老早到州中，坐在后堂，与太守说了，教薛倩出来相见。东老即将五十万钱之数，交与薛倩，道："聊助于妆奁之费，少尽姑表之情。只无端累守公破费二十万，甚为不安。"太守笑道："如此美事，岂可不许我费一分乎？"薛倩叩谢不已。东老道："婿是守公所择，颇为得人，终身可傍矣。"太守笑道："婿是令表妹所自择，与下官无干。"东老与薛倩俱愕然不解。太守道："少顷自见。"

正话间，门上进禀："史秀才迎婚轿到。"太守立请史秀才进来，指着史生对薛倩道："前日你再三不肯说，我道说明白了好与你做主。今以此生为汝夫，汝心中没有不足处了么？"薛倩见说，方敢抬眼一看，正是平日心上之人。方晓得适间之言，心下暗地喜欢无尽。太守立命取香案，教他两人拜了天地。已毕，两人随即拜谢了总干与太守。太守分付花红羊酒，鼓乐送到他家。东老又命从人抬了这五十万嫁资，一齐送到史家家里来。史家老儿只说是娶得总干府表妹，以此为荣，却不知就是儿子前日为嫖了厮闹的表子。后来渐渐明白，却见两处大官府做主，又平白得了许多嫁资，也心满意足了。史生夫妻二人感激吴太守，做个木主供在家堂，奉祀香火不绝。

次年，史生得预乡荐。东老又着人去汉州访着了董氏兄弟，托与本处运使，周给了好些生计，来通知史生夫妻二人，教他相通往来。史生后来得第，好生照管妻家，汉州之后，得以不绝。此乃是不幸中之幸，遭遇得好人，有此结果。不然，世上的人多似吕使君，那两代为官之后，到底堕落了。天网恢恢，正不知吕使君子女又如何哩！

公卿宣淫，误人儿女。不遇手援，焉复其所？
瞻彼穹庐，涕零如雨。千载伤心，王孙帝主。

卷之八

沈将仕三千买笑钱　王朝议一夜迷魂阵

词云：

风月襟怀，图取欢来。欢场中尽有安排。呼卢博赛，岂不豪哉？费自家心，自家力，自家财。　　有等奸胎，惯弄乔才。巧妆成科诨难猜。非关此辈，忒使心乖。总自家痴，自家狠，自家呆。（词寄《行香子》）

这首词，说着人世上诸般戏事皆可遣兴陶情，惟有赌博一途，最是为害不浅。盖因世间人总是一个贪心所使，见那守分的一日里辛辛苦苦，巴着生理，不能勾进得多少钱；那赌场中一得了采，精金白银，只在一两掷骰子上收了许多来，岂不是个不费本钱的好生理？岂知有这几掷赢，便有几掷输。赢时节，道是倘来之物，就有粘头的、讨赏的、帮衬的，大家来撮哄。这时节意气扬扬，出之不吝。到得赢骰过了，输骰齐到，不知不觉的弄个罄净，却多是自家肉里钱，傍边的人不会帮了他一文。所以只是输的多，赢的少。有的不伏道："我赢了就住，不到得输就是了。"这句话恰似有理，却是那一个如此把得定？有的巴了千钱要万钱，人心不足不肯住的；有的乘着胜采，只道是常得如此，高兴了不肯住的；有的怕别人讥诮他小家子相，碍上碍下不好住的。及至临后输来，虽悔无及，道先前不曾住得，如今难道就罢？一发住不成了，不到得弄完决不收场。况且又有一落场便输了的，总有几掷赢骰，不勾番本，怎好住得？到得番本到手，又望多少赢些，那里肯住？所以一耽了这件滋味，定是无明无夜，抛家失业，失魂落魄，忘飧废寝的。朋友们讥评，妻子们怨怅，到此地位一总不理，只是心心念念记挂此事，一似担雪填井，再没个满的日子了。全不想钱财自命里带来，人人各有分限，岂由你空手博来做得人家的？不要说不能勾赢，就是赢了，未必是福处。

宋熙宁年间，相国寺前有一相士，极相得着，其门如市。彼时南省开科，纷纷举子多来扣问得失，他一一决来，名数不爽。有一举子姓丁，名湜，随众往访。相士看见大惊道："先辈气色极高，吾在此阅人多矣，无出君右者。据某所见，便当第一人及第。"问了姓名，相士就取笔在手，大书数字于纸云："今年状元是丁湜。"粘在壁上。向丁生拱手道："留为后验。"丁生大喜自负，别了相士，走回寓中来，不觉心神畅快，思量要寻个乐处。

元来这丁生少年才俊，却有个僻性，酷好的是赌博。在家时，先曾败掉好些家资，被父亲锁闭空室，要饿死他。其家中老妪怜之，破壁得逃。到得京师，补试太学，幸得南省奏名，只待廷试。心绪闲暇，此兴转高。况兼破费了许多家私，学得一番奢遮手段，手到处会赢。心中技痒不过。闻得同榜中有两个四川举子，带得多资，亦好赌博。丁生写个请帖，着家童请他二人到酒楼上饮酒。二人欣然领命而来，分宾主坐定。饮到半酣，丁生家童另将一个包袱放在左边一张桌子上面，取出一个匣子，开了，拿出一对赏锺来。二客看见匣子里面藏着许多戏具，乃是骨牌、双陆、围棋、象棋及五木骰子、枚马之类，无非赌博场上用的。晓得丁生好此，又触着两人心下所好，相视而笑。丁生便道："我们乘着酒兴，三人共赌一回取乐何如？"两人拍手道："绝妙！绝妙！"一齐立起来，看楼上傍边有一小阁，丁生指着道："这里头倒幽静些。"遂叫取了博具，一同到阁中来。相约道："我辈今日逢场作戏，系是彼此同袍，十分大有胜负，忒难为人了。每人只以万钱为率，尽数赢了，止得三万；尽数输了，不过一万。图个发兴消闲而已。"说定了，方才下场，相博起来。

初时果然不十分大来往。到得掷到兴头上，你强我赛，各要争雄，一二万钱只好做一掷，怎好就歇得手？两人又着家童到下处再取东西，下着本钱，频频添入，不记其次。丁生煞是好手段，越赢得来，精神越旺。两人不伏输，狠将注头乱推，要博转来，一注大似一注。怎当得丁生连掷胜采，两人出注，正如众流归海，尽数赶在丁生处了。直赢得两人油干火尽。两人也怕起来，只得忍着性子住了，垂首丧气而别。丁生总计所赢，共有六百万钱，命家童等负归寓中，欢喜无尽。

隔了两日，又到相士店里来走走，意欲再审问他前日言语的确。才进门来，相士一见大惊道："先辈为何气色大变？连中榜多不能了，何况魁选！"急将前日所粘在壁上这一条纸扯下来，揉得粉碎。叹道："坏了我名声，此番不准了。可恨！可恨！"丁生慌了，道："前日小生原无此望，是足下如此相许。今日为何改了口？此是何故？"相士道："相人功名，先观天庭气色。前日黄亮润泽，非大魁无此等光景，所以相许。今变得枯焦且黑滞了，那里还望功名？莫非先辈有甚设心不良，做了些谋利之事，有负神明么？试想一想看。"丁生悚然，便把赌博得胜之事说出来，道："难道是为此戏事？"相士道："你莫说是戏事，关着财物，便有神明主张。非义之得，自然减福。"丁生悔之无及。忖了一忖，问相士道："我如今尽数还了他，敢怕仍旧不妨了？"相士道："才一发心，暗中神明便知。果能悔过，还可占甲科，但名次不能如旧，五人之下可望。切须留心。"

丁生亟回寓所，着人去请将二人到寓。两人只道是又来纠赌，正要番手，三脚两步，忙忙过来。丁生相见了，道："前日偶尔作戏，大家在客中，岂有实得所赢钱物之理？今日特请两位过来，奉还原物。"两人出于不意，道："既已赌输，岂有竟还之理？或者再博一番，多少等我们翻些才使得。"丁生道："道义朋友，岂可以一时戏耍，损伤客囊财物？小弟誓不敢取一文，也不敢再做此等事了。"即叫家童各将前物竟送还两人下处。两人喜出望外，道是丁生非常高谊，千恩万谢而去。岂知丁生原为着自己功名要紧，故依着相士之言，改了前非。

后来廷试唱名，果中徐铎榜第六人。相士之术，不差毫厘。若非是这一番赌，这状头稳是丁湜，不让别人了。今低了五名，又还亏得悔过迁善，还了他人钱物，尚得高标。倘贪了小便宜，执迷不悟，不弄得功名没分了？所以说钱财有分限，靠着赌博得来，便赢了也不是好事。

况且有此等近利之事，便有一番谋利之术。有一伙赌中光棍，惯一结了一班党与，局骗少年子弟，俗名谓之"相识"。用铅沙灌成药骰，有轻有重，将手指捻将转来，捻得得法，抛下去多是赢色。若任意抛下，十掷九输。又有惯使手法，拳红坐六的；又有阴阳出注，推班出色的。那不识事的小二哥，一团高兴，好歹要赌，俗名唤做"酒头"，落在套中，出身不得，谁有得与你赢了去？奉劝人家子弟，莫要痴心想别人的。看取丁湜故事，就赢了也要折了状元之福，何况没福的，何况必输的！不如学好守本分的为强。有诗为证：

财是他人物，痴心何用贪？
寝兴多失节，饥饱亦相参。
输去中心苦，赢来众口馋。
到头终一败，辛苦为谁甜？

小子只为苦口劝着世人休要赌博，却想起一个人来，没事闲游，撞在光棍手里，不知不觉弄去一赌，赌得精光，没些巴鼻。说得来好笑好听。

风流误入绮罗丛，自讶通宵倚翠红。
谁道醉翁非在酒，却教眨眼尽成空。

这本话文乃在宋朝道君皇帝宣和年间，平江府有一个官人，姓沈，承着祖上官荫，应授将仕郎之职，赴京听调。这个将仕家道丰厚，年纪又不多，带了许多金银宝货在身边。少年心性，好的是那歌楼舞榭，倚翠偎红，绿水青山，闲茶浪酒。况兼身畔有的是东西，只要撞得个乐意所在，挥金如土，毫无吝色。

大凡世情如此：才是有个撒漫使钱的勤儿，便有那帮闲僛懒的陪客来了。寓所差不多远，有两个游手人户，一个姓郑，一个姓李，总是些没头鬼，也没个甚么真名号，只叫做郑十哥、李三哥。终日来沈将仕下处，与他同坐同起，同饮同餐。沈将仕一刻也离不得他二人。他二人也有时破些钱钞，请沈将仕到平康里中好姊妹家里摆个还席，吃得高兴，就在姊妹人家宿了。少不得串同了他家，扶头打差，一路儿撮哄，弄出些钱钞大家有分，决不到得白折了本。亏得沈将仕壮年贪色，心性不常，略略得味，就要跳槽，不迷恋着一个，也不能起发他大主钱财。只好和哄过日，常得嘴头肥腻而已。

如是盘桓，将及半年，城中乐地，也没有不游到的所在了。一日，沈将仕与两人商议道："我们城中各处走遍了，况且尘嚣嘈杂，没甚景趣。我要城外野旷去处走走，散心耍子一回，何如？"郑十、李三道："有兴，有兴。大官人一发在行得紧！只是今日有些小事未完，不得相陪。若得迟至明日便好。"沈将仕道："就是明日无妨，却不可误期。"郑、李二人道："大官人如此高怀，我辈若有个推故不去，便是俗物了。明日准来相陪就是。"

两人别去了一夜，到得次日，来约沈将仕道：“城外之兴何如？”沈将仕道：“专等，专等。”郑十道：“不知大官人轿去马去？”李三道：“要去闲步散心，又不赶甚路程，要那轿马何干？”沈将仕道：“三哥说得是。有这些人随着，便要来催你东去西去，不得自由。我们只是散步消遣，要行要止，凭得自家，岂不为妙？只带个把家童去跟跟便了。”沈将仕身边有物，放心不下，叫个贴身安童背着一个皮箱，随在身后，一同郑、李二人踱出长安门外来。但见：

> 甫离城廓，渐远市廛。参差古树绕河流，荡漾游丝飞野岸。布帘沽酒处，惟有耕农村老来尝；小艇载鱼还，多是牧竖樵夫来问。炊烟四起，黑云影里有人家；路径多歧，青草痕中为孔道。别是一番野趣，顿教忘却尘情。

三人信步而行，观玩景致，一头说话，一头走路。迤逦有二三里之远，来到一个塘边。只见几个粗腿大脚的汉子，赤剥了上身，手提着皮挽，牵着五七匹好马，在池塘里洗浴。看见他三人走来至近，一齐跳出塘子，慌忙将衣服穿上，望着三人齐声迎喏。沈将仕惊疑，问二人道：“此辈素非相识，为何见吾三人恭敬如此？”郑、李两人道：“此王朝议使君之隶卒也。使君与吾两人最相厚善，故此辈见吾等走过，不敢怠慢。”沈将仕道：“元来这个缘故！我也道为何无因至前。”

三人又一头说，一头走，离池边上前又数百步远了。李三忽然叫沈将仕一声道：“大官人，我有句话商量着。”沈将仕道：“甚话？”李三道：“今日之游，颇得野兴，只是信步浪走，没个住脚的去处。若便是这样转去了，又无意味。何不就骑着适才王公之马，拜一拜王公，岂不是妙？”沈将仕道：“王公是何人？我却不曾认得，怎好拜他？”李三道：“此老极是个妙人。他曾为一大郡守，家资绝富，姬妾极多。他最喜的是宾客往来，款接不倦。今年纪已老，又有了些痰病，诸姬妾皆有离心。却是他防禁严密，除了我两人忘形相知，得以相见，平时等闲不放出外边来。那些姬妾无事，只是终日合伴顽耍而已。若吾辈去看他，他是极喜的。大官人虽不曾相会，有吾辈同往，只说道钦慕高雅，愿一识荆。他看见是吾每的好友，自不敢轻。吾两人再递一个春与他，等他晓得大官人是在京调官的衣冠一脉，一发注意了，必有极精的饮馔相款。吾每且落得开怀快畅他一晚，也是有兴的事。强如寂寂寞寞，仍旧三人走了回去。”沈将仕心里未决，郑十又道：“此老真是会快活的人，有了许多美妾，他却又在朋友面上十分殷勤，寻出兴趣来。更兼留心饮馔，必要精洁，惟恐朋友们不中意，吃得不尽兴。只这一片高兴热肠，何处再讨得有？大官人既到此地，也该认一认这个人，不可错过。”沈将仕也喜道：“果然如此，便同二位拜他一拜也好。”李三道：“我每原回到池边，要了他的马去。”

于是三人同路而回，走到池边，郑、李大声叫道：“带四个马过来！”看马的不敢违慢，答应道：“家爷的马，官人每要骑尽意骑坐就是。”郑、李与沈将仕各骑了一匹，连沈家家僮捧着箱儿也骑了一匹。看马的带住了马头，问道：“官人每要往那里去？”郑生将鞭稍指道：“到你爷家里去。”看马的道：“晓得了。”在前走着引路。

三人联镳按辔而行。转过两个坊曲，见一所高门，李三道：“到了，到了。郑十哥且陪大官人站一会，待我先进去报知了，好出来相迎。”沈将仕开了箱，取个名帖与李三带了报去。李三进门内去了少歇，出来道：“主人听得有新客到此，甚是喜欢。只是久病倦懒，怕着冠带，愿求便服相见。”沈将仕道：“论来初次拜谒，礼该具服。今主人有命，恐怕反劳；若许便服，最为洒脱。”李三又进去说了，只见王朝议命两个安童扶了，一同李三出来迎客。沈将仕举眼看时，但见：

仪度端庄，容颜羸瘦。一前一却，浑如野鹤步罡；半喘半吁，大似吴牛见月。深浅躬不思而得，是鹭鸳班里习将来；长短气不约而同，敢莺燕窝中输了去。

沈将仕见王朝议虽是衰老模样，自然是士大夫体段，肃然起敬。王朝议见沈将仕少年丰采，不觉笑逐颜开。拱进堂来，沈将仕与二人俱与朝议相见了。沈将仕叙了些仰慕的说话，道："幸郑、李两兄为绍介，得以识荆，固快夙心，实出唐突。"王朝议道："两君之友，即仆友也。况两君胜士，相与的必是高贤。老朽何幸，得以沾接。"茶罢，朝议揖客进了东轩，分付当直的设席款待。分付不多时，杯盘果馔，倾刻即至。沈将仕看时，虽不怎的大摆设，却多精美雅洁，色色在行，不是等闲人家办得出的。朝议谦道："一时不能治具，果菜小酌，勿怪轻亵。"郑、李二人道："沈君乃是脱洒人，既忝吾辈相知，原不必认作新客。只管尽主人之兴，吃酒便是，不必过谦了。"小童二人频频斟酒，三个客人忘怀大嚼，主人勉强支陪。

看看天晚，点上灯来。朝议又陪了一晌，忽然喉中发喘，连嗽不止，痰声曳锯也似，响震四座，支吾不得。叫两个小童扶了，立起身来道："贱体不快，上客光顾，不能尽主礼，却怎的好？"对郑生道："没奈何了，有烦郑兄代作主人，请客随意剧饮，不要阻兴。老朽略去歇息一会，煮药吃了，少定即来奉陪。恕罪，恕罪。"朝议一面同两个小童扶拥而去。剩得他三个在座，小童也不出来斟酒了。李三道："等我寻人去。"起身走了进去。

沈将仕见主人去了，酒席阑珊，心里有些失望。欲待要辞了回去，又不曾别得主人，抑且馀兴还未尽，只得走下庭中散步。忽然听得一阵欢呼掷骰子声，循声觅去，却在轩后一小阁中，有些灯影在窗隙里射将出来。沈将仕将窗隙弄大了些，窥看里面。不看时万事全休，一看看见了，真是：

酥麻了半壁，软瘫做一堆。

你道里头是甚光景？但见：

明烛高张，巨案中列。掷卢赛雉，纤纤玉手擎成；喝六呼幺，点点朱唇吐就。金步摇，玉条脱，尽为孤注争雄；风流阵，肉屏风，竟自和盘托出。若非广寒殿里，怎能勾如许仙风？不是金谷园中，何处来若干媚质？任是愚人须缩舌，怎教浪子不输心！

元来沈将仕窗隙中看去，见里头是美女七八人，环立在一张八仙桌外。桌上明晃晃点着一枝高烛，中间放下酒榼一架，一个骰盆，盆边七八堆采物，每一美女面前一堆，是将来作注赌采的。众女掀拳裸袖，各欲争雄。灯下偷眼看去，真个个个如嫦娥出世，丰姿态度，目中所罕见。不觉魂飞天外，魄散九霄，看得目不转睛，顽涎乱吐。

正在禁架不定之际，只见这个李三不知在那里走将进去，也搀在里头了，抓起色子，便待要掷下去。众女赌到间深处，忽见是李三下注，尽嚷道："李秀才，你又来鬼厮搅，打断我姊妹们兴头。"李三顽着脸皮道："便等我在里头与贤妹们帮兴一帮兴也好。"一个女子道："总是熟人，不妨事。要来便来，不要酸子气。快摆下注钱来！"众女道："看这个酸鬼，那里熬得起大注？"一递一句讥诮着。李三掷一掷，做一个鬼脸，大家把他来做一个取笑的物事。李三只是忍着羞，皮着脸，凭他擎面啐来，只是顽钝无耻，挨在帮里。一霎时不分彼此，竟大家着他在里面掷了。

沈将仕看见李三情状，一发神魂摇荡，顿足道："真神仙境界也！若使吾得似李三，也在里头厮混得一场，死也甘心。"急得心痒难熬，好似热地上蜒蚰，一歇儿立脚不定。急走来要与郑十商量。郑十正独自个坐在前轩打盹，沈将仕急摇他醒来道："亏你还睡得着！我们一样到此，李三哥却落在蜜缸里了。"郑十道："怎么的？"沈将仕扯了他手，竟到窗隙边来，指着里面道："你看么！"郑十打眼一看果然李三与群女在里头混赌。郑十对沈将仕道："这个李三，好没廉耻。"沈将仕道："如此胜会，怎生知会他一声，设法我也在里头去掷掷儿，也不枉了今日来走这一番。"郑十道："诸女皆王公侍儿。此老方才去眠宿了，诸女得闲，在此顽耍。吾每是熟极的，故李三插得进去。诸女素不识大官人，主人又不在面前，怎好与他们接对？须比我每不得。"沈将仕情极了，道："好哥哥，带挈我带挈！"郑十道："若挨得进去，须要稍物，方才可赌。"沈将仕道："吾随身箧中有金宝千金，又有二三千张茶券子，可以为稍。只要十哥设法得我进去，取乐得一回，就双手送掉了这些东西，我愿毕矣。"郑十道："这等，不要高声，悄悄地随着我来，看相个机会慢慢插将下去。切勿惊散了他们，便不妙了。"沈将仕谨依其言，不敢则一声。郑十拽了他手，转弯抹角，且是熟溜，早已走到了聚赌的去处。

诸姬正赌得酣，各不抬头，不见沈将仕。郑十将他捏一把，扯他到一个稀空的所在站下了。侦伺了许久，直等两下决了输赢，会稍之时，郑十方才开声道："容我每也掷掷儿么？"众女抬头看时，认得是郑十，却见肩下立着个面生的人，大家喝道："何处儿郎，突然到此？"郑十道："此吾好友沈大官人，知卿等今宵良会，愿一拭目，幸勿惊讶。"众女道："主翁与汝等通家，故彼此各无避忌。如何带了他家少年来搀预我良人之会？"一个老成些的道："既是两君好友，亦是一体的。既来之，则安之。且请一杯迟到的酒。"遂取一大卮，满斟着一杯热酒，奉与沈将仕。沈将仕此时身体皆已麻酥，见了亲手奉酒，敢有推辞？双手接过来，一饮而尽，不剩一滴。奉酒的姬对着众姬笑道："妙人也！每人可各奉一杯。"郑十道："列位休得炒断了掷兴，吾友沈大官人也愿与众位下一局。一头掷骰，一头饮酒助兴，更为有趣。"那老成的道："妙！妙！虽然如此，也要防主人觉来。"遂唤小鬟快去朝议房里伺候，倘若睡觉，亟来报知，切勿误事。小鬟领命去了，诸女就与沈将仕共博。

沈将仕自喜身入仙宫，志得意满，采色随手得胜。诸姬头上钗珥首饰，尽数除下来作采赌赛，尽被沈将仕赢了。须臾之间，约有千金。诸姬个个目睁口呆，面前一空。郑十将沈将仕扯一把道："赢勾了，歇手罢。"怎当得沈将仕魂不附体，他心里只要多插得一会寡趣便好，不在乎财物输赢，那里肯住？只管伸手去取酒吃，吃了又掷，掷了又吃。诸姬又来趁兴，奉他不休。沈将仕越肉麻了，风将起来，弄得诸姬皆赤手，无稍可掷。

其间有一小姬，年最少，貌最美，独是他输得最多。见沈将仕风风世世，连掷采骰，带着怒容，起身竟去。走至房中转了一转，提着一个羊脂玉花樽到面前，向桌上一掇道："此瓶直千缗，只此作孤注，输赢在此一决。"众姬问道："此不是尔所有，何故将来作注？"小姬道："此主人物也。此一决，得胜固妙；倘若再不如意，一发输了去，明日主人寻究，定遭鞭箠。然事势至此，我情已极，不得不然。"众人劝他道："不可赶兴！万一又输，再无挽回了。"小姬怫然道："凭我自主，何故阻我？"坚意要掷。众人见他已怒，便道本图欢乐，何故到此地位？沈将仕看见小姬光景，又怜又爱，心里踌躇道："我本意岂欲赢他？争禁骰子自胜。怎生得帮衬这一掷，输与他了，也解得他的恼怒；不然反是我杀风景了。"

看官听说：这骰子虽无知觉，极有灵通，最是跟着人意兴走的。起初沈将仕神来气旺，胜采便跟着他走，所以连掷连赢。歇了一会，胜头已过，败色将来。况且心里有些过意不去，情愿认输，一团锐气已自馁了十分了。更见那小姬气忿忿，雄纠纠，十分有趣，魂灵也被他吊了去。心意忙乱，一掷大败。小姬叫声："惭愧，也有这一掷该我赢的！"即把花樽底儿朝天倒将转来。沈将仕只道止是个花樽，就是千缗也赔得起。岂知花樽里头尽是金钗珠琲塞满其中，一倒倒将出来，辉煌夺目，正不知多少价钱，尽该是输家赔偿的。沈将仕无言可对。

郑、李二人与同诸姬公估价值，所值三千缗钱。沈将仕须赖不得，尽把先前所赢尽数退还，不上千金。只得走出，叫家僮取带来箱子里面茶券子二千多张，算了价钱，尽作赌资还了。说话的，茶券子是甚物件，可当金银？看官听说，茶券子即是茶引。宋时禁茶榷税，但是茶商纳了官银，方关茶引，认引不认人。有此茶引，可以到处贩卖，每张之利，一两有馀。大户人家尽有当着茶引生利的，所以这茶引当得银子用。苏小卿之母受了三千张茶引，把小卿嫁与冯魁，即是此例也。沈将仕去了二千馀张茶引，即是去了二千馀两银子。沈将仕自道只输得一掷，身边还有剩下几百张，其馀金宝他物在外不动，还思量再下局去博将转来。忽听得朝议里头大声咳嗽，急索唾壶，诸姬慌张起来，忙将三客推出阁外，把火打灭，一齐奔入房去。

三人重复走到轩外元饮酒去处，刚坐下，只见两个小童又出来劝酒，道："朝议多多致意尊客，夜深体倦，不敢奉陪，求尊客发兴多饮一杯。"三人同声辞道："酒兴已阑，不必再叨了。只要作别了便去。"小童走进去说了，又走出来道："朝议说：'仓卒之间，多有简慢。夜已深了，不劳面别。此后三日，再求三位同会此处，更加尽兴，切勿相拒。'又叫分付看马的，仍旧送三位到寓所，转来回话。"

三人一同沈家家僮，乘着原来的四匹马，离了王家。行到城门边，天色将明，城门已自开了。马夫送沈将仕到了寓所，沈将仕赏了马夫酒钱，连郑、李二人的也多是沈将仕出了，一齐打发了去。郑、李二人别了沈将仕道："一夜不睡，且各还寓所安息一安息，等到后日再去赴约。"二人别去。

沈将仕自思夜来之事，虽然失去了一二千本钱，却是着实得趣。想来老姬赞他，何等有情？小姬怒他，也自有兴。其馀诸姬，递相劝酒，轮流赌赛，好不风光，多是背着主人做的。可恨郑、李两人先占着这些便宜。而今我既弄入了门，少不得也熟分起来，也与他二人一般受用，或者还有括着个把上手的事在里头，也未可知。转转得意。

因两日困倦，不出门。巴到第三日，清早起来，就要去再赴王朝议之约，却不见郑、李二人到来。急着家僮到二人下处去请，下处人回言走出去了，只得呆呆等着。等到日中，竟不见来。沈将仕急得乱跳，肚肠多爬了出来。想一想道：“莫不他二人不约我先去了？我既已拜过、扰过，认得的了，何必待他二人？只是要引进内里去，还须得他每领路。我如今备些礼物，去酬谢前晚之酌。若是他二人先在，不必说了；若是不在，料得必来，好歹在那里等他每为是。”叫家僮雇了马匹，带了礼物，出了城门，竟依前日之路，到王朝议家里来。

到得门首，只见大门拴着。先叫家僮寻着傍边一个小侧门进去，一直到了里头，并无一人在内。家僮正不知甚么缘故，走出来回覆家主。沈将仕惊疑，犹恐差了，再同着家僮走进去一看，只见前堂、东轩与那聚赌的小阁，宛然那夜光景在目，却无一个人影。大骇道：“分明是这个里头，那有此等怪事？”急走到大门左侧，问着一个开皮铺的人道：“这大宅里王朝议全家那里去了？”皮匠道：“此是内相侯公公的空房，从来没个甚么王朝议在此。”沈将仕道：“前夜有个王朝议，与同家眷正在此中居住。我们来拜他，他做主人，留我每吃了一夜酒。分明是此处，如何说从来没有？”皮匠道：“三日前有好几个恶少年，挟了几个上厅有名粉头，税了此房吃酒、赌钱。次日分了利钱，各自散去。那里是甚么王朝议请客来？这位官人莫不着了他道儿了？”沈将仕方才疑道是奸计，装成圈套，来骗他这些茶券子的。一二千金之物，分明付了一空了。却又转一念头，追思那日池边唤马，宅内留宾，后来阁中聚赌，那是无心凑着的，难道是设得来的计较？似信不信道：“只可惜不见两人，毕竟有个缘故在内。等待几日，寻着他两个再问。”

岂知自此之后，屡屡叫人到郑、李两人下处去问，连下处的人多不晓得。说道：“自那日出去后，一竟不来。虚锁着两间房，开进去并无一物在内。不知去向了。”到此方知前日这些逐段逐节行径，令人看不出一些，与马夫、小童多是一套中人物，只在迟这一夜里头打合成的。正是拐骗得十分巧处，神鬼莫测也。

漫道良朋作胜游，谁知肱箧有阴谋。
清闺不是闲人到，只为痴心错下筹。

卷之九

莽儿郎惊散新莺燕　㑇梅香认合玉蟾蜍

诗云：

世间好事必多磨，缘未来时可奈何？
直至到头终正果，不知底事欲蹉跎。

话说从来有人道："好事多磨。"那到底不成的自不必说，尽有到底成就的，起初时千难万难，挫过了多少机会，费过了多少心机，方得了结。就如王仙客与刘无双两个，中表兄妹，从幼许嫁，年纪长大，只须刘尚书与夫人做主，两个一下配合了，有何可说？却又尚书翻悔起来，千推万阻。比及夫人撺掇得肯了，正要做亲，又撞着朱泚、姚令言之乱，御驾蒙尘，两下失散。直到得干戈平静，仙客入京来访，不匡刘尚书被人诬陷，家小配入掖庭，从此天人路隔，永无相会之日了。姻缘未断，又得发出宫女打扫皇陵，恰好差着无双在内，驿庭中通出消息与王仙客。跟寻得希奇古怪的一个侠客古押衙，将茅山道士仙丹，矫诏药死无双在皇陵上，赎出尸首来救活了，方得成其夫妇，同归襄汉。不知挫过了几个年头，费过了多少手脚了。早知到底是夫妻，何故又要经这许多磨折？真不知天公主的是何意见！可又有一说：不遇艰难，不显好处。古人云：

不是一番寒彻骨，怎得梅花扑鼻香？

只如偷情一件，一偷便着，却不早完了事？然没一些光景了。毕竟历过多少间阻，无限风波，后来到手，方为希罕。所以在行的道："偷得着不如偷不着。"真有深趣之言也。

而今说一段因缘，正要到手，却被无意中搅散。及至后来，两下各不指望了，又曲曲湾湾反弄成了。这是氤氲大使颠倒人的去处。且说这段故事出在那个地方？甚么人家？怎的起头？怎的了结？看官不要性急，待小子原原委委说来。有诗为证：

打鸭惊鸳鸯，分飞各异方。
天生应匹耦，罗列自成行。

话说杭州府有一个秀才，姓凤，名来仪，字梧宾。少年高才。只因父母双亡，家贫未娶。有个母舅金三员外，看得他是个不凡之器，是件照管、周济他。凤生就冒了舅家之姓，进了学。入场考试，已得登科。朋友往来，只称凤生；榜中名字，却是金姓。金员外一向出了灯火之资，替他在吴山左畔赁下园亭一所，与同两个朋友做伴读书。那两个是嫡亲兄弟，一个叫做窦尚文，一个叫做窦尚武，多是少年豪气、眼底无人之辈。三个人情投意合，颇有管鲍、雷陈之风。窦家兄弟为因有一个亲眷上京为官，送他长行，就便往苏州探访相识去了。凤生虽已得中，春试尚远，还在园中读书。

一日傍晚时节，诵读少倦，走出书房散步。至园东，忽见墙外楼上有一女子，凭窗而立，貌若天人，只隔得一垛墙，差不得多少远近。那女子看见凤生青年美质，也似有眷顾之意，毫不躲闪。凤生贪看自不必说，四目相视，足有一个多时辰。凤生只做看玩园中菊花，步来步去，卖弄着许多风流态度，不忍走回。直等天黑将来，只听得女子叫道："龙香，掩上了楼窗。"一个侍女走起来，把窗扑的关了，凤生方才回步。心下思量道："不知邻家有这等美貌女子。不晓得他姓甚名谁，怎生打听一个明白便好！"

过了一夜，次日清早起来，也无心想观看书史，忙忙梳洗了，即望园东墙边来。抬头看那邻家楼上，不见了昨日那女子。正在惆怅之际，猛听得墙角小门开处，走将一个清清秀秀的丫鬟进来，竟到圃中采菊花。凤生要撩拨他开口，故作厉声道："谁家女子盗取花卉？"那丫鬟啐了一声，道："是我邻家的园子。你是那里来的野人，反说我盗？"凤生笑道："盗也非盗，野也不野。一时失言，两下退过罢。"丫鬟也笑道："不退过，找你些甚么？"凤生道："请问小娘子，采花去与那个戴？"丫鬟道："我家姐姐梳洗已完，等此插戴。"凤生道："你家姐姐高姓大名？何门宅眷？"丫鬟道："我家姐姐姓杨，小字素梅，还不曾许聘人家。"凤生道："堂上何人？"丫鬟道："父母俱亡，傍着兄嫂同居。性爱幽静，独处小楼刺绣。"凤生道："昨日看见在楼上凭窗而立的，想就是了。"丫鬟道："正是他了，那里还有第二个？"凤生道："这等，小娘子莫非龙香姐么？"丫鬟惊道："官人如何晓得？"凤生本是昨日听得叫唤，明白在耳朵里的，却诌一个谎道："小生一向闻得东邻杨宅有个素梅娘子，世上无双的美色。侍女龙香姐十分乖巧，十分贤惠。仰幕已久了。"龙香终是丫头家见识，听见称赞他两句，道是外边人真个说他好，就有几分喜动颜色，道："小婢子有何德能，直教官人知道。"凤生道："强将之下无弱兵。恁样的姐姐，须得恁样的梅香姐，方为厮称。小生有缘昨日得瞥见了姐姐，今日又得遇着龙香姐，真是天大的福分。龙香姐怎生做得一个方便，使小生再见得姐姐一面么？"龙香道："官人好不知进退！好人家儿女，又不是烟花门户，知道你是甚么人，面生不熟，说个一见再见。”凤生道：“小生姓凤，名来仪，今年秋榜举人。在此园中读书，就是贴壁紧邻。你姐姐固是绝代佳人，小生也不愧今时才子，就相见一面，也不辱没了你姐姐。”龙香道：“惯是秀才家有这些老脸说话！不耐烦与你缠帐，且将菊花去与姐姐插戴则个。”说罢，转身就走。凤生直跟将来送他，作个揖道：“千万劳龙香姐在姐姐面前说凤来仪多多致意。”龙香只做不听，走进角门，扑的关了。

凤生只得回步转来，只听得楼窗豁然大开，高处有人叫一声：“龙香，怎么去了不来？”急抬头看时，正是昨日凭窗女子，新妆方罢，等龙香采花不来，开窗叫他，恰好与凤生打个照面。凤生看上去，愈觉美丽非常；那杨素梅也看上凤生在眼里了，呆呆偷觑，目不转睛。凤生以为可动，朗吟一诗道：

几回空度可怜宵，谁道秦楼有玉萧。
咫尺银河难越渡，宁教不瘦沈郎腰。

楼上杨素梅听见吟诗，详那诗中之意，分明晓得是打动他的了只不知这俏书生是那一个，又没处好问得。正在心下踌躇，只见龙香手捻了一朵菊花来，与他插好了，就问道：“姐姐，你看见那园中狂生否？”素梅摇手道：“还在那厢摇摆，低声些，不要被他听见了。”龙香道：“我正要他听见。有这样老脸皮没廉耻的！”素梅道：“他是那个？怎么样没廉耻？你且说来。”龙香道：“我自采花，他不知那里走将来，撞见了，反说我偷他的花。被我抢白了一场。后来问我采花与那个戴，我说是姐姐。他见说出姐姐名姓来，不知怎的就晓得我叫做龙香。说道一向仰幕姐姐芳名，故此连侍女名字多打听在肚里的，又说昨日得瞥见了姐姐，还要指望再见见。又被我抢白他是面生不熟之人，他才说出名姓来，叫做凤来仪，是今年中的举人，在此园中读书，是个紧邻。我不睬他，他深深作揖，央我致意姐姐，道姐姐是佳人，他是才子。你道好没廉耻么？”素梅道：“说轻些！看来他是个少年书生，高才自负的。你不理他便罢，不要十分轻口轻舌的冲撞他。”龙香道：“姐姐怕龙香冲撞了他，等龙香去叫他来见见姐姐，姐姐自回他话罢！”素梅道：“痴丫头，好个歹舌头！怎么好叫他见我？”两个一头话，一头下楼去了。

这里凤生听见楼上唧哝一番，虽不甚明白，晓得是一定说他，心中好生痒痒。直等楼上不见了人，方才走回书房。

从此书卷懒开，茶饭懒吃，一心只在素梅身上。日日在东墙探头望脑，时常两下撞见。那素梅也失魂丧魄的，掉那少年书生不下。每日上楼几番，但遇着便眉来眼去，彼此有意，只不曾交口。又时常打发龙香只以采花为名，到花园中探听他来踪去迹。龙香一来晓得姐姐的心事，二来见凤生觍觍，心里也有些喜欢，要在里头撮合，不时走到书房里传消递息，对凤生说着素梅好生钟情之意。凤生道：“对面甚觉有情，只是隔着楼上下，不好开得口。总有心事，无从可达。”龙香道：“官人何不写封书与我姐姐？”凤生喜道：“姐姐通文墨么？”龙香道：“姐姐喜的是吟诗作赋，岂但通文墨而已。”凤生道：“这等待我写一情词起来，劳烦你替我寄去，看他怎么说。”凤生提起笔来，一挥而就。词云：

> 木落庭皋，楼阁外、彤云半拥。偏则向凄凉书舍，早将寒送。眼角偷传倾国貌，心苗曾倩多情种。问天公何日判佳期，成欢宠？（词寄《满江红》）

凤生写完，付与龙香。

龙香收在袖里，走回家去，见了素梅，面带笑容。素梅问道：“你适在那边书房里来，有何说话，笑嘻嘻的走来？”龙香道：“好笑那凤官人，见了龙香，不说甚么说话，把一张纸，一管笔，只管写来写去。被我趁他不见，溜了一张来。姐姐，你看他写的是甚么？”素梅接过手来，看了一遍，道：“写的是一首词。分明是他叫你拿来的，你却掉谎！”龙香道：“不瞒姐姐说，委实是他叫龙香拿来的，龙香又不识字，知他写的是好是歹？怕姐姐一时嗔怪，只得如此说。”素梅道：“我也不嗔怪你。只是书生狂妄，不回他几字，他只道我不知其意，只管歪缠。我也不与他吟词作赋，卖弄聪明，实实的写几句说话，回他便了。”龙香即时研起墨来，取幅花笺摊在桌上。好个素梅，也不打稿，提起笔来就写。写道：

> 自古贞姬守节，侠女怜才。两者俱贤，各行其是。但恐遇非其人，轻诺寡信，侠不如贞耳。与君为邻，幸成目遇，有缘与否，君自揣之。勿徒调文琢句，为轻薄相诱已也。聊此相复，寸心已尽，无多言。

写罢封好了，教龙香藏着，隔了一日拿去与那凤生。

龙香依言，来到凤生书房。凤生惊喜道：“龙香姐来了。那封书儿曾达上姐姐否？”龙香拿个班道：“甚么书不书，要我替你淘气！”凤生道：“好姐姐，如何累你受气？”龙香道：“姐姐见了你书，变了脸，道：‘甚么人的书要你拿来？我是闺门中女儿，怎么与外人通书帖？’只是要打。”凤生道：“他既道我是外人，不该通书帖，又在楼上眼睁睁看我怎的？是他自家招风揽火，怎倒打你？”龙香道：“我也不到得与他打。我回说道：‘我又不识字，知他写的是甚么？姐姐不像意，不要看他，拿去还他罢了，何必着恼？’方才免得一顿打。”凤生道：“好淡话！若是不曾看着，拿来还了，有何消息？可不误了我的事？”龙香道：“不管误事不误事，还了你，你自看去。”袖中摸出来，撩在地下。凤生拾起来，却不是起先拿去的了，晓得是龙香耍他，带着笑道：“我说你家姐姐不舍得怪我，必是好音回我了。”拆开来细细一看，跌足道：“好个有见识的女子！分明有意于我，只怕我日后负心，未肯造次耳。我如今只得再央龙香姐拿件信物送他，写封实心实意的话，求他定下个佳期，省得此往彼来，有名无实，白白地想杀了我。”龙香道：“为人为彻。快写来，我与你拿去。我自有道理。”凤生开了箱子，取出一个白玉蟾蜍镇纸来，乃是他中榜之时母舅金三员外与他作贺的，制作精工，是件古玩。今将来送与素梅作表记。写下一封书道：

承示玉音，多关肝鬲。仪虽薄德，敢负深情？但肯俯通一夕之欢，必当永矢百年之好。谨贡白玉蟾蜍，聊以表信。荆山之产，取其坚润不渝；月中之象，取其团圆无缺。乞订佳期，以苏渴想。

末写道：

辱爱不才生凤来仪顿首　　素梅娘子妆前

凤生将书封好，一同玉蟾蜍交付龙香。对龙香道：“我与你姐姐百年好事，千金重担，只在此两件上面了。万望龙香姐竭力周全，讨个回音则个。”龙香道：“不须嘱付。我也巴不得你们两个成了事，有话面讲，不耐烦如此传书递柬。”凤生作个揖道：“好姐姐，如此帮衬，万代恩德。”

龙香带着笑拿着去了。走进房来，回覆素梅道：“凤官人见了姐姐的书，着实赞叹，说姐姐有见识。又写一封回书，送一件玉物事在此。”素梅接过手来，看那玉蟾蜍光润可爱，笑道：“他送来怎的？且拆开书来看。”素梅看那书时，一路把头暗点，脸颊微红，有些沉吟之意。看到“辱爱不才生”几字，笑道：“呆秀才，那个就在这里爱你？”龙香道：“姐姐，若是不爱，何不绝了他，不许往来？既与他兜兜搭搭，他难道倒肯认做不爱不成？”素梅也笑将起来，道：“痴丫头，就像与他一路的。我倒有句话与你商量：我心上真有些爱他，其实瞒不得你了。如今他送此玉蟾蜍做了信物，要我去会他，这个却怎么使得？”龙香道：“姐姐若是使不得，空爱他也无用。何苦把这个书生哄得他不上不落的，呆呆地百事皆废了？”素梅道：“只恐书生薄幸，且顾眼下风光，日后不在心上，撇人在脑后了，如何是好？”龙香道：“这个龙香也做不得保人。姐姐而今要绝他，却又爱他；要从他，却又疑他。如此两难，何不约他当面一会，看他说话真诚，罚个咒愿，方才凭着姐姐，或短或长，成就其事。若不像个老实的，姐姐一下子丢开，再不要缠他罢了。”素梅道：“你说得有理。我回他字去。难得今夜是十五日团圆之夜，约他今夜到书房里相会便了。”素梅写着几字，手上除下一个累金戒指儿，答他玉蟾蜍之赠，叫龙香拿去。

龙香应允，一面走到园中，心下道：“佳期只在今夜了，便宜了这酸子！不要直与他说知。”走进书房中来，只见凤生朝看纸窗，正在那里呆想。见了龙香，魆地跳将起来，道：“好姐姐，天大的事如何了？”龙香道：“甚么如何如何！他道你不知进退，开口便问佳期，这等看得容易。一下性子，书多扯坏了，连那玉蟾蜍也掼碎了。”凤生呆了，道：“这般说起来，教我怎的才是？等到几时方好？可不害杀了我！”龙香道：“不要心慌，还有好话在后。”凤生欢喜道：“既有好话，快说来！”龙香道：“好自在性！大着嘴子：‘快说来，快说来！’不值得陪个小心？”凤生陪笑道：“好姐姐，这是我不是了。”跪下去道：“我的亲娘，有甚么好说话，对我说罢！”龙香扶起道：“不要馋脸。你且起来，我对你说。我姐姐初时不肯，是我再三撺掇，已许下日子了。”凤生道：“在几时呢？”龙香笑道：“在明年。”凤生道：“若到明年，我也害死好做周年了。”龙香道：“死了料不要我偿命，自有人不舍得你死，有个丹药方在此医你。”袖中摸出戒指与那封字来，交与凤生道：“倒不是害死，却不要快活杀了。”凤生接着，拆开看时，上写道：

徒承往复，未测中心。拟作夜谈，各陈所愿。固不为投梭之拒，亦非效逾墙之徒。终身事大，欲订完盟耳。先以约指之物为定，言出如金，浮情宜戒，如斯而已。

末附一诗云：

试敛听琴心，来访吹箫伴。
为语玉蟾蜍，清光今夜满。

凤生看罢，晓得是许下了佳期，又即在今夜，喜欢得打跌。对龙香道："亏杀了救命的贤姐，教我怎生报答也？"龙香道："闲话休题，既如此约定，到晚来切不可放甚么人在此打搅。"凤生道："便是同窗两个朋友，出去久了；舅舅家里一个送饭的人，送过便打发他去，不呼唤他，却不敢来。此外别无甚人到此，不妨，不妨。只是姐姐不要临时变卦便好。"龙香道："这个倒不消疑虑，只在我身上，包你今夜成事便了。"龙香自回去了。凤生一心只打点欢会，住在书房中，巴不得到晚。

那边素梅也自心里忒忒地，一似小儿放纸炮，又爱又怕。只等龙香回来，商量到晚赴约。恰好龙香已到，回覆道："那凤官人见了姐姐的字，好不快活！连龙香也受了他好些跪拜了。"素梅道："说便如此说，羞答答地，怎好去得？"龙香道："既许了他，作要不得的。"素梅道："不去便怎么？"龙香道："不去不打紧，龙香说了这一个大谎，后来害死了他，地府中还要攀累我。"素梅道："你只管自家的来世，再不管我的终身！"龙香道："甚么终身，拚得立定主意嫁了他便是了。"素梅道："既如此，便依你去走一遭也使得，只要打听兄嫂睡了方好。"

说话之间，早已天晚，天上皎团团推出一轮明月。龙香走去了一更多次，走来道："大官人、大娘子多吃了晚饭，我守他收拾睡了才来的。我每不要点灯，开了角门，趁着明月，悄悄去罢。"素梅道："你在前走，我后边尾着，怕有人来。"果然龙香先行，素梅在后，遮遮掩掩，走到书房前。龙香把手点道："那有灯的不就是他书房？"素梅见说是书房，便立定了脚。凤生正在盼望不到之际，心痒难熬，攒出攒入了一会，略在窗前歇气。只听得门外脚步响，急走出来迎着。这里龙香就出声道："凤官人，姐姐来了，还不拜见！"凤生月下一看，真是天仙下降，不觉的跪了下去道："小生有何天幸，劳烦姐姐这般用心。杀身难报！"素梅通红了脸，一把扶起道："官人请尊重，有话慢讲。"凤生立起来，就扶着素梅衣袂道："外厢不便，请小姐快进房去。"素梅走进了门内，外边龙香道："姐姐，我自去了。"素梅叫道："龙香，不要去。"凤生道："小姐，等他回去，安顿着家中的好。"素梅又叫道："略转转就来！"龙香道："晓得了。凤官人关上了门罢。"

当下龙香走了转去，凤生把门关了，进来一把抱住道："姐姐，想杀了凤来仪！如今侥幸杀了凤来仪也。"一手就去素梅怀里乱扯衣裙。素梅按住道："官人不要性急，说得明白，方可成欢。"凤生道："我两人心事已明，到此地位，还有何说？"只是抱着推他到床上来。素梅挣定了脚，不肯走，道："终身之事，岂可草草？你咒也须赌一个，永不得负心！"凤生一头推，一头口里哝道："凤来仪若负此情，永远前程不吉！不吉！"素梅见他极态，又哄他，又爱他，心下已自软了，不由的脚下放松，任他推去。

正要倒在床上，只听得园门外一片大嚷，擂鼓也似敲门。凤生正在喉急之际，吃那一惊不小，便道："作怪了！此时是甚么人敲门？想来没有别人，姐姐不要心慌，门是关着的，没事。我们且自上床，凭他门外叫唤，不要睬他。"素梅也慌道："只怕使不得，不如我去休。"凤生极了，狠性命抱住道："这等怎使得！这是活活的弄杀我了。"正是色胆如天，凤生且不管外面的事，把素梅的小衣服解脱了，忙要行事。那晓得花园门年深月久，苦不甚牢，早被外边一伙人踢开了一扇，一路嚷将进来，直到凤生书房门首来了。凤生听见来得切近，方才着忙道："古怪！这声音却似窦家兄弟两个，几时回来的，恰恰到此？我的活冤家，怎么是好？"只得放下了手，对素梅道："我去顶住了门，你把灯吹灭了，不要做声。"素梅心下惊惶，一手把裙裤结好，一头把火吹息，魆魆地拣暗处站着，不敢喘气。

凤生走到门边，轻轻掇条凳子，把门再加顶住，要走进来温存素梅。只听得外面打着门道："凤兄快开门！"凤生战抖抖的回道："是是是那个？"一个声气小些的道："小弟窦尚文。"一个大喊道："小弟窦尚武。两个月不相聚了，今日才得回来。这样好月色，快开门出来，吾们同去吃酒。"凤生道："夜深了，小弟已睡在床上了，懒得起来，明日尽兴罢。"外边窦大道："寒舍不远，过谈甚便。欲着人来请，因怕兄已睡着，未必就来，故此兄弟两人特来自邀。快些起来！"凤生道："夜深风露，热被窝里起来，怕不感冒了？其实的懒起。不要相强，足见相知。"窦大道："兄兴素豪，今夜何故如此？"窦二便嚷道："男子汉见说着吃酒看月，有兴的事，披衣便起，怕甚风露？"凤生道："今夜偶然没兴，望乞见谅。"窦二道："终不成使我们扫了兴，便自这样回去了？你若当真不起来时，我们一发把这门打开来，莫怪粗卤。"凤生着了急，自想道："倘若他当真打进，怎生是好？"低低对素梅道："他若打将进来，必然事露。姐姐你且躲在床后，待我开门出去，打发了他就来。"素梅也低低道："撇脱些，我要回去。这事做得不好了，怎么处？"素梅望床后黑处躲好，凤生才掇开凳子，开出门来。见了他兄弟两个，且不施礼，便随手把门扣上了，道："室中无火，待我搭上了门，和兄每两个坐话一番罢。"两窦道："坐话甚么，酒盒多端正在那里了。且到寒家，呼卢浮白吃到天明。"凤生道："小弟不耐烦，饶我罢！"窦二道："我们兴高得紧，管你耐烦不耐烦。我们大家扯了去。"兄弟两个多动手，扯着便走。又加家僮们推的推，攮的攮，不由你不走。凤生只叫得苦，却又不好说出。正是：

哑子慢尝黄柏味，难将苦口向人言。

没奈何，只得跟着吆吆喝喝的去了。

这里素梅在房中，心头丕丕的跳，几乎把个胆吓破了，着实懊悔无尽。听得人声渐远，才按定了性子，走出床面前来，整一整衣服。望门外张一张，悄然无人。忖道："此时想没人了，我也等不得他，趁早走回去罢。"去拽那门时，谁想是外边搭住了的。狠性子一拽，早把两三个长指甲一齐蹴断了。要出来，又出来不得；要叫声"龙香"，又想他决在家里，那里在外边听得？又还怕被别人听见了。左右不是，心里烦躁撩乱，没计奈何。看看夜深了，坐得不耐烦，再不见凤生来到。心中又气又恨，道："难道贪了酒杯，竟忘记我在这里了？"又替他解道："方才他负极不要去，还是这些狂朋，没得放他回来。"转展踌躇，无聊无赖，身体倦怠，呵欠连天。欲要睡睡，又是别人家床铺，不曾睡惯，不得伏贴。亦且心下有事，焦焦躁躁，那里睡得去？闷坐不过，做下一首词云：

幽房深锁多情种，清夜悠悠谁共？羞见枕衾鸳凤，闷则和衣拥。　　无端猛烈阴风动，惊破一番新梦。窗外月华霜重，寂寞桃源洞。（词寄《桃源忆故人》）

素梅吟词已罢，早已鸡鸣时候了。

龙香在家里睡了一觉，醒来想道："此时姐姐与凤官人也快活得勾了，不免走去伺候接了他归来早些。省得天明有人看见，做出事来。"开了角门，踏着露草，慢慢走到书房前来。只见门上搭着扭儿，疑道："这外面是谁搭上的？又来奇怪了！"自言自语了几句。里头素梅听得声音，便开言道："龙香来了么？"龙香道："是，来了。"素梅道："快些开了门进来。"龙香开进去看时，只见素梅衣妆不卸，独自一个坐着，惊问道："姐姐起得这般早？"素梅道："那里是起早？一夜还不曾睡。"龙香道："为何不睡？凤官人那里去了？"素梅叹口气道："有这等不凑巧的事！说不得一两句说话，一伙狂朋踢进园门来，拉去看月。凤官人千推万阻，不肯开门。他直要打进门来，只得开了门，随他们一路去了。至今不来，且又搭上了门，教我出来又出来不得，坐又坐不过，受了这一夜的罪。而今你来得正好，我和你快回去罢。"龙香道："怎么有这等事？姐姐有心，得到这时候了，凤官人毕竟转来，还在此等他一等么？"素梅不觉泪汪汪的，又叹一口气道："还说甚么等他，只自回去罢了。"正是：

蓦地鱼舟惊比目，霎时樵斧破连枝。

素梅自与龙香回去不题。

且说凤生被那不做美的窦大、窦二不由分说拉去，吃了半夜的酒。凤生真是热地上蜒蚰，一时也安不得身子。一声求罢，就被窦二大碗价罚来。凤生虽是心里不愿，待推却时，又恐怕他们看出破绽，只得勉强发兴，指望早些散场。谁知这些少年心性，吃到兴头上，越吃越狂，那里肯住？凤生真是没天得叫。直等东方发白，大家酩酊，吃不得了，方才歇手。凤生终是留心，不至大醉，带了些酒意，别了二窦，一步恨不得做十步，踉跄归来。

到得园中，只见房门大开，急急走进，叫道："小姐！小姐！"那见个人影？想着昨宵在此，今不得见了，不觉的趁着酒兴，敲台拍凳，气得泪点如珠的下来。骂道："天杀的窦家兄弟，坑杀了我！千难万难，到得今日，才得成就，未曾到手，平白地搅开了。而今不知又要费多少心机，方得圆成。只怕着了这惊，不肯再来了，如何是好？"闷闷不乐，倒在床上，一觉睡到日沉西，方起得来。急急走到园东墙边一看，但见楼窗紧闭，不见人踪。推推角门，又是关紧了的，没处问个消息。怏怏而回，且在书房纳闷，不题。

且说那杨素梅归到自己房中，心里还是恍惚不宁的，对龙香道："今后切须戒着，不可如此。"龙香道："姐姐，只怕戒不定。"素梅道："且看我狠性子戒起来。"龙香道："到得戒时，已是迟了。"素梅道："怎见得迟？"龙香道："身子已破了。"素梅道："那里有此事？你才转得身，他们就打将进来，说话也不曾说得一句，那有别事？"龙香道："既如此，那人怎肯放下？定然想杀了，极不也害个风癫，可不是我们的阴骘？还须今夜再走一遭的是。"素梅道："今夜若去，你住在外面，一边等我，一边看人，方不误事。"龙香冷笑了一声。素梅道："你笑甚么来？"龙香道："我笑姐姐好个狠性子，着实戒得定。"

两个正要商量晚间再去赴期，不想里面兄嫂处走出一个丫鬟来，报道："冯老孺人来了。"元来素梅有个外婆，嫁在冯家，住在钱塘门里。虽没了丈夫，家事颇厚，开个典当铺在门前，人人晓得他是个富室。那些三姑六婆没一个不来奉承他的。他只有一女，嫁与杨家，就是素梅的母亲，早年夫妇双亡了。孺人想着外甥女儿，虽然傍着兄嫂居住，未曾许聘人家。一日与媒婆每说起素梅亲事，媒婆每道："若只托着杨大官人出名，说把妹子许人，未必人家动火。须得说是老孺人的亲外甥，就在孺人家里接茶出嫁的，方有门当户对的来。"孺人道是说得有理，亦且外甥女儿年纪长大，也要收拾他身畔来。故此自己抬了轿，又叫了一乘空轿，一直到杨家，要接素梅家去。素梅接着外婆，孺人把前意说了一遍。素梅暗地吃了一惊，推托道："既然要去，外婆先请回，等甥女收拾两日就来。"孺人道："有甚么收拾？我在此等了你去。"龙香便道："也要拣个日子。"孺人道："我拣了来的，今日正是个黄道吉日，就此去罢。"素梅暗暗地叫苦，私对龙香道："怎生发付那人？"龙香道："总是老孺人守着在此，便再迟两日去也会他不得了。不如且依着去了，等龙香自去回他消息，再寻机会罢。”素梅只得怀着不快，跟着孺人去了。

所以这日凤生去望楼上，再不得见面。直到外边去打听，才晓得是外婆家接了去了。跌足叹恨，悔之无及，又不知几时才得回家，再得相会。正在不快之际，只见舅舅金三员外家金旺来接他回家去，要商量上京会试之事。说道："园中一应书箱行李多收拾了家来，不必再到此了。"凤生口里不说，心下思量道："谁想当面一番错过，便如此你东我西，料想那还有再会的日子？只是他十分的好情，教我怎生放得下？"一边收拾，望着东墙，只管落下泪来。却是没奈何，只得匆匆出门。到了金三员外家里，员外早已收拾盘缠，是件停当。吃了饯行酒，送他登程，叫金旺跟着，一路伏侍去了。

员外闲在家里，偶然一个牙婆走来卖珠翠，说起钱塘门里冯家有个女儿，才貌双全，尚未许人。员外叫讨了他八字，来与外甥合一合看。那看命的看得是一对上好到头夫妻，夫荣妻贵，并无冲犯。员外大喜，即央人去说合。那冯孺人见说是金三员外，晓得是本处财主，叫人通知了外甥杨大官人，当下许了。择了吉日，下了聘定，欢天喜地。

谁知杨素梅心里只想着凤生，见说许下了甚么金家，好生不快，又不好说得出来。对着龙香，只是啼哭。龙香宽解道："姻缘分定。想当日若有缘法，早已成事了。如此对面错过，毕竟不是对头。亏得还好，若是那一夜有些长短了，而今又许了一家，却怎么处？"素梅道："说那里话！我当初虽不与他沾身，也曾亲热一番，心已相许。我如今痴想还与他有相会日子，权且忍耐。若要我另嫁别人，临期无奈，只得寻个自尽，报答他那一点情分便了。怎生撇得他下？"龙香道："姐姐一片好心，固然如此。只是而今怎能勾再与他相会？"素梅道："他如今料想在京会试。倘若姻缘未断，得登金榜，他必然归来寻访着我。那时我辞了外婆，回到家中，好歹设法得相见一番。那时他身荣贵，就是婚姻之事，或者还可挽回。万一不然，我与他一言面诀，死亦瞑目了。”龙香道：“姐姐也见得是。且耐心着，不要烦烦恼恼，与别人看破了，生出议论来。”

不说两个唧哝，且说凤生到京，一举成名，做了三甲进士，选了福建福州府推官。心里想道：“我如今便道还家，央媒议亲，易如反掌。这姻缘仍在，诚为可喜，进士不足言也。”正要打点起程，金员外家里有人到京来，说道：“家中已聘下了夫人，只等官人荣归毕姻。”凤生吃了一惊，道：“怎么，聘下了甚么夫人？”金家人道：“钱塘门里冯家小姐，见说才貌双全的。”凤生变了脸道：“你家员外好没要紧，那知我的就里，连忙就聘做甚么？”金家人与金旺多疑怪道：“这是老员外好意，官人为何反怪将起来？”凤生道：“你们不晓得，不要多管！”自此心中反添上一番愁绪起来。正是：

> 姻事虽成心事违，新人欢喜旧人啼。
> 几回暗里添惆怅，说与傍人那得知？

凤生心中闷闷，且待到家再作区处。一面京中自起身，一面打发金家人先回报知，择日到家。

这里金员外晓得外甥归来快了，定了成婚吉日，先到冯家下那袍段钗环请期的大礼。他把一个白玉蟾蜍做压钗物事。这蟾蜍是一对，前日把一个送外甥了，今日又替他行礼，做了个囫囵人情。教媒婆送到冯家去，说：“金家郎金榜题名，不日归娶，已起程将到了。”那冯老孺人好不喜欢。旁边亲亲眷眷看的人，那一个不啧啧称叹？道：“素梅姐姐生得标致，有此等大福。”多来与素梅叫喜。

谁知素梅心怀鬼胎，只是长吁短叹，好生愁闷，默默归房去了。只见龙香走来道：“姐姐，你看见适才的礼物么？”素梅道：“有甚心情去看他！”龙香道：“一件天大侥幸的事，好叫姐姐得知：龙香听得外边人说，那中进士聘姐姐的那个人，虽然姓金，却是金家外甥。我前日记得凤官人也曾说甚么金家舅舅，只怕那个人就是凤官人，也不可知。”素梅道：“那有此事？”龙香道：“适才礼物里边有一件压钗的东西，也是一个玉蟾蜍，与前日凤官人与姐姐的一模二样。若不是他家，怎生有这般一对？”素梅道：“而今玉蟾蜍在那里？设法来看一看。”龙香道：“我方才见有些跷蹊，推说姐姐要看，拿将来了。”袖里取出，递与素梅，看了一会，果像是一般的。再把自家的在臂上解下来，并一并看，分毫不差。想着前日的情，不觉掉下泪来，道：“若果如此，真是姻缘不断。古来破镜重圆，钗分再合，信有其事了。只是凤郎得中，自然说是凤家下礼，如何只说金家？这里边有些不明。怎生探得一个实消息，果然是了便好。”龙香道：“是便怎么？不是便怎么？”素梅道：“是他了，万千欢喜，不必说起。若不是他，我前日说过的，临到迎娶，自缢而死。”龙香道：“龙香倒有个计较在此。”素梅道：“怎的计较？”龙香道：“少不得迎亲之日，媒婆先回话。那时龙香妆做了媒婆的女儿，随了他去，看得果是那人，即忙回来说知就是。”素梅道：“如此甚好。但愿得就是他，这场喜比天还大。”龙香道：“我也巴不得如此，看来像是有些光景的。”两人商量已定。

过了两日，凤生到了金家了。那时冯老孺人已依着金三员外所定日子成亲，先叫媒婆去回话，请来迎娶。龙香知道，赶到路上来对媒婆说：“我也要去看一看新郎。有人问时，只说是你的女儿，带了来的。”媒婆道：“这等，折杀了老身！同去走走就是。只有一件事要问姐姐。”龙香道：“甚事？”媒婆道：“你家小姐天大喜事临身，过门去就做夫人了，如何不见喜欢？口里唧唧哝哝，倒像十分不快活的。这怎么说？”龙香道：“你不知道，我姐姐自小立愿，要自家拣个像意的姐夫。而今是老孺人做主，不管他肯不肯，许了他。不知新郎好歹，放心不下，故此不快活。”媒婆道：“新郎是做官的了，有甚么不好？”龙香道：“夫妻面上，只要人好，做官有甚么用处？老娘晓得这做官的姓甚么？”媒婆道：“姓金了还不知道？”龙香道：“闻说是金员外的外甥，元不姓金。可知道姓甚么？”媒婆道：“是便是外甥，而今外边人只叫他金爷。他肉姓姓得有些异样的，不好记，我忘记了。”龙香道：“可是姓凤？”媒婆想了一想，点头道：“正是这个甚么怪姓。”龙香心里暗暗喜欢，已有八分是了。

一路行来，已到了金家门首。龙香对媒婆道：“老娘，你先进去，我在门外张一张罢。”媒婆道：“正是。”媒婆进去见了凤生，回覆今日迎亲之事。正在问答之际，龙香门外一看，看得果然是了，不觉手舞足蹈起来，嘻嘻的道：“造化！造化！”龙香也有意要他看见，把身子全然露着，早已被门里面看见了。凤生问媒婆道：“外面那个随着你来？”媒婆道：“是老媳妇的女儿。”凤生一眼瞅去，疑是龙香，便叫媒婆去里面茶饭，自己踱出来看，果然是龙香了。凤生忙道：“甚风吹你到此？你姐姐在那里？”龙香道：“凤官人还问我姐姐？你只打点迎亲罢了。”凤生道：“龙香姐，小生自那日惊散之后，有一刻不想你姐姐，也叫我天诛地灭。怎奈是这日一去，彼此分散，无路可通。侥幸往京得中，正要归来央媒寻访，不想舅舅又先定下了这冯家。而今推却不得，没奈何了，岂我情愿？”龙香故意道：“而今不情愿也说不得了。只辜负了我家姐姐一片好情，至今还是泪汪汪的。”凤生也拭泪道：“待小生过了今日之事，再怎么约得你家姐姐一会面，讲得一番心事明白，死也甘心。而今你姐姐在那里？曾回去家中不曾？”龙香哄他道：“我姐姐也许下人家了。”凤生吃惊道：“咳！咳！许了那一家？”龙香道：“是这城里甚么金家，新中进士的。”凤生道：“又来胡说，城中再那里还有个金家新中进士？只有得我。”龙香道：“官人几时又姓金？”凤生道：“这是我娘舅家姓，我一向榜上多是姓金，不姓凤。”龙香嘻的一笑道：“白日见鬼！枉着人急了这许多时。”凤生道：“这等说起来，敢是我聘定的就是你家姐姐？却怎么说姓冯？”龙香道：“我姐姐也是冯老孺人的外甥，故此人只说是冯家女儿，其实就是杨家的人。”凤生道：“前日分散之后，我问邻人，说是外婆家接去，想正是冯家了。”龙香道：“正是了。”凤生道：“这话果真么？莫非你见我另聘了，特把这话来耍我的？”龙香去袖中摸出两个玉蟾蜍来，道：“你看这一对先自成双了。一个是你送与姐姐的，一个是你家压钗的，眼见得多在这里了，还要疑心？”凤生大笑道：“有这样奇事，可不快活杀了我？”龙香道：“官人如此快活，我姐姐还不知道明白，哭哭啼啼在那里。”凤生道：“若不是我，你姐姐待怎么？”龙香道：“姐姐看见玉蟾蜍一样，又见说是金家外甥，故此也有些疑心，先教我来打探。说道不是官人，便要自尽。如今即忙回去报他，等他好梳妆相待。而今他这欢喜，也非同小可。”凤生道：“还有一件，他事在急头上，只怕还要疑心是你权时哄他的，未必放心得下。你把他前日所与我的戒指拿去与他看，他方信是实了。可好么？”龙香道：“官人见得是。”凤生即在指头上勒下来，交与龙香去了。一面分付鼓乐酒筵齐备，亲往迎娶。

却说龙香急急走到家里，见了素梅，连声道：“姐姐，正是他！正是他！”素梅道：“难道有这等事？”龙香道：“不信，你看这戒指，那里来的？”就把戒指递将过来，道：“是他手上亲除下来与我，叫我拿与姐姐看，做个凭据的。”素梅微笑道：“这个真也奇怪了。你且说他见你说些甚么？”龙香道：“他说自从那日惊散，没有一日不想姐姐。而今做了官，正要来图谋这事，不想舅舅先定下了。他不知是姐姐，十分不情愿的。”素梅道：“他不匡是我，别娶之后，却待怎么？”龙香道：“他说原要设法与姐姐一面，说个衷曲，死也瞑目。就眼泪流下来。我见他说得至诚，方与他说明白了这些话，他好不欢喜。”素梅道：“他却不知我为他如此立志，只说我轻易许了人家，道我没信行的了，怎么好？”龙香道：“我把姐姐这些意思，尽数对他说了。原说打听不是，迎娶之日，寻个自尽的。他也着意，恐怕我来回话姐姐不信，疑是一时权宜之计，哄上轿的说话，故此拿出这戒指来为信。”素梅道：“戒指在那里拿出来的？”龙香道：“紧紧的勒在指头上，可见他不忘姐姐的了。”素梅此时才放心得下。

须臾，堂前鼓乐齐鸣，新郎冠带上门，亲自迎娶。新人上轿，冯老孺人也上轿，送到金家，与金三员外会了亲，吃了喜酒，送入洞房，两下成其夫妇，恩情美满，自不必说。

次日，杨家兄嫂多来会亲，窦家兄弟两人也来作贺。凤生见了二窦，想着那晚之事，不觉失笑。自忖道:“亏得原是姻缘，到底配合了。不然，这一场搅散，岂是小可的！”又不好说得出来，只自家暗暗侥幸而已。做了夫妻之后，时常与素梅说着那事，两个还是打噤的。因想世上的事最是好笑。假如凤生与素梅索性无缘罢了；既然到底是夫妻，那日书房中时节，何不休要生出这番风波来？略迟一会，也到手了。再不然，不要外婆家去，次日也还好再续前约，怎生不先不后，偏要如此间阻？及至后来，两下多不打点的了，却又无意中聘定，成了夫妇。这多是天公巧处！却像一下子就上了手，反没趣味，故意如此的。却又有一时不偶，便到底不谐的，这又不知怎么说。有诗为证：

从来女侠会怜才，到底姻成亦异哉！
也有惊分终不偶，独含幽怨向琴台。

卷之十

赵五虎合计挑家衅　莫大郎立地散神奸

诗曰：

黑莽口中舌，黄蜂尾上针。
两般犹未毒，最毒妇人心。

话说妇人家妒忌，乃是七出之条内一条，极是不好的事。却这个毛病像是天生成的一般，再改不来的。

宋绍兴年间有一个官人，乃是台州司法，姓叶名荐。有妻方氏，天性残妒，犹如虎狼。手下养娘妇女们，棰楚梃杖，乃是常刑。还有灼铁烧肉，将锥搠腮。性急起来，一口咬住不放，定要咬下一块肉来；狠极之时，连血带生吃了，常有致死了的。妇女里头若是模样略似人的，就要疑心司法喜他，一发受苦不胜了。司法那里还好解劝得的？虽是心里好生不然，却不能制得他，没奈他何。所以中年无子，再不敢萌娶妾之念。后来司法年已六旬，那方氏也有五十六七岁差不多了。司法一日恳求方氏道：“我年已衰迈，岂还有取乐好色之意？但老而无子，后边光景难堪。欲要寻一个丫头，与他养个儿子，为接续祖宗之计，须得你周全这事方好。”方氏大怒道：“你就匡我养不出，生起外心来了。我看自家晚间尽有精神，只怕还养得出来。你不要胡想！”司法道：“男子过了六十，还有生子这事。几曾见女人六十将到了，生得儿子出的？”方氏道：“你见我今年做六十齐头了么？”司法道：“就是六十，也差不多两年了。”方氏道：“再与你约三年。那时无子，凭你寻一个淫妇，快活死了罢了！”司法唯唯从命，不敢再说。

过了三年，只得又将前说提起。方氏已许出了口，不好悔得，只得妆聋做哑，听他娶了一个妾。娶便娶了，只是心里不伏气，寻非厮闹，没有一会清净的。忽然一日对司法道：“我眼中看你们做把戏，实是使不得。我年纪老了，也不耐烦在此争嚷。你那里另拣一间房，独自关得断的，与我住了，我在里边修行。只叫人供给我饮食，我再不出来了，凭你们过日子罢。”司法听得，不胜之喜，道：“惭愧！若得如此，天从人愿。”遂于屋后另筑一小院，收拾静室一间，送方氏进去住了。家人们早晚问安，递送饮食，多时没有说话。

司法暗暗喜欢道：“似此清净，还像人家。不道他晚年心性，这样改得好了。他既然从善，我们一发要还他礼体。”对那妾道：“你久不去相见了，也该自去问候一番。”妾依主命，独自走到屋后去了。直到天晚，不见出来。司法道：“难道两个说得投机，只管留在那里了？”未免心里牵挂，自己悄悄步到那里去看。走到了房前，只见门窗关得铁桶相似，两个人多不见。司法把门推推，推不开来。用手敲着两下，里头虽有些声响，却不开出来。司法道：“奇怪了！”回到前边，叫了两个粗使的家人，同到后边去，狠把门乱推乱踢。那门程脱了，门早已跌倒一边。一拥进去，只见方氏扑在地下。说时迟，那时快，见了人来，腾身一跳，望门外乱窜出来。众人急回头看去，却是一只大虫，吃了一惊。再看地上，血肉狼籍，一个人浑身心腹，多被吃尽，只剩得一头两足。认那头时，正是妾的头。司法又苦又惊，道：“不信有这样怪事！”连忙去赶那虎，已出屋后跳去，不知那里去了。

又去唤集众人，点着火把，望屋后山上到处找寻，并无踪迹。

这个事在绍兴十九年。此时有人议论：“或者连方氏也是虎吃了的，未必这虎就是他。”却有一件，虎只会吃人，那里又会得关门闭户来？分明是方氏平日心肠狠毒，元自与虎狼气类相同。今在屋后独居多时，忿戾满腹，一见妾来，怒气勃发，遂变出形相来，恣意咀啖，伤其性命，方掉下去了。此皆毒心所化也。所以说道妇人家有天生成妒忌的，即此便是榜样。

小子为何说这一段希奇事？只因有个人家，也为内眷有些妒忌，做出一场没了落事，几乎中了人的机谋，哄弄出折家荡产的事来。若不亏得一个人有主意，处置得风恬浪静，不知炒到几年上才是了结。有诗为证：

> 些小言词莫若休，不须经县与经州。
> 衙头府底赔杯酒，赢得猫儿卖了牛。

这首诗乃是宋贤范弇所作，劝人休要争讼的话。大凡人家些小事情，自家收拾了，便不见得费甚气力。若是一个不伏气，到了官时，衙门中没一个肯不要赚钱的。不要说后边输了，就是赢得来，算一算费用过的财物，已自合不来了。何况人家弟兄们争着祖父的遗产，不肯相让一些，情愿大块的东西作成别个得去了。又有不肖官府，见是上千上万的状子，动了火，起心设法，这边送将来，便道：“我断多少与你。”那边送将来，便道：“我替你断绝后患。”只管埋着根脚漏洞，等人家争个没休歇，荡尽方休。又有不肖缙绅，见人家是争财的事，容易相帮。东边来说，也叫他“送些与我，我便左袒”；西边来说，也叫他“送些与我，我便右袒”。两家不歇手，落得他自饱满了。世间自有这些人在那里，官司岂是容易打的？自古说：“鹬蚌相持，渔人得利。”到收场想一想，总是被没相干的人得了去。何不自己骨肉，便吃了些亏，钱财还只在自家门里头好。今日小子说这有主意的人，便真是见识高强的。

这件事也出在宋绍兴年间。吴兴地方有个老翁，姓莫，家资巨万，一妻二子，已有三孙。那莫翁富家性子，本好淫欲。少年时节，便有娶妾买婢，好些风流快活的念头。又不愁家事做不起，随他讨着几房，粉黛三千，金钗十二，也不难处的。只有一件不凑趣处，那莫老姥却是十分利害。他平生有三恨：

> 一恨天地，二恨爹娘，三恨杂色匠作。

你道他为甚么恨这几件？他道自已身上生了此物，别家女人就不该生了，为甚天地没主意？不惟我不为希罕，又要防着男人。二来爹娘嫁得他迟了些个，不曾眼见老儿破体到底有些放心不下处。更有一件，女人溺尿，总在马子上罢了，偏有那些烧窑匠、铜锡匠弄成溺器，与男人撒溺，将阳物放进放出，形状看不得。似此心性，你道莫翁少年之时，容得他些松宽门路么？后来生子生孙，一发把这些闲花野草的事体回个尽绝了。

此时莫翁年已望七，莫妈房里有个丫鬟，名唤双荷，十八岁了。莫翁晚间睡时，叫他擦背捶腰。莫妈因是老儿年纪已高，无心防他这件事。况且平时奉法惟谨，放心得下惯了。谁知莫翁年纪虽高，欲心未已，乘他身边伏侍时节，与他捏手捏脚，私下肉麻。那双荷一来见是家主，不敢则声；二来正值芳年，情窦已开，也满意思量那事，尽吃得这一杯酒。背地里两个做了一手。有个歌儿，单嘲着老人家偷情的事：

> 老人家再不把淫心改变，见了后生家只管歪缠，怎知道行事多不便。揾腮是皱面颊，做嘴是白须髯。正到那要紧关头也，却又软软软软软。

说那莫翁与双荷偷了几次，家里人渐渐有些晓得了。因为莫妈心性利害，只没人敢对他说。连儿子媳妇，为着老人家面上，大家替他隐瞒。谁知有这样不做美的冤家勾当，那妮子日逐觉得眉粗眼慢，乳胀腹高，呕吐不停。起初还只道是病，看看肚里动将起来，晓得是有胎了。心里着忙，对莫翁道："多是你老没志气，做了这件事，而今这样不尴尬起来。妈妈心性，若是知道了，肯干休的？我这条性命，眼见得要葬送了。"不住的眼泪落下来。莫翁只得宽慰他道："且莫着急，我自有个处置在那里。"莫翁心下自想道："当真不是耍处！我一时高兴，与他弄一个在肚里了，妈妈知道，必然打骂不容，枉害了他性命。纵或未必致死，我老人家子孙满前，却做了此没正经事，炒得家里不静，也好羞人。不如趁这妮子未生之前，寻个人家嫁了出去，等他带胎去别人家生育了，糊涂得过再处。"算计已定，私下对双荷说了。双荷也是巴不得这样的，既脱了狠家主婆，又别配个后生男子，有何不妙？方才把一天愁消释了好些。

果然，莫翁在莫妈面前寻个头脑，故意说丫头不好，要卖他出去。莫妈也见双荷年长，光景妖娆，也有些不要他在身边了。遂听了媒人之言，嫁出与在城花楼桥卖汤粉的朱三。朱三年纪三十以内，人物尽也济楚。双荷嫁了他，算做得郎才女貌，一对好夫妻。莫翁只要着落得停当，不争财物。朱三讨得容易，颇自得意，只不知讨了个带胎的老婆来。

渐渐朱三识得出了，双荷实对他说道："我此胎实系主翁所有，怕妈妈知觉，故此把我嫁了出来，许下我看管终身的。你不可说甚么打破了机关，落得时常要他周济些东西，我一心与你做人家便了。"朱三是个经纪行中人，只要些小便宜，那里还管青黄皂白？况且晓得人家出来的丫头，那有真正女身？又是新娶情热，自然含糊忍住了。

娶过来五个多月，养下一个小厮来。双荷密地叫人通与莫翁知道。莫翁虽是没奈何嫁了出来，心里还是割不断的。见说养了儿子，道是自己骨血，瞒着家里，悄悄将两挑米、几贯钱，先送去与他吃用。以后首饰衣服，与那小娃子穿着的，没一件不支持了去。朱三仅靠着老婆福荫，落得吃自来食。那儿子渐渐大起来，莫翁虽是暗地周给他用度无缺，却到底瞒着生人眼，不好认帐。随那儿子自姓了朱，跟着朱三也到市上帮做生意。此时已有十来岁，街坊上人点点搐搐，多晓得是莫翁之种。连莫翁家里儿子媳妇们，也多晓得老儿有这外养之子，私下在那里盘缠他家的，却大家装聋做哑，只做不知。莫姥心里也有些疑心，不在眼面前了，又没人敢提起，也只索罢了。

忽一日，莫翁一病告殂。家里成服停丧，自不必说。在城有一伙破落户，管闲事、吃闲饭的没头鬼光棍，一个叫做铁里虫宋礼，一个叫做钻仓鼠张朝，一个叫做吊睛虎牛三，一个叫得洒墨判官周丙，一个叫得白日鬼王瘪子，还有几个不出名提草鞋的小伙，共是十来个，专一捕风捉影，寻人家闲头脑，挑弄是非，打帮生事。那五个为头，在黑虎玄坛赵元帅庙里歃血为盟，结为兄弟，尽多改姓了赵，总叫做赵家五虎。不拘那里有事，一个人打听将来，便合着伴去做，得利平分。平日晓得卖粉朱三家儿子是莫家骨血，这日见说莫翁死了，众兄弟商量道："一桩好买卖到了！莫家乃巨富之家，老妈妈只生得二子，享用那二三十万不了。我们撺掇朱三家那话儿去告争，分得他一股，最少也有几万数，我们帮的也有小富贵了。就不然，只要起了官司，我们打点的打点，卖阵的卖阵，这边不着那边着，好歹也有几年缠帐了，也强似在家里嚼本。"大家拍手道："造化，造化，"铁里虫道："我们且去见那雌儿，看他主意怎么的，设法诱他上这条路便了。"多道："有理。"一齐向朱三家里来。

朱三平日卖汤粉，这"五虎"日日在衙门前后走动，时常买他的点饥，是熟主顾家。朱三见了，拱手道："列位光降，必有见谕。"那吊睛虎道："请你娘子出来，我有一事报他。"朱三道："何事？"白日鬼道："他家莫老儿死了。"双荷在里面听得，哭将出来道："我方才听得街上是这样说，还道未的。而今列位来说，一定是真了。”一头哭，一头对朱三说：“我与你失了这泰山的靠傍，今生再无好日了。”钻仓鼠便道：“怎说这话？如今正是你们的富贵到了！”五人齐声道：“我兄弟们特来送这一套横财与你们的。”朱三夫妻多惊疑道：“这怎么说？”铁里虫道：“你家儿子乃是莫老儿骨血，而今他家里万万贯家财，田园屋宇，你儿子多该有分，何不到他家去要分他的？他若不肯分，拚与他吃场官司，料不倒断了你们些去。撞住打到底，苦你儿子不着，与他滴起血来，怕道不是真的？这一股稳稳是了。”朱三夫妻道：“事倒委实如此，我们也晓得。只是轻易起了个头，一时住不得手的。自古道：‘贫莫与富斗。’吃官司全得财来使费，我们怎么敌得他过？弄得后边，不伶不俐，反为不美。况且我每这样人家，一日不做，一日没得吃的，那里来的人力，那里来的工夫去吃官司？”铁里虫道：“这个诚然也要虑到，打官司全靠使费与那人力两项。而今我和你们熟商量：要人力时，我们几个弟兄相帮你衙门做事，尽勾了；只这使费难处。我们也说不得，小钱不去，大钱不来，五个弟兄一人应出一百两，先将来下本钱，替你使用去。你写起一千两的借票来，我们收着。直等日后断过，家业来到了手，你每照契还我。只近得你每一本一利，也不为多。此外谢我们的，凭你们另商量了。那时是白得来的东西，左右是不费之惠，料然决不怠慢了我们。”朱三夫妻道：“若得列位如此相帮，可知道好。只是打从那里做起？”铁里虫道：“你只依我们调度，包管停当。且把借票写起来为定。”朱三只得依着写了，押了个字，连儿子也要他画了一个，交与众人。众人道：“今日我每弟兄且去，一面收拾银钱停当了，明日再来计较行事。”朱三夫妻道：“全仗列位看顾。”当下众人散了去。

双荷对丈夫道：“这些人所言，不知如何。可做来的么？”朱三道：“总是不要我费一个钱，看他们怎么主张。依得的只管依着做去，或者有些油水，也不见得。用去是他们的，得来是我们的，有甚么不便宜处？”双荷道：“不该就写纸笔与他。”朱三道：“秤我们三个做肉卖，也不值上几两。他拿了我千贯的票子，若不夺得家事来，他好向那里讨？果然夺得来时，就与他些也不难了。况且不写得与他，他怎肯拿银子来应用？有这一纸安定他每的心，才肯尽力帮我。”双荷道：“为甚孩子也要他着个字？”朱三道：“夺得家事是孩子的，怎不叫他着字？这个倒不打紧，只看他们指拨怎么样做法便了。”

不说夫妻商量，且说五虎出了朱家的门，大家笑道：“这家子被我们说得动火了。只是扯下这样大谎，那里多少得些，与他起个头？”铁里虫道：“当真我们有得已里钱先折去不成？只看我略施小计，不必用钱。”这四个道：“有何妙计？”铁里虫道：“我如今只要拿一匹粗麻布，做件衰衣，与他家小厮穿了，叫他竟到莫家去做孝子。撩得莫家母子恼躁起来，吾每只一个钱白纸告他一状，这就是五百两本钱了。”四个拍手道：“妙！妙！事不宜迟，快去！快去！”铁里虫果然去赊那了一匹麻布，到裁衣店剪开了，缝成了一件衰衣。手里拿着道：“本钱在此了。”一拥的望朱三家里来。

朱三夫妻接着，道：“列位还是怎么主张？”铁里虫道：“叫你儿子出来，我教道他事体。”双荷对着孩子道：“这几位伯伯帮你去讨生身父母的家业，你只依着做去便了。”那儿子也是个乖的，说道：“既是我生身的父亲，那家业我应得有的。只是我娃子家，教我怎的去讨才是？”铁里虫道：“不要你开口讨，只着了这件孝服，我们引你到那里。你进门去，到了孝堂里面，看见灵帏，你便放声大哭，哭罢就拜。拜了四拜，往外就走。有人问你说话，你只不要回他，一径到外边来，我们多在左侧茶坊里等你便了。这个却不难的。”朱三道：“只如此，有何益？”众人道：“这是先送个信与他家。你儿子出了门，第二日就去进状，我们就去替你使用打点。你儿子又小，官府见了只有可怜，决不难为他的。况又实实是骨血，脚踏硬地，这家私到底是稳取的了。只管依着我们做去。”朱三对妻子道：“列位说来的话，多是有着数的。只教儿子依着行事，决然停当。”那儿子道：“只如方才这样说的话，我多依得。我心里也要去见见亲生父亲的影像，哭他一场，拜他一拜。”双荷掩泪道：“乖儿子，正是如此。”朱三道：“我倒不好随去得。既是列位同行，必然不差，把儿子交付与列位了。我自到市上做生意去，晚来讨消息罢。”

当下朱三自出了门，“五虎”一同了朱家儿子径往莫家来。将到门首，多走进一个茶坊里面坐下，吃个泡茶。叮嘱朱家儿子道：“那门上有丧牌孝帘的，就是你老儿家里。你进去，依着我言语行事。”遂把衰衣与他穿着停当了。那孩子依了说话，不知甚么好歹，大踏步走进门里面来。一直到了孝堂，看见灵帏，果然喉天倒地价哭起来，也是孩子家天性所在。

那孝堂里头听见哭响，只道是吊客来到，尽皆来看。只见是一个小厮，身上打扮与孝子无二，且是哭得悲切，口口声声叫着“亲爹爹”。孝堂里看的不知是甚么缘故，人人惊骇道：“这是那里说起？”莫妈听得哭着亲爹，又见这般打扮，不觉怒从心上起，恶向胆边生，嚷道：“那里来这个野猫，哭得如此异样！”亏得莫大郎是个老成有见识的人，早已瞧科了八九分，忙对母亲说道：“妈妈切不可造次。这件事了不得。我家初丧之际，必有奸人动火，要来挑衅，扎成火囤，落了他们圈套，这人家不经拆的。只依我指分，方免祸患。”莫妈一时间见大郎说得利害，也有些慌了。且住着不嚷，冷眼看那外边孩子。只见他哭罢就拜。拜了四拜，正待转身，莫大郎连忙跳出来，一把抱住道：“你不是那花楼桥卖粉汤朱家的儿子么？”孩子道：“正是。”大郎道：“既是这等，你方才拜了爹爹，也就该认了妈妈。你随我来。”一把扯他到孝幔里头，指着莫妈道：“这是你的嫡母亲，快些拜见。”莫妈仓卒之际，只凭儿子，受了他拜已过。大郎指自家道：“我乃是你长兄，你也要拜。”拜过，又指点他拜了二兄，以次至大嫂、二嫂，多叫拜见了。又领自己两个儿子，兄弟一个儿子，立齐了，对孩子道：

“这三个是你侄儿，你该受拜。”拜罢，孩子又望外就走。大郎道：“你到那里去？你是我的兄弟，父亲既死，就该住在此居丧。这是你家里了，还到那里去？”大郎领他到里面，交付与自己娘子道：“你与小叔叔把头梳一梳，替他身上出脱一出脱，把旧时衣服脱掉了，多替他换了些新鲜的。而今是我家里人了。”孩子见大郎如此待得他好，心里虽也欢喜，只是人生面不熟，又不知娘的意思怎么，有些不安贴，还想要去。大郎晓得光景，就着人到花楼桥朱家，去唤那双荷到家里来，说道有要紧说话。

双荷晓得是儿子面上的事了，亦且原要来吊丧，急忙换了一身孝服，来到莫家灵前。哭拜已毕，大郎即对他说：“你的儿子今早到此，我们已认做兄弟了。而今与我们一同守孝，日后与我们一样分家，你不必记挂。所有老爹爹在日给你的饭米衣服，我们照帐按月送过来与你，与在日一般。这是有你儿子面上。你没事不必到这里来，因你是有丈夫的，恐防议论，倒妆你儿子的丑。只今日起，你儿子归宗姓莫，不到朱家来了。你分付你儿子一声，你自去罢。”双荷听得，不胜之喜：“若得大郎看死的老爹爹面上，如此处置停当，我烧香点烛，祝报大郎不尽。”说罢，进去见了莫妈与大嫂、二嫂，只是拜谢。莫妈此时也不好生分得，大家没甚说话，打发他回去。双荷叮嘱儿子：“好生住在这里，小心奉事大妈妈与哥哥嫂嫂。你落了好处，我放心得下了。方才大郎说过，我不好长到这里，你在此过几时，断了七七四十九日，再到朱家来相会罢。”孩子既见了自家的娘，又听了分付的话，方才安心住下。双荷自欢欢喜喜，与丈夫说知去了。

且说那些没头鬼光棍赵家五虎，在茶房里面坐地，眼巴巴望那孩子出来就去做事，状子多打点停当了。谁知守了多时，再守不出。看看到晚，不见动静，疑道：“莫非我们闲话时，那孩子出来，错了眼，竟到他家里去了？”走一个到朱家去看，见说儿子不曾到家，倒叫了娘子去，一发不解。走来回覆众人，大家疑惑，就像热盘上蚁子，坐立不安。再着一个到朱家伺候，又说见双荷归来，老大欢喜，说儿子已得认下，收留了。众人尚在茶坊未散，见了此说，个个木呆。正是：

思量拨草去寻蛇，这回却没蛇儿弄。
平常家里没风波，总有良平也无用。

说这几个人闻得孩子已被莫家认作儿子了，许多焰腾腾的火气，却像淋了几桶的冰水，手臂多索解了。大家嚷道："悔气，撞着这样不长进的人家！难道我们商量了这几时，当真倒单便宜了这小厮不成？"铁里虫道："且不要慌。也不到得便宜了他，也不到得我们白住了手。"众人道："而今还好在那里入脚？"铁里虫道："我们原说与他夺了人家，要谢我们一千银子。他须有借票在我手里，是朱三的亲笔。"众人道："他家先自收拾了，我们并不曾帮得他一些，也不好替朱三讨得。况且朱三是穷人，讨也没干。"铁里虫道："昨日我要那孩子也着个字的，而今拣有头发的揪。过几时，只与那孩子讨。等他说没有，就告了他。他小厮家新做了财主，定怕吃官司的，央人来与我们讲和，须要赎得这张纸去才干净。难道白了不成？"众人道："有见识，不枉叫你做铁里虫，真是见识硬挣。"铁里虫道："还有一件，只是眼下还要从容。一来那票子上日子没多两日，就讨就告，官府要疑心。二来他家方才收留，家业未有得就分与他，他也便没有得拿出来还人。这是半年一年后的事。"众人道："多说得是。且藏好了借票，再耐心等等弄他。"自此一伙各散去了。

这里莫妈性定，抱怨儿子道："那小业种来时，为甚么就认了他？"大郎道："我家富名久出，谁不动火？这兄弟实是爹爹亲骨血。我不认他时，被光棍弄了去，今日一状、明日一状告将来，告个没休歇。衙门人役个个来诈钱，亲眷朋友人人来拐骗，还有官府思量起发，开了口不怕不送，不知把人家拆到那里田地！及至拌得到底，问出根由，少不得要断这一股与他。何苦作成别人肥了家去？所以不如一面收留，省了许多人的妄想，有何不妙？”妈妈见说得明白，也道是了。一家喜欢过日。

忽然一日，有一伙人走进门来，说道要见小三官人的。这里门上方要问明，内一人大声道：“便是朱家的拖油瓶。”大郎见说得不好听，自家走出来。见是五个人，雄纠纠的来施礼，问道：“小令弟在家么？”大郎道：“在家里。列位有何说话？”五个人道：“令弟少在下家里些银子，特来与他取用。”大郎道：“这个却不知道，叫他出来就是。”大郎进去，对小兄弟说了。那孩子不知是甚么头脑，走出来一看，认得是前日赵家五虎，上前见礼。那几个见了孩子，道：“好个小官人！前日是我们送你来的，你在此做了财主，就不记得我们了？”孩子道：“前日这边留住了，不放我出门，故此我不出来得。”五虎道：“你而今既做了财主，这一千银子该还得我们了。”孩子道：“我几曾晓得有甚么银子？”五虎道：“银子是你晚老子朱三官所借，却是为你用的，你也着得有花字。”孩子道：“前日我也见说，说道恐防吃官司，要银子用，故写下借票。而今官司不吃了，那里还用你们甚么银子？”五虎发狠道：“现有票在这里，你赖了不成？”大郎听得声高，走出来看时，五虎告诉道：“小令弟在朱家时，借了我们一千银子不还，而今要赖起来。”大郎道：“我这小兄弟借这许多银子何用？”孩子道：“哥哥不要听他。”五虎道：“现有借票，我和你衙门里说去。”一哄多散了。

大郎问兄弟道：“这是怎么说？”孩子道：“起初这几个撺掇我母亲告状，母亲回他没盘缠吃官司。他们说：‘只要一张借票，我每借来与你。’以后他们领我到这里来，哥哥就收留下，不曾成官司。他怎么要我还起银子来？”大郎道：“可恨这些光棍，早是我们不着他手。而今既有借票在他处，他必不肯干休，定然到官。你若见官莫怕，只把方才实情照样是这等一说，官府自然明白的。没有小小年纪，断你还他银子之理。且安心坐着，看他怎么！”

次日，这五虎果然到府里告下一纸状来，告了朱三、莫小三两个名字，骗劫千金之事。来到莫家提人。莫大郎、二郎等商量与兄弟写下一纸诉状，诉出从前情节，就用着两个哥哥为证，竟来府里投到。

府里太守姓唐，名象，是个极精明的。一干人提到了，听审时，先叫宋礼等上前，问道：“朱三是何等人，要这许多银子来做甚么用？”宋礼道：“他说要与儿子置田买产，借了去的。”太守叫朱三问道：“你做甚么勾当，借这许多银子？”朱三道：“小的是卖粉羹的经纪，不上钱数生意，要这许多做甚么？”宋礼道：“见有借票，我们五人，二百两一个，交付与他及儿子莫小三的。”太守拿上借票来看，问朱三道：“可是你写的票？”朱三道：“是小的写的票，却不曾有银子的。”宋礼道：“票是他写的，银子是莫小三收去的。”太守叫莫小三，那莫家孩子应了一声，走上去。太守看见是个十来岁小的，一发奇异，道：“这小厮收去这些银子何用？”宋礼争道：“是他父亲朱三写了票，拿银子与这莫小三买田的。见今他有许多田在家里。”太守道：“父姓朱，怎么儿子姓莫？”朱三道：“瞒不得老爷，这小厮原是莫家孽子，他母亲嫁与小的，所以他自姓莫。专为众人要帮他莫家去争产，哄小的写了一票，做争讼的用度。不想一到莫家，他家大娘与两个哥子竟自认了，分与田产。小的与他家没讼得争了，还要借银做甚么用？他而今据了借票，生端要这银子，这那里得有？”太守问莫小三，其言也是一般。太守点头道：“是了，是了。”就叫莫大郎赶来，问道：“你当时如何就肯认了？”莫大郎道：“在城棍徒无风起浪，无洞掘蟹，亏得当时立地就认了。这些人还道放了空箭，未肯住手，致有今日之告。若当时略有推托，一涉讼端，正是此辈得志之秋。不要说兄弟这千金要被他诈了去，家里所费又不知几倍了。”太守笑道：“妙哉！不惟高义，又见高识，可敬！可敬！我看宋礼等五人也不像有千金借人的，朱三也不像借人千金的。元来真情如此，实为可恨。若非莫大有见，此辈人人饱满了。”提起笔来判道：

千金重利，一纸足凭。乃朱三赤贫，贷则谁与？莫子乳臭，须此何为？细讯其详，始烛其诡。宋礼立衰蹄之约，希蜗角之争。莫大以对床之情，消阋墙之衅。既渔群谋而丧气，犹挟故纸以垂涎。重创其奸，立毁其券。

当时将宋礼等五人，每人三十大板，问拟了教唆词讼、诈害平人的律，脊杖二十，刺配各远恶军州。

吴兴城里去了这“五虎”，小民多是快活的，做出几句口号来：

“铁里虫有时蛀不穿，钻仓鼠有时吃不饱，吊睛老虎没威风，洒墨判官齐跌倒，白日里鬼胡行，这回儿不见了。”

唐太守又旌奖莫家，与他一个“孝义之门”的匾额，免其本等差徭。此时莫妈妈才晓得儿子大郎的大见识。世间弟兄不睦，靠着外人相帮起讼者，当以此为鉴。诗曰：

世间有孽子，亦是本生枝。
只因靳所为，反为外人资。
渔翁坐得利，鹬蚌在相持。
何如存一让，是名不漏卮。

卷十一

满少卿饥附饱飏　焦文姬生仇死报

诗云：

> 十年磨一剑，霜刃未曾试。
> 今日把赠君，谁有不平事！

话说天下最不平的，是那负心的事。所以冥中独重其罚，剑侠专诛其人。那负心中最不堪的，尤在那夫妻之间。盖朋友内忘恩负义，拚得绝交了他，便无别话。惟有夫妻是终身相倚的，一有负心，一生怨恨，不是当耍可以了帐的事。古来生死冤家一还一报的，独有此项极多。

宋时衢州有一人，姓郑，是个读书人。娶着会稽陆氏女，姿容娇媚。两个伉俪绸缪，如胶似漆。一日，正在枕席情浓之际，郑生忽然对陆氏道："我与你二人相爱，已到极处了。万一他日不能到底，我今日先与你说过：我若死，你不可再嫁；你若死，我也不再娶了。"陆氏道："正要与你百年偕老，怎生说这样不祥的话？"

不觉的光阴荏苒，过了十年，已生有二子。郑生一时间得了不起的症候，临危时，对父母道："儿子死无所虑，只有陆氏妻子，恩深难舍，况且年纪少艾。日前已与他说过：'我死之后，不可再嫁。'今若肯依所言，儿死亦瞑目矣。"陆氏听说到此际，也不回言，只是低头悲哭，十分哀切。连父母也道他没有二心的了。

死后数月，自有那些走千家、管闲事的牙婆每打听脚踪，探问消息。晓得陆氏青年美貌，未必是守得牢的人，挨身入来，与他来往。那陆氏并不推拒那一伙人，见了面就千欢万喜，烧茶办果，且是相待得好。公婆看见这些光景，心里嫌他，说道："居孀行径，最宜稳重。此辈之人，没事不可引他进门。况且丈夫临终怎么样分付的？没有别的心肠，也用这些人不着。"陆氏由公婆自说，只当不闻。后来惯熟，连公婆也不说了。果然与一个做媒的说得入港，受了苏州曾工曹之聘。公婆虽然恼怒，心里道："是他立性既自如此，留着也落得做冤家，不是好住手的。不如顺水推船，等他去了罢。"只是想着自己儿子临终之言，对着两个孙儿，未免感伤痛哭。陆氏多不放在心上，才等服满，就收拾箱匣停当，也不顾公婆，也不顾儿子，依了好日，喜喜欢欢，嫁过去了。

成婚七日，正在亲热头上，曾工曹受了漕帅檄文，命他考试外郡，只得收拾起身，作别而去。去了两日，陆氏自觉凄凉，傍晚之时走到厅前闲步。忽见一个后生，像个远方来的，走到面前，对着陆氏叩了一头，口称道："郑官人有书拜上娘子。"递过一封柬帖来。陆氏接着，看那外面封筒上题着三个大字，乃是"示陆氏"三字。认认笔踪，宛然是前夫手迹。正要盘问，那后生忽然不见。陆氏惧怕起来，拿了书，急急走进房里来。剔明灯火，仔细看时，那书上写道：

十年结发之夫，一生祭祀之主。朝连暮以同欢，资有馀而共聚。忽大幻以长往，慕他人而轻许。遗弃我之田畴，移蓄积于别户。不念我之双亲，不恤我之二子。义不足以为人妇，慈不足以为人母。吾已诉诸上苍，行理对于冥府。

陆氏看罢，吓得冷汗直流，魂不附体，心中懊悔无及。怀着鬼胎，十分惧怕，说不出来，茶饭不吃，嘿嘿不快，三日而亡。眼见得是负了前夫，得此果报了。

却又一件，天下事有好些不平的所在。假如男人死了，女人再嫁，便道是失了节，玷了名，污了身子，是个行不得的事，万口訾议。及到男人家丧了妻子，却又凭他续弦再娶，置妾买婢，做出若干的勾当，把死的丢在脑后，不提起了，并没人道他薄幸负心，做一场说话。就是生前房室之中，女人少有外情，便是老大的丑事，人世羞言。及到男人家撇了妻子，贪淫好色，宿娼养妓，无所不为，总有议论不是的，不为十分大害。所以女子愈加可怜，男人愈加放肆。这些也是伏不得女娘们心里的所在。不知冥冥之中，原有分晓。若是男子风月场中略行着脚，此是寻常勾当，难道就比了女人失节一般？但是果然负心之极，忘了旧时恩义，失了初时信行，以至误人终身，害人性命的，也没一个不到底报应的事。从来说王魁负桂英，毕竟桂英索了王魁命去，此便是一个男负女的榜样，不止女负男——如所说的陆氏——方有报应也。今日待小子说一个赛王魁的故事与看官每一听，方晓得男子也是负不得女人的。有诗为证：

> 繇来女子号痴心，痴得真时恨亦深。
> 莫道此痴容易负，冤冤隔世会相寻。

话说宋时有个鸿胪少卿，姓满，因他做事没下稍，讳了名字不传，只叫他满少卿。未遇时节，只叫他满生。那满生是个淮南大族，世有显宦。叔父满贵，见为枢密副院。族中子弟，遍满京师，尽皆富厚本分。惟有满生心性不羁，狂放自负，生得一表人材，风流可喜，怀揣着满腹文章，道早晚必登高第。抑且幼无父母，无些拘束，终日吟风弄月，放浪江湖，把些家事多弄掉了，连妻子多不曾娶得。族中人渐渐不理他，满生也不在心上。

有个父亲旧识，出镇长安。满生便收拾行装，离了家门，指望投托于他，寻些润济。到得长安，这个官人已坏了官，离了地方去了；只得转来。满生是个少年孟浪、不肯仔细的人，只道寻着熟人，财物广有，不想托了个空，身边盘缠早已罄尽。行到汴梁中牟地方，有个族人在那里做主簿，打点与他寻些盘费还家。那主簿是个小官，地方没大生意，连自家也只好支持过日。送得他一贯多钱，还了房钱饭钱，馀下不多，不能勾回来。此时已是十二月天气，满生自思囊无半文，空身家去，难以度岁。不若只在外厢行动，寻些生意，且过了年又处。关中还有一两个相识在那里做官，仍旧掇转路头，往西而来。

到了凤翔地方，遇着一天大雪，三日不休，正所谓：

> 云横秦岭家何在？雪拥蓝关马不前。

满生阻住在饭店里，一连几日。店小二来讨饭钱，还他不勾，连饭也不来了。想着自己是好人家子弟，胸藏学问，视功名如拾芥耳；一时未际，浪迹江湖，今受此穷途之苦，谁人晓得我是不遇时的公卿？此时若肯雪中送炭，真乃胜似锦上添花。争奈世情看冷暖，望着那一个救我来？不觉放声大哭。早惊动了隔壁一个人，走将过来道："谁人如此啼哭？"——那个人怎生打扮？

> 头戴玄狐帽套，身穿羔羊皮裘。紫膛颜色带着几分酒，脸映红桃；苍白须髯沾着几点雪，身如玉树。疑在浩然驴背下，想从安道宅中来。

那个人走进店中，问店小二道："谁人啼哭？"店小二答道："覆大郎，是一个秀才官人。在此三五日了，不见饭钱拿出来，天上雪下不止，又不好走路。我们不与他饭吃了，想是肚中饥饿，故此啼哭。"那个人道："那里不是积福处？既是个秀才官人，你把他饭吃了，算在我的帐上，我还你罢。"店小二道："小人晓得。"便去拿了一分饭，摆在满生面前，道："客官，是这大郎叫拿来请你的。"满生道："那个大郎？"只见那个人已走到面前，道："就是老汉。"满生忙施了礼，道："与老丈素昧平生，何故如此？"那个人道："老汉姓焦，就在此酒店间壁居住。因雪下得大了，同小女盪几杯热酒暖寒。闻得这壁厢悲怨之声，不像是个以下之人，故步至此间寻问。店小二说是个秀才，雪阻了的。老汉念斯文一脉，怎教秀才忍饥？故此教他送饭。荒店之中，无物可吃，况如此天气，也须得杯酒儿敌寒。秀才宽坐，老汉家中叫小厮送来。"满生喜出望外，道："小生失路之人，与老丈不曾识面，承老丈如此周全，何以克当？"焦大郎道："秀才一表非俗，目下偶困，决不是落后之人。老汉是此间地主，应得来管顾的。秀才放心，但住此一日，老汉支持一日，直等天色晴霁好走路了，再商量不迟。"满生道："多感！多感！"焦大郎又问了满生姓名乡贯明白，慢慢的自去了。

满生心里喜欢道："谁想绝处逢生，遇着这等好人。"正在徯幸之际，只见一个笼头的小厮，拿了四碗嗄饭，四碟小菜，一壶热酒，送将来道："大郎送来与满官人的。"满生谢之不尽，收了，摆在桌上食用。小厮出门去了。满生一头吃酒，一头就问店小二道："这位焦大郎是此间甚么样人？怎生有此好情？"小二道："这个大郎是此间大户，极是好义。平日扶穷济困，至于见了读书的，尤肯结交，再不怠慢的。自家好吃几杯酒，若是陪得他过的，一发有缘了。"满生道："想是家道富厚。"小二道："有便有些产业，也不为十分富厚。只是心性如此。官人造化，遇着了他，便多住几日不打紧的了。"满生道："雪晴了，你引我去拜他一拜。"小二道："当得，当得。"过了一会，焦家小厮来收家伙。传大郎之命，分付店小二道："满大官人供给，只管照常支应。用酒时，到家里来取。"店小二领命，果然支持无缺。满生感激不尽。

过了一日，天色晴明，满生思量走路，身边并无盘费，亦且受了焦大郎之恩，要去拜谢。真叫做："人心不足，得陇望蜀。"见他好情，也就有个希冀借些盘缠之意。叫店小二在前引路，竟到焦大郎家里来。焦大郎接着，满面春风。满生见了大郎，倒地便拜，谢他："穷途周济，殊出望外。倘有用着之处，情愿效力。"焦大郎道："老汉家里也非有馀，只因看见秀才如此困厄，量济一二，以尽地主之意。原无他事，如何说个效力起来？"满生道："小生是个应举秀才，异时倘有寸进，不敢忘报。"大郎道："好说，好说。目今年已傍晚，秀才还要到那里去？"满生道："小生投人不着，囊匣如洗，无面目还乡。意思要往关中一路，寻访几个相知。不期逗留于此，得遇老丈，实出万幸。而今除夕在近，前路已去不迭，真是前不巴村，后不巴店。没奈何了，只得在此饭店中且过了岁，再作道理。"大郎道："店中冷落，怎好度岁？秀才不嫌家间澹薄，搬到家下，与老汉同住几日，随常茶饭等，老汉也不寂寞。过了几朝再处，秀才意下何如？"满生道："小生在饭店中，总是叨忝老丈的；就来潭府，也是一般。只是萍踪相遇，受此深恩，无地可报，实切惶愧耳。"大郎道："四海一家。况且秀才是个读书之人，前程万里，他日不忘村落之中有此老朽，便是愿足。何必如此相拘哉？"

元来焦大郎固然本性好客，却又看得满生仪容俊雅，丰度超群，语言倜傥，料不是落后的，所以一意周全他。也是满生有缘，得遇此人。果然叫店小二店中发了行李，到焦家来。是日焦大郎安排晚饭，与满生同吃。满生一席之间，谈吐如流。更加酒兴豪迈，痛饮不醉，大郎一发投机，以为相见之晚。直吃到兴尽方休，安置他书房中歇宿了，不提。

大郎有一室女，名唤文姬，年方一十八岁，美丽不凡，聪慧无比。焦大郎不肯轻许人家，要在本处寻个衣冠子弟，读书君子，赘在家里，照管暮年。因他是个市户出身，一时没有高门大族来求他的；以下富室痴儿，他又不肯。高不凑，低不就，所以蹉跎过了。那文姬年已长大，风情之事，尽知相慕。只为家里来往的人，庸流凡辈颇多，没有看得上眼的。听得说父亲在酒店中引得外方一个读书秀才来到，他便在里头东张西张，要看他怎生样的人物。那满生仪容举止，尽看得过，便也有一二分动心了。这也是焦大郎的不是：便做道疏财仗义，要做好人，只该赍发满生些少，打发他走路才是。况且室无老妻，家有闺女，那满生非亲非戚，为何留在家里宿歇？只为好着几杯酒，贪个人做伴，又见满生可爱，倾心待他。谁想满生是个轻薄后生，一来看见大郎殷勤，道是敬他人才，安然托大，忘其所以；二来晓得内有亲女，美貌及时，未曾许人，也就怀着希冀之意，指望图他为妻。又不好自开得口，待看机会。日挨一日，径把关中的念头丢过一边，再不提起了。

焦大郎终日懵懵醉乡，没些搭煞，不加提防。怎当得他每两下烈火干柴，你贪我爱，各自有心，竟自勾搭上了。情到浓时，未免不避形迹。焦大郎也见了些光景，有些疑心起来。大凡天下的事，再经有心人冷眼看不起的。起初满生在家，大郎无日不与他同饮同坐，毫无说话。比及大郎疑心了，便觉满生饮酒之间没心没想，言语参差，好些破绽出来。

大郎一日推个事故，走出门去了。半日转来，只见满生醉卧书房，风飘衣起，露出里面一件衣服来。看去有些红色，像是女人袄子模样。走到身边仔细看时，正是女儿文姬身上的。又吊着一个交颈鸳鸯的香囊，也是文姬手绣的。大惊诧道："奇怪！奇怪！有这等事！"满生睡梦之中，听得喊叫，突然惊起，急敛衣襟不迭，已知为大郎看见，面如土色。大郎道："秀才身上衣服从何而来？"满生晓得瞒不过，只得诌个谎道："小生身上单寒，忍不过了，向令爱姐姐处，看老丈有旧衣借一件。不想令爱竟将一件女袄拿出来。小生怕冷，不敢推辞，权穿在此衣内。”大郎道：“秀才要衣服，只消替老夫讲，岂有与闺中女子自相往来的事？是我养得女儿不成器了！”抽身望里边就走。恰撞着女儿身边一个丫头，叫名青箱，一把挝过来道：“你好好实说姐姐与那满秀才的事情，饶你的打。”青箱慌了，只得抵赖道：“没曾见甚么事情。”大郎焦躁道：“还要胡说！眼见得身上袄子多脱与他穿着了。”青箱没奈何，遮饰道：“姐姐见爹爹十分敬重满官人，平日两下撞见时，也与他见个礼。他今日告诉身上寒冷，故此把衣服与他，别无甚说话。”大郎道：“女人家衣服岂肯轻与人着？况今日我又不在家，满秀才酒气喷人，是那里吃的？”青箱推道：“不知。”大郎道：“一发胡说了！他难道再有别处噇酒？他方才已对我说了。你若不实招，我活活打死你。”青箱晓得没推处，只得把从前勾搭的事情，一一说了。

大郎听罢，气得抓耳挠腮，没个是处。喊道：“不成才的歪货！他是别路来的，与他做下了事，打点怎的？”青箱说：“姐姐今日见爹爹不在，私下摆个酒盒，要满官人对天罚誓，你娶我嫁，终身不负。故此与他酒吃了，又脱一件衣服，一个香囊与他，做记念的。”大郎道：“怎了！怎了！”叹口气道：“多是我自家热心肠的不是，不消说了。”反背了双手，踱出外边来。

文姬见父亲挝了青箱去，晓得有些不尴尬。仔细听时，一句一句说到真处来，在里面正急得要上吊。忽见青箱走到面前，已知父亲出去了，才定了性。对青箱道：“事已败露，至此，却怎么了？我不如死休。”青箱道：“姐姐不要性急。我看爹爹叹口气，自怨不是，走了出去，倒有几分成事的意思在那里。”文姬道：“怎见得？”青箱道：“爹爹极敬重满官人。已知有了此事，若是而今赶逐了他去，不但恶识了，把从前好情多丢去，却怎生了结姐姐？他今出去，若问得满官人不曾娶妻的，毕竟还配合了，才好住手。”文姬道：“但愿得如此便好。”

果然大郎走出去，思量了一回，竟到书房中，带着怒容问满生道：

"秀才，你家中可曾有妻未？"满生跼蹐无地，战战兢兢回言道："小生湖海飘流，实未曾有妻。"大郎道："秀才家既读诗书，也该有些行止。吾与你本是一面不曾相识，怜你客途，过为拯救，岂知你所为不义若此。点污了人家儿女，岂是君子之行？"满生惭愧难容，下地叩头道："小生罪该万死！小生受老丈深恩，已为难报。今为儿女之情，一时不能自禁，猖狂至此。若蒙海涵，小生此生以死相报，誓不忘高天厚地之恩。"大郎又叹口气道："事已至此，虽悔何及？总是我生女不肖，致受此辱。今既为汝污，岂可别嫁？汝若不嫌地远，索性赘入我家做了女婿，养我终身，我也叹了这口气罢。"满生听得此言，就是九重天上飞下一纸赦书来，怎不满心欢喜？又叩着头道："若得如此玉成，满某即粉身碎骨，难报深恩。满某父母双亡，家无妻子，便当奉侍终身，岂再他往？"大郎道："只怕后生家看得容易了，他日负起心来。"满生道："小生与令爱恩深义重，已设誓过了，若有负心之事，教满某不得好死。"大郎见他言语真切，抑且没奈何了，只得胡乱拣个日子，摆些酒席，配合了二人。正是：

绮罗丛里唤新人，锦绣窝中看旧物。
虽然后娶属先奸，此夜恩情翻较密。

满生与文姬，两个私情，得成正果，天从人愿，喜出望外。文姬对满生道："妾见父亲敬重君子，一时仰慕，不以自献为羞，致于失身。原料一朝事露，不能到底，惟有一死而已。今幸得父亲配合，终身之事已完，此是死中得生，万千侥幸。他日切不可忘！"满生道："小生飘蓬浪迹，幸蒙令尊一见如故，解衣推食，恩已过厚。又得遇卿不弃，今日成此良缘，真恩上加恩。他日有负，诚非人类。"两人愈加如胶似漆，自不必说。满生在家无事，日夜读书，思量应举。焦大郎见他如此，道是许嫁得人，暗里心欢。自此内外无间。

过了两年，时值东京春榜招贤，满生即对丈人说，要去应举。焦大郎收拾了盘费，赍发他去。满生别了丈人、妻子，竟到东京，一举登第。才得唱名，满生心里放文姬不下，晓得选除未及，思量道：“汴梁去凤翔不远，今幸已脱白挂绿，何不且到丈人家里，与他们欢庆一番，再来未迟。”此时满生已有仆人使唤，不比前日，便叫收拾行李，即时起身。

不多几日，已到了焦大郎门首。大郎先已有人报知，是日整备迎接，鼓乐喧天，闹动了一个村坊。满生绿袍槐简，摇摆进来，见了丈人，便是纳头四拜。拜罢，长跪不起，口里称谢道：“小婿得有今日，皆赖丈人提携。若使当日困穷旅店，没人救济，早已填了丘壑，怎能勾此身荣贵？”叩头不止。大郎扶起道：“此皆贤婿高才，致身青云之上，老夫何功之有？当日困穷失意，乃贤士之常。今日衣锦归来，有光老夫多矣。”满生又请文姬出来，交拜行礼，各各相谢。其日邻里看的，挨挤不开。个个说道：“焦大郎能识好人，又且平日好施恩德，今日受此荣华之报，那女儿也落了好处了。”有一等轻薄的道：“那女儿闻得先与他有须说话了，后来配他的。”有的道：“也是大郎有心把女儿许他，故留他在家里，住这几时。便做道先有些甚么，左右是他夫妻。而今一床锦被遮盖了，正好做院君夫人去，还有何妨？”议论之间，只见许多人牵羊担酒，持花捧币，尽是些地方邻里亲戚，来与大郎作贺称庆。

大郎此时把个身子抬在半天里了，好不风骚。一面置酒款待女婿，就先留几个相知亲戚相陪。次日又置酒，请这一干作贺的。先是亲眷，再是邻里，一连吃了十来日酒。焦大郎费掉了好些钱钞，正是欢喜破财，不在心上。满生与文姬夫妻二人，愈加厮敬厮爱，欢畅非常。连青箱也算做日前有功之人，另眼看觑，别是一分颜色。有一首词，单道着得第归来，世情不同光景：

世事从来无定，天公任意安排。寒酸忽地上金阶，立看许多渗濑。　熟识还须再认，至亲也要疑猜。夫妻行事别开怀，另似一张卵袋。

话说满生夫荣妻贵，暮乐朝欢。焦大郎本是个慷慨心性，愈加扯大，道是靠着女儿女婿，不忧下半世不富贵了。尽心竭力，供养着他两个，惟其所用。满生总是慷他人之慨，落得快活。过了几时，选期将及，要往京师。大郎道是选官须得使用，才有好地方。只得把膏腴之产尽数卖掉了，凑着偌多银两，与满生带去。焦大郎家事原只如常，经这一番大弄，已此十去八九，只靠着女婿选官之后再图兴旺，所以毫不吝惜。

满生将行之夕，文姬对他道："我与你恩情非浅。前日应举之时，已曾经过一番离别，恰是心里指望好日，虽然牵系，不甚伤情。今番得第已过，只要去选地方，眼见得只有好处来了。不知为甚么，心中只觉凄惨，不舍得你别去。莫非有甚不祥？"满生道："我到京即选，甲榜科名，必为美官。一有地方，便着人从来迎你，与丈人同到任所，安享荣华。此是算得定的日子，别不多时的，有甚么不祥之处？切勿挂虑。"文姬道："我也晓得是这般的，只不知为何有些异样，不由人眼泪要落下来，更不知为甚缘故。"满生道："这番热闹了多时，今我去了，顿觉冷静，所以如此。"文姬道："这个也是。"两人絮聒了一夜，无非是些恩情浓厚、到底不忘的话。

次日天明，整顿衣装，别了大郎父子，带了仆人，径往东京选官去了。这里大郎与文姬父子两个，互相安慰，把家中事件收拾并叠，只等京中差人来接，同去赴任，悬悬指望，不题。

且说满生到京，得授临海县尉。正要收拾起身，转到凤翔，接了丈人妻子一同到任，拣了日子，将次起行。只见门外一个人，大踏步走将进来，口里叫道："兄弟，我那里不寻得你到？你元来在此。"满生抬头看时，却是淮南族中一个哥哥。满生连忙接待。那哥哥道："兄弟，几年远游，家中绝无消耗，举族疑猜。不知兄弟却在那里到京，一举成名，实为莫大之喜。家中叔叔枢密相公见了金榜，即便打发差人到京来相接，四处寻访不着，不知兄弟又到那里去了？而今选有地方，少不得出京家去。恁哥哥在此做些小前程，干办已满，收拾回去，已顾下船在汴河，行李乡下船了。各处挨问，得见兄弟。你打迭已完，只须同你哥哥回去，见见亲族，然后到任便了。”满生心中，一肚皮要到凤翔，那里曾有归家去的念头？见哥哥说来，意思不对，却又不好直对他说，只含糊回道：“小弟还有些别件事干，且未要到家里。”那哥哥道：“却又作怪！看你的装裹多停当了，只要走路的。不到家里，却又到那里？”满生道：“小弟流落时节，曾受了一个人的大恩，而今还要向西路去谢他。”那哥哥道：“你虽然得第，还是空囊，谢人先要礼物为先，这些事自然是到了任再处。况且此去到任所一路过东，少不得到家边过，是顺路却不走，反走过西去怎的？”满生此时只该把实话对他讲，说个不得已的缘故，他也不好阻当得。争奈满生有些不老气，恰像还要把这件事瞒人的一般，并不明说。但只东支西吾，凭那哥哥说得天花乱坠，只是不肯回去。那哥哥大怒起来，骂道：“这样轻薄无知的人！书生得了科名，难道不该归来会一会宗族邻里？这也罢了，父母坟墓边也不该去拜见一拜见的？我和你各处去问一问，世间有此事否？”满生见他发出话来，又说得正气了，一时也没得回他，通红了脸不敢开口。那哥哥见他不说了，叫些随来的家人，把他的要紧箱笼，不由他分说，只一搬，竟自搬到船上去了。满生没奈何，心里想道：“我久不归家了，况我落魄出来，今衣锦还乡，也是好事。便到了家里，再去凤翔，不过迟得些日子，也不为碍。”对那哥哥道：“既恁地，便和哥哥同到家去走走来。”只因这一去，有分交：

绿袍年少，别牵系足之绳；青鬓佳人，立化望夫之石。

满生同那哥哥回到家里，果然这番宗族邻里比前不同，尽多是呵脬捧屁的。满生心里也觉快活，随去见那亲叔叔满贵。那叔叔是枢密副院，致仕家居，既是显官，又是一族之长。见了侄儿，晓得是新第回来，十分欢喜道："你一向出外不归，只道是流落他乡，岂知却能挣扎得第，做官回来，诚然是与宗族争气的。"满生满口逊谢。满枢密又道："却还有一件事，要与你说。你父母早亡，壮年未娶，今已成名，嗣续之事，最为紧要。前日我见你登科录上有名，便已为你留心此事。宋都朱从简大夫有一次女，我打听得才貌双全，你未来时，我已着人去相求，他已许下了。此极是好姻缘。我知那临海前官尚未离任，你到彼之期，还可从容。且完此亲事，夫妻一同赴任，岂不为妙？"满生见说，心下吃惊，半晌做声不得。满生若是个有主意的，此时便该把凤翔流落得遇焦氏之事，是长是短，备细对叔父说一遍，道："成亲已久，负他不得，须辞了朱家之婚，一刀两断。"说得决绝，叔父未必不依允。争奈满生讳言的是前日孟浪出游光景，恰像凤翔的事是私下做的，不肯当场明说，但只口里唧哝。枢密道："你心下不快，敢虑着事体不周备么？一应聘定礼物，前日是我多已出过。目下成亲所费，总在我家支持，你只打点做新郎便了。"满生道："多谢叔叔盛情，容侄儿心下再计较一计较。"枢密正色道："事已定矣，有何计较！"满生见他词色严毅，不敢回言，只得唯唯而出。

到了家里，闷闷了一回，想道："若是应承了叔父所言，怎生撇得文姬父子恩情？欲待辞绝了他的，不但叔父这一段好情不好辜负，只那尊严性子，也不好冲撞他。况且姻缘又好，又不要我费一些财物周折，也不该挫过。做官的人，娶了两房，原不为多。欲待两头绊着，文姬是先娶的，须让他做大；这边朱家又是官家小姐，料不肯做小，却又两难。"心里真似十五个吊桶打水，七上八落的，反添了许多不快活。踌躇了几日，委决不下。

到底满生是轻薄性子，见说朱家是宦室之女，好个模样，又不费己财，先自动了十二分火。只有文姬父子这一点念头，还有些良心，不能尽绝。肚里展转了几番，却就变起卦来。大凡人只有初起这一念是有天理的，依着行去，好事尽多。若是多转了两个念头，便有许多奸贪诈伪、没天理的心来了。满生只为亲事摆脱不开，过了两日，便把一条肚肠换了转来。自想道："文姬与我，起初只是两下偷情，算得个外遇罢了。后来虽然做了亲，元不是明婚正配。况且我既为官，做我配的，须是名门大族。焦家不过市井之人，门户低微，岂堪受朝廷封诰，作终身伉俪哉？我且成了这边朱家的亲，日后他来通消息时，好言回他，等他另嫁了便是。倘若必不肯去，事到其间，要我收留，不怕他不低头做小了。"

算计已定，就去回覆枢密。枢密拣个黄道吉日，行礼到朱大夫家，娶了过来。那朱家既是宦家，又且嫁的女婿是个新科，愈加要齐整，妆奁丰厚，百物具备。那朱氏女生长宦门，模样又是著名出色的，真是德、容、言、功，无不俱足。满生快活非常，把那凤翔的事丢在东洋大海去了。正是：

花神脉脉殿春残，争赏慈恩紫牡丹。
别有玉盘承露冷，无人起就月中看。

满生与朱氏门当户对，年貌相当，你敬我爱，如胶似漆。满生心里，反悔着凤翔多了焦家这件事。却也有时念及心上，有些遣不开。因在朱氏面前，索性把前日焦氏所赠衣服、香囊拿出来，忍着性子，一把火烧了，意思要自此绝了念头。朱氏问其缘故，满生把文姬的事略略说些始末，道："这是我未遇时节的事，而今既然与你成亲，总不必提起了。"朱氏是个贤慧女子，倒说道："既然未遇时节相处一番，而今富贵了，也不该便绝了他。我不比那世间妒忌妇人，倘或有便，接他来同住过日，未为不可。"怎当得满生负了盟誓，难见他面，生怕他寻将来不好收场，那里还敢想接他到家里？亦且怕在朱氏面上不好看，一意只是断绝了。回言道：“多谢夫人好意。他是小人家儿女，我这里没消息到他，他自然嫁人去了，不必多事。”自此再不提起。初时满生心中怀着鬼胎，还虑他有时到来，喜得那边也绝无音耗。俗语云：“孝重千斤，日减一斤。”满生日远一日，竟自忘怀了。

自当日与朱氏同赴临海任所，后来作尉任满，一连做了四五任美官，连朱氏封赠过了两番。不觉过了十来年，累官至鸿胪少卿，出知齐州。那齐州厅舍甚宽，合家人口住着像意。到任三日，里头收拾已完，内眷人等要出私衙之外，到后堂来看一看。少卿分付衙门人役，尽皆出去，屏除了闲人，同了朱氏，带领着几个小厮、丫鬟、家人，媳妇，共十来个人，一起到后堂散步。各自东西闲走看耍。

少卿偶然走到后堂右边天井中，见有一小门。少卿推开来看，里头一个穿青的丫鬟，见了少卿，飞也似跑了去。少卿急赶上去看时，那丫鬟早已走入一个破帘内去了。少卿走到帘边，只见帘内走出一个女人来。少卿仔细一看，正是凤翔焦文姬。少卿虚心病，元有些怕见他的。亦且出于不意，不觉惊惶失措。文姬一把扯住少卿，哽哽咽咽哭将起来，道：“冤家，你一别十年，向来许多恩情，一些也不念及，顿然忘了，真是忍人！”少卿一时心慌，不及问他从何而来，且自辨说道：“我非忘卿。只因归到家中，叔父先已别聘，强我成婚。我力辞不得，所以蹉跎到今，不得来你那里。”文姬道：“你家中之事，我已尽知，不必提起。吾今父亲已死，田产俱无，刚剩得我与青箱两人，别无倚靠。没奈何了，所以千里相投。前日方得到此，门上人又不肯放我进来。求恳再三，今日才许我略在别院空房之内，驻足一驻足。幸而相见。今一身孤单，茫无栖泊。你既有佳偶，我情愿做你侧室，奉事你与夫人，完我馀生。前日之事，我也不计较短长，付之一叹罢了。”说一句，哭一句。说罢，又倒在少卿怀里，发声大恸。连青箱也走出来见了，哭做一堆。少卿见他哭得哀切，不由得眼泪也落下来。又恐怕外边有人知觉，连忙止他道："多是我的不是。你而今不必啼哭，管还你好处。且喜夫人贤慧，你既肯认做一分小，就不难处了。你且消停在此，等我与夫人说去。"

少卿此时也是身不由己的，走来对朱氏道："昔年所言凤翔焦氏之女，间隔了多年，只道他嫁人去了。不想他父亲死了，带了个丫鬟，直寻到这里。今若不收留他，没个着落，叫他没处去了。却怎么好？"朱氏道："我当初原说接了他来家，你自不肯，直误他到此地位，还好不留得他？快请来与我相见。"少卿道："我说道夫人贤慧。"就走到西边去，把朱氏的说话说与文姬。文姬回头对青箱道："若得如此，我每且喜有安身之处了。"两人随了少卿，步至后堂，见了朱氏。相叙礼毕，文姬道："多蒙夫人不弃，情愿与夫人铺床叠被。"朱氏道："那有此理？只是姐妹相处便了。"就相邀了，一同进入衙中。朱氏着人替他收拾起一间好卧房，就着青箱与他同住，随房伏侍。文姬低头伏气，且是小心。朱氏见他如此，甚加怜爱，且是过得和睦。

住在衙中几日了，少卿终是有些羞惭，不过意，缩缩朒朒，未敢到他房中歇宿去。一日外厢去吃了酒，归来有些微醺了。望去文姬房中，灯火微明，不觉心中念旧起来。醉后却胆壮了，踉踉跄跄，竟来到文姬面前。文姬与青箱慌忙接着，喜喜欢欢，簇拥他去睡了。这边朱氏闻知，笑道："来这几时，也该到他房里去了。"当夜朱氏收拾了自睡。

到第二日，日色高了，合家多起了身，只有少卿未起。合家人指指点点，笑的话的，道是："十年不相见了，不知怎地舞弄，这时节还自睡哩。青箱丫头在傍边听得不耐烦，想也倦了，连他也不起来。"有老成的道："十年的说话，讲也讲他大半夜。怪道天明多睡了去！"众人议论了一回，只不见动静。朱氏梳洗已过，也有些不惬意，道："这时节也该起身了，难道忘了外边坐堂？"同了一个丫鬟，走到文姬房前听一听，不听得里面一些声响。推推门看，又是里面关着的。家人每道："日日此时，出外理事去久了，今日迟得不像样，我每不妨催一催。"一个就去敲那房门。初时低声，逐渐声高，直到得乱敲乱叫，莫想里头答应一声。尽来对朱氏道："有些奇怪了！等他开出来不得。夫人做主，我们掘开一壁，进去看看。停会相公嗔怪，全要夫人担待。"朱氏道："这个在我，不妨。"众人尽皆动手，须臾之间，已掇开了一垛壁。众人走进里面一看，开了口合不扰来。正是：

宣子慢传无鬼论，良宵自昔有冤偿。
若还死者全无觉，落得生人不善良。

众人走进去看时，只见满少卿直挺挺倘在地下，口鼻皆流鲜血。近前用手一摸，四肢冰冷，已气绝多时了。房内并无一人，那里有甚么焦氏？连青箱也不见了，刚留得些被卧在那里。众人忙请夫人进来。朱氏一见，惊得目睁口呆，大哭起来。哭罢，道："不信有这样的异事！难道他两个人摆布死了相公，连夜走了？"众人道："衙门封锁，插翅也飞不出去。况且房里兀自关门闭户的，打从那里走得出来？"朱氏道："这等，难道青天白日相处这几时，这两个却是鬼不成？"似信不信。一面传出去，说少卿夜来暴死，着地方停当后事。

朱氏悲悲切切，到晚来步进卧房，正要上床睡去，只见文姬打从床背后走将出来，对朱氏道："夫人休要烦恼。满生当时，受我家厚恩，后来负心，一去不来。吾举家悬望，受尽苦楚，抱恨而死。我父见我死无聊，老人家悲哀过甚，与青箱丫头相继沦亡。今在冥府诉准，许自来索命。十年之怨，方得申报，我而今与他冥府对证去。蒙夫人相待好意，不敢相侵，特来告别。"朱氏正要问个备细，一阵冷风遍体，飒然惊觉，乃是南柯一梦。才晓得文姬、青箱两个真是鬼，少卿之死，被他活捉了去，阴府对理。

朱氏前日原知文姬这事，也道少卿没理的。今日死了，无可怨怅，只得护丧南还。单苦了朱氏下半世，亦是满生之遗孽也。世人看了如此榜样，难道男子又该负得女子的？

痴心女子负心汉，谁道阴中有判断。
虽然自古皆有死，这回死得不好看！

卷十二

硬勘案大儒争闲气　甘受刑侠女著芳名

诗云：

世事莫有成心，成心专会认错。
任是大圣大贤，也要当着不着。

看官听说：从来说的书，不过谈些风月，述些异闻，图个好听。最有益的，论些世情，说些因果，等听了的触着心里，把平日邪路念头化将转来。这个就是说书的一片道学心肠，却从不曾讲着道学。而今为甚么说个不可有成心？只为人心最灵，专是那空虚的才有公道。一点成心入在肚里，把好歹多错认了。就是圣贤，也要偏执起来，自以为是，却不知事体竟不是这样的了。道学的正派，莫如朱文公晦翁，读书的人那一个不尊奉他？岂不是个大贤？只为成心上边，也曾错断了事。

当日在福建崇安县知县事，有一小民告一状道："有祖先坟茔，县中大姓夺占做了自己的坟墓，公然安葬了。"晦翁精于风水，况且福建又极重此事，豪门富户见有好风水吉地，专要占夺了小民的，以致兴讼，这样事日日有的。晦翁准了他状，提那大姓到官。大姓说：“是自家做的坟墓，与别人毫不相干的，怎么说起占夺来？”小民道：“原是我家祖上的墓，是他富豪倚势占了。”两家争个不歇。叫中证问时，各人为着一边，也没个的据。晦翁道：“此皆口说无凭，待我亲去踏看明白。”当下带了一干人犯及随从人等，亲到坟头。看见山明水秀，凤舞龙飞，果然是一个好去处。晦翁心里道：“如此吉地，怪道有人争夺。”心里先有些疑心，必是小民先世葬着，大姓看得好，起心要他的了。

大姓先禀道：“这是小人家里新造的坟，泥土工程，一应皆是新的，如何说是他家旧坟？相公龙目一看，便了然明白。”小民道：“上面新工程是他家的，底下须有老土，这原是家里的，他夺了才装新起来。”晦翁叫取锄头铁锹，在坟前挖开来看。挖到松泥将尽之处，“珰”的一声响，把个挖泥的人震得手疼。拨开浮泥看去，乃是一块青石头，上面依稀有字。晦翁叫取起来看，从人拂去泥沙，将水洗净，字文见将出来，却是“某氏之墓”四个大字。傍边刻着细行，多是小民家里祖先名字。大姓吃惊道：“这东西那里来的？”晦翁喝道：“分明是他家旧坟，你倚强夺了他的。石刻见在，有何可说？”小民只是叩头，道：“青天在上，小人再不必多口了。”晦翁道是见得已真，起身竟回县中，把坟断归小民，把大姓问了个强占田土之罪。小民口口“青天”，拜谢而去。

晦翁断了此事，自家道：“此等锄强扶弱的事，不是我，谁人肯做？”深为得意。岂知反落了奸民之计。元来小民诡诈，晓得晦翁有此执性，专怪富豪大户欺侮百姓。此本是一片好心，却被他们看破的拿定了。因贪大姓所做坟地风水好，造下一计，把青石刻成字，偷埋在他坟前了多时，忽然告此一状。大姓睡梦之中，说是自家新做的坟，一看就明白的，谁知地下先做成此等圈套，当官发将出来。晦翁见此明验，岂得不信？况且从来只有大家占小人的，那曾见有小人谋大家的？所以执法而断。

那大姓委实受冤，心里不伏，到上边监司处再告将下来，仍发崇安县问理。晦翁越加嗔恼，道是大姓刁悍抗拒，一发狠，着地方勒令大姓迁出棺柩，把地给与小民安厝祖先，了完事件。争奈外边多晓得是小民欺诈，晦翁错问了事，公议不平，沸腾喧嚷，也有风闻到晦翁耳朵内。晦翁认是大姓力量大，致得人言如此，慨然叹息道："看此世界，直道终不可行。"遂弃官不做，隐居本处武夷山中。

后来有事，经过其地，见林木蓊然，记得是前日踏勘断还小民之地。再行闲步一看，看得风水真好，葬下该大发人家。因寻其旁居民问道："此是何等人家，有福分葬此吉地？"居民道："若说这家坟墓，多是欺心得来的，难道有好风水报应他不成？"晦翁道："怎生样欺心？"居民把小民当日埋石在墓内，骗了县官，诈了大姓这块坟地，葬了祖先的话，是长是短，备细说了一遍。晦翁听罢，不觉两颊通红，悔之无及，道："我前日认是奉公执法，怎知反被奸徒所骗！"一点恨心自丹田里直贯到头顶来，想道："据着如此风水，该有发迹好处；据着如此用心贪谋来的，又不该有好处到他了。"遂对天祝下四句道：

此地若发，是有地理。此地不发，是有天理。

祝罢而去。是夜大雨如倾，雷电交作，霹雳一声，屋瓦皆响。次日看那坟墓，已毁成一潭，连尸棺多不见了。可见有了成心，虽是晦庵大贤，不能无误。及后来事体明白，才知悔悟，天就显出报应来，此乃天理不泯之处。人若欺心，就骗过了圣贤，占过了便宜，葬过了风水，天地原不容的。

而今为何把这件说这半日？只为朱晦翁还有一件，为着成心上边，硬断一事，屈了一个下贱妇人，反致得他名闻天子，四海称扬，得了个好结果。有诗为证：

白面秀才落得争，红颜女子落得苦。
宽仁圣主两分张，反使娼流名万古。

话说天台营中有一上厅行首，姓严，名蕊，表字幼芳，乃是个绝色的女子。一应琴棋书画、歌舞管弦之类，无所不通；善能作诗词，多自家新造句子，词人推服；又博晓古今故事，行事最有义气，待人常是真心。所以人见了的，没一个不失魂荡魄在他身上，四方闻其大名。有少年子弟慕他的，不远千里，直到台州来求一识面。正是：

十年不识君王面，始信蝉娟解误人。

此时台州太守乃是唐与正，字仲友，少年高才，风流文彩。宋时法度，官府有酒皆召歌妓承应，只站着歌唱送酒，不许私侍寝席。却是与他谑浪狎昵，也算不得许多清处。仲友见严蕊如此十全可喜，尽有眷顾之意，只为官箴拘束，不敢胡为。但是良辰佳节，或宾客席上，必定召他来侑酒。

一日，红白桃花盛开，仲友置酒赏玩，严蕊少不得来供应。饮酒中间，仲友晓得他善于词咏，就将红白桃花为题，命赋小词。严蕊应声成一阕，词云：

道是梨花不是，道是杏花不是。白白与红红，别是东风情味。曾记，曾记，人在武陵微醉。（词寄《如梦今》）

吟罢，呈上仲友。仲友看毕，大喜，赏了他两匹缣帛。

又一日，时逢七夕，府中开宴。仲友有一个朋友谢元卿，极是豪爽之士，是日也在席上。他一向闻得严幼芳之名，今得相见，不胜欣幸。看了他这些行动举止，谈谐歌唱，件件动人，道："果然名不虚传！"大觥连饮，兴趣愈高。对唐太守道："久闻此子长于词赋，可当面一试否？"仲友道："既有佳客，宜赋新词。此子颇能，正可请教。"元卿道："就把七夕为题，以小生之姓为韵，求赋一词，小生当饮满三大瓯。"严蕊领命，即口吟一词道：

> 碧梧初坠，桂香才吐，池上水花初谢。穿针人在合欢楼，正月露玉盘高泻。　　蛛忙鹊懒，耕慵织倦，空做古今佳话。人间刚道隔年期，怕天上方才隔夜。（词寄《鹊桥仙》）

词已吟成，元卿三瓯酒刚吃得两瓯，不觉跃然而起，道："词既新奇，调文适景，且才思敏捷，真天上人也。我辈何幸，得亲沾芳泽！"亟取大觥相酬，道："也要幼芳分饮此瓯，略见小生钦慕之意。"严蕊接过吃了。太守看见两人光景，便道："元卿客边，可到严子家中做一程儿伴去。"元卿大笑，作个揖道："不敢请耳，固所愿也。但未知幼芳心下如何？"仲友笑道："严子解人，岂不愿事佳客？况为太守做主人，一发该的了。"严蕊不敢推辞得。酒散，竟同谢元卿一路到家，是夜遂留同枕席之欢。元卿意气豪爽，见此佳丽聪明女子，十分趁怀。只恐不得他欢心，在太守处凡有所得，尽情送与他家。留连半年，方才别去，也用掉若干银两，心里还是歉然的。可见严蕊真能令人消魂也。表过不题。

且说婺州永康县有个有名的秀才，姓陈，名亮，字同父，赋性慷慨，任侠使气，一时称为豪杰。凡缙绅士大夫有气节的，无不与之交好。淮帅辛稼轩居铅山时，同父曾去访他。将近居傍，遇一小桥，骑的马不肯走。同父将马三跃，马三次退却。同父大怒，拔出所佩之剑，一剑挥去马首，马倒地上，同父面不改容，徐步而去。稼轩适在楼上看见，大以为奇，遂与定交。平日行径如此，所以唐仲友也与他相好。因到台州来看仲友，仲友资给馆谷，留住了他，闲暇之时，往来讲论。仲友喜的是俊爽名流，恼的是道学先生。同父意见亦同，常说道："而今的世界，只管讲那道学，说正心诚意的，多是一班害了风痹病不知痛痒之人。君父大仇，全然不理，方且扬眉袖手，高谈性命。不知性命是甚么东西！"所以与仲友说得来。只一件，同父虽怪道学，却与朱晦庵相好；晦庵也曾荐过同父来。同父道："他是实学有用的，不比世儒迂阔。"惟有唐仲友，平日持才，极轻薄的是朱晦庵，道他字也不识的。为此两个议论有些左处。

同父客邸兴高，思游妓馆。此时严蕊之名，布满一郡。人多晓得是太守相公作兴的，异样兴头，没有一日闲在家里。同父是个爽利汉子，那里有心情伺候他空闲？闻得有一个赵娟，色艺虽在严蕊之下，却也算得是个上等的衎衎，台州数一数二的。同父就在他家游耍，缱绻多时，两情欢爱。同父挥金如土，毫无吝啬。妓家见他如此，百倍趋承。赵娟就有嫁他之意，同父也有心要娶赵娟。两个商量了几番，彼此乐意。只是是个官身，必须落籍，方可从良嫁人。同父道："落籍是府间所主，只须与唐仲友一说，易如反掌。"赵娟道："若得如此最好。"陈同父特为此来府里见唐太守，把此意备细说了。唐仲友取笑道："同父是当今第一流人物，在此不交严蕊而交赵娟，何也？"同父道："吾辈情之所钟，便是最胜，那见还有出其右者？况严蕊乃守公所属意，即使与交，肯便落了籍，放他去否？"仲友也笑将起来，道："非是属意。果然严蕊若去，此邦便觉无人，自然使不得。若赵娟要脱籍，无不依命。但不知他相从仁兄之意已决否？"同父道："察其词意，似出至诚。还要守公赞襄，作个月老。"仲友道："相从之事，出于本人情愿，非小弟所可赞襄。小弟只管与他脱籍便了。"同父别去，就把这话回覆了赵娟，大家欢喜。

次日府中有宴，就唤将赵娟来承应。饮酒之间，唐太守问赵娟道："昨日陈官人替你来说，要脱籍从良，果有此事否？"赵娟叩头道：

“贱妾风尘已厌，若得脱离，天地之恩。”太守道：“脱籍不难。脱籍去，就从陈官人否？”赵娟道：“陈官人名流贵客，只怕他嫌弃微贱，未肯相收。今若果有心于妾，妾焉敢自外？一脱籍就从他去了。”太守心里想道：“这妮子不知高低，轻意应承，岂知同父是个杀人不眨眼的汉子？况且手段挥霍，家中空虚，怎能了得这妮子终身？”也是一时间为赵娟的好意，冷笑道：“你果要从了陈官人，到他家去，须是会忍得饥、受得冻才使得。”赵娟一时变色，想道：“我见他如此撒漫使钱，道他家中必然富饶，故有嫁他之意。若依太守相公的说话，必是个穷汉子，岂能了我终身之事？”好些不快活起来。唐太守一时取笑之言，只道他不以为意。岂知姊妹行中心路最多，一句关心，陡然疑变。唐太守虽然与了他脱籍文书，出去见了陈同父，并不提起嫁他的说话了。连相待之意，比平日也冷澹了许多。同父心里怪道：“难道娼家薄情得这样渗濑？哄我与他脱了籍，他就不作准了！”再把前言问赵娟，赵娟回道：“太守相公说来，到你家要忍冻饿，这着甚么来由？”同父闻得此言，勃然大怒，道：“小唐这样惫赖！只许你喜欢严蕊罢了，也须有我的说话处。”他是个直性尚气的人，也就不恋了赵家，也不去别唐太守，一径到朱晦庵处来。

此时朱晦庵提举浙东常平仓，正在婺州。同父进去相见已毕，问说是台州来，晦庵道：“小唐在台州如何？”同父道：“他只晓得有个严蕊，有甚别勾当！”晦庵道：“曾道及下官否？”同父道：“小唐说公尚不识字，如何做得监司？”晦庵闻之，默然了半日。盖是晦庵早年登朝，茫茫仕宦之中，著书立言，流布天下，自己还有些不慊意处。见唐仲友少年高才，心里常疑他要来轻薄的。闻得他说已不识字，岂不愧怒？怫然道：“他是我属吏，敢如此无礼！”然背后之言，未卜真伪。遂行一张牌下去，说台州刑政有枉，重要巡历，星夜到台州来。

晦庵是有心寻不是的，来得急促。唐仲友出于不意，一时迎接不及，来得迟了些。晦庵信道是同父之言不差，“果然如此轻薄，不把我放在心上。”这点恼怒，再消不得了。当日下马，就追取了唐太守印信，交付与郡丞，说：“知府不职，听参。”连严蕊也拿来收了监，要问他与太守通奸情状。

晦庵道是仲友风流，必然有染。况且妇女柔脆，吃不得刑拷，不论有无，自然招承，便好参奏他罪名了。谁知严蕊苗条般的身躯，却是铁石般的性子，随你朝打暮骂，千棰百拷，只说。“循分供唱，吟诗侑酒是有的，曾无一毫他事”。受尽了苦楚，监禁了月馀，到底只是这样话。晦庵也没奈他何，只得糊涂做了不合蛊惑上官，狠毒将他痛杖了一顿，发去绍兴另加勘问。一面先具本参奏，大略道：

唐某不伏讲学，罔知圣贤道理，却诋臣为不识字。居官不存政体，亵昵娼流，鞫得奸情，再行覆奏。取进止。等因。

唐仲友有个同乡友人王淮，正在中书省当国，也具一私揭，辨晦庵所奏，要他达知圣听。大略道：

朱某不遵法制，一方再按，突然而来。因失迎候，酷逼娼流，妄污职官。公道难泯，力不能使贱妇诬服。尚辱渎奏，明见欺妄。等因。

孝宗皇帝看见晦庵所奏，正拿出来与宰相王淮平章。王淮也出仲友私揭，与孝宗看。孝宗见了，问道：“二人是非，卿意何如？”王淮奏道：“据臣看看，此乃秀才争闲气耳。一个道讥了他不识字，一个道不迎候得他，此是真情。其馀言语，多是增添的。可有一些的正事么？多不要听他就是。”孝宗道：“卿说得是。却是上下司不和，地方不便。可两下平调了他每便了。”王淮奏谢道：“陛下圣见极当。臣当分付所部奉行。”这番京中亏得王丞相帮衬，孝宗有主意，唐仲友官爵安然无事。

只可怜这边严蕊，吃过了许多苦楚，还不算帐，出本之后，另要绍兴去听问。绍兴太守也是一个讲学的，严蕊解到时，见他模样标致，太守便道："从来有色者必然无德。"就用严刑拷他，讨拶来拶指。严蕊十指纤细，掌背嫩白。太守道："若是亲操井臼的手，决不是这样，所以可恶。"又要将夹棍夹他。当案孔目禀道："严蕊双足甚小，恐经折挫不起。"太守道："你道他足小么？此皆人力娇揉，非天性之自然也。"着实被他腾倒了一番，要他招与唐仲友通奸的事。严蕊照前不招，只得且把来监了，以待再问。

严蕊到了监中，狱官着实可怜他，分付狱中牢卒不许难为。好言问道："上司加你刑罚，不过要你招认。你何不早招认了？这罪是有分限的，女人家犯淫，极重不过是杖罪。况且已经杖断过了，罪无重科。何苦舍着身子，熬这等苦楚？"严蕊道："身为贱伎，纵是与太守为奸，料然不到得死罪，招认了有何大害？但天下事真则是真，假则是假，岂可自惜微躯，信口妄言，以污士大夫？今日宁可置我死地，要我诬人，断然不成的。"狱官见他词色凛然，十分起敬，尽把其言禀知太守。太守道："既如此，只依上边原断施行罢。可恶这妮子崛强，虽然上边发落已过，这里原要决断。"又把严蕊带出监来，再加痛杖，这也是奉承晦庵的意思。叠成文书，正要回覆提举司，看他口气，别行定夺，却得晦庵改调消息，方才放了严蕊出监。——严蕊恁地悔气！官人每自争闲气，做他不着。两处监里无端的监了两个月，强坐得他一个"不应"罪名，倒受了两番科断。其馀逼招拷打，又是分外的受用。正是：

规圆方竹杖，漆却断纹琴。
好物不动念，方成道学心。

严蕊吃了无限的磨折，放得出来，气息奄奄，几番欲死。将息杖疮，几时见不得客，却是门前车马比前更盛。只因死不肯招唐仲友一事，四方之人重他义气，那些少年尚气节的朋友，一发道是堪比古来义侠之伦，一向认得的要来问他安，不曾认得的要来识他面，所以挨挤不开。一班风月场中人，自然与道学不对，但是来看严蕊的，没一个不骂朱晦庵两句。晦庵此番竟不曾奈何得唐仲友，落得动了好些唇舌。外边人言喧沸，严蕊声价腾涌，直传到孝宗耳朵内。孝宗道："早是前日两平处了。若听了一偏之词，贬谪了唐与正，却不屈了这有义气的女子没申诉处？"

陈同父知道了，也悔道："我只向晦庵说得他两句说话，不道认真的大弄起来。今唐仲友只疑是我害他。"无可辨处，因致书与晦庵道：

> 亮平生不曾会说人是非，唐与正乃见疑相谮，真足当田光之死矣。然困穷之中，又自惜此泼命。一笑。

看来陈同父只为唐仲友破了他赵娟之事，一时心中愤气，故把仲友平日说话，对晦庵讲了出来，原不料晦庵狠毒，就要摆布仲友起来。至于连累严蕊受此苦拷，皆非同父之意也。这也是晦庵成心不化，偏执之过。以后改调去了。

交代的是岳商卿，名霖。到任之时，妓女拜贺，商卿问："那个是严蕊？"严蕊上前答应。商卿抬眼一看，见他举止异人，在一班妓女之中，却像鸡群内野鹤独立，却是容颜憔悴。商卿晓得前事他受过折挫，甚觉可怜。因对他道："闻你长于词翰，你把自家心事做成一词诉我，我自有主意。"严蕊领命，略不搆思，应声口占《卜算子》道：

> 不是爱风尘，似被前缘误。花落花开自有时，总赖东君主。　去也终须去，住也如何住？若得山花插满头，莫问奴归处。

商卿听罢，大加称赏道："你从良之意决矣。此是好事，我当为你做主。"立刻取伎籍来，与他除了名字，判与从良。严蕊叩头谢了，出得门去。有人得知此说的，千金币聘，争来求讨，严蕊多不从他。有一宗室近属子弟，丧了正配，悲哀过切，百事俱废。宾客们恐其伤性，拉他到伎馆散心，说着别处，多不肯去，直等说到严蕊家里，才肯同来。严蕊见此人满面戚容，问知为着丧偶之故，晓得是个有情之人，关在心里。那宗室也慕严蕊大名，饮酒中间，彼此喜乐，因而留住。倾心来往了多时，毕竟纳了严蕊为妾。严蕊也一意随他，遂成了终身结果。虽然不到得夫人、县君，却是宗室自取严蕊之后，深为得意，竟不续婚。一根一蒂，立了妇名，享用到底。也是严蕊立心正直之报也。

后人评论这个严蕊，乃是真正讲得道学的。有七言古风一篇，单说他的好处：

天台有女真奇绝，挥毫能赋谢庭雪。
搽粉虞候太守筵，酒酣未必呼烛灭。
忽尔监司飞檄至，桁杨横掠头抢地。
章台不犯士师条，肺石会疏刺史事。
贱质何妨轻一死，岂承浪语污君子！
罪不重科两得笞，狱吏之威止是耳。
君侯能讲毋自欺，乃遣女子诬人为。
虽在缧绁非其罪，尼父之语胡忘之？
君不见贯高当时白赵王，身无完肤犹自强。
今日蛾眉亦能尔，千载同闻侠骨香。
含颦带笑出狴犴，寄声合眼闭眉汉。
山花满头归去来，天潢自有梁鸿案。

卷十三

鹿胎庵客人作寺主　剡溪里旧鬼借新尸

诗曰：

昔日眉山翁，无事强说鬼。
何取诞怪言，阴阳等一理。
惟令死可生，不教生愧死。
晋人颇通玄，我怪阮宣子。

晋时有个阮修，表字宣子。他一生不信有鬼，特做一篇《无鬼论》。他说道："今人见鬼者，多说他着活时节衣服。这等说起来，人死有鬼，衣服也有鬼了。"一日有个书生来拜他，极论鬼神之事。一个说无，一个说有，两下辨论多时。宣子口才便捷，书生看看说不过了，立起身来道："君家不信，难以置辨。只眼前有一件大证见，身即是鬼，岂可说无耶？"言毕，忽然不见。宣子惊得木呆，嘿然而惭。这也是他见不到处。从来圣贤多说人死为鬼，岂有没有的道理？不止是有，还有许多放生前心事不下，出来显灵的。所以古人说："当令死者复生，生者可以不愧，方是忠臣义士。"而今世上的人，可以见得死者的能有几个？只为欺死鬼无知。若是见了显灵的，可也害怕哩！

宋时福州黄闾人刘监税的儿子四九秀才，取郑司业明仲的女儿为妻。后来死了，三个月，将去葬于郑家先陇之傍。既掩圹，刘秀才邀请送葬来的亲朋，在坟庵饮酒。忽然一个大蝶飞来，可有三寸多长，在刘秀才左右盘旋飞舞，赶逐不去。刘秀才道是怪异，戏言道：“莫非我妻之灵乎？倘阴间有知，当集我掌上。”刚说得罢，那蝶应声而下，竟飞在刘秀才右手内，将有一刻光景，然后飞去。细看手内，已生下二卵。坐客多来观看。刘秀才恐失掉了，将纸包着，叫房里一个养娘，交付与他藏了。刘秀才念着郑氏，叹息不已，不觉泪下。

正在凄惶间，忽见这个养娘走进来道：“不必悲伤，我自来了。”看着行动举止，声音笑貌，宛然与郑氏一般无二。众人多道是这养娘风发了。到晚回家，竟走到郑氏房中，开了箱匣，把冠裳钗钏服饰之类，尽多拿出来，悉照郑氏平日打扮起来。家人正皆惊骇，他竟走出来对刘秀才说道：“我去得三月，你在家中做的事那件不是，那件不是，某妾说甚么话，某仆做甚勾当。”一一数来，件件不虚。刘秀才晓得是郑氏附身，把这养娘认做是郑氏，与他说话，全然无异。也只道附几时要去的，不想自此声音不改了。到夜深竟登郑氏之床，拉了刘秀才同睡，云雨欢爱，竟与郑氏生时一般。明日早起来，区处家事，简较庄租簿书，分毫不爽。亲眷家闻知，多来看他。他与人寒温款待，一如平日，人多叫他做鬼小娘。养娘的父亲就是刘家庄仆，见说此事，急来看看女儿。女儿见了，不认是父亲，叫他的名字骂道：“你去年还欠谷若干斛，何为不还？”叫当直的掌住了要打，讨饶才住。

如此者五年。直到后来刘秀才死了，养娘大叫一声，蓦然倒地。醒来仍旧如常，问他五年间事，分毫不知。看了身上衣服，不胜惭愧，急脱卸了，原做养娘本等去。

可见世间鬼附生人的事极多，然只不过一时间事，没有几年价竟做了生人与人相处的。也是他阴中撇刘秀才不下，又要照管家事，故此现出这般奇异来。怎说得个没鬼？这个是借生人的了，还有个借死人的，说来时：

> 直叫小胆惊欲死，任是英雄也汗流。
> 只为满腔冤抑事，一宵鬼话报心仇。

话说会稽嵊县有一座山，叫做鹿胎山。为何叫得鹿胎山？当时有一个陈惠度，专以射猎营生。到此山中，见一带胎麀鹿，在面前走过。惠度腰袋内取出箭来，搭上了，一箭射去，叫声“着”，不偏不侧，正中了鹿的头上。那只鹿带了箭，急急跑到林中，跳上两跳，早把个小鹿生了出来。老鹿既产，便把小鹿身上血舐个干净了，然后倒地身死。陈惠度见了，好生不忍，深悔前业，抛弓弃矢，投寺为僧。后来鹿死之后，生出一样草来，就名鹿胎草。这个山原叫得剡山，为此就改做鹿胎山。

山上有个小庵，人只叫做鹿胎庵。这个庵苦不甚大，宋淳熙年间，有一僧号竹林，同一行者在里头居住。山下村里，名剡溪里，就是王子猷雪夜访戴安道的所在。里中有个张姓的人家，家长新死，将入殡殓，来请庵僧竹林去做入棺功德，——是夜里的事。竹林叫行僮挑了法事经箱，随着就去。

时已日暮，走到半山中，只见前面一个人叫道：“天色晚了，师父下山到甚处去？”抬头看时，却是平日与他相好的一个秀才，姓直，名谅，字公言。两人相揖已毕，竹林道：“官人从何处来？小僧要山下人家去，怎么好？”直生道：“小生从县间到此，见天色已晚，特来投宿庵中，与师父清话。师父不下山去罢。”竹林道：“山下张家主翁入殓，特请去做佛事，事在今夜。多年檀越人家，怎好不去得？只是官人已来到此，又没有不留在庵中宿歇的。事出两难，如何是好？”直生道：“我不宿此，别无去处。”竹林道：“只不知官人有胆气独住否？”

直生道："我辈大丈夫，气吞湖海，鬼物所畏，有甚没胆气处？你每自去，我竟到庵中自宿罢。"竹林道："如此却好。只是小僧心上，过意不去。明日归来，罚做一个东道请罪罢。"直生道："快去，快去，省得为我少得了衬钱。明日就将衬钱来破除也好。"竹林就在腰间解下钥匙来，付与直生道："官人，你可自去开了门，歇宿去。肚中饥饿时，厨中有糕饼，灶下有见成米饭，食物多有，随你权宜吃用。将就过了今夜，明日绝早小僧就回。托在相知，敢如此大胆，幸勿见责。"直生取笑道："不要开进门去，撞着了甚么避忌的人在里头，你放心不下。"竹林也笑道："山庵浅陋，料没有妇女藏得。不妨，不妨。"直生道："若有在里头，正好我受用他一夜。"竹林道："但凭受用，小僧再不吃醋。"大笑而别。竹林自下山去了。

直生接了钥匙，一径踱上山来。端的好夜景：

栖鸦争树，宿鸟归林。隐隐钟声，知是禅关清梵；纷纷烟色，看他比屋晚炊。径僻少人行，惟有樵夫肩担下；山深无客至，并稀稚子候门迎。微茫几点疏星，户前相引；灿烂一钩新月，木末来邀。室内知音，只是满堂木偶；庭前好伴，无非对座金刚。若非德重鬼神钦，也要心疑魑魅至。

直生走进庵门，竟趋禅室。此时明月如昼，将钥匙开了房门，在佛前长明灯内点个火起来，点在房中了。到灶下看时，钵头内有炊下的饭，将来锅内热一热。又去倾瓶倒罐，寻出些笋干、木耳之类好些物事来。笑道："只可惜没处得几杯酒吃吃。"把饭吃饱了，又去烧些汤，点些茶起来吃了。走入房中，掩上了门，展一展被卧停当，息了灯，倒头便睡。

一时间睡不去。还在翻覆之际，忽听得扣门响。直生自念庵僧此时正未归来，邻旁别无人迹，有何人到此？必是山魑木魅，不去理他。那门外扣得转急。直生本有胆气，毫无怖畏，大声道："汝是何物，敢来作怪？”门外道：“小弟是山下刘念嗣，不是甚么怪。”直生见说出话来，侧耳去听，果然是刘念嗣声音，原是他相好的旧朋友。恍忽之中，要起开门。想一想道：“刘念嗣已死过几时，这分明是鬼了。”不走起来。门外道：“你不肯起来放我，我自家会走进来。”说罢，只听得房门砣砣有声，一直走进房来。月亮里边看去，果然是一个人，踞在禅椅之上，肆然坐下。大呼道：“公言，公言，故人到此，怎不起来相揖？”直生道：“你死了，为何到此？”鬼道：“与足下往来甚久，我元不曾死。今身子见在，怎么把死来戏我？”直生道：“我而今想起来，你是某年某月某日死的，我于某日到你家送葬，葬过了才回家的。你如今却来这里作怪，你敢道我怕鬼，故戏我么？我是铁汉子，胆气极壮，随你甚么千妖百怪，我决不怕的。”鬼笑道：“不必多言，实对足下说，小弟果然死久了。所以不避幽明，昏夜到此寻足下者，有一腔心事要诉与足下，求足下出一臂之力。足下许我，方才敢说。”直生道：“有何心事，快对我说。我念平日相与之情，倘可用力，必然尽心。”鬼叹息了一会，方说道：“小弟不幸去世，不上一年，山妻房氏即便改嫁。嫁也罢了，凡我所有箱匣货财、田屋文券，席卷而去。我止一九岁儿子，家财分毫没分，又不照管他一些，使他饥寒伶仃，在外边乞丐度日。”说到此处，岂不伤心？便哽哽咽咽哭将起来。直生好生不忍，便道：“你今来见我之意，想是要我收拾你令郎么？”鬼道：“幽冥悠悠，徒自悲伤，没处告诉。今特来见足下，要足下念平生之好，替我当官一说，申此冤恨。追出家财，付与吾子，使此子得以存活，我瞑目九泉之下，当效结草衔环之报。”

直生听罢，义气愤愤，便道：“既承相托，此乃我身上事了。明日即当往见县官，为兄申理此事。但兄既死，无对证，只我口说，有何凭据？”鬼道：“我一一说来，足下须记得明白。我有钱若干，粟若干，布帛若干，在我妻身边有一细帐，在彼减妆匣内，钥匙紧系身上。田若干亩，在某乡；屋若干间，在某里。俱有文契，在彼房内紫漆箱中，时常放在床顶上。又有白银五百两，寄在彼亲赖某家。闻得往取几番，彼家不肯认帐。若得官力，也可追出。此皆件件有据，足下肯为我留心，不怕他少了。只是儿子幼小无能，不是足下帮扶到底，成不得事。”直生一一牢记，恐怕忘了，又叫他说了再说，说了两三遍，把许多数目款项，俱明明白白了。直生道：“我多已记得，此事在我，不必多言。只是你一向在那里？今日又何处来？”鬼道：“我死去无罪，不入冥司，各处游荡，看见家中如此情态。既不到阴司，没处告理；阳间官府外，又不是鬼魂可告的，所以含忍至今。今日偶在山下人家赴斋，知足下在此山上，故特地上来，表此心事，求恳出力，万祈留神。”

直生与他言来语去，觉得更深了，心里动念道：“他是个鬼，我与他说话已久，不要为鬼气所侵，被他迷了。趁心里清时，打发他去罢。”因对他道：“刘兄所托既完，可以去了。我身子已倦，不要妨了我睡觉。”说罢，就不听见声响了。叫两声“刘兄”、“刘念嗣”，并不答应了。直生想道已去，揭帐看时，月光朦胧，禅椅之上依然有个人坐着不动。直生道：“可又作怪！鬼既已去，此又何物？”大声咳嗽，禅椅之物也依样咳嗽。直生不理他，假意鼾呼，椅上之物也依样鼾呼。及至仍前叫“刘兄”，他却不答应。

直生初时胆大，与刘鬼相问答之时，竟把生人待他一般，毫不为异。此时精神既已少倦，又不见说话了，却只如此作影响，心里就怕将起来道：“万一走上床来，却不利害？”急急走了下床，往外便跑，椅上之物从背后一路赶来。直生走到佛堂中，听得背后脚步响，想道：“曾闻得人说鬼物行步，但会直前，不能曲折。我今环绕而走，必然赶不着。”遂在堂柱边绕了一转。那鬼物踉跄，走不迭了，扑在柱上，就抱住不动。直生见他抱了柱，叫声“惭愧”，一道烟望门外溜了，两三步并作一步，一口气奔到山脚下。

天色已明，只见山下两个人前后走来，正是竹林与行童。见了直生道："官人起得这等早！为甚恁地喘气？"直生喘息略定，道："险些吓死了人。"竹林道："为何呢？"直生把夜来的事从头说了一遍，道："你们撇了我，在檀越家快活，岂知我在山上受如此惊怕。今我下了山，正不知此物怎么样了。"竹林道："好教官人得知，我每撞着的事，比你的还希奇哩！"直生道："难道还有奇似我的？"竹林道："我们做了大半夜佛事，正要下棺，摇动灵杵，念过真言，抛个颂子，揭开海被一看，正不知死人尸骸在那里去了。合家惊慌了，前后找寻，并无影响。送殓的诸亲多吓得走了，孝子无头可奔，满堂鼎沸，连我们做佛事的没些意智，只得散了回来。你道作怪么？"直生摇着头道："奇！奇！奇！世间人事改常，变怪不一，真个是天翻地覆的事。若不眼见，说着也不信。"竹林道："官人，你而今往那里去？"直生道："要寻刘家的儿子，与他说去。"竹林道："且从容。昨夜不曾相陪得，又吃了这样惊恐，而今且到小庵里坐坐，吃些早饭再处。"直生道："我而今青天白日，便再去寻寻昨夜光景，看是怎的。"就同了竹林，一行三个，一头说，一头笑，踱上山来。

一宵两地作怪，闻说也须惊坏。
禅师不见不闻，未必心无挂碍。

三人同到庵前，一齐抬起头来。直生道："元来还在此！"竹林看时，只见一个死人，抱住在堂柱上。行童大叫一声，把经箱扑的掼在地上了，连声喊道："不好！不好！"竹林啐了一口道："有我两人在此，怕怎的！且仔细看看着。"竹林把庵门大开，向亮处一看，叫声："奇怪！"把个舌头伸了出来，缩不进去。直生道："昨夜与我讲了半夜话，后来赶我的，正是这个。依他说，只该是刘念嗣的尸首，今却不认得。"竹林道："我仔细看他，分明像是张家主翁的模样。敢就是昨夜失去的？却如何走在这里？"直生道："这等，是刘念嗣借附了尸首，来与我讲话的了。怪道他说到山下人家赴斋来的。可也奇怪得紧！我而今且把他分付我的说话一一写了出来，省得过会忘记了些。”竹林道：“你自做你的事。而今这个尸首在此，不稳便。我且知会张家人来认一认看。若认来不是，又作计较。”连忙叫行童做些早饭，大家吃了，打发他下山张家去报信。说：“山上有个死尸，抱在柱上，有些像老檀越，特来邀请亲人去看。”张家儿子见说，急约亲戚几人飞也似到山上来认。邻里间闻得此说，尽道希奇，不约而同，无数的随着来看。但见：

一会子闹动了剡溪里，险些儿踹平了鹿胎庵。

且说张家儿子走到庵中一看，柱上的果然是他父亲尸首，号天拍地，哭了一场。哭罢，拜道：“父亲何不好好入殓，怎的走到这个所在，如此作怪？便请到家里去罢。”叫众人帮了，动手解他下来。怎当得双手紧抱，牢不可脱。欲用力折开，又恐怕折坏了些肢体，心中不忍。舞弄了多时，再不得计较。此时山下来看的人越多了，内中有的道：“新尸强魂，必不可脱，除非连柱子弄了家去。”张家是有力之家，便依着说话，叫些匠人，把几枝木头将屋梁支架起来，截断半柱，然后连柱连尸倒了下来，挺在木板上了，才偷得柱子出来。一面将木板扎缚了绳索，正要扛抬他下山去，内中走出一个里正来，道：“列位不可造次，听小人一句说话。此事大奇，关系地方怪异，须得报知知县相公，眼同验看方可。”众人齐住了手，道：“恁地时，你自报去。”里正道：“报时须说此尸在本家怎么样不见了，几时走到这庵里，怎么样抱在这柱子上。说得备细，方可对付知县相公。”张家人道：“我们只知下棺时，揭开被来不见了尸首，已后却是庵里师父来报，才寻得着。这里的事，我们不知。”竹林道：“小僧也因做佛事，同在张家，不知这里的事。今早回庵，方才知道。这庵里自有个秀才官人，晚间在此歇宿，见他尸首来的。”此时直生已写完了帐，走将出来，道：“晚间的事，多在小生肚里。”里正道：“这等，也要烦官人见一见知县相公，做个证见。”直生道：“我正要见知县相公有话说。”里正就齐了一班地方人，张家孝子扶从了扛尸的，直秀才自带了写的帐，一拥下山，同到县里来。此时看的何止人山人海，嚷满了县堂。

知县出堂，问道：“何事喧嚷？”里正同两处地方一齐跪下，道：“地方怪异，特来告明。”知县道：“有何怪异？”里正道：“剡溪里民家张某，新死入殓，尸首忽然不见。第二日，却在鹿胎山上庵中，抱住佛堂柱子。见有个直秀才在山中歇宿，见得来时明白。今本家连柱取下，将要归家。小人们见此怪异，关系地方，不敢不报。故连作怪之尸，并一干人等，多送到相公台前，凭相公发落。”知县道：“我曾读过野史，死人能起，唤名尸蹷，也是人世所有之事。今日偶然有此，不足为异。只是直秀才所见来的光景，是怎么样的？”直生道：“大人所言尸蹷固是，但其间还有好些缘故。此尸非能作怪，乃一不平之鬼，借此尸来托小生求申理的。今见大人，当以备陈。只是此言未可走泄，望大人主张，发落去了这一干人，小生别有下情实告。”

知县见他说得有些因由，便叫该房与地方取词立案，打发张家亲属领尸归殓，各自散去。单留着直生，问说备细。直生道：“小生有个旧友刘念嗣，家事尽也温饱。身死不多时，其妻房氏席卷家资改嫁后夫，致九岁一子，流离道路。昨夜鬼扣山庵，与小生诉苦，备言其妻所掩没之数及寄顿之家，朗朗明白。要小生出身，代告大人台下，求理此项。小生义气所激，一力应承，此鬼安心而去。不想他是借张家新尸附了来的，鬼去尸存。小生觉得有异，离了房门走出，那尸就来赶逐小生，遇柱而抱。幸已天明，小生得脱。故地方见此异事，其实乃友人这一点不平之怨气所致。今小生记其所言，满录一纸，大人台鉴。照此单款为小生一追，使此子成立，不枉此鬼苦苦见托之意，亦是大人申冤理枉、救困存孤之大德也。”知县听罢，道：“世间有此薄行之妇，官府不知，乃使鬼来求申，有愧民牧矣。今有烦先生做个证明，待下官尽数追取出来。”直生道：“待小生去寻着其子，才有主脑。”知县道：“追明了家财，然后寻其子来给还，未为迟也。不可先漏机关。”直生道：“大人主张极当。”知县叫直生出外边伺候。密地佥个小票，竟拿刘念嗣元妻房氏到官。

元来这个房氏，小名恩娘，体态风流，情性淫荡。初嫁刘家，虽则家道殷厚，争奈刘生禀赋羸弱，遇敌先败。尽力奉承，终不惬意。所以得了虚怯之病，三年而死。刘家并无翁姑伯叔之亲，只凭房氏做主。守孝终七，就有些耐不得。未满一年，就嫁了本处一个姓幸的，叫做幸德，倒比房氏年小三五岁。少年美貌，精力强壮，更善抽添之法，房氏才知有人道之乐，只恨丈夫死得迟了几年。所以一家所有，尽情拿去，奉承了晚夫，连儿子多不顾了。儿子有时去看他，他一来怕晚夫嫌忌，二来儿子渐长，这些与晚夫恣意取乐光景，终是碍眼，只是赶了出来。“刘家”二字也怕人提起了。不料青天一个霹雳，县间竟来拿起刘家元妻房氏来，惊得个不知头脑。与晚夫商量道：“我身上无事，如何县间来拿我？他票上有‘刘家’二字，莫非有人唆哄小业种告了状么？”及问差人讨票看，竟不知原告是那个。却是没处躲闪，只得随着差人到衙门里来。幸德虽然跟着同去，票上无名，不好见官。只带得房氏当面。

知县见了房氏，问道：“你是刘念嗣的元妻么？”房氏道：“当先在刘家，而今的丈夫叫做幸德。”知县道：“谁问你后夫！你只说前夫刘念嗣身死，他的家事怎么样了？”房氏道：“原没甚么大家事，死后儿子小，养小妇人不活，只得改嫁了。”知县道：“你丈夫托梦于我，说你卷掳家私，嫁了后夫。他有许多东西在你手里，我一一记得的，你可实招来。”房氏心中不信，赖道：“委实一些没有。”知县叫把拶来拶了指，房氏忍着痛，还说没有。知县道：“我且逐件问你：你丈夫说有钱若干、粟若干、布若干在你家，可有么？”房氏道："没有。"知县道："田在某乡，屋在某里，可有么？"房氏道："没有。"知县道："你丈夫说钱物细帐在减妆匣内，匙钥在你身边，田房文契在紫漆箱中，放于床顶上。如此明白的，你还要赖？"房氏起初见说着数目，已自心慌，还勉强只说"没有"。今见如此说出海底眼来，心中惊骇道："是丈夫梦中告诉明白的！"便就遮饰不出了，只得叩头道："谁想老爷知得如此备细，委实件件真有的。"

知县就唤松了拶，登时押去取了那减妆与紫漆箱来。当堂开看，与直生所写的无一不对。又问道："还有白银五百两，寄在亲眷赖某家，可有的么？"房氏道："也是有的。只为赖家欺小妇人是偷寄的东西，已后去取，推三阻四，不肯拿出来还了。"知县道："这个我自有处。"当下点一个差役，押了那妇人，去寻他刘家儿子同来回话。又分付请直秀才进来。知县对直生道："多被下官问将出来了，与先生所写，一一皆同，可见鬼之有灵矣。今已押此妇寻他儿子去了，先生也去大家一寻。若见了，同到此间，当面追给家财与他，也完先生一场为友的事。"直生谢道："此乃小生分内事，就当出去找寻他来。"直生去了。

知县叫牢内取出一名盗犯来，密密分付道："我带你到一家去，你只说劫来银两多寄在这家里的。只这等说，我宽你几夜锁押，赏你一顿点心。"贼犯道："这家姓甚么？"知县道："姓赖。"贼犯道："姓得好！好歹赖他家娘罢了。"知县立时带了许多缉捕员役，押锁了这盗犯，一径抬到这赖家来。

赖家是个民户，忽然知县相公抬进门来，先已慌做一团。只见众人役簇拥知县中间坐了，叫赖某过来。赖某战兢兢的跪倒。知县道："你良民不要做，却窝顿盗赃么？"赖某道："小人颇知礼法，极守本分的，怎敢干此非为之事？"知县指着盗犯道："见有这贼招出姓名，说有现银千两，寄在你家，怎么赖得？"赖某正要认看何人如此诬他，那盗犯受过分付，口里便喊道："是有许多银两藏在他家的。”赖某慌了，道：“小人不曾认得这个人的，怎么诬得小人？”知县道：“口说无凭。左右动手，前后搜着！赖某也自去做眼，不许乘机抢匿物事。”那一干如狼似虎的人，得了口气，打进房来，只除地皮不翻转，把箱笼多搬到官面前来。内中一箱沉重，知县叫打开来看。赖某晓得有银子在里头的，着了急，就喊道：“此是亲眷所寄。”知县道：“也要开看。”打将开来，果然满箱白物，约有四五百两。知县道：“这个明是盗赃了。”盗犯也趁口喊道：“这正是我劫来的东西！”赖某道：“此非小人所有，乃是亲眷人家寡妇房氏之物。他起身再醮，权寄在此，岂是盗赃？”知县道：“信你不得。你写个口词，到县验看。”赖某当下写了个某人寄顿银两数目明白，押了个字，随着到县间来。

却好房氏押出去寻着了儿子，直生也撞见了，一同进县里回话。知县叫赖某过来，道：“你方才说银两不是盗赃，是房氏寄的么？”赖某道：“是。”知县道：“寄主今在此，可还了他，果然盗情与你无干。赶出去罢！”赖某见了房氏，对口无言，只好直看。用了许多欺心，却被赚了出来，又吃了一个虚惊，没兴自去了。知县唤过刘家儿子来看了，对直生道：“如此孩子，正好提携。而今帐目文券俱已见在，只须去交点明白；追出银两，也给与他去。这已后多是先生之事了。”直生道：“大人神明，奸欺莫遁，亡友有知，九泉衔感。此子成立之事，是亡友幽冥见托，既仗大人申理，若小生有始无终，不但人非，难堪鬼责。”知县道：“先生诚感幽冥，故贵友犹相托。今鬼语无一不真，亡者之灵与生者之谊，可畏可敬。岂知此一场鬼怪之事，却勘出此一案来，真奇闻也！”当下就押房氏与儿子出来，照帐目交收了物事，将文契查了田房，一一踏实佥管了，多是直生与他经理。一个乞丐小厮，遂成富室之子，固是直生不负所托，也全亏得这一夜鬼话。

彼时晚夫幸德，见房氏说是前夫托梦与知县相公，故知得这等明白，心中先有些害怕。夫妻二人怎敢违拗一些？后来晓得鬼来活现了一夜，托与直秀才的，一发打了好些寒噤，略略有些头疼脑热，就生疑惑。后来破费了些钱钞，荐度了几番，方得放心。可见人虽已死之鬼，不可轻负也。有诗为证：

何缘世上多神鬼？只为人心有不平。
若使光明如白日，纵然有鬼也无灵。

卷十四

赵县君乔送黄柑　吴宣教干偿白镪

诗云：

睹色相悦人之情，个中原有真缘分。
只因无假不成真，就里藏机不可问。
少年卤莽浪贪淫，等闲踹入风流阵。
馒头不吃惹身膻，世俗传名扎火囤。

听说世上男贪女爱谓之“风情”。只这两个字，害的人也不浅，送的人也不少。其间又有奸诈之徒，就在这些贪爱上面，想出个奇巧题目来。做自家妻子不着，装成圈套，引诱良家子弟，诈他一个小富贵，谓之“扎火囤”。若不是识破机关、硬浪的郎君，十个着了九个道儿。

记得有个京师人，靠着老婆吃饭的。其妻涂脂抹粉，惯卖风情，挑逗那富家郎君。到得上了手的，约会其夫，只做撞着，要杀要剐，直等出财买命，餍足方休。被他弄得也不止一个了。有一个泼皮子弟，深知他行径，佯为不晓，故意来缠。其妻与了他些甜头，勾引他上手。正在床里作乐，其夫打将进来。别个着了忙的，定是跳下床来寻躲避去处。怎知这个人不慌不忙，且把他妻子搂抱得紧紧的，不放一些宽松，伏在肚皮上，大言道：“不要嚷乱，等我完了事再讲。”其妻杀猪也似喊起来，乱颠乱推，只是不下来。其夫进了门，揎起帐子，喊道：“干得好事！要杀！要杀！”将着刀背放在颈子上捩了一捩，却不下手。泼皮道：“不必作腔，要杀就请杀。小子固然不当，也是令正约了来的。死便死做一处，做鬼也风流。终不然独杀我一个不成？”其夫果然不敢动手，放下刀子，拿起一个大捍杖来，喝道：“权寄颗驴头在颈上，我且痛打一回！”一下子打来，那泼皮溜撒，急把其妻番过来，早在臀脊上受了一杖。其妻又喊道：“是我！是我！不要错打了！”泼皮道：“打也不错，也该受一杖儿。”其夫假势头已过，早已发作不出了。泼皮道：“老兄，放下性子。小子是个中人，我与你熟商量。你要两人齐杀，你嫂子是摇钱树，料不舍得。若抛得到官，只是和奸。这番打破机关，你那营生弄不成了。不如你舍着嫂子与我往来，我公道使些钱钞，帮你买煤买米。若要扎火囤，别寻个主儿弄弄，须靠我不着的。”其夫见说出海底眼，无计可奈，没些收场，只得住了手，倒缩了出去。泼皮起来，从容穿了衣服，对着妇人叫声“聒噪”，摇摇摆摆，竟自去了。正是：

强中更有强中手，得便宜处失便宜。

却是富家子弟郎君，多是娇嫩出身，谁有此泼皮胆气，泼皮手段？所以着了道儿。

宋时向大理的衙内向士肃，出外拜客，唤两个院长相随。到军将桥，遇个妇人，鬓发蓬松，涕泣而来。一个武夫着青纻丝袍，状如将官，带剑牵驴，执着皮鞭，一头走，一头骂那妇人，或时将鞭打去，怒色不可犯。随后就有健卒十来人，抬着几扛箱笼，且是沉重，跟着同走。街上人多立驻看他，也有说的，也有笑的。士肃不知其故，方在疑讶，两个院长笑道："这番经纪做着了！"士肃问道："怎么解？"院长道："男女们也试猜，未知端的。衙内要知备细，容打听的实来回话。"去了一会，院长来了，回说详细：

元来浙西一个后生官人，到临安赴铨试，在三桥黄家客店楼上下着。每下楼出入，见小房青帘下有个妇人行走，姿态甚美。撞着了多次，心里未免欣动。问那送茶的小童道："帘下的是店中何人？"小童攒着眉头道："一店中被这妇人累了三年了。"官人惊道："却是为何？"小童道："前岁一个将官，带着这个妇人，说是他妻子，要住个洁净房子。住了十来日，就要到那里近府去，留这妻子守着房卧行李，说道去半个月就好回来。自这一去，杳无信息。起初妇人自己盘缠，后来用得没有了，苦央主人家说：'赊了吃时，只等家主回来算还。'主人辞不得，一日供他两番。而今多时了，也供不起了，只得替他募化着同寓这些客人，轮次供他。也不是常法，不知几时才了得这业债。"官人听得，满心欢喜。问道："我要见他一见，使得么？"小童道："是好人家妻子，丈夫又不在，怎肯见人？"官人道："既缺饮食，我寻些吃口物事送他，使得么？"小童道："这个使得。"官人急走到街上茶食大店里，买了一包蒸酥饼，一包果馅饼，在店家讨了两个盒儿，妆好了叫小童送去。说道："楼上官人闻知娘子不方便，特意送此点心。"妇人受了，千恩万谢。明日，妇人买了一壶酒，妆着四个菜碟，叫小童来答谢。官人也受了。自此一发注意不舍。隔两日，又买些物事相送，妇人也如前买酒来答。官人即盪其酒来吃，箧内取出金杯一只，满斟着一杯，叫茶童送下去道："楼上官人奉劝大娘子。"妇人不推，吃干了。茶童复命，官人又斟一杯下去，说："官人多致意娘子；出外之人，不要吃单杯。"妇人又吃了。官人又叫茶童下去致意道："官人多谢娘子不弃，吃了他两杯酒。官人不好下来自劝，意欲奉邀娘子上楼，亲献一杯，如何？"往返两三次，妇人不肯来。官人只得把些钱来买嘱茶童道："是必要你设法他上来见见。"茶童见了钱，欢喜起来，又去说风说水道："娘子受了两杯，也该去回敬一杯。"被他一把拖了上来，道："娘子来了！"官人没眼得看，妇人道了个万福。官人急把酒斟了，唱个肥喏，亲手递一杯过来道："承蒙娘子见爱，满饮此杯。"妇人接过手来，一饮而干，把杯放在桌上。官人看见杯内还有馀沥，拿过来咣嘬个不歇。妇人看见，嘻的一笑，急急走了下去。官人看见情态可动，厚赠小童，叫他做着牵头，时常弄他上楼来饮酒。以后便留他同坐，渐不推辞，不像前日走避光景了。眉来眼去，彼此动情，勾搭上了手。然只是日里偷做一二，晚间隔开，不能同宿。如此两月馀，妇人道："我日日自下而升，人人看见，毕竟免不得起疑。官人何不把房迁了下来，与奴相近，晚间便好相机同宿了。"官人大喜过望，立时把楼上囊橐搬下来，放在妇人间壁一间房里。推说道："楼上有风，睡不得，所以搬了。"晚间虚闭着房门，竟自在妇人房里同宿，自道是此乐即并头之莲、比翼之鸟，无以过也。才得两晚，一日早起，尚未梳洗，两人正自促膝而坐，只见外边店里一个长大汉子，大踏步踹将进来，大声道："娘子那里？"惊得妇人手脚忙乱，面如土色，慌道："坏了！坏了！吾夫来了！"那官人急闪了出来，已与大汉打了照面。大汉见个男子在房里走出，不问好歹，一手揪住妇人头发，喊道："干得好事！干得好事！"提起醋钵大的拳头只是打。那官人慌了，脱得身子，顾不得甚么七长八短，急从后门逃了出去。剩了行李囊资，尽被大汉打开房来，席卷而去。适才十来个健卒扛着的箱笼，多是那官人房里的了。他恐怕有人识破，所以还妆着丈夫打骂妻子模样走路，其实妇人、男子、店主、小童，总是一伙人也。

士肃听罢，道："那里这样不睹事的少年，遭如此圈套！可恨，可恨。"后来常对亲友们说此目见之事，以为笑话。虽然如此，这还是到了手的，便扎了东西去，也还得了些甜头儿。更有那不识气的小二哥，不曾沾得半点滋味，也被别人弄了一番手脚，折了偌多本钱，还悔气哩！正是：

美色他人自有缘，从傍何用苦垂涎？
请君只守家常饭，不害相思不损钱！

话说宣教郎吴约，字叔惠，道州人，两任广右官，自韶州录曹赴吏部磨勘。宣教家本饶裕，又兼久在南方，珠翠香象，蓄积奇货颇多，尽带在身边随行，作寓在清河坊客店。因吏部引见留滞，时时出游伎馆，衣服鲜丽，动人眼目。

客店相对，有一小宅院，门首挂着青帘，帘内常有个妇人立着，看街上人做买卖。宣教终日在对门，未免留意体察，时时听得他娇声媚语，在里头说话。又有时露出双足在帘外来，一湾新笋，着实可观。只不曾见他面貌如何，心下惶惑不定，恨不得走过去揎开帘子一看，再无机会。那帘内或时巧啭莺喉，唱一两句词儿。仔细听那两句，却是：

柳丝只解风前舞，诮系惹那人不住。

虽是也间或唱着别的，只是这两句为多，想是喜欢此二语，又想是他有甚么心事。宣教但听得了，便跌足叹赏道："是在行得紧！世间无此妙人。想来必定缥致，可惜未能勾一见。"怀揣着个提心吊胆，魂灵多不知飞在那里去了。一日，正在门首坐地，呆呆的看着对门帘内，忽有个经纪，挑着一篮永嘉黄柑子过门。宣教叫住问道："这柑子可要博的？"经纪道："小人正待要博两文钱使使，官人作成则个。"宣教接将头钱过来，往下就扑。那经纪墩在柑子篮边，一头拾钱，一头数数。怎当得宣教一边扑，一心牵挂着帘内那人在里头看见，没心没想的抛下去，何止千扑，再扑不成一个浑成来。算一算，输了一万钱。

宣教还是做官人心性，不觉两脸通红，“哏”的一声，道：“坏了我十千钱，一个柑不得到口。可恨，可恨。”欲待再扑，恐怕扑不出来，又要贴钱；欲待住手，输得多了，又不甘伏。正在叹恨间，忽见个青衣童子捧一个小盒，在街上走进店内来。你道那童子生得如何？

短发齐肩，长衣拂地。滴溜溜一双俊眼，也会撩人；黑洞洞一个深坑，尽能害客。痴心偏好，反言胜似妖娆；拗性酷贪，还是图他撇脱。身上一团孩子气，独耸孤阳；腰间一道木樨香，合成众唾。

向宣教道：“官人，借一步说话。”宣教引到僻处，小童出盒道：“赵县君奉献官人的。”宣教不知是那里说起，疑心是错了，且揭开盒子来看一看，元来正是永嘉黄柑子十数个。宣教道：“你县君是那个？与我素不相识，为何忽地送此？”小童用手指着对门道：“我县君即是街南赵大夫的妻室。适在帘间，看见官人扑柑子折了本钱，不曾赏得他一个，有些不快活。县君老大不忍，偶然藏得此数个，故将来送与个官人见意。县君道：‘可惜止有得这几个，不能勾多，官人不要见笑。’”宣教道：“多感县君美意。你家赵大夫何在？”小童道：“大夫到建康探亲去了，两个月还未回来，正不知几时到家。”宣教听得此话，心里想道：“他有此美情，况且大夫不在，必有可图。煞是好机会！”连忙走到卧房内开了箧，取出色彩二端来，对小童道：“多谢县君送柑。客中无可奉答，小小生活二匹，伏祈笑留。”小童接了，走过对门去。须臾，又将这二端来还，上覆道：“县君多多致意，区区几个柑子，打甚么不紧的事，要官人如此重酬？决不敢受。”宣教道：“若是县君不收，是羞杀小生了，连小生黄柑也不敢领。你依我这样说去，县君必收。”小童领着言语，对县君说去。此番果然不辞了。

明日，又见小童拿了几瓶精致小菜走过来，道：“县君昨日蒙惠过重，今见官人在客边，恐怕店家小菜不中吃，手制此数瓶送来奉用。”宣教见这般知趣着人，必然有心于他了，好不徯幸。想道：“这童子传来传去，想必在他身傍讲得话，做得事的。好歹要在他身上图成这事，不可怠慢了他。”急叫家人去买些鱼肉果品之类，盪了酒来，与小童对酌。小童道：“小人是赵家小厮，怎敢同官人坐地？”宣教道：“好兄弟，你是赵县君心腹人儿，我怎敢把你做等闲厮觑？放心饮酒。”小童告过无礼，吃了几杯，早已脸红，道：“吃不得了。若醉了，县君须要见怪。打发我去罢。”宣教又取些珠翠花朵之类，答了来意，付与小童去了。

隔了两日，小童自家走过来顽耍，宣教又买酒请他。酒间与他说得入港，宣教便道：“好兄弟，我有句话儿问你：你家县君多少年纪了？”小童道：“过新年才廿三岁，是我家主人的继室。”宣教道：“模样生得如何？”小童摇头道：“没正经！早是没人听见，怎把这样说话来问？生得如何，便待怎么？”宣教道：“总是没人在此，说说何妨？我既与他送东送西，往来了两番，也须等我晓得他是长是短的。”小童道：“说着我县君容貌，真个是世间少比，想是天仙里头谪下来的。除了画图上仙女，再没见这样第二个。”宣教道：“好兄弟，怎生得见他一见？”小童道：“这不难。等我先把帘子上的系带解松了，你明日只在对门，等他到帘子下来看的时节，我把帘子揎将出来，揎得重些，系带散了，帘子落了下来，他一时回避不及，可不就看见了？”宣教道：“我不要是这样见。”小童道：“要怎的见？”宣教道：“我要好好到宅子里面拜见一拜见，谢他平日往来之意，方称我愿。”小童道：“这个知他肯不肯？我不好自专得。官人有此意，待我回去禀白一声，好歹讨个回音来覆官人。”宣教又将银一两送与小童，叮嘱道：“是必要讨个回音。”

去了两日，小童复来，说：“县君闻得要见之意，说道：‘既然官人立意惓切，就相见一面也无妨。只是非亲非戚，不过因对门在此，礼物往来得两番，没个名色，遽然相见，恐怕惹人议论。’是这等说。”宣教道：“也是，也是。怎生得个名色？”想了一想，道：“我在广里来，带得许多珠宝在此，最是女人用得着的。我只做当面送物事来与县君看，把此做名色，相见一面何如？”小童道：“好倒好，也要去对县君说过，许下方可。”小童又去了一会，来回言道：“县君说使便使得，只是在厅上见一见就要出去的。”宣教道：“这个自然。难道我就捱住在宅里了不成？”小童笑道：“休得胡说，快随我来。”宣教大喜过望，整一整衣冠，随着小童，三脚两步，走过赵家前厅来。

小童进去禀知了，门响处，宣教望见县君打从里面从从容容走将出来。但见：

> 衣裳楚楚，佩带飘飘。大人家举止端详，没有轻狂半点；小年纪面庞娇嫩，并无肥重一分。清风引出来，道不得云是无心之物；好光挨上去，真所谓容是诲淫之端。犬儿虽已到篱边，天鹅未必来沟里。

宣教看见县君走出来，真个如花似玉，不觉的满身酥麻起来，急急趋上前去，唱个肥喏，口里谢道：“屡蒙县君厚意，小子无可答谢，惟有心感而已。”县君道：“惶愧，惶愧。”宣教忙在袖里取出一包珠宝来，捧在手中，道：“闻得县君要换珠宝，小人随身带得有些，特地过来面奉与县君拣择。”一头说，一眼看，只指望他伸手来接。谁知县君立着不动，呼唤小童接了过来，口里道：“容看过议价。”只说了这句，便抽身往里面走了进去。

宣教虽然见了一见，并不曾说得一句俏俏的说话，心里猾猾突突，没些意思。走了出来，到下处，想着他模样行动，叹口气道：“不见时犹可，只这一番相见，定害杀了小生也。”以后遇着小童，只央及他设法再到里头去见见，无过把珠宝做因头。前后也曾会过五六次面，只是一揖之外，再无他词。颜色庄严，毫不可犯，等闲不曾笑了一笑，说了一句没正经的话。那宣教没入脚处，越越的心魂撩乱，注恋不舍了。

那宣教有个相处的粉头，叫做丁惜惜，甚是相爱的。只因想着赵县君，把他丢在脑后了，许久不去走动。丁惜惜邀请了两个帮闲的，再三来约宣教，叫他到家里走走。宣教一似掉了魂的，那里肯去？被两个帮闲的不由分说，强拉了去。丁惜惜相见，十分温存，怎当得吴宣教一些不在心上。丁惜惜撒娇撒痴了一会，免不得摆上东道来。宣教只是心不在焉光景。丁惜惜唱个歌儿，嘲他道：

俏冤家，你当初缠我怎的？到今日又丢我怎的？丢我时，顿忘了缠我意。缠我又丢我，丢我去缠谁？似你这般丢人也，少不得也有人来丢了你！

当下吴宣教没情没绪，吃了两杯，一心想着赵县君生得十分妙处，看了丁惜惜，有好些不像意起来。却是身既到此，没及奈何，只得勉强同惜惜上床睡了。虽然少不得干着一点半点儿事，也是想着那个，借这个出火的。云雨已过，身体疲倦，正要睡去，只见赵家小童走来道："县君特请宣教叙话。"宣教听了这话，急忙披衣起来，随着小童就走。小童领了，竟进内室。只见赵县君雪白肌肤，脱得赤条条的眠在床里，专等吴宣教来。小童把吴宣教尽力一推，推进床里。吴宣教喜不自胜，腾的番上身去，叫一声："好县君，快活杀我也。"用得力重了，一个失脚，跌进里床，吃了一惊。醒来见惜惜睡在身边，朦胧之中，还认做是赵县君，仍旧跨上身去。丁惜惜也在睡里惊醒，道："好馋货！怎不好好的，做出这个极模样？"吴宣教直等听得惜惜声音，方记起身在丁家床上，适才是梦里的事，连自己也失笑起来。丁惜惜再四问他："你心上有何人，以致七颠八倒如此？"宣教只把闲话支吾，不肯说破。到了次日，别了出门，自此以后再不到丁家来了。无昼无夜，一心只痴想着赵县君，思量寻机会挨光。

忽然一日，小童走来道："一句话对官人说：明日是我家县君生辰，官人既然与县君往来，须办些寿礼去与县君作贺。一作贺，觉得人情面上愈加好看。”宣教喜道：“好兄弟，亏你来说。你若不说，我怎知道？这个礼节，最是要紧，失不得的！”亟将彩帛二端封好，又到街上买了些时鲜果品、鸡鸭熟食各一盘，酒一樽，配成一副盛礼。先令家人一同小童送了去，说：“明日虔诚拜贺。”小童领家人去了。赵县君又叫小童来推辞了两番，然后受了。

明日起来，吴宣教整肃衣冠，到赵家来，定要请县君出来拜寿。赵县君也不推辞，盛装出到前厅，比平日更齐整了。吴宣教没眼得看，足恭下拜。赵县君慌忙答礼，口说道：“奴家小小生朝，何足挂齿？却要官人费心，赐此厚礼，受之不当。”宣教道：“客中乏物为敬，甚愧菲薄。县君如此称谢，反令小子无颜。”县君回顾小童道：“留官人吃了寿酒去。”宣教听得此言，不胜之喜，道既留下吃酒，必有光景了。谁知县君说罢，竟自进去。宣教此时如热地上蚂蚁，不知是怎的才是。又想那县君如设帐的方士，不知葫芦里卖甚么药出来。呆呆的坐着，一眼望着内里。须臾之间，两个走使的男人抬了一张桌儿，揩抹干净。小童从里面捧出攒盒酒果来，摆设停当，掇张椅儿请宣教坐。宣教轻轻问小童道：“难道没个人陪我？”小童也轻轻道：“县君就来。”宣教且未就坐，还立着徘徊之际，小童指道：“县君来了。”果然赵县君出来，双手纤纤，捧着杯盘，来与宣教安席。道了万福，说道：“拙夫不在，没个主人做主，诚恐有慢贵客，奴家只得冒耻奉陪。”宣教大喜道：“过蒙厚情，何以克当？”在小童手中，也讨个杯盘来，与县君回敬安席了。两下坐定，宣教心下只说此一会必有眉来眼去之事，便好把几句说话撩拨他，希图成事。谁知县君意思虽然浓重，容貌却是端严，除了请酒请馔之外，再不轻说一句闲话。宣教也生煞煞的浪开不得闲口，便宜得饱看一回而已。酒行数过，县君不等宣教告止，自立起身道：“官人慢坐。奴家家无夫主，不便久陪，告罪则个。”吴宣教心里恨不得伸出两臂来，将他一把抱住，却不好强留得他。眼盼盼的看他洋洋走了进去，宣教一场扫兴。里边又传话出来，叫小童送酒。宣教自觉独酌无趣，只得分付小童："多多上覆县君，厚扰不当，容日再谢。"慢慢地踱过对门下处来。真是一点甜糖抹在鼻头上，只闻得香，却餂不着，心里好生不快。有《银绞丝》一首为证：

前世里冤家，美貌也人，挨光已有二三分。好温存，几番相见意殷勤。眼儿落得穿，何曾近得身？鼻凹中糖味，那有唇几分？一个清白的郎君，发了也昏。我的天那，阵魂迷，迷魂阵。

是夜吴宣教整整想了一夜，踌躇道："若说是无情，如何两次三番许我会面，又留酒，又肯相陪？若说是有情，如何眉稍眼角，不见些些光景？只是恁等板板地往来，有何了结？思量他每常帘下歌词，毕竟通知文义。且去讨讨口气看，看他如何回我。"算计停当。次日起来，急将西珠十颗，用个沉香盒子盛了，取一幅花笺，写诗一首在上。诗云：

心事绵绵欲诉君，洋珠颗颗寄殷勤。
当时赠我黄柑美，未解相如渴半分。

写毕，将来同放在盒内。用个小记号图书印，封皮封好了，忙去寻那小童过来，交付与他道："多拜上县君：昨日承蒙厚款，些些小珠，奉去添妆，不足为谢。"小童道："当得拿去。"宣教道："还有数字在内，须县君手自拆封，万勿漏泄则个。"小童笑道："我是个有柄儿的红娘，替你传书递简。"宣教道："好兄弟，是必替我送送。倘有好音，必当重谢。"小童道："我县君诗词歌赋最是精通，若有甚话写去，必有回答。"宣教道："千万在意。"小童说："不劳分付，自有道理。"

小童去了半日，笑嘻嘻的走将来，道："有回音了。"袖中拿出一个碧甸匣来，递与宣教。宣教接上手看时，也是小小花押封记着的。宣教满心欢喜，慌忙拆将开来，中又有小小纸封，裹着青丝发二缕，挽着个同心结儿。一幅罗纹笺上，有诗一首。诗云：

好将鬒发付并刀，只恐经时失俊髦。
妾恨千丝差可拟，郎心双挽莫空劳。

末又有细字一行，云：

原珠奉璧，唐人云“何必珍珠慰寂寥”也。

宣教读罢，跌足大乐，对小童道：“好了！好了！细详诗意，县君深有意于我了。”小童道：“我不懂得，可解与我听？”宣教道：“他剪发寄我，诗里道要挽住我的心，岂非有意？”小童道：“既然有意，为何不受你珠子？”宣教道：“这又有一说。这是一个故事在里头。”小童道：“甚故事？”宣教道：“当时唐明皇宠了杨贵妃，把梅妃江采苹贬入冷宫。后来思想他，惧怕杨妃，不敢去，将珠子一封私下赐与他。梅妃拜辞不受，回诗一首，后二句云：‘长门尽日无梳洗，何必珍珠慰寂寥？’今县君不受我珠子，却写此一句来，分明说你家主不在，他独居寂寥，不是珠子安慰得的。却不是要我来伴他寂寥么？”小童道：“果然如此，官人如何谢我？”宣教道：“惟卿所欲。”小童道：“县君既不受珠子，何不就送与我了？”宣教道：“珠子虽然回来，却还要送去。我另自谢你便是。”宣教箱中去取通天犀簪一枝，海南香扇坠二个，将出来送与小童道：“权为寸敬，事成重谢。这珠子再烦送一送去，我再附一首诗在内，要他必受。”诗云：

往返珍珠不用疑，还珠垂泪古来痴。
知音但使能欣赏，何必相逢未嫁时？

宣教便将一幅冰鲔帕写了，连珠子付与小童。小童看了，笑道：“这诗意我又不晓得了。”宣教道：“也是用着个故事。唐张籍诗云：‘还君明珠双泪垂，恨不相逢未嫁时。’今我反用其意，说道只要有心，便是嫁了何妨？你县君若有意于我，见了此诗，此珠必受矣。”小童笑道：“元来官人是偷香的老手。”宣教也笑道：“将就看得过。”小童拿了，一径自去。此番不见来推辞，想多应受了。宣教暗自喜欢，只待好音。丁惜惜那里时常叫小二来请他走走，宣教好一似朝门外候旨的官，惟恐不时失误了宣召，那里敢移动半步？

忽然一日傍晚，小童嘻嘻的走来道：“县君请官人过来说话。”宣教听罢，忖道：“平日只是我去挨光，才设法得见面，并不是他着人来请我的。这番却是先叫人来相邀，必有光景。”因问小童道：“县君适才在那里？怎生对你说，叫你来请我的？”小童道：“适来县君在卧房里，卸了妆饰，重新梳裹过了，叫我进去，问说：‘对门吴官人可在下处否？’我回说：‘他这几时，只在下处，再不到外边去。’县君道：‘既如此，你可与我悄悄请过来，竟到房里来相见，切不可惊张。’如此分付的。”宣教不觉踊跃道：“依你说来，此番必成好事矣！”小童道：“我也觉得有些异样，决比前几次不同。只是一件，我家人口颇多，耳目难掩。日前只是体面上往来，所以外观不妨。今却要到内室里去，须瞒不得许多人，就是悄着些，是必有几个知觉。露出事端，彼此不便，须要商量。”宣教道：“你家中事体，我怎生晓得备细？须得你指引我道路，应该怎生才妥？”小童道：“常言道‘有钱使得鬼推磨’，世上那一个不爱钱的？你只多把些赏赐，分送与我家里人了，我去调开了他每。他每各人心照，自然躲开去了，任你出入；就有撞见的，也不说破了。”宣教道：“说得甚是有理，真可以筑坛拜将。你前日说我是老偷香手，今日看起来，你也像个老马泊六了。”小童道：“好意替你计较，休得取笑。”当下吴宣教拿出二十两零碎银两，付与小童，说道：“我须不认得宅上甚么人，烦你与我分派一分派，是必买他们尽皆口静方妙。”小童道：“这个在我，不劳分付。我先行一步，停当了众人，看个动静，即来约你同去。”宣教道：“快着些个。”小童先去了。吴宣教急拣时样济楚衣服，打扮得齐整，真个赛过潘安，强如宋玉，眼巴巴只等小童到来，即去行事。正是：

罗绮层层称体裁，一心指望赴阳台。
巫山神女虽相待，云雨宁知到底谐！

说这宣教坐立不定，只想赴期。须臾小童已至，回覆道：“众人多有了贿赂，如今一去，径达寝室，毫无阻碍了。”宣教不胜欢喜，整一整巾帻，洒一洒衣裳，随着小童便走。过了对门，不由中堂，在旁边一条衖里，转了一两个弯曲，已到卧房之前。只见赵县君懒梳妆模样，早立在帘儿下等候。见了宣教，满面堆下笑来，全不比日前的庄严了，开口道：“请官人房里坐地。”一个丫鬟掀起门帘，县君先走了进房，宣教随后入来，只见房里摆设得精致，炉中香烟馥郁，案上酒肴齐列。宣教此时荡了三魂，失了六魄，不知该怎么样好，只得低声柔语道：“小子有何德能，过蒙县君青盼如此！”县君道：“一向承蒙厚情，今良宵无事，不揣特请官人清话片晌，别无他说。”宣教道：“小子客居旅邸，县君独守清闺，果然两处寂寥，每遇良宵，不胜怀想。前蒙青丝之惠，小子紧系怀袖，胜如贴肉。今蒙宠召，小子所望，岂在酒食之类哉？”县君微笑道：“休说闲话，且自饮酒。”宣教只得坐了。县君命丫鬟一面斟下热酒，自己举杯奉陪。宣教三杯酒落肚，这点热团团兴儿直从脚跟下冒出天庭来，那里按纳得住？面孔红了又白，白了又红，箸子也倒拿了，酒盏也泼翻了，手脚都忙乱起来。觑个丫鬟走了去，连忙走过县君这边来，跪下道：“县君可怜见，急救小子性命则个！”县君一把扶起，道：“且休性急。妾亦非无心者。自前日博柑之日，便觉钟情于子，但礼法所拘，不敢自逞。今日久情深，清夜思动，愈难禁制。冒礼忘嫌，愿得亲近。既到此地，决不教你空回去了。略等人静后，从容同就枕席便了。”宣教道：“我的亲亲的娘！既有这等好意，早赐一刻之欢也是好的。叫小子如何忍耐得住？”县君笑道：“怎恁地馋得紧？”即唤丫鬟们快来收拾。未及一半，只听得外面喧嚷，似有人喊马嘶之声，渐渐近前堂来了。

宣教方在神魂荡飏之际，恰像身子不是自己的，虽然听得有些咤异，没工夫得疑虑别的，还只一味痴想。忽然一个丫鬟慌慌忙忙撞进房来，气喘喘的道：“官人回来了！官人回来了！”县君大惊失色道：“如何是好？快快收拾过了桌上的！”即忙自己帮着，搬得桌上罄净。宣教此时任是奢遮胆大的，不由得不慌张起来，道：“我却躲在那里去？”县君也着了忙，道：“外边是去不及了。”引着宣教的手，指着床底下道：“权躲在这里面去，勿得做声。”宣教思量走了出去便好，又恐不认得门路，撞着了人。左右看着房中，却别无躲处。一时慌促，没计奈何，只得依着县君说话，望着床底一钻，顾不得甚么尘灰龌龊。且喜床底宽阔，战陡陡的蹲在里头，不敢喘气，一眼偷觑着外边。

那暗处望明处却见得备细，看那赵大夫大踏步走进房来，口里道：“这一去不觉好久，家里没事么？”县君着了忙的，口里牙齿捉对儿厮打着，回言道：“家……家……家里没事。你……你……你如何今日才来？”大夫道：“家里莫非有甚事故么？如何见了我，举动慌张，语言失措，做这等一个模样？”县君道：“没……没……没甚事故。”大夫对着丫鬟问道：“县君却是怎的？”丫鬟道：“果……果……果然没有甚么怎……怎……怎的。”宣教在床下着急，恨不得替了县君、丫鬟的说话，只是不敢爬出来。大夫迟疑了一回，道：“好咤异！好咤异！”县君按定了性儿，才说得话儿囫囵，重复问道：“今日在那里起身？怎夜间到此？”大夫道：“我离家多日，放心不下。今因有事在婺州，在此便道，暂归来一看。明日五更，就要起身过江的。”宣教听得此言，惊中有喜，恨不得天也许下了半边，道：“原来还要出去，却是我的造化也。”县君又问道：“可曾用过晚饭？”大夫道：“晚饭已在船上吃过，只要取些热水来洗脚。”县君即命丫鬟安好了足盆，厨下去取热水来，倾在里头了，大夫便脱了外衣，坐在盆间，大肆浇洗。浇洗了多时，泼得水流满地，一直淌进床下来，——盖是地板房子，铺床处压得重了，地板必定低些，做了下流之处。那吴宣教正蹲在里头，身上穿着齐整衣服，起初一时极了，顾不得惹了灰尘，钻了进去。而今又见水流来了，恐怕污了衣服，不觉的把袖子东收西敛，来避那些齷齪水，未免有些窸窸窣窣之声。大夫道：“奇怪，床底下是甚么响？敢是蛇鼠之类？可拿灯烛来照照。”丫鬟未及答应，大夫急急揩抹干净，即伸手桌子上去取烛台过来，捏在手中，向床底下一看。不看时万事全休，这一看，好似：

霸王初入垓心内，张飞刚到灞陵桥。

大夫大吼一声道：“这是个甚么鸟人，躲在这底下？”县君支吾道：“敢是个贼？”大夫一把将宣教拖出来，道：“你看，难道有这样齐整的贼？怪道方才见吾慌张，元来你在家养着奸夫！我去得几时，你就是这等羞辱门户？”先是一掌打去，把县君打个满天星。县君啼哭起来。大夫喝教众奴仆都来，此时小童也只得随着众人行止。大夫叫将宣教四马攒蹄捆做一团，声言道：“今夜且与我送去厢里吊着，明日临安府推问去！”大夫又将一条绳来，亲自动手，也把县君缚住，道：“你这淫妇！也不与你干休。”县君只是哭，不敢回答一言。大夫道：“好恼！好恼！且盪酒来，我吃着消闷！”从人丫鬟们多慌了，急去灶上撮哄些哽饭，盪了热酒拿来。大夫取个大瓯，一头吃，一头骂。又取过纸笔，写上状词，一边写，一边吃酒。吃得不少了，不觉懵懵睡去。县君悄悄对宣教道：“今日之事，固是我误了官人，也是官人先有意向我。谁知随手事败！若是到官，两个多不好了，为之奈何？”宣教道："多蒙县君好意相招，未曾沾得半点恩惠。今事若败露，我这一官只当断送在你这冤家手里了。"县君道："没奈何了，官人只是下些小心求告他。他也是心软的人，求告得转的。"

正说之间，大夫醒来，口里又喃喃的骂道："小的们，打起火把，快将这贼弟子孩儿送到厢里去！"众人答应一声，齐来动手。宣教着了急，喊道："大夫息怒，容小子一言。小子不才，忝为宣教郎，因赴吏部磨勘，寓居府上对门。蒙县君青盼，往来虽久，实未曾分毫犯着玉体。今若到公府，罪犯有限，只是这官职有累。望乞高抬贵手，饶过小子，容小子拜纳微礼，赎此罪过罢。"大夫大笑道："我是个宦门，把妻子来换钱么？"宣教道："今日便坏了小子微官，与君何益？不若等小子纳些钱物，实为两便。小子亦不敢轻，即当奉送五百千过来。"大夫道："如此口轻！你一个官，我一个妻子，只值得五百千么？"宣教听见论量多少，便道是好处的事了，满口许道："便再加一倍，凑做千缗罢。"大夫还只是摇头。县君在傍哭道："我只为买这官人的珠翠，约他来议价，实是我的不是。谁知撞着你来，捉破了。我原不曾点污。今若拿这官人到官，必然扳下我来，我也免不得当官对理，出乖露丑，也是你的门面不雅。不如你看日前夫妻之面，宽恕了我，放了这官人罢。"大夫冷笑道："难道不曾点污？"众从人与丫鬟们先前是小童贿赂过的，多来磕头讨饶道："其实此人不曾犯着县君，只是暮夜不该来此。他既情愿出钱赎罪，官人罚他重些，放他去罢。一来免累此人官职，二来免致县君出丑，实为两便。"县君又哭道："你若不依，我只是寻个死路罢了。"大夫默然了一晌，指着县君道："只为要保全你这淫妇，要我忍这样赃污！"

小童忙搀到宣教耳边厢低言道："有了口风了，快快添多些，收拾这事罢。"宣教道："钱财好处，放绑要紧，手脚多麻木了。"大夫道："要我饶你，须得二千缗钱，还只是买那官做。羞辱我门庭之事，只当不曾提起，便宜得多了。"宣教连声道："就依着是二千缗，好处，好处。”大夫便喝从人，教且松了他的手。小童急忙走去，把索子头解开，松出两只手来。大夫叫将纸墨笔砚拿过来，放在宣教面前，叫他写个不愿当官的招伏。宣教只得写道：

吏部候勘宣教郎吴某，只因不合闯入赵大夫内室，不愿经官，情甘出钱二千贯赎罪，并无词说。私供是实。

赵大夫取来看过，要他押了个字，便叫放了他绑缚，只把脖子拴了，叫几个方才随来家的带大帽、穿一撒的家人，押了过对门来，取足这二千缗钱。

此时亦有半夜光景，宣教下处几个手下人已此都睡熟了。这些赵家人个个如狼似虎，见了好东西便抢，珠玉犀象之类，狼藉了不知多少，这多是二千缗外加添的。吴宣教足足取勾了二千数目，分外又把些零碎银两送与众家人，做了东道钱。众家人方才住手，赍了东西，仍同了宣教，押至家主面前，交割明白。大夫看过了东西，还指着宣教道："便宜了这弟子孩儿！"喝叫："打出去！"宣教抱头鼠窜，走归下处。

下处店家灯尚未熄。宣教也不敢把这事对主人说，讨了个火，点在房里了，坐了一回，惊心方定。无聊无赖，叫起个小厮来，盪些热酒，且图解闷。一边吃，一边想道："用了这几时工夫，才得这个机会，再差一会儿，也到手了。谁想却如此不偶，反费了许多钱财。"又自解道："还算造化哩。若不是县君哭告，众人拜求，弄得到当官，我这官做不成了。只是县君如此厚情厚德，又为我如此受辱。他家大夫说明日就出去的，这到还好个机会。只怕有了这番事体，明日就使不在家，是必分外防守，未必如前日之便了。不知今生到底能勾相傍否？"心口相问，不觉潸然泪下。郁抑不快，呵欠上来，也不脱衣服，倒头便睡。

只因辛苦了大半夜，这一睡，直睡到第二日晌午方才醒来。走出店中，举眼看去，对门赵家门也不关，帘子也不见了。一望进去，直看到里头，内外洞然，不见一人。他还怀着昨夜鬼胎，不敢自进去，悄悄叫个小厮，一步一步挨到里头探听。直到内房左右看过，并无一个人走动踪影，只见几间空房，连家伙什物一件也不见了。出来回覆了宣教。宣教忖道："他原说今日要到外头去，恐怕出去了我又来走动，所以连家眷带去了。只是如何搬得这等罄净？难道再不回来住了？其间必有缘故。"试问问左右邻人，才晓得赵家也是那里搬来的，住得不十分长久；这房子也只是赁下的，原非己宅，是用着美人之局，扎了火囤去了。

宣教浑如做了一个大梦一般，闷闷不乐，且到丁惜惜家里消遣一消遣。惜惜接着宣教，笑容可掬，道："甚好风吹得贵人到此？"连忙置酒相待。饮酒中间，宣教频频的叹气。惜惜道："你向来有了心上人，把我冷落了多时。今日既承不弃到此，如何只是嗟叹，像有甚不乐之处？"宣教正是事在心头，巴不得对人告诉，只是把如何对门作寓，如何与赵县君往来，如何约去私期，却被丈夫归来拿住，将钱买得脱身，备细说了一遍。惜惜大笑道："你枉用痴心，落了人的圈套了！你前日早对我说说，我敢也先点破你，不着他道儿，也不见得。我那年有一伙光棍，将我包到扬州去，也假了商人的爱妾，扎了一个少年子弟千金。这把戏我也曾弄过的。如今你心爱的县君，又不知是那一家的歪剌货也。你前日瞒得我好，撇得我好，也教你受些业报。"宣教满脸羞惭，懊恨无已。丁惜惜又只顾把说话盘问，见说道身畔所有剩得不多，衏衏家本色，就不十分亲热得紧了。

宣教也觉快快，住了一两晚，走了出来。满城中打听，再无一些消息。看看盘费不勾用了，等不得吏部改秩，急急走回故乡。亲眷朋友晓得这事的，把来做了笑柄。宣教常时忽忽如有所失，感了一场缠绵之疾，竟不及调官而终。可怜吴宣教一个好前程，惹着了这一些魔头，不自尊重，被人弄得不尴不尬，没个收场。如此奉劝人家少年子弟每：血气未定，贪淫好色，不守本分，不知利害的，宜以此为鉴衏诗云：

一脔肉味不曾尝，已遣缠头罄橐装。
尽道陷人无底洞，谁知洞口赚刘郎！

卷十五

韩侍郎婢作夫人　顾提控掾居郎署

诗云：

> 曾闻阴德可回天，古往今来效灼然。
> 奉劝世人行好事，到头元是自周全。

话说湖州府安吉州地浦滩有一居民，家道贫窘，因欠官粮银二两，监禁在狱。家中止有一妻，抱着个一周未满的小儿子度日，别无门路可救。栏中畜养一猪，算计卖与客人，得价还官。因性急银子要紧，等不得好价，见有人来买，即便成交。妇人家不认得银子好歹，是个白晃晃的，说是还得官了。客人既去，拿出来与银匠熔着锭子。银匠说："这是些假银，要他怎么？"妇人慌问："有多少成色在里头？"银匠道："那里有半毫银气？多是铅铜锡蜡装成，见火不得的。"妇人着了忙，拿在手中，走回家来，寻思一回道："家中并无所出，止有此猪，指望卖来救夫。今已被人骗去，眼见得丈夫出来不成。这是我不仔细上害了他，心下怎么过得去？我也不要这性命了！"待寻个自尽，看看小儿子，又不舍得。发个狠道："罢，罢，索性抱了小冤家，同赴水而死，也免得牵挂。”急急奔到河边来。正待撺下去，恰好一个徽州商人立在那里，见他忙忙投水，一把扯住问道：“清白后生，为何做此短见勾当？”妇人拭泪答道：“事急无奈，只图一死。”因将救夫卖猪误收假银之说，一一告诉。徽商道：“既然如此，与小儿子何干？”妇人道：“没爷没娘，少不得一死；不如同死了干净。”徽商恻然道：“所欠官银几何？”妇人道：“二两。”徽商道：“能得多少，坏此三条性命！我下处不远，快随我来，我舍银二两，与你还官罢。”妇人转悲作喜，抱了儿子，随着徽商行去。不上半里，已到下处。徽商走入房，秤银二两出来，递与妇人道：“银是足纹，正好还官。不要又被别人骗了。”妇人千恩万谢，转去央个邻舍，同到县里纳了官银，其夫始得放出监来。

到了家里问起道：“那得这银子还官救我？”妇人将前情述了一遍，说道：“若非遇此恩人，不要说你不得出来，我母子两人已作黄泉之鬼了。”其夫半喜半疑。喜的是得银解救，全了三命；疑的是妇人家没志行，敢怕独自个一时喉极了，做下了些不伶俐的勾当，方得这项银子，也不可知。不然，怎生有此等好人，直如此凑巧？口中不说破他，心生一计道：“要见明白，须得如此如此。”问妇人道：“你可认得那恩人的住处么？”妇人道：“随他去秤银的，怎不认得？”其夫道：“既如此，我与你不可不去谢他一谢。”妇人道：“正该如此。今日安息了，明日同去。”其夫道：“等不得明日，今夜就去。”妇人道：“为何不要白日里去，倒要夜间？”其夫道：“我自有主意，你不要管我。”妇人不好拗得，只得点着灯，同其夫走到徽商下处门首。

此时已黄昏时候，人多歇息寂静了。其夫叫妇人扣门。妇人道：“我是女人，如何叫我黑夜敲人门户？”其夫道：“我正要黑夜试他的心事。”妇人心下晓得丈夫有疑了，想道：“一个有恩义的人，倒如此猜他，也不当人子。”却是恐怕丈夫生疑，只得出声高叫。徽商在睡梦间，听得是妇女声音，问道：“你是何人，却来叫我？”妇人道：“我是前日投水的妇人，因蒙恩人大德，救了吾夫出狱，故此特来踵门叩谢。”看官，你道徽商此时若是个不老成的，听见一个妇女黑夜寻他，又是施恩过来的，一时动了不良之心，未免说句把倬俏绰趣的话。开出门来，撞见其夫，可不是老大一场没趣？把起初做好事的念头多弄脏了。不想这个朝奉煞是有正经，听得妇人说话，便厉声道：“此我独卧之所，岂汝妇女家所当来？况昏夜也不是谢人的时节，但请回步，不必谢了！”其夫听罢，才把一天疑心尽多消散。妇人乃答道：“吾夫同在此相谢。”徽商听见其夫同来，只得披衣下床，要来开门。走得几步，只听得天崩地塌之声，连门外多震得动。徽商慌了自不必说，夫妇两人多吃了一惊。徽商忙叫小二掌火来看，只见一张卧床，压得四脚多折，满床尽是砖头泥土。元来那一垛墙走了。一向床遮着，不觉得，此时偶然坍将下来。若有人在床时，便是铜筋铁骨，也压死了。徽商看了，伸了舌头出来，一时缩不进去。就叫小二开门，见了夫妇二人，反谢道：“若非贤夫妇相叫起身，几乎一命难存。”夫妇两人看见墙坍床倒，也自大加惊异，道：“此乃恩人洪福齐天，大难得免。莫非恩人阴德之报？”两相称谢。徽商留夫妇茶话少时，珍重而别。

只此一件，可见商人二两银子，救了母子两命，到底因他来谢，脱了墙压之厄，仍旧是自家救了自家性命一般。此乃上天巧于报德处。所以古人说：“与人方便，自己方便。”小子起初说“到头元是自周全”，并非诳语。看官每不信，小子而今单表一个周全他人，仍旧周全了自己一段长话，作个正文。有诗为证：

有女颜如玉，酬德讵能足？
遇彼素心人，清操同秉烛。
兰蕙保幽芳，移来贮金屋。
容台粉署郎，一朝畀掾属。

圣明重义人，报施同转毂。

这段话文出在弘治年间直隶太仓州地方。州中有一个吏典，姓顾，名芳，平日迎送官府出城，专在城外一个卖饼的江家做下处歇脚。那江老儿名溶，是个老实忠厚的人，生意尽好，家道将就过得。看见顾吏典举动端方，容仪俊伟，不像个衙门中以下人，私心敬爱他。每遇他到家，便以提控呼之，待如上宾。江家有个嬷嬷，生得个女儿名唤爱娘，年方十七岁，容貌非凡。顾吏典家里也自有妻子，便与江家内里通往来，竟成了一家骨肉一般。

常言道："一家饱暖千家怨。"江老虽不怎的富，别人看见他生意从容，衣食不缺，便传说了千金几百金家事。有那等眼光浅、心不足的，目中就着不得，不繇得不妒忌起来。忽一日，江老正在家里做活，只见如狼似虎一起捕人打将进来，喝道："拿海贼！"把店中家火打得粉碎。江老出来分辨，众捕一齐动手，一索子捆倒。江嬷嬷与女儿顾不得羞耻，大家啼啼哭哭嚷将出来，问道："是何事端，说个明白。"捕人道："崇明解到海贼一起，有江溶名字，是个窝家。还问甚么事端？"江老夫妻与女儿叫起撞天屈来，说道："自来不曾出外，那里认得甚么海贼？却不屈杀了平人！"捕人道："不管屈不屈，到州里分辩去，与我们无干。快些打发我们见官去！"江老是个乡子里人，也不晓得盗情利害，也不晓得该怎的打发公差，合家只是一味哭。捕人每不见动静，便发起狠来道："老儿奸诈，家里必有赃物，我们且搜一搜。"众人不管好歹，打进内里，一齐动手，险些把地皮多翻了转来，见了细软，便藏匿了。江老夫妻女儿三口，杀猪也似的叫喊，擂天倒地价哭。捕人每揎拳裸手，耀武扬威。

正在没摆布处，只见一个人踱将进来，喝道："有我在此，不得无理！"众人定睛看时，不是别人，却是州里顾提控。大家住手道："提控来得正好。我们不要粗鲁，但凭提控便是。"江老一把扯住提控道：

“提控救我一救。”顾提控问道：“怎的起？”捕人拿牌票出来看，却是海贼指扳窝家，巡捕衙里来拿的。提控道：“贼指的事，多出仇口。此家良善，明是冤屈。你们为我面上，须要周全一分。”捕人道：“提控在此，谁敢多话？只要分付我们，一面打点见官便是。”提控即便主张江老支持酒饭鱼肉之类，摆了满桌，任他每狼飧虎咽，吃个尽情。又摸出几两银子做差使钱。众捕人道：“提控分付，我每也不好推辞，也不好较量，权且收着，凡百看提控面上，不难为他便了。”提控道：“列位别无帮衬处，只求迟带到一日，等我先见官人，替他分诉一番，做个道理，然后投牌，便是列位盛情。”捕人道：“这个当得奉承。”当下江老随捕人去了。提控转身安慰他母子道：“此事只要破费，须有分辨处，不妨大事。”母子啼哭道：“全仗提控搭救则个。”提控道：“且关好店门，安心坐着，我自做道理去。”

出了店门，进城来，一径到州前来见捕盗厅官人，道：“顾某有个下处主人江溶，是个良善人户。今被海贼所扳，想必是仇家陷害，望乞爷台为顾某薄面，周全则个。”捕官道：“此乃堂上公事，我也不好自专。”提控道：“堂上老爷，顾某自当禀明，只望爷台这里带到时，宽他这一番拷究。”捕官道：“这个当得奉命。”须臾知州升堂。顾提控觑个堂事空便，跪下禀道：“吏典平日伏侍老爷，并不敢有私情冒禀。今日有个下处主人江溶，被海贼诬扳。吏典熟知他是良善人户，必是仇家所陷，故此斗胆禀明，望老爷天鉴之下，超豁无辜。若是吏典虚言妄禀，罪该万死。”知州道：“盗贼之事非同小可，你敢是私下受人买嘱，替人讲解么？”提控叩头道：“吏典若有此等情弊，老爷日后必然知道，吏典情愿受罪。”知州道：“待我细审，也听不得你一面之词。”提控道：“老爷‘细审’二字，便是无辜超生之路了。”复叩一头，走了下来。想道：“官人方才说听不得一面之词，我想人众则公，明日约同同衙门几位朋友，大家禀一声，必然听信。”是日拉请一般的十数个提控，到酒馆中坐一坐，把前事说了，求众人明日帮他一说。众人平日与顾提控多有往来，无有不依的。

次日，捕人已将江溶解到捕厅。捕厅因顾提控面上，不动刑法，竟送到堂上来。正值知州投文，挨牌唱名。点到江溶名字，顾提控站在旁边，又跪下来禀道："这江溶即是小吏典昨日所禀过的，果是良善人户，中间必有冤情，望老爷详察。"知州作色道："你两次三回替人辨白，莫非受了贿赂，故敢大胆？"提控叩头道："老爷当堂明查。若不是小吏典下处主人，及有贿赂情弊，打死无怨。"只见众吏典多跪下来禀道："委是顾某主人，别无情弊，众吏典敢百口代保。"知州平日也晓得顾芳行径，是个忠直小心的人，心下有几分信他的，说道："我审时自有道理。"便问江溶："这伙贼人扳你，你平日曾认得一两个否？"江老儿叩头道："爷爷，小的若认得一个，死也甘心。"知州道："他们有人认得你否？"江老儿道："这个小的虽不知，想来也未必认得小的。"知州道："这个不难。"唤一个皂隶过来，教他脱下衣服与江溶穿了，扮做了皂隶；却叫皂隶穿了江溶衣服，扮做了江溶。分付道："等强盗执着江溶时，你可替他折证，看他认得认不得。"皂隶依言，与江溶更换停当，然后带出监犯来。

知州问贼首道："江溶是你窝家么？"贼首道："爷爷，正是。"知州敲着气拍，故意问道："江溶怎么说？"这个皂隶扮的江溶假着口气道："爷爷，并不干小人之事。"贼首看着假江溶，那里晓得不是？一口指着道："他住在城外，倚着卖饼为名，专一窝着我每赃物。怎生赖得？"皂隶道："爷爷，冤枉！小的不曾认得他的。"贼首道："怎生不认得？我们长在你家吃饼，某处赃若干，某处赃若干，多在你家，难道忘了？"知州明知不是，假意说道："江溶是窝家，不必说了。却是天下有名姓相同。"一手指着真江溶扮皂隶的道："我这个皂隶也叫得江溶，敢怕是他么？"贼首把皂隶一看，那里认得？连喊道："爷爷，是卖饼的江溶，不是皂隶江溶。"知州又手指假江溶道："这个卖饼的江溶，可是了么？"贼首道："正是这个。"知州冷笑一声，连敲气拍两三下，指着贼首道：“你这杀剐不尽的奴才！自做了歹事，又受人买嘱，扳陷良善。”贼首连喊道：“这江溶果是窝家，一些不差，爷爷！”知州喝叫：“掌嘴！”打了十来下。知州道：“还要嘴强！早是我先换过了，试验虚实，险些儿屈陷平民。这个是我皂隶周才，你却认做了江溶，就信口扳杀他。这个扮皂隶的正是卖饼江溶，你却又不认得，就说道无干。可知道你受人买嘱来害江溶，元不曾认得江溶的么！”贼首低头无语，只叫：“小的该死。”知州叫江溶与皂隶仍旧换过了衣服。取夹棍来，把贼首夹起，要招出买他指扳的人来。贼首是顽皮赖肉，那里放在心上？任你夹打，只供称是因见江溶殷实，指望扳赔赃物是实，别无指使。知州道：“眼见得是江溶仇家所使，无得可疑。今这奴才死不肯招。若必求其人，他又要信口诬害，反生株连。我只释放了江溶，不根究也罢。”江溶叩头道：“小的也不愿晓得害小的的仇人，省得中心不忘，冤冤相结。”知州道：“果然是个忠厚人。”提起笔来，把名字注销。喝道：“江溶无干，直赶出去。”当下江溶叩头不止。皂隶连喝：“快走！”江溶如笼中放出飞鸟，欢天喜地出了衙门。衙门里许多人撮空叫喜，拥住了不放。又亏得顾提控走出来，把几句话解散开了众人，一同江溶走回家来。

江老儿一进门，便唤过妻女来道：“快来拜谢恩人！这番若非提控搭救，险些儿相见不成了。”三个人拜做一堆。提控道：“自家家里，应得出力。况且是知州老爷神明做主，与我无干。快不要如此！”江嬷嬷便问老儿道：“怎么回来得这等撇脱？不曾吃亏么？”江老儿道：“两处俱仗提控先说过了，并不动一些刑法。天字号一场官司，今没一些干涉，竟自平净了。”江嬷嬷千恩万谢。提控立起身来，道：“你们且慢细讲，我还要到衙门去谢谢官府去。”当下提控作别自去了。

江老送了出门，回来对嬷嬷说：“正是‘闭门家里坐，祸从天上来’，谁想遭此一场飞来横祸！若非提控出力，性命难保。今虽然破费了些东西，幸得太平无事。我每不可忘了恩德，怎生酬报得他便好？”嬷嬷道：“我家家事，向来不见怎的，只好度日。不知那里动了人眼，被天杀的暗算，招此非灾。前日众捕人一番掳掠，狠如打劫一般，细软东西，尽被抄扎过了。今日有何重物谢得提控大恩？”江老道：“便是没东西难处。就凑得些少，也当不得数，他也未必肯受。怎么好？”嬷嬷道：“我倒有句话商量：女儿年一十七岁，未曾许人。我们这样人家，就许了人，不过是村庄人户。不若送与他做了妾，扳他做个女婿，支持门户，也免得外人欺侮，可不好？”江老道：“此事倒也好，只不知女儿肯不肯？”嬷嬷道：“提控又青年，他家大娘子又贤惠，平日极是与我女儿说得来的。敢怕也情愿。”遂唤女儿来，把此意说了。女儿道：“此乃爹娘要报恩德，女儿何惜此身？”江老道：“虽然如此，提控是个近道理的人，若与他明说，必是不从。不若你我三人只作登门拜谢，以后就留下女儿在彼，他便不好推辞得。”嬷嬷道：“言之有理。”当下三人计议已定，拿本历日来看，来日上吉。

次日起早，把女儿装扮了，江老夫妻两个步行，女儿乘着小轿，抬进城中，竟到顾家来。提控夫妻接了进去，问道：“何事光降？”江老道：“老汉承提控活命之恩，今日同妻女三口登门拜谢。”提控夫妻道：“有何大事，直得如此？且劳烦小娘子过来，一发不当。”江老道：“老汉有一句不知进退的话奉告：老汉前日若是受了非刑，死于狱底，留下妻女，不知流落到甚处。今幸得提控救命重生，无恩可报。止有小女爱娘，今年正十七岁，与老妻商议，送来与提控娘子铺床叠被，做个箕帚之妾。提控若不弃嫌粗丑，就此俯留，老汉夫妻终身有托。今日是个吉日，一来到此拜谢，二来特送小女上门。”提控听罢，正色道：“老丈说那里话！顾某若做此事，天地不容。”提控娘子道：“难得老伯伯、干娘、妹妹一同到此，且请过小饭，有话再说。”提控一面分付厨下摆饭相待。饮酒中间，江老又把前话提起，出位拜提控一拜，道：“提控若不受老汉之托，老汉死不瞑目。”提控情知江老心切，暗自想道：“若不权且应承，此老必不肯住，又去别寻事端谢我，反多事了。且依着他言语，我日后自有处置。”饭罢，江老夫妻起身作别，分付女儿留住，道：“你在此伏侍大娘。”爱娘含羞忍泪，应了一声。提控道：“休要如此说。荆妻且权留小娘子盘桓几日，自当送还。”江老夫妻也道是他一时门面说话，两下心照罢了。

两口儿去得，提控娘子便请爱娘到里面自己房里坐了，又摆出细果茶品请他。分付走使丫鬟，铺设好了一间小房，一床被卧，连提控娘子心里也只道提控有意留住的，今夜必然趁好日同宿。他本是个大贤惠，不捻酸的人，又平日喜欢着爱娘，故此是件周全停当，只等提控到晚受用。正是：

一朵鲜花好护持，芳菲只待赏花时。
等闲未动东君意，惜处重将帷幕施。

谁想提控是夜竟到自家娘子房里来睡了，不到爱娘处去。提控娘子问道：“你为何不到江小娘那里去宿？莫要忌我。”提控道：“他家不幸遭难，我为平日往来，出力救他。今他把女儿谢我，我若贪了女色，是乘人危处，遂我欲心，与那海贼指扳、应捕抢掳，肚肠有何两样？顾某虽是小小前程，若坏了行止，永远不吉。”提控娘子见他说出咒来，知是真心，便道：“果然如此，也是你的好处。只是日间何不力辞脱了，反又留在家中做甚？”提控道：“江老儿是老实人。若我不允女儿之事，他又剜肉做疮，别寻道路谢我，反为不美。他女儿平日与你相爱，通家姊妹，留下你处住几日，这却无妨。我意欲就此看个中意的人家子弟，替他寻下一头亲事，成就他终身结果，也是好事。所以一时不辞他去，原非我自家有意也。”提控娘子道：“如此却好。”当夜无词。

自此江爱娘只在顾家住，提控娘子与他如同亲姐妹一般，甚是看待得好。他心中也时常打点提控到他房里的，怎知道：

落花有意随流水，流水无情恋落花。

直待他年荣贵后，方知今日不为差。

提控只如常相处，并不曾起一毫邪念，说一句戏话，连爱娘房里脚也不蹦进去一步。爱娘初时疑惑，后来也不以为怪了。

提控衙门事多，时常不在家里。匆匆过了一月有馀，忽一日，得闲在家中，对娘子道：“江小娘在家，初意要替他寻个人家，急切里凑不着巧。而今一月多了，久留在此也觉不便，不如备下些礼物，送还他家。他家父母必然问起女儿相处情形。他晓得我心事如此，自然不来强我了。”提控娘子道：“说得有理。”当下把此意与江爱娘说明了，就备了六个盒盘，又将出珠花四朵，金耳环一双，送与江爱娘插戴好。一乘轿，着个从人径送到江老家里来。

江老夫妻接着轿子，晓得是顾家送女儿回家，心里疑道：“为何叫他独自个归来？”问道：“提控在家么？”从人道：“提控不得工夫来，多多拜上阿爹，这几时有慢了小娘子，今特送还府上。”江老见说话跷蹊，反怀着一肚子鬼胎道：“敢怕有甚不恰当处？”忙忙领女儿到里边坐了，同嬷嬷细问他这一月的光景。爱娘把顾娘子相待甚厚，并提控不进房、不近身的事，说了一遍。江老呆了一晌，道：“长要来问个信，自从为事之后，生意淡薄，穷忙没有工夫。又是素手，不好上门。欲待央个人来，急切里没便处。只道你一家和睦，无些别话，谁想却如此行径。这怎么说！”嬷嬷道：“敢是日子不好？与女儿无缘法？得个人解禳解禳便好。”江老道：“且等另拣个日子，再送去又做处。”爱娘道：“据女儿看起来，这个提控不是贪财好色之人，乃是个正人君子。我家强要谢他，他不好推辞得，故此权留这几时，誓不玷污我身。今既送了归家，自不必再送去。”江老道：“虽然如此，他的恩德毕竟不曾报得，反住在他家，打搅多时，又加添礼物送来，难道便是这样罢了？

还是改日再送去的是。”爱娘也不好阻当，只得凭着父母说罢了。

过了两日，江老夫妻做了些饼食，买了几件新鲜物事，办着十来个盒盘，一坛泉酒，雇个担夫挑了，又是一乘轿抬了女儿，留下嬷嬷看家，江老自家伴送过顾家来。提控迎着江老。江老道其来意。提控作色道：“老丈难道不曾问及令爱来？顾某心事，唯天可表。老丈何不见谅如此？此番决不敢相留。盛惠谨领，令爱不及款接，原轿请回。改日登门拜谢。”江老见提控词色严正，方知女儿不是诳语，连忙出门止住来轿，叫他仍旧抬回家去。提控留江老转去茶饭，江老也再三辞谢，不敢叨领。当时别去。

提控转来受了礼物，出了盒盘，打发了脚担钱，分付多谢去了。进房对娘子说江老今日复来之意。娘子道：“这个便老没正经。难道前番不谐，今番有再谐之理？只是难为了爱娘又来一番，不曾会得一会去。”提控道：“若等他下了轿。接了进来，又多一番事了，不如决绝回头了的是。这老儿真诚，却不见机。既如此把女儿相缠，此后往来倒也要稀疏了些。外人不知就里，惹得造下议论来，反害了女儿终身，是要好成歉了。”娘子道：“说得极是。”自此，提控家不似前日十分与江家往来得密了。

那江家原无甚么大根基，不过生意济楚，自经此一番横事剥削之后，家计萧条下来。自古道：“人家天做。”运来时，撞着就是趁钱的，火焰也似长起来；运退时，撞着就是折本的，潮水也似退下去。江家悔气头里，连五熟行里生意多不济了。做下饼食，常管五七日不发市，就是馊蒸气了，喂猪狗也不中。你道为何如此？先前为事时不多几日，只因惊怕了，自女儿到顾家去后，关了一个月多店门不开，主顾家多生疏，改向别家去，就便拗不转来。况且窝盗为事，声名扬开去不好听，别人不管好歹，信以为实，就怕来缠帐。以此生意冷落，日吃日空，渐渐支持不来。要把女儿嫁个人家，思量靠他过下半世，又高不凑，低不就。光阴眨眼，一错就是论年，女儿也大得过期了。

忽一日，一个徽州商人经过，偶然间瞥见爱娘颜色，访问邻人，晓得是卖饼江家。因问：“可肯与人家为妾否？”邻人道：“往年为官事时，曾送与人做妾。那家行善事，不肯受，还了的。做妾的事只怕也肯。”徽商听得此话去，央个熟事的媒婆到江家来说此亲事，只要事成，不惜重价。媒婆得了口气，走到江家，便说出徽商许多富厚处，情愿出重礼，聘小娘子为偏房。江老夫妻正在喉急头上，见说得动火，便问道：“讨在何处去的？”媒婆道：“这个朝奉只在扬州开当种盐，大孺人自在徽州家里。今讨去做二孺人，住在扬州当中，是两头大的，好不受用。亦且路不多远。”江老夫妻道：“肯出多少礼？”媒婆道：“说过只要事成，不惜重价。你每能要得多少？那富家心性，料必勾你每心下的。凭你们讨礼罢了。”江老夫妻商量道：“你我心下不割舍得女儿，欲待留下他，遇不着这样好主。有心得把与别处人去，多讨得些礼钱，也勾下半世做生意度日方可。是必要他三百两，不可少了。”商量已定，对媒婆说过。媒婆道：“三百两忒重些。”江嬷嬷道：“少一厘我也不肯。”媒婆道：“且替你们说说看。只要事成后，谢我多些儿。”三个人尽说三百两是一大主财物，极顶价钱了，不想商人慕色心重，二三百金之物，那里在他心上？一说就允。如数下了财礼，拣个日子，娶了过去，开船往扬州。江爱娘哭哭啼啼，自道终身不得见父母了。江老虽是卖去了女儿，心中凄楚，却幸得了一主大财，在家别做生理，不题。

却说顾提控在州六年，两考役满，例当赴京听考。吏部点卯过，拨出在韩侍郎门下办事效劳。那韩侍郎是个正直忠厚的大臣，见提控谨厚小心，仪表可观，也自另眼看他，时留在衙前听候差使。

一日，侍郎出去拜客，提控不敢擅离衙门左右，只在前堂伺候归来。等了许久，侍郎又往远处赴席，一时未还。提控等得不耐烦，困倦起来，坐在槛上打盹。朦胧睡去，见空中云端里黄龙现身，彩霞一片，映在自己身上。正在惊看之际，忽有人蹴他起来，飒然惊觉。乃是后堂传呼，高声喝：“夫人出来！”提控仓惶失措，连忙趋避不及。夫人步至前堂，亲看见提控荒遽走出之状，着人唤他转来。提控自道失了礼度，必遭罪责，趋至庭中跪倒，俯伏地下，不敢仰视。夫人道：“抬起头来我看。”提控不敢放肆，略把脖子一伸。夫人看见道：“快站起来。你莫不是太仓顾提控么？为何在此？”提控道：“不敢。小吏顾芳，实是太仓人。考满赴京，在此办事。”夫人道：“你认得我否？”提控不知甚么缘故，摸个头路不着，不敢答应一声。夫人笑道：“妾身非是别人，即是卖饼江家女儿也。昔年徽州商人娶去，以亲女相待，后来嫁与韩相公为次房。正夫人亡逝，相公立为继室，今已受过封诰。想来此等荣华，皆君所致也。若是当年非君厚德，义还妾身，今日安能到此地位？妾身时刻在心，正恨无繇补报。今天幸相逢于此，当与相公说知就里，少图报效。”提控听罢，恍如梦中一般！偷眼觑着堂上夫人，正是江家爱娘。心下道：“谁想他却有这个地位！”又寻思道：“他分明卖与徽州商人做妾了，如何却嫁得与韩相公？方才听见说徽商以亲女相待，这又不知怎么解说。”当下退出外来，私下偷问韩府老都管，方知事体备细：

当日徽商娶去时节，徽人风俗，专要闹房炒新郎。凡亲戚朋友相识的，在住处所在，闻知娶亲，就携了酒榼前来称庆。说话之间，名为祝颂，实半带笑耍，把新郎灌得烂醉，方以为乐。是夜徽商醉极，讲不得甚么云雨勾当，在新人枕畔，一觉睡倒，直至天明。朦胧中见一个金甲神人，将瓜锤扑他脑盖一下，蹴他起来道：“此乃二品夫人，非凡人之配，不可造次胡行。若违我言，必有大咎！”徽商惊醒，觉得头疼异常，只得扒了起来。自想此梦稀奇，心下疑惑。平日最信的是关圣灵签，梳洗毕，开个随身小匣，取出十个钱来，对空虚诚祷告，看与此女缘分何如。卜得个乙戌，乃是第十五签。签曰：

两家门户各相当，不是姻缘莫较量。

直待春风好消息，却调琴瑟向兰房。

详了签意，疑道：“既明说‘不是姻缘’了，又道‘直待春风’、‘却调琴瑟’，难道放着见货，等待时来不成？”心下一发糊涂。再缴一签，卜得个辛丙，乃是第七十三签。签曰：

忆昔兰房分半钗，而今忽报信音乖。
痴心指望成连理，到底谁知事不谐。

得了这签，想道：“此签说话明白，分明不是我的姻缘，不能到底的了。梦中说有二品夫人之分，若把来另嫁与人，看是如何？”祷告过再卜一签，得了个丙庚，乃是第二十七签。签曰：

世间万物各有主，一粒一毫君莫取。
英雄豪杰本天生，也须步步循规矩。

徽商看罢，道：“签句明白如此，必是另该有个主。吾意决矣。”

虽是这等说，日间见他美色，未免动心。然但是有些邪念，便觉头疼。到晚来走近床边，愈加心神恍惚，头疼难支。徽商想道：“如此跷蹊，要见梦言可据，签语分明。万一破他女身，必为神明所恶。不如放下念头，认他做个干女儿，寻个人嫁了他，后来果得富贵，也不可知。”遂把此意对江爱娘说道：“在下年四十馀岁，与小娘子年纪不等。况且家中原有大孺人，今扬州典当内，又有二孺人。前日只因看见小娘子生得貌美，故此一时聘娶了来。昨晚梦见神明说，小娘子是个贵人，与在下非是配偶。今不敢胡乱，辱莫了小娘子。在下痴长一半年纪，不若认义为父女，等待寻个好姻缘配着，图个往来。小娘子意下何如？”江爱娘听见说不做妾做女，有甚么不肯处？答应道：“但凭尊意，只恐不中抬举。”当下起身，插烛也似拜了徽商四拜。以后只称徽商做爹爹，徽商称爱娘做大姐，各床而睡。

同行至扬州当里，只说是路上结拜的朋友女儿，托他寻人家的，也就分付媒婆替他四下里寻亲事。正是春初时节，恰好凑巧，韩侍郎带领家眷上任，舟过扬州。夫人有病，要娶个偏房，就便伏侍夫人，停舟在关下。此话一闻，那些做媒的如蝇聚膻，来的何止三四十起。各处寻将出来，多看得不中意。落末有个人说："徽州当里有个干女儿，说是太仓州来的，模样绝美，也是肯与人为妾的，问问也好。"其间就有媒婆叨揽去当里来说。

元来徽州人有个僻性，是乌纱帽、红绣鞋，一生只这两件不争银子，其馀诸事悭吝了。听见说个韩侍郎娶妾，先自软瘫了半边，自夸梦兆有准，巴不得就成了。韩府也叫人看过，看得十分中意。徽商认做自己女儿，不争财物，反赔嫁妆，只贪个纱帽往来，便自心满意足。韩府仕宦人家，做事不小，又见徽商行径冠冕，不说身价，反轻易不得了，连钗环首饰段匹银两，也下了三四百金礼物。徽商受了，增添嫁事，自己穿了大服，大吹大擂，将爱娘送下官船上来。侍郎与夫人看见人物标致，更加礼仪齐备，心下喜欢，另眼看待。到晚云雨之际，俨然身是处子，一发敬重。一路相处，甚是相得。到了京中，不料夫人病重不起，一应家事，尽属爱娘掌管。爱娘处得井井有条，胜过夫人在日，内外大小无不喜欢。韩相公得意，拣个吉日，立为继房。恰遇弘治改元覃恩，竟将江氏入册报去，请下了夫人封诰，从此内外俱称夫人了。

自从做了夫人，心里常念先前嫁过两处，若非多遇着好人，怎生保全得女儿之身，致今日有此享用？那徽商认做干爷，兀自往来不绝，不必说起；只不知顾提控近日下落。忽然堂前相遇，恰恰正在门下走动，正所谓：

一叶浮萍归大海，人生何处不相逢？

夫人见了顾提控，返转内房。等候侍郎归来，对侍郎说道："妾身有个恩人，没路报效，谁知却在相公衙门中服役。"侍郎问是谁人，夫人道："即办事吏顾芳是也。"侍郎道："他与你有何恩处？"夫人道："妾身原籍太仓人，他也是太仓州吏。因妾家里父母被盗扳害，得他救解，幸免大祸。父母将身酬谢，坚辞不受，强留在彼，他与妻子待以宾礼，誓不相犯。独处室中一月，以礼送归。后来过继与徽商为女得有今日。岂非恩人？"侍郎大惊道："此柳下惠、鲁男子之事，我辈所难，不道掾吏之中却有此等仁人君子。不可埋没了他！"竟将其事写成一本，奏上朝廷。本内大略云：

窃见太仓州吏顾芳，暴白冤事，侠骨著于公庭；峻绝谢私，贞心矢乎暗室。品流虽贱，衣冠所难；合行特旌，以章笃行。

孝宗见奏大喜，道："世间那有此等人？"即召韩侍郎面对，问其详细。侍郎一一奏知，孝宗称叹不置。侍郎道："此皆陛下中兴之化所致，应与表扬。"孝宗道："何止表扬？其人堪为国家所用。今在何处？"侍郎道："今在京中考满，拨臣衙门办事。"孝宗回顾内侍，命查那部里缺司官。司礼监秉笔内监奏道："昨日吏部上本，礼部仪制司缺主事一员。"孝宗道："好，好。礼部乃风化之原，此人正好。"即御批："顾芳除补，吏部知道。"韩侍郎当下谢恩而出。

侍郎初意不过要将他旌表一番，与他个本等职衔，梦里也不料圣意如此嘉奖，骤与殊等美官，真个喜出望外。出了朝中，竟回衙来，说与夫人知道。夫人也自欢喜不胜，谢道："多感相公为妾报恩，妾身万幸。"侍郎看见夫人欢喜，心下愈加快活，忙叫亲随报知顾提控。提控闻报，犹如地下升天。还服着本等衣服，随着亲随，进来先拜谢相公。侍郎不肯受礼，道："如今是朝廷命官，自有体制。且换了冠带，谢恩之后，然后私宅少叙不迟。"须臾，便有礼部衙门人来伺候，伏侍去到鸿胪寺报了名。次早午门外谢了圣恩，到衙门到任。正是：

昔年萧主吏，今日叔孙通。
两翅何曾异？只是锦袍红。

当日顾主事完了衙门里公事，就穿着公服，竟到韩府私宅中来拜见侍郎。顾主事道：“多谢恩相提携，在皇上面前极力荐举，故有今日。此恩天高地厚。”韩侍郎道：“此皆足下阴功浩大，以致圣主宠眷非常，得此殊典。老夫何功之有？”拜罢，主事请拜见夫人，以谢推许大恩。侍郎道：“贱室既忝同乡，今日便同亲戚。”传命请夫人出来相见。夫人见主事，两相称谢，各拜了四拜。夫人进去治酒。是日侍郎款待主事，尽欢而散。夫人又传问顾主事离家在几时，父母的安否下落。顾主事回答道：“离家一年。江家生意如常，却幸平安无事。”侍郎与顾主事商议，待主事三月之后，给个假限回籍，就便央他迎取江老夫妇。顾主事领命。果然给假，衣锦回乡，乡人无不称羡。因往江家拜候，就传女儿消息。江家喜从天降。主事假满，携了妻子回京复任。就分付二号船里，着落了江老夫妾。到京相会，一家欢忭无极。

自此侍郎与主事通家往来，俨如伯叔子侄一般。顾家大娘子与韩夫人愈加亲密，自不必说。后来顾主事三子皆读书登第。主事寿登九十五岁，无病而终。此乃上天厚报善人也。所以奉劝世间行善，原是积来自家受用的。有诗为证：

美色当前谁不慕？况是酬恩去复来。
若使偶然通一笑，何缘掾吏入容台？

卷十六

迟取券毛烈赖原钱　失还魂牙僧索剩命

诗云：

一陌金钱便返魂，公私随处可通门。
鬼神有德开生路，日月无光照覆盆。
贫者何缘蒙佛力，富家容易受天恩。
早知善恶多无报，多积黄金遗子孙。

这首诗乃是令狐譔所作。他邻近有个乌老，家资巨万，平时好贪不义。死去三日，重复还魂。问他缘故，他说："死后亏得家里广作佛事，多烧楮钱，冥官大喜，所以放还。"令狐譔闻得，大为不平道："我只道只有阳世间贪官污吏受财枉法，卖富差贫，岂知阴间也自如此？"所以做这首诗。后来冥司追去，要治他谤讪之罪，被令狐譔是长是短，辨析一番。冥司道他持论甚正，放教还魂，仍追乌老置之地狱。盖是世间没分剖处的冤枉，尽拚到阴司里理直。若是阴司也如此糊涂，富贵的人只消作恶造业，到死后分付家人多做些功果，多烧些楮钱，便多退过了，却不与阳间一样没分晓？所以令狐生不伏，有此一诗。其实阴司报应，一毫不差的。

宋淳熙年间，明州有个夏主簿，与富民林氏共出本钱，买扑官酒坊地店，做那沽拍生理。夏家出得本钱多些，林家出得少些，却是经纪营运，尽是林家家人主当，夏家只管在里头照本算帐，分些干利钱。夏生簿是个忠厚人，不把心机提防，指望积下几年，总收利息。虽然零碎支动了些，拢统算着，还该有二千缗钱多在那里，若把银算，就是二千两了。去到林家取讨时，林家在店管帐的共有八个，你推我推，只说算帐未清，不肯付还。讨得急了两番，林家就说出没行止话来道："我家累年价辛苦，你家打点得自在钱，正不知钱在那里哩！"夏主簿见说得蹊跷，晓得要赖他的，只得到州里告了一状。林家得知告了，笑道："我家将猫儿尾拌猫饭吃，拚得将你家利钱折去了一半，官司好歹是我赢的。"遂将二百两送与州官谍连夜叫八个干仆把簿籍尽情改造，数目字眼多换过了，反说是夏家透支了，也诉下状来。州官得过了贿赂，那管青红皂白？竟断道："夏家欠林家二千两。"把夏主簿收监追比。

其时郡中有个刘八郎，名元，人叫他做刘元八郎，平时最有直气。见了此事，大为不平，在人前裸臂揎拳的嚷道："吾乡有这样冤枉事！主簿被林家欠了钱，告状反致坐监，要那州县何用？他若要上司去告，指我作证，我必要替他伸冤理枉，等林家这些没天理的个个吃棒。"到一处，嚷一处。林家这八个人见他如此行径，恐怕弄得官府知道了，公道上去不得，翻过案来。商量道："刘元八郎是个穷汉，与他些东西，买他口静罢。"就中推两个有口舌的去邀了八郎，到旗亭中坐定。八郎问道："两位何故见款？"两人道："仰慕八郎义气，敢此沽一杯奉敬。"酒中说起夏家之事，两人道："八郎不要管别人家闲事，且只吃酒。"酒罢，两人袖中摸出官券二百道来，送与八郎道："主人林某，晓得八郎家贫，特将薄物相助。以后求八郎不要多管。"八郎听罢，把脸儿涨得通红，大怒起来道："你每做这样没天理的事，又要把没天理的东西赃污我？我就饿死了，决不要这样财物！”叹一口气道：“这等看起来，你每财多力大，夏家这件事在阳世间不能勾明白了。阴间也有官府，他少不得有剖雪处。且看，且看，”忿忿地叫酒家过来问道：“我每三个吃了多少钱钞？”酒家道：“算该一贯八百文。”八郎道：“三个同吃，我该出六百文。”就解一件衣服，到隔壁柜上解当了六百文钱，付与酒家。对这两人拱拱手道：“多谢携带。我是清白汉子，不吃这样不义无名之酒！”大踏步竟自去了。两个人反觉没趣，算结了酒钱，自散了。

且说夏主簿遭此无妄之灾，没头没脑的被贪赃州官收在监里。一来是好人家出身，不曾受惯这苦；二来被别人少了钱，反关在牢中，心中气蛊，染了牢瘟，病将起来。家属央人保领，方得放出，已病得八九分了。临将死时，分付儿子道：“我受了这样冤恨，今日待死。凡是一向扑官酒坊公店，并林家欠钱帐目，与管帐八人名姓，多要放在棺内，吾替他地府申辨去。”才死得一月，林氏与这八个人，陆陆续续尽得暴病而死。眼见得是阴间状准了。

又过一个多月，刘八郎在家，忽觉头眩眼花。对妻子道：“眼前境界不好，必是夏主簿要我做对证，势必要死。奈我平时没有恶业，对证过了，还要重生，且不可入殓。三日后不还魂，再作道理。”果然死去，两日，活将转来，拍手笑道：“我而今才出得这口恶气！”家人问其缘故。八郎道：“起初见两个公吏邀我去，走勾百来里路，到了一个官府去处。见一个绿袍官人在廊房中走出来，仔细一看，就是夏主簿。再三谢我道：‘烦劳八郎来此。这里文书都完，只要八郎略一证明，不必忧虑。’我抬眼看见丹墀之下，林家与八个管帐人，共顶着一块长枷，约有一丈五六尺长，九个头齐齐露出在枷上。我正要消遣他，忽报王升殿了。吏引我去见过。王道：‘夏家事已明白，不须说得。旗亭吃酒一节，明白说来。’我供道：‘是两人见招饮酒，与官券二百道，不曾敢接。’王对左右叹道：‘世上却有如此好人，须商议报答他，可检他来算。’吏禀：‘他该七十九岁。’王道：‘穷人不受钱，更为难得，岂可不赏？添他阳寿一纪。’就着元追公吏，送我回家。出门之时，只见那一伙连枷的人，赶入地狱里去了。必然细细要偿还他的，料不似人世间葫芦提。我今日还魂，岂不快活也？”后来此人整整活到九十一岁，无疾而终。可见阳世间有冤枉，阴司事再没有不明白的。

只是这一件事，阴报虽然明白，阳世间欠的钱钞到底不曾显还得，未为大畅。而今说一件阳间赖了，阴间断了，仍旧阳间还了，比这事说来好听。

阳世全凭一张纸，是非颠倒多因此。
岂似幽中业镜台，半点欺心没处使。

话说宋绍兴年间，庐州合江县赵氏村有一个富民，姓毛，名烈。平日贪奸不义，一味欺心，设谋诈害。凡是人家有良田美宅，百计设法，直到得上手才住。挣得泼天也似人家，心里不曾有一毫止足。看见人家略有些小衅隙，便在里头挑唆，于中取利，没便宜不做事。其时，昌州有一个人，姓陈，名祈，也是个狠心不守分之人，与这毛烈十分相好。你道为何？只因陈祈也有好大家事。他一母所生，还有三个兄弟，年纪多幼小，只是他一个年纪长成，独掌家事。时常恐怕兄弟每大来，这家事须四分分开，要趁权在他手之时，做个计较，打些偏手，讨些便宜。晓得毛烈是个极有算计的人，早晚用得他着，故此与他往来交好。毛烈也晓得陈祈有三个幼弟，却独掌着家事，必有欺心毛病，他日可以在里头看景生情，得些渔人之利。所以两下亲密，语话投机，胜似同胞一般。

一日，陈祈对毛烈计较道：“吾家小兄弟们渐渐长大，少不得要把家事四股分了。我枉替他们白做这几时奴才，心不甘伏，怎么处？”毛烈道：“大头在你手里，你把要紧好的藏起了些不得？”陈祈道：“藏得的藏了：田地是露天盘子，须藏不得。”毛烈道：“只要会计较，要藏时，田地也藏得。”陈祈道：“如何计较藏地？”毛烈道：“你如今只推有甚么公用，将好的田地卖了去，收银子来藏了，不就是藏田地一般？”陈祈道：“祖上的好田好地，又不舍得卖掉了。”毛烈道：“这更容易。你只拣那好田地，少些价钱，权典在我这里。目下拿些银子去用用，以后直等你们弟兄已将见在田地四股分定了，然后你自将原银在我处赎了去，这田地不多是你自己的了？”陈祈道：“此言诚为有见，但你我虽是相好，产业交关，少不得立个文书，也要用着个中人才使得。”毛烈道：“我家出入银两，置买田产，大半是大胜寺高公做牙侩。如今这件事，也要他在里头做个中见罢了。”陈祈道：“高公我也是相熟的。我去查明了田地，写下了文书，去要他着字便了。”

元来这高公法名智高，虽然是个僧家，倒有好些不像出家人处。头一件是好利，但是风吹草动，有些个赚得钱的所在，他就钻的去了。所以囊钵充盈，经纪惯熟。大户人家做中做保，倒多是用得他着的，分明是个没头发的牙行。毛家债利出入，好些经他的手，就是做过几件欺心事体，也有与他首尾过来的。陈祈因此央他做了中，将田立券，典与毛烈。因要后来好赎，十分不典他重价钱，只好三分之一，做个交易的意思罢了。陈祈家里田地广有，非止一处，但是自家心里贪着的，便把来典在毛烈处做后门。如此一番，也累起本银三千多两了。其田足值万金，自不消说。毛烈放花作利，已此便宜得多了。只为陈祈自有欺心，所以情愿把便宜与毛烈得了去。

以后陈祈母亲死过，他将见在户下的田产分做四股，把三股分与三个兄弟，自家得了一股。兄弟们不晓得其中委曲，见眼前分得均平，多无说话了。过了几时，陈祈端正起赎田的价银，径到毛烈处取赎。毛烈笑道：“而今这田却不是你独享的了？”陈祈道：“多谢主见高妙。今兄弟们皆无言可说，要赎了去自管。”随将原价一一交明。毛烈照数收了，将进去交与妻子张氏藏好。此时毛烈若是个有本心的，就该想着出的本钱原轻，收他这几年花息，便宜多了。今有了本钱，自该还他去，有何可说？谁知狠人心性却又不然，道这田总是欺心来的，今赎去独吞，有好些放不过。他就起个不良之心，出去对陈祈道："原契在我拙荆处，一时有些身子不快，不便简寻。过一日还你罢。"陈祈道："这等，写一张收票与我。"毛烈笑道："你晓得我写字不大便当，何苦难我？我与你甚样交情，何必如此？待一二日间，翻出来就送还罢了。"陈祈道："几千两往来，不是取笑。我交了这一主大银子，难道不要讨一些把柄回去？"毛烈道："正为几千两的事，你交与我了，又好赖得没有不成？要甚么把柄？老兄忒过虑了。"陈祈也托大，道是毛烈平日相好，其言可信，料然无事。

隔了两日，陈祈到毛烈家去取前券，毛烈还推道一时未寻得出。又隔了两日去取，毛烈躲过，竟推道不在家了。如此两番，陈祈走得不耐烦，再不得见毛烈之面，才有些着急起来。走到大胜寺高公那里去商量，要他去问问毛烈下落。高公推道："你交银时，不曾通我知道，我不好管得。"陈祈没奈何，只得又去伺候毛烈。一日撞见了，好言与他取券。毛烈冷笑道："天下欺心事只许你一个做？你将众兄弟的田偷典我处，今要出去自吞。我便公道欺心，再要你多出两千，也不为过。"陈祈道："原只典得这些，怎要我多得？"毛烈道："不与我，我也不还你券，你也管田不成。"陈祈大怒道："前日说过的说话，怎倒要诈我起来？当官去说，也只要的我本钱。"毛烈道："正是，正是。当官说不过时，还你罢了。"

陈祈一忿之气，归家写张状词，竟到县里告了毛烈。当得毛烈预先防备这着的，先将了些钱钞去寻县吏丘大，送与他了，求照管此事。丘大领诺。比及陈祈去见时，丘大先自装腔了，问其告状本意。陈祈把实情告诉了一遍，丘大只是摇头道："说不去。许多银两交与他了，岂有没个执照的理？教我也难帮衬你。"陈祈道："因为相好的，不防他欺心，不曾讨得执照。今告到了官，全要提控说得明白。"丘大含糊应承了，却在知县面前只替毛烈说了一边的话，又替毛家送了些孝顺意思与知县了。知县听信。到得两家听审时，毛烈把交银的事一口赖定，陈祈真实一些执照也拿不出，知县声口有些向了毛烈。陈祈发起极来，在知县面前指神罚咒。知县道："就是银子有的，当官只凭文券。既没有文券，把甚么做凭据断还得你？分明是一划混赖！"倒把陈祈打了二十个竹篦，问了不合图赖人罪名，量决脊杖。这三千银子，只当丢去东洋大海，竟没说处。

陈祈不服，又到州里去告，准了。及至问起来，知是县间问过的，不肯改断，仍复照旧。又到转运司告了，批发县间，一发是原问衙门，只多得一番纸笔，有甚么相干？落得费坏了脚手，折掉了盘缠。毛烈得了便宜，暗地喜欢。陈祈失了银子，又吃打吃断，竟没处伸诉。正所谓：

浑身似口不能言，遍体排牙说不得。
欺心又遇狠心人，贼偷落得还贼没。

看官，你道这事多只因陈祈欺瞒兄弟，做这等奸计，故见得反被别人赚了，也是天有眼力处。却是毛烈如此欺心，难道银子这等好使的不成？不要性急，还有话在后头。

且说陈祈受此冤枉，没处叫撞天屈，气忿忿的无可摆布。宰了一口猪、一只鸡，买了一对鱼、一壶酒，左近边有个社公祠，他把福物拿到祠里摆下了，跪在神前道："小人陈祈，将银三千两，与毛烈赎田。毛烈收了银子，赖了券书。告到官司，反问输了小人。小人没处申诉。天理昭彰，神目如电，还是毛烈赖小人的，小人赖毛烈的？是必三日之内，求个报应。"扣了几个头，含泪而出。到家里，晚上得一梦，梦见社神来对他道："日间所诉，我虽晓得明白，做不得主。你可到东岳行宫诉告，自然得理。"

次日，陈祈写了一张黄纸，捧了一对烛、一股香，竟望东岳行宫而来。进得庙门，但见：

殿宇巍峨，威仪整肃。离娄左视，望千里如在目前；师旷右边，听九幽直同耳畔。草参亭内，炉中焚百合明香；祝献台前，案上放万灵杯珓。夜听泥神声喏，朝闻木马号嘶。比岱宗具体而微，虽行馆有呼必应。若非真正冤情事，敢到庄严法相前？

陈祈衔了一天怨忿，一步一拜，拜上殿来，将心中之事，是长是短，照依在社神面前时一样，表白了一遍。只听得幡帷里面仿佛有人声到耳朵内道："可到夜间来。"陈祈吃了一惊，晓得灵感，急急站起，走了出来。候到天色晚了，陈祈是气忿在胸之人，虽是幽暗阴森之地，并无一些畏怯，一直走进殿来。将黄纸状在烛上点着火，烧在神前炉内了，照旧通诚。拜祷已毕，又听得隐隐一声道："出去。"陈祈亲见如此神灵，明知必有报应，不敢再渎，悚然归家。此时是绍兴四年四月二十日。

陈祈时时到毛烈家边去打听。过了三日，只见说毛烈死了。陈祈晓得蹊跷，去访问邻舍间，多说道："毛烈走出门首，撞见一个着黄衣的人，走入门来揪住。毛烈奔脱，望里面飞也似跑，口里喊道：'有个黄衣人捉我，多来救救。'说不多几句，倒地就死。从不见死得这样快的！"陈祈口里不说，心里暗暗道："是告的阴状有应，现报在我眼里了。"又过了三日，只见有人说大胜寺高公，也一时卒病而死。陈祈心里疑惑道："高公不过是原中，也死在一时。看起来，莫不要阴司中对这件事么？"不觉有些恍恍惚惚，走到家里，就昏晕了去。少顷醒将转来，分付家人道："有两个人追我去对毛烈事体。闻得说我阳寿未尽，未可入殓。你们守我十来日着，敢怕还要转来。"分付毕，即倒头而卧，口鼻俱已无气。家人依言，不敢妄动，呆呆守着，自不必说。

且说陈祈随了来追的人竟到阴府，果然毛烈与高公多先在那里了，一同带见判官。判官一一点名过了，问道："南岳发下状来，毛烈赖了陈祈三千银两，这怎么说？"陈祈道："是小人与他赎田，他亲手接受，后来不肯还原券，竟赖道没有。小人在阳间与他争讼不过，只得到南岳大王处告这状的。"毛烈道："判爷休听他胡说，若是有银与小人时，须有小人收他的执照。"判官笑道："这是你阳间哄人，可以借此厮赖。"指着毛烈的心道："我阴间只凭这个，要甚么执照不执照？"毛烈道："小人其实不曾收他的。"判官叫取业镜过来。旁边一个吏就拿着铜盆大一面镜子来，照着毛烈。毛烈、陈祈与高公三人一齐看那镜子里面，只见里头照出陈祈交银，毛烈接受，进去付与妻子张氏，张氏收藏，是那日光景宛然见在。判官道："你看我这里可是要甚么执照的么？"毛烈没得开口。陈祈合着掌向空里道："今日才表明得这件事，阳间官府要他做甚么干？"高公也道："元然这银子果然收了，却是毛大哥不通。"

当下判官把笔来写了些甚么，就带了三人到一个大庭内，只见旁边列着兵卫甚多，也不知殿上坐的是甚么人，远望去是冕旒兖袍的王者。判官走上去说了一回，殿上王者大怒，叫取枷来，将毛烈枷了，口里大声分付道："县令听决不公，削去已后官爵。县吏丘大火焚其居，仍削阳寿一半。"又唤僧人智高问道："毛烈欺心事，与你商同的么？"智高道："起初典田时，曾在里头做交易中人，以后事体多不知道。"又唤陈祈问道："赎田之银，固是毛烈耍赖欺心；将田出典的缘故，却是你的欺心。"陈祈道："也是毛烈教道的。"王者道："这个推不得！与智高僧人做牙侩一样，该量加罚治。两人俱未合死，只教阳世受报。毛烈作业尚多，押入地狱受罪。"说毕，只见毛烈身边就有许多牛头夜叉，手执铁鞭铁棒，赶得他去。毛烈一头走，一头哭，对陈祈、高公说道："吾不能出头了，二公与我传语妻子，快作佛事救援我。陈兄原券在床边木箱之内，还有我平日贪谋强诈得别人家田宅文券，共有一十三纸，也在箱里。可叫这一十三家的人来，一一还了他，以减我罪。二公切勿有忘！”

陈祈见说着还他原契，还要再问个明白，一个夜叉把一根铁棍在陈祈后心窝里一捣，喝道：“快去！”

陈祈慌忙缩退，飒然惊醒，出了一身冷汗。只见妻子坐在床沿守着，问他时节，已过了七昼夜了。妻子道：“因你分付了，不敢入殓。况且心头温温的，只得坐守，幸喜得果然还魂转来。毕竟是毛烈的事对得明白否？”陈祈道：“东岳真个有灵，阴间真个无私，一些也瞒不得。大不似阳世间官府，没清头、没天理的。”因把死后所见事体，备细说了一遍。

抖搜了精神，坐定了性子一回，先叫人到县吏丘大家一看，三日之前已被火烧得精光，止烧得这一家火就息了。陈祈越加敬信。再叫人到大胜寺中访问高公，看果然一同还魂，意思要约他做了证见，索取毛家文券。人回来说：“三日之前，寺中师徒已把他荼毗了。”——说话的，怎么叫做荼毗？看官，这就是僧家西方的说话，又有叫得阇维的，总是我们华言火化也。——陈祈见说高公已火化了，吃了一大惊，道：“他与我同在阴间说阳寿未尽，一同放转世的，如何就把来化了？叫他还魂在何处？这又是了不得的事了，怎么收场？”

陈祈心下忐忑，且走到毛家去取文券。看见了毛家儿子，问道：“尊翁故世，家中有甚么影响否？”毛家儿子道：“为何这般问及？”陈祈道：“在下也死去七日，倒与尊翁会过一番来，故此动问。”毛家儿子道：“见家父光景何如？有甚说话否？”陈祈道：“在下与尊翁本是多年相好的，只因不还我典田文书，有这些争讼。昨日倒亏得阴间对明，说文书在床前木箱里面，所以今日来取。”毛家儿子道：“文书便或者在木箱里面，只是阴间说话，谁是证见，可以来取？”陈祈道：”有倒有个证见。那时大胜寺高师父也在那里同见说了，一齐放还魂的。可惜他寺中已将他身尸火化，没了个活证。却有一件可信，你尊翁还说另有一十三家文券，也多是来路不明的田产，叫还了这一十三家，等他受罪轻些；又叫替他多做些佛事。这须是我造不出的。”毛家儿子听说，有些呆了。你道为何？元来阴间业镜照出毛妻张氏同受银子之时，毛氏在阳间恰像做梦一般，也梦见阴司对理之状，曾与儿子说过，故听得陈祈说着阴间之事，也有些道是真的了。走进去与母亲说知，张氏道：“这项银子委实有的。你父亲只管道便宜了他，勒措着文书不与他，意思还要他分外出些加添。不道他竟自去告了官，所以索性一口赖了。又不料死得这样咤异。今恐怕你父亲阴间不宁，只该还了他。既说道还有一十三纸，等明日一总翻将出来，逐一还罢。”毛家儿子把母亲说话对陈祈说了。陈祈道：“不要又像前番，回了明日，渐渐赖皮起来。此关系你家尊翁阴间受罪，非同阳间儿戏的。”毛家儿子道：“这个怎么还敢？”陈祈当下自去了。

毛家儿子关了门进来。到了晚间，听得有人敲门，开出去却又不见，关了又敲得紧。问是那个，外边厉声答道：“我是大胜寺中高和尚。为你家父亲赖了典田银子，我是原中人，被阴间追去做证见。放我归来，身尸焚化，今没处去了。这是你家害我的，须凭你家里怎么处我。”毛家儿子慌做一团，走进去与母亲说了。张氏也怕起来，移了火，同儿子走出来。听听外边，越敲得紧了，道：“你若不开时，我门缝里自会进来。”张氏听着，果然是高公平日的声音，硬着胆回答道：“晓得有累师父了。而今既已如此，教我们母子也没奈何，只好做些佛事超度师父罢。”外边鬼道：“我命未该死，阴间不肯收留，还有世数未尽，又去脱胎做人不得，随你追荐阴功也无用处。直等我世数尽了，才得托生。这些时叫我在那里好？我只是守住在你家，不开去了。”毛家母子只得烧些纸钱，奠些酒饭，告求他去。鬼道：“叫我别无去处，求我也没干。”毛家母子没奈何，只得踽踽蹐蹐，过了一夜。第二日急急去寻请僧道做道场，一来追荐毛烈，二来超度这个高公。

母子亲见了这些异样，怎敢不信？把各家文券多送去还了。谁知陈祈自得了文券之后，忽然害起心痛来，一痛发便待死去。记起是阴中被夜叉将铁棍心窝里捣了一下之故，又亲听见王者道陈祈欺心，阳世受报，晓得这典田事是欺心的，只得叫三个兄弟来，把毛家赎出之田，均作四分分了。却是心痛仍不得止。只因平日掌家时，除典田之外，他欺心处还多。自此每一遭痛发，便去请僧道保禳，或是东岳烧献，年年所费不计其数，此病随身终不脱体。到得后来，家计倒比三个兄弟消耗了。

那毛家也为高公之鬼不得离门，每夜必来扰乱，家里人口不安。卖掉房子，搬到别处，鬼也随着不舍。只得日日超度，时时斋醮。以后看看声音远了些，说道："你家福事做得多了，虽然与我无益，时常有神佛在家，我也有些不便。我且暂时去去，终是放你家不过的。"以后果然隔着几日才来，这里就做法事退他，或做佛事度他。如此缠帐多时，支持不过，毛家家私也逐渐消费下来。以后毛家穷了，连这些佛事、法事多做不起了，高公的鬼也不来了。

可见欺诈之财，没有得与你入已受用的。阴司比阳世间公道，使不得奸诈，分毫不差池。这两家显报，自不必说。只高公僧人，贪财利，管闲事，落得阳寿未终，先被焚烧，虽然为此搅破了毛氏一家，却也是僧人的果报了。若当时徒弟们不烧其尸，得以重生，毕竟还与陈祈一样，也要受些现报，不消说得的。人生作事，岂可不知自省？

阳间有理没处说，阴司不说也分明。
若是世人终不死，方可横心自在行。

又有人道这诗未尽，翻案一首云：

阳间不辨到阴间，阴间仍旧判阳还。
纵是世人终不死，也须难使到头顽。

卷十七

同窗友认假作真　女秀才移花接木

诗曰：

万里桥边薛校书，枇杷窗下闭门居。
扫眉才子知多少，管领春风总不如。

这四句诗乃唐人赠蜀中妓女薛涛之作。这个薛涛，乃是女中才子。南康王韦皋做西川节度使时，曾表奏他做军中校书，故人多称为薛校书。所往来的是高千里、元微之、杜牧之一班儿名流。又将浣花溪水造成小笺，名曰“薛涛笺”。词人墨客得了此笺，犹如拱璧。真正名重一时，芳流百世。

国朝洪武年间，有广东广州府人田洙，字孟沂，随父田百禄到成都赴教官之任。那孟沂生得风流标致，又兼才学过人，书画琴棋之类无不通晓，学中诸生日与嬉游，爱同骨肉。过了一年，百禄要遣他回家。孟沂的母亲心里舍不得他去，又且寒官冷署，盘费难处。百禄与学中几个秀才商量，要在地方上寻一个馆与儿子坐坐，一来可以早晚读书，二来得些馆资，可为归计。这些秀才巴不得留住他，访得附郭一个大姓张氏要请一馆宾，众人遂将孟沂力荐于张氏。张氏送了馆约，约定明年正月元宵后到馆。至期，学中许多有名的少年朋友一同送孟沂到张家来，连百禄也自送去。张家主人曾为运使，家道饶裕，见是老广文带了许多时髦到家，甚为喜欢，开筵相待。酒罢各散，孟沂就在馆中宿歇。

到了二月花朝日，孟沂要归省父母。主人送他节仪二两，孟沂袋在袖子里了，步行回去。偶然一个去处，望见桃花盛开，一路走去看，境甚幽僻。孟沂心里喜欢，伫立少顷，观玩景致。忽见桃林中一个美人掩映花下。孟沂晓得是良人家，不敢顾盼，径自走过，未免带些卖俏身子，拖下袖来，袖中之银不觉落地。美人看见，便叫随侍的丫鬟拾将起来，送还孟沂。孟沂笑受，致谢而别。

明日，孟沂有意打那边经过，只见美人与丫鬟仍立在门首。孟沂望着门前走去。丫鬟指道："昨日遗金的郎君来了。"美人略略敛身，避入门内。孟沂见了丫鬟，叙述道："昨日多蒙娘子美情，拾还遗金，今日特来造谢。"美人听得，叫丫鬟请入内厅相见。孟沂喜出望处，急整衣冠，望门内而进。美人早已迎着，至厅上相见礼毕，美人先开口道："郎君莫非是张运使宅上西宾么？"孟沂道："然也。昨日因馆中回家，道经于此，偶遗少物，得遇夫人盛情，命尊姬拾还，实为感激。"美人道："张氏一家亲威，彼西宾即我西宾，还金小事，何足为谢？"孟沂道："欲问夫人高门姓氏，与敝东何亲？"美人道："寒家姓平，成都旧族也。妾乃文孝坊薛氏女，嫁与平氏子康，不幸早卒，妾独孀居于此。与郎君贤东乃乡邻姻娅，郎君即是通家了。"孟沂见说是孀居，不敢久留，两杯茶罢，起身告退。美人道："郎君便在寒舍过了晚去。若贤东晓得郎君到此，妾不能久留款待，觉得没趣了。"即分付快办酒馔。不多时，设着两席，与孟沂相对而坐。坐中殷勤劝酬。笑语之间，美人多带些谑浪话头。孟沂认道是张氏至戚，虽然心里技痒难熬，还拘拘束束，不敢十分放肆。美人道："闻得郎君倜傥俊才，何乃作儒生酸态？妾虽不敏，颇解吟咏。今遇知音，不敢爱丑，当与郎君赏鉴文墨，唱和词章。郎君不以为鄙，妾之幸也。”遂叫丫鬟取出唐贤遗墨，与孟沂看。孟沂从头细阅，多是唐人真迹手翰诗词，惟元稹、杜牧、高骈的最多，墨迹如新。孟沂爱玩不忍释手，道：“此希世之宝也。夫人情钟此类，真是千古韵人了。”美人谦谢。两个谈话有味，不觉夜已二鼓。孟沂辞酒不饮。美人延入寝室，自荐枕席道：“妾独处已久，今见郎君高雅，不能无情，愿得奉陪。”孟沂道：“不敢请耳；固所愿也。”两个解衣就枕，鱼水欢情，极其缱绻。枕边切切叮咛道：“慎勿轻言。若贤东知道，彼此名节丧尽了。”次日，将一个卧狮玉镇纸赠与孟沂，送至门外道：“无事就来走走，勿学薄幸人。”孟沂道：“这个何劳分付。”

孟沂到馆，哄主人道：“老母想念，必要小生归家宿歇，小生不敢违命留此。从今早来馆中，晚归家里便了。”主人信了说话，道：“任从尊便。”自此，孟沂在张家只推家里去宿，家里又说在馆中宿，竟夜夜到美人处宿了。整有半年，并没一个人知道。

孟沂与美人赏花玩月，酌酒吟诗，曲尽人间之乐。两人每每你唱我和，做成联句，如《落花》二十四韵，《月夜》五十韵，斗巧争妍，真成敌手。诗句太多，恐看官每厌听，不能尽述，只将他两人四时回文诗表白一遍。美人诗道：

花朵几枝柔傍砌，柳丝千缕细摇风。
霞明半岭西斜日，月上孤村一树松。(《春》)
凉回翠簟冰人冷，齿沁清泉夏月寒。
香篆袅风清缕缕，纸窗明月白团团。(《夏》)
芦雪覆汀秋水白，柳风凋树晚山苍。
孤帏客梦惊空馆，独雁征书寄远乡。(《秋》)
天冻雨寒朝闭户，雪飞风冷夜关城。
鲜红炭火围炉暖，浅碧茶瓯注茗清。(《冬》)

这个诗怎么叫得回文？因是顺读完了，倒读转去，皆可通得。最难得这样浑成，非是高手不能，美人一挥而就。孟沂也和他四首道：

芳树吐花红过雨，入帘飞絮白惊风。
黄添晓色青舒柳，粉落晴香雪覆松。(《春》)
瓜浮瓮水凉消暑，藕叠盘冰翠嚼寒。
斜石近阶穿笋密，小池舒叶出荷团。(《夏》)
残石绚红霜叶出，薄烟寒树晚林苍。
鸾书寄恨羞封泪，蝶梦惊愁怕念乡。(《秋》)
风卷雪蓬寒罢钓，月辉霜柝冷敲城。
浓香酒泛霞杯满，淡影梅横纸帐清。(《冬》)

孟沂和罢，美人甚喜。真是才子佳人，情味相投，乐不可言。

却是“好物不坚牢”，自有散场时节。一日，张运使偶过学中，对老广文田百禄说道：“令郎每夜归家，不胜奔走之劳。何不仍留寒舍住宿，岂不为便？”百禄道：“自开馆后，一向只在公家。止因老妻前日有疾，曾留得数日，这几时并不曾来家宿歇，怎么如此说？”张运使晓得内中必有蹺蹊，恐碍着孟沂，不敢尽言而别。

是晚孟沂告归，张运使不说破他，只叫馆仆尾着他去。到得半路，忽然不见。馆仆赶去追寻，竟无下落。回来对家主说了。运使道：“他少年放逸，必然花柳人家去了。”馆仆道：“这条路上，何曾有甚么伎馆？”运使道：“你还到他衙中问问看。”馆仆道：“天色晚了，怕关了城门，出来不得。”运使道：“就在田家宿了，明日早晨来回我不妨。”到了天明，馆仆回话，说是不曾回衙。运使道：“这等，那里去了？”正疑怪间，孟沂恰到。运使问道：“先生昨宵宿于何处？”孟沂道：“家间。”运使道：“岂有此理！学生昨日叫人跟随先生回去，因半路上不见了先生，小仆直到学中去问，先生不曾到宅，怎如此说？”孟沂道：“半路上偶到一个朋友处讲话，直到天黑回家，故此盛仆来时问不着。”馆仆道：“小人昨夜宿在相公家了，方才回来的。田老爹见说了，甚是惊慌，要自来寻问。相公如何还说着在家的话？”孟沂支吾不来，颜色尽变。运使道：“先生若有别故，当以实说。”孟沂晓得遮掩不过，只得把遇着平家薛氏的话说了一遍，道：“此乃令亲相留，非小生敢作此无行之事。”运使道：“我家何尝有亲戚在此地方？况亲戚中也无平姓者，必是鬼祟。今后先生自爱，不可去了。”

孟沂口里应承，心里那里信他？傍晚又到美人家里，备对美人说形迹已露之意。美人道：“我已先知道了。郎君不必怨悔，亦是冥数尽了。”遂与孟沂痛饮，极尽欢情。到了天明，哭对孟沂道：“从此永别矣！”将出洒墨玉笔管一枝，送与孟沂道：“此唐物也，郎君慎藏在身，以为记念。”挥泪而别。

那边张运使料先生晚间必去，叫人看着，果不在馆。运使道：“先生这事必要做出来。这是我们做主人的干系，不可不对他父亲说知。”遂步至学中，把孟沂之事备细说与百禄知道。百禄大怒，遂叫了学中一个门子，同着张家馆仆，到馆中唤孟沂回来。孟沂方别了美人回到张家，想念道：“他说永别之言，只是怕风声败露。我便耐守几时，再去走动，或者还可相会。”正踌躇间，父命已至，只得跟着回去。百禄一见，喝道：“你书倒不读，夜夜在那里游荡？”孟沂看见张运使一同在家了，便无言可对。百禄见他不说，就拿起一条拄杖，劈头打去，道：“还不实告！”孟沂无奈，只得把相遇之事，及录成联句一本，与所送镇纸、笔管二物，多将出来道：“如此佳人，不容不动心。不必罪儿了。”百禄取来，逐件一看，看那玉色是几百年出土之物，管上有篆刻“渤海高氏清玩”六个字。又揭开诗来从头细阅，不觉心服。对张运使道：“物既稀奇，诗又俊逸，岂寻常之怪？我每可同了不肖子，亲到那地方去查一查踪迹看。”遂三人同出城来。

将近桃林，孟沂道：“此间是了。”进前一看，孟沂惊道：“怎生屋宇俱无了？”百禄与运使齐抬头一看，只见水碧山青，桃株茂盛，荆棘之中，有冢累然。张运使点头道："是了，是了。此地相传是唐妓薛涛之墓。后人因郑谷诗有'小桃花绕薛涛坟'之句，所以种桃百株，为春时游赏之所。贤郎所遇，必是薛涛也。"百禄道："怎见得？"张运使道："他说所嫁是平氏子康，分明是平康巷了。又说文孝坊，城中并无此坊，'文孝'乃是'教'字，分明是教坊了。平康巷教坊，乃是唐时妓女所居。今云薛氏，不是薛涛是谁？且笔上有高氏字，乃是西川节度使高骈。骈在蜀时，涛最蒙宠待，二物是其所赐无疑。涛死已久，其精灵犹如此。此事不必穷究了。"

百禄晓得运使之言甚确，恐怕儿子还要着迷，打发他回归广东。后来孟沂中了进士，常对人说，便将二玉物为证。虽然想念，再不相遇了。至今传有《田洙遇薛涛》故事。

小子为何说这一段鬼话？只因蜀中女子，从来号称多才。如文君、昭君，多是蜀中所生，皆有文才。所以薛涛一个妓女，生前诗名不减当时词客，死后犹且诗兴勃然。这也是山川的秀气。唐人诗有云：

锦江腻滑蛾眉秀，幻出文君与薛涛。

诚为千古佳话。至于黄崇嘏女扮为男，做了相府掾属，今世传有《女状元》本，也是蜀中故事。可见蜀女多才，自古为然。至今两川风俗，女人自小从师上学，与男人一般读书，还有考试进庠，做青衿弟子。若在别处，岂非大段奇事？而今说着一家子的事，委曲奇咤，最是好听。

从来女子守闺房，几见裙钗入学堂？
文武习成男子业，婚姻也只自商量。

话说四川成都府绵竹县，有一个武官，姓闻，名确，乃是卫中世袭指挥。因中过武举两榜，累官至参将，就镇守彼处地方。家中富厚，赋性豪奢。夫人已故，房中有一班姬妾，多会吹弹歌舞。有一子，也是妾生，未满三周。有一个女儿，年十七岁，名曰蜚娥，丰姿绝世，却是将门将种，自小习得一身武艺，最善骑射，直能百步穿杨。模样虽是娉婷，志气赛过男子。他起初因见父亲是个武出身，受那外人指目，只说是个武弁人家，必须得个子弟在黉门中出入，方能结交斯文士夫，不受人的欺侮。争奈兄弟尚小，等他长大不得，所以一向妆做男子，到学堂读书。外边走动，只是个少年学生；到了家中内房，方还女扮。如此数年，果然学得满腹文章，博通经史。这也是蜀中做惯的事。遇着提学到来，他就报了名，改为胜杰，——说是胜过豪杰男人之意——表字俊卿，一般的入了队，去考童生。一考就进了学，做了秀才。他男扮久了，人多认他做闻参将的小舍人，一进了学，多来贺喜，府县迎送到家。参将也只是将错就错，一面欢喜开宴。盖是武官人家，秀才乃极难得的。从此参将与官府往来，添了个帮手，有好些气色。为此，内外大小却像忘记他是女儿一般的，凡事尽是他支持过去。

他同学朋友，一个叫做魏造，字撰之；一个叫做杜亿，字子中。两人多是出群才学，英锐少年，与闻俊卿意气相投，学业相长。况且年纪差不多：魏撰之年十九岁，长闻俊卿两岁；杜子中与闻俊卿同年，又是闻俊卿月生大些。三人就像一家弟兄一般，极是过得好，相约了同在学中一个斋舍里读书。两个无心，只认做一伴的好朋友。闻俊卿却有意，要在两个里头拣一个嫁他。两个人并起来，又觉得杜子中同年所生，凡事仿佛些，模样也是他标致些，更为中意，比魏撰之分外说得投机。杜子中见闻俊卿意思又好，丰姿又妙，常对他道：“我与兄两人，可惜多做了男子。我若为女，必当嫁兄；兄若为女，我必当娶兄。”魏撰之听得，便取笑道：“而今世界盛行男色，久已颠倒阴阳，那见得两男便嫁娶不得？”闻俊卿正色道：“我辈俱是孔门子弟，以文艺相知，彼此爱重，岂不有趣？若想着淫昵，便把面目放在何处？我辈堂堂男子，谁肯把身子做顽童乎？魏兄该罚东道便好。”魏撰之道：“适才听得杜子中爱幕俊卿，恨不得身为女子，故尔取笑。若俊卿不爱此道，子中也就变不及身子了。”杜子中道：“我原是两下的说话，今只说得一半，把我说得失便宜了。”魏撰之道：“三人之中，谁叫你独小些？自然该吃亏些。”大家笑了一回。

俊卿归家来，脱了男服，还是个女人。自家想道：“我久与男人做伴，已是不宜，岂可他日舍此同学之人，另寻配偶不成？毕竟止在二人之内了。虽然杜生更觉可喜，魏兄也自不凡。不知后来还是那个结果好，姻缘还在那个身上。”心中委决不下。他家中一个小楼，可以四望。一个高兴，趁步登楼，见一只乌鸦在楼窗前飞过，却去住在百来步外一株高树上，对着楼窗“呀呀”的叫。俊卿认得这株树，乃是学中斋前之树。心里道：“叵耐这业畜叫得不好听，我结果他去。”跑下来自己卧房中，取了弓箭；跑上楼来，那乌鸦还在那里狠叫。俊卿道：“我借这业畜，卜我一件心事则个。”扯开弓，搭上箭，口里轻轻道：“不要误我。”飕的一响，箭到处，那边乌鸦坠地。这边望去看见，情知中箭了，急急下楼来，仍旧改了男妆，要到学中看那枝箭的下落。

且说杜子中在斋前闲步，听得鸦鸣正急，忽然扑的一响，掉下地来。走去看时，鸦头上中了一箭，贯睛而死。子中拔了箭出来，道：“谁有此神手？恰恰贯着他头脑。”仔细看那箭干上，有两行细字道：“矢不虚发，发必应弦。”子中念罢，笑道：“那人好夸口！”魏撰之听得，跳出来急叫道：“拿与我看。”在杜子中手里接了过去。正同看时，忽然子中家里有人来寻，子中掉着箭自去了。魏撰之细看之时，八个字下边还有“蜚娥记”三小字。想道：“蜚娥乃女人之号，难道女人中有此妙手？这也咤异。适才子中不看见这三个字，若见时，必然还要称奇了。”

沉吟间，早有闻俊卿走将来。看见魏撰之捻了这枝箭立在那里，忙问道：“这枝箭是兄拾了么？”撰之道：“箭自何来，兄却如此盘问？”俊卿道：“箭上有字的么？”撰之道：“因为有字，在此念想。”俊卿道：“念想些甚么？”撰之道：“有‘蜚娥记’三字。蜚娥必是女人，故此想着，难道有这般善射的女子不成？”俊卿捣个鬼道：“不敢欺兄，蜚娥即是家姊。”撰之道：“令姊有如此巧艺！曾许聘那家了？”俊卿道：“未曾许人家。”撰之道：“模样如何？”俊卿道：“与小弟有些厮像。”撰之道：“这等，必是极美的了。俗语道：‘未看老婆，先看阿舅。’小弟尚未有室，吾兄与小弟做个撮合山何如？”俊卿道：“家下事多是小弟作主。老父面前，只消小弟一说，无有不依。只未知家姐心下如何？”撰之道：“令姊面前，也在吾兄帮衬。通家之雅，料无推拒。”俊卿道：“小弟谨记在心。”撰之喜道：“得兄应承，便十有八九了。谁想姻缘却在此枝箭上，小弟谨当宝此，以为后验。”便把箭来收拾在拜匣内了，取出羊脂玉闹妆一个，递与俊卿道：“以此奉令姊，权答此箭，作个信物。”俊卿收来束在腰间。撰之道：“小弟作诗一首，道意于令姊何如？”俊卿道：“愿闻。”撰之吟道：

闻得罗敷未有夫，支机肯许问津无？
他年得射如皋雉，珍重今朝金仆姑。

俊卿笑道：“诗意最妙。只是兄貌不陋，似太谦了些。”撰之笑道：“小弟虽不便似贾大夫之丑，却与令姊相并，必是不及。”俊卿含笑自去了。

从此撰之胸中，痴痴里想着闻俊卿有个姊姊，美貌巧艺，要得为妻。有了这个念头，并不与杜子中知道，因为箭是他拾着的，今自己把做宝贝藏着，恐怕他知因来要了去。谁想这个箭元有来历。俊卿学射时节，便怀有择配之心。竹干上刻那二句，固是夸着发矢必中，也暗藏个应弦的哑谜。他射那乌鸦之时，明知在书斋树上，射去这枝箭，心里暗卜一卦，看他两人那个先拾得者，即为夫妻，为此急急来寻下落。不知是杜子中先拾着，后来掉在魏撰之手里。俊卿只见在魏撰之处，以为姻缘有定，故假意说是姐姐，其实多暗隐着自己的意思。魏撰之不知其故，凭他捣鬼，只道真有个姐姐罢了。俊卿固然认了魏撰之是天缘，心里却为杜子中十分相爱，好些撇打不下。叹口气道："一马跨不得双鞍，我又违不得天意，他日别寻件事端，补还他美情罢。"明日来对魏撰之道："老父与家姊面前，小弟十分撺掇，已有允意。玉闹妆也留在家姊处了。老父的意思，要等秋试过，待兄高捷了，方议此事。"魏撰之道："这个也好。只是一言既定，再无翻变才妙。"俊卿道："有小弟在，谁翻变得？"魏撰之不胜之喜。

时值秋闱，魏撰之与杜子中、闻俊卿多考在优等，起送乡试。两人来拉了俊卿同去。俊卿与父参将计较道："女孩儿家只好瞒着人，暂时做秀才耍子。若当真去乡试，一下子中了举人，后边露出真情来，就要关着奏请干系。事体弄大了不好收场，决使不得。"推了有病不行。魏、杜两生只得撇了，自去赴试。揭晓之日，两生多得中了。

闻俊卿见两家报了，也自欢喜。打点等魏撰之迎到家时，方把求亲之话与父亲说知，图成此亲事。不想安绵兵备道与闻参将不合，时值军政考察，在按院处开了款数，递了一个揭帖，诬他冒用国课，妄报功绩，侵克军粮，累赃巨万。按院参上一本，奉圣旨着本处抚院提问。此报一至，闻家合门慌做了一团。也就有许多衙门人寻出事端来缠扰。还亏得闻俊卿是个出名的秀才，众人不敢十分啰唣。过不多时，兵道行个牌到府来，说是奉旨犯人，把闻参将收拾在府狱中去了。闻俊卿自把生员出名，去递投诉，就求保候父亲。府间准了诉词，不肯召保。俊卿就央了同窗新中的两个举人去见府尊。府尊说："碍上司分付，做不得情。"三人袖手无计。此时魏撰之自揣道："他家患难之际，料说不得求亲的闲话。"只好不提起，且一面去会试再处。

两人临行之时，又与俊卿作别。撰之道："我们三人同心之友，我两人喜得侥幸，方恨俊卿因病蹉跎，不得同登。不想又遭此家难。而今我们匆匆进京去了，心下如割，却是事出无奈。多致意尊翁，且自安心听问。我们若少得进步，必当出力相助，来白此冤。”子中道：“此间官官相护，做定了圈套陷人。闻兄只在家营救，未必有益。我两人进去，倘得好处，闻兄不若径到京来商量，与尊翁寻个出场。还是那边上流头好辨白冤枉，我辈也好相机助力。切记，切记，”撰之又私自叮嘱道：“令姊之事，万万留心。不论得意不得意，此番回来，必求事谐了。”俊卿道：“闹妆现在，料不使兄失望便了。”三人洒泪而别。

闻俊卿自两人去后，一发没有商量可救父亲。亏得官无三日急，倒有七日宽，无非凑些银子，上下分派一分派，使用得停当，狱中的也不受苦，官府也不来急急要问，丢在半边，做一件未结公案了。参将与女儿计较道：“这边的官司既未问理，我们正好做手脚。我意要修下一个辨本，做成一个备细揭帖，到京中诉冤。只没个能干的人去得，心下踌躇未定。”闻俊卿道：“这件事须得孩儿自去。前日魏、杜两兄临别时，也教孩儿进京去，可以相机行事。但得两兄有一个人得第，也就好做靠傍了。”参将道：“虽然你是个女中丈夫，是你去毕竟停当，只是万里程途，路上恐怕不便。”俊卿道：“自古多称缇萦救父，以为美谈。他也是个女子。况且孩儿男妆已久，游庠已过，一向算在丈夫之列，有甚去不得？虽是路途遥远，孩儿弓矢可以防身。倘有甚么人盘问，凭着胸中见识，也支持得他过，不足为虑。只是须得个男人随去，这却不便。孩儿想得有个道理，家丁闻龙夫妻，多是苗种，多善弓马，孩儿把他妻子也扮做男人，带着他两个，连孩儿共是三人一起走。既有妇女伏侍，又有男仆跟随，可以放心一直到京了。”参将道：“既然算计得停当，事不宜迟，快打点动身便是。”俊卿依命，一面去收拾。听得街上报进士，说魏、杜两人多中了，俊卿不胜之喜，来对父亲说道：“有他两人在京做主，此去一发不难做事。”就拣定一日，作急起身。在学中动了一个游学呈子，批个文书执照，带在身边了。路经省下来，再察听一察听上司的声口消息。

你道闻小姐怎生打扮？

飘飘中帻，覆着两鬓青丝；窄窄靴鞋，套着一双玉笋。上马衣裁成短后，蛮狮带妆就偏垂。囊一张玉靶弓，想开时舒臂扭腰多体态；插几枝雁翎箭，看放处猿啼雕落逞高强。争羡道能文善武的小郎君，怎知是女扮男妆的乔秀士。

一路来到了成都府中，闻龙先去寻下了一所幽静饭店。闻俊卿后到，歇下了行李，叫闻龙妻子取出带来的山菜几件，放在碟内，向店中取了一壶酒，斟着慢吃。又道是无巧不成话，那坐的所在与隔壁人家窗口相对，只隔得一个小天井。正吃之间，只见那边窗里一个女子，掩着半窗，对着闻俊卿不转眼的看。及到闻俊卿抬起眼来，那边又闪了进去，遮遮掩掩，只不走开。忽地打个照面，乃是个绝色佳人。闻俊卿想道："原来世间有这样标致的！"看官，你道此时若是个男人，必然动了心，就想妆出些风流家数，两下做起光景来。怎当得闻俊卿自己也是个女身，那里放在心上？一面取饭来吃了，且自衙门前干事去。

到得出去了半日，傍晚转来，俊卿刚得坐下，隔壁听见这里有人声，那个女子又在窗边来看了。俊卿私下自笑道："看我做甚？岂知我与你是一般样的。"正嗟叹间，只见门外一个老姥走将进来，手中拿着一个小榼儿，见了俊卿，放下榼子，道了万福，对俊卿道："间壁景家小娘子见舍人独酌，送两件果子与舍人当茶。"俊卿开看，乃是南充黄柑，顺庆紫梨，各十来枚。俊卿道："小生在此经过的，与娘子非亲非戚，如何承此美意？"老姥道："小娘子说来，此间来万去千的人，不曾见有似舍人这等丰标的，必定是富贵家的出身。及至问人来，说是参府中小舍人，小娘子说这俗店无物可口，叫老媳妇送此二物来解渴。"俊卿道："小娘子何等人家，却居此间壁？"老姥道："这小娘子是井研景少卿的小姐，只因父母双亡，他依着外婆家住。他家里自有万金家事，只为寻不出中意的丈夫，所以还未嫁人。外公是此间富员外，这城中极兴的客店，多是他家的房子，何止有十来处，进益甚广。只有这里幽静些，却同家小每住在间壁。他也不敢主张把外甥许人，恐怕做了对头，后来怨怅。常对景小娘子道：'凭你自家看得中意的，实对我说，我就主婚。'这个小娘子也古怪，自来会拣相人物，再不曾说那一个好。方才见了舍人，便十分称赞，敢是与舍人有些姻缘动了。"俊卿不好答应，微微笑道："小生那有此福？"老姥道："好说，好说。老媳妇且去着。"俊卿道："致意小娘子，多承佳惠，客中无可奉答，但有心感盛情。"老姥去了，俊卿自想一想，不觉失笑道："这小娘子看上了我，却不枉费春心？"吟诗一首，聊寄其意。诗云：

为念相如渴不禁，交梨邛橘出芳林。
却惭未是求凰客，寂寞囊中绿绮琴。

次日早起，老姥又来，手中将着四枚剥净的熟鸡子，做一碗盛着，同了一小壶好茶，送到俊卿面前道："舍人吃点心。"俊卿道："多谢妈妈盛情。"老姥道："这是景小娘子昨夜分付了，老身支持来的。"俊卿道："又是小娘子美情，小生如何消受？有一诗奉谢，烦妈妈与我带去。"俊卿就把昨夜之诗写在笺纸上，封好了付妈妈。诗中分明是推却之意。妈妈将去与景小姐看了，景小姐一心喜着俊卿，见他以相如自比，反认做有意于文君，后边二句不过是谦让些说话。遂也回他一首，和其末韵。诗云：

宋玉墙东思不禁，愿为比翼止同林。
知音已有新裁句，何用重挑焦尾琴。

吟罢，也写在乌丝茧纸上，教老姥送将来。俊卿看罢，笑道："元来小姐如此高才，难得！难得！"俊卿见他来缠得紧，生一个计较，对老姥道："多谢小姐美意。小生不是无情，争奈小生已聘有妻室，不敢欺心妄想。上覆小姐，这段姻缘种在来世罢！"老姥道："既然舍人已有了亲事，老身去回覆了小娘子，省得他牵肠挂肚空想坏了。"老姥去得，俊卿自出门去，打点衙门事体，央求宽缓日期。诸色停当，到了天晚才回得下处。是夜无词。

来日天早，这老姥又走将来笑道："舍人小小年纪，倒会掉谎。老婆滚到身边，推着不要。昨日回了小娘子，小娘子教我问一问两位管家，多说道舍人并不曾聘娘子过。小娘子喜欢不胜，已对员外说过。少刻员外自来奉拜说亲，好歹要成事了。"俊卿听罢，呆了半晌，道："这冤家帐那里说起？只索收拾行李起来，趁早去了罢。"分付闻龙与店家会了钞，急待起身。只见店家走进来报道："主人富员外相拜闻相公。"说罢，一个七十多岁的老人家笑嘻嘻进来堂中，望见了闻俊卿，先自欢喜，问道："这位小相公想就是闻舍人了么？"老姥还在店内，也跟将来说道："正是这位。"富员外把手一拱道："请过来相见。"闻俊卿见过了礼，整了客座坐了。富员外道："老汉无事不敢冒叩新客。老汉有一外甥，乃是景少卿之女，未曾许着人家。舍甥立愿不肯轻配凡流，老汉不敢擅做主张，凭他意中自择。昨日对老汉说，有个闻舍人下在本店，丰标不凡，愿执箕帚。所以要老汉自来奉拜，说此亲事。老汉今见足下，果然俊雅非常。舍甥也有几分姿容，况且粗通文墨，实是一对佳偶，足下不可错过。"闻俊卿道："不敢欺老丈，小生过蒙令甥谬爱，岂敢自外？一来令甥是公卿阀阅，小生是武弁门风，恐怕攀高不着。二来老父在难中，小生正要入京辨冤，此事既不曾告过，又不好为此担阁，所以应承不得。"员外道："舍人是簪缨世胄，况又是黉宫名士，指日飞腾，岂分甚么文武门楣？若为令尊之事，慌速入京，何不把亲事议定了，待归时禀知令尊，方才完娶？既安了舍甥之心，又不误了足下之事，有何不可？”闻俊卿无计推托，心下想道：“他家不晓得我的心病，如此相逼，却又不好十分过却，打破机关。我想魏撰之有竹箭之缘，不必说了。还有杜子中更加相厚，倒不得不闪下了他。一向有个主意，要在骨肉女伴里边别寻一段姻缘，发付他去。而今既有此事，我不若权且应承，定下在这里。他日作成了杜子中，岂不为妙？那时晓得我是女身，须怪不得我说谎。万一杜子中也不成，那时也好开交了，不像而今碍手。”算计已定，就对员外说：“既承老丈与令甥如此高情，小生岂敢不受人提挈？只得留下一件信物在此为定，待小生京中回来，上门求娶就是了。”说罢，就在身上解下那个羊脂玉闹妆，双手递与员外道：“奉此与令甥表信。”富员外千欢万喜，接受在手。一同老姥去回覆景小姐道：“一言已定了。”员外就叫店中办起酒来，与闻舍人饯行。俊卿推却不得，吃得尽欢而罢。相别了，起身上路。

少不得风飧水宿，夜住晓行，不一日，到了京城。叫闻龙先去打听魏、杜两家新进士的下处，问着了杜子中一家。元来那魏撰之已在部给假回去了。杜子中见说闻俊卿来到，不胜之喜，忙差长班来接到下处。两人相见，寒温已毕。俊卿道：“小弟专为老父之事，前日别时，承兄每分付入京图便，切切在心。后闻两兄高发，为此不辞跋涉，特来相托。不想魏撰之已归，今幸吾兄尚在京师，小弟不致失望了。”杜子中道：“仁兄先将老伯被诬事款，做一个揭帖，逐一辨明，刊刻起来，在朝门外逢人就送。等公论明白了，然后小弟央个相好的同年在兵部的，条陈别事，带上一段，就好在本籍去生发出脱了。”俊卿道：“老父有个本稿，可以上得否？”子中道：“而今重文轻武，老伯是按院题的，若武职官出名自辨，他们不容起来，反致激怒，弄坏了事。不如小弟方才说的为妙。仁兄不要轻率。”俊卿道：“感谢指教。小弟是书生之见，还求仁兄做主行事。”子中道：“异姓兄弟，原是自家身上的事，何劳叮咛？”俊卿道：“撰之为何回去了？”子中道：“撰之原与小弟同寓了多时，他说有件心事，要归来与仁兄商量。问其何事，又不肯说。小弟说仁兄见吾二人中了，未必不进京来。他说这是不可期的，况且事体要来家里做的，必要先去，所以告假去了。正不知仁兄却又到此，可不两相左了？敢问仁兄，他果然要商量何等事？”俊卿明知是为婚姻之事，却只做不知，推说道：“连小弟也不晓得他为甚么，想来无非为家里的事。”子中道：“小弟也想他没甚么，为何恁地等不得？”两个说了一回，子中分付治酒接风，就叫闻家家人安顿好了行李，不必另寻寓所，只在此间同寓。盖是子中先前与魏家同寓，今魏家去了，房舍尽有，可以下得闻家主仆三人。子中又分付打扫闻舍人的卧房，就移出自己的榻来，相对铺着，说晚间可以联床清话。俊卿看见，心里有些突兀起来，想道：“平日与他们同学，不过是日间相与，会文会酒，并不看见我的卧起，所以不得看破。而今弄在一间房内了，须闪避不得，露出马脚来怎么处？”却又没个说话可以推掉得两处宿。只是自己放着精细，遮掩过去便了。

虽是如此说，却是天下的事是真难假，是假难真。亦且终日相处，这些细微举动，水火不便的所在，那里妆饰得许多来？闻俊卿日间虽是长安街上去送揭帖，做着男人的勾当；晚间宿歇之处，有好些破绽现出在杜子中的眼里了。杜子中是聪明的人，有甚省不得的事？晓得有些咤异，越加留心闲觑，越看越是了。

这日俊卿出去忘锁了拜匣，子中偷揭开来一看，多是些文翰柬帖。内有一幅草稿，写着道：

> 成都绵竹县信女闻氏，焚香拜告关真君神前：愿保父闻确冤情早白，自身安稳还乡，竹箭之期、闹妆之约，各得如意。谨疏。

子中见了，拍手道：“眼见得公案在此了！我枉为男子，被他瞒过了许多时。今不怕他飞上天去。只是后边两句解他不出，莫不许过了人家？怎么处？”心里狂荡不禁。忽见俊卿回来，子中接在房里坐了，看着俊卿只是笑。俊卿疑怪，将自己身子上下前后看了又看，问道：“小弟今日有何举动差错了，仁兄见哂之甚？”子中道：“笑你瞒得我好。”俊卿道：“小弟到此做的事，不曾瞒仁兄一些。”子中道：“瞒得多哩，俊卿自想么！”俊卿道：“委实没有。”子中道：“俊卿记得当初同斋时言语么？原说弟若为女，必当嫁兄；兄若为女，必当娶兄。可惜弟不能为女，谁知兄果然是女，却瞒了小弟。不然，娶兄多时了，怎么还说不瞒？”俊卿见说着心中病，脸上通红起来，道：“谁是这般说？”子中袖中摸出这纸疏头来，道：“这须是俊卿的亲笔。”俊卿一时低头无语。子中就挨过来，坐在一处了，笑道：“一向只恨两雄不能相配，今却遂了人愿也。”俊卿站了起来道：“行踪为兄识破，抵赖不得了。只有一件：一向承兄过爱，慕兄之心，非不有之；争奈有件缘事已属了撰之，不能再以身事兄，望兄见谅。”子中愕然道：“小弟与撰之同为俊卿窗友，论起相与意气，还觉小弟胜他一分，俊卿何得厚于撰之薄于小弟？况且撰之又不在此间，现钟不打，反去炼铜，这是何说？”俊卿道：“仁兄有所不知。仁兄可看疏上竹箭之期的说话么？”子中道：“正是不解。”俊卿道：“小弟因为与两兄同学，心中愿卜所从。那日向天暗祷，箭到处先拾得者即为夫妇。后来这箭却在撰之处，小弟诡说是家姐所射，撰之遂一心想慕，把一个玉闹妆为定。此时小弟虽不明言，心已许下了。此天意有属，非小弟有厚薄也。”子中大笑道：“若如此说，俊卿宜为我有无疑了。”俊卿道：“怎么说？”子中道：“前日斋中之箭，原是小弟拾得。看见干上有两行细字，以为奇异，正在念诵，撰之听得走出来，在小弟手里接去看。此时偶然家中接小弟，就把竹箭掉在撰之处，不曾取得。何曾是撰之拾取的？若论俊卿所卜天意，一发正是小弟应占了。撰之他日可问，须混赖不得。”俊卿道：“既是曾见箭上字来，可记得否？”子中道：“虽然看时节仓卒无心，也还记是‘矢不虚发，发必应弦’八个字，小弟须是造不出。”俊卿见说得是真，心里已自软了，说道：“果是如此，乃天意了。只是枉了魏撰之，望空想了许多时，而今又赶将回去，日后知道，甚么意思？”子中道：“这个说不得。从来说先下手为强，况且元该是我的。”就拥了俊卿求欢道：“相好弟兄，而今得同衾枕，天上人间，无此乐矣！”俊卿推拒不得，只得含羞走入帷帐之内，一任子中所为。有一首畲调《山坡羊》单道其事：

> 这小秀才有些儿怪样，走到罗帷，忽现了本相。本是个黉宫里折桂的郎君，改换了章台内司花的主将。金兰契，只觉得肉味馨香；笔砚交，果然是有笔如枪。皱眉头，忍着疼，受的是良朋针砭；趁胸怀，揉着窍，显出那知心酣畅。用一番切切偲偲，来也，哎呀，分明是远方来，乐意洋洋。思量，一枈一棨，是联句的篇章；慌忙，为云为雨，还错认了龙阳。

事毕，闻小姐整容而起，叹道：“妾一生之事，付之郎君，妾愿遂矣。只是哄了魏撰之，如何回他？”忽然转了一想，将手床上一拍道：“有处法了。”杜子中倒吃了一惊，道：“这事有甚处法？”小姐道：“好教郎君得知，妾身前日行至成都，在店内安歇，主人有个甥女，窥见了妾身，对他外公说了，逼要相许。是妾身想个计较，将信物权定，推道归时完娶。当时妾身意思，道魏撰之有了竹箭之约，恐怕冷淡了郎君。又见那个女子才貌双全，可为君配，故此留下这头姻缘。今妾既归君，他日回去魏撰之问起所许之言，就把这家的说合与他成了，岂不为妙？况且当时只说是姊姊，他心里并不曾晓得是妾身自己，也不是哄他了。”子中道：“这个最妙，足见小姐为朋友的美情。有了这个出场，就与小姐配合，与撰之也无嫌了。谁晓得途中又有这件奇事？还有一件要问：途中认不出是女容，不必说了，但小姐虽然男扮，同两个男仆行走，好些不便。”小姐笑道：“谁说同来的多是男人？他两个元是一对夫妇，一男一女，打扮做一样的，所以途中好伏侍走动，不必避嫌也。”子中也笑道：“有其主必有其仆。有才思的人，做来多是奇怪的事。”小姐就把景家女子所和之诗拿出来与子中看。子中道：“世间也还有这般的女人！魏撰之得此，也好意足了。”

小姐再与子中商量着父亲之事。子中道：“而今说是我丈人，一发好措词出力。我吏部有个相知，先央他把做对头的兵道调了地方，就好营为了。”小姐道：“这个最是要着，郎君在心则个。”子中果然去央求吏部。数日之间，推升本上，已把兵道改升了广西地方。子中来回覆小姐道：“对头改去，我今作速讨个差，与你回去，救取岳丈了事。此间辨白已透，抚按轻拟上来，无不停当了。”小姐愈加感激，转增恩爱。

子中讨下差来，解饷到山东地方，就便回籍。小姐仍旧扮做男人，一同闻龙夫妻，擎弓带箭，照前妆束，骑了马，傍着子中的官轿。家人原以舍人相呼。行了几日，将过鄚州，旷野之中，一枝响箭擦着官轿射来。小姐晓得有歹人来了，分付轿上：“你们只管前走，我在此对付他。”真是忙家不会，会家不忙，扯出囊弓，扣上弦，搭上箭，只见百步之外，一骑马飞也似的跑来。小姐掣开弓，喝声道：“着！”那边人不防备的，早中了一箭，倒撞下马，在地下挣扎。小姐疾鞭着坐马，赶上前轿，高声道：“贼人已了当了，放心前去。”一路的人，多称赞小舍人好箭，个个忌惮。子中轿里得意，自不必说。

自此完了公事，平平稳稳，到了家中。父亲闻参将已因兵道升去，保候在外了。小姐进见，备说了京中事体，及杜子中营为，调去了兵道之事。参将感激不胜，说道：“如此大恩，何以为报？”小姐又把被他识破，已将身子嫁他，共他同归的事也说了。参将也自喜欢，道：“这也是郎才女貌，配得不枉了。你快改了妆，趁他今日荣归吉日，我送你过门去罢。”小姐道：“妆还不好改得，且等会过了魏撰之着。”参将道：“正要对你说，魏撰之自京中回来，不知为何只管叫人来打听，说我有个女儿，他要求聘。我只说他晓得些风声，是来说你了。及至问时，又说是同窗舍人许他的，仍不知你的事。我不好回得，只是含糊说等你回家。你而今要会他怎的？”小姐道：“其中有许多委曲，一时说不及，父亲日后自明。”

正说话间，魏撰之来相拜。元来魏撰之正为前日婚姻事在心中，放不下，故此就回。不想问着闻舍人又已往京，叫人探听舍人有个姐姐的说话，一发言三语四，不得明白。有的说参将只有两个舍人，一大一小，并无女儿。又有的说参将有个女儿，就是那个舍人。弄得魏撰之满肚疑心，胡猜乱想。见说闻舍人回来了，所以亟亟来拜，要问明白。闻小姐照旧时家数，接了进来。寒温已毕，撰之急问道：“仁兄，令姊之说如何？小弟特为此赶回来的。”小姐说：“包管兄有一位好夫人便了。”撰之道：“小弟叫人宅上打听，其言不一，何也？”小姐道：“兄不必疑。玉闹妆已在一个人处，待小弟再略调停，准备迎娶便了。”撰之道：“依兄这等说，不像是令姐了。”小姐道：“杜子中尽知端的，兄去问他就明白。”撰之道：“兄何不就明说了，又要小弟去问？”小姐道：“中多委曲，小弟不好说得，非子中不能详言。”说得魏撰之愈加疑心。

他正要去拜杜子中，就急忙起身，来到杜子中家里。不及说别样说话，忙问闻俊卿所言之事。杜子中把京中同寓，识破了他是女身，已成夫妇的始末根繇说了一遍。魏撰之惊得木呆，道：“前日也有人如此说，我却不信，谁晓得闻俊卿果是女身！这分明是我的姻缘，平白错过了。”子中道：“怎见得是兄的？”撰之述当初拾箭时节，就把玉闹妆为定的说话。子中道：“箭本小弟所拾，原系他向天暗卜的。只是小弟当时不知其故，不曾与兄取得此箭在手。今仍归小弟，原是天意。兄前日只认是他令姐，原未尝属意他自身，这个不必追悔。兄只管闹妆之约不脱空罢了。”撰之道：“符已去矣，怎么还说不脱空？难道当真还有个令姐？”子中又把闻小姐途中所遇景家之事说了一遍，道：“其女才貌非常。那日一时难推，就把兄的闹妆权定在彼，而今想起来，这就有个定数在里边了。岂不是兄的姻缘么？”撰之道：“怪不得闻俊卿道自己不好说，元来有许多委曲。只是一件，虽是闻俊卿已定下在彼，他家又不曾晓得明白，小弟难以自媒，何繇得成？”子中道：“小弟与闻氏虽已成夫妇，还未曾见过岳翁，打点就是今日迎娶。少不得还借重一个媒妁，而今就烦兄与小弟做一做。小弟成礼之后，代相恭敬，也只在小弟身上撮合就是了。”撰之大笑道：“当得！当得！只可笑小弟一向在睡梦中，又被兄占了头筹。而今不使小弟脱空，也还算是好了。既是这等，小弟先到闻宅去道意，兄可随后就来。”

魏撰之讨大衣服来换了，竟抬到闻家。此时闻小姐已改了女妆，不出来了。闻参将自己出来接着。魏撰之述了杜子中之言，闻参将道：“小女娇痴慕学，得承高贤不弃。今幸结此良缘，蒹葭倚玉，惶恐惶恐。”闻参将已见女儿说过，是件整备。门上报说：“杜爷来迎亲了。”鼓乐喧天，杜子中穿了大红衣服抬将进门，真是少年郎君，人人称羡。走到堂中，站了位次，拜见了闻参将。请出小姐来，又一同行礼。谢了魏撰之，启轿而行。迎至家里，拜告天地，见了祠堂。杜子中与闻小姐正是新亲旧朋友，喜喜欢欢，一桩事完了。

只有魏撰之有些眼热，心里道：“一样的同窗朋友，偏是他两个成双。平时杜子中分外相爱，常恨不将男作女，好做夫妇。谁知今日竟遂其志，也是一段奇话。只所许我的事，未知果是如何。”次日就到子中家里贺喜，随问其事。子中道：“昨晚弟妇就和小弟计较，今日专为此要同到成都去。弟妇誓欲以此报兄，全其口信，必得佳音方回来。”撰之道：“多感！多感！一样的同窗，也该记念着我的冷静。但未知其人果是如何？”子中走进去，取出景小姐前日和韵之诗，与撰之看了。撰之道：“果得此女，小弟便可以不妒兄矣！”子中道：“弟妇赞之不容口，大略不负所举。”撰之道：“这件事做成，真愈出愈奇了。小弟在家颙望。”俱大笑而别。

杜子中把这些说话与闻小姐说了。闻小姐道：“他盼望久了的，也怪他不得。只索作急成都去，周全了这事。”小姐仍旧带了闻龙夫妻跟随，同杜子中到成都来。认着前日饭店，歇在里头了。杜子中叫闻龙拿了帖，径去拜富员外。员外见说是新进士来拜，不知是甚么缘故，吃了一惊，慌忙迎接进去，坐下了，道：“不知为何大人贵足赐踹贱地？”子中道：“学生在此经过，闻知有位景小姐，是老丈令甥，才貌出众。有一敝友，也叨过甲第了，欲求为夫人，故此特来奉访。”员外道：“老汉是有个甥女，他自要择配。前日看上了一个进京去的闻舍人，已纳下聘物。大人见教迟了。”子中道：“那闻舍人也是敝友，学生已知他另有所就，不来娶令甥了。所以敢来作伐。”员外道：“闻舍人也是读书君子，既已留下信物，两心相许，怎误得人家儿女？舍甥女也毕竟要等他的回信。”子中将出前日景小姐的诗笺来，道：“老丈试看此纸，不是令甥写与闻舍人的么？因为闻舍人无意来娶了，故把与学生做执照，来为敝友求令甥。即此是闻舍人的回信了。”员外接过来看，认得是甥女之笔，沉吟道：“前日闻舍人也曾说道聘过了，不信其言，逼他应承的。元来当真有这话！老汉且与甥女商量一商量，来回覆大人。”员外别了，进去了一会，出来道：“适间甥女见说，甚是不快。他也说得是，就是闻舍人负了心，是必等他亲身见一面，还了他玉闹妆，以为诀别，方可别议姻亲。”子中笑道：“不敢欺老丈说，那玉闹妆也即是敝友魏撰之的聘物，非是闻舍人的。闻舍人因为自己已有姻亲，不好回得，乃为敝友转定下了。是当日埋伏机关，非今日无因至前也。”员外道：“大人虽如此说，甥女岂肯心伏？必是闻舍人自来说明，方好处分。”子中道：“闻舍人不能复来，有拙荆在此，可以进去一会令甥。等他与令甥说这些备细，令甥必当见信。”员外道：“有尊夫人在此，正好与舍甥面会一会，有言可以尽吐，省得传消递息。最妙，最妙。”就叫前日老姥来接取杜夫人。

老姥一见闻小姐举止形容，有些面善，只是改妆过了，一时想不出。一路相着，只管迟疑，接到间壁。里边景小姐出来相接，各叫了万福。闻小姐对景小姐笑道：“认得闻舍人否？”景小姐见模样厮像，还只道或是舍人的姊妹，答道：“夫人与闻舍人何亲？”闻小姐道：“小姐恁等识人，难道这样眼钝？前日到此过蒙见爱的舍人，即妾身是也。”景小姐吃了一惊，仔细一认，果然一毫不差。连老姥也在旁拍手道：“是呀！是呀！我方才道面庞熟得紧，那知就是前日的舍人！”景小姐道：“请问夫人，前日为何这般打扮？”闻小姐道：“老父有难，进京辨冤，故乔妆作男，以便行路。所以前日过蒙见爱，再三不肯应承者，正为此也。后来见难推却，又不敢实说真情，所以代友人纳了聘，以待后来说明。今纳聘之人已登黄甲，年纪也与小姐相当，故此愚夫妇特来奉求，与小姐了此一段姻亲，报答前日厚情耳。”景小姐见说，半晌做声不得。老姥在旁道：“多谢夫人美意。只是那位老爷姓甚名谁，夫人如何也叫他是友人？”闻小姐道：“幼年时节，曾共学堂，后来同在庠中，与我家相公三人，年貌多相似，是异姓骨肉。知他未有亲事，所以前日就有心替他结下了。这人姓魏，好一表人物，就是我相公同年，也不辱没了小姐。小姐一去也就做夫人了。”景小姐听了这一篇说话，晓得是少年进士，有甚么不喜欢？叫老姥陪住了闻小姐，背地去把这些说话备细告诉员外。员外见说是许个进士，岂有不窜掇之理？真个是一让一个肯。回覆了闻小姐，转说与杜子中，一言已定。富员外设起酒来谢媒，外边款待杜子中，内里景小姐作主款待杜夫人。两个小姐说得甚是投机，尽欢而散。

约定了回来，先教魏撰之纳币，拣个吉日，迎娶回家。花烛之夕，见了模样，如获天人。因说起闻小姐闹妆纳聘之事，撰之道：“那聘物元是我的。”景小姐问：“如何却在他手里？”魏撰之又把先时竹箭题字，杜子中拾得，掉在他手里，认做另有个姐姐，故把玉闹妆为聘的根繇说了一遍。一齐笑道：“彼此夙缘，颠颠倒倒，皆非偶然也。”

明日，魏撰之取出竹箭来与景小姐看。小姐道：“如今只该还他了。”撰之就提笔写一柬与子中夫妻道：

既归玉环，返卿竹箭。两段姻缘，各从其便。一笑，一笑。

写罢，将竹箭封了，一同送去。杜子中收了，与闻小姐拆开来看，方见八字之下又有“蜚娥记”三字，问道：“蜚娥怎么解？”闻小姐道：“此妾闺中之名也。”子中道：“魏撰之错认了令姊，就是此二字了。若小生当时曾见此二字，这箭如何肯便与他？”闻小姐道：“他若没有这箭起这些因头，那里又绊得景家这头亲事来？”两人又笑了一回，也题了一柬，戏他道：

环为旧物，箭亦归宗。两俱错认，各不落空。一笑，一笑。

从此两家往来，如同亲兄弟姊妹一般。两个甲科合力与闻参将辨白前事，世间情面那里有不让缙绅的？逐件赃罪，得以开释，只处得他革任回卫。闻参将也不以为意了。后边魏、杜两人俱为显官，闻、景二小姐各生子女，又结了婚姻，世交不绝。这是蜀多才女，有如此奇奇怪怪的妙话，卓文君成都当垆，黄崇嘏相府掌记，又平平了。诗曰：

世上夸称女丈夫，不闻巾帼竟为儒。
朝廷若也开科取，未必无人待贾沽。

卷十八

甄监生浪吞秘药　春花婢误泄风情

诗云：

自古成仙必有缘，仙缘不到总徒然。
世间多少痴心者，日对丹炉取药煎。

话说昔日有一个老翁，极好奉道，见有方外人经过，必厚加礼待，不敢怠慢。一日，有个双鬏髻的道人特来访他，身上甚是蓝褛不像，却神色丰满和畅。老翁疑是异人，迎在家中好生管待。那道人饮酒食肉，且是好量，老翁只是支持与他，并无厌倦。道人来去了几番，老翁相待到底是一样的。道人一日对老翁道："贫道叨扰吾丈久矣，多蒙老丈再无弃嫌。贫道也要老丈到我山居中，寻几味野蔬，少少酬答厚意一番，未知可否？"老翁道："一向不曾问得仙庄在何处，有多少远近，老汉可去得否？"道人道："敝居只在山深处，原无多远。若随着贫道走去，顷刻就到。"老翁道："这等必定要奉拜则个。"

当下道人在前，老翁在后，走离了乡村闹市去处，一步步走到荒田野径中，转入山路里来。境界清幽，林木茂盛，迤逦过了几个山岭，山凹之中露出几间茅舍来。道人用手指道："此间已是山居了。"不数步，走到面前，道人开了门，拉了老翁一同进去。老翁看那里面光景时——

虽无华屋朱门气，却有琪花瑶草香。

道人请老翁在中间堂屋里坐下。道人自走进里面去了一回，走出来道："小蔬已具，老丈且消停坐一会，等贫道去请几个道伴，相陪闲话则个。"老翁喜的是道友，一发欢喜道："师父自尊便，老汉自当坐等。"道人一径望外去了。老翁呆呆坐着，等候多时，不见道人回来。老翁有些不耐烦起来，前后走看。此时肚里也有些饥了，想寻些甚么东西吃吃，料道厨房中必有，打从傍门走到厨房中来。谁想厨房中锅灶俱无，止有些椰瓢棘匕之类，又有两个陶器的水缸，用笠篷盖着。老翁走去揭开一个来看，吃了一惊，原来是一盆清水，内浸着一只雪白小狗子，毛多挦干净了的。老翁心里道："怪道他酒肉不戒，还吃狗肉哩！"再揭开这一缸来看，这一惊更不小，水里浸着一个小小孩童，手足多完全的，只是没气。老翁心里才疑道："此道人未必是好人了。吃酒吃肉，又在此荒山居住，没个人影的所在，却家里放下这两件东西。狗也罢了，如何又有此死孩子？莫非是放火杀人之辈？我一向错与他相处了。今日在此也多凶少吉。"欲待走了去，又不认得来时的路，只得且耐着。

正疑惑间，道人同了一伙道者走来，多是些庞眉皓发之辈，共有三四个。进草堂中，与老翁相见叙礼坐定。老翁心里怀着鬼胎，看他们怎么样。只见道人道："好教列位得知：此间是贫道的主人，一向承其厚款，无以为答。今日恰恰寻得野蔬二味在此，特请列位过来，陪着同享，聊表寸心。"道人说罢，走进里面，将两个瓦盆盛出两件东西来，摆在桌上，就每人面前放一双棘匕，向老翁道："勿嫌村鄙，略尝些少则个。”老翁看着桌上摆的二物，就是水缸内浸的那一只小狗，一个小孩子。众道流掀髯拍掌道：“老兄何处得此二奇物？”尽打点动手。先向老翁推逊，老翁慌了道：“老汉自小不曾破犬肉之戒，何况人肉？今已暮年，怎敢吃此！”道人道：“此皆素物，但吃不妨。”老翁道：“就是饿死也不敢吃。”众道流多道：“果然立意不吃，也不好相强。”拱一拱道：“恕无礼了。”四五人攒做一堆，将两件物事吃个罄尽。盆中溅着几点残汁，也把来餂干净了。老翁呆着脸，不敢开言，只是默看。道人道：“老丈既不吃此，枉了下顾这一番。乏物相款，肚里饥了怎好？”又在里面取出些白糕来，递与老翁道：“此是家制的糕，尽可充饥，请吃一块。”老翁看见是糕，肚里本等又是饿了，只得取来吞嚼，略觉有些涩味，正是饿得荒时，也管不得好歹了。才吃下去，便觉精神陡搜起来，想道：“长安虽好，不是久恋之家。趁肚里不饿了，走回去罢。”来与道人作别，道人也不再留，但说道：“可惜了此会。有慢老丈，反觉不安。贫道原自送老丈回去。”与众道流同出了门。众道流叫声“多谢”，各自散去。

道人送老翁到了相近闹热之处，晓得老翁已认得路，不别而去。老翁独自走了家来，心里只疑心这一干人多不是善男子、好相识，眼见得吃狗肉、吃人肉惯的，是一伙方外采生折割、做歹事的强盗，也不见得。

过了两日，那个双鬟髻的道人又到老翁家来，对老翁拱手道：“前日有慢老丈。”老翁道：“见了异样食品，至今心里害怕。”道人笑道：“此乃老丈之无缘也。贫道历劫修来，得遇此二物，不敢私享。念老丈相待厚意，特欲邀至山中，同众道侣食了此味，大家得以长生不老。岂知老丈仙缘尚薄，不得一尝。”老翁道：“此一小犬小儿，岂是仙味？”道人道：“此是万年灵药，其形相似，非血肉之物也。如小犬者，乃万年枸杞之根，食之可活千岁。如小儿者，乃万年人参成形，食之可活万岁。皆不宜犯烟火，只可生吃。若不然，吾辈皆是人类，岂能如虎狼吃那生犬、生人，又毫无骸骨吐弃乎？”老翁才想着前日吃的光景，果然是大家生啖，不见骨头吐出来，方信其言是真。懊悔道：“老汉前日直如此懵懂，师父何不明言？”道人道：“此乃生成的缘分。没有此缘，岂可泄漏天机？今事已过了，方可说破。”老翁捶胸跌足道：“眼面前错过了仙缘，悔之何及！师父而今还有时，再把一个来老汉吃吃。”道人笑道：“此等灵根，寻常岂能再遇？老丈前日虽不曾尝得二味，也曾吃过千年茯苓，自此也可一生无疫，寿过百岁了。”老翁道：“甚么茯苓？”道人道：“即前日所食白糕便是。老丈的缘分只得如此，非贫道不欲相度也。”道人说罢而去，已后再不来了。自此老翁整整直活到一百馀岁，无疾而终。

可见神仙自有缘分。仙药就在面前，又有人有心指引的，只为无缘，兀自不得到口。却有一等痴心的人，听了方士之言，指望炼那长生不死之药。死砒死汞，弄那金石之毒到了肚里，一发不可复救。古人有言：“服药求神仙，多为药所误。”自晋人作兴那五石散、寒食散之后，不知多少聪明的人被此坏了性命。臣子也罢，连皇帝里边药发不救的也有好几个。这迷而不悟却是为何？只因制造之药，其方未尝不是仙家的遗传。却是神仙制炼此药，须用身心宁静，一毫嗜欲俱无，所以服了此药，身中水火自能匀炼，故能骨力坚强，长生不死。今世制药之人，先是一种贪财好色之念横于胸中，正要借此药力挣得寿命，可以恣其所为，意思先错了。又把那耗精劳形的躯壳，要降伏他金石熬炼之药，怎当得起？所以十个九个败了。朱文公有《感遇》诗云：

飘摇学仙侣，遗世在云山。
盗启元命秘，窃当生死关。
金鼎蟠龙虎，三年养神丹。
刀圭一入口，白日生羽翰。
我欲往从之，脱屣谅非难。
但恐逆天理，偷生讵能安？

看了文公此诗，也道仙药是有的，只是就做得来，也犯造化所忌，所以不愿学他。岂知这些不明道理之人，只要蛮做蛮吃，岂有天上如此没清头，把神仙与你这伙人做了去？落得活活弄杀了。而今说一个人，信着方上人，好那丹方鼎器，弄掉了自己性命，又几乎连累出几条人命来。

欲作神仙，先去嗜欲。
愚者贪淫，惟日不足。
借力药饵，取欢枕褥。
一朝药败，金石皆毒。
夸言鼎器，鼎覆其悚。

话说国朝山东曹州，有一个甄廷诏，乃是国子监监生，家业富厚，有一妻二妾。生来有一件僻性，笃好神仙黄白之术。何谓黄白之术？方上丹客，哄人炼丹，说养成黄芽，再生白雪，用药点化为丹，便铅汞之类皆变黄金白银，故此炼丹的叫做黄白之术。有的只贪图银子，指望丹成；有的说丹药服了就可成仙度世，又想长生起来。有的又说内丹成，外丹亦成，却用女子为鼎器，与他交合，采阴补阳，捉坎填离，炼成婴儿姹女，以为内丹，名为采战功夫，乃黄帝、容成公、彭祖御女之术，又可取药，又可长生。其中有本事不济，等不得女人精至，先自战败了的，只得借助药力，自然坚强耐久。有许多话头做作，哄动这些血气未定的少年，其实有枝有叶，有滋有味。那甄监生心里也要炼银子，也要做神仙，也要女色取药，无所不好；但是方士所言之事，无所不依。被这些人弄了几番喧头，提了几番罐子，只是不知懊悔，死心塌地在里头，把一个好好的家事，弄得七零八落，田产多卖尽，用度渐渐不足了。

同乡有个举人朱大经，苦口劝谏了几遭，只是不悟。乃作一首口号嘲他道：

曹州有个甄廷诏，养着一伙真强盗。
养砂干汞立投词，采阴补阳去祷告。
一股青烟不见踪，十顷好地随人要。
家间妻子低头恼，街上亲朋拍手笑。

又做一首歌，警戒他道：

闻君多智兮，何邪正之混施？闻君好道兮，何妻子之嗟咨？予知君不孝兮，弃祖业而无遗；又知君不寿兮，耗元气而难医。

甄监生得知了，心里恼怒，发个冷笑道："朱举人肉眼凡夫，那里晓得就里！说我弃了祖业，这是他只据目前，怪不得他说，也罢；怎反道我不寿？看你们倒做了仙人不成？"恰像与那个憋气一般的，又把一所房子卖掉了。卖得一二百两银子，就一气讨了四个丫头，要把来采取做鼎器。内中一个唤名春花，独生得标致出众，甄监生最是喜欢，自不必说。

一日，请得一个方士来，没有名姓，道号玄玄子，与甄监生讲着内外丹事，甚是精妙。甄监生说得投机，留在家里多日，把向来弄过旧方请教他。玄玄子道："方也不甚差，药材不全，所以不成。若要成事，还要养炼药材。这药材须到道口集上去买。"甄监生道："药材明日我与师父亲自买去，买了来从容养炼。至于内外事口诀，先要求教。"玄玄子先把外丹养砂干汞许多话头传了，再说到内丹采战，抽添转换，升提呼吸要紧关头。甄监生听得津津有味，道："学生于此事究心已久，行之颇得其法。只是到得没后一着，不能忍耐。有时提得气上，忍得牢了，却又兴趣已过，以此不能如意。"玄玄子道："此事最难。在此地位，须是形交而神不交，方能守得牢固。然功夫未熟，一个主意要神不交，才付之无心，便自软痿。所以初下手人，必须借力于药。有不倒之药，然后可以行久御之术；有久御之功，然后可以收阴精之助；到得后来，收得精多，自然刚柔如意，不必用药了。若不先资药力，竟自讲究其法，便有些说时容易做时难，弄得不尴尬，落得损了元神。”甄监生道：“药不过是春方，有害身子。”玄玄子道：“春方乃小家之术，岂是仙家所宜用？小可有炼成秘药，服之久久，便可骨节坚强，长生度世。此乃至宝之丹，万金良药也。”甄监生道：“这个就要相求了。”玄玄子便去葫芦内倾出十多丸来，递与甄监生道：“此药每服一丸，然未可轻用。还有解药。那解药合成，尚少一味，须在明日一同这些药料买去。”甄监生收受了丸药，又要玄玄子参酌内丹口诀异同之处。玄玄子道：“此须晚间卧榻之上才指点得穴道明白，传受得做法手势亲切。”甄监生道：“总是明日要起早，到道口集上去买药，今夜学生就同在书房中一处宿了讲究便是。”当下分付家人：“早起做饭，天未明就要起身。倘或睡着了，饭熟时来叫一声。”家人领命已讫。是夜遂与玄玄子同宿书房，讲论房事，传授口诀。约莫一更多天，然后睡了。

第二日天未明，家人们起来做饭停当，来叫家主起身。连呼数声，不听得甄监生答应，却惊醒了玄玄子。玄玄子摸摸床子，不见主人家，回说道：“昨夜一同睡的，我睡着了，不知何往，今不在床上了。”家人们道：“那有此话？”推门进去，把火一照，只见床上里边玄玄子睡着，外边脱下里衣一件，却不见家主。尽道想是原到里面睡去了，走到里头敲门问时，说道昨晚不曾进来。合家惊起，寻到书房外边一个小室之内，只见甄监生直挺挺眠于地上。看看口鼻时，已是没气的了。大家慌张起来，道：“这死得希奇！”其子甄希贤听得，慌忙走来，仔细看时，口边有血流出。希贤道：“此是中毒而死，必是方士之故！”希贤平日见父亲所为，心中不伏气，怪的是方士。不匡父亲这样死得不明，不恨方士恨谁？领了家人，一头哭，一头走，赶进书房中，揪着玄玄子，不管三七二十一，拳头脚尖齐上，先是一顿肥打。玄玄子不知一些头脑，打得口里乱叫："老爷，相公，亲爹爹，且饶狗命，有话再说。"甄希贤道："快还我父亲的性命来！"玄玄子慌了道："老相公怎的了？"家人走上来，一个巴掌，打得应声响，道："怎的了？怎的了？你难道不知道的？假撇清么！"一把抓来，将一条铁链锁住在甄监生尸首边了，一边收拾后事。

待天色大明了，写了一状，送这玄玄子到县间来。知县当堂问其实情。甄希贤道："此人哄小人父亲炼丹，晚间同宿，就把毒药药死了父亲，口中现有血流，是谋财害命的。"玄玄子诉道："晚间同宿是真。只是小的睡着了，不知几时走了起去，以后又不知怎么样死了，其实一些也不知情。"知县道："胡说！既是同宿，岂有不知情的？况且你每这些游方光棍，有甚么事做不出来？"玄玄子道："小人见这个监生好道，打点哄他些东西，情是有的。至于死事，其实不知。"知县冷笑道："你难道肯自家说是怎么样死的不成？自然是赖的。"叫左右将夹强盗的头号夹棍，把这光棍夹将起来。可怜那玄玄子——

管甚么玄之又玄，只看你熬得不得。吆呵力重，这算做洗髓伐毛；叫喊声高，用不着存神闭气。口中白雪流将尽，谷道黄芽挣出来。

当日把玄玄子夹得一佛出世，二佛生天，又打勾一二百榔头。玄玄子虽然是江湖上油嘴棍徒，却是惯哄人家好酒好饭吃了，叫"先生"、叫"师父"尊敬过的，倒不曾吃着这样苦楚，好生熬不得。只得招了道："用药毒死，图取财物是实。"知县叫画了供，问成死罪，把来收了大监，待叠成文案，再申上司。

乡里人闻知的，多说甄监生尊信方士，却被方士药死了。虽是甄监生迷而不悟，自取其祸，那些方士这样没天理的，今官府明白，将来抵罪，这才为现报了。亲戚朋友没个不欢喜的。到于甄家家人，平日多是恨这些方士入骨的，今见家主如此死了，恨不登时咬他一块肉。断送得他在监里问罪，人人称快，不在话下。

岂知天下自有冤屈的事。元来甄监生二妾四婢，惟有春花是他新近宠爱的，终日在闺门之内。轮流侍寝，采战取乐。终久人多耳目众，觉得春花兴趣颇高，碍着同伴窃听，不能尽情，意思要与他私下在那里弄一个翻天覆地的快活。是夜口说在书房中歇宿，其实暗地里约了春花晚间开出来，同到侧边小室中行事。春花应允了。甄监生先与玄玄子同宿，教导术法，传授了一更多次。习学得熟，正要思量试用，看见玄玄子睡着，即走下床来，披了衣服，悄悄出来。走到外边，恰好春花也在里面走出来，两相遇着，拽着手，竟到侧边小室中。有一把平日坐着运气的禅椅在内，叫春花脱了下衣，坐好在上面了，甄监生就舞弄起来。甄监生极了，猛想着："日间玄玄子所与秘药，且吃他一丸，必是耐久的。"就在袖里摸出纸包来，取一丸，用唾津咽了下去。才咽得下，就觉一股热气竟趋丹田。两相吸牢，扯拔不出。甄监生想道："他日间原说还有解药，不曾合成。方才性急头上，一下子吃了，而今怎得药来解他？"心上一急，便有些口渴气喘起来，对春花道："怎得口水来吃吃便好。"春花道："放我去取水来与你吃。"甄监生却被药力涩住，落得头红面热，火气反望上攻。口里哼道："活活的急死了我！"咬得牙齿格格价响，大喊一声道："罢了我了！"两手撒放，扑的望地上倒了下来。春花站起身来道："这是怎的说！"去扶扶甄监生时，声息俱无，四肢挺直，但身上还是热的，叫问不应了。春花慌了手脚，道："这事利害，若声张起来，不要说羞人，我这罪过须逃不去。总是夜里没人知道，瞒他娘罢！"且不管家主死活，轻轻的脱了身子，望自己卧房里只一溜，溜进去睡了，并没一个人知觉。到得天明，合家人那查夜来细帐？却把一个甚么玄玄子顶了缸，以消平时恶气，再不说他冤枉的了。只有春花肚里明白，怀着鬼胎，不敢则声，眼盼盼便做这个玄玄子悔气不着也罢。

看官，你道这些方士固然可恨，却是此一件事是甄监生自家误用其药，不知解法，以致药发身死，并非方士下手故杀的。况且平时提了罐、着了道儿的，又别是一伙，与今日这个方士没相干。只为这一路的人众恶所归，官打见在，正所谓“张公吃酒李公醉”，又道是“拿着黄牛便当马”，又是个无根蒂的，没个亲戚朋友与他辨诉一纸状词，活活的顶罪罢了。却是天理难昧，元不是他谋害的，毕竟事久辨白出来。这放着做后话。

且说甄希贤自从把玄玄子送在监里了，归家来成了孝服，把父亲所作所为尽更变过来。将药炉丹灶之类打得粉碎，一意做人家，先要卖去这些做鼎器的使女。其时有同里人李宗仁，是个富家子弟，新断了弦。闻得甄家使女多有标致的，不惜重价，来求一看。希贤叫将出来看时，头一名就点中了春花，用掉了六十多两银子，讨了家去。宗仁明晓得春花不是女身，却容貌出众，风情动人，两下多是少年，你贪我爱，甚是过得绸缪。

春花心性飘逸，好吃几杯酒。有了酒，其兴愈高，也是甄家家里操炼过，是能征惯战的手段。宗仁肉麻头里，高兴时节，问他甄家这些采战光景，春花不十分肯说。直等有了酒，才略略说些出来。宗仁一日有亲眷家送得一小坛美酒，夫妻两个将来对酌。宗仁把春花劝得半醉，两个上床，乘着酒兴，干起事来，就便问起甄家做作。春花乜斜着双眼道：“他家动不动吃了药做事，好不爽利煞人。只有一日，正弄得极快活，可惜就收场了。”宗仁道：“怎的就收场了？”春花道：“人多弄杀了，不收场怎的？”宗仁道：“我正见说甄监生被方士药死了的。”春花道：“那里是方士药死？这是一桩冤屈事。其实只是吃了他的药，不解得，自弄死了。”宗仁道：“怎生不解得弄死了？”春花却把前日晚间的事，是长是短，备细说了一遍。宗仁道：“这等说起来，你当时却不该瞒着，急急叫起人来，或者还可有救。”春花道：“我此时慌了，只管着自己身子干净，躲得过便罢了，那里还管他死活？”宗仁道：“这等，你也是个没情的。”春花道：“若救活了，今日也没你的分了。”两个一齐笑将起来。虽然是一番取笑说话，自此宗仁心里毕竟有些嫌鄙春花，不足他的意思。

看官听说：大凡人情，专有一件古怪，心里热落时节，便有些缺失之处，只管看出好来；略有些小不像意起头，随你承奉他，多是可嫌的，并那平日见的好处，也要拣相出不好来。这多是缘法在里头。有一只小词儿单说那缘法尽了的：

> 缘法儿尽了，诸般的改变。缘法儿尽了，要好也再难。缘法儿尽了，恩成怨。缘法儿若尽了，好言当恶言。缘法儿尽了也，动不动变了脸。

今日说起来，也是春花缘法将尽，不该趁酒兴把这些话柄一盘托了出来。男子汉心肠，见说了许多用药淫战之事，先自有些捻酸不耐烦，觉得十分轻贱。又兼说道弄死了在地上，不管好歹，且自躲过，是个无情不晓事的女子，心里澹薄了好些。朝暮情意，渐渐不投。春花看得光景出来，心里老大懊悔。正是一言既出，驷马难追。此时便把舌头剪了下来，嘴唇缝了拢去，也没一毫用处。思量一转，便自捶胸跌足，时刻不安。也是合当有事，一日公婆处有甚么不合意，骂了他弄死汉子的贱淫妇。春花听见，恰恰道着心中之事，又气恼，又懊悔，没怨怅处。妇人短见，走到房中，一索吊起。无人防备的，那个来救解？不上一个时辰，早已呜呼哀哉。

> 只缘身作延年药，一服曾经送主终。
> 今日投缳殆天意，双双采战夜台中。

却说春花含羞自缢而死，过了好一会，李宗仁才在外厢走到房中，忽见了这件打秋千的物事，吃了一惊，慌忙解放下来，早已气绝的了。宗仁也有些不忍，哭将起来。父母听得，急走来看时，只叫得苦。老公婆两个互相埋怨道："不合骂了他几句，谁晓得这样心性，就做短见的事！"宗仁明知道是他自怀羞愧之故，不好说将出来。邻里地方闻知了来问的，只含糊回他道："妻子不孝，毁骂了公婆，惧罪而死。"幸喜春花是甄家远方讨来的，没有亲戚，无人生端告执人命。却自有这伙地方人等要报知官府，投递结状，相验尸伤，许多套数。宗仁也被缠得一个不耐烦，费掉了好些盘费，才得停妥，也算是大悔气。

春花既死，甄监生家里的事越无对证，这方士玄玄子永无出头日子了。谁知天理所在，事到其间，自有机会出来。

其时山东巡按是灵宝许襄毅公，按监曹州，会审重囚。看见了玄玄子这宗案卷，心里疑道："此辈不良，用药毒人，固然有这等事；只是人既死了，为何不走？"次早提问这事。先叫问甄希贤，希贤把父亲枉死之状说了一遍。许公道："汝父既与他同宿，被他毒了，想就死在那房里的了。"希贤道："死在外边小室之中。"许公道："为何又在外边？"希贤道："想是药发了当不得，乱走出来寻人，一时跌倒了的。"许公道："这等，那方士何不逃了去？"希贤道："彼时合家惊起，登时拿住，所以不得逃去。"许公道："死了几时，你家才知道？"希贤道："约了天早同去买药，因家人叫呼不应，不见踪迹，前后找寻，才看见死了的。"许公道："这等，他要走时也去久了。他招上说谋财害命，谋了你家多少财？而今在那里？"希贤道："止是些买药之本，十分不多，还在父亲身边，不曾拿得去。"许公道："这等，他毒死你父亲何用？"希贤道："正是不知为何这等毒害。"许公就叫玄玄子起来，先把气拍一敲道："你这伙人，死有馀辜！你药死甄廷诏，待要怎的？"玄玄子道："廷诏要小人与他炼外丹，打点哄他些银子，这心肠是有的。其实药也未曾买。正要同去买了，才弄起头，小人为何先药死他？前日熬刑不过，只得屈招了。"许公道："与你同宿是真的么？"玄玄子道："先在一床上宿的，后来睡着了，不知几时走了去。小人睡梦之中，只见许多家人打将进来，拿小人去偿命，小人方知主人死了。其实一些情也不晓得。”许公道：“为甚么与你同宿？”玄玄子道：“要小人传内事功夫。小人传了他些口诀，又与了他些丸药，小人自睡了。”许公道：“丸药是何用的？”玄玄子道：“是房中秘戏之药。”许公点头道：“是了，是了。”又叫甄希贤问道：“你父亲房中有几人？”希贤道：“有二妾四女。”许公道：“既有二妾，焉用四女？”希贤道：“父亲好道，用为鼎器。”许公道：“六人之中，谁为最爱？”希贤道：“二妾已有年纪，四女轮侍，春花最爱。”许公道：“春花在否？”希贤道：“已嫁出去了。”许公道：“嫁在那里，快唤将来。”希贤道：“近日死了。”许公道：“怎样死了？”希贤道：“闻是自缢死的。”许公哈哈大笑道：“即是一桩事，一个情也。其夫是何名姓？”希贤道：“是李宗仁。”许公就掣了一签，差个皂隶去，不一时拘将李宗仁来。

许公问道：“你妻子为何缢死的？”宗仁磕头道：“是不孝公姑，惧罪而死。”许公故意作色道：“分明是你致死了他，还要胡说？”宗仁慌了，道：“妻子与小人从来好的，并无说话。地方邻里见有干结在官，委是不孝小人的父母。父母要声说，自知不是，缢死了的。”许公道：“你且说他如何不孝？”宗仁一时说不出来，只得支吾道：“毁骂公姑。”许公道：“胡说！既敢毁骂，是个放泼的妇人了，有甚惧怕，就肯自死？”指着宗仁道：“这不是他惧怕，还是你的惧怕。”宗仁道：“小人有甚惧怕？”许公道：“你惧怕甄家丑事彰露出来，乡里间不好听，故此把不孝惧罪之说，支吾过了。可是么？”宗仁见许公道着真情，把个脸涨红了，开不得口。许公道：“你若实说，我不打你；若有隐匿，必要问你偿命。”宗仁慌了，只得实实把妻子春花吃酒醉了，说出真情，甄监生如何相约，如何采战，如何吃了药不解得，一口气死了的话，备细述了一遍，道：“自此以后，心里嫌他，委实没有好气相待。妻子自觉失言，悔恨自缢。此是真情。因怕乡亲耻笑，所以只说因骂公姑，惧怕而死。今老爷所言，分明如见，小人不敢隐瞒一句，只望老爷超生。"许公道:"既实说了,你原无罪,我不罪你。"一面录了口词,就叫玄玄子来,道:"我晓得甄廷诏之死与你无干。只是你药如此误事,如何轻自与人?"玄玄子道:"小人之药,原用解法。今甄廷诏自家妄用,丧了性命,非小人之罪也。"许公道:"却也误人不浅。"提笔写道:

> 审得甄廷诏误用药而死于淫,春花婢醉泄事而死于悔,皆自贻伊戚,无可为抵。两死相偿足矣。玄玄子财未交涉,何遽生谋?死尚身留,必非毒害;但淫药误人,罪亦难免。甄希贤痛父执命,告不为诬;李宗仁无心丧妻,情更可悯。俱免拟释放。

当下将玄玄子打了廿板,引庸医杀人之律,问他杖一百,逐出境,押回原籍。又行文山东六府,凡军民之家,敢有听信术士道人邪说,采取炼丹者,一体问罪。

发放了毕,甄希贤回去与合家说了,才晓得当日甄监生死的缘故,却因春花,春花又为此缢死,深为骇异。尽道虽不干这个方士的事,却也是平日误信此辈,致有此祸也。六府之人见察院行将文书来,张挂告示,三三两两,尽传说甄家这事乃察院明断,以为新闻。好些好此道的,也不敢妄做了。真足为好内外丹事者之鉴。

从来内外有丹术,不是贪财与好色。
外丹原在广施济,内丹却用调呼吸。
而今烧汞要成家,采战无非图救急。
岂有神仙累劫修,不及庸流眼前力。
一盆火内炼能成,两片皮中抽得出。

卷十九

田舍翁时时经理　牧童儿夜夜尊荣

词云：

扰扰劳生，待足后，何时是足？据见定、随家丰俭，便堪龟缩。得意浓时休进步，须防世事多翻覆。枉教人、白了少年头，空碌碌。

此词乃是宋朝诗僧晦庵所作《满江红》前阕，说人生富贵荣华，常防翻覆，不足凭恃。劳生扰扰，巴前算后，每怀不足之心，空白了头没用处，不如随缘过日的好。只看宋时嘉祐年间，有一个宣议郎万延之，乃是钱塘南新人，曾中乙科出仕。性素刚直，做了两三处地方州县官，不能屈曲，中年拂衣而归，徙居馀杭。见水乡陂泽，可以耕种作田的，因为低洼，有水即没，其价甚贱。万氏费不多些本钱，买了无数。也是人家该兴，连年亢旱，是处低田大熟，岁收租米万石有馀。万宣议喜欢，每对人道："吾以万为姓，今岁收万石，也勾了我了。"自此营建第宅，置买田园，扳结婚姻。有人来献勤作媒，第三个公子说合驸马都尉王晋卿家孙女为室，约费用二万缗钱，才结得这头亲事。儿子因是驸马孙婿，得补三班借职。一时富贵熏人，诈民无算。

他家有一个瓦盆，是希世的宝物。乃是初选官时，在都下，为铜禁甚严，将十个钱市上买这瓦盆来盥洗。其时天气凝寒，注汤沃面过了，将残汤倾去。还有倾不了的，多少留些在盆内。过了一夜，凝结成冰，看来竟是桃花一枝。人来见了，多以为奇，说与宣议。宣议看见道："冰结拢来，原是花的，偶像桃花，不是奇事。"不以为意。明日又复剩些残水在内，过了一会看时，另结一枝开头牡丹，花朵丰满，枝叶繁茂，人工做不来的。报知宣议来看，道："今日又换了一样，难道也是偶然？"宣议方才有些惊异道："这也奇了。且待我再试一试。"亲自把瓦盆拭净，另洒些水在里头。次日再看，一发结得奇异了，乃是一带寒林，水村竹屋，断鸿翘鹭，远近烟峦，宛如图画。宣议大骇，晓得是件奇宝，唤将银匠来把白金镶了外层，将锦绮做了包袱，十袭珍藏。但遇凝寒之日，先期约客，张筵置酒，赏那盆中之景，是一番另结一样，再没一次相同的。虽是名家画手，见了远愧不及。前后色样甚多，不能悉纪。只有一遭最奇异的，乃是上皇登极，恩典下颁，致仕官皆得迁授一级，宣议郎加迁宣德郎。敕下之日，正遇着他的生辰，亲戚朋友来贺喜的，满坐堂中。是日天气大寒，酒席中放下此盆，洒水在内，须臾凝结成象，却是一块山石上，坐着一个老人，左边一龟，右边一鹤，俨然是一幅寿星图。满堂饮酒的，无不喜跃赞叹。内中有知今识古的士人，议论道："此是瓦器，无非凡火烧成，不是甚么天地精华，五行间气结就的。有此异样，理不可晓，诚然是件罕物。"又有小人辈胁肩谄笑，掇臀捧屁，称道："分明万寿无疆之兆，不是天下大福人，也不能勾有此异宝。"当下尽欢而散。

此时万氏又富又贵，又与皇亲国戚联姻，豪华无比，势焰非常，尽道是用不尽的金银，享不完的福禄了。谁知过眼云烟，容易消歇。宣德郎万延之死后，第三儿子补三班的也死了。驸马家里见女婿既死，来接他郡主回去，说道万家家资多是都尉府中带来的，伙着二三十男妇，内外一抢，席卷而去。万家两个大儿子只好眼睁睁看他使势行凶，不敢相争，内财一空。所有低洼田千顷，每遭大水淹没，反要赔粮，巴不得推与人了倒干净，凭人占去。家事尽消，两子寄食亲友，流落而终。此宝盆被驸马家取去，后来归了蔡京太师。识者道："此盆结冰成花，应着万氏之富犹如冰花一般，原非坚久之象，乃是不祥之兆。"然也是事后如此猜度，当他盛时那个肯是这样想？敢是这样说？直待后边看来，真个是如同一番春梦。

所以古人寓言，做着《邯郸梦记》《樱桃梦记》，尽是说那富贵繁华直同梦境。却是一个人做得一个梦了却一生，不如庄子说那牧童做梦，日里是本相，夜里做王公，如此一世，更为奇特。听小子敷演来看。

人世原同一梦，梦中何异醒中？
若果夜间富贵，只算半世贫穷。

话说春秋时鲁国曹州有座南华山，是宋国商丘小蒙城庄子休流寓来此，隐居著书，得道成仙之处。后人称庄子为南华老仙，所著书就名为《南华经》，皆因此起。彼时山畔有一田舍翁，姓莫，名广，专以耕种为业。家有肥田数十亩，耕牛数头，工作农夫数人，茅檐草屋，衣食丰足，算做山边一个土财主。他并无子嗣，与庄家老姥夫妻两个早夜算计思量，无非只是耕田锄地，养牛牧猪之事。有几句诗单道田舍翁的行径：

田舍老翁性夷逸，僻向小山结幽室。生意不满百亩田，力耕水耨艰为食。春晚喧喧布谷鸣，春云霭霭檐溜滴。呼童载犁躬负锄，手牵黄犊头戴笠。一耕不自已，再耕还自力。三耕且插苗，看看秀而硕。夏耘勤勤秋复来，禾黍如云堪刈铚。担箩负囊纷敛归，仓盈囷满居无隙。教妻囊酒赛田神，烹羊宰豚享亲戚。击鼓咚咚乐未央，忽看玉兔东方白。

那个莫翁勤心苦胝，牛畜渐多，庄农不足，要寻一个童儿，专管牧养。

其时本处有一个小厮儿，祖家姓言，因是父母双亡，寄养在人家，就叫名寄儿。生来愚蠢，不识一字，也没本事做别件生理，只好出力做工度活。一日在山边拔草，忽见一个双丫髻的道人走过，把他来端相了一回，道："好个童儿，尽有道骨。可惜痴性颇重，苦障未除。肯跟我出家么？"寄儿道："跟了你，怎受得清淡过？"道人道："不跟我，怎受得烦恼过？也罢，我有个法儿，教你夜夜快活，你可要学么？"寄儿道："夜里快活，也是好的，怎不要学？师父可指教我。"道人道："你识字么？"寄儿道："一字也不识。"道人道："不识也罢，我有一句真言，只有五个字。既不识字，口传心授，也容易记得。"遂叫他，将耳朵来："说与你听，你牢记着。"是那五个字？乃是：

婆珊婆演底。

道人道："临睡时，将此句念上百遍，管你有好处。"寄儿谨记在心。道人道："你只依着我，后会有期。"捻着渔鼓、简板，口唱道情，飘然而去。是夜寄儿果依其言，整整念了一百遍，然后睡下。才睡得着，就入梦境。正是：

人生劳扰多辛苦，已逊山间枕石眠。
况是梦中游乐地，何妨一觉睡千年！

看官牢记话头，这回书一段说梦，一段说真，不要认错了。却说言寄儿睡去，梦见身为儒生，粗知文义，正在街上斯文气象，摇来摆去。忽然见个人来说道："华胥国王黄榜招贤，何不去求取功名，图个出身？"寄儿听见，急取官名寄华，恍恍惚惚，不知涂抹了些甚么东西，叫做万言长策，将去献与国王。国王发与那掌文衡的看阅。寄华使用了些袅蹄金作为贽礼，掌文衡的大悦，说这个文字乃惊天动地之才，古今罕有，加上批点，呈与国王。国王授为著作郎，主天下文章之事，旗帜鼓乐，高头骏马，送入衙门到任。寄华此时身子如在云里雾里，好不风骚。正是：

> 电光石火梦中身，白马红缨衫色新。
> 我贵我荣君莫羡，做官何必读书人！

寄华跳下得马，一个虚跌，惊将醒来。擦擦眼看一看，仍睡在草铺里面，叫道："呸！呸！作他娘的怪。我一字也不识的，却梦见献甚么策，得做了官，管甚么天下文章。你道是真梦么？且看他怎生应验！"嗤嗤的还定着性想那光景。

只见平日往来的邻里沙三走将来，叫寄儿道："寄哥，前村莫老官家寻人牧牛，你何不投与他家了，省得短趁，闲了一日便待嚼本。"寄儿道："投在他家可知好哩！只是没人引我去。"沙三道："我昨日已与他家说过你了，今日我与你同去，只要写下文券就成了。"寄儿道："多谢美情指引则个。"两个说说话话，一同投到莫家来。莫翁问其来意，沙三把寄儿勤谨过人，愿投门下牧养，说了一遍。莫翁看寄儿模样老实，气力粗夯，也自欢喜，情愿雇倩，叫他写下文券。寄儿道："我须不识字，写不得。"沙三道："我写了，你画个押罢。"沙三曾在村学中读过两年书，尽写得几个字，便写了一张"情愿受雇，专管牧畜"的文书，虽有几个不成的字儿，意会得去也便是了。后来年月之下要画个押字，沙三画了，寄儿拿了一管笔，不知左画是右画是。自想了暗笑道："不知昨夜怎的献了万言长策来！"捻着笔千斤来重，沙三把定了手，才画得一个十字。莫翁当下发了一季工食，着他在山边草房中住宿，专管牧养。寄儿领了钥匙，与沙三同到草房中。寄儿谢了沙三些常例媒钱，是夜就在草房中宿歇。依着道人念过五字真言百遍，倒翻身便睡。

看官，你道从来只有说书的续上前因，那有做梦的接着前事？而今煞是古怪，寄儿一觉睡去，仍旧是昨夜言寄华的身分，顶冠束带，新到著作郎衙门升堂理事。只见跄跄跻跻一群儒生，将着文卷，多来请教。寄华一一批答。好的歹的，圈的抹的，发将下去，纷纷争看。众人也有服的，也有不服的，喧哗闹嚷起来。寄华发出规条，分付多要遵绳束，如不伏者，定加鞭笞。众儒方弭耳拱听，不敢放肆，俱各从容雅步，逡巡而退。是日同衙门官摆着公会筵席，特贺到任。美酒嘉肴，珍羞百味，歌的歌，舞的舞，大家尽欢。直吃到斗转参横，才得席散，回转衙门里来。

那边就寝，这边方醒，想着明明白白记得的，不觉失笑道："好怪么！那里说起？又接着昨日的梦，身做高官，管着一班士子，看甚么文字！我晓得文字中吃的不中吃的？落得吃了些酒席，倒是快活。"起来抖抖衣服，看见褴褛，叹道："不知昨夜的袍带多在那里去了！"将破布袄穿着停当，走下得床来，只见一个庄家老苍头，奉着主人莫翁之命，特来交盘牛畜与他。一群牛共有八九只，寄儿逐只看相，用手去牵他鼻子。那些牛不曾认得寄儿，是个面生的，有几只驯扰不动，有几只奔突起来。老苍头将一条皮鞭付与寄儿，寄儿赶去，将那奔突的牛两三鞭打去。那些牛不敢违拗，顺顺被寄儿牵来，一处拴着，寄儿慢慢喂放。老苍头道："你新到吾主翁家来，我们该请你吃三杯。昨日已约下沙三哥了，这早晚他敢就来。"说未毕，沙三提了一壶酒，一个篮——篮里一碗肉，一碗芋头，一碟豆——走将来。老苍头道："正等沙三哥来商量吃三杯，你早已办下了，我补你分罢。"寄儿道："甚么道理要你们破钞？我又没得回答处，我也出个分在内罢了。"老苍头道："甚么大事，直得这个商量？我们尽个意思儿罢。"三人席地而坐，吃将起来。寄儿想道："我昨夜梦里的筵席好不齐整，今却受用得这些东西，岂不天地悬绝？”却是怕人笑他，也不敢把梦中事告诉与人。正是：

> 对人说梦，说听皆痴。
> 如鱼饮水，冷暖自知。

寄儿酒量元浅，不十分吃得多，饮了一杯，有些醺意。两人别去，寄儿就在草地上一眠，身子又到华胥国中去。国王传下令旨：访得著作郎能统率多士，绳束严整，特赐锦衣冠带一袭，黄盖一顶，导从鼓吹一部。出入鸣驺，前呼后拥，好不兴头。忽见四下火起，忽然惊觉，身子在地上眠着，东方大明，日轮红焰焰钻将出来了。

起来吃些点心，就骑着牛四下里放草。那日色在身上晒得热不过，走来莫翁面前告诉。莫翁道：“我这里原有蓑笠一副，是牧养的人一向穿的。又有短笛一管，也是牧童的本等。今拿出来交付与你。你好好去看养，若瘦了牛畜，要与你说话的。”牧童道：“再与我一把伞遮遮身便好。若只是笠儿，只遮得头，身子须晒不过。”莫翁道：“那里有得伞？池内有的是大荷叶，你日日摘将来遮身不得？”寄儿唯唯，受了蓑笠、短笛，果在池内摘张大荷叶擎着，骑牛前去。牛背上自想道：“我在华胥国里是贵人，今要一把日照也不能勾了，却叫我擎着荷叶遮身！”猛然想道：“这就是梦里的黄盖了，蓑与笠就是锦袍官帽了！”横了笛吹了两声，笑道：“这可不是一部鼓吹么？我而今想来，只是睡的快活。”有诗为证：

> 草铺横野六七里，笛弄晚风三四声。
> 归来饱饭黄昏后，不脱蓑笠卧月明。

自此之后，但是睡去，就在华胥国去受用富贵；醒来只在山坡去处做牧童。无日不如此，无梦不如此，不必逐日逐夜件件细述。但只拣有些光景的，才把来做话头。

一日，梦中国王有个公主要招赘驸马。有人启奏："著作郎言寄华才貌出众，文彩过人，允称此选。"国王准奏，就着传旨：钦取著作郎为驸马都尉，尚范阳公主。迎入驸马府中成亲，灯烛辉煌，仪文璀璨，好不富贵。有《贺新郎》词为证：

> 瑞气笼清晓。卷珠帘、次第笙歌，一时齐奏。无限神仙离蓬岛，凤驾鸾车初到。见拥个、仙娥窈窕。玉佩叮珰风缥缈，望娇姿、一似垂杨袅。天上有，世间少。

那范阳公主生得面长耳大，曼声善啸，规行矩步，颇会周旋。寄华身为王婿，日夕公主之前对案而食，比前受用，更加贵盛。

明日睡醒，主人莫翁来唤，因为家中有一匹拽磨的牝驴儿，一并交与他牵去喂养。寄儿牵了，暗笑道："我夜间配了公主，怎生烜赫！却今日来弄这个买卖，伴这个众生！"跨在背上打点也似骑牛的骑了到山边去，谁知骑上了背，那驴儿只是团团而走，并不前进，盖因是平日拽的磨盘走惯了。寄儿没奈何，只得跳下来，打着两鞭，牵着前走。从此又添了牲口，恐怕走失，饮食无暇，只得备了干粮，随着四处放牧。莫翁又时时来稽查，不敢怠慢一些儿。辛苦一日，只图得晚间好睡。

是夜又梦见在驸马府里，正同着公主欢乐，有邻邦玄菟、乐浪二国前来相犯，华胥国王传旨，命驸马都尉言寄华讨议退兵之策。言寄华聚着旧日著作衙门一干文士到来，也不讲求如何备御，也不商量如何格斗，只高谈正心诚意，强邻必然自服。诸生之中也有情愿对敌的，多退着不用。只有两生献策：他一个到玄菟，一个到乐浪，舍身往质，以图讲和。言寄华大喜，重发金帛，遣两生前往。两生屈己听命，饱其所欲，果然那两国不来。言寄华夸张功绩，奏上国王。国王大悦，叙录军功，封言寄华为黑甜乡侯，加以九锡，身居百僚之上，富贵已极。有诗为证：

当时魏绛主和戎，岂是全将金币供？
厥后宋人偏得意，一班道学自雍容。

言寄华受了封侯锡命，绿韨衮冕，鸾路乘马，彤弓卢矢，左建朱钺，右建金戚，手执圭瓒，道路辉煌。自朝归第，有一个书生叩马上言道："日中必昃，月满必亏。明公功名到此，已无可加，急流勇退，此其时矣。直待福过灾生，只恐悔之无及。"言寄华此时志得意满，那里听他？笑道："我命中生得好，自然富贵逼人，有福消受，何须过虑？只管目前享用勾了。寒酸见识，晓得甚么！"大笑坠车，吃了一惊，醒将起来。

点一点牛数，只叫得苦，内中不见了二只。山前山后，到处寻访迹踪，元来一只被虎咬伤，死在坡前；一只在河中吃水，浪涌将来，没在河里。寄儿看见，急得乱跳道："梦中甚么两国来侵，谁知倒了我两头牲口！"急去报与莫翁。莫翁听见，大怒道："此乃你的典守，人多说你只是贪睡，眼见得坑了我头口！"取过扁担来要打。寄儿负极，辩道："虎来时牛尚不敢敌，况我敢与他争夺，救得转来的？那水中是牛常住之所，波浪涌来，一时不测，也不是我力挡得住的。"莫翁虽见他辩得也有些理，却是做家心重的人，那里舍得两头牛死？怒吽吽不息，定要打匾担十下。寄儿哀告讨饶，才饶得一下，打到九下住了手。寄儿泪汪汪的走到草房中，摸摸臀上痛处道："甚么九锡九锡，倒打了九下屁股！"想道："梦中书生劝我歇手，难道教我不要看牛不成？从来说梦是反的，梦福得祸，梦笑得哭。我自念了此咒，夜夜做富贵的梦，所以日里倒吃亏。我如今不念他了，看待怎的！"

谁知这样作怪，此咒不念，恐怖就来。

是夜梦境，范阳公主疽发于背，偃蹇不起。寄华尽心调治未痊。国中二三新进小臣逆料公主必危，寄华势焰将败，摭拾前过，纠弹一本，说他御敌无策，冒滥居功，欺君误国许多事件。国王览奏大怒，将言寄华削去封爵，不许他重登著作堂，锁去大窖边听罪，公主另选良才别降。令旨已下，随有两个力士，将银铛锁了言寄华，到那大粪窖边墩着。寄华看那粪积狼籍，臭不堪闻，叹道："我只道到底富贵，岂知有此恶境乎？书生之言，今日验矣。"不觉号咷恸哭起来。

这边噙泪而醒，啐了两声道："作你娘的怪！这番做这样恶梦。"看视牲口，那匹驴子蹇卧地下，打也打不起来。看他背项之间，乃是绳损处烂了老大一片疮踏。寄儿慌了道："前番倒失了两头牛，打得苦恼。今这众生又病害起来，万一死了，又是我的罪过。"忙去打些水来，替他澡洗腐肉。再去拔些新鲜好草来喂他。拿着锲刀，望山前地上下手斫时，有一科草甚韧，刀斫不断。寄儿性起，连根一拔，拔出泥来。泥松之处，露出石板，那草根还缠缠绕绕绊在石板缝内。寄儿将锲刀撬将开来，板底下是个周围石砌就的大窖，里头多是金银。寄儿看见慌了手脚，擦擦眼道："难道白日里又做梦么？"定睛一看，草木树石，天光云影，眼前历历可数，料道非梦。便把锲刀草蒂一撩，道："还干那营生么？"取起五十多两一大锭在手，权把石板盖上，仍将泥草遮覆，竟望莫翁家里来。

见莫翁，未敢竟说出来，先对莫翁道："寄儿蒙公公相托，一向看牛不差。近来时运不济，前日失了两牛，今蹇驴又生病，寄儿看管不来。今有大银一锭，纳与公公，凭公公除了原发工银，馀者给还寄儿为度日之用。放了寄儿，另着人牧放罢。"莫翁看见是锭大银，吃惊道："我田家人苦积勤攒了一世，只有些零星碎银，自不见这样大锭。你却从何处得来？莫非你合着外人做那不公不法的歹事？你快说个明白，若说得来历不明。我须把你送出官府，究问下落。"寄儿道："好教公公得知，这东西多哩，我只拿得他一件来看样。”莫翁骇道：“在那里？”寄儿道：“在山边一个所在，我因斫草掘着的。今石板盖着哩。”莫翁情知是藏物，急叫他不要声张，悄悄问寄儿，到那所在来。寄儿指与莫翁，揭开石板来看，果是一窖金银，不计其数。莫翁喜得打跌，拊着寄儿背道：“我的儿！偌多金银东西，我与你两人一生受用不尽。今番不要看牛了，只在我庄上吃些安乐茶饭，掌管帐目。这些牛只，另自雇人看管罢。”两人商量，把个草蔀来，里外用乱草补塞，中间藏着窖中物事。莫翁前走，寄儿驮了后随。运到家中放好，仍旧又用前法去取。不则一遭，把石窖来运空了。莫翁到家，欢喜无量，另叫一个苍头去收拾牛只。是夜就留寄儿在家中宿歇，寄儿的床辅多换齐整了。寄儿想道：“昨夜梦中吃苦，谁想粪窖正应着发财，今日反得好处。果然梦是反的。我要那梦中富贵则甚？那五字真言不要念他了。”

其夜睡去，梦见国王将言寄华家产抄没，发在养济院中度日。只见前日的扣马书生高歌将来道：

> 落叶辞柯，人生几何？六战国而漫流人血，三神山而杳隔鲸波。任夸百斛明珠，虚延遐算。若有一卮芳酒，且共高歌。

寄华闻歌，认得其人，邀住他道：“前日承先生之教，不能依从，今日至于此地。先生有何高见，可以救我？”那书生不慌不忙，说出四句来道：

> 颠颠倒倒，何时局了？遇着漆园，还汝分晓。

说罢，书生飘然而去。寄华扯住不放，被他袍袖一摔，闪得一跌，即时惊醒。张目道：“还好，还好，一发没出息，弄到养济院里去了。”

须臾，莫翁走出堂中。元来莫翁因得了金银，晚间对老姥说道：“此皆寄儿的造化掘着的，功不可忘。我与你没有儿女，家事无传。今平地空得来许多金银，难道好没取得他的？不如认义他做个儿子，把家事付与他，做了一家一计，等他养老了我们。这也是我们知恩报恩处。”老姥道：“说得有理。我们眼前没个传家的人，别处平日地寻将来，要承当家事，我们也气不干。今这个寄儿，他见有着许多金银付在我家，就认义他做了儿子，传我家事，也还是他多似我们的，不叫得过分。”商量已定，莫翁就走出来，把这意思说与寄儿。寄儿道：“这个折杀小人，怎么敢当？”莫翁道：“若不如此，这些东西我也何名享受你的？我们两老口议了一夜，主意已定，不可推辞。”寄儿没得说，当下纳头拜了四拜，又进去把老姥也拜了。自此改姓名为莫继，在莫家庄上做了干儿子。

> 本是驴前厮养，今为舍内螟蛉。
> 何缘分外亲热？只看黄金满籯。

却是此番之后，晚间睡去，就做那险恶之梦，不是被火烧水没，便是被盗劫官刑。初时心里道：“梦虽不妙，日里落得好处，不像前番做快活梦时，日里受辛苦。”以为得意。后来到得夜夜如此，每每惊魇不醒，才有些慌张，认旧念取那五字真言，却不甚灵了。你道何故？只因财利迷心，身家念重，时时防贼发火起，自然梦魂颠倒。怎如得做牧童时，无忧无虑，饱食安眠，夜夜梦里逍遥，享那王公之乐。莫继要寻前番梦境，再不能勾，心里鹘突，如醉如痴，生出病来。

莫翁见他如此，要寻个医人来医治他。只见门前有一个双丫髻的道人走将来，口称善治人间恍惚之症。莫翁接到厅上，教莫继出来相见，元来正是昔日传与真言的那个道人。见了莫继，道：“你的梦还未醒么？”莫继道：“师父，你前者教我真言，我不曾忘了。只是前日念了，夜夜受用。后来因夜里好处，多应着日里歹处，一程儿不敢念，便再没快活的梦了。而今就念煞也无用了，不知何故？”道人道：“我这五字真言，乃是主夜神咒。《华严经》云：

善财童子参善知识，至阎浮提摩竭提国迦毗罗城，见主夜神，名曰婆珊婆演底。神言：我得菩萨破一切生痴暗法，光明解脱。

所以持念百遍，能生欢喜之梦。前见汝苦恼不过，故使汝梦中快活。汝今日间要享富厚，晚间宜受恐怖，此乃一定之理。人世有好必有歉，有荣华必有销歇，汝前日梦中岂不见过了么？”莫继言下大悟，倒身下拜道：“师父，弟子而今晓得世上没有十全的事，要那富贵无干，总来与我前日封侯拜将一般。不如跟的师父出家去罢。”道人道：“吾乃南华老仙漆园中高足弟子。老仙道汝有道骨，特遣我来度汝的。汝既见了境头，宜早早回首。”莫继遂是长是短述与莫翁、莫姥。两人见是真仙来度他，不好相留。况他身子去了，遗下了无数金银，两人尽好受用，有何不可？只得听他自行。

莫继随也披头发，挽做两丫髻，跟着道人云游去了。后来不知所终，想必成仙了道去了。看官不信，只看《南华真经》有此一段因果。话本说彻，权作散场。

总因一片婆心，日向痴人说梦。
此中打破关头，棒喝何须拈弄。

中国古典小说丛书

二刻拍案惊奇

下册

[明]凌濛初 著

江西美术出版社
全国百佳出版单位

目　　录

卷二十

贾廉访赝行府牒　商功父阴摄江巡

诗曰：

世人结交须黄金，黄金不多交不深。
总令然诺暂相许，终是悠悠行路心。

这四句乃是唐人之诗，说天下多是势利之交，没有黄金成不得相交。这个意思，还说得浅。不知天下人但是见了黄金，连那一向相交人也不顾了。不要说相交的，总是至亲骨肉，关着财物面上，就换了一条肚肠，使了一番见识，当面来弄你，算计你。几时见为了亲眷，不要银子做事的？几曾见眼看亲眷富厚，不想来设法要的？至于撞着有些不测事体，落了患难之中，越是平日往来密的，头一场先是他骗你起了。

直隶常州府武进县有一个富户，姓陈，名定。有一妻一妾，妻巢氏，妾丁氏。妻已中年，妾尚少艾。陈定平日情分，在巢氏面上淡些，在丁氏面上浓些，却也相安无说。巢氏有兄弟巢大郎，是一个鬼头鬼脑的人，奉承得姊夫、姊姊好，陈定托他掌管家事。他内外揽权，百般欺侵，巴不得姊夫有事，就好科派用度，落来肥家。一日，巢氏偶染一病。大凡人病中性子，易得惹气。又且其夫有妾，一发易生疑忌，动不动就呕气，说道："巴不得我死了，让你们自在快乐，省做你们眼中钉！"那陈定男人家心性，见大娘子有病在床，分外与小老婆肉麻的榜样，也是有的。遂致巢氏不堪，日逐嗔恼骂詈。也是陈定与丁氏合该悔气，平日既是好好的，让他是个病人，忍耐些个罢了。陈定见他聒絮不过，回答他几句起来。巢氏倚了病势，要死要活的，颠了一场。陈定也没好气的，也不来管他好歹。巢氏自此一番，有增无减。陈定慌了，竭力医祷无效，丁氏也自尽心伏侍。争奈病痛犯拙，毕竟不起，呜呼哀哉了。

陈定平时家里饱暖，妻妾享用，乡邻人忌克他的多，看想他的也不少。今闻他大妻已死，有晓得他病中相争之事的，来挑着巢大郎道："闻得令姊之死，起于妻妾相争。你是他兄弟，怎不执命告他？你若进了状，我邻里人家少不得要执结人命虚实，大家有些油水。"巢大郎是个乖人，便道："我终日在姊夫家里走动，翻那面皮不转。不若你们声张出首，我在里头做好人，少不得听我处法，我就好帮衬你们了：只是你们要硬着些，必是到得官，方起发得大钱。只说过了，处来要对分的。"邻里人道："这个当得。"两下写开合同。果然邻里间合出三四个要有事、怕太平的人来，走到陈定家里喧嚷，说人命死得不明，必要经官，入不得殓。巢大郎反在里头劝解，私下对陈定说："我是亲兄弟，没有说话，怕他外人怎的？"陈定谢他道："好舅舅，你退得这些人，我自重谢你。"巢大郎即时扬言道："我姊姊自是病死的，有我做兄弟的在此，何劳列位多管？"邻里人自有心照，晓得巢大郎是明做好人之言，假意道："你自私受软口汤，倒来吹散我们！我们自有说话处。"一哄而散。陈定心中好不感激巢大郎，怎知他却暗里串通地方，已自出首武进县了。

武进县知县是个贪夫。其时正有个乡亲在这里打抽丰，未得打发，见这张首状是关着人命，且晓得陈定名字，是个富家，要在他身上设处些，打发乡亲起身。立时准状，佥牌来拿陈定到官，不繇分说，监在狱中。陈定急了，忙叫巢大郎到监门口与他计较，叫他快寻分上。巢大郎正中机谋，说道："分上固要，原首人等也要洒派些，免得他每做对头，才好脱然无累。"陈定道："但凭舅舅主张，要多少时，我写去与小妾，教他照数付与舅舅。"巢大郎道："这个定不得数，我去用看，替姊夫省得一分是一分。"陈定道："只要快些完得事，就多着些也罢了。"巢大郎别去，就去寻着了这个乡里，与他说倒了银子，要保全陈定无事。陈定面前说了一百两，取到了手，实与得乡里四十两。乡里是要紧归去之人，挑得篮里便是菜，一个信送将进去，登时把陈定放了出来。巢大郎又替他说合地方邻里，约费了百来两银子，尽皆无说。少不得巢大郎又打些虚帐，又与众人私下平分，替他做了好些买卖，当官归结了。

乡里得了银子，当下动身回去。巢大郎贪心不足，想道："姊夫官事，其权全在于我，要息就息。前日乡里分上，不过保得出狱，何须许多银子？他如今已离了此处，不怕他了。不免赶至中途，倒他的出来。"遂不通陈定知道，竟连夜赶到丹阳。撞见乡里正在丹阳写轿，一把扭住，讨取前物。乡里道："已是说倒见效过的，为何又来翻帐？"巢大郎道："官事问过，地方原无词说，尸亲愿息，自然无事的。起初无非费得一保，怎值得许多银子？"两不相服，争了半日。巢太郎要死要活，又要首官。那个乡里是个有体面的，忙忙要走路，怎当得如此歪缠？恐怕惹事，忍着气，拿出来还了他。巢大郎千欢万喜转来了。

乡里受了这场亏，心里不甘，稍个便信，把此事告诉了武进县知县。知县大怒，出牌重问，连巢大郎也标在牌上，说他私和人命，要拿来出气。巢大郎虚心，晓得是替乡里报仇，预先走了。只苦的是陈定，一同妾丁氏，俱拿到官，不繇分说，先是一顿狠打，发下监中。

出牌吊尸，叫集了地方人等，简验起来。陈定不知是那里起的祸，没处设法一些手脚。知县是有了成心的，只要从重坐罪，先分付仵作，报伤要重。仵作揣摩了意旨，将无作有，多报的是拳殴脚踢、致命伤痕。巢氏幼时喜吃甜物，面前牙齿落了一个，也做了硬物打落之伤。竟把陈定问了斗殴杀人之律，妾丁氏威逼期亲尊长致死之律，各问绞罪。陈定央了几个分上来说，只是不听。

丁氏到了女监，想道："只为我一身，致得丈夫受此大祸。不若做我一个不着，好歹出了丈夫。"他算计定了，解审察院，见了陈定，遂把这话说知。当官招道："不合与大妻厮闹，手起凳子，打落门牙，即时晕地身死，并与丈夫陈定无干。"察院依口词驳将下来。刑馆再问，丁氏一口承认。丁氏晓得有了此一段说话在案内了，丈夫到底脱罪。然必须身死，问官方肯见信，作做实据，游移不得，亦且丈夫可以速结。是夜在监中自缢而死。狱中呈报，刑馆看详巢氏之死，即系丁氏生前招认下手，今已惧罪自尽，堪以相抵，原非死后添情推卸。陈定止断杖赎发落。

陈定虽然死了爱妾，自却得释放，已算大幸，一喜一悲。到了家内，方才见有人说巢大郎许多事迹："这件是非，全是他起的，在里头打偏手使用，得了偌多东西，还不知足，又去知县乡里处拔短梯，故重复弄出这个事来。他又脱身走了，枉送了丁氏一条性命。"陈定想着丁氏舍身出脱他罪一段好情，不觉越恨巢大郎得紧了。只是逃去未回，不得见面。

后来知县朝觐去了，巢大郎已知陈定官司问结，放胆大了，喜气洋洋转到家里。只道陈定还未知其奸，照着平日光景，前来探望。陈定虽不说破甚么，却意思冷淡了好些。巢大郎也看得出，且喜财物得过，尽勾几时的受用，便姊夫怪了，也不以为意。岂知天理不容。自见了姊夫归家来，他妻子便癫狂起来，口说的多是姊姊巢氏的说话，嚷道："好兄弟！我好端端死了，只为你要银子，致得我粉身碎骨，地下不宁。你快超度我便罢，不然，我要来你家作祟，领两个人去。”巢大郎惊得只是认不是讨饶，去请僧道念经设醮。安静得两日，又换了一个声口道：“我乃陈妾丁氏。大娘病死与我何干？为你家贪财，致令我死于非命。今须偿还我！”巢大郎一发惧怕，烧纸拜献，不敢吝惜，只求无事。怎当得妻妾两个，推班出色，递换来扰，不勾几时，把所得之物干净弄完，宁可赔了些。又不好告诉得人，姊夫那里又不作准了，恹恹气色，无情无绪，得病而死。此是贪财害人之报。

可见财物一事，至亲也信不得，上手就骗害的。小子如今说着宋朝时节一件事，也为至亲相骗，后来报得分明，还有好些稀奇古怪的事，做一回正话。

利动人心不论亲，巧谋赚取橐中银。
直从江上巡回日，始信阴司有鬼神。

却说宋时靖康之乱，中原士大夫纷纷避地，大多尽入闽广之间。有个宝文阁学士贾说之弟贾谋，以勇爵入官，宣和年间曾为诸路廉访使者。其人贪财无行，诡诈百端，移来岭南，寓居德庆府。其时有个济南商知县，乃是商侍郎之孙，也来寄居府中。商知县夫人已死，止有一小姐，年已及笄。有一妾，生二子，多在乳抱。家赀颇多，尽是这妾掌管，小姐也在里头照料，且自过得和气。贾廉访探知商家甚富，小姐还未适人，遂为其子贾成之纳聘，取了过门。后来商知县死了，商妾独自一个管理内外家事，抚养这两个儿子。商小姐放心不下，每过十来日即到家里，看一看两个小兄弟；又与商妾把家里遗存黄白东西在箱匣内的，查点一查点；及逐日用度之类，商量计较而行。习以为常。

一日商妾在家，忽见有一个承局打扮的人来到堂前，口里道：“本府中要排天中节，是合府富家大户金银器皿、绢段绫罗，尽数关借一用，事毕一一付还。如有隐匿不肯者，即拿家属问罪，财物入官。有一张牒文在此。”商妾颇认得字义，见了府牒，不敢不信。却是自家没有主意，不知该应怎的，回言道：“我家没有男子正人，哥儿们又小，不敢自做主。还要去贾廉访宅上，问问我家小姐与姐夫贾衙内，才好行止。”承局打扮的道：“要商量快去商量。府中限紧，我还要到别处去催齐回话的，不可有误。”商妾见说，即差一个当直的到贾家去问。须臾来回言道：“小人到贾家，入门即撞见廉访相公，问小人来意。小人说要见姐姐与衙内。廉访相公道：‘见他怎的？’小人把这里的事说了一遍，廉访相公道：‘府间来借，怎好不与？你只如此回你家二娘子就是。小官人与娘子处，我替他说知罢了。’小人见廉访是这样说，小人就回来了。因恐怕家里官府人催促，不去见衙内与姐姐。”商妾见说是廉访相公教借与他，必是不妨。遂照着牒文所开，且是不少。终久是女娘家见识，看事不透，不管好歹多搬出来，尽情交与这承局打扮的道：“只望排过节就发来还了，自当奉谢。”承局打扮的道：“那不消说。官府门中，岂肯少着人家的东西？但请放心。把这张牒文留下，若有差池，可将此做执照，当官禀领得的。”当下商妾接了牒文，自去藏好。这承局打扮的捧着若干东西，欣然去了。

隔了几日，商小姐在贾家来到自家屋里。走到房中，与商妾相见了，寒温了一会，照着平时翻翻箱笼看，只见多是空箱，金银器皿之类一些也不见，倒有一张花边栏纸票在内。拿起来一看，却是一张公牒，吃了一惊。问商妾道：“这却为何？”商妾道：“几日前有一个承局打扮的，拿了这张牒文，说府里要排天中节，各家关借东西去铺设。当日奴家心中疑惑，却教人来问姐姐、姐夫。问的人回来说撞遇老相公，说起道是该借的。奴家依言借与他去。这几日望他拿来还我，竟不见来。正要来与姐姐、姐夫商量了，往府里讨去，可是中么？”商小姐面如土色，想道：“有些尴尬。”不觉眼泪落下来道：“偌多东西，多是我爹爹手泽，敢是被那个拐的去了，怎的好？我且回家与贾郎计较，查个着实去。”当下亟望贾家来，见了丈夫贾成之，把此事说了一遍。贾成之道：“这个姨姨也好笑，这样事何不来问问我们？竟自支分了去。”商小姐道：“姨姨说来，曾叫人到我家来问，遇着我家相公，问知其事，说是该借与他。问的人就不来见你我，竟自去回了姨姨，故此借与他去的。”贾成之道：“不信有这等，我问爹爹则个。”贾成之进去问父亲廉访道：“商家借东西与府中，说是来问爹爹，爹爹分付借他，有此话么？”廉访道：“果然府中来借，怎好不借？只怕被别人狐假虎威讴的去，这个却保不得他。”贾成之道：“这等，索向府中当官去告，必有下落。”遂与商妾取了那纸府牒，在德庆府里下了状子。

府里太守见说其事，也自吃惊。取这纸公牒去看，明知是假造的，只不知奸人是那个。当下出了一纸文书，给与缉捕使臣，命商家出伍十贯当官赏钱，要缉捕那作不是的。访了多时，并无一些影响。商家吃这一闪，差不多失了万金东西，家事自此消乏了。商妾与商小姐但一说着，便相对痛哭不住。贾成之见丈人家里零替如此，又且妻子时常悲哀，心里甚是怜惜，认做自家身上事，到处出力，不在话下。谁知这赚去东西的，不是别人，正是：

远不远千里，近只在眼前。

看官，你道赚去商家物事的却是那个？真个是人心难测，海水难量，元来就是贾廉访这老儿。晓得商家有资财，又是孤儿寡妇，可以欺骗。其家金银什物，多曾经媳妇商小姐盘验，儿子贾成之透明知道。因商小姐带回数目一本，贾成之有时拿出来看，夸说妻家富饶，被廉访留心，接过手去，逐项记着。贾成之一时无心，难道有甚么疑忌老子不成？岂知利动人心，廉访就生出一个计较，假着府里关文，着人到商家设骗。商家见所借之物多是家中有的，不好推掉，又兼差当值的来，就问着这个日里鬼，怎不信了？此时商家决不疑心到亲家身上。就是贾成之夫妻二人，也只说是甚么神棍弄了去，神仙也不诓是自家老子。所以偌多时，缉捕人那里访查得出？

说话的，依你说，而今为何知道了？看官听说，天下事欲人不知，除非莫为。廉访拐了这主横财到手，有些毛病出来。俗语道："偷得爷钱没使处。"心心念念，要拿出来兑换钱钞使用。争奈多是见成器皿，若拿出来怕人认得，只得把几件来熔化。又不好托得人，便烧炽了炭，亲自坯销。销开了，却没处倾成锭子。他心生了一计，将毛竹截了一段小管，将所销之银倾将下去，却成一个圆饼，将到铺中兑换钱钞。铺中看见廉访家里近日使的多是这竹节银，再无第二样。便有时零錾了将出来，那圆处也还看得出。心里疑惑，问那家人道："宅上银两为何却一色用竹筒铸的？是怎么说？"家人道："是我家廉访手自坯销，再不托人的，不知为着甚么缘故。"三三两两，传将开去，道贾家用竹筒倾银用，煞是古怪。就有人猜到商家失物这件事上去，却是他两家儿女至亲，谁来执证？不过这些人费得些口舌。有的道："他们只当一家，那有此事？"有的道："官宦人家，怕不会唤银匠倾销物件，却自家动手？必是碍人眼目的，出不得手，所以如此。况且平日不曾见他这等的，必然蹊跷。"也只是如此疑猜，没人凿凿说得是不是。至于商家，连疑心也不当人子，只好含辛忍苦，自己懊悔怨怅，没个处法。缉捕使臣等听得这话，传在耳朵里，也只好笑笑，谁敢向他家道个不字？这件事只索付之东流了。只可笑贾廉访堂堂官长，却做那贼的一般的事。

曾记得无名子有诗云：

解贼一金并一鼓，迎官两鼓一声锣。
金鼓看来都一样，官人与贼不争多。

又剧贼郑广受了招安，得了官位，曾因官员每做诗，他也口吟一首云：

郑广有诗献众官，众官与广一般般。

众官做官却做贼，郑广做贼却做官。

今日贾廉访所为，正似此二诗所言“官人与贼不争多”、“做官却做贼”了。却又施在至亲面上，欺孤骗寡，尤为可恨。若如此留得东西与子孙受用，便是天没眼睛。看官不要性急，且看后来报应。

果然光阴似箭，日月如梭，转眼二十年，贾廉访已经身故，贾成之得了出身，现做粤西永宁横州通判。其时商妾长子幼年不育，第二个儿子唤名商懋，表字功父，照通族排来，行在第六十五，同母亲不住德庆，迁在临贺地方，与横州不甚相远。那商功父生性刚直，颇有干才，做事慷慨，又热心，又和气。贾成之本意怜着妻家，后来略闻得廉访欺心赚骗之事，越加心里不安，见了小舅子十分亲热。商小姐见兄弟小时母子伶仃，而今长大知事，也自喜欢他。所以成之在横州衙内，但是小舅子来，千欢万喜，上百两送他，姐姐又还有私赠，至于与人通关节得钱的在外。来一次，一次如此。功父奉着寡母过日，靠着贾家姐姐、姐夫恁地扶持，渐渐家事丰裕起来，在临贺置有田产庄宅，广有生息。又娶富人之女为妻，规模日大一日，不似旧时母子旅邸荒凉景况。

过了几时，贾成之死在官上。商小姐急差人到临贺地方，接功父商量后事。诸凡停当过，要扶柩回葬。商功父撺掇姐姐道：“总是德庆也不过客居，原非本籍。我今在临贺，已立了家业，姐姐只该同到临贺，寻块好地葬了姐夫，就在临贺住下，相傍做人家，也好时常照管，岂非两便？”小姐道：“我是女人家，又是孑身孀居，巴不得依傍着亲眷。但得安居，便是住足之地。那德庆也不是我家乡，还去做甚？只凭着兄弟主张，就在临贺同住了。周全得你姐夫入了土，大事便定，吾心安矣。”元来商小姐无出，有媵婢生得两个儿子，绝是幼小，全杖着商功父提拨行动。当时计议已定，即便收拾家私，一起望临贺进发。少时来到，商功父就在自己住宅边寻个房舍，安顿了姐姐与两个小外甥。从此两家相依。功父母亲与商小姐两人，朝夕为伴，不是我到你家，便是你到我家，彼此无间。

商小姐中年寡居，心贪安逸，又见兄弟能事，是件周到停当，遂把内外大小之事，多托与他执料，钱财出入，悉凭其手，再不问起数目。又托他与贾成之寻阴地，造坟安葬，所费甚多。商功父赋性慷慨，将着贾家之物，作为己财，一律挥霍。虽有两个外甥不是姐姐亲生，亦且乳臭未除，谁人来稽查得他？商功父正气的人，不是要存私，却也只趁着兴头，自做自主，像心像意，那里还分别是你的我的？久假不归，连功父也忘其所以。贾廉访昔年设心拐去的东西，到此仍旧还与商家用度了。这是羹里来的饭里去，天理报复之常，可惜贾廉访眼里不看得见。

一日，商功父害了伤寒症候，身子热极。忽觉此身飘浮，直出帐顶，又升屋角，渐渐下来，恣行旷野，茫茫恰像海畔一般，并无一个伴侣。正散荡间，忽见一个公吏打扮的走来。相见已毕，问了姓名，公吏道："郎君数未该到此。今有一件公事，郎君合当来看一看，请到府中走走。"商功父不知甚么地方，跟着这公吏便走。走到一个官府门前，见一个囚犯，头戴黑帽，颈荷铁枷，絣在西边两扇门外。仔细看这门，是个狱门。但见：

阴风惨惨，杀气霏霏。只闻鬼哭神号，不见天清日朗。狰狞隶卒挨肩立，蓬垢囚徒侧目窥。凭教铁汉销魂，任是狂夫失色。

商功父定睛看时，只见这囚犯絣处，左右各有一个人，执着大扇相对而立，把大扇一挥，这枷的囚犯叫一声"阿呀"，登时血肉糜烂，淋漓满地，连囚犯也不见，止剩得一个空枷。少歇须臾，依然如旧。

功父看得浑身打颤，呆呆立着。那个囚犯忽然张目大呼道：“商六十五哥，认得我否？”功父仓卒间不曾细认，一时未得答应。囚犯道：“我乃贾廉访也。生前做得亏心事颇多，今要一一结证。诸事还一时了不来。得你到此，且与我了结一件。我昔年取你家财，阳世间偿还已差不多了，阴间未曾结绝得。多一件，多受一样苦。今日烦劳你写一供状，认是还足，我先脱此风扇之苦。”说罢，两人又是一扇，仍如起初狼籍一番。功父好生不忍。因听他适间之言，想起家里事体来道：“平时曾见母亲说，向年间被人赚去家资万两，不知是谁。后来有人传说是贾廉访，因为亲眷家，不信有这事。而今听他说起来，这事果然是真了，所以受此果报。看他这般苦楚，吾心何安？况且我家受姐夫许多好处，而今他家家事见在我掌握之中，元来是前缘合当如此。我也该递个结状，解他这一桩公案了。”就对囚犯说道：“我愿供结状。”囚犯就求傍边两人取纸笔递与功父。两人见说肯写结状，便停了扇不扇。功父看那张纸时，原已写得有字。囚犯道：“只消舅舅押个字就是了。”功父依言，提起笔来写个花押，递与囚犯。两人就伸手来，在囚犯处接了，便喝道：“快进去！”囚犯对着功父大哭道：“今与舅舅别了，不知几时得脱。好苦！好苦！”一头哭，一头被两个执扇的人赶入狱门。

功父见他去了，叹息了一回，信步走出府门外来。只见起初同来这个公吏，手执一符，引着卒徒数百，多像衙门执事人役，也有掮旗的，也有打伞的，前来声喏，恰似接新官一般。功父心疑。那公吏上前行起礼来，跪着禀白道：“泰山府君道郎君刚正好义，既抵阴府，不宜空回，可暂充贺江地方巡按使者。天符已下，就请起程。”功父身不自繇，未及回答，吏卒前导，已行至江上。空中所到之处，神祇参谒。但见华盖山、目岩山、白云山、荣山、歌山、泰山、蒙山、独山许多山神，昭潭洞、平乐溪、考槃涧、龙门滩、感应泉、漓江、富江、荔江许多水神，多来以次相见，待功父以上司之礼，各执文簿呈递。公吏就请功父一一查勘。查有境中某家肯行好事，积有年数，神不开报，以致久受困穷；某家惯作歹事，恶贯已盈，神不开报，以致尚享福泽；某家外假虚名，存心不善，错认做好人，冒受好报；某家迹蒙暧昧，心地光明，错认做歪人，久行废弃；以至山中虎狼食人，川中波涛溺人，有冥数不该，不行分别，误伤性命的，多一一诘责，据案部判，随人善恶细微，各彰报应。诸神奉职不谨，各量申罚。诸神喏喏连声，尽服公平。迤逦封州大江口，公吏禀白道："公事已完，现有福神来迎，明公可回驾了。"就空中还至贺州，到了家里，原从屋上飞下，走入床中。一身冷汗，飒然惊觉，乃是南柯一梦。汗出不止，病已好了。

功父伸一伸腰，睁一睁眼，叫声"奇怪"，走下床来。只见母妻两人，正把玄天上帝画像挂在床边，焚香祷请。元来功父身子眠在床上，惛惛不知人事，叫问不应，饮食不进，不死不活，已经七昼夜了。母妻见功父走将起来，大家欢喜道："全仗圣帝爷爷保佑之力！"功父方才省得公吏所言"福神来迎"，正是家间奉事圣帝之应。功父对母妻把阴间所见之事，一一说来。母亲道："向来人多传说，道是这老儿拐去我家东西，因是亲家，决不敢疑心。今日方知是真，却受这样恶报。可见做人在财物上不可欺心如此。"正嗟叹间，商小姐恰好到来，问兄弟的病信，见说走起来了，不胜欢喜。商功父见了姐姐，也说了阴间所见。商小姐见说公公如此受苦，心中感动，商议要设建一个醮坛，替廉访解释罪业。功父道："正该如此。神明之事，灼然可畏。我今日亲经过的，断无虚妄。"依了姐姐说，择一个日子，总是做贾家钱钞不着，建启一场黄箓大醮，超拔商、贾两家亡过诸魂，做了七昼夜道场。功父梦见廉访来谢道："多蒙舅舅道力超拔，两家亡魂，俱得好处托生。某也得脱苦狱，随缘受生去了。"功父看去，廉访衣冠如常，不是前日蓬首垢面囚犯形容。觉来与合家说着。商小姐道："我夜来梦见廉访相公，说话也如此，可知报应是实。"

功父自此力行善事，敬信神佛。后来年至八十馀，复见前日公吏，执着一纸文书，前来请功父交代。仍旧卒徒数百人。簇拥来迎，一如前日梦里江上所见光景。功父沐浴衣冠，无疾而终，自然入冥路为神道矣。

周亲忍去骗孤孀，到此良心已尽亡。
善恶到头如不报，空中每欲借巡江。

卷二十一

许察院感梦擒僧　王氏子因风获盗

诗云：

狱本易冤，况于为盗。
若非神明，鲜不颠倒。

话说天地间事，只有狱情最难测度。问刑官凭着自己的意思，认是这等了，坐在上面只是敲打。自古道：“棰楚之下，何求不得？”任是甚么事情，只是招了。见得说道重大之狱，三推六问。大略多守着现成的案，能有几个伸冤理枉的？至于盗贼之事，尤易冤人。一心猜是那个人了，便觉语言、行动件件可疑，越辨越像。除非天理昭彰，显应出来，或可明白。若只靠着鞫问一节，尽有屈杀了再无说处的。

记得宋朝隆兴元年，镇江军将吴超守楚州，魏胜在东海与虏人相抗，因缺军中赏赐财物，遣统领官盛彦来取。别将袁忠押了一担金帛，从丹阳来到。盛彦到船相拜，见船中白物堆积，笑道：“财不可露白。今满舟累累，晃人眼目如此。”袁忠道：“官物甚人敢轻觑？”盛彦戏道：“吾今夜当令壮士来取了去，看你怎地！”袁忠也笑道：“有胆来取，任从取去。”大家一笑而别。是夜果有强盗二十馀人，跳上船来，将袁将捆缚，掠取船中银四百锭去了。

次日袁将到帅府中哭告吴帅，说昨夜被统领官盛彦劫去银四百锭，且被绑缚，伏乞追还究治。吴帅道：“怎见得是盛彦劫去？”袁将道：“前日袁忠船自丹阳来到，盛统领即来相拜，一见银两，便已动心，口说道今夜当遣壮士来取去。袁忠还道他是戏言，不想至夜果然上船劫掠了四百锭去。不是他是谁？”吴帅听罢，大怒道：“有这样大胆的！”即着四个捕盗人，将盛彦及随行亲校尽数绑来。军令严肃，谁敢有违？须臾一干人众绑入辕门，到了庭下。盛统领请问得罪缘繇。吴帅道：“袁忠告你带领兵校，劫了他船上银四百锭，还说无罪？”盛彦道：“那有此事？小人虽然卑微，也是个职官，岂不晓得法度，干这样犯死的事？”袁忠跪下来证道：“你日间如此说了，晚间就失了盗，还推得那里去？”盛彦道：“日间见你财物太露，故此戏言，岂有当真做起来的？”吴帅道：“这样事岂可戏得？自然有了这意思，方才说那话。”盛彦慌了道：“若小人要劫他的，岂肯先自泄机？”吴帅怒道：“正是你心动火了，口里不觉自露。如此大事，料你不肯自招！”喝教用起刑来。盛彦杀猪也似叫喊冤屈，吴帅那里肯听？只是严加拷掠，备极惨酷。盛彦熬刑不过，只得招道：“不合见银动念，带领亲兵夜劫是实。”因把随来亲校逐个加刑起来。其间有认了的，有不认的。那不认的，落得多受了好些刑法，有甚用处？不繇你不胡卢提一概画了招伏。及至追究原赃，一些无有。搜索行囊已遍，别无踪迹。又把来加上刑法，盛统领没奈何，信口妄言道：“即时有个亲眷到湖湘，已尽数付他贩鱼米去了。”吴帅写了口词，军法所系，等不得赃到成狱，三日内便要押赴市曹，先行枭首示众。盛统领不合一时取笑，到了这个地位。正是：

浑身是口不能言，遍体排牙说不得。

且说镇江市上有一个破落户，姓王，名林，素性无赖，专一在扬子江中做些不用本钱的勾当。有妻冶容年少，当垆沽酒，私下顺便结识几个倬俏的，走动走动。这一日王林出去了，正与邻居一个少年在房中调情，搂着要干那话。怎当得七岁的一个儿子在房中顽耍，不肯出去。王妻骂道："小业种，还不走了出去！"那儿子顽到兴头上，那里肯走？年纪虽小，也倒晓得些光景，便苦毒道："你们自要入屄，干我甚事？只管来碍着我。"王妻见说着病痛，自觉没趣，起来赶去，一顿栗暴，叉将出去。小孩子被打得疼了，捧着头，号天号地价哭，口里千入屄、万入屄的喊。恼得王妻性起，且丢着汉子，抓了一条面杖，赶来打他。小孩子一头喊，一头跑，急急奔出街心，已被他头上捞了一下。小孩子护着痛，口里嚷道："你家干得甚么好事，倒来打我？好端端的灶头拆开了，偷别人家许多银子，放在里头，遮好了。不要讨我说出来！"呜哩呜喇的正在嚷处，王妻见说出海底眼，急走出街心拉了进去。

早有做公的听见这话，走去告诉与伙伴道："小孩子这句话，造不出来的，必有缘故。目今袁将官失了银四百锭，冤着盛统领劫了，早晚处决。不见赃物。这个王林乃是惯家，莫不有些来历么？我们且去察听个消息。"约了五六个伙伴，到王林店中来买酒吃。吃得半阑，大叫道："店主人，有鱼肉回些我们下酒！"王妻应道："我店里只是腐酒，没有荤菜。"做公的道："又不白吃了你们的，为何不肯？"王妻道："家里不曾有得，变不出来。谁说白吃？"一个做公的便倚着酒势要来寻非，走起来道："不信没有，待我去搜看！"望着内里便走。一个赶来相劝，已被他抢入厨房中，故意将灶上一撞，撞下一块砖来，跌得粉碎。王妻便发话道："谁人家没个内外？怎吃了酒没些清头，赶到人家厨房中？灶砧多打碎了！"做公的回嗔作喜道："店家娘子不必发怒，灶砧小事，我收拾好还你。"便把手去剜那碎处。王妻慌忙将手来遮掩道："不妨事，待我们自家修罢。"做公的看见光景有些尴尬，不繇分说，索性用力一推，把灶角多推塌了，里面露出白晃晃大锭银子一堆来。胡哨一声道：“在这里了！”众人一齐起身，赶进来看见，先把王妻拴起。正要跟究王林，只见一个人撞将进来道：“谁在我家啰唣？”众人看去，认得是王林，喝道：“拿住！拿住！”王林见不是头，转身要走。众做公的如鹰拿燕雀，将索来绑缚了。一齐动手，索性把灶头扒开，取出银子数一数看，四百锭多在，不曾动了一些。连人连赃，一起解到帅府。

吴帅取问口词，王林招说打劫袁将官船上银两是实。推究党与，就是平日与妻子往来的邻近一伙恶少年，共有二十馀人。密地擒来，不曾脱了一个，招情相同。即以军法从事，立时枭首，妻子官卖。方才晓得前日屈了盛统领并一干亲校，放了出狱。若不是这日王林败露，再隔一晚，盛统领并亲校的头多不在颈上了。可见天下的事，再不可因疑心妄坐着人的。

而今也为一桩失盗的事，疑着两个人，后来却得清官辨白出来，有好些委曲之处。待小子试说一遍。

讼狱从来假，翻令梦寐真。
莫将幽暗事，冤却眼前人。

话说国朝正德年间，陕西有兄弟二人，一个名唤王爵，一个名唤王禄。祖是个贡途知县，致仕在家。父是个盐商，与母俱在堂。王爵生有一子，名一皋。王禄生有一子，名一夔。爵、禄两人，幼年俱读书。爵进学为生员。禄废业不成，却精干商贾榷算之事，其父就带他去山东相帮种盐。见他能事，后来其父不出去了，将银一千两，托他自往山东做盐商去。随行两个家人，一个叫做王恩，一个叫做王惠，多是经履风霜、惯走江湖的人。

王禄到了山东，主仆三个，眼明手快，算计过人，撞着时运又顺利，做去就是便宜的，得利甚多。自古道：“饱暖思淫欲”。王禄手头饶裕，又见财物易得，便思量淫荡起来。接着两个表子，一个唤做夭夭，一个唤做蓁蓁，嫖宿情浓，索性兑出银子来包了他身体。又与家人王恩、王惠各娶了一个小老婆，多拣那少年美貌的。名虽为家人媳妇，伏侍夭夭、蓁蓁，其实王禄轮转歇宿，反是王恩、王惠到手的时节甚少。兴高之时，四个弄做一床，大家淫戏，彼此无忌。日夜欢歌，酒色无度，不及二年，遂成劳怯。一丝两气，看看至死。王禄自知不济事了，打发王恩寄书家去与父兄，叫儿子王一夔同了王恩到山东来，交付帐目。王爵看书中说得银子甚多，心里动了火，算计道：“侄儿年纪幼小，便去也未必停当。况且病势不好，万一等不得，却不散失了银两？”意要先赶将去，却交儿子一皋相伴一夔同走。遂分付王恩道：“你慢慢与两位小官人收拾了，一同后来。待我星夜先自前去见二官人则个。”只因此去，有分交：白面书生，遽作离乡之鬼；缁衣佛子，翻为入狱之囚。正是：

> 福无双至犹难信，祸不单行果是真。
> 不为弟兄多滥色，怎教双丧异乡身？

王爵不则一日，到了山东，寻着兄弟王禄，看见病虽沉重，还未曾死。元来这些色病固然到底不救，却又一时不死，最有淸头的，幸得兄弟两个还及相见。王禄见了哥哥，吊下泪来。王爵见了兄弟病势已到十分，涕泣道：“怎便狼狈至此？”王禄道：“小弟不幸，病重不起，忍着死，专等亲人见面。今吾兄已到，弟死不恨了。”王爵道：“贤弟在外日久，营利甚多，皆是贤弟辛苦得来。今染病危急，万一不好，有甚遗言回覆父母？”王禄道：“小弟远游，父母、兄长跟前有失孝悌。专为着几分微利，以致如此。闻兄说我辛苦，只这句话，虽劳不怨了。今有原银一千两，奉还父母，以代我终身之养。其馀利银三千馀两，可与我儿一𤠣一半，侄儿一皋一半，两分分了。幸得吾兄到此，银既有托，我虽死亦瞑目地下矣。”分付已毕，王爵随叫家人王惠，将银子查点已过。王禄多说了几句话，渐渐有声无气，挨到黄昏，只有出的气，没有入的气，呜呼哀哉，伏惟尚飨。王爵与王惠哭做了一团，四个妇人也陪出了些哀而不伤的眼泪。

王爵着王惠去买了一副好棺木，盛贮了。下棺之时，王爵推说日辰有犯，叫王惠监视着四个妇女，做一房锁着，一个人也不许来看；殡殓好了，方放出来。随去唤那夭夭、蓁蓁的鸨儿到来，写个领子，领了回去。还有这两个女人，也叫元媒人领还了娘家，也不管眼面前的王惠有些不舍得，身背后的王恩不曾相别得，只要设法轻松了，便当走路。当下一面与王惠收拾打叠起来，将银五百两装在一个大匣之内，将一百多两零碎银子、金首饰二副，放在随身行囊中，一路使用。王惠疑心，问道：“二官人许多银两，如何只有得这些？”王爵道：“恐怕路上不好走，多的我自有妙法藏过，到家便有。所以只剩得这些在外边。”王惠道：“大官人既有妙法，何不连这五百两也藏过？路上盘缠勾用罢了。”王爵道：“一个大客商尸棺回去，难道几百两银子也没有的？别人疑心起来，反要搜根剔齿，便不妙了。不如放此一匣在行李中，也勾看得沉重，别人便再不疑心还有甚么了。”王惠道：“大官人见得极是。”计较已定，去雇起一辆车来。车户唤名李旺。车上载着棺木，满贮着行李。自己与王惠短拨着牲口骑了，相傍而行。一路西来，到了曹州东关饭店内歇下，车子也推来安顿在店内空处了。

车户李旺，行了多日，习见匣子沉重，晓得是银子在内。起个半夜，竟将这一匣抱着，趁人睡熟时离了店内，连车子撇下，逃了出去。比及天明客起，唤李旺来推车，早已不知所向。急简点行李物件，止不见了匣子一个。王爵对店家道：“这个匣子装着银子五百两在里头，你也脱不得干系。”店家道：“若是小店内失所了，应该小店查还。今却是车户走了，车户是客人前途雇的，小店有何干涉？”王爵见他说得有理，便道：“就与你无干，也是在你店内失去，你须指引我们寻他的路头。”店家道：“客人这车户那里雇的？”王惠道：“是省下雇来的北地里回头车子。”店家道：“这等，他不往东去，还只在西去的路上。况且身有重物，行走不便，作速追去，还可擒获。只是得个官差同去，追获之时方无疏失。”王爵道：“这个不打紧。我穿了衣巾，与你同去禀告州官，差个快手便是。”店家道：“原来是一位相公，一发不难了。”问问州官，却也是个陕西人。王爵道：“是我同乡，更妙。”王爵写个帖子，又写着一纸失状。州官见是同乡，分外用情，即差快手李彪，随着王爵跟捕贼人，必要擒获，方准销牌。王爵就央店家另雇了车夫，推了车子，别了店家，同公差三个人，一起走路。

到了开河集上，王爵道：“我们带了累堆物事，如何寻访？不若寻一大店安下了，住定了身子，然后分头缉探消息方好。”李彪道：“相公极说得有理。我们也不是一日访得着的；访不着，相公也去不成。此间有个张善店，极大，且把丧车停在里头，相公住起两日来。我们四下寻访，访得影响，我们回覆相公，方有些起倒。”王爵道：“我正是这个意思。”叫王惠分付车夫，竟把车子推入张善店内。店主人出来接了。李彪分付道：“这位相公是州里爷的乡里，护丧回去，有些公干，要在此地方停住两日。你们店里拣洁净好房，收拾两间我们歇宿。须要小心承直。”店主张善见李彪是个公差，不敢怠慢，回言道：“小店在这集上算是宽敞的，相公们安心住几日就是。”一面摆出常例的酒饭来。王爵自居上房另吃，王惠与李彪同吃。吃过了，李彪道：“日色还早，小人去与集上一班做公的弟兄约会一声，大家留心一访。”王爵道：“正该如此。访得着了，重重相谢。”李彪道：“当得效劳。”说罢自去了。

王爵心中闷闷不乐，问店主人道：“我要到街上闲步一回，没个做伴，你与我同走走？”张善道：“使得。”王爵留着王惠看守行李房卧，自己同了张善走出街上来。在闹热市里挤了一番，王爵道：“可引我到幽静处走走。”张善道“来，来，有一个幽静好去处在那里。”王爵随了张善，在野地里穿将去。走到一个所在，乃是个尼庵。张善道：“这里甚幽静。里边有好尼姑，我们进去讨杯茶儿吃吃。”张善在前，王爵在后，走入庵里。只见一个尼僧，在里面踱将出来。王爵一见，惊道：“世间有这般标致的！”怎见得那尼僧标致？

尖尖发印，好眉目新剃光头；窄窄缁袍，俏身躯雅裁称体。樱桃樊素口，芬芳吐气只看经；杨柳小蛮腰，袅娜逢人旋唱喏。似是摩登女来生世，那怕老阿难不动心！

王爵看见尼姑，惊得荡了三魂，飞了七魄。固然尼姑生得大有颜色，亦是客边人易得动火。尼姑见有客来，趋跄迎进，拜茶。王爵当面相对，一似雪狮子向火酥了半边，看看软了。坐间未免将几句风话撩他。那尼姑也是多见广识的，公然不拒。王爵晓得可动，密怀有意。

一盏茶罢，作别起身，同张善回到店中来。暗地取银一锭，藏在袖中，叮咛王惠道：“我在此闷不过，出外去寻个乐地适兴，晚间不回来也不可知。店家问时，只推不知。你伴着公差，好生看守行李。”王惠道：“小人晓得，官人自便。”

王爵撇了店家，回身重到那个庵中来。尼姑出来见了，道：“相公方才别得去，为何又来？”王爵道：“心里舍不得师父美貌，再来相亲一会。”尼姑道：“好说。”王爵道：“敢问师父法号？”尼姑道：“小尼贱名真静。”王爵笑道：“只怕树欲静而风不宁，便动动也不妨。”尼姑道：“相公休得取笑。”王爵道：“不是取笑。小生客边，得遇芳容，三生有幸。若便是这样去了，想也教人想杀了。小生寓所烦杂，敢具白金一锭，在此要赁一间闲房住几晚，就领师父清诲，未知可否？”尼姑道：“闲房尽有，只是晚间不便，如何？”王爵笑道：“晚间宾主相陪，极是便的。”尼姑也笑道：“好一个老脸皮的客人！”元来那尼姑是个经弹的班鸠，着实在行的。况见了白晃晃一锭银子，心下先自要了。便伸手来接着银子道：“相公果然不嫌此间窄陋，便住两日去。”王爵道：“方才说要主人晚间相陪的。”尼姑微笑道：“夯货！谁说道叫你独宿？”王爵大喜，彼此心照。是夜就与真静一处宿了，你贪我爱，颠鸾倒凤，恣行淫乐，不在话下。

睡到次日天明，来到店中看看，打发差人李彪出去探访，仍留王惠在店，傍晚又到真静处去了。两下情浓，割扯不开。王惠与李彪见他出去外边歇宿，只说是在花柳人家，也不查他根脚。店主人张善一发不干他己事，只晓得他不在店里宿罢了。

如此多日。李彪日日出去，晚晚回店，并没有些消息。李彪对王爵道：“眼见得开河集上地方没影踪，我明日到济宁密访去。”王爵道：“这个却好。”就秤些银子与他做盘缠，打发他去了。又转一个念头道：“缉访了这几时，并无下落。从来说做公人的，捉贼放贼，敢是有弊在里头？”随叫王惠：“可赶上去，同他一路走，他便没做手脚处。”王惠领命也去了。王爵剩得一个在店，思量道：“行李是要看守的，今晚须得住在店里。”日间先走去与尼姑说了今夜不来的缘故。真静恋恋不舍，王爵只得硬了肚肠，别了到店里来。店家送些夜饭吃了，收拾歇宿。店家并叠了家伙，关好了店门，大家睡去。

一更之后，店主张善听得屋上瓦响。他是个做经纪的人，常是提心吊胆的，睡也睡得惺憁。口不做声，嘿嘿静听。须臾之间，似有个人在屋檐上跳下来的声响。张善急披了衣服，跳将起来，口里一面喊道：“前面有甚么响动，大家起来看看！”张善等不得做工的起身，慌忙走出外边。脚步未到时，只听得劈扑之声，店门已开了。张善晓得着了贼，自己一个人不敢追出来，心下想道：“且去问问王家房里看。”那王爵这间的住房门也开了。张善连声叫：“王相公！王相公！不好了，不好了，快起来点行李！”不见有人应。只见店外边一个人，气急咆哮的走将进来，道："这些时怎生未关店门，还在这里做甚么？"张善抬头看时，却是快手李彪。张善道："适间响动，想是有贼，故来寻问王相公。你到济宁去了，为何转来？"李彪道："我掉下了随身腰刀在床铺里了，故连忙赶回拿去。既是响动，莫不失所了甚么？"张善道："正要去问王相公。"李彪道："大家去叫他起来。"走到王爵卧内，叫声不应点火来看，一齐喊一声道："不好了！"元来王爵已被杀死在床上了。李彪呆了，道："这分明是你店里的缘故了！见我每二人多不在，他是秀才家孤身，你就算计他了。"张善也变了脸道："我每睡梦里听得响声，才起来寻问，不见别人，只见你一个。你既到济宁去，为何还在？这杀人事，不是你，倒说是我？"李彪气得眼睁道："我自掉了刀，转来寻的。只见你夜晚了还不关门，故此问你，岂知你先把人杀了！"张善也战抖抖的怒道："你有刀的，怕不会杀了人？反来赖我！"李彪道："我的刀须还在床上，不曾拿得在手里。"随走去床头，取了出来，灯下与张善看道："你们多来看看，这可是方才杀人的？血迹也有一点半点儿？"李彪是公差人，能说能话，张善那里说得他过？嚷道："我只为赶贼，走起来不见别贼，只撞着的是你。一同叫到房里，才见王秀才杀死，怎赖得我？"两个人彼此相疑，大家混争。惊起地方邻里人等，多来问故。两个你说一遍，我说一遍。地方见是杀人公事，道："不必相争，两下多走不脱。到了天明，一同见官去。"把两个人拴起了，收在铺里。

一霎时天明，地方人等一齐解到州里来。知州升堂，地方带将过去，禀说是人命重情。州官问其缘繇，地方人说："客店内晚间杀死了一个客人，这两个人互相疑推，多带来听爷究问。"李彪道："小人就是爷前日差出去同王秀才缉贼的公差。因停住在开河张善店内，缉访无踪，小人昨日同王秀才家人王惠，前往济宁广缉，单留得王秀才在下处。店家看见单身，贪他行李，把来杀了。"张善道："小人是个店家。歇下王秀才在店几日了，只因访贼无踪，还未起身。昨日打发公差与家人到济宁去了，独留在店。小人晚间听得有人开门响，这是小人店里的干系，起来寻问。只见公差重复回店，说是寻刀。当看王秀才时，已被杀死。”知州问李彪道：“你既去了，为何转来，得知店家杀了王秀才？”李彪道：“小人也不知。小人路上记起失带了腰刀，与同行王惠说知，叫他前途等候，自己转来寻的。到得店中，已自更馀，只见店门不关，店主张善正在店里慌张。看王秀才，已被杀了。不是店家杀了，是谁？”知州也决断不开，只得把两人多用起刑来。李彪终久是衙门中人，说话硬浪，又受得刑起。张善是个经纪人，不曾熬过这样痛楚的，当不过了，只得屈招道：“是小人见财起意，杀了王秀才是实。”知州取了供词，将张善发下死囚牢中，申详上司发落。李彪保候听结。

且说王惠在济宁饭店宿歇，等李彪到了一同访缉。第二日等了一日，不见来到，心里不耐烦起来，回到开河来问消息。到得店中，只见店家嚷成一片，说是王秀才被人杀了，却叫我家问了屈刑。王惠只叫得苦，到房中看看家主王爵，颈下飧刀，已做了两截了。王惠号咷大哭了一场，急简点行李，已不见了银子八十两，金首饰二副。王惠急去买副棺木，盛贮了尸首。恐怕官府要相认，未敢钉盖，且就停在店内，排个座位，朝夕哭奠。已知张善在狱，李彪保候，他道这件事一来未有原告，二来不曾报得失赃，三来未知的是张善谋杀，下面官府未必有力量归结，报得冤仇。须得上司告去，才得明白。闻知察院许公，善能断无头事，恰好巡按到来，遂写下一张状子，赴察院案下投告。

那个察院，就是河南灵宝有名的许尚书襄毅公，其时在山东巡按。见是人命重情，批与州中审解。州中照了原招，只坐在张善身上，其赃银候追。张善当官怕打，虽然一口应承，见了王惠，私下对他着实叫屈。且诉说那晚门响，撞见李彪的光景。连王惠心里也不能无疑，只是不好指定了那一个。一同解到察院来。许公看了招词，叫起两下一问，多照前日说了一番说话。许公道：“既然张善还扳着李彪，如何州里一口招了？”张善道：“小人受刑不过，只得屈招。其实小人是屋主，些小失脱，还要累及小人追寻，怎敢公然杀死了人，藏了财物？小人待躲到那里去？那日开门时，小人赶起来，只见李彪撞进来的。怎倒不是李彪，却栽着小人身上？”李彪道：“小人是个官差，州里打发小人随着王秀才缉贼的。这秀才是小人的干系，杀了这秀才，怎好回得州官？况且小人掉了腰刀，转身来寻的，进门时手中无物，难道空拳头杀得人？已后床头才取刀出来，众目所见的，须不是杀人的刀了。人死在张善店里，不问张善问谁？”许公叫王惠问道：“你道是那一个？”王惠道：“连小人心里也胡突。两下多可疑，两下多有辨，说不得是那一个。”许公道：“据我看来，两个多不是，必有别情。”遂援笔判道：

李彪、张善，一为根寻，一为店主，动辄牵连，肯杀人以自累乎？必有别情，监候审夺。

当下把李彪、张善多发下州监，自己退堂进去，心中只是放这事不下。晚间朦胧睡去，只见一个秀才同着一个美貌妇人前来告状，口称被人杀死了。许公道：“我正要问这事。”妇人口中说出四句道：

无发青青，彼此来争。
土上鹿走，只看夜明。

许公点头记着。正要问其详细，忽然不见，吃了一惊，飒然觉来，乃是一梦。那四句却记得清清的，仔细思之，不解其意。但忖道：“妇人口里说的首句，有‘无发’二字。妇人无发，必是尼姑也。这秀才莫不被尼姑杀了？且待明日细审，再看如何。这诗句必有应验处。”

次日升堂，就提张善一起再问。人犯到了案前，许公叫张善起来问道："这秀才自到你店中，晚间只在店中歇宿的么？"张善道："自到店中，就只留得公差与家人在店歇宿，他自家不知那里去过夜的。直到这晚，因为两人多差往济宁，方才来店歇宿，就被杀了。"许公道："他曾到本地甚么庵观去处么？"张善想了一想，道："这秀才初到店里，要在幽静处闲走散心，曾同了小人尼庵内走了一遭。"许公道："庵内尼姑年纪多少？生得如何？"张善道："一个少年尼僧，生得美貌。"许公暗喜道："事有因了。"又问道："尼僧叫得甚名字？"张善道："叫得真静。"许公想着，拍案道："是了！是了！梦中头两句'无发青青，彼此来争'，'无发'二字应了尼僧，下面'青'字配着个'争'字，可不是个'静'字？这人命只在这真静身上。"就写个小票，掣一根签，差个公人李信速拿尼僧真静解院。

李信承了签票，竟到庵中来拿。真静慌了，问是何因。李信道："察院老爷要问杀人公事，非同小可。"真静道："爷爷呀，小庵有甚杀人事体？"李信道："张善店内王秀才被人杀了。说是曾在你这里走动的，故来拿你去勘问。"真静惊得木呆，心下想道："怪道王秀才这两晚不见来，元来被人杀了。苦也！苦也！"求告李信道："我是个女人，不出庵门，怎晓得他店里的事？牌头怎生可怜见，替我回覆一声，免我见官，自当重谢。"李信道："察院要人，岂同儿戏！我怎生方便得？"真静见李信不肯，娇啼宛转，做出许多媚态来，意思要李信动心，拚着身子陪他，就好讨个方便。李信虽知其意，惧怕衙门法度，不敢胡行。只安慰他道："既与你无干，见见官去，自有明白，也无妨碍的。"拉着就走。真静只得跟了，解至察院里来。

许公一见真静，拍手道："是了！是了！此即梦中之人也。煞恁奇怪！"叫他起来跪在案前，问道："你怎生与王秀才通奸？后来他怎生杀了？你从实说来，我不打你；有一句含糊，就活敲死了。"满堂皂隶雷也似吆喝一声。真静年纪不上廿岁，自不曾见官的，胆子先吓坏了，不敢隐瞒，战抖抖的道："这个秀才，那一日到庵内游玩，看见了小尼。到晚来，他自拿了白银一锭，求在庵中住宿。小尼不合留他。一连过了几日，彼此情浓。他口许小尼道，店中有几十两银子，两副首饰，多要拿来与小尼。这一日说道有事干，晚间要在店里宿，不得来了。自此一去，竟无影响。小尼正还望他来，怎知他被人杀了？"许公看见真静年幼，形容娇媚，说话老实，料道通奸是真，须不会杀的人。如何与梦中恰相符合？及至说所许银两物件之类，又与告赃不差？踌躇了一会，问道："秀才许你东西之时，有人听见么？"真静道："在枕边说的话，没人听见。"许公道："你可曾对人说么？"真静想了一想，通红了脸，低低道："是了，是了，不该与这狠厮说。这秀才苦死是他杀了！"许公拍案道："怎的说？"真静道："小尼该死。到此地位，瞒不得了。小尼平日有一个和尚私下往来，自有那秀才在庵中，不招接了他。这晚秀才去了，他却走来，问起与秀才交好之故。我说秀才情意好，他许下我若干银两东西，所以从他。和尚问秀才住处，我说他住在张善大店中。和尚就忙忙的起身去了，这几时也不见来。想必这和尚走去，就把那秀才来杀了。"许公道："和尚叫甚名字？"真静道："叫名无塵。"许公听说了和尚之名，跌足道："是了！是了！'土上鹿走'，不是'塵'字么？他住在那寺里？"真静道："住光善寺。"许公就差李信去光善寺里拿和尚无塵，分付道："和尚干下那事必然走了，就拿他徒弟来问去向。但和尚名多相类，不可错误生事。——那尼僧晓得他徒弟名字么？"真静道："他徒弟名月朗，住在寺后。"许公推详道："一发是了！梦中道：'只看夜明'。'夜明'不是'月朗'么？一个个字多应了！但只拿了月朗，便知端的。"

李信领了密旨，去到光善寺拿无塵，果然徒弟回道师父几日前不知那里去了。李信问得这徒弟就是月朗，一索套了，押到公庭。许公问无塵去向，月朗一口应承道："他只在亲眷人家，不要惊张，致他走了。小的便与公差去挨出来。"许公就差李信押了月朗，出去访寻。

月朗对李信道："他结拜往来的亲眷甚多，知道在哪一家？若晓得是公差访他，他必然惊走。不若你扮做道人，随我沿门化饭，访得的当，就便动手。"李信道："说得是。"当下扮做了道人，跟着月朗，走了几日，不见踪迹。来到一村中人家，李信与月朗进去化斋，正见一个和尚在里头吃酒。月朗轻轻对李信道："这和尚正是师父无塵。"李信悄悄去叫了地方，把牌票与他看了，一同闯入去。李信一把拿住无塵道："你杀人事发了，巡按老爷要你！"无塵说着心病，慌了手脚，看见李信是个道妆，叫道："斋公，我与你并无冤仇，何故首我？"李信扑地一掌打过去，道："我把你这瞎眼的贼秃！我是斋公么？"掀起衣服，把出腰牌来，道："你睁着驴眼认认看！"无塵晓得是公差，欲待要走，却有一伙地方在那里，料走不脱，软软地跟了出来。看见了月朗，骂道："贼弟子！是你领他到这里的？"月朗道："官府押我出来，我自身也难保。你做了事，须自家当去，我替了你不成？"

李信一同地方押了无塵，俟候许公升堂，解进察院来。许公问他："为何杀了王秀才？"无塵初时抵赖，只推不知。用起刑法来，又叫尼姑真静与他对质。真静心里也恨他，便道："王秀才所许东西，止是对你说得，并不曾与别个讲。你那时狠狠出门，当夜就杀了，还推得那里？"李信又禀他在路上与徒弟月朗互相埋怨的说话。许公叫起月朗来，也要夹他。月朗道："爷爷不要夹得，如今首饰、银两还藏在寺中箱里，只问师父便是。"无塵见满盘托出，晓得枉熬刑法不济事了，遂把真情说出来道："委实一来忌他占住尼姑，致得尼姑心变了；二来贪他这些财物，当夜到店里去杀了这秀才，取了银两首饰是实。"画了供状，押去取了八十两原银、首饰二副，封在曹州库中，等待给主。无塵问成死罪，尼姑逐出庵舍，赎了罪，当官卖为民妇。张善、李彪与和尚月朗俱供明无罪，释放宁家。这件事方好明白。若非许公神明，岂不枉杀了人？正是：

两值命途乖，相遭各致猜。

岂知杀人者，原自色中来。

当下王惠禀领赃物，许公不肯，道："你家两个主人俱死了，赃物岂是与你领的？你快去原籍叫了主人的儿子来，方准领去。"王惠只得叩头而出。走到张善店里，大家叫一声："悔气！亏得青天老爷追究得出来，不害了平人。"张善烧了平安纸，反请王惠、李彪吃得大醉。王惠次日与李彪说："前有个兄弟到家接小主人，此时将到。我和你一同过西去迎他，就便访缉去。"李彪应允。王惠将主人棺盖钉好了，交与张善看守，自己收拾了包裹，同了李彪，望着家里进发。

行至北直隶开州长垣县地方，下店吃饭。只见饭店里走出一个人来，却是前日家去的王恩。王惠叫了一声，两下相见。王恩道："两个小主人多在里面。"王惠进去叩见一皋一夔，哭说两位老家主多没有了，备述了这许多事故。四个人抱头哭做一团。哭了多时，李彪上前来劝。三个人却不认得。王惠说："这是李牌头，州里差他来访贼的，劳得久了，未得影踪。今幸得接着小主人，做一路儿行事，也不枉了。目今两棺俱停在开河。小人原匡小主们将到，故与李牌头迎上来。曹州库中现有银八十两，首饰二副，要得主人们亲到才肯给领。只这一项盘缠，两个棺木回去勾了。只这五百两一匣未有下落，还要劳着李牌头。"王恩道："我去时官人尚有偌多银子，怎只说得这些？"王惠道："银子多是大官人亲手着落。前日我见只有得这些发出来，也曾疑心，问着大官人。大官人回说：'我自藏得妙，到家便有。'今大官人已故，却无问处了。"王恩似信不信，来对一皋、一夔说："许多银两，岂无下落？连王惠也有些信不得了。小主人记在心下，且看光景行去。道路之间，未可发露。"

五个人出了店门，连王惠、李彪多回转脚步，一起走路，重到开河来。正行之间，一阵大风起处，卷得灰沙飞起，眼前对面不见，竟不知东西南北了。五个人互相牵扭，信步行去，到了一个村房，方才歇了足。定一定喘息，看见风沙少静，天色明朗了，寻一个酒店，买碗酒吃再走。见一酒店中，止有妇人在内。王惠抬眼起来，见了一件物事，叫声“奇怪”，即扯着李彪密密说道：“你看店桌上这个匣儿，正是我们放银子的，如何却在这里？必有缘故了。”一皋、一夔与王惠多来问道：“说甚么？”王惠也一一说了。李彪道：“这等，我们只在这家买酒吃，就好相脚手，盘问他。”一齐走至店中，分两个座头上坐了。妇人来问：“客人打多少酒？”李彪道：“不拘多少，随意盪来。”王惠道：“你家店中男人家那里去了？”妇人道：“我家老汉与儿子旺哥昨日去讨酒钱，今日将到。”王惠道：“你家姓甚么？”妇人道：“我家姓李。”王惠点头道：“惭愧！也有撞着的日子。”低低对众人道：“前日车户正叫做李旺。我们且坐在这里吃酒，等他来认。”五个人多磨枪备箭，只等拿贼。

到日西时，只见两个人踉踉跄跄走进店来。此时众人已不吃了酒，在店闲坐。那两个带了酒意，问道：“你每一起是甚么人？”王惠认那后生的这一个正是车户李旺，走起身来，一把扭住道：“你认得我么？”四人齐声和道：“我们多是拿贼的！”李旺抬头，认得是王惠，先自软了。李彪身边取出牌来，明开着车户李旺盗银之事，把出铁链来锁了颈项，道：“我每只管车户里打听，你却躲在这里卖酒！”连老儿也走不脱，也把绳来拴了。李彪终久是衙门人手段，走到灶下，取一根劈柴来，先把李旺打一个下马威。问道：“银子那里去了？”李旺是贼皮贼骨，一任打着，只不开口。王惠道：“匣子赃证现在，你不说便待怎么？”正施为间，那店里妇人一眼估着灶前地下，只管努嘴。——元来这妇人是李旺的继母，李旺凶狠，不把娘来看待，这妇人巴不得他败露的，不好说得，只做暗号。——一皋、一夔看见，叫王惠道：“且慢着打，可从这地下掘看。”王惠掉了李旺，奔来取了一把厨刀，依着指的去处挖开泥来，泥内一堆白物。王惠喊道：“在这里了！”王恩便取了匣子，走进来，将银只记件数，放在匣中。一皋、一夔将纸笔来，写个封皮封记了，对李彪道：“有劳牌头这许多时，今日幸得成功，人赃俱获。我们一面解到州里发落去。”李彪又去叫了本处地方几个人，一路防送，一直到州里来。

州官将银当堂验过，收贮库中，候解院过，同前银一并给领。李彪销牌记功，就差他做押解，将一起人解到察院来。

许公升堂带进，禀说是王秀才的子侄一皋、一夔，路上适遇盗银贼人，同公差擒获，一同解到事情。遂将李旺打了三十，发州问罪，同僧人无尘一并结案。李旺父亲年老免科。一皋、一夔当堂同递领状，求批州中同前入库赃物一并给发。许公准了。抬起眼来，看见一皋、一夔多少年俊雅，问他作何生理。禀说多在学中。许公喜欢，分付道：“你父亲不安本分，客死他乡，几乎不得明白。亏我梦中显报，得了罪人。今你每路上，无心又获原贼，似有神助。你二子必然有福。今将了银子回去，各安心读书向上，不可效前人所为了。”二人叩谢流泪，就禀说道：“生员每还有一言：父亲未死之时，寄来家书，银数甚多。今被贼两番所盗同贮州库者，不过六百金。据家人王惠所言，此外止有二棺寄顿饭店，并无所有。必有隐弊。乞望发下州中，推勘前银下落，实为恩便。”许公道：“当初你父亲随行是那个？”二子道：“只有这个王惠。”许公便叫王惠，问道：“你小主说你家主死时银两甚多，今在那里了？”王惠道：“前日着落银两，多是大主人王爵亲手搬弄，后来只剩得这些上车。小人当时疑心，就问缘故。主人说：‘我有妙法藏了，但到家中，自然有银。’今可惜主人被杀，就没处问了。小人其实不晓得。”许公道：“你莫不有甚欺心藏匿之弊么？”王惠道：“小人孤身在此，途路上那里是藏匿得的所在？况且下在张善店中时，主人还在，止有得此行李与棺木，是店家及推车人、公差李彪众目所见的，小人那里存得私？”许公道：“前日王禄下棺时，你在面前么？”王惠道：“大主人道是日辰有犯，不许看见。”许公笑一笑道：

"这不干你事，银子自在一处。"取一张纸来，不知写上些甚么，叫门子封好了，上面用颗印印着，付与二子道："银子在这里头，但到家时开看，即有取银之处了。不可在此担搁，又生出事端来。"

二子不敢再说，领了出来。回到张善店中，看见两个灵柩，一齐哭拜了一番。哭罢，取了院批的领状，到州中库里领这两项银子。州官原是同乡，周全其事，衙门人不敢勒措，一些不少，如数领了。到店中，将二十两谢了张善，一向停柩，且累他吃了官司。就央他写顾诚实车户，车运两柩回家。明日置办一祭，奠了两柩。祭物多与了店家与车脚夫，随即起柩而行。

不则一日，到了家中，举家号咷，出来接着。

> 雄纠纠两人次第去，四方方两柩一齐来。
> 一般丧命多因色，万里亡躯只为财。

此时王爵、王禄的父母俱在堂，连祖公公岁贡知县也还康健，闻得两个小官人各接着父亲棺柩回来，大家哭得不耐烦。慢慢说着彼中事体，致死根繇，及许公判断许多缘故，合家多感戴许公问得明白。不然，几乎一命也没人偿了。其父问起馀银，一皋、一夔道："因是馀银不见，禀告许公，许公发得有单。今既到家，可拆开来看了。"遂将前日所领印信小封，一齐拆开看时，上面写道：

> 银数既多，非仆人可匿。尔父云藏之甚秘，必在棺中。若虑开棺碍法，执此为照。

看罢，王惠道："当时不许我每看二官人下棺，后来盖好了，就不见了许多银子。想许爷之言，必然明见。"其父道："既给了执照，况有我为父的在，开棺不妨。"即叫王惠取器械来，轻轻将王禄灵柩撬开，只见身尸之傍，周围多是白物。王惠叫道：“好个许爷！若是别个昏官，连王惠也造化低了。”一皋、一夔大家动手，尽数取了出来，眼同一兑，足足有三千五百两。内有一千，另是一包，上写道：“还父母原银。”馀包多写“一皋、一夔均分”。合家看见了这个光景，思量他们在外死的苦恼，一齐恸哭不禁。仍把棺木盖好了，银子依言分讫。那个老知县祖公公，见说着察院给了执照、开棺见银之事，讨枝香来点了，望空叩头道：“亏得许公神明，仇既得报，银子得归。愿他福禄无疆，子孙受享。”举家顶戴不尽。

可见世间刑狱之事，许多隐昧之情，一些造次不得的。有诗为证：

世间经目未为真，疑似繇来易枉人。
寄语刑官须仔细，狱中尽有负冤魂。

卷二十二

痴公子狠使噪脾钱　贤丈人巧赚回头婿

词云：

最是富豪子弟，不知稼穑艰难。
悖入必然悖出，天道一理循环。

话说宋时汴京有一个人姓郭，名信。父亲是内诸司官，家事殷富，止生得他一个，甚是娇养溺爱。从小不教他出外边来的，只在家中读些点名的书。读书之外，毫厘世务也不要他经涉。到了十七八岁，未免要务了声名，投拜名师。其时有个蔡元中先生，是临安人，在京师开馆。郭信的父亲出了礼物，叫郭信从他求学。那先生开馆去处，是个僧房，颇极齐整。郭家就赁了他旁舍三间，亦甚幽雅。郭信住了，心里不像意，道是不见华丽。看了舍后一块空地，另去兴造起来。总是他也不知数目，不识物料，凭着家人与匠作扶同破费，不知用了多少银两，他也不管。只见造成了几间，妆饰起来，弄得花簇簇的，方才欢喜住下了。终日叫书童打扫，门窗梁柱之类略有点染不洁，便要匠人连夜换得过，心里方掉得下。身上衣服穿着必要新的，穿上了身，左顾右盼，嫌长嫌短，甚处不熨贴，一些不当心里，便别买段匹，另要做过。鞋袜之类，多是上好绫罗，一有微污，便丢下另换。至于洗过的衣服，决不肯再着的。

彼时有赴京听调的一个官人，姓黄，表字德琬。他的寓所，恰与郭家为邻。见他行径如此，心里不然。后来往来得熟了，时常好言劝他道："君家后生年纪，未知世间苦辣。钱财入手甚难，君家虽然富厚，不宜如此枉费。日复一日，须有尽时。日后后手不上了，悔之无及矣。"郭信听罢，暗暗笑他道："多是寒酸说话！钱财那有用得尽的时节？吾家田产不计其数，岂有后手不上之理？只是家里没有钱钞，眼孔子小，故说出这等议论，全不晓得我们富家行径的。"把好言语如风过耳，一毫不理，只依着自己性子行去不改。黄公见说不听，晓得是纵惯了的，道："看他后来怎生结果！"得了官，自别过出京去了，以后绝不相闻。

过了五年，有事干，又到京中来。问问旧邻，已不见了郭家踪迹。偌大一个京师，也没处查访了。一日偶去拜访一个亲眷，叫做陈晟。主人未出来，先叫门馆先生出来陪着。只见一个人葳葳蕤蕤踱将出来，认一认，却是郭信。戴着一顶破头巾，穿着一身蓝缕衣服，手臂颤抖抖的，叙了一个礼，整椅而坐。黄公看他脸上饥寒之色，殆不可言，恻然问道："足下何故在此，又如此形状？"郭信叹口气道："谁晓得这样事！钱财要没有起来，不消用得完，便是这样没有了。"黄公道："怎么说？"郭信道："自别尊颜之后，家父不幸弃世。有个继娶的晚母，在丧中罄卷所有，转回娘家。第二日去问，连这家多搬得走了，不知去向。看看家人多四散逃去，剩得孑然一身，一无所有了。还亏得识得几个字，胡乱在这主家，教他小学生，度日而已。"黄公道："家财没有了，许多田业须在，这是偷不去的。"郭信道："平时不曾晓得田产之数，也不认得田产在那一块所在，一经父丧，簿籍多不见了，不知还有一亩田在那里。"黄公道："当初我曾把好言相劝，还记得否？”郭信道：“当初接着东西便用，那管他来路是怎么样的？只道到底如此。见说道要惜费，正不知惜他做甚么。岂知今日一毫也没来处了！”黄公道：“今日这边所得束修之仪多少？”郭信道：“能有多少？每月千钱，不勾充身。图得个朝夕糊口，不去寻柴米就好了。”黄公道：“当时一日之用，也就有一年馆资了。富家儿女，到此地位，可怜！可怜！”身边恰带有数百钱，尽数将来送与他，以少见故人之意。少顷，主人出来，黄公又与他说了郭信出身富贵光景，教好看待他。郭信不胜感谢，捧了几百个钱，就像获了珍宝一般，紧紧收藏。只去守那冷板凳了。

看官，你道当初他富贵时节，几百文钱，只与他家赏人也不爽利；而今才晓得是值钱的，却又迟了。只因幼年时不知稼穑艰难，以致如此。到此地位，晓得值钱了，也还是有受用的。所以说“败子回头好作家”也。小子且说一回败子回头的正话。

无端浪子昧持筹，偌大家缘一旦休。
不是丈人生巧计，夫妻怎得再同俦？

话说浙江温州府有一个公子，姓姚。父亲是兵部尚书，丈人上官翁也是显宦。家世富饶，积累钜万，周匝百里之内，田圃池塘，山林川薮，尽是姚氏之业。公子父母俱亡，并无兄弟，独主家政。妻上官氏生来软默，不管外事。公子凡事只凭着自性而行，自恃富足有馀，豪奢成习。好往来这些淫朋狎友，把言语奉承他，哄诱他，说是“自古豪杰英雄，必然不事生产，手段慷慨；不以财物为心，居食为志，方是侠烈之士”。公子少年心性，道此等是好言语，切切于心。见别人家算计利息，较量出入，孳孳作家的，便道龌龊小人，不足指数的。又懒看诗书，不习举业，见了文墨之士便头红面热手足无措，厌憎不耐烦，远远走开。只有一班捷给滑稽之人，利口便舌，胁肩谄笑，一日也少不得。又有一班猛勇骁悍之辈，揎拳舞袖，说强夸胜，自称好汉，相见了便觉分外兴高，说话处脾胃多燥，行事时举步生风。是这两种人，才与他说得话着。有了这两种人，便又去呼朋引类，你荐举我，我荐举你，市井无赖少年，多来倚草附木，献技呈能，掇臀捧屁。公子要人称扬大量，不论好歹，一概收纳。一出一入，何止百来个人扶从他？那百来个人多吃着公子，还要各人安家分倒，按月衣粮。公子皆千欢万喜，给派不吝，见他们拿得家去，心里方觉爽利。

公子性好射猎，喜的是骏马良弓。有门客说道何处有名马一匹，价值千金，日走数百里，公子即便如数发银，只要买得来，不争价钱多少。及至买来，但只毛片好看，略略身材高耸些，便道值的了。有说贵了的，倒反不快，必要争说买便宜方喜。人晓得性子，看见买了物事，只是赞美上前了。遇说有良弓的，也是如此。门下的人，又要利落，又要逢迎，买下好马一二十匹，好弓三四十张。公子拣一匹最好的，时常乘坐，其馀的随意听骑。每与门下众客相约，各骑马持弓，分了路数，纵放辔头，约在某处相会，先到者有赏，后到者有罚。赏的多出公子己财，罚不过罚酒而已。只有公子先到，众皆罚酒，又将大觥上公子称庆。有时分为几队，各去打围。须臾合为一处，看擒兽多寡，以分赏罚。赏罚之法，一如走马之例，无非只是借名取乐。似此一番，所费酒食赏劳之类，已自不少了。还有时联镳放马，踏伤了人家田禾，惊失了人家六畜等事。公子是人心天理，又是慷慨好胜的人，门下客人又肯帮衬，道："公子们出外，宁可使小百姓巴不得来，不可使他怨怅我每来。今若有伤损了他家，便是我每不是，后来他望见就怕了。必须加倍赔他，他每道有些便宜，方才赞叹公子，巴不得公子出来行走了。"公子大加点头道："说得极有见识。"因而估值损伤之数，分付："宁可估好看些，从重赔还，不要亏了他们。"门客私下与百姓们说通了，得来平分，有一分，说了七八分。说去，公子随即赔偿，再不论量。这又是射猎中分外之费，时时有的。

公子身边最讲得话、像心称意的，有两个门客，一个是萧管朋友贾清夫，一个是拳棒教师赵能武。一文一武，出入不离左右。虽然献谄效勤、哄诱撺掇的人不计其数，大小事多要串通得这两个方才弄得成。这两个一鼓一板，只要公子出脱得些，大家有味。

一日，公子出猎，草丛中惊起一个兔来。兔儿腾地飞跑，公子放马赶去，连射两箭，射不着。恰好后骑随至，赵能武一箭射个正着，兔儿倒了，公子拍手大笑。因贪赶兔儿，路来得远了，肚中有些饥饿起来。四围一看，山明水秀，光景甚好，可惜是个荒野去处，并无酒店饭店。贾清夫与一群少年随后多到，大家多说道："好一个所在，只该聚饮一回。"公子见说，兴高得不耐烦，问问后头跟随的，身边银子也有，铜钱也有，只没设法酒肴处。赵能武道："眼面前就有东西，怎苦没肴？"众人道："有甚么东西？"赵能武道："只方才射倒的兔儿，寻些火煨起，也勾公子下酒。"贾清夫道："若要酒时，做一匹快马不着，跑他五七里路，遇个村坊去处，好歹寻得些来。只不能勾多带得，可以畅饮。"公子道："此时便些少也好。"

正在商量处，只见路旁有一簇人，老少不等，手里各拿着物件，走近前来迎喏道："某等是村野小人，不曾识认财主贵人之面。今日难得遇公子贵步至此，谨备瓜果鸡黍、村酒野蔌数品，聊献从者一饭。"公子听说是酒肴，喜动颜色，回顾一班随从的道："天下有这样凑巧的事，知趣的人！"贾清夫等一齐拍手道："此皆公子吉人天相，酒食之来，如有神助。"各下了马，打点席地而坐。野老们道："既然公子不嫌饮食粗粝，何不竟到舍下坐饮？椅桌俱便。乃在此草地之上吃酒，不像模样。"众人一齐道："妙！妙！知趣得紧。"

野老们恭身在前引路，众人扶从了公子，一拥到草屋中来。那屋中虽然窄狭，也倒洁净。摆出椅桌来，拣一只齐整些的古老椅子公子坐了，其馀也有坐椅的，也有坐凳的，也有扯张稻床来做杌子的，团团而坐。吃出兴头来，这家老小们供应不迭。贾清夫又打着擀鼓儿道：“多拿些酒出来，我们要吃得快活，公子是不亏人的。”这家子将酝下的杜茅柴不住的盪来，吃得东倒西歪，撑肠拄腹。又道是“饥者易为食，渴者易为饮”，大凡人在饥渴之中，觉得东西好吃。况又在兴趣头上，就是肴馔粗些，鸡肉肥些，酒味薄些，一总不论，只算做第一次嘉肴美酒了。公子不胜之喜。门客多帮衬道：“这样凑趣的东道主人，不可不厚报他的。”公子道：“这个自然该的。”便教贾清夫估他约费了多少。清夫在行，多说了些。公子教一倍偿他三倍。管事的和众人克下了一倍自得，只与他两倍。这家子道已有了对合利钱，怎不欢喜？当下公子上马回步，老的少的多来马前拜谢，兼送公子。公子一发快活道：“这家子这等殷勤！”赵能武道：“不但敬心，且有礼数。”公子再教后骑赏他。管事的策马上前问道：“赏他多少？”公子叫打开银包来，看见有几两零碎银子，何止千百来块。公子道：“多与他们罢，论甚么多少？”用手只一抬，银子块块落地，只剩得一个空包。那些老小们看见银子落地，大家来抢，也顾不得尊卑长幼，扯扯拽拽，磕磕撞撞。溜撒的拾了大块子，又来掂撮；迟夯的将拾到手，又被眼快的先取了去。老人家战抖抖的拿得一块，死也不放，还累了两个地滚。公子看此光景，与众客马上拍手大笑道：“天下之乐，无如今日矣！”公子此番虽费了些赏赐，却噪尽了脾胃；这家子赔了些辛苦，落得便宜多了。

这个消息传将开去，乡里人家只叹惜无缘，不得遇着公子。自此以后，公子出去，就有人先来探听，马首所向，村落中无不整顿酒食，争来迎接。真个是：

东驰，西人已为备馔；南猎，北人就去戒厨。士有馀粮，马多剩草。一呼百诺，顾盼生辉，此送彼迎，尊荣莫并。凭他出外连旬乐，不必先营隔宿装。

公子到一处，一处如此。这些人也竭力奉承，公子也加意报答，还自歉然道："赏劳轻微，谢他们厚情不来。"众门客又齐声力赞道："此辈乃小人，今到一处，即便供帐备具，奉承公子，胜于君王。若非重赏，何以示劝？"公子道："说得有理。"每每赏了又赏，有增无减。元来这圈套，多是一班门客串同了百姓们，又是贾、赵二人先定了去向，约会得停当，故所到之处，无不如意。及至得来赏赐，尽皆分取，只是撺掇多些了。

亲眷中有老成的人，叫做张三翁，见公子日逐如此费用，甚为心疼。他曾见过当初尚书公行事来的，偶然与公子会间，劝讽公子道："宅上家业丰厚，先尚书也不纯仗做官得来的宦橐，多半是算计做人家来的。老汉曾经眼见先尚书早起晏眠，算盘天平、文书簿籍不离于手。别人少他分毫，也要算将出来，变面变孔，费唇费舌，略有些小便宜，即便喜动颜色。如此挣来的家私，非同容易。今郎君十分慷慨撒漫，与先尚书苦挣之意，太不相同了。"公子面色通红，未及回答。贾清夫、赵能武等一班儿朋友大嚷道："这样气量浅陋之言，怎么在公子面前讲？公子是海内豪杰，岂把钱财放在眼孔上？况且人家天做，不在人为。岂不闻李太白有言：'天生吾才终有用，黄金散尽还复来。'先尚书这些孜孜为利，正是差处。公子不学旧样，尽改前非，是公子超群出众、英雄不羁之处，岂田舍翁所可晓哉？"公子听得这一番说话，方才觉得有些吐气扬眉，心里放下。张三翁见不是头，晓得有这一班小人，料想好言不入，再不开口了。

公子被他们如此舞弄了数年，弄得囊中空虚，看看手里不能接济。所有仓房中庄舍内积下米粮，或时粜银使用，或时即发米代银，或时先在那里移银子用了，秋收还米，也就东扯西拽，不能如意。公子要噪脾时，有些掣肘不爽利。门客每见公子世业不曾动损，心里道："这里面尽有大想头。"与贾、赵二人商议定了，来见公子献策道："有一妙着，公子再不要愁没银子用了。"公子正苦银子短少，一闻此言，欣然起问道："有何妙计？"贾、赵等指手画脚道："公子田连阡陌，地占半州，足迹不到所在，不知多少。这许多田地，大略多是有势之时小民投献，富家馈送，原不尽用价银买的。就有些买的，也不过债利盘算，准折将来。或是户绝人穷，止剩得些硗田瘠地，只得收在户内，所值原不多的。所以而今荒芜的多，开垦的少，租利没有，钱粮要紧。这些东西，留在后边，贻累不浅的。公子看来，不过是些土泥；小民得了，自家用力耕种，才方是有用的。公子若把这些作赏赐之费，不是土泥尽当银子用了？亦且自家省了钱粮之累。"公子道："我最苦的是时常来要我完甚么钱粮，激聒得不耐烦。今把来推将去，当得银子用，这是极便宜的事了。"

自此，公子每要用银子之处，只写一纸卖契，把田来准去。那得田的，心里巴不得，反要妆个腔儿说不情愿，不如受些现物好。门客每故意再三解劝，强他拿去。公子蹴踖不安，惟恐他不受，直等他领了文契，方掉得下。所有良田美产，有富户欲得的，先来通知了贾、赵二人，借打猎为名，迂道到彼家边，极意酒食款待。还有出妻献子的，或又有接了娼妓养在家里，假做了妻女来与公子调情的。公子便有些晓得，只是将错就错，自以为得意。吃得兴阑将行，就请公子写契作赏。公子写字不甚利便，门客内有善写的，便来执笔。一个算价钱，一个查簿籍，写完了，只要公子押字。公子也不知田在那里，好的歹的，贵的贱的，见说押字，即便押了。又有时反有几两银子找将出来，与公子用，公子却像落得的，分外喜欢。

如此多次，公子连押字也不耐烦了，对贾清夫道："这些时不要我拿银子出来，只写张纸，颇觉便当。只是定要我执笔押字，我有些倦了。"赵能武道："便是我们搭着枪棒且溜撒，只这一管笔重得可厌相。"贾清夫道："这个不打紧。我有一策，大家可以省力。"公子道："何策？"贾清夫道："把这些买契套语，刊刻了板，空了年月，刷印百张，放在身边。临时只要填写某处及多少数目，注了年月。连公子花押，也另刻一个，只要印上去，岂不省力？”公子道：“妙，妙。却有一件，卖契刻了印板，这些小见识的必然笑我，我那有气力逐个与他辨？我做一首口号，也刻在后面，等别人看见的，晓得我心事开阔，不比他们猥琐的。”贾清夫道：“口号怎么样的？”公子道：“我念来，你们写着：

千年田土八百翁，何须苦苦较雌雄。
古今富贵知谁在？唐宋山河总是空。
去时却似来时易，无他还与有他同。
若人笑我亡先业，我笑他人在梦中。”

念罢，叫一个门客写了。贾清夫道：“公子出口成章如此，何愁不富贵？些须田业，不足恋也。公子若刻此佳作在上面了，去得一张，与公子扬名一张矣。”公子大喜，依言刻了。每日印了十来张，带在贾、赵二人身边。行到一处，遇要赏赐，即取出来填注几字，印了个花押，即已成契了。公子笑道：“真正简便！此后再不消捏笔了。快活！快活！”其中门客每自家要的，只须自家写注，偷用花押，一发不难。如此过了几时，公子只见逐日费得几张纸，一毫不在心上。岂知皮里走了肉，田产俱已荡尽，公子还不知觉。但见供给不来，米粮不继，印板文契丢开不用，要些使费，别无来处。问问家人何不卖些田来用度，方知田多没有了。

门客看见公子艰难了些，又兼有靠着公子做成人家、过得日子的，渐渐散去不来。惟有贾、赵二人，哄得家里瓶满瓮满，还想道：“瘦骆驼尚有千斤肉”，恋着未去。劝他把大房子卖了，得中人钱；又替他买小房子住，得后手钱。搬去新居不像意，又与他算计改造，置买木石，落他的。造得像样，手中又缺了。公子自思：“宾客既少，要这许多马也没干。”托着二人，把来出卖，比原价只好十分之一二。

公子问："为何差了许多？"二人道："骑了这些时，走得路多了，价钱自减了。"公子也不计论，见着银子且便接来应用。起初还留着自己骑坐两三匹好的，后来因为赏赐无处，随从又少，把个出猎之兴叠起在三十三层高阁上了，一总要马没干，且喂养费力，贾、赵二人也设法卖了去。价钱不多，又不尽到得公子手里，勾他几时用？只得又商量卖那新居。枉自装修许多，性急要卖，只卖得原价钱到手。新居既去，只得赁居而住。一向家中牢曹什物，没处藏叠，半把价钱，烂贱送掉。

到得迁在赁的房子内时，连贾、赵二人也不来了，惟有妻上官氏随起随倒。当初风花雪月之时，虽也曾劝谏几次，如水投石，落得反目；后来晓得说着无用，只得凭他。上官氏也是富贵出身，只会吃到口茶饭，不晓得甚么经求，也不曾做下一些私房。公子有时，他也有得用；公子没时，他也没了。两个住在赁房中，且用着卖房的银子度日。走出街上来，遇见旧时的门客，一个个多新鲜衣服，仆从跟随。初时撞见公子，还略略叙寒温；已后渐渐掩面而过；再过几时，对面也不来理着了。

一日早晨，撞着了赵能武。能武道："公子曾吃早饭未曾？"公子道："正来买些点心吃。"赵能武道："公子且未要吃点心，到家里来坐坐，吃一件东西去。"公子随了他到家里。赵能武道："昨夜打得一只狗，煨得糜烂在这里，与公子同享。"果然拿出热腾腾的狗肉来，与公子一同狼飧虎咽，吃得尽兴。公子回来饱了一日，心里道："他还是个好人。"没些生意，便去寻他。后来也常时躲过，不十分招揽了。贾清夫遇着公子，原自满面堆下笑来。及至到他家里坐着，只是泡些好清茶来，请他评品些茶味，说些空头话。再不然，趷着脚儿，把管箫闲吹一曲，只当是他的敬意。再不去破费半文钱钞，多少弄些东西来点饥。公子忍饿不过，只得别去。此外再无人理他了。

公子的丈人上官翁，是个达者。初见公子败时，还来主张争论。

后来看他行径，晓得不了不住，索性不来管他。意要等他干净了，吃尽穷苦滋味，方有回转念头的日子。所以富时也不来劝戒，穷时也不来资助，只像没相干的一般。公子手里罄尽，衣食不敷，家中别无可卖。一身之外，只有其妻。没做思量处，痴算道："若卖了他去，省了一个口食，又可得些银两用用。"只是怕丈人，开不得这口。却是有了这个意思，未免露些光景出来。上官翁早已识破其情，想道："省得他自家蛮做出事来，不免用个计较，哄他在圈套中了，慢作道理。"遂挽出前日劝他好话的那个张三翁来，托他做个说客。商量说话完了，竟来见公子。

公子因是前日不听其言，今荒凉光景了，羞惭满面。张三翁道："郎君才晓得老汉前言不是迂阔么？"公子道："惶愧，惶愧。"张三翁道："近闻得郎君度日艰难，有将令正娘子改适之意，果否如何？"公子满面通红了道："自幼夫妻之情，怎好轻出此言？只是绝无来路，两口饭食不给，惟恐养他不活。不如等他别寻好处安身，我又省得多一个口食，他又有着落了，免得跟着我一同忍饿。所以有这一点念头，还不忍出口。"张三翁道："果有此意，作成老汉做个媒人何如？"公子道："老丈有甚么好人家在肚里么？"张三翁道："便是有个人叫老汉打听，故如此说。"公子道："就有了人家，岳丈面前怎好启齿？"张三翁道："好教足下得知：令岳正为足下败完了人家，令正后边日子难过，尽有肯改嫁之意。只是在足下身边起身，甚不雅相。令岳欲待接着家去，在他家门里择配人家，那时老汉便做个媒人。等令正嫁了出去，寂寂里将财礼送与足下，方为隐秀，不伤体面。足下心里何如？"公子道："如此委曲最妙，省得眼睁睁的我与他不好分别。只是既有了此意，岳丈那里我不好再走去了。我在那里问消息？"张三翁道："只消在老汉家里讨回话。一过去了，就好成事体，我也就来回覆你的。不必挂念。"公子道："如此做事，连房下面前我不必说破，只等岳丈接他归家便了。"张三翁道："正是，正是。"两下别去。

上官翁一径打发人来接了女儿，回家住了。过了两日，张三翁走来见公子道："事已成了。"公子道："是甚么人家？"张三翁道："人家豪富，也是姓姚。"公子道："既是富家，聘礼必多了。"张三翁道："他们道是中年再醮，不肯出多，是老汉极力称赞贤能，方得聘金四十两。你可省吃俭用些。再若轻易弄掉了，别无来处了。"公子见就有了银子，大喜过望，口口称谢。张三翁道："虽然得了这几两银子，一入豪门，终身不得相见了，为何如此快活？"公子道："譬如两个一齐饿死了。而今他既落了好处，我又得了银子，有甚不快活处？"——元来这银子就是上官翁的，因恐他把女儿当真卖了，故装成这个圈套，接了女儿家去，把这些银子暗暗助他用度，试看他光景。

公子银子接到手，手段阔惯了的，那里勾他的用？况且一向处了不足之乡，未免房钱、柴米钱之类挂欠些在身上，拿来一出摩诃萨，没多几时，手里又空。左顾右盼，别无可卖，单单剩得一个身子。思量索性卖与人了，既得身钱，又可养口。却是一向是个公子，那个来兜他？又兼目下已做了单身光棍，种火又长，拄门又短，谁来要这个废物！

公子不揣，各处央人寻头路。上官翁知道了，又拿几两银子，另挽出一个来，要了文契，叫庄客收他在庄上用。庄客就假做了家主，与他约道："你本富贵出身，故此价钱多了。既已投靠，就要随我使用，禁持苦楚，不得违慢。说过方收留你。"公子思量道："我当初富盛时，家人几十房，多是吃了着了闲荡的，有甚苦楚处？"一力应承道："这个不难。既已靠身，但凭使唤了。"公子初时，看见遇饭吃饭，遇粥吃粥，不消自己经营，颇谓得计。谁知隔得一日，庄客就限他功课起来，早晨要打柴，日里要挑水，晚要舂谷簸米，劳筋苦骨，没一刻得安闲。略略推故懈惰，就拿着大棍子吓他。公子受不得那苦，不勾十日，魆地逃去。庄客受了上官翁分付，不去追他，只看他怎生着落。

公子逃去两日，东不着边，西不着际，肚里又饿不过。看见乞儿每讨饭，讨得来倒有得吃，只得也皮着脸，去讨些充饥。讨了两日，挨去乞儿队里做了一伴了。自家想着当年的事，还有些气傲心高，只得作一长歌，当做似《莲花落》，满市唱着乞食。歌曰：

人道光阴疾似梭，我说光阴两样过。昔日繁华人羡我，一年一度易蹉跎。可怜今日我无钱，一时一刻如长年。我也曾轻裘肥马载高轩，指麾万众驱山前。一声围合魑魅惊，百姓邀迎如神明。今日黄金散尽谁复矜？朋友离群猎狗烹。昼无饘粥夜无眠，落得街头唱哩莲。一生两截谁能堪？不怨爹娘不怨天。早知到此遭坎坷，悔教当日结妖魔。而今无计可奈何，殷勤劝人休似我！

上官翁晓得公子在街上乞化了，教人密地分付了一班乞儿，故意要凌辱他，不与他一路乞食。及至自家讨得些须来，又来抢夺他的，没得他吃饱。略略不顺意，便吓他道：“你无理，就扯你去告诉家主。”公子就慌得手脚无措，东躲西避，又没个着身之处。真个是冻馁忧愁，无件不尝得到了。

上官翁道：“奈何得他也勾了。”乃先把一所大庄院，与女儿住下了。在后门之傍，收拾一间小房，被窝什物，略略备些在里边。又叫张三翁来寻着公子，对他道：“老汉做媒不久，怎知你就流落此中了？”公子道：“此中了，可怜众人还不容我。”张三翁道：“你本大家，为何反被乞儿欺侮？我晓得你不是怕乞儿，只是怕见你家主。你主幸不遇着，若是遇着，送你到牢狱中，追起身钱来，你再无出头日子了。”公子道：“今走身无路，只得听天命。早晚是死，不得见你了。前日你做媒，嫁了我妻子出去，今不知好过日子否？”说罢大哭。张三翁道：“我正有一句话要对你说。你妻子今为豪门主母，门庭贵盛，与你当初也差不多。今托我寻一个管后门的。我若荐了你去，你只管晨昏启闭，再无别事，又不消自爨，享着安乐茶饭，这可好么？”公子拜道：“若得如此，是重生父母了。”张三翁道：“只有一件，他原先是你妻子，今日是你主母，必然羞提旧事。你切不可妄言放肆，露了风声，就安身不牢了。”公子道：“此一时，彼一时。他如今在天上，我得收拾门下，免死沟壑，便为万幸了。还敢妄言甚么？”张三翁道：“既如此，你随我来，我帮衬你成事便了。”

公子果然随了张三翁去，住在门外等候回音。张三翁去了好一会，来对他道：“好了，好了，事已成了。你随我进来。”遂引公子到后门这间房里来。但见：

> 床帐皆新，器具粗备。萧萧一室，强如庵寺坟堂；寂寂数椽，不见露霜风雨。虽单身之入卧，审容膝之易安。

公子一向草栖露宿，受苦多了，见了这一间清净房室，器服整洁，吃惊问道：“这是那个住的？”张三翁道：“此即看守后门之房，与你住的了。”公子喜之不胜，如入仙境。张三翁道：“你主母家富，故待仆役多齐整。他着你管后门，你只坐在这间房里，吃自在饭勾了。凭他主人在前面出入，主母在里头行止，你一切不可窥探。他必定羞见你。又万不可走出门一步，倘遇着你旧家主，你就住在此不稳了。”再三叮嘱而去。

公子吃过苦的，谨守其言。心中一来怕这饭碗弄脱了，二来怕露出踪迹，撞着旧主人的是非出来，呆呆坐守门房，不敢出外。过了两个月馀，只是如此。上官翁晓得他野性已收了，忽一日，叫一个人拿一封银子与他，说道：“主母生日，众人多有赏。说你管门没事，赏你一钱银子买酒吃。”公子接了，想一想，这日正是前边妻子的生辰。思量在家富盛之时，多少门客来作贺，吃酒兴头，今却在别人家了，不觉凄然泪下。藏着这包银子，不舍得轻用。隔几日，又有个人走出来道：“主母唤你后堂说话。”公子吃了一惊，道：“张三翁前日说他羞见我面，叫我不要露形，怎么如今唤我说话起来？我怎生去相见得？”

又不好推故，只得随着来人一步步走进中堂。只见上官氏坐在里面，俨然是主母尊严。公子不敢抬头。上官氏道："但见说管门的姓姚，不晓得就是你。你是富公子，怎在此与人守门？"说得公子羞惭满面，做声不得。上官氏道："念你看门勤谨，赏你一封银子买衣服穿去。"丫鬟递出来，公子称谢受了。上官氏分付，原叫领了门房中来。公子到了房中，拆开封筒一看，乃是五钱足纹，心中喜欢。把来与前次生日里赏的一钱并做一处，包好藏在身边。就有一班家人来与他庆松，哄他拿出些来买酒吃。公子不肯。众人又说："不好独难为他一个，我们大家凑些，打个平火。"公子捏着银子道："钱财是难得的，我藏着后来有用处。这样闲好汉再不做了。"众人强他不得，只得散了。

一日黄昏时候，一个丫鬟走来，说道主母叫他进房中来，问旧时说话。公子不肯道："夜晚间不是说话时节。我在此住得安稳，万一有些风吹草动，不要我管门起来，赶出去，就是个死。我只是守着这斗室罢了。你与我回覆主母一声，决不敢胡乱进来的。"

上官翁逐时叫人打听，见了这些光景，晓得他已知苦辣了。遂又去挽那张三翁来看公子。公子见了，深谢他荐举之德。张三翁道："此间好过日子否？"公子道："此间无忧衣食，吾可以老死在室内了。皆老丈之恩也。若非老丈，吾此时不知性命在那里。只有一件，吃了白饭，闲过日子，觉得可惜。吾今积趱几钱银子在身边，不舍得用。老丈是好人，怎生教导我一个生利息的方法儿？或做些本等手业，也不枉了。"张三翁笑道："你几时也会得惜光阴、惜财物起来了？"公子也笑道："不是一时学得的。而今晓得也迟了。"张三翁道："我此来，单为你有一亲眷，要来会你，故着我先来通知。"公子道："我到此地位，亲眷无一人理我了，那个还来要会我？"张三翁道："有一个在此，你随我来。"

张三翁引了他走入中堂，只见一个人在里面，巍冠大袖，高视阔步，踱将出来。公子望去一看，见是前日的丈人上官翁。公子叫声：

"呵也！"失色而走。张三翁赶上，一把拉住道："是你的令岳，为何见了就走？"公子道："有甚么面孔见他？"张三翁道："自家丈人，有甚么见不得？"公子道："妻子多卖了，而今还是我的丈人？"张三翁道："他见你有些务实了，原要把女儿招你。"公子道："女儿已是此家的主母，还有女儿在那里？"张三翁道："当初是老汉做媒卖去，而今原是老汉做媒还你。"公子道："怎么还得？"张三翁道："痴呆子！大人家的女儿，岂肯再嫁人？前日恐怕你当真胡行起来，令岳叫人接了家去，只说嫁了，今住的原是你令岳家的房子。又恐怕你冻饿死在外边了，故着老汉设法了你家来，收拾在门房里。今见你心性转头，所以替你说明，原等你夫妻完聚。这多是令岳造就你成器的好意思。"公子道："怪道住在此多时，只见说主母，从不见甚么主人出入。我守着老实，不敢窥探一些，岂知如此就里。元来岳丈恁般费心！"张三翁道："还不上前拜见他去！"一手扯着公子，走将进来。上官翁也凑将上来，撞着道："你而今记得苦楚，省悟前非了么？"公子无言可答，大哭而拜。上官翁道："你痛改前非，我把这所房子与你夫妻两个住下，再拨一百亩田与你管运，做起人家来。若是饱暖之后，旧性复发，我即时逐你出去，连妻子也不许见面了。"公子哭道："经了若干苦楚过来，今受了岳丈深恩，若再不晓得省改，真猪狗不值了。"上官翁领他进去，与女儿相见。夫妻抱头而哭。说了一会，出来谢了张三翁。

张三翁临去，公子道："只有一件不干净的事，倘或旧主人寻来怎么好？"张三翁道："那里甚么旧主人，多是你令岳捏弄出来的。你只要好做人家，再不必别虑。"公子方得放心。住在这房子里做了家主。虽不及得富盛之时，却是省吃俭用，勤心苦胝，衣食尽不缺了。记恨了日前之事，不容一个闲人上门。

那贾清夫、赵能武见说公子重新做起人家来了，合了一伴来拜望他。公子走出来道："而今有饭我要自吃，与列位往来不成了。"贾清夫把些趣话来说说，议论些箫管；赵能武又说某家的马健，某人的弓硬，某处地方禽兽多。公子只是冷笑，临了道："两兄看有似我前日这样主顾，也来作成我，做一伙同去，赚他些儿。"两人见说话不是头，扫兴而去。

上官翁见这些人又来歪缠，把来告了一状，搜根剔齿，查出前日许多隐漏白占的田产来，尽归了公子。公子一发有了家业，夫妻竟得温饱而终。可见前日心性，只是不曾吃得苦楚过。世间富贵子弟，还是等他晓得些稼穑艰难为妙。至于门下往来的人，尤不可不慎也。

贫富交情只自知，翟公何必署门楣？
今朝败子回头日，便是奸徒退运时。

卷二十三

大姊魂游完宿愿　小姨病起续前缘

诗曰：

生死由来一样情，豆萁燃豆并根生。
存亡姊妹能相念，可笑阋墙亲弟兄。

话说唐宪宗元和年间，有个侍御李十一郎，名行修。妻王氏夫人，乃是江西廉使王仲舒女，贞懿贤淑，行修敬之如宾。王夫人有个幼妹，端妍聪慧，夫人极爱他，常领他在身边鞠养。连行修也十分爱他，如自家养的一般。一日行修在族人处赴婚礼喜筵，就在这家歇宿。晚间忽做一梦，梦见自身再娶夫人，灯下把新人认看，不是别人，正是王夫人的幼妹。猛然惊觉，心里甚是不快活。巴到天明，连忙归家。进得门来，只见王夫人清早已起身了，闷坐着，将手频频拭泪。行修问着，不答。行修便问家人道："夫人为何如此？"家人辈齐道："今早当厨老奴在厨下自说，五更头做一梦，梦见相公再娶王家小娘子。夫人知道了，恐怕自身有甚山高水低，所以悲哭了一早起了。"行修听罢，毛骨耸然，惊出一身冷汗。想道："如何与我所梦正合？"

他两个是恩爱夫妻，心下十分不乐，只得勉强劝谕夫人道："此老奴颠颠倒倒，是个愚懵之人，其梦何足凭准？"口里虽如此说，心下因是两梦不约而同，终久有些疑惑。

只见隔不多几日，夫人生出病来，累医不效，两月而亡。行修哭得死而复苏，书报岳父王公。王公举家悲恸，因不忍断了行修亲谊，回书还答，便有把幼女续婚之意。行修伤悼正极，不忍说起这事，坚意回绝了岳父。

于时有个卫秘书卫随，最能广识天下奇人，见李行修如此思念夫人，突然对他说道："侍御怀想亡夫人如此深重，莫不要见他么？"行修道："一死永别，如何能勾再见？"秘书道："侍御若要见亡夫人，何不去问稠桑王老？"行修道："王老是何人？"秘书道："不必说破，侍御只牢牢记着'稠桑王老'四字，少不得有相会之处。"行修见说得作怪，切切记之于心。

过了两三年，王公幼女越长成了。王公思念亡女，要与行修续亲，屡次着人来说，行修不忍背了亡夫人，只是不从。此后除授东台御史，奉诏出关，行次稠桑驿。驿馆中先有敕使住下了，只得讨个官房歇宿。那店名就叫做稠桑店，行修听得"稠桑"二字触着，便自上心。想道："莫不甚么'王老'正在此处？"正要跟寻间，只听得街上人乱嚷，行修走到店门边一看，只见一伙人，团团围住一个老者，你扯我扯，你问我问，缠得一个头昏眼暗。行修问店主人道："这些人何故如此？"主人道："这个老儿姓王，是个希奇的人，善谈禄命。乡里人敬他如神，故此见他走过，就缠住他问祸福。"行修想着卫秘书之言道："元来果有此人！"便叫店主人快请他到店相见。

店主人见行修是个出差御史，不敢稽延，拨开人丛，走进去扯住他道："店中有个李御史李十一郎奉请。"众人见说是官府请，放开围，让他出来，一哄多散了。到店相见，行修见是个老人，不要他行礼，就把想念亡妻、有卫秘书指引来求他的话，说了一遍。便道："不知老翁果有奇术，能使亡魂相见否？”老人道：“十一郎要见亡夫人，就是今夜罢了。”老人前走，叫行修打发开了左右，引了他，一路走入一个土山中。又升一个数丈的高坡，坡侧隐隐见有个丛林。老人便住在路傍，对行修道：“十一郎可走去林下，高声呼‘妙子’，必有人应。应了，便说道：‘传语九娘子，今夜暂借妙子同看亡妻。’”行修依言，走去林间呼着，果有人应。又依着前言说了。

少顷，一个十五六岁的女子走出来道：“九娘子差我随十一郎去。”说罢，便折竹二枝，自跨了一枝，一枝与行修跨。跨上，便同马一般快。行勾三四十里，忽到一处，城阙壮丽，前经一大宫，宫前有门。女子道：“但循西廊直北，从南第二宫，乃是贤夫人所居。”行修依言，趋至其处，果见十数年前一个死过的丫头出来拜迎，请行修坐下。夫人就走出来，涕泣相见。行修伸诉离恨，一把抱住不放。却待要再讲欢会，王夫人不肯，道：“今日与君幽显异途，深不愿如此，贻妾之患。若是不忘平日之好，但得纳小妹为婚，续此姻亲，妾心愿毕矣。所要相见，只此奉托。”言罢，女子已在门外厉声催叫道：“李十一郎速出！”行修不敢停留，含泪而出。

女子依前与他跨了竹枝同行，到了旧处，只见老人头枕一块石头，眠着正睡。听得脚步响，晓得是行修到了，走起来问道：“可如意么？”行修道：“幸已相会。”老人道：“须谢九娘子遣人相送。”行修依言，送妙子到林间，高声称谢。回来问老人道：“此是何等人？”老人道：“此原上有灵应九子母祠耳。”老人复引行修到了店中，只见壁上灯盏荧荧，槽中马啖刍如故，仆夫等个个熟睡。行修疑道做梦，却有老人尚在可证。老人当即辞行修而去。行修叹异了一番，因念妻言谆恳，才把这段事情，备细写与岳丈王公，从此遂续王氏之婚，恰应前日之梦。正是：

旧女婿为新女婿，大姨夫做小姨夫。

古来只有娥皇、女英姊妹两个，一同嫁了舜帝。其他姊姊亡故，不忍断亲，续上小姨，乃是世间常事；从来没有个亡故的姊姊，怀此心愿，在地下撮合完成好事的。今日小子先说此一段异事，见得人生只有这个“情”字至死不泯的，只为这王夫人身子虽死，心中还念着亲夫恩爱，又且妹子是他心上喜欢的，一点情不能忘，所以阴中如此主张，了其心愿。这个还是做过夫妇多时的，如此有情，未足为怪。小子如今再说一个不曾做亲过的，只为不忘前盟，阴中完了自己姻缘，又替妹子联成婚事，怪怪奇奇，真真假假，说来好听。有诗为证：

> 还魂从古有，借体亦其常。
> 谁摄生人魄，先将宿愿偿！

这本话文乃是元朝大德年间，扬州有个富人，姓吴，曾做防御使之职，人都叫他做吴防御。住居春风楼侧，生有二女，一个叫名兴娘，一个叫名庆娘。庆娘小兴娘两岁，多在襁褓之中。邻居有个崔使君，与防御往来甚厚。崔家有子名曰兴哥，与兴娘同年所生。崔公即求聘兴娘为子妇，防御欣然相许。崔公以金凤钗一只为聘礼。定盟之后，崔公合家多到远方为官去了。一去一十五年，竟无消息回来。此时兴娘已一十九岁，母亲见他年纪大了，对防御道：“崔家兴哥一去十五年，不通音耗。今兴娘年已长成，岂可执守前说，错过他青春？”防御道：“一言已定，千金不移。吾已许吾故人了，岂可因他无耗，便欲食言？”那母亲终久是妇人家识见，见女儿年长无婚，眼中看不过意，日日与防御絮聒，要另寻人家。兴娘肚里，一心专盼崔生来到，再没有二三的意思。虽是亏得防御有正经，却看见母亲说起激聒，便暗地恨命自哭。又恐怕父亲被母亲缠不过，一时更变起来，心中长怀着忧虑，只愿崔家郎早来得一日也好。眼睛几望穿了，那里叫得崔家应？看看饭食减少，生出病来，沉眠枕席，半载而亡。父母与妹及合家人等，多哭得发昏章第十一。临入殓时，母亲手持崔家原聘这只金凤钗，抚尸哭道："此是你夫家之物，今你已死，我留之何益？见了徒增悲伤，与你戴了去罢。"就替他插在髻上，盖了棺，三日之后，抬去殡在郊外了。家里设个灵座，朝夕哭奠。

殡过两个月，崔生忽然来到。防御迎进问道："郎君一向何处？尊父母平安否？"崔生告诉道："家父做了宣德府理官，没于任所；家母亦先亡了数年。小婿在彼守丧，今已服除，完了殡葬之事。不远千里，特到府上，来完前约。"防御听罢，不觉吊下泪来，道："小女兴娘薄命，为思念郎君成病，于两月前饮恨而终，已殡在郊外了。郎君便早到得半年，或者还不到得死的地步。今日来时，却无及了。"说罢又哭。崔生虽是不曾认识兴娘，未免感伤起来。防御道："小女殡事虽行，灵位还在，郎君可到他席前看一番，也使他阴魂晓得你来了。"噙着泪眼，一手拽了崔生，走进内房来。崔生抬头看时，但见：

> 纸带飘摇，冥童绰约。飘摇纸带，尽写着梵字金言；绰约冥童，对捧着银盆绣帨。一缕炉烟常袅，双台灯火微荧。影神图画个绝色的佳人，白木牌写着新亡的长女。

崔生看见了灵座，拜将下去。防御拍着桌子大声道："兴娘吾儿，你的丈夫来了！你灵魂不远，知道也未？"说罢，放声大哭。合家见防御说得伤心，一齐号哭起来，直哭得一佛出世，二佛生天，连崔生也不知陪下了多少眼泪。哭罢，焚了些楮钱，就引崔生在灵位前拜见了妈妈。妈妈兀自哽哽咽咽的，还了个半礼。防御同崔生出到堂前来，对他道："郎君父母既没，道途又远，今既来此，可便在吾家住宿。不要论到亲情，只是故人之子，即同吾子，勿以兴娘没故，自同外人。"即令人替崔生搬将行李来，收拾门侧一个小书房与他住下了。朝夕看待，十分亲热。

将及半月，正值清明节届，防御念兴娘新亡，合家到他冢上挂钱祭扫。此时兴娘之妹庆娘，已是十七岁，一同妈妈抬了轿，到姊姊坟上去了；只留崔生一个在家中看守。大凡好人家女眷出外稀少，到得时节头边，看见春光明媚，巴不得寻个事由，来外边散心耍子。今日虽是到兴娘新坟上，心中怀着凄惨的，却是荒郊野外，桃红柳绿，正是女眷们游耍去处。盘桓了一日，直到天色昏黑，方才到家。崔生步出门外等候，望见女轿二乘来了，走在门左迎接。前轿先进，后轿至前，到生身边经过，只听得地下砖上铿的一声，却是轿中掉一件物事出来。崔生待轿过了，急去拾起来看，乃是金凤钗一只。崔生知是闺中之物，急欲进去纳还，只见中门已闭。元来防御合家在坟上辛苦了一日，又各带了些酒意，进得门，便把来关了，收拾睡觉。崔生也晓得这个意思，不好去叫得门，且待明日未迟。

回到书房把钗子放好在书箱中了，明烛独坐。思念婚事不成，只身孤苦，寄迹人门，虽然相待如子婿一般，终非久计，不知如何是个结果。闷上心来，叹了几声。上了床，正要就枕，忽听得有人扣门响。崔生问道："是那个？"不见回言。崔生道是错听了，方要睡下去，又听得敲的毕毕剥剥。崔生高声又问，又不见声响了。崔生心疑，坐在床沿，正要穿鞋到门边静听，只听得又敲响了，却只不见则声。崔生忍耐不住，立起身来，幸得残灯未熄，重添亮了，拿在手里，开出门来一看。灯却明亮，见得明白，乃是十七八岁一个美貌女子，立在门外。看见门开，即便褰起布帘走将进来。

崔生大惊，吓得倒退了两步。那女子笑容可掬，低声对生道："郎君不认得妾耶？妾即兴娘之妹庆娘也。适才进门时，坠钗轿下，故此乘夜来寻。郎君曾拾得否？"崔生见说是小姨，恭恭敬敬答应道："适才娘子乘轿在后，果然落钗在地。小生当时拾得，即欲奉还，见中门已闭，不敢惊动，留待明日。今娘子亲寻至此，即当持献。"就在书箱取出，放在桌上道："娘子请拿了去。"女子出纤手来取钗，插在头上了，笑嘻嘻的对崔生道："早知是郎君拾得，妾亦不必乘夜来寻了。如今已是更阑时候，妾身出来了，不可复进。今夜当借郎君枕席，侍寝一宵。"崔生大惊道："娘子说那里话？令尊令堂待小生如骨肉，小生怎敢胡行，有污娘子清德？娘子请回步，誓不敢从命的。"女子道："如今合家睡熟，并无一个人知道的，何不趁此良宵，完成好事？你我悄悄往来，亲上加亲，有何不可！"崔生道："欲人不知，莫若勿为。虽承娘子美情，万一后边有些风吹草动，被人发觉，不要说道无颜面见令尊，传将出去，小生如何做得人成？不是把一生行止多坏了？"女子道："如此良宵，又兼夜深，我既寂寥，你亦冷落。难得这个机会，同在一个房中，也是一生缘分。且顾眼前好事，管甚么发觉不发觉？况妾自能为郎君遮掩，不至败露。郎君休得疑虑，挫过了佳期。"崔生见他言词娇媚，美艳非常，心里也禁不住动火。只是想着防御相待之厚，不敢造次，好像个小儿放纸炮，真个又爱又怕。却待依从，转了一念，又摇头道："做不得！做不得！"只得向女子哀求道："娘子看令姊兴娘之面，保全小生行止罢！"女子见他再三不肯，自觉羞惭，忽然变了颜色，勃然大怒道："吾父以子侄之礼待你，留置书房，你乃敢于深夜诱我至此，将欲何为？我声张起来，去告诉了父亲，当官告你，看你如何折辨？不到得轻易饶你！"声色俱厉。崔生见他反跌一着，放刁起来，心里好生惧怕。想道："果是老大的利害！如今既见在我房中了，清浊难分。万一声张，被他一口咬定，从何分剖？不若且依从了他，倒还未见得即时败露，慢慢图个自全之策罢了。"正是：

羝羊触藩，进退两难。

只得陪着笑，对女子道："娘子休要声高。既承娘子美意，小生但凭娘子做主便了。”女子见他依从，回嗔作喜道：“元来郎君恁地胆小的。”崔生闭上了门，两个解衣就寝。有《西江月》为证：

> 旅馆羁身孤客，深闺皓齿韶容。合欢裁就两情浓，好对娇鸾雏凤。　认道良缘辐辏，谁知哑谜包笼。新人魂梦雨云中，还是故人情重。

两人云雨已毕，真是千恩万爱，欢乐不可名状。将至天明，就起身来辞了崔生，闪将进去。

崔生虽然得了些甜头，心中只是怀着个鬼胎，战兢兢的，只怕有人晓得。幸得女子来踪去迹，甚是秘密，又且身子轻捷，朝隐而入，暮隐而出，只在门侧书房私自往来快乐，并无一个人知觉。

将及一月有馀，忽然一晚对崔生道：“妾处深闺，郎处外馆，今日之事，幸而无人知觉。诚恐好事多磨，佳期易阻，一旦声迹彰露，亲庭罪责，将妾拘系于内，郎赶逐于外，在妾便自甘心，却累了郎之清德，妾罪大矣。须与郎从长商议一个计策便好。”崔生道：“前日所以不敢轻从娘子，专为此也。不然，人非草木，小生岂是无情之物？而今事已到此，还是怎的好？”女子道：“依妾愚见，莫若趁着人未及知觉，先自双双逃去，在他乡外县居住了，深自敛藏，方可优游偕老，不致分离。你心下如何？”崔生道：“此言固然有理，但我目下零丁孤苦，素少亲知，虽要逃亡，还是向那边去好？”想了又想，猛然省起来道：“曾记得父亲在日，常说有个旧仆金荣，乃是信义的人，见居镇江吕城，以耕种为业，家道从容。今我与你两个前去投他，他有旧主情分，必不拒我。况且一条水路直到他家，极是容易。”女子道：“既然如此，事不宜迟，今夜就走罢！”

商量已定，起个五更，收拾停当了。那个书房即在门侧，开了甚便。出了门，就是水口。崔生走到船帮里，叫了一只小划子船，到门首下了女子。随即开船，径到瓜洲；打发了船，又在瓜洲另讨了一个长路船。渡了江，进了润州，奔丹阳，又四十里，到了吕城。泊住了船，上岸访问一个村人道：“此间有个金荣否？”村人道：“金荣是此间保正，家道殷富，且是做人忠厚，谁不认得？你问他则甚？”崔生道：“他与我有些亲，特来相访。有烦指引则个。”村人把手一指，道：“你看那边有个大酒坊，间壁大门就是他家。”

崔生问着了，心下喜欢。到船中安慰了女子，先自走到这家门首，一直走进去。金保正听得人声，在里面踱将出来，道：“是何人下顾？”崔生上前施礼。保正问道：“秀才官人何来？”崔生道：“小生是扬州府崔公之子。”保正见说了“扬州崔”三字，便吃一惊，道：“是何官位？”崔生道：“是宣德府理官，今已亡故了。”保正道：“是官人的何人？”崔生道：“正是我父亲。”保正道：“这等，是衙内了。请问当时乳名可记得么？”崔生道：“乳名叫做兴哥。”保正道：“说起来是我家小主人也。”推崔生坐了，纳头便拜。问道：“老主人几时归天的？”崔生道：“今已三年了。”保正就走去掇张椅桌，做个虚位，写一神主牌放在桌上，磕头而哭。哭罢问道：“小主人今日何故至此？”崔生道：“我父亲在日，曾聘定吴防御家小娘子兴娘，……”保正不等说完，就接口道：“正是。这事老仆晓得的，而今想已完亲事了么？”崔生道：“不想吴家兴娘为盼望吾家音信不至，得了病症。我到得吴家，死已两月。吴防御不忘前盟，款留在家，喜得他家小姨庆娘，为亲情顾盼，私下成了夫妇。恐怕发觉，要个安身之所。我没处投奔，想着父亲在时，曾说你是忠义之人，住在吕城，故此带了庆娘一同来此。你既不忘旧主，一力周全则个。”金保正听说罢，道：“这个何难！老仆自当与小主人分忧。”便进去唤嬷嬷出来拜见小主人，又叫他带了丫头，到船边接了小主人娘子起来。老夫妻两个亲自洒扫正堂，铺叠床帐，一如待主翁之礼。衣食之类，供给周备，两个安心住下。

将及一年，女子对崔生道：“我和你住在此处虽然安稳，却是父母生身之恩，竟与他永绝了，毕竟不是个收场，心里也觉过不去。”崔生道："事已如此，说不得了。难道还好去相见得？"女子道："起初一时间做的事，万一败露，父母必然见责，你我离合，尚未可知。思量永久完聚，除了一逃，再无别着。今光阴似箭，已及一年，我想爱子之心，人皆有之。父母那时不见了我，必然舍不得的；今日若同你回去，父母重得相见，自觉喜欢，前事必不记恨。这也是料得出的。何不拚个老脸，双双去见他一面，有何妨碍？"崔生道："丈夫以四方为事，只是这样潜藏在此，原非长算。今娘子主见如此，小生拚得受岳父些罪责，为了娘子，也是甘心的。既然做了一年夫妻，你家素有门望，料没有把你我重拆散了，再嫁别人之理。况有令姊旧盟未完，重续前好，正是应得。只须陪些小心往见，元自不妨。"

两人计议已定，就央金荣讨了一只船，作别了金荣，一路行去。渡了江，进瓜洲，前到扬州地方。看看将近防御家，女子对崔生道："且把船歇在此处，未要竟到门口，我还有话和你计较。"崔生叫船家住好了船，问女子道："还有甚么说话？"女子道："你我逃窜一年，今日突然双双往见，幸得容恕，千好万好了。万一怒发，不好收场。不如你先去见见，看着喜怒，说个明白。大约没有变卦了，然后等他来接我上去，岂不婉转些？我也觉得有颜采。我只在此等你消息就是。"崔生道："娘子见得不差，我先去见便了。"跳上了岸，正待举步，女子又把手招他转来，道："还有一说：女子随人私奔，原非美事，万一家中忌讳，故意不认帐起来的事，也是有的。须要防他。"伸手去头上拔那只金凤钗下来，与他带去，道："倘若言语支吾，将此钗与他们一看，便推故不得了。"崔生道："娘子恁地精细！"接将钗来，袋在袖里了，望着防御家里来。

到得堂中，传进去。防御听知崔生来了，大喜出见。不等崔生开口，一路说出来道："向日看待不周，致郎君住不安稳，老夫有罪。幸看先君之面，勿责老夫。"崔生拜伏在地，不敢仰视，又不好直说，口里只称"小婿罪该万死"，叩头不止。防御倒惊骇起来，道："郎君有何罪过，口出此言？快快说个明白，免老夫心里疑惑。”崔生道：“是必岳父高抬贵手，恕着小婿，小婿才敢出口。”防御说道：“有话但说，通家子侄，有何嫌疑？”崔生见他光景是喜欢的，方才说道：“小婿蒙令爱庆娘不弃，一时间结了私盟。房帷事密，儿女情多，负不义之名，犯私通之律。诚恐得罪非小，不得已夤夜奔逃，潜匿村墟。经今一载，音容久阻，书信难传。虽然夫妇情深，敢忘父母恩重？今日谨同令爱到此拜访，伏望察其深情，饶恕罪责，恩赐谐老之欢，永遂于飞之愿，岳父不失为溺爱，小婿得完美室家，实出万幸。只求岳父怜悯则个！”防御听罢，大惊道：“郎君说的是甚么话？小女庆娘卧病在床，经今一载，茶饭不进，转动要人扶靠，从不下床一步。方才的话在那里说起的？莫不见鬼了！”崔生见他说话，心里暗道：“庆娘真是有见识，果然怕玷辱门户，只推说病在床上，遮掩着外人了。”便对防御道：“小婿岂敢说谎，目今庆娘见在船中，岳父叫个人去接了起来，便见明白。”防御只是冷笑不信，却对一个家僮说：“你可走到崔家郎船上去看看，与同来的是甚么人，却认做我家庆娘子。岂有此理！”

家僮走到船边，向船内一望，舱中悄然，不见一人。问着船家，船家正低着头艄上吃饭。家僮道：“你舱里的人那里去了？”船家道：“有个秀才官人上岸去了，留个小娘子在舱中。适才看见也上去了。”家僮走来，回覆家主道：“船中不见有甚么人。问船家说，有个小娘子上了岸了，却是不见。”防御见无影响，不觉怒形于色道：“郎君少年，当诚实些，何乃造此妖妄，诬玷人家闺女，是何道理？”崔生见他发出话来，也着了急。急忙袖中摸出这只金凤钗来，进上防御道：“此即令爱庆娘之物，可以表信，岂是脱空说的？”防御接来看了，大惊道：“此乃吾亡女兴娘殡殓时戴在头上的钗，已殉葬多时了，如何得在你手里？奇怪！奇怪！”崔生却把去年坟上女轿归来，轿下拾得此钗，后来庆娘因寻钗夜出，遂得成其夫妇，恐怕事败，同逃至旧仆金荣处，住了一年，方才又同来的说话，备细述了一遍。防御惊得呆了，道："庆娘见在房中床上卧病，郎君不信，可以去看得的，如何说得如此有枝有叶？又且这钗如何得出世？真是蹊跷的事！"执了崔生的手，要引他房中去看病人，证辨真假。

却说庆娘果然一向病在床上，下地不得。那日外厢正在疑惑之际，庆娘托地在床上走将起来，竟望堂前奔出。家人看见奇怪，同防御的嬷嬷一哄的都随了出来，嚷道："一向动不得的，如今忽地走将起来。"只见庆娘到得堂前，看见防御便拜。防御见是庆娘，一发吃惊道："你几时走起来的？"崔生心里还暗道是船里走进去的，且听他说甚么。只见庆娘道："儿乃兴娘也，早离父母，远殡荒郊。然与崔郎缘分未断。今日来此，别无他意，特为崔郎方便，要把爱妹庆娘续其婚姻。如肯从儿之言，妹子病体当即痊愈；若有不肯，儿去妹也死了。"合家听说，个个惊骇。看他身体面庞是庆娘的，声音举止却是兴娘，都晓得是亡魂归来，附体说话了。防御正色责他道："你既已死了，如何又在人世妄作胡为，乱惑生人？"庆娘又说着兴娘的话道："儿死去见了冥司，冥公道儿无罪，不行拘禁，得属后土夫人帐下，掌传笺奏。儿以世缘未尽，特向夫人给假一年，来与崔郎了此一段姻缘。妹子向来的病，也是儿假借他精魄，与崔郎相处来。今限满当去，岂可使崔郎自此孤单，与我家遂同路人？所以特来拜求父母，是必把妹子许了他，续上前姻。儿在九泉之下，也放得心下了。"防御夫妻见他言词哀切，便许他道："吾儿放心，只依着你主张，把庆娘嫁他便了。"兴娘见父母许出，便喜动颜色，拜谢防御道："多感父母肯听儿言，儿安心去了。"走到崔生面前，执了崔生的手，哽哽咽咽哭起来道："我与你恩爱一年，自此别了。庆娘亲事，父母已许我了，你好作娇客。与新人欢好时节，不要竟忘了我旧人。"言毕大哭。崔生见说了来踪去迹，方知一向与他同住的乃是兴娘之魂。今日听罢叮咛之语，虽然悲切，明知是小姨身体，又在众人面前，不好十分亲近得。

只见兴娘的魂语分付已罢，大哭数声，庆娘身体蓦然倒地。众人惊惶，前来看时，口中已无气了。摸他心头，却温温的，急把生姜汤灌下。将有一个时辰，方醒转来。病体已好，行动如常。问他前事，一毫也不晓得。人丛之中，举眼一看，看见崔生站在里头，急急遮了脸，望中门奔了进去。崔生如梦初觉，惊疑了半日始定。防御就拣个黄道吉日，将庆娘与崔生合了婚。花烛之夜，崔生见过庆娘惯的，且是熟分；庆娘却不十分认得崔生的，老大羞惭。真个是：

> 一个闺中弱质，与新郎未经半晌交谈；一个旅邸故人，共娇面曾做一年相识。一个只觉耳畔声音稍异，面目无差；一个但见眼前光景皆新，心胆尚怯。一个还认蝴蝶梦中寻故友，一个正在海棠枝上试新红。

却说崔生与庆娘定情之夕，只见庆娘含苞未破，元红尚在，仍是处子之身。崔生悄地问他道："你令姊借你的身体，陪伴了我一年，如何你身子还是好好的？"庆娘怫然不悦道："你自撞见了姊姊鬼魂，做作出来的，干我甚事，说到我身上来！"崔生道："若非令姊多情，今日如何能勾与你成亲？此恩不可忘了。"庆娘道："这个也说得是。万一他不明不白，不来周全此事，借我的名头，出了我偌多时丑，我如何做得人成？只你心里到底认是我随你逃走了的，岂不羞死人！今幸得他有灵，完成你我的事，也是他十分情分了。"

次日，崔生感兴娘之情不已，思量荐度他。却是身边无物，只得就将金凤钗到市上货卖，卖得钞二十锭，尽买香烛楮锭，赍到琼花观中，命道士建醮三昼夜，以报恩德。

醮事已毕，崔生梦中见一个女子来到，崔生却不认得。女子道："妾乃兴娘也。前日是假妹子之形，故郎君不曾相识，却是妾一点灵性，与郎君相处一年了。今日郎君与妹子成亲过了，妾所以才把真面目与郎相见。"遂拜谢道："蒙郎荐拔，尚有馀情。虽隔幽明，实深感佩。小妹庆娘，禀性柔和，郎好看觑他。妾从此别矣！”崔生不觉惊哭而醒。庆娘枕边见崔生哭醒来，问其缘故。崔生把兴娘梦中说话，一一对庆娘说。庆娘问道：“你见他如何模样？”崔生把梦中所见容貌，备细说来。庆娘道：“真是我姊也。”不觉也哭将起来。庆娘再把一年中相处事情，细细问崔生。崔生逐件和庆娘备说始末根繇，果然与兴娘生前情性光景无二。两人感叹奇异，亲上加亲，越然过得和睦了。自此兴娘别无影响。——要知只是一个“情”字为重，不忘崔生，做出许多事体来；心愿既完，便自罢了。此后崔生与庆娘年年到他坟上拜扫。后来崔生出仕，讨了前妻封诰，遗命三人合葬。曾有四句口号，道着这本话文：

大姊精灵，小姨身体。
到得圆成，无此无彼。

卷二十四

庵内看恶鬼善神　井中谭前因后果

经云：

> 要知前世因，今生受者是。
> 要知来世因，今生作者是。

话说南京新桥有一人，姓丘，字伯皋。平生忠厚志诚，奉佛甚谨，性喜施舍，不肯妄取人一毫一厘，最是个公直有名的人。一日独坐在家内屋檐之下，朗声诵经。忽然一个人背了包裹，走到面前来，放下包裹在地，向伯皋作一个揖道："借问老丈一声。"伯皋慌忙还礼道："有甚话？"那人道："小子是个浙江人，在湖广做买卖。来到此地，要寻这里一个丘伯皋，不知住在何处？"伯皋道："足下问彼住处，敢是与他旧相识么？"那人道："一向不曾相识，只是江湖上闻得这人是个长者，忠信可托。今小子在途路间有些事体，要干累他，故此动问。"伯皋道："在下便是丘伯皋。足下既是远来相寻，请到里面来细讲。"立起身来，拱进堂内坐定，问道："足下高姓？"那人道："小子姓南，贱号少营。"伯皋道："有何见托？"少营道："小子有些事体，要到北京会一个人，两月后可回了。”手指着包裹道：“这里头颇有些东西。今单身远走，路上干系，欲要寄顿停当，方可起程。世上的人，便是亲眷朋友最相好的，撞着财物交关，就未必保得心肠不变。一路闻得吾丈大名，是分毫不苟的人，所以要将来寄放在此，安心北去，回来叩领。即此便是干累老丈之处，别无他事。”伯皋道：“这个当得。但请足下封记停当，安放舍下，只管放心自去，万无一失。”少营道：“如此多谢。”当下依言，把包裹封记好了，交与伯皋拿了进去。伯皋见他是远来的人，整治酒饭待他。他又要置办上京去的几件物事，未得动身。伯皋就留他家里住宿两晚，方才别去。

过了两个多月，不见他来。看看等至一年有馀，杳无音耗。伯皋问着北来的浙江人，没有一个晓得他的。要差人到浙江问他家里，又不晓得他地头住处。相遇着浙人，便问南少营，全然无人认得。伯皋道：“这桩未完事，如何是了？”没计奈何，巷口有一卜肆甚灵，特去问卜一卦。那占卦的道：“卦上已绝生气，行人必应沉没在外，不得回来。”

伯皋心下委决不开，归来与妻子商量道：“前日这人与我素不相识，忽然来寄此包裹。今一去不来，不知包内是甚么东西。意欲开来看一看，这人道我忠厚可托，故一面不相识，肯寄我处，如何等不得他来？欲待不看，心下疑惑不过。我想只不要动他原物，便看一看，想也无害。”妻子道：“自家没有欺心便是，看看何妨？”取将出来，觉得沉重；打开看时，多是黄金白银，约有千两之数。伯皋道：“原来有这些东西在这里，如何却不来了？启卦的说卦上已绝生气，莫不这人死了，所以不来？我而今有个主意，在他包里取出五十金来，替他广请高僧，做一坛佛事，祈求佛力，保佑他早早回来。倘若真个死了，求他得免罪苦，早早受生。也是我和他相与一番，受寄多时，尽了一片心，不便是这样埋没了他的。”妻子道：“若这人不死，来时节动了他五十两，怎么回他？”伯皋道：“我只把这实话对他讲，说是保佑他回来的，难道怪我不成？十分不认帐，我填还他也罢了。佛天面上，那里是使了屈钱处？”算计已定，果然请了几众僧人，做了七昼夜功果。伯皋是致诚人，佛前至心祈祷，愿他生得早归，死得早脱。功果已罢，又是几时，不见音信，眼见得南少营不来了。伯皋虽无贪他东西念头，却没个还处，自佛事五十两之外，已此是入己的财物。伯皋心里常怀着不安。日远一日，也不以为意了。

伯皋一向无子，这番佛事之后，其妾即有妊孕。明年，生下一男，眉目疏秀，甚觉可喜，伯皋夫妻十分爱惜。养到五六岁，送他上学，取名丘俊。岂知小聪明甚有，见了书就不肯读，只是赖学。到得长大来，一发不肯学好，专一结识了一班无赖子弟，嫖赌行中一溜，撒漫使钱，戒训不下。乡里人见他如此作为，尽皆叹息道：“丘伯皋做了一世好人，生下后代乃是败子，天没眼睛，好善无报如此。”过了几时，伯皋与他娶了妻，生有一子，指望他渐渐老成，自然收心。不匡丘俊有了妻儿，越加狂肆，连妻儿不放在心上，弃着不管。终日只是三街两市和着酒肉朋友串哄，非赌即嫖，整个月不回家来。便是到家，无非是取钱钞，要当头。伯皋气忿不过。

一日，伯皋出外去。思量他在家非为，哄他回来，锁在一间空室里头，团团多是墙壁，只留着一个圆洞，放进饮食。就是生了双翅，也没处飞将出来。伯皋去了多时，丘俊坐在房里，真如囹圄一般。其大娘甚是怜他，恐怕他愁苦坏了。一日早起，走到房前，在壁缝中张他一张，看他在里面怎生光景。不看万事全休，只这一看，那一惊非小可。正是：

分开八片顶阳骨，倾下一桶雪水来。

丘俊的大娘看见房里坐的，不是丘俊的模样，吃了一惊。仔细看时，俨然是向年寄包裹的客人南少营。大娘认得明白，不敢则声，嘿嘿归房。恰好丘伯皋也回来。妻子说着怪异的事，伯皋猛然大悟道："是了！是了！不必说了。原是他的东西，我怎管得他浪费？枉做冤家。"登时开了门，放了丘俊出来，听他仍旧外边浮浪。快活不多几时，酒色淘空的身子，一口气不接，无病而死。伯皋算算所费，恰正是千金的光景。明晓得是因果，不十分在心上，只收拾孙子过日，望他长成罢了。

后边人议论：丘俊是南少营的后身，来取这些寄下东西的不必说了；只因丘伯皋是个善人，故来与他家生下一孙，衍着后代，天道也不为差。但只是如此忠厚长者，明受人寄顿，又不曾贪谋了他的，还要填还本人，还得尽了方休。何况实负欠了人，强要人的，打点受用，天岂容得你过？所以冤债相偿，因果的事，说他一年也说不了。小子而今说一个没天理的与看官们听一听。

钱财本有定数，莫要欺心胡做。
试看古往今来，只是一本帐簿。

却说元朝至正年间，山东有一人姓元，名自实。田庄为生，家道丰厚。性质愚钝，不通文墨，却也忠厚认真，一句说话两个半句的人。同里有个姓缪的千户，与他从幼往来相好。一日，缪千户选授得福建地方官职，收拾赴任，缺少路费，要在自实处借银三百两。自实慨然应允。缪千户写了文券送过去。自实道："通家至爱，要文券做甚么？他日还不还在你心里，你去做官的人，料不赖了我的。"此时自实恃家私有馀，把这几两银子也不放在心上，竟自不收文券，如数交与他去。缪千户自去上任了。

真是事有不测，至正末年间，山东大乱，盗贼四起。自实之家，被群盗劫掠一空。所剩者田地屋宇，兵戈扰攘中，又变不出银子来。恋着住下，又恐性命难保，要寻个好去处避兵。其时福建被陈友定所据，七郡地方，独安然无事。自实与妻子商量道：“目今满眼兵戈，只有福建平静。况缪君在彼为官，可以投托。但道途阻塞，人口牵连，行动不得。莫若寻个海船搭了他，繇天津出海，直趋福州，一路海洋，可以径达。便可挈家而去了。”商量已定，收拾了些零剩东西，载了一家，上了海船，看了风讯开去。

不则几时，到了福州地面。自实上岸，先打听缪千户消息。见说缪千户正在陈友定幕下当道用事，威权隆重，门庭赫奕。自实喜之不胜，道是来得着了。匆忙之中，未敢就去见他，且回到船里，对妻子说道：“问着了缪家，他正在这里兴头，便是我们的造化了。”大家欢喜。

自实在福州城中赁下了一个住居，接妻子上来，安顿行李停当，思量要见缪千户。转一个念头道：“一路受了风波，颜色憔悴，衣裳蓝褛。他是兴头的时节，不要讨他鄙贱，还宜从容为是。”住了多日，把冠服多整饰齐楚，面庞也养得黑色退了，然后到门求见。门上人见是外乡人，不肯接帖。问其来繇，说是山东。门上人道：“我们本官最怕乡里来缠，门上不敢禀得，怕惹他恼燥。等他出来，你自走过来觌面见他，须与吾们无干。他只这个时节出来快了。”自实依言，站着等候。果然不多一会，缪千户骑着马出来拜客。自实走到马前，躬身打拱。缪千户把眼看别处，毫厘不像认得的。自实急了，走上前去，说了山东土音，把自己姓名大声叫喊。缪千户听得，只得叫拢住了马，认一认，假作吃惊道：“元来是我乡亲，失瞻！失瞻！”下马来作了揖，拉了他，转到家里来，叙了宾主坐定。一杯茶罢，千户自立起身来道：“适间正有小事要出去，不得奉陪。且请仁兄回寓，来日薄具小酌，奉请过来一叙。”自实不曾说得甚么，没奈何且自别过。

等到明日，千户着个人拿了一个单帖，来请自实。自实对妻子道：“今日请我，必有好意。”欢天喜地，不等再邀，跟着就走。到了衙内，千户接着。自实只说道长久不见，又远来相投，怎生齐整待他；

谁知千户意思甚澹，草草酒果三杯，说些地方上大概的话，略略问问家中兵戈光景，亲眷存亡之类，毫厘不问着自实为何远来，家业兴废若何。比及自实说得遭劫逃难，苦楚不堪，千户听了，也只如常，并无惊骇怜恤之意。至于借银之事，头也不提起，谢也不谢一声。自实几番要开口，又想道："刚到此地，初次相招，怎生就说讨债之事？万一冲撞了他，不好意思。"只得忍了出门。

到了下处，旅寓荒凉，柴米窘急。妻子问说："何不与缪家说说前银，也好讨些来救急？"自实说初到不好启齿未曾说得的缘故。妻子怨怅道："我们万里远来，所干何事？专为要投托缪家。今特特请去一番，却只贪着他些微酒食，碍口识羞，不把正经话提起。我们有甚么别望头在那里？"自实被埋怨得不耐烦，踌躇了一夜，次日早起，就到缪千户家去求见。

千户见说自实到来，心里已有几分不像意了。免不得出来见他，意思甚倦，叙得三言两语，做出许多勉强支吾的光景出来。自实只得自家开口道："在下家乡遭变，拚了性命，挈家海上远来，所仗惟有兄长。今日有句话，不揣来告。"千户不等他说完，便接口道："不必兄说，小弟已知。向者承借路费，于心不忘。虽是一宦萧条，俸入微薄，恰是故人远至，岂敢辜恩？兄长一面将文券简出来，小弟好照依数目，打点陆续奉还。"

看官，你道此时缪千户肚里，岂是忘记了当初借银之时并不曾有文券的？只是不好当面赖得，且把这话做出推头，等他拿不出文券来，便不好认真催逼。此乃负心人起赖端的圈套处。——自实是个老实人，见他说得蹊跷了，吃惊道："君言差矣！当初乡里契厚，开口就相借，从不曾有甚么文契。今日怎么说出此话来？"千户故意妆出正经面孔来道："岂有是理！债负往来，全凭文券，怎么说个没有？或者兵火之后，君家自失去了；容或有之。然既与兄旧交，而今文券有无也不必论，自然处来还兄。只是小弟也在不足之乡，一时性急不得。

从容些个，勉强措办才妙。”自实听得如此说了，一时也难相逼，只得唯唯而出。一路想：“他说话古怪，明是欺心光景。却是既到此地，不得不把他来作傍。他适才也还有从容处还的话，不是绝无生意的。还须忍耐几日，再去求他。只是我当初要好的不是，而今权在他人之手，就这般烦难了。”

归来与妻子说知，大家叹息了一回，商量还只是求他为是。只得挨着面皮，走了几次。常只是这些说话，推三阻四，一千年也不赖，一万年也不还。耳朵里时时好听，并不见一分递过手里来。欲待不走时，又别无生路。自实走得一个不耐烦，正所谓：

羝羊触藩，进退两难。

自实枉自奔波多次，竟无所得。日挨一日，倏忽半年，看看已近新正。自实客居萧索，合家嗷嗷，过岁之计，分毫无处。自实没奈何了，只得到缪家去。见了千户，一头哭，一头拜将下去道：“望兄长救吾性命则个！”千户用手扶起，道：“何至于此？”自实道：“新正在迩，妻子饥寒，囊乏一钱，瓶无一粒粟，如何过得日子？向者所借银两，今不敢求还；任凭尊意，应济多少，一丝一毫，尽算是尊赐罢了。就是当时无此借货一项，今日故人之谊，也求怜悯一些。”说罢大哭。千户见哭得慌了，也有些不安，把手指数一数道：“还有十日，方是除夜。兄长可在家专待。小弟分些禄米，备些柴薪之费，送到贵寓，以为兄长过岁之资。但勿以轻微为怪，便见相知。”自实穷极之际，见说肯送些东西了，心下放掉了好些，道：“若得如此，且延残喘到新年，便是盛德无尽。”欢喜作别。临别之时，千户再三叮嘱道：“除夕切勿他往，只在贵寓等着便是。”自实领诺。归到寓中，把千户之言对妻子说了，一家安心。

到了除日，清早就起来坐在家里等候。欲要出去寻些过年物事，又恐怕一时错过。心里还想等有些钱钞到手了，好去运动。呆呆等着，心肠扒将出来。叫一个小厮站在巷口，看有甚么动静，先来报知。去了一会，小厮奔来道："有人挑着米来了。"自实急出门一看，果然一个担夫桃着一担米，一个青衣人前头拿了帖儿走来。自实认道是了。只见走近门边，担夫并无歇肩之意，那个青衣人也径自走过了。自实疑心道："必是不认得吾家，错走过了。"连忙叫道："在这里，可转来。"那两个并不回头。自实只得赶上前去，问青衣人道："老哥送礼到那里去的？"青衣人把手中帖与自实看道："吾家主张员外送米与馆宾的。你问他则甚？"自实情知不是，佯佯走了转来。又坐在家里一会，小厮又走进来道："有一个公差打扮的，肩上驮了一肩钱走来了。"自实到门边探头一望，道："这番是了。"只见那公差打扮的，经过门首，脚步不停，更跑得紧了些。自实越加疑心，跑上前问时，公差答道："县里知县相公送这些钱与他乡里过节的。"自实又见不是，心里道："别人家多纷纷送礼，要见只在今日这一日了，如何我家的偏不见到？"自实心里好像十五个吊桶打水，七上八落的；身子好像鏊盘上蚂蚁，一霎也站脚不住。

看看守到下午，竟不见来。落得探头探脑，心猿意马，这一日一件过年的东西也不买得。到街前再一看，家家户户多收拾起买卖，开店的多关了门，只打点过新年了。自实反为缪家所误，粒米束薪，家里无备。妻子只是怨怅啼哭。别人家欢呼畅饮，爆竹连天；自实攒眉皱目，凄凉相对。自实越想越气，双脚乱跳，大骂："负心的狠贼，害人到这个所在！"一愤之气，箱中翻出一柄解腕刀来，在磨石上磨得雪亮，对妻子道："我不杀他，不能雪这口气！我拚着这命抵他。好歹三推六问，也还迟死几时。明日绝早清晨，等他一出门来，断然结果他了！"妻子劝他且耐性，自实那里按纳得下？捏刀在手，坐到天明，鸡鸣鼓绝，径望缪家门首而去。

且说这条巷中间，有一个小庵，乃自实家里到缪家必由之路。庵中有一道者，号轩辕翁，年近百岁，是个有道之士。自实平日到缪家时经过此庵，每走到里头歇足，便与庵主轩辕翁叙一会闲话。往来既久，遂成熟识。此日是正月初一日元旦，东方将动，路上未有行人。轩辕翁起来开了门，将一张桌当门放了，点上两枝蜡烛，朝天拜了四拜，将一卷经摊在桌上，中间烧起一炉香，对着门坐下，朗声而诵。诵不上一两板，看见街上天光熹微中，一个人当前走过，甚是急遽，认得是元自实。因为怕断了经头，繇他自去，不叫住他。这个老人家道眼清明，看元自实在前边一面走，后面却有许多人跟着。仔细一看，那里是人？乃是奇形异状之鬼，不计其数，跳舞而行。但见：

或握刀剑，或执椎凿。
披头露体，势甚凶恶。

轩辕翁住了经不念，口里叫声道："怪哉！"把性定一回，重把经念起。不多时，见自实复走回来，脚步懒慢。轩辕翁因是起先咤异了，嘿嘿看他自走，不敢叫破。自实走得过，又有百来个人跟着在后。轩辕翁着眼细看，此番的人多少比前差不远，却是打扮大不相同，尽是金冠玉佩之士。但见：

或挚幢盖，或举旌幡。
和容悦色，意甚安闲。

轩辕翁惊道："这却是甚么缘故？岁朝清早，所见如此，必是元生死了，适间乃其阴魂，故到此不进门来，相从的多是神鬼。然恶往善归，又怎么解说？"心下狐疑未决。一面把经诵完了，急急到自实家中，访问消耗。

进了元家门内，不听得里边动静。咳嗽一声，叫道："有客相拜。"

自实在里头走将出来，见是个老人家，新年初一相拜，忙请坐下。轩辕翁说了一套随俗的吉利话，便问自实道：“今日绝清早足下往何处去？去的时节甚是匆匆，回来的时节甚是缓缓，其故何也？愿得一闻。”自实道：“在下有一件不平的事，不好告诉得老丈。”轩辕翁道：“但说何妨？”自实把缪千户当初到任借他银两，而今来取，只是推托，希图混赖，及年晚哄送钱米竟不见送，以致狼狈过年的事，从头至尾，说了一遍。轩辕翁也顿足道：“这等恩将仇报，其实可恨！这样人必有天报。足下今日出门，打点与他寻闹么？”自实道：“不敢欺老丈，昨晚委实气了一晚。吃亏不过，把刀磨快了，巴到天明，意要往彼门首，等他清早出来，一刀刺杀了，以雪此恨。及至到了门首，再想一想，他固然得罪于我，他尚有老母妻子，平日与他通家往来的，他们须无罪。不争杀了千户一人，他家老母妻子就要流落他乡了。思量自家一门流落之苦，如此难堪，怎忍叫他家也到这地位？宁可他负了我，我不可做那害人的事。所以忍住了这口气，慢慢走了来。心想未定，不曾到老丈处奉拜得，却教老丈先降，得罪，得罪。”轩辕翁道：“老汉不是来拜年，其实有桩奇异，要到宅上奉访。今见足下诉说这个缘故，当与足下称贺了。”自实道：“有何可贺？”轩辕翁道：“足下当有后禄。适间之事，神明已知道了。”自实道：“怎见得？”轩辕翁道：“方才清早足下去时节，老汉看见许多凶鬼相随；回来时节，多换了福神。老汉因此心下奇异。今见足下所言如此，乃知一念之恶，凶鬼便至；一念之善，福神便临。如影随形，一毫不爽。暗室之内，造次之间，万不可萌一毫恶念，造罪损德的。足下善念既发，鬼神必当嘿佑，不必愁恨了。”自实道：“虽承老丈劝慰，只是受了负心之骗，一个新岁，钱米俱无，光景难堪。既不杀得他，自家寻个死路罢，也羞对妻子了。”轩辕翁道：“休说如此短见的话。老汉庵中尚有馀粮，停会当送些过来，权时应用。切勿更起他念。”自实道：“多感！多感！”轩辕翁作别而去。

去不多时，果然一个道者领了轩辕翁之命，送一挑米、一贯钱到自实家来。自实枯渴之际，只得受了。转托道者，致谢庵主。

道者去后，自实展转思量："此翁与我向非相识，尚承其好意如此。叵耐缪千户负欠了我的，反一毛不拔。本为他远来相投，今失了望，后边日子如何过得？我要这性命也没干。况且此恨难消。据轩辕翁所言，神鬼如此之近，我阳世不忍杀他，何不寻个自尽，到阴间告理他去？必有伸诉之处。"遂不与妻子说破，竟到三神山下一个八角井边，叹了一口气，仰天喊道："皇天有眼，我元自实被人赖了本钱，却教我死于非命。可怜！可怜！"说罢，扑通的跳了下去。

自实只道是水渰将来，立刻可死，谁知道井中可煞作怪，自实脚踏实地，点水也无。伸手一模，两边俱是石壁削成，中间有一条狭路，只好容身。自实将手托着两壁，黑暗中只管向前，依路走去。走勾有数百步远，忽见有一线亮光透入。急急望亮处走去，须臾壁尽路穷，乃是一个石洞小口。出得口时，豁然天日明朗，别是一个世界。又走了几十步，见一所大宫殿，外边门上牌额四个大金字，乃是"三山福地"。自实瞻仰了一会，方敢举步而入。但见：

> 古殿烟消，长廊昼静。徘徊四顾，阒无人踪；钟磬一声，恍来云外。自是洞天福地，宜有神仙在此藏；绝非俗境尘居，不带夙缘那得到？

自实立了一晌，不见一个人面，肚里饥又饥，渴又渴，腿脚又酸，走不动了。见面前一个石坛，且是洁净，自实软倒来，只得眠在石坛傍边，歇息一回。

忽然里边走出一个人来，乃是道士打扮，走到自实跟前，笑问自实道："翰林已知客边滋味了么？"自实吃一惊，道："客边滋味，受得勾苦楚了；如何呼我做翰林？岂不大差！"道士道："你不记得在兴庆殿草诏书了么？"自实道："一发好笑。某乃山东鄙人，布衣贱士，生世四十，目不知书，连京里多不曾认得，晓得甚么兴庆殿，草甚么诏书？”道士道：“可怜！可怜！人生换了皮囊，便为嗜欲所汩，饥寒所困，把前事多忘记了。你来此间，腹中已饿了么？”自实道：“昨晚忿恨不食，直到如今。为寻死地到此，不期误入仙境。却是腹中又饿，口中又渴，腿软筋麻，当不得，暂卧于此。”道士袖里摸出大梨一颗，大枣数枚，与自实道：“你认得这东西么？此交梨火枣也。你吃了下去，不惟免了饥渴，兼可晓得过去之事。”自实接来手中，正当饥渴之际，一口气吃了下去。不觉精神爽健，瞑目一想，惺然明悟。记得前生身为学士，在大都兴庆殿侧草诏，犹如昨日。一毂辘扒将起来，拜着道士道：“多蒙仙长佳果之味，不但解了饥渴，亦且顿悟前生。但前生既如此清贵，未知作何罪业，以致今生受报，弄得如此没下梢了。”道士道：“你前世也无大罪。但在职之时，自恃文学高强，忽略后进之人，不肯加意汲引，故今世罚你愚懵，不通文义。又妄自尊大，拒绝交游，毫无情面，故今世罚你漂泊，投人不着。这也是一还一报，天道再不差的。今因你一念之善，故有分到此福地，与吾相遇，救你一命。”道士因与自实说世间许多因果之事：某人是善人，该得好报；某人是恶人，该得恶报。某人乃是无厌鬼王出世，地下有十个炉替他铸横财，故在世贪饕不止，贿赂公行，他日福满，当受幽囚之祸。某人乃多杀鬼王出世，有阴兵五百，多是铜头铁额的，跟随左右，助其行虐，故在世杀害良民，不戢军士，他日命衰，当受割截之殃。其馀凡贪官污吏，富室豪民，及矫情干誉，欺世盗名，种种之人，无不随业得报，一一不爽。

自实见说得这等利害明白，打动了心中事，遂问道：“假似缪千户欺心混赖，负我多金，反致得无聊如此，他日岂无报应？”道士道：“足下不必怪他。他乃是王将军的库子，财物不是他的，他岂得妄动耶？”自实道：“见今他享荣华，我受贫苦，眼前怎么当得？”道士道：“不出三年，世运变革，地方将有兵戈大乱，不是这光景了。你快择善地而居，免受池鱼之祸。”自实道：“在下愚昧，不识何处可以躲避。”道士道：“福宁可居。且那边所在与你略有缘分，可偿得你前日好意贷人之物，不必想缪家还了。此皆子善念所至也。今到此已久，家人悬望，只索回去罢。”自实道：“起初自井中下来，行了许多暗路，今不能重记。就寻着了旧路，也上去不得，如何归去？”道士道：“此间别有一径，可以出外，不必从旧路了。”因指点山后一条路径，叫自实从此而行。自实再拜称谢。道士自转身去了。

自实依着所指之径，行不多时，见一个穴口，走将出来，另有天日。急回头认时，穴已不见。自实望去百步之外，远远有人行走，奔将去问路，元来即是福州城外。遂急急跑回家来。家人见了，又惊又喜道：“那里去了这几日？”自实道：“我今日去，就是今日来，怎么说几日？”家人道：“今日是初十了。自那日初一出门，到晚不见回来，只道在轩辕翁庵里。及至去问时，却又说不曾来，只疑心是有甚么山高水低，轩辕翁说你家主人还有后禄，定无他事，所以多勉强宽解。这几日杳然无信，未免慌张。幸得来家，却好了！”自实把愤恨投井，谁知无水不死，却遇见道士，奇奇怪怪许多说话，说了一遍，道：“闻得仙家日月长。今吾在井里只得一晌，世上却有十日，这道士多分是仙人。他的说话，必定有准。我们依言，搬在福宁去罢。不要恋恋缪家的东西，不得到手，反为所误了。”一面叫家人收拾起来，打点上路。

自实走到轩辕翁庵中，别他一别，说迁去之意。轩辕翁问：“为何发此念头？”自实把井中之事说了一遍。轩辕翁跌足道：“可惜足下不认得人，这道士乃芙容真人也！我修炼了一世，不能相遇，岂知足下当面错过。仙家之言，不可有违。足下迁去为上。老汉也自到山中去了。若住在此地，必为乱兵所杀。”自实别了回来，一径领了妻子，同到福宁。

此时天下扰乱，赋役烦重，地方多有逃亡之屋。自实走去，寻得几间可以收拾得起的房子，并叠瓦砾，将就修葺来住。挥锄之际，铮然有声，掘将下去，却是石板一块。掇将开来，中有藏金数十锭。合家见了，不胜之喜，恐怕有人看见，连忙收拾在箱匣中了。自实道：“井中道士所言，此间与吾有些缘分，可还所贷银两，正谓此也。”将来秤一秤，果是三百金之数，不多不少。自实道：“井中人果是仙人，在此住料然不妨。”从此安顿了老小，衣食也充足了些，不愁冻馁，放心安居。

后来张士诚大军临福州，陈平章遭掳，一应官吏多被诛戮。缪千户一家，被王将军所杀，尽有其家资。自实在福宁，竟得无事。算来恰恰三年，道士之言，无一不验。可见财物有定数，他人东西，强要不得的。为人一念，善恶之报，一些不差的。有诗为证：

一念起时神鬼至，何况前生夙世缘。
方知富室多悭吝，只为他人守业钱。

卷二十五

徐茶酒乘闹劫新人　郑蕊珠鸣冤完旧案

词云：

瑞气笼清晓。卷珠帘、次第笙歌，一时齐奏。无限神仙离蓬岛，凤驾鸾车初到。　　见拥个、仙娥窈窕。玉珮玎珰风缥缈，望娇姿、一似垂杨袅。天上有，世间少。刘郎正是当年少。更那堪、天教付与，最多才貌。玉树琼枝相映耀，谁与安排忒好？有多少、风流欢笑。直待来春成名了，马如龙、绿绶欺芳草。同富贵，又偕老。

这首词名《贺新郎》，乃是宋时辛稼轩为人家新婚吉席而作。天下喜事，先说洞房花烛夜，最为热闹。因是这热闹，就有趁哄打劫的了。吴兴安吉州富家新婚。当夜有一个做贼的，趁着人杂时节溜将进去，伏在新郎的床底下了，打点人静后出来卷取东西。怎当这人家新房里头，一夜停火到天明。床上新郎新妇，云雨欢浓了一会，枕边切切私语，你问我答，烦琐不休。说得高兴，又弄起那话儿来，不十分肯睡。那贼躲在床下，只是听得肉麻不过，却是不曾静悄。又且灯火明亮，气也喘不得一口，何况脱身出来做手脚？只得耐心伏着不动。水火急时，直等日间床上无人时节，就床下暗角中撒放。如此三日夜，毕竟下不得手。肚中饿得难堪，顾不得死活，听得人声略定，拚着命魆魆走出，要寻路逃去。火影下早被主家守宿人瞧见，叫一声：“有贼！”前后人多扒起来，拿住了。先是一顿拳头脚尖，将绳捆着，整备天明送官。贼人哀告道：“小人其实不曾偷得一毫物事，便做道不该进来，适间这一顿臭打也折算得过了，千万免小人到官。放了出去，小人自有报效之处。”主翁道：“谁要你报效！你每这样歹人，只是送到官打死了才干净。”贼人道：“十分不肯饶我，我到官自有说话。你每不要懊悔。”主翁见他说得倔强，更加可恨，又打了几个巴掌。

捆到次日，申破了地方，一同送到县里去。县官审问时，正是“贼有贼智”，那贼人不慌不忙的道：“老爷详察，小人不是个贼，不要屈了小人。”县官道：“不是贼，是甚么样人，躲在人家床下？”贼人道：“小人是个医人。只为这家新妇，从小有个暗疾，举发之时，疼痛难当，惟有小人医得，必要亲手调治，所以一时也离不得小人。今新婚之夜，只怕旧疾举发，暗约小人随在房中防备用药，故此躲在床下。这家人不认得，当贼拿了。”县官道：“那有此话！”贼人道：“新妇乳名瑞姑。他家父亲宠了妾生子女，不十分照管他。母亲与他一路，最是爱惜，所以有了暗疾，时常叫小人私下医治。今若叫他到官，自然认得小人，才晓得不是贼。”知县见他丁一确二说着，有些信将起来，道：“果有这等事，不要冤屈了平人。而今只提这新妇当堂一认就是了。”元来这贼躲在床下这三夜，备细听见床上的说话。新妇果然有些心腹之疾，家里常医的，因告诉丈夫，被贼人记在肚里。恨这家不饶他，当官如此攀出来，不惟可以遮饰自家的罪，亦且可以弄他新妇到官，出他家的丑。这是那贼人惫赖之处。那晓县官竟自被他哄了，果然提将新妇起来。

富家主翁急了，负极去求免新妇出官。县官那里肯听？富家翁又告：“情愿不究贼人罢了。”县官大怒道：“告别人做贼也是你，及至要个证见，就说情愿不究，可知是诬赖平人为盗。若不放新妇出来质对，必要问你诬告。”富家翁计无所出，方悔道：“早知如此，放了这猾贼也罢。而今反受他累了！”衙门中一个老吏，见这富家翁彷徨，问知其故，便道：“要破此猾贼也不难，只要重重谢我。我去禀明了，有方法叫他伏罪。”富家翁许了谢礼十两。老吏去禀县官道：“这家新妇初过门，若出来与贼盗同辨公庭，耻辱极矣。老爷还该惜其体面。”县官道：“若不出来，怎知贼的真假？”老吏道：“吏典倒有一个愚见。想这贼潜藏内室，必然不曾认得这妇人的，他却混赖其妇有约。而今不必其妇到官，密地另使一个妇人代了，与他相对。他认不出来，其诬立见。既可以辨贼，又可以周全这家了。”县官点头道：“说得有理。”就叫吏典悄地去唤一娼妇，打扮了良家，包头素衣，当贼人面前带上堂来，高声禀道：“其家新妇瑞姑拿到。”贼人不知是假，连忙叫道：“瑞姑，瑞姑，你约我到房中治病的，怎么你公公家里拿住我做贼送官，你就不说一声？”县官道：“你可认得正是瑞姑了么？”贼人道：“怎么不认得？从小认得的。”县官大笑道：“有这样奸诈贼人，险些被你哄了！元来你不曾认得瑞姑，怎赖道是他约你医病？这是个娼妓，你认得真了么？”贼人对口无言。县官喝叫：“用刑！”贼人方才诉说不曾偷得一件，乞求减罪。县官打了一顿大板，枷号示众。因为无赃，恕其徒罪。富家翁新妇方才得免出官。这也是新婚人家一场大笑话。

先说此一段，做个笑本。小子的正话，也说着一个新婚人家，弄出好些没头的官司，直到后来，方得明白。

> 本为花烛喜筵，弄作是非苦海。
> 不因天网恢恢，哑谜何时得解？

却说直隶苏州府嘉定县，有一人家，姓郑，也是经纪行中人，家事不为甚大。生有一女，小名蕊珠，这倒是个绝世佳人，真个有沉鱼落雁之容，闭月羞花之貌。许下本县一个民家，姓谢，是谢三郎，还未曾过门。这个月里拣定了吉日，谢家要来取去。三日之前，蕊珠要整容开面，郑家老儿去唤整容匠。

元来嘉定风俗，小户人家女人篦头剃脸，多用着男人。其时有一个后生，姓徐名达，平时最是不守本分，心性奸巧好淫，专一打听人家女子那家生得好，那家生得丑。因为要像心看着内眷，特特去学了那栉工生活，得以进入内室；又去做那婚筵茶酒，得以窥看新人。如何叫得“茶酒”？即是那边傧相之名。因为赞礼时节，在傍高声“请茶”、“请酒”，多是他口里说的，所以如此称呼。这两项生意多傍着女人行止，他便一身兼做了。此时郑家就叫他与女儿蕊珠开面。

徐达带了篦头家火，一径到郑家内里来。蕊珠做女儿时节，徐达未曾见一面，而今却叫他整容，煞是看得亲切。徐达一头动手，一头觑玩，身子如雪狮子向火，看看软起来。可惜碍着前后有人，恨不就势一把抱住，弄他一会。郑老儿在傍看见模样，识破他有些轻薄意思，等他用手一完，急打发他出到外边来了。

徐达看得浑身似火，心里掉不下。晓得嫁去谢家，就设法到谢家包做了吉日的茶酒。到得那日，郑老儿亲送女儿过门，只见出来迎接的傧相，就是前日的栉工徐达，心下一转道：“元来他又在此！”比至新人出轿，行起礼来，徐达没眼看得，一心只在新娘子身上，口里哩嗹啰嗹啰，把礼数多七颠八倒起来。但见：

> 东西错认，左右乱行。信口称呼，亲翁忽为亲妈；无心赞喝，该拜反做该兴。见过泰山，又请岳翁受礼；参完堂上，还叫父母升厅。不管嘈坏郎君，只是贪看新妇。

徐达乱嘈嘈的行过了许多礼数，新娘子花烛已过，进了房中，算是完了，只要款待送亲吃喜酒。这谢家民户人家，没甚人力，谢翁与谢三郎只好陪客在外边。里头妈妈率了一二个养娘，亲自厨房整酒。有个把当直的，搬东搬西，手忙脚乱，常是来不迭的。徐达相礼，到客人坐定了席，正要“请汤”、“请酒”，是件赞唱，忽然不见了他。两三次汤送到，只得主人自家请过吃了。将至终席，方见徐达慌慌张张在后面走出来，喝了两句。比至酒散，谢翁见茶酒如此参前失后，心中不喜，要叫他来埋怨几句，早又不见。当值的道：“方才往前面去了。”谢翁道：“怎么寻了这样不晓事的？如此淘气！”亲家翁不等茶酒来赞礼，自起身谢了酒。

谢三郎走进新房，不见新娘子在内。疑他床上睡了，揭帐一看，仍然是张空床。前后照着，竟不见影。跑至厨房问人时，厨房中人多嚷道：“我们多只在这里收拾。新娘子花烛过了，自坐房中，怎么倒来问我们？”三郎叫了当值的，后来各处找寻。到后门一看，门又关得好好的。走出堂前说了，合家惊惶。当值的道：“这个茶酒，一向不是个好人。方才喝礼时节，看他没心没想，两眼只看着新人，又两次不见了他，而今竟不知那里去了。莫不是他有甚么奸计，藏过了新人么？”郑老儿道：“这个茶酒，元不是好人。小女前日开面也是他，因见他轻薄态度，正心里怪恨。不想宅上茶酒也用着他！”郑家随来的仆人也说道：“他元是个游嘴光棍，这篦头、赞礼，多是近新来学了，撺哄过日子的。毕竟他有缘故。去还不远，我们追去。”谢家当值的道：“他要内里拐出新人，必在后门出后巷里去了。方才后门关好，必是他复身转来关了，使人不疑，所以又到堂前衍这一回。必定从前面转至后巷去了，故此这会不见。是他无疑！”此时是新婚人家，篁子火把多有在家里，就每人点着一根。两家仆人与同家主，共是十来个，开了后门，多望后巷里赶来。

元来谢家这条后门路是一个直巷，也无弯曲，也无傍路。火把照起，明亮犹同白日，一望去多是看见的。远远见有两三个人走，前头差一段路，去了两个，后边有一个还在那里。疾忙赶上，拿住火把一照，正是徐茶酒。问道："你为何在这里？"徐达道："我有些小事，等不得酒散，我要回去。"众人道："你要回去，直不得对本家说声？况且好一会不见了你，还在这里行走，岂是回去的？你好好说，拐将新娘子那里去了？"徐达支吾道："新娘子在你家里，岂是我掌礼人包管的？"众人打的打，推的推，喝道："且拿这游嘴光棍到家里，拷问他出来！"

一群人拥着徐达，到了家里，两家亲翁一同新郎各各盘问，徐达只推不知。一齐道："这样顽皮赖骨，私下问他，如何肯说？绑他在柱上，待天明送到官去。难道当官也赖得？"遂把徐达做一团捆住，只等天明。此时第一个是谢三郎扫兴了。

不能勾握雨携云，整备着鼠牙雀角。
喜筵前枉唤新郎，洞房中依然独觉。

众人闹闹嚷嚷，簇拥着徐达，也有吓他的，也有劝他的，一夜何曾得睡？徐达只不肯说。

须臾天已大明，谢家父子教众人带了徐达，写了一纸状词，到县堂上告准，面禀其故。知县惊异道："世间有此事！"遂唤徐达问道："你拐的郑蕊珠那里去了？"徐达道："小人是婚筵的茶酒，只管得行礼的事，怎晓得新人的去向？"谢公就把他不辞而去、在后巷赶着之事，说了一遍。知县喝叫："用刑起来！"徐达虽然是游花光棍，本是柔脆的人，熬不起刑。初时支吾两句，看看当不得了，只得招道："小人因为开面时见他美貌，就起了不良之心。晓得嫁与谢家，谋做了婚筵茶酒，预先约会了两个同伴，埋伏在后门了。趁他行礼已完，外边只要上席，小人在里面一看，只见新人独坐在房中。小人哄他还要行礼，新人随了小人走出。新人却不认得路，被小人引他到了后门，就把新人推与门外二人。新人正待叫喊，却被小人关好了后门，望前边来了。仍旧从前边抄至后巷，赶着二人。正要奔脱，看见后面火把明亮，知是有人赶来。那两个人顾不得小人，竟自飞跑去了。小人有这个新人在旁，动止不得。恰好路傍有个枯井，一时慌了，只得抱住了他，撺了下去。却被他们赶着，拿了送官。这新人现在井中。只此是实。”知县道:“你在他家时为何不说？”徐达道:“还打点遮掩得过，取他出井来受用。而今熬刑不起，只得实说了。”知县写了口词，就差一个公人押了徐达，与同谢、郑两家人，快到井边来勘实回话。

一行人到了井边，郑老儿先去望一望，井底下黑洞洞，不见有甚声响，疑心女儿此时毕竟死了，扯着徐达狠打了几下，道:“你害我女儿死了，怕不偿命！”众人劝住道:“且捞了起来，不要厮乱。自有官法处他！”郑老儿心里又慌又恨，且把徐达咬住一块肉不肯放。徐达杀猪也似叫喊。这边谢公叫人停当了竹兜绳索，一面下井去救人。一个胆大些的家人，扎缚好了，挂将下去。井中无水，用手一模，果然一个人蹲倒在里面。推一推看，已是不动的了。抱将来放在兜中，吊将上去。众人一看，那里是甚么新娘子？却是一个大胡须的男子，鲜血模糊，头多打开的了。众人多吃了一惊。郑老儿将徐达又是一巴掌，道:“这是怎么说？”连徐达看见，也吓得呆了。谢公道:“这又是甚么跷蹊的事？”对了井中，问下边的人道:“里头还有人么？”井里应道:“并无甚么了，接了我上去。”随即放绳下去，接了那个家人上来，一齐问道:“井中还有甚么？”家人道:“止有些石块在内，是一个干枯的井。方才黑洞洞地摸起来的人，不知死活，可正是新娘子么？”众人道:“是一个死了的胡子，那里是新人？你看么！”押差公人道:“不要鸟乱了！回覆官人去，还在这个入娘的身上寻究新人下落！”郑、谢两老儿多道:“说得是。”就叫地方人看了尸首，一同公人去禀白县官。

知县问徐达道:“你说把郑蕊珠推在井中，而今井中却是一个男尸。且说郑蕊珠那里去了？这尸是那里来的？”徐达道:“小人只见后边赶来，把新人推下井里是实。而今却是一个男尸，连小人也猜不出了。”知县道：“你起初约会这两个同伴，叫做甚么名字？必是这二人的缘故了。”徐达道：“一个张寅，一个李卯。”知县写了名字住址，就差人去拿来。瓮中捉鳖，立时拿到。每人一夹棍，只招得道：“徐达相约后门等待。后见他推出新人来，负了就走。徐达在后赶来，正要同去，望见后面火把齐明，喊声大震，我们两个胆怯了，把新人掉与徐达，只是拚命走脱了。已后的事一些也不知。”又对着徐达道：“你当时将的新人那里去了？怎不送了出来，要我们替你吃苦？”徐达对口无言。知县指着徐达道：“还只是你这奴才奸巧！”喝叫再夹起来。徐达只喊得是“小人该死”，说来说去，只说到推在井中，便再说不去了。

知县便叫郑、谢两家父亲，与同媒的人等，又拘齐两家左右邻里，备细访问。多只是一般不知情，没有甚么别话，也没有一个认得这尸首的。知县出了一张榜文，召取尸亲家属认领埋葬，也不曾有一个说起的。郑、谢两家自备了赏钱，知县又替他写了榜文访取郑蕊珠下落，也没有一个人晓得影响的。知县断决不开，只把徐达收在监中，五日一比。谢三郎苦毒，时时催禀。县官没法，只得做他不着，也不知打了多多少少。徐达起初一时做差了事，到此不知些头脑，教他也无奈何。只好巴过五日，吃这番痛棒。也没个打听的去处，也没个结局的法儿，真正是没头的公事。表过不提。

再说郑蕊珠那晚被徐达拐至后门，推与二人，便见把后门关了，方晓得是歹人的做作。欲待叫着本家人，自是新来的媳妇，不曾知道一个名姓，一时叫不出来。亦且门已关了，便口里喊得两句“不好了”，也没人听得。那些后生背负着只是走。心里正慌，只见后面赶来，两个人撇在地下，竟自去了。那个徐达一把抱来丢在井里。井里无水，又不甚深，只跌得一下，毫无伤损。听是上面众人喧嚷，晓得是自己家人，又火把齐明，照得井里也有光。郑蕊珠负极叫喊救人，怎当得上边人拿住徐达，你长我短，嚷得一个不耐烦。妇人声音终久娇细，又在井里，那个听见？多簇拥着徐达，吆吆喝喝，一路去了。郑蕊珠听得人声渐远，只叫得苦，大声啼哭。看看天色明亮，蕊珠想道："此时上边未必无人走动。"高叫两声："救人！"又大哭两声，果然惊动了上边两个人。只因这两个人走将来，有分教：

黄尘行客，翻为坠井之魂；绿鬓新人，竟作离乡之妇。

说那两个人，是河南开封府杞县客商，一个是赵申，一个是钱巳，合了本钱，同到苏松做买卖，得了重利，正要回去。偶然在此经过，闻得啼哭喊叫之声，却在井中出来。两个多走到井边，望下一看。此时天光照下去，隐隐见是个女人。问道："你是甚么人，在这里头？"下边道："我是此间人家新妇，被强盗劫来，丢在此的。快快救我出来，到家自有重谢！"两人听得，自商量道："从来说'救人一命，胜造七级浮屠'。况是个女人，怎能勾出来？没人救他，必定是死。我每撞着，也是有缘。行囊中有长绳，我每坠下去救了他起来。"赵申道："我溜撒些，等我下去。"钱巳道："我身子笨，果然下去不得。我只在上边吊着绳头，用些笨气力罢。"也是赵申悔气到了，见是女子，高兴之甚，揎拳裸袖，把绳缚在腰间，双手吊着绳。钱巳一脚踹着绳头，双手提着绳，一步步放将下去。到了下边，见是没水的，他就不慌不忙，对郑蕊珠道："我救你则个。"郑蕊珠道："多谢大恩。"赵申就把身上绳头解下来，将郑蕊珠腰间如法缚了，道："你不要怕，只把双手吊着绳，上边自提你上去。缚得牢，不掉下来的。快上去了，把绳来吊我。"郑蕊珠巴不得出来，放着胆，吊了绳。上边钱巳见绳急了，晓得有人吊着，尽气力一扯一扯的吊出井来。钱巳抬眼一看，却是一个艳妆的女子：

虽然鬓乱钗横，却是天姿国色。
猛地井里现身，疑是龙宫拾得。

大凡人不可有私心，私心一起，就要干出没天理的勾当来。起初钱巳与赵申商量救人，本是好念头。一下子救将起来，见是个美貌女子，就起了打偏手之心，思量道："他若起来，必要与我争，不能勾独享。况且他囊中本钱尽多。而今生死之权，操在我手。我不放他起来，这女子与囊橐多是我的了。"歹念正起，听得井底下大叫道："怎不把绳下来？"钱巳发一个狠道："结果了他罢！"在井傍掇起一块大石头来，照着井中，叫声："下去！"可怜赵申眼盼盼望着上边放绳下来，岂知是块石头，不曾隄防的，回避不及，打着脑盖骨，立时粉碎，呜呼哀哉了。

郑蕊珠在井中出来，见了天日，方抖擞衣服，略定得性。只见钱巳如此做作，惊得魂不附体，口里只念"阿弥陀佛"。钱巳道："你不要慌。此是我仇人，故此哄他下去，结果了他性命。"郑蕊珠心里道："是你的仇人，岂知是我的恩人。"也不敢说出来，只求送在家里去。钱巳道："好自在话！我特特在井里救你出来，是我的人了，我怎肯送还你家去？我是河南开封富家，你到我家里，就做我家主婆，享用富贵了。快随我走！"郑蕊珠昏天暗地，不认得这条路是那里，离家里是近是远。又没个认得的人在傍边，心中没个主见。钱巳催促他走动道："你若不随我，仍旧撺你在井中，一石头打死了。你见方才那个人么？"郑蕊珠惧怕，思量无计，只得随他去。正是：

才脱风狂子，又逢轻薄儿。
情知不是伴，事急且相随。

钱巳一路分付郑蕊珠，教道他到家见了家人，只说苏州讨来的；

有人来问赵申时，只回他还在苏州就是了。不多几日，到了开封杞县，进了钱巳家里。谁知钱巳家中还有一个妻子万氏，小名叫做虫儿。其人狠毒的甚，一见郑蕊珠，就放出手段来，无所不至摆布他。将他头上首饰、身上衣服，尽多夺下，只许他穿着布衣服。打水做饭，一应粗使生活，要他一身支当。一件不到，大棒打来。郑蕊珠道："我又不是嫁你家的，你家又不曾出银子讨我的，平白地强我来，怎如此毒打得我？"那个万虫儿那里听你分诉？也不问着来历，只说是小老婆，就该一味吃醋蛮打罢了。万虫儿一向做人恶劣，是邻里妇人没一个不相骂断的。有一个邻妈，看见他如此毒打郑蕊珠，心中常抱不平。忽听见郑蕊珠口中如此说话，心里道："又不嫁，又不讨，莫不是拐来的？做这样阴骘事，坑着人家儿女！"把这话留在心上。

一日，钱巳出到外边去了。郑蕊珠打水，走到邻妈家借水桶。邻妈留他坐着，问道："看娘子是好人家出身，为何宅上爹娘肯远嫁到此，吃这般磨折？"郑蕊珠哭道："那里是爹娘嫁我来的？"邻妈道："这等，怎得到此？"郑蕊珠把身许谢家，初婚之夜被人拐出抛在井中之事，说了一遍。邻妈道："这等，是钱家在井中救出了你，你随他的了？"郑蕊珠道："那里是！其时还有一个人下井，亲身救我起来的。这个人好苦，指望我出井之后，就将绳接他。谁知钱家那厮狠毒，就把一块大石头丢下去，打死了那人，拉了我就走。我彼时一来认不得家里，二来怕他那杀人手段，三来他说道到家就做家主婆。岂知堕落在此，受这样磨难！"邻妈道："当初你家的与前村赵家一同出去为商。今赵家不回来，前日来问你家时，说道还在苏州，他家信了。依小娘子说起来，那下井救你吃打死的，必是赵家了。小娘子何不把此情当官告明了，少不得牒送你回去，可不免受此间之苦？"郑蕊珠道："只怕我跟人来了，也要问罪。"邻妈道："你是妇人家，被人迫诱，有何可罪？我如今替你把此情先对赵家说了，赵家必定告状。再与你写一张首状，当官递去。你只要实说，包你一些罪也没有，且得还乡见父母了。”郑蕊珠道：“若得如此，重见天日了。”

计较已定，邻妈一面去与赵家说了，赵家赴县理告。这边郑蕊珠也拿首状到官。杞县知县问了郑蕊珠口词，即时差捕钱巳到官。钱巳欲待支吾，却被郑蕊珠是长是短，一口证定。钱巳抵赖不去，恨恨的向郑蕊珠道：“我救了你，你倒害我！”郑蕊珠道：“那个救我的，你怎么打杀了他？”钱巳无言。赵家又来求判填命。知县道：“杀人情真，但皆系口词，尸首未见，这里成不得狱。这是嘉定县地方做的事，郑蕊珠又是嘉定县人，尸首也在嘉定县，我这里只录口词成招，将一行人连文卷押解到嘉定县结案就是了。”当下先将钱巳打了三十大板，收在牢中。郑蕊殊召保，就是邻妈替他递了保状。且喜与那个恶妇万虫儿不相见了。杞县一面叠成文卷，佥了长解，把一干人多解到苏州府嘉定县来。

是日正逢五日比较之期，嘉定知县带出监犯徐达，恰好在那里比较。开封府杞县的差人投了文，当堂将那解批上姓名，逐一点过。叫到郑蕊珠，蕊珠答应。徐达抬头一看，却正是这个失去的郑蕊珠，是开面时认得亲切的。大叫道：“这正是我的冤家！我不知为你打了多少，你却在那里来？莫不是鬼么？”知县看见，问徐达道：“你为甚认得那妇人？”徐达道：“这个正是井里失去的新人，不消比较小人了。”知县也骇然道：“有这等事！”唤郑蕊珠近前，一一细问。郑蕊珠照前事细说了一遍。知县又把来文逐一简看，方晓得前日井中死尸乃赵申，被钱巳所杀。遂吊取赵申尸首，令仵作人简验得头骨碎裂，系是生前被石块打伤身死。将钱巳问成死罪，抵赵申之命。徐达拐骗，虽事不成，祸端所自，问三年满徒。张寅、李卯，各不应拟罪。郑蕊珠所遭不幸，免科，给还原夫谢三郎完配。赵申尸骨，家属领埋；系隔省，埋讫，释放宁家。

知县发落已毕，笑道：“若非那边弄出，解这两个人来，这件未完何时了结也？”嘉定一县，传为新闻。可笑谢三郎，好端端的新妇，直到这日方得到手，已是个弄残的了。又为这事，坏了两条性命。其祸皆在男人开面上起的，所以内外之防不可不严也。

男子何当整女容？致令恶少起顽凶。
今朝试看含香蕊，已动当年函谷封。

卷二十六

懵教官爱女不受报　穷庠生助师得令终

诗曰：

朝日上团团，照见先生盘。
盘中何所有？苜蓿长阑干。

这首诗乃是广文先生所作，道他做官清苦处。盖因天下的官，随你至卑极小的，如仓大使、巡简司，也还有些外来钱。惟有这教官，管的是那几个酸子，有体面的还来送你几分节仪，没体面的终年面也不来见你，有甚往来交际？所以这官极苦。然也有时运好，撞着好门生，也会得他的气力起来。这又是各人的造化不同。

浙江温州府曾有一个廪膳秀才，姓韩，名赞卿。屡次科第不得中式，挨次出贡，到京赴部听选，选得广东一个县学里的司训。那个学直在海边，从来选了那里，再无人去做的。你道为何？元来与军民府州一样，是个有名无实的衙门。有便有几十个秀才，但是认得两个"上大人"的字脚，就进了学，再不退了。平日只去海上寻些道路，直到上司来时，穿着衣巾，摆班接一接、送一送，就是他向化之处了。不知国朝几年间曾创立得一个学舍，无人来住，已自东倒西歪。旁边有两间舍房，住一个学吏，也只管记记名姓簿籍；没事得做，就合着秀才一伙去做生意。这就算做一个学了。韩赞卿悔气，却选着了这一个去处。曾有走过广里的，备知详细，说了这样光景。合家恰像死了人一般，哭个不歇。韩赞卿家里穷得火出，守了一世书窗，把望巴个出身，多少挣些家私，今却如此遭际，没计奈何。韩赞卿道："难道便是这样罢了不成？穷秀才结煞，除了去做官，再无路可走了。我想朝廷设立一官，毕竟也有个用处。见放着一个地方，难道是去不得、哄人的？也只是人自怕了。我总是没事得做，拚着穷骨头去走一遭，或者撞着上司可怜，有些别样处法，作成些道路，就强似在家里坐了。"遂发一个狠，决意要去。亲眷们阻当他，多不肯听。措置了些盘缠，别了家眷，冒冒失失，竟自赴任。

到了省下，见过几个上司，也多说道："此地去不得。住在会城，守几时，别受些差委罢。"韩赞卿道："朝廷命我到此方行教，岂有身不履其地，算得为官的？是必到任一番，看如何光景。"上司闻知，多笑是迂儒腐气，凭他自去了。

韩赞卿到了海边地方，寻着了那个学吏，拿出吏部急字号文凭，与他看了。学吏吃惊道："老爹你如何直走到这里来？"韩赞卿道："朝廷教我到这里做教官，不到这里，却到那里？"学吏道："旧规但是老爹们来，只在省城住下，写个谕帖来知会我们，开本花名册子送来，秀才廪粮中扣出一个常例，一同送到，一件事就完了。老爹每俸薪，自在县里去取，我们不管。以后开除去任，我们总不知道了。今日如何却竟到这里？"韩赞卿道："我既是这里官，顺管着这里秀才。你去叫几个来见我。"学吏见过文凭，晓得是本管官，也不敢怠慢，急忙去寻几个为头的积年秀才，与他说知了。秀才道："奇事！奇事！有个先生来了！"一传两，两传三，一时会聚了十四五个。商量道："既是先生到此，我们也该以礼相见。"有几个年老些的，穿戴了衣巾，其馀的只是常服，多来拜见先生。韩赞卿接见已毕，逐个问了姓，叙些寒温，尽皆欢喜。略略问起文字大意，一班儿都相对微笑。老成的道：“先生不必拘此，某等敢以实情相告。某等生在海滨，多是在海里去做生计的。当道恐怕某等在内地生事，作成我们穿件蓝袍，做了个秀才，羁縻着。唱得几个喏，写得几字，就是了；其实不知孔夫子义理是怎么样的。所以再没有先生们到这里的。今先生辛辛苦苦来走这番，这所在不可久留，却又不好叫先生便如此空回去。先生且安心住两日，让吾们到海中去去，五日后却来见先生，就打发先生起身。只看先生造化何如。”说毕，哄然而散。韩赞卿听了这番说话，惊得呆了，做声不得。只得依傍着学吏，寻间民房，权且住下。

这些秀才去了五日，果然就来。见了韩赞卿道：“先生大造化！这五日内，生意不比寻常，足足有五千金，勾先生下半世用了。弟子们说过的话，毫厘不敢入己，尽数送与先生，见弟子们一点孝意。先生可收拾回去，是个高见。”韩赞卿见了许多东西，吓了一跳，道：“多谢列位盛意。只是学生带了许多银两，如何回去得？”众秀才道：“先生不必忧虑，弟子们着几个与先生做伴，同送过岭，万无一失。”韩赞卿道：“学生只为家贫无奈，选了这里，不得不来。岂知遇着列位，用情如此。”众秀才道：“弟子们从不曾见先生面的，今劳苦先生一番，周全得回去，也是我们弟子之事。已后的先生不消再劳了。”当下众秀才替韩赞卿打叠起来，水陆路程舟车之类，多是众秀才备得停当。有四五个陪他一路起身，但到泊舟所在，有些人来相头相脚，面生可疑的，这边秀才不知口里说些甚么，抛个眼色，就便走开了去。直送至交界地方，路上太平的了，然后别了韩赞卿告回。韩赞卿谢之不尽，竟带了重资回家。一个穷儒，一旦饶裕了。可见有造化的，只是这个教官，又到了做不得的地方，也原有起好处来。

在下为何把这个教官说这半日？只因有一个教官，做了一任回来，贫得彻骨，受了骨肉许多的气。又亏得做教官时一个门生之力，挣了一派后运，争尽了气，好结果了。正是：

世情看冷暖，人面逐高低。
任是亲儿女，还随阿堵移。

话说浙江湖州府近太湖边地方，叫做钱篓，有一个老廪膳秀才，姓高，名广，号愚溪。为人忠厚，生性古执。生有三女，俱已适人过了。妻石氏已死，并无子嗣。止有一侄，名高文明，另自居住，家道颇厚。这高愚溪积祖传下房屋一所，自己在里头住，侄儿也是有分的。只因侄儿自挣了些家私，要自家像意，见这祖房坍塌下来修理不便，便自己置买了好房子，搬出去另外住了。若论支派，高愚溪无子，该是侄儿高文明承继的。只因高愚溪讳言这件事，况且自有三女，未免偏向自己骨血，有积趱下的束修、本钱，多零星与女儿们去了。后来挨得出贡，选授了山东费县教官，转了沂州，又升了东昌府，做了两三任归来，囊中也有四五百金宽些。看官听说：大凡穷家穷计，有了一二两银子，便就做出十来两银子的气质出来。况且世上人的眼光极浅，口头最轻，见一两个箱儿匣儿略重些，便猜道有上千上万的银子在里头。还有凿凿说着数目，恰像亲眼看见，亲手兑过的一般，总是一划的穷相。彼时高愚溪带得些回来，便就声传有上千的数目了。

三个女儿晓得老子有些在身边，争来亲热，一个赛一个的要好。高愚溪心里欢喜，道："我虽是没有儿子，有女儿们如此殷勤，老景也还好过。"又想一想道："我总是留下私蓄，也没有别人得与他，何不拿些出来，分与女儿们了，等他们感激，越坚他每的孝心。"当下取三百两银子，每女儿与他一百两。女儿们一时见了银子，起初时千欢万喜，也自感激划后来闻得说身边还多，就有些过望起来，不见得十分足处。大家唧哝道："不知还要留这偌多与那个用？"虽然如此说，心里多想他后手的东西，不敢冲撞，只是赶上前的讨好。侄儿高文明照常往来，高愚溪不过体面相待。虽也送他两把倖金，几件人事，恰好侄儿也替他接风洗尘，只好直退。侄儿有些身家，也不想他的，不以为意。

那些女儿闹哄了几日，各要回去，只剩得老人家一个，在这些败落旧屋里面居住，觉得凄凉。三个女儿你也说，我也说，多道来接老爹家去住几时，各要争先。愚溪笑道："不必争，我少不得要来看你们的。我从头而来，各住几时便了。"别去不多时，高愚溪在家清坐了两日，寂寞不过，收拾了些东西，先到大女儿家里住了几时。第二个、第三个女儿多着人来相接，高愚溪以次而到。女儿们只怨怅来得迟，住得不长远。过得两日，又来接了。高愚溪周而复始，住了两巡。女儿们殷殷勤勤，东也不肯放，西也不肯放。高愚溪思量道："我总是不生得儿子，如今年已老迈，又无老小，何苦独自个住在家里？有此三个女儿轮转供养，勾过了残年了。只是白吃他们的，心里不安。前日虽然每人与了他百金，他们也费些在我身上了，我何不与他们说过，索性把身边所有，尽数分与三家，等三家轮供养了我，我落得自繇自在。这边过几时，那边过几时，省得老人家还要去买柴籴米，支持辛苦。最为便事。"把此意与女儿们说了，女儿们个个踊跃从命，多道："女儿养父亲，是应得的。就不分得甚么，也说不得。"高愚溪大喜，就到自屋里，把随身箱笼有些实物的，多搬到女儿家里来了。私下把箱笼东西拼拼凑凑，还有三百多两。装好汉，发个慷慨，再是一百两一家，分与三个女儿，身边剩不多些甚么了。三个女儿接受，尽皆欢喜。

自此，高愚溪只轮流住在三个女儿家里过日，不到自家屋里去了。这几间祖屋，久无人住，逐渐坍将下来。公家物事，卖又卖不得。女儿们又撺掇他，说是有分东西，何不拆了些来？愚溪总是不想家去住了，道是有理。但见女婿家里有些甚么工作修造之类，就去悄悄载了些作料来，增添改用。东家取了一条梁，西家就想一根柱，甚至猪棚屋，也取些椽子板障来拉一拉。多是零碎取了的，侄儿子也不好小家子样来争，听凭他没些搭煞的，把一所房屋狼籍完了。

祖宗缔造本艰难，公物将来弃物看。
自道婿家堪毕世，宁知转眼有炎寒。

且说高愚溪初时在女婿家里过日，甚是热落，家家如此。以后手中没了东西，要做些事体也不得自繇，渐渐有些不便当起来。亦且老人家心性，未免有些嫌长嫌短，左不是、右不是的难为人。略不像意，口里便恨恨毒毒的说道："我还是吃用自家的，不吃用你们的。"聒絮个不住。到一家，一家如此。那些女婿家里，未免有些厌倦起来。况且身边无物，没甚么想头了，就是至亲如女儿，心里较前也懈了好些。说不得个推出门，却是巴不得转过别家去了，眼前清净几时。所以初时，这家住了几时，未到满期，那家就先来接他。而今就过日期也不见来接，只是巴不得他迟来些。高愚溪见未来接，便多住了一两日，这家子就有些言语出来，道："我家住满了，怎不到别家去？"再略动气，就有的发话道："当初东西，三家均分，又不是我一家得了的。"言三语四，耳朵里听不得。高愚溪受了一家之气，忿忿地要告诉这两家，怎当得这两家真是一个娘养的，过得两日这些光景也就现出来了。闲话中间，对女儿们说着姊妹不是，开口就护着姊妹伙的。至于女婿，一发彼此相为。外貌解劝之中，带些尖酸讥评，只是丈人不是，更当不起。高愚溪恼怒不过，只是寻是寻非的炒闹，合家不宁。数年之间，弄做个老厌物，推来攮去。有了三家，反无一个归根着落之处了。

看官，若是女儿、女婿说起来，必定是老人家不达时务，惹人憎嫌；若是据着公道评论，其实他分散了好些本钱，把这三家做了靠傍，凡事也该体贴他意思一分，才有人心天理。怎当得人情如此；与他的便算己物，用他的便是冤家。况且三家相形，便有许多不调匀处。假如要请一个客，做个东道，这家便嫌道："何苦定要在我家请？"口里应承时，先不爽利了。就应承了去，心是懈的，日挨一日。挨得满了，又过了一家。到那家提起时，又道："何不在那边时节请了，偏要留到我家来请？"到底不请得，撒开手。难道遇着大小一事，就三家各派不成？所以一件也成不得了，怎教老人家不气苦？这也是世态自然到此地位的。只是起初不该一味溺爱女儿，轻易把家事尽情散了。而今权在他人之手，岂得如意？只该自揣了些己也罢，却又是亲手分过银子的，心不甘伏。欲待憋了口气，别走道路，又手无一钱，家无片瓦，争气不来，动弹不得。要去告诉侄儿，平日不曾有甚好处到他，今如此行径，没下稍了，恐怕他们见笑，没脸嘴见他。左思右想，恨道："只是我不曾生得儿子，致有今日。枉有三女，多是负心向外的，一毫没干，反被他们赚得没结果了！"使一个性子，噙着眼泪，走到路傍一个古庙里坐着，越想越气，累天倒地的哭了一回。猛想道："我做了一世的儒生，老来弄得这等光景，要这性命做甚么？我把胸中气不忿处，哭告菩萨一番，就在这里寻个自尽罢了。"

又道是无巧不成话。高愚溪正哭到悲切之处，恰好侄儿高文明在外边收债回来，船在岸边摇过，只听得庙里哭声。终是关着天性，不觉有些动念，仔细听着，像是伯伯的声音。便道："不问是不是，这个哭哭得好古怪。就住拢去看一看，怕做甚么？"叫船家一橹邀住了船，船头凑岸，扑的跳将上去。走进庙门，喝道："那个在此啼哭？"各抬头一看，两下多吃了一惊。高文明道："我说是伯伯的声音，为何在此？"高愚溪见是自家侄儿，心里悲酸起来，越加痛切。高文明道："伯伯老人家，休哭坏了身子。且说与侄儿，受了何人的气，以致如此？"高愚溪道："说也羞人。我自差了念头，死靠着女儿，不留个后步，把些老本钱多分与他们了，今日却没一个理着我了。气忿不过，在此痛哭，告诉神明一番，寻个自尽。不想遇着我侄，甚为有愧。”高文明道：“伯伯怎如此短见！姊妹们是女人家见识，与他认甚么真？”愚溪道：“我宁死于此，不到他三家去了。”高文明道：“不去也凭得伯伯，何苦寻死？”愚溪道：“我已无家可归，不死何待？”高文明道：“侄儿不才，家里也还奉养得伯伯一口起，怎说这话？”愚溪道：“我平时不曾有好处到我侄，些些家事，多与了别人，今日剩得个光身子，怎好来扰得你？”高文明道：“自家骨肉，如何说个扰字？”愚溪道：“便做道我侄不弃，侄媳妇定嫌憎的。我出了偌多本钱，买别人嫌憎过了，何况孑然一身！”高文明道：“侄儿也是个男子汉，岂繇妇人做主？况且侄妇颇知义理，必无此事。伯伯只是随着侄儿到家里罢了，再不必迟疑。快请下船同行。”高文明也不等伯子回言，一把扯住衣袂，拉了就走，竟在船中载回家来。

高文明先走进去，对娘子说着伯伯苦恼，思量寻死的话。高娘子吃惊道：“而今在那里了？”高文明道：“已载他在船里回来了。”高娘子道：“虽然老人家没搭煞，讨得人轻贱，却也是高门里的体面，原该收拾了回家来，免被别家耻笑。”高文明还怕娘子心未定，故意道：“老人家虽没用了，我家养这一群鹅在圈里，等他在家，早晚看看也好的，不到得吃白饭。”娘子道：“说那里话！家里不争得这一口，就吃了白饭，也是自家骨肉，又不养了闲人。没有侄儿叫个伯子来家看鹅之理。不要说这话，快去接了他起来。”高文明道：“既如此说，我去请他起来，你可整理些酒饭相待。”说罢，高文明三脚两步走到船边，请了伯子起来。到堂屋里坐下，就搬出酒肴来，伯侄两人吃了一会。高愚溪还想着可恨之事，提起一两件来告诉侄儿，眼泪簌簌的下来。高文明只是劝解。自此且在侄儿处住下了。

三家女儿知道，晓得老儿心里怪了，却是巴不得他不来。虽体面上也叫个人来动问动问，不曾有一家说来接他去的。那高愚溪心性古撇，便接也不肯去了。一直到了年边，三个女儿家才假意来说接去过年，也只是说声，不见十分殷勤。高愚溪回道不来，也就住了。高文明道："伯伯过年，正该在侄儿家里住的，祖宗影神也好拜拜。若在姊妹们家里，挂的是他家祖宗，伯伯也不便。"高愚溪道："侄儿说得是。我还有两个旧箱笼，有两套圆领在里头，旧纱帽一顶，多在大女儿家里，可着人去取了来，过年时也好穿了拜拜祖宗。"高文明道："这是要的。可写两个字去取。"随着人到大女儿家里去讨这些东西。那家子正怕这厌物再来，见要这付行头，晓得在别家过年了，恨不得急烧一付退送纸，连忙把箱笼交还不迭。高愚溪见取了这些行头来，心里一发晓得女儿家里不要他来的意思，安心在侄儿处过年。

大凡老休在屋里的小官，巴不得撞个时节吉庆，穿着这一付红闪闪的，摇摆摇摆，以为快乐。当日高愚溪着了这一套，拜了祖宗，侄儿、侄媳妇也拜了尊长，一家之中，甚觉和气，强似在别人家了。只是高愚溪心里时常不快，道是不曾掉得甚么与侄儿，今反在他家打搅，甚为不安。就便是看鹅的事，他也肯做，早是侄儿不要他去。

同枝本是一家亲，才属他门便路人。
直待酒阑人散后，方知叶落必归根。

一日，高愚溪正在侄儿家闲坐，忽然一个人——公差打扮的——走到面前，拱一拱手道："老伯伯，借问一声，此间有个高愚溪老爹否？"高愚溪道："问他怎的？"公差道："老伯伯指引一指引。一路问来，说道在此间。在下要见他一见，有些要紧说话。"高愚溪道："这是个老朽之人，寻他有甚么勾当？"公差道："福建巡按李爷，山东沂州人，是他的门生。今去到任，迂道到此，特特来访他，找寻两日了。"愚溪笑道："则我便是高广。"公差道："果然么？"愚溪指着壁间道："你不信，只看我这顶破纱帽。"公差晓得是实，叫声道："失敬了！"转身就走。愚溪道："你且说山东李爷叫甚名字？"公差道："单讳着一个某字。”愚溪想了一想道：“元来是此人！”公差道：“老爹家里收拾一收拾，他等得不耐烦了。小的去禀，就来拜了。”公差访得的实，喜喜欢欢自去了。

高愚溪叫出侄儿高文明来，与他说知此事。高文明道：“这是兴头的事。贵人来临，必有好处。伯伯当初怎么样与他相处起的？”愚溪道：“当初吾在沂州做学正，他是童生新进学，家里甚贫，出那拜见钱不起，有半年多了，不能勾来尽礼。斋中两个同僚，撺掇我出票去拿他，我只是不肯。后来访得他果贫，去唤他来见，是我一个做主，分文不要他的。斋中见我如此，也不好要得了。我见这人身虽寒俭，意气轩昂，模样又好。问他家里，连灯火之资多难处的。我倒助了他些盘费回去，又替他各处赞扬，第二年就有了一个好馆。在东昌时节，又府里荐了他。归来这几时不相闻了。后来见说中过进士，也不知在那里为官。我已是老迈之人，无意世事，总不记在心上，也不去查他了。不匡他不忘旧情，一直到此来访我。”高文明道：“这也是个好人了。”

正说之间，外边喧嚷起来，说一个大船泊将拢来了，一齐来看。高文明走出来，只见一个人拿了红帖，竟望门里直奔。高文明接了，拿进来看。高愚溪忙将古董衣服穿戴了，出来迎接。船舱门开处，摇摇摆摆，踱上个御史来。那御史生得齐整，但见：

> 胸蟠豸绣，人避骢威。揽辔想像澄清，停车动摇山岳。霜飞白简，一笔里要管闲非；清比黄河，满面上专寻不是。若不为学中师友谊，怎肯来林外野人家？

那李御史见了高愚溪，口口称为老师，满面堆下笑来，与他拱揖进来。李御史退后一步，不肯先走。扯得个高愚溪气喘不迭，涎唾鼻涕乱来。李御史带着笑，只是嫌逊。高愚溪强不过，只得扯着袖子，占先了些，一同行了。进入草堂之中。御史命设了毯子，纳头四拜，拜谢前日提携之恩。高愚溪还礼不迭。拜过，即送上礼帖，候敬十二两。高愚溪收下，整椅在上面。御史再三推辞，定要傍坐，只得左右相对。御史还不肯占上，必要愚溪右手高些，才坐了。御史提起昔日相与之情，甚是感谢，说道："侥幸之后，日夕想报师恩，时刻在念。今幸适有此差，道由贵省，迂途来访。不想高居如此乡僻。"高愚溪道："可怜，可怜。老朽那得有居？此乃舍侄之居，老朽在此趁住的。"御史道："老师当初，必定有居。"愚溪道："老朽拙算，祖居尽废。今无家可归，只得在此强颜度日。"说罢，不觉哽咽起来。老人家眼泪，极易落的，扑的掉下两行来。御史恻然不忍道："容门生到了地方，与老师设处便了。"愚溪道："若得垂情，老朽至死不忘。"御史道："门生到任后，便着承差来相候。"说勾了一个多时的话，起身去了。

愚溪送动身，看船开了，然后转来。将适才所送银子来看一看，对侄儿高文明道："此封银子，我侄可收去，以作老汉平日供给之费。"高文明道："岂有此理？供养伯伯，是应得的。此银伯伯留下，随便使用。"高愚溪道："一向打搅，心实不安，手中无物，只得觍颜过了。今幸得门生送此，岂有累你供给了，我白收物事自用之理？你若不收我的，我也不好再住了。"高文明推却不得，只得道："既如此说，侄儿取了一半去，伯伯留下一半别用罢。"高愚溪依言，各分了六两。

自李御史这一来，闹动了太湖边上，把这事说了几日。女儿家知道了，见说送来银子，分一半与侄儿了，有的不气干道："光辉了他家，又与他银子！"有的道："这些须银子，也不见几时用，不要欣羡他。免得老厌物来家也勾了，料没得再有几个御史来送银子。"各自唧哝不题。

且说李御史到了福建，巡历地方，祛蠹除奸，雷厉风行，且是做得利害。一意行事，随你天大分上挽回不来。三月之后，即遣承差到湖州公干，顺便赍书一封，递与高愚溪，约他到任所。先送程仪十二两，教他收拾了，等承差公事已毕，就接了同行。高愚溪得了此信，与侄儿高文明商量，伯侄两个一同去走走。收拾停当，承差公事已完，来促起身。一路上多是承差支持，毫不费力，不二十日，已到了省下。

此时察院正巡历漳州。开门时节，承差进禀："请到了高师爷。"察院即时送了下处，打轿出拜。拜时赶开闲人，叙了许多时说话。回到衙内，就送下程。又分付办两桌酒，吃到半夜方散。外边见察院如此绸缪，那个不钦敬？府县官多来相拜送下程，尽力奉承。大小官吏多来掇臀捧屁，希求看觑，把一个老教官抬在半天里。因而有求荐奖的，有求免参论的，有求出罪的，有求免赃的，多来钻他分上。察院密传意思，教且离了所巡境地，或在省下，或游武夷，已叮嘱了心腹府县，其有所托之事，钉好书札，附寄公文封筒进来，无有不依。

高愚溪在那里半年，直到察院将次复命，方才收拾回家。总计所得，足足有二千馀两白物，其馀土产货物，尺头礼仪之类甚多，真叫做满载而归。只这一番，比似先前自家做官时倒有三四倍之得了。伯侄两人满心欢喜，到了家里，搬将上去。邻里之间，见说高愚溪在福建巡按处抽丰回来，尽来观看。看见行李沉重，货物堆积，传开了一片，道："不知得了多少来家。"

三家女儿知道了，多着人来问安，又各说着要接到家里去的话。高愚溪只是冷笑，心里道："见我有了东西，又来亲热了！"接着几番，高愚溪立得主意定，只是不去。正是：

自从受了卖糖公公骗，至今不信口甜人。

这三家女儿见老子不肯来，约会了一日，同到高文明家里来。见高愚溪个个多撮得笑起，说道："前日不知怎么样冲撞了老爹，再不肯到家来了。今我们自己来接，是必原到我每各家来住住。"高愚溪笑道：

"多谢，多谢。一向打搅得你们勾了，今也要各自揣己，再不来了。"三个女儿你一句、我一句说道："亲的只是亲，怎么这等见弃我们？"高愚溪不耐烦起来，走进房中去了一会，手中拿出三包银子来。每包十两，每一个女儿与他一包道："只此见我老人家之意。以后我也再不来相扰，你们也不必再来相缠了。"又拿了一个柬帖来，付高文明，就与三个女儿看一看。众人争上前看时，上面写道：

> 平日空囊，止有亲侄收养；今兹馀橐，无用他姓垂涎。一生宦资，已归三女；身后长物，悉付侄儿。书此为照。

女儿中颇有识字义者，见了此纸，又气忿又没趣，只得各人收了一包，且自各回家里去了。

高愚溪罄将所有，尽交付与侄儿。高文明那里肯受？说道："伯伯留些防老，省得似前番缺乏了，告人便难。"高愚溪道："前番分文没有时，你兀自肯白养我；今有东西与你了，倒怠慢我不成？我老人家心直口直，不作久计了。你收下我的，一家一计过去，我倒相安。休分彼此，说是你的我的。"高文明依言，只得收了。以后尽心供养，但有所需，无不如意。高愚溪到底不往女儿家去，善终于侄儿高文明之家。所剩之物，尽归侄儿，也是高文明一点亲亲之念不衰，毕竟得所报也。

> 广文也有遇时人，自是人情有假真。
> 不遇门生能报德，何缘爱女复思亲？

卷二十七

伪汉裔夺妾山中　假将军还姝江上

诗云：

曾闻盗亦有道，其间多有英雄。
若逢真正豪杰，偏能掉臂于中。

昔日宋相张齐贤，他为布衣时，值太宗皇帝驾幸河北，上太平十策。太宗大喜，用了他六策，馀四策斟酌再用。齐贤坚执道：“是十策皆妙，尽宜亟用。”太宗笑其狂妄，还朝之日对真宗道：“我在河北得一宰相之才，名曰张齐贤，留为你他日之用。”真宗牢记在心。后来齐贤登进士榜，却中在后边。真宗见了名字，要拔他上前，争奈榜已填定，特旨一榜尽赐及第。他日直做到宰相。

这个张相未遇时节，孤贫落魄，却倜傥有大度。一日偶到一个地方，投店中住止。其时适有一伙大盗劫掠归来，在此经过，下在店中造饭饮酒，枪刀森列，形状狰狞。居民恐怕拿住，东逃西匿，连店主多去躲藏。张相剩得一身在店内，偏不走避。看见群盗吃得正酣，张相整一整巾帻，岸然走到群盗面前，拱一拱手道：“列位大夫请了。小生贫困书生，欲就大夫求一醉饱，不识可否？”群盗见了容貌魁梧，语言爽朗，便大喜道：“秀才乃肯自屈，何不可之有？但是吾辈粗疏，恐怕秀才见笑耳。”即立起身来请张相同坐。张相道：“世人不识诸君，称呼为盗，不知这盗非是龌龊儿郎做得的。诸君多是世上英雄，小生也是慷慨之士，今日幸得相遇，便当一同欢饮一番，有何彼此？”说罢，便取大碗斟酒，一饮而尽。群盗见他吃得爽利，再斟一碗来，也就一口吸干。连吃个三碗。又在桌上取过一盘猪蹄来，略擘一擘开，狼飧虎咽，吃个罄尽。群盗看了，皆大惊异，共相希咤道：“秀才真宰相器量！能如此不拘小节，决非凡品。他日做了宰相，宰制天下，当念吾曹为盗多出于不得已之情。今日尘埃中，愿先结纳，幸秀才不弃。”各各身畔将出金帛来赠，你强我赛，堆了一大堆。张相毫不推辞，一一简取，将一条索子捆缚了，携在手中，叫声：“聒噪！”大踏步走出店去。此番所得，倒有百金，张相尽付之酒家，供了好些时酣畅。只此一段气魄，在贫贱时就与人不同了。这个是胆能玩盗的。有诗为证：

等闲卿相在尘埃，大嚼无惭亦异哉。
自是胸中多磊落，直教剧盗也怜才。

山东莱州府掖县，有一个勇力之士邵文元，义气胜人，专要路见不平，拔刀相助。有人在知县面前，谤他恃力为盗。知县初到，不问的实，寻事打了他一顿。及至知县朝觐入京，才出境外，只见一人骑着马，跨着刀，跑至面前，下马相见。知县认得是邵文元，只道他来报仇，吃了一惊。问道：“你自何来？”文元道：“小人特来防卫相公入京。前途剧贼颇多，然闻了小人之名，无不退避的。”知县道：“我无恩于你，你怎倒有此好心？”文元道：“相公前日戒训小人，也只是要小人学好。况且相公清廉，小人敢不尽心报效？”知县心里方才放了一个大挖搭。文元随至中途，别了自去，果然绝无盗言。

一日出行，过一富翁之门，正撞着强盗四十馀人在那里打劫他家，将富翁捆缚住，着一个强盗将刀加颈，吓他道："如有官兵救应，即先下手。"其馀强盗尽劫金帛。富翁家里有一个钱堆，高与屋齐。强盗算计拿他不去，尽笑道："不如替他散了罢！"号召居民，多来分钱。居民也有怕事的，不敢去；也有好事的，去看光景。也有贪财大胆的，拿了家伙，称心的兜取，弄得钱满阶墀。邵文元闻得这话，要去玩弄这些强盗，在人丛中侧着肩膊，挨将进去，高声叫道："你们做甚的？做甚的？"众人道："强盗多着哩，不要惹事！"文元走到邻家，取一条铁叉，立在门内，大叫道："邵文元在此。你们还了这家银子，快散了罢！"富翁听得，恐怕强盗见有救应，即要动刀，大叫道："壮士快不要来。若来，先杀我了。"文元听得，权且走了出来。

群盗齐把金银装在囊中，驮在马背上，有二十驮。仍绑押了富翁，送出境外二十里，方才解缚。富翁披发，狼狈而归。谁知文元自出门外，骑着马，即远远随来。看见富翁已回，急鞭马追赶。强盗见是一个人，不以为意。文元喝道："快快把金银放在路傍！汝等认得邵文元否？"强盗闻其名，正慌张未答，文元道："汝等迟迟，且着你看一个样！"飕的一箭，已把内中一个射下马来，死了。众盗大惊，一齐下马，跪在路傍，告求饶命。文元喝道："留下东西，饶你命去罢！"强盗尽把囊物丢下，空身上马，逃遁而去。文元就在人家借几匹马，负了这些东西，竟到富翁家里，一一交还。富翁迎着叩头道："此乃壮士出力夺来之物，已不是我物了。愿送至君家，吾不敢吝。"文元怒叱道："我哀怜你家横祸，故出力相助。吾岂贪私邪？"尽还了富翁，不顾而去。这个是力能制盗的。有诗为证：

白昼探丸势已凶，不堪壮士笑谈中。
挥鞭能返相如璧，尽却酬金更自雄。

再说一个见识能作弄强盗的汪秀才，做回正话。看官要知这个出处，先须听我《潇湘八景》：

云暗龙堆古渡，湖连鹿角平田。薄暮长杨垂首，平明秀麦齐肩。人羡春游此日，客愁夜泊如年。(《潇湘夜雨》)

湘妃初理云鬟，龙女忽开晓镜。银盘水面无尘，玉魄天心相映。一声铁笛风清，两岸画阑人静。(《洞庭秋月》)

八桂城南路香，苍梧江月音稀。昨夜一天风色，今朝百道帆飞。对镜且看妾面，倚楼好待郎归。(《远浦归帆》)

湖平波浪连天，水落汀沙千里。芦花冷澹秋容，鸿雁差池南徙。有时小棹经过，又遣几群惊起。(《平沙落雁》)

轩帝洞庭声歇，湘灵宝瑟香销。湖上长烟漠漠，山中古寺迢迢。钟击东林新月，僧归野渡寒潮。(《烟屿晚钟》)

湖头俄顷阴晴，楼上徘徊晚眺。霏霏雨障轻过，闪闪夕阳回照。渔翁东岸移舟，又向西湾垂钓。(《渔村夕阳》)

石港湖心野店，板桥路口人家。少妇篋中麦芡，村翁筒里鱼虾。蜃市依稀海上，岚光咫尺天涯。(《山市晴岚》)

陇头初放梅花，江面平铺柳絮。楼居万玉从中，人在水晶深处。一天素幔低垂，万里孤舟归去。(《江天暮雪》)

此八词多道着楚中景致，乃一浙中缙绅所作。楚中称道此词颇得真趣，人人传诵的。这洞庭湖八百里，万山环列，连着三江，乃是盗贼渊薮。国初时，伪汉陈友谅据楚称王，后为太祖所灭。今其子孙住居瑞昌、兴国之间，号为柯陈，颇称蕃衍。世世有勇力出众之人，推立一个为主。其族负险善斗，劫掠客商。地方有亡命无赖，多去投入伙中。官兵不敢正眼觑他，虽然设立有游击、把总等巡游武官，提防地方非常事变，却多是与他们豪长通同往来，地方官不奈他何的。宛然宋时梁山泊光景。

且说黄州府黄冈县有一个汪秀才，身在黉宫，家事富厚，家僮数十，婢妾盈房。做人倜傥不羁，豪侠好游，又兼权略过人，凡事经他布置，必有可观，混名称他为汪太公，盖比他吕望一般智术。他房中有一爱妾，名曰回风，真个有沉鱼落雁之容，闭月羞花之貌。更兼吟诗作赋，驰马打弹，是少年场中之事，无所不能。汪秀才不惟宠冠后房，但是游行，再没有不带他同走的。怎见得回风的标致？

云鬓轻梳蝉翼，翠眉淡扫春山。朱唇缀一颗樱桃，皓齿排两行碎玉。花生丹脸，水剪双眸。意态自然，技能出众。直教杀人壮士回头觑，便是入定禅师转眼看。

一日，汪秀才领了回风来到岳州，登了岳阳楼。望着洞庭浩渺，巨浪拍天。其时冬月水落，自楼上望君山，隔不多些水面。遂出了岳州南门，拿舟而渡，不上数里，已到山脚。顾了肩舆，与回风同行十馀里，下舆谒湘君。祠右数十步，榛莽中有二妃冢。汪秀才取酒来，与回风各酹一杯。步行半里，到崇胜寺之外，三个大字是“有缘山”。汪秀才不解。回风笑道：“只该同我们女眷游的，不然何称‘有缘’？”汪秀才去问僧人，僧人道：“此处山灵，妒人来游，每将渡，便有恶风浊浪阻人。得到此地者，便是有缘，故此得名。”汪秀才笑对回风道：“这等说来，我与你今日到此，可谓侥幸矣！”其僧遂指引汪秀才许多胜处，说有：

轩辕台乃黄帝铸鼎于此酒香亭乃汉武帝得仙酒于此朗吟亭乃吕仙遗迹柳毅井乃柳毅为洞庭君女传书处

汪秀才别了僧人，同了回风，繇方丈侧出去，登了轩辕台。凭阑四顾，水天一色，最为胜处。又左侧过去，是酒香亭。绕出山门之左，登朗吟亭。再下柳毅井，旁有传书亭，亭前又有刺橘泉许多古迹。正游玩间，只见山脚下走起一个大汉来，仪容甚武，也来看玩。回风虽是遮遮掩掩，却没十分好躲避处。那大汉看见回风美色，不转眼的上下瞟觑，跟定了他两人，步步傍着不舍。汪秀才看见这人有些尴尬，急忙下山。将到船边，只见大汉也下山来，口里一声胡哨。左近一只船中吹起号头答应，船里跳起一二十彪形大汉来，对岸上大汉声喏。大汉指定回风道："取了此人，献大王去！"众人应一声，一齐动手，犹如鹰拿燕雀，竟将回风抢到那只船上，拽起满篷，望洞庭湖中而去。汪秀才只叫得苦。这湖中盗贼去处，窟穴甚多，竟不知是那一处的强人弄的去了。凄凄惶惶，双出单回，甚是苦楚。正是：

不知精爽落何处，疑是行云秋水中。

汪秀才眼看爱姬失去，难道就是这样罢了？他是个有擘划的人，即忙着人四路找听。是省府州县闹热市镇去处，即贴了榜文："但有知风来报的，赏银百两。"各处传遍道："汪家失了一妾，出着重赏招票。"

从古道："重赏之下，必有勇夫。"汪秀才一日到省下来，有一个都司向承勋，是他的相好朋友，摆酒在黄鹤楼请他。饮酒中间，汪秀才凭栏一望，见大江浩渺，云雾苍茫，想起爱妾回风，不知在烟水中那一个所在，投袂而起，亢声长歌苏子瞻《赤壁》之句云：

渺渺兮予怀，望美人兮天一方。

歌之数回，不觉潸然泪下。向都司看见，正要请问，旁边一个护身的家丁慨然向前道："秀才饮酒不乐，得非为家姬失去否？"汪秀才道："汝何以知之？"家丁道："秀才遍榜街衢，谁不知之？秀才但请与我主人尽欢，管还秀才一个下落。"汪秀才纳头便拜，道："若得知一个下落，百觥也不敢辞。"向都司道："为一女子，直得如此着急？且满饮三大卮，教他说明白。"汪秀才即取大卮过手，一气吃了三巡。再斟一卮，奉与家丁道："愿求壮士明言，当以百金为寿。"家丁道："小人是兴国州人，住居阖闾山下，颇知山中柯陈家事体。为头的叫做柯陈大官人。有几个兄弟，多有勇力，专在江湖中做私商勾当。他这一族最大。江湖之间，各有头目，惟他是个主。前日闻得在岳州洞庭湖劫得一美女回来，进与大官人，甚是快活，终日饮酒作乐。小人家里离他不上十里路，所以备细得知。这个必定是秀才家里小娘子了。"汪秀才道："我正在洞庭湖失去的，这消息是真了。"向都司便道："他这人慷慨好义，虽系草窃之徒，多曾与我们官府往来，上司处也私有进奉。盘结深固，四处响应，不比其他盗贼，可以官兵缉拿得的。若是尊姬被此处弄了去，只怕休想再合了。天下多美妇人，仁兄只宜丢开为是。且自畅饮，介怀无益。"汪秀才道："大丈夫生于世上，岂有爱姬被人所据，既已知下落，不能用计夺转来的？某虽不才，誓当返此姬，以博一笑。"向都司道："且看仁兄大才。谈何容易？"当下汪秀才放下肚肠，开怀畅饮而散。

次日，汪秀才即将五十金送与向家家丁，以谢报信之事。就与都司讨此人去做眼，事成之后，再奉五十金，以凑百两。向都司笑汪秀才痴心，立命家丁到汪秀才处，听凭使用，看他怎么作为。家丁接了银子，千欢万喜，头颠尾颠，巴不得随着他使唤了。就向家丁问了柯陈家里弟兄名字。

汪秀才胸中算计已定，写下一状，先到兵巡衙门去告。兵巡看状，见了柯陈大等名字，已自心里虚怯，对这汪秀才道："这不是好惹的。你无非只为一妇女小事，我若行个文书下去，差人拘拿对理，必要激起争端，致成大祸，决然不可。"汪秀才道："小生但求得一纸牒文，自会去与他讲论曲直，取讨人口。不须大人的公差，也不到得与他争竞，大人可以放心。"兵巡见他说得容易，便道："牒文不难。即将汝状判准，排号用印，付汝持去就是了。"汪秀才道："小生之意，也只欲如此，不敢别求多端。有此一纸，便可了一桩公事来回覆。"兵巡似信不信，分付该房如式端正，付与汪秀才。

汪秀才领了此纸，满心欢喜，就像爱姬已取到手了一般的，来见向都司道："小生状词已准，来求将军助一臂之力。"都司摇头道："若要我们出力添拨兵卒，与他厮斗，这决然不能的。"汪秀才道："但请放心，多用不着，我自有人。只那平日所驾江上楼船，要借一只；巡江哨船，要借二只；与平日所用伞盖、旌旗、冠服之类，要借一用。此外不劳一个兵卒相助，只带前日报信的家丁去就勾了。"向都司道："意欲何为？"汪秀才道："汉家自有制度，此时不好说得，做出便见。"向都司依言，尽数借与汪秀才。汪秀才大喜，罄备了一个多月粮食，唤集几十个家人，又各处借得些号衣，多打扮了军士，一齐到船上去，撑驾开江。鼓吹喧阗，竟像武官出汛一般。有诗为证：

> 舳舻千里传赤壁，此日江中行画鹢。
> 将军汉号是楼船，这回投却班生笔。

汪秀才驾了楼船，领了人从，打了游击牌额，一直行到阖闾山江口来。未到岸四五里，先差一只哨船，载着两个人前去，——一个是向家家丁，一个是心腹家人汪贵。——拿了一张硬牌，去叫齐本处地方居民，迎接新任提督江洋游击。就带了几个红帖，把汪姓去了一画，帖上写名江万里，竟去柯陈大官人家投递。几个兄弟，每人一个帖子，说新到地方的官，慕大名就来相拜。两人领命去了。汪秀才分付船户，把船漫漫自行。

且说向家家丁是个熟路，得了汪家重赏，有甚不依他处？领了家人汪贵，一同下在哨船中了。顷刻到了岸边，揹了硬牌，上岸各处一说，多晓得新官船到，整备迎接。家丁引了汪贵，同到一个所在，元来是一座庄子。但见：

冷气侵人，寒风扑面。三冬无客过，四季少人行。团团苍桧若龙形，郁郁青松如虎迹。已升红日，庄门内鬼火荧荧；未到黄昏，古涧边悲风飒飒。盆盛人酢酱，板盖铸钱炉。蓦闻一阵血腥来，元是强人居止处。

家丁原是地头人，多曾认得柯陈家里的，一径将帖儿进去报了。柯陈大官人认得向家家丁是个官身，有甚么疑心？与同兄弟柯陈二、柯陈三等会集，商议道："这个官府，甚有吾每体面。他既以礼相待，我当以礼接他。而今吾每办了果盒，带着羊酒，结束鲜明，一路迎将上去。一来见我每有礼体，二来显我每弟兄有威风。看他举止如何，斟酌待他的厚薄就是了。"商议已定，外报："游府船到江口，一面叫轿夫打轿拜客，想是就起来了。柯陈弟兄果然一齐戎装，点起二三十名喽啰，牵羊担酒，擎着旗幡，点着香烛，迎出山来。

汪秀才船到泊里，把借来的纱帽红袍穿着在身，叫齐轿夫，四抬四插，抬上岸来。先是地方人等声喏已过，柯陈兄弟站着两傍，打个躬，在前引导。汪秀才分付一径抬到柯陈家庄上来。抬到厅前，下了轿。柯陈兄弟忙掇一张坐椅，摆在中间。柯陈大开口道："大人请坐，容小兄弟拜见。"汪秀才道："快不要行礼。贤昆玉多是江湖上义士好汉，下官未任之时，闻名久矣。今幸得守此地方，正好与诸公义气相与，所以特来奉拜。岂可以官民之礼相拘？只是个宾主相待，倒好久长。”柯陈兄弟跪将下去。汪秀才一手扶起，口里连声道：“快不要这等。吾辈豪杰，不比寻常，决不要拘于常礼。”柯陈兄弟谦逊一回，请汪秀才坐了，三人侍立。汪秀才急命取坐来，分左右而坐。柯陈兄弟道游府如此相待，喜出非常，急忙治酒相款。汪秀才解带脱衣，尽情欢宴，猜拳行令，不存一毫形迹。行酒之间，说着许多豪杰勾当，掀拳裸袖，只恨相见之晚。柯陈兄弟不唯心服，又且感恩，多道：“若得恩府如此相待，我辈赤心报效，死而无怨。江上有警，一呼即应，决不致自家作孽，有负恩府青目。”汪秀才听罢，越加高兴，接连百来巨觥，引满不辞。自日中起，直饮至半夜，方才告别下船。

此一日算做柯陈大官人的酒。第二日就是柯陈二做主，第三日就是柯陈三做主，各各请过。柯陈大官人又道：“前日是仓卒下马，算不得数。”又请吃了一日酒，俱有金帛折席。汪秀才多不推辞，欣然受了。

酒席已完，回到船上。柯陈兄弟，多来谢拜。汪秀才留住在船上，随命治酒相待。柯陈兄弟推辞道：“我等草泽小人，承蒙恩府不弃，得献酒食，便为大幸，岂敢上叨赐宴？”汪秀才道：“礼无不答。难道只是学生叨扰，不容做个主人还席的？况我辈相与，不必拘报施常规。前日学生到宅上就是诸君作主；今日诸君见顾，就是学生做主。逢场作戏，有何不可？”柯陈兄弟不好推辞，早已排上酒席，摆设已完。汪秀才定席已毕，就有带来一班梨园子弟上场做戏，做的是《桃园结义》《千里独行》许多豪杰襟怀的戏文。柯陈兄弟多是山野之人，见此花哄，怎不贪看？岂知汪秀才先已密密分付行船的，但听戏文锣鼓为号，即便魆地开船，趁着月明，沿流放去，缓缓而行，要使舱中不觉。行来数十馀里，戏文方完。兴未肯阑，仍旧移席团坐，飞觞行令。乐人清唱，劝酬大乐。

汪秀才晓得船已行远，方发言道：“学生承诸君见爱，如此倾倒，可谓极欢。但胸中有一件小事，甚不便于诸君，要与诸君商量一个长策。”柯陈兄弟愕然道：“不知何事，但请恩府明言，愚兄弟无不听令。”汪秀才叫从人掇一个手匣过来，取出那张榜文来，捏在手中，问道：“有一个汪秀才告着诸君，说道劫了他爱妾，有此事否？”柯陈兄弟两两相顾，不好隐得。柯陈大回言道：“有一女子，在岳州所得，名曰回风，说是汪家的。而今见在小人处，不敢相瞒。”汪秀才道：“一女子是小事。那汪秀才是当今豪杰，非凡人也。今他要去上本，奏请征剿，先将此状告到上司。上司密行此牒，托与学生勾当此事。学生是江湖上义气在行的人，岂可兴兵动卒，前来搅扰？所以邀请诸君到此，明日见一见上司，与汪秀才质证那一件公事。”柯陈兄弟见说，惊得面如土色，道：“我等岂可轻易见得上司？一到公庭，必然监禁，好歹是死了！”人人思要脱身，立将起来推窗一看，大江之中，烟水茫茫，既无舟楫，又无崖岸，巢穴已远，救应不到，再无个计策了。正是：

有翅膀飞腾天上，有鳞甲钻入深渊。
既无窟地升天术，目下灾殃怎得延？

柯陈兄弟明知着了道儿，一齐跪下道：“恩府救命则个。”汪秀才道：“到此地位，若不见官，学生难以回覆；若要见官，又难为公等。是必从长计较，使学生可以销得此纸，就不见官罢了。”柯陈兄弟道：“小人愚昧，愿求恩府良策。”汪秀才道：“汪生只为一妾着急。今莫若差一只哨船，飞棹到宅上，取了此妾来船中。学生领去，当官交付还了他，这张牒文可以立销，公等可以不到官了。”柯陈兄弟道：“这个何难？待写个手书与当家的做个执照，就取了来了。”汪秀才道：“事不宜迟，快写起来。”柯陈大写下执照，汪秀才立唤向家家丁与汪贵两个到来，他一个是认得路的，一个是认得人的，悄地分付，付与执照，打发两只哨船一齐棹去，立等回报。船中且自金鼓迭奏，开怀吃酒。柯陈兄弟见汪秀才意思坦然，虽觉放下了些惊恐，也还心绪不安，牵筋缩脉。汪秀才只是一味豪兴，谈笑洒落，饮酒不歇。

候至天明，两只哨船已此载得回风小娘子飞也似的来报。汪秀才立教请过船来。回风过船，汪秀才大喜，叫一壁厢房舱中去。一壁厢将出四锭银子来，两个去的人各赏一锭，两船上各赏一锭，众人齐声称谢。

分派已毕，汪秀才再命斟酒三大觥，与柯陈兄弟作别道："此事已完，学生竟自回覆上司，不须公等在此了。就此请回。"柯陈兄弟感激，称谢救命之恩。汪秀才把柯陈大官人须髯捋一捋道："公等果认得汪秀才否？我学生便是。那里是甚么新升游击？只为不舍得爱妾，做出这一场把戏。今爱妾仍归于我，落得与诸君游宴数日，备极欢畅，莫非结缘？多谢诸君，从此别矣。"柯陈兄弟如梦初觉，如醉方醒，才放下心中扢搭，不觉大笑道："元来秀才诙谐至此！如此豪放不羁，真豪杰也。吾辈粗人，幸得陪侍这几日，也是有缘。小娘子之事，失於不知，有愧！有愧！"各解腰间所带银两出来，约有三十馀两，赠与汪秀才道："聊以赠小娘子添妆。"汪秀才再三推却不得，笑而受之。柯陈兄弟求差哨船一送。汪秀才分付送至通岸大路，即放上岸。柯陈兄弟殷勤相别，登舟而去。

汪秀才房舱中唤出回风来，说前日惊恐的事。回风呜咽告诉。汪秀才道："而今仍归吾手，旧事不必再提，且吃一杯酒压惊。"两人如渴得浆，吃得尽欢，遂同宿于舟中。

次日起身，已到武昌码头上。来见向都司，道："承借船只家伙等物，今已完事，一一奉还。"向都司道："尊姬已如何了？"汪秀才道："叨仗尊庇，已在舟中了。"向都司道："如何取得来？"汪秀才把假妆新任，拜他赚他的话，备细说了一遍，道："多在尊使肚里，小生也仗尊使之力不浅。"向都司道："有此奇事！真正有十二分胆智，才弄得这个伎俩出来。仁兄手段，可以行兵。"当下汪秀才再将五十金送与向家家丁，完前日招票上许出之数。另顾下一船，装了回风小娘子，现与向都司讨了一只哨船护送，并载家僮人等。

安顿已定，进去回覆兵巡道，缴还原牒。兵巡道问道：“此事已如何了，却来缴牒？”汪秀才再把始终之事，备细一禀。兵巡道笑道：“不动干戈，能入虎穴取出人口，真奇才奇想！秀才他日为朝廷所用，处分封疆大事，料不难矣。”大加赏叹。汪秀才谦谢而出，遂载了回风，还至黄冈。黄冈人闻得此事，尽多惊叹道：“不枉了汪太公之名，真不虚传也！”有诗为证：

> 自是英雄作用殊，虎狼可狎与同居。
> 不须窃伺骊龙睡，已得探还颔下珠。

卷二十八

程朝奉单遇无头妇　王通判双雪不明冤

诗云：

> 人命关天地，从来有报施。
> 其间多幻处，造物显其奇。

话说湖广黄州府有一地方，名曰黄圻嶛，最产得好瓜。有一老圃以瓜为业，时时手自灌溉，爱惜倍至。圃中诸瓜独有一颗结得极大，块垒如斗。老圃特意留着，待等味熟，要献与豪家做孝顺的。一日，手中持了锄头去圃中掘菜，忽见一个人掩掩缩缩在那瓜地中，急赶去看时，乃是一个乞丐在那里偷瓜吃，把个篱笆多扒开了。仔细一认，正不见了这颗极大的，已被他打碎，连瓤连子，在那里乱啃。老圃见偏摘掉了加意的东西，不觉怒从心上起，恶向胆边生，提起手里锄头，照头一下。却元来不禁打，打得脑浆迸流，死于地下。老圃慌了手脚，忙把锄头锄开一楞地来，把尸首埋好，上面将泥铺平。且喜是个乞丐，并没个亲人来做苦主讨命，竟没有人知道罢了。

到了明年，其地上瓜愈盛，仍旧一颗独结得大，足抵得三四个小的，也一般加意爱惜，不肯轻采。偶然县官衙中有个害热渴的，想得个大瓜清解，各处买来多不中意，累那买办衙役比较了几番。衙役急了，四处寻访，见说老圃瓜地专有大瓜，遂将钱与买。进圃选择，果有一瓜，比常瓜大数倍，欣然出了十个瓜的价钱，买了去，送进衙中。衙中人大喜，见这个瓜大得导常，集了众人共剖。剖将开来，瓤水乱流，多嚷道："可惜好大瓜，是烂的了。"仔细一看，多把舌头伸出，半晌缩不进去。你道为何？元来满桌多是鲜红血水，满鼻是血腥气的。众人大惊，禀知县令。县令道："其间必有冤事！"遂叫那买办的来问道："这瓜是那里来的？"买办的道："是一个老圃家里地上的。"县令道："他怎生法儿，养得这瓜恁大？唤他来，我要问他。"买办的不敢稽迟，随去把个老圃唤来当面。县令问道："你家的瓜为何长得这样大？一圃中多是这样的么？"老圃道："其馀多是常瓜，只有这颗，不知为何恁大。"县令道："往年也这样结一颗儿么？"老圃道："去年也结一颗，没有这样大，略比常瓜大些。今年这一颗大得古怪，自来不曾见这样。"县令笑道："此必异种，他的根毕竟不同。快打轿，我亲去看。"

当时抬至老圃家中，叫他指示结瓜的处所，县令教人取锄头掘将下去，看他根是怎么样的。掘不多深，只见这瓜的根在泥土中，却像种在一件东西里头的。扒开泥土一看，乃是个死人的口张着，其根直在里面出将起来。众人发声喊，把锄头乱挖开来，一个死尸全见。县令叫挖开他口中，满口尚是瓜子。县令叫把老圃锁了，问其死尸之故。老圃赖不得，只得把去年乞丐偷瓜吃，误打死了埋在地下的事，从实说了。县令道："怪道这瓜瓤内的多是血水，元来是这个人冤气所结，他一时屈死，膏液未散，滋长这一棵根苗来。天教我衙中人渴病，拣选大瓜，得露出这一场人命。乞丐虽贱，生命则同。总是偷窃，不该死罪，也要抵偿。"把老圃问成殴死人命绞罪，后来死于狱中。

可见人命至重。一个乞丐死了，又没人知见的，埋在地下已是一年，又如此结出异样大瓜来，弄一个明白，正是天理昭彰的所在。而今还有一个，因这一件事露出那一件事来，两件不明不白的官司，一时显露，说着也古怪。有诗为证：

从来见说没头事，此事没头真莫猜。
及至有时该发露，一头弄出两头来。

话说国朝成化年间，直隶徽州府有一个富人，姓程。他那边土俗，但是有资财的就呼为朝奉，盖宋时有朝奉大夫；就像称呼富人为员外一般，总是尊他。这个程朝奉拥着巨万家私，真所谓像“饱暖生淫欲”，心里只喜欢的是女色。见人家妇女生得有些姿容的，就千方百计，必要弄他到手才住。随你费下几多东西，他多不吝，只是以成事为主。所以花费的也不少，上手的也不计其数。自古道天道祸淫，才是这样贪淫不歇，便有希奇的事体做出来，直教你破家辱身。急忙分辨得来，已吃过大亏了。这是后话。

且说徽州府岩子街有一个卖酒的，姓李，叫做李方哥。有妻陈氏，生得十分娇媚，丰采动人。程朝奉动了火，终日将买酒为繇，甜言软语，哄动他夫妻二人。虽是缠得熟分了，那陈氏也自正正气气，一时也勾搭不上。程朝奉道：“天下的事，惟有利动人心。这家子是贫难之人，我拚舍着一主财，怕不上我的钩？私下钻求，不如明买。”

一日，对李方哥道：“你一年卖酒，得利多少？”李方哥道：“靠朝奉福荫，借此度得夫妻两口，便是好了。”程朝奉道：“有得赢馀么？”李方哥道：“若有得一两二两赢馀，便也留着些做个根本。而今只好绷绷拽拽，朝升暮合过去，那得赢馀？”程朝奉道：“假如有个人帮你十两五两银子做本钱，你心下何如？”李方哥道：“小人若有得十两五两银子，便多做些好酒起来，开个兴头的槽坊，一年之间，度了口，还有得多。只是没寻那许多东西。就是有人肯借，欠下了债，要赔利钱。不如守此小本经纪罢了。”朝奉道：“我看你做人也好。假如你有一点好心到我，我便与你二三十两也不打紧。”李方哥道：“二三十两是朝奉的毫毛，小人得了，却一生一世受用不尽了。只是朝奉怎么肯？”朝奉道：“肯倒肯，只要你好心。”李方哥道：“教小人怎么样的才是好心？”朝奉笑道：“我喜欢你家里一件物事，是不费你本钱的。我借来用用，仍旧还你。若肯时，我即时与你三十两。”李方哥道：“我家里那里有朝奉用得着的东西？况且用过就还，有甚么不奉承了朝奉，却要朝奉许多银子？”朝奉笑道：“只怕你不肯。你肯了，又怕你妻子不舍得。你且两个去商量一商量，我明日将了银子来与你现成讲兑。今日空口说白话，未好就明说出来。”笑着去了。

李方哥晚上把这些话与陈氏说道：“不知是要我家甚么物件？”陈氏想一想道：“你听他油嘴！若是别件动用物事，又说道借用就还的，随你奢遮宝贝，也用不得许多贯钱。必是痴心想到我身上来讨便宜的说话了。你男子汉放些主意出来，不要被他腾倒。”李方哥笑笑道：“那有此话！”

隔了一日，程朝奉果然拿了一包银子，来对李方哥道：“银子已现有在此，打点送你的了，只看你每意思如何。”朝奉当面打开包来，白灿灿的一大包。李方哥见了，好不眼热，道：“朝奉明说是要怎么，小人好如命奉承。”朝奉道：“你是个晓事人，定要人说个了话？你自想家里是甚东西是我用得着的，又这般直钱就是了。”李方哥道：“教小人没想处。除了小人夫妻两口身子外，要直上十两银子的家伙，一件也不曾有。”朝奉笑道：“正是身上的，那个说是身子外边的？”李方哥通红了脸道：“朝奉没正经，怎如此取笑？”朝奉道：“我不取笑。现钱买现货，愿者成交。若不肯时，也只索罢了。我怎好强得你？”说罢，打点袖起银子了。自古道：

清酒红人面，黄金黑世心。

李方哥见程朝奉要收拾起银子，便呆着眼不开口，仅有些沉吟不舍之意。程朝奉早已瞧科，就中取着三两多重一锭银子，塞在李方哥袖子里道：“且拿着这锭去做样，一样十锭就是了。你自家两个计较去。”李方哥半推半就的接了。程朝奉正是会家不忙，见接了银子，晓得有了机关，说道：“我去去再来讨回音。”

李方哥进到内房，与妻陈氏说道：“果然你昨日猜得不差，元来真是此意。被我抢白了一顿，他没意思，把这一锭子作为陪礼，我拿将来了。”陈氏道：“你不拿他的便好。拿了他的，已似有肯意了，他如何肯歇这一条心？”李方哥道：“我一时没主意，拿了。他临去时就说：‘像得我意，十锭也不难。’我想，我与你在此苦挣一年，挣不出几两银子来。他的意思，倒肯在你身上舍主大钱。我每不如将计就计哄他，与了他些甜头，便起他一主大银子也不难了，也强如一盏半盏的与别人论价钱。”李方哥说罢，就将出这锭银子放在桌上。陈氏拿到手来看一看，道：“你男子汉，见了这个东西，就舍得老婆养汉了？”李方哥道：“不是舍得。难得财主家倒了运，来想我们。我们拚忍着一时羞耻，一生受用不尽了。而今总是混帐的世界，我们又不是甚么阀阅人家，就守着清白也没人来替你造牌坊。落得和同了些。”陈氏道：“是倒也是。羞人答答的，怎好兜他？”李方哥道：“总是做他的本钱不着，我而今办着一个东道在房里，请他晚间来吃酒。我自到外边那里去避一避。等他来时，只说我偶然出外，就来的，先做主人陪他。饮酒中间，他自然撩拨你，你看着机会，就与他成了事。等得我来时，事已过了。可不是不知不觉的，落得赚了他一主银子？”陈氏道：“只是有些害羞，使不得。”李方哥道：“程朝奉也是一向熟的，有甚么羞？你只是做主人陪他吃酒，又不要你先去兜他，只看他怎么样来，才回答他就是。也没甚么羞处。”陈氏见说，算来也不打紧的，当下应承了。

李方哥一面办治了东道，走去邀请程朝奉，说道：“承朝奉不弃，晚间整酒在小房中，特请朝奉一叙。朝奉就来则个。”程朝奉见说，喜之不胜，道：“果然利动人心，他已商量得情愿了！今晚请我，必然就成事。”巴不得天晚前来赴约。

从来好事多磨。程朝奉意气洋洋，走出街来，只见一般儿朝奉姓汪的，拉着他水口，去看甚么新来的表子王大舍，一把拉了就走。程朝奉推说没功夫得去。他说：“有甚么贵干？”程朝奉心忙里，一时造不出来。汪朝奉见他没得说，便道：“原没事干，怎如此推故扫兴？”不管三七二十一，同了两三个少年子弟，一推一攮的，牵的去了。到了那里，汪朝奉看得中意，就秤银子办起东道来，在那里入马。程朝奉心上有事，被带住了身子，好不耐烦。三杯两盏，逃了席就走，已有二更天气。此时李方哥已此寻个事繇，避在朋友家里了，没人再来相邀的。程朝奉径自急急忙忙，走到李家店中，见店门不关，心下意会了。进了店，就把门拴着。那店中房子，苦不深邃，抬眼望见房中灯烛明亮，酒肴罗列，悄无人声。走进看时，不见一个人影。忙把桌上火移来一照，大叫一声：“不好了！”正是：

分开八片顶阳骨，倾下一桶雪水来。

程朝奉看时，只见满地多是鲜血，一个没头的妇人躺在血泊里，不知是甚么事繇，惊得牙齿捉对儿厮打。抽身出外，开门便走。到了家里，只是打颤，蹲踮不定，心头丕丕的跳。晓得是非要惹到身上，一味惶惑不题。

且说李方哥在朋友家里，捱过了更深，料道程朝奉与妻子事体已完，从容到家，还好趁吃杯儿酒。一步步踱将回来，只见店门开着，心里道：“那朝奉好不精细！既要私下做事，门也不掩掩着。”走到房里，不见甚么朝奉，只有个没头的尸首躺在地下。看看身上衣服，正是妻子，惊得乱跳道："怎的起？怎的起？"一头哭，一头想道："我妻子已是肯的，有甚么言语冲撞了他，便把来杀了？须与他讨命去！"连忙把家里收拾干净了，锁上了门，径奔到程朝奉家敲门。

程朝奉不知好歹，听得是李方哥声音，正要问他个端的，慌忙开出门来。李方哥一把扭住道："你干得好事！为何把我妻子杀了？"程朝奉道："我到你家里，并不见一人，只见你妻子已杀倒在地。怎说是我杀了？"李方哥道："不是你是谁？"程朝奉道："我心里爱你的妻子，若是见了，奉承还恐不及，舍得杀他？你须访个备细，不要冤我。"李方哥道："好端端两口住在家里，是你来起这些根繇。而今却把我妻子杀了，还推得那个？和你见官去，好好还我一个人来！"两下你争我嚷。天已大明，结扭了一直到府里来叫屈。

府里见是人命事，准了状，发与三府王通判审问这件事。王通判带了原被两人，先到李家店中相验尸首。相得是个妇人身体，被人用刀杀死的，现无头颅。通判着落地方把尸盛了，带原被告到衙门来。先问李方哥的口词。李方哥道："小人李方，妻陈氏，是开酒店度日的。是这程某看上了小人妻子，乘小人不在，以买酒为繇，来强奸他。想是小人妻子不肯，他就杀死了。"通判问程某如何说，程朝奉道："李方夫妻卖酒，小人是他的熟主顾。李方昨日来请小人去吃酒，小人因有事，去得迟了些。到他家里不见李方，只见他妻子不知被何人杀死在房。小人慌忙走了家来。与小人并无相干。"通判道："他说你以买酒为繇，去强奸他；你又说是他请你到家。他既请你，是主人了，为何他反不在家？这还是你去强奸是真了。"程朝奉道："委实是他来请小人，小人才去的。当面在这里，老爷问他，他须赖不过。"李方道："请是小人请他的，小人未到家，他先去强奸杀了人了。"王通判道："既是你请他，怎么你未到家，他倒先去行奸杀人？你其时不来家做主人，倒在那里去了？其间必有隐情！"取夹棍来，每人一夹棍，只得多把实情来说了。李方哥道：“其实程某看上了小人妻子，许了小人银两，要与妻子同吃酒。小人贪利，不合许允请他吃酒是真。小人怕碍他眼，只得躲过片时。后边到家，不想妻子被他杀死在地，他逃在家里去了。”程朝奉道：“小人喜欢他妻子，要营勾他是真。他已自许允，请小人吃酒了，小人为甚么反要杀他？其实到他家时妻子已不知为何杀死了，小人慌了，走了回家。实与小人无干。”通判道：“李方请吃酒，卖奸是真；程某去时，必是那妇人推拒，一时杀了，也是真。平白地要谋奸人妻子，原不是良人行径，这人命自然是程某抵偿了。”程朝奉道：“小人不合见了美色辄起贪心，是小人的罪了。至于人命，委是不知。不要说他夫妇商同请小人吃酒，已是愿从的了，即使有些勉强，也还好慢慢央求，何至下手杀了他？”王通判恼他奸淫起祸，那里听他辨说？要把他问个强奸杀人死罪，却是死人无头，又无行凶器械，成不得招。责了限期，要在程朝奉身上追那颗头出来。正是：

官法如炉不自繇，这回惹着怎干休？
方知女色真难得，此日何来美妇头？

程朝奉比过几限，只没寻那颗头处。程朝奉诉道：“便做道是强奸不从，小人杀了，小人藏着那颗头做甚么用？在此挨这样比较！”王通判见他说得有理，也疑道是或者另有人杀了这妇人，也不可知。且把程朝奉与李方哥多下在监里了，便叫拘集一干邻里人等，问他事体根繇与程某杀人真假。邻里人等多说：“他们是主顾家，时常往来的，也未见甚么奸情事。至于程某，是个有身家的人，贪淫的事，或者有之，从来也不曾见他做甚么凶恶歹事过来。人命的事，未必是他。”通判道：“既未必是程某，你地方人必晓得李方家的备细，与谁有仇，那处可疑，该推详得出来。”邻里人等道：“李方平日卖酒，也不见有甚么仇人。他夫妻两口做人多好，平日与人斗口的事多没有的。这黑夜间不知何人所杀，连地方人多没猜处。”通判道：“你们多去外边访一访。”众人领命，正要走出，内中一个老者走上前来禀道：“据小人愚见，猜着一个人，未知是否。”通判道：“是那个？”只因说出这个人来，有分交：乞化游僧，明投三尺之法；沉埋朽骨，趁白十年之冤。正是：

善恶到头终有报，只争来早与来迟。

老者道：“地方上向有一个远处来的游僧，每夜敲梆高叫，求人布施，已一个多月了。自从那夜李家妇人被杀之后，就不听得他的声响了。若道是别处去了，怎有这样恰好的事？况且地方上不曾见有人布施他的，怎肯就去？这个事着实可疑。”通判闻言道：“杀人作歹，正是野僧本等，这疑也是有理的。只那寻这个游僧处？”老者道：“重赏之下，必有勇夫。老爷唤那程某出来，说与他知道。他家道殷富，要明白这事，必然不吝重赏。这游僧也去不久，不过只在左近地方，要访着他也不难的。”通判依言，狱中带出程朝奉来，把老者之言说与他。程朝奉道：“有此疑端，便是小人生路。只求老爷与小人做主，出个广捕文书，着落几个应捕，四外寻访。小人情愿立个赏票，认出谢金就是。”当下通判差了应捕出来。程朝奉托人邀请众应捕说话，先送了十两银子做盘费。又押起三十两，等寻得着这和尚，即时交付。众应捕应承去了。

元来应捕党与极多，耳目最众，但是他们上心的事，没有个访拿不出的。见程朝奉是可扰之家，又兼有了厚赠，怎不出力？不上一年，已访得这叫夜僧人在宁国府地方乞化，夜夜街上叫了转来，投在一个古庙里宿歇。众应捕带了一个地方人，认得面貌是真，正是在岩子镇叫夜的了。众应捕商量道：“人便是这个人了，不知杀人是他不是他。就是他了，没个凭据，也不好拿得他。只可智取。”算计去寻了一件妇人衣服，把一个少年些的应捕打扮起来，装做了妇人模样，一同众人去埋伏在一个林子内，是街上回到古庙必经之地。

守至更深，果然这僧人叫夜转来，摔了梆，正自独行。林子里假做了妇人，低声叫道："和尚，还我头来！"初时一声，那僧人已吃了一惊，立定了脚，昏黑之中，隐隐见是个穿红的妇人，心上虚怯不过了。只听得一声不了，又叫："和尚，还我头来！"连叫不止。那僧人慌了。颤笃笃的道："头在你家上三家铺架上不是？休要来缠我！"众人听罢，情知杀人事已实，胡哨一声，众应捕一齐钻出，把个和尚捆住，道："这贼秃！你岩子镇杀了人，还躲在这里么？"先是一顿下马威，打软了，然后解到府里来。

通判问应捕如何拿得着他，应捕把假装妇人吓他，他说出真情，才擒住他的话，禀明白了。带过僧人来。僧人明知事已露出，混赖不过，只得认道："委实杀了妇人是的。"通判道："他与你有甚么冤仇，杀了他？"僧人道："并无冤仇。只因那晚叫夜，经过这家门首，见店门不关，挨身进去，只指望偷盗些甚么。不晓得灯烛明亮，有一个美貌的妇人，盛装站立在床边。看见了，不繇得心里不动火，抱住求奸。他抵死不肯，一时性起，拔出戒刀来杀了，提了头就走。走将出来，才想道要那头做甚么。其时把来挂在上三家铺架上了。只是恨他那不肯，出了这口气。当时连夜走脱此地。而今被拿住，是应得偿他命的，别无他话。"

通判就出票去，提那上三家铺上人来，问道："和尚招出人头在铺架上，而今那里去了？"铺上人道："当时实有一个人头挂在架上，天明时见了，因恐怕经官受累，悄悄将来移上前去十来家赵大门首一棵树上挂着，已后不知怎么样了。"通判差人押了这三家铺人，来提赵大到官。赵大道："小人那日早起，果然见树上挂着一颗人头。心中惊惧，思要首官。诚恐官司牵累，当下悄地拿到家中，埋在后园了。"通判道："而今现在那里么？"赵大道："小人其时就怕后边或有是非，要留做证见，埋处把一棵小草树记认着的，怎么不现在？”通判道：“只怕其间有诈伪，须得我亲自去取验。”

通判即时打轿，抬到赵大家里，叫赵大在前引路。引至后园中，赵大指着一处道：“在这底下。”通判叫从人掘将下去。刚钯得土开，只见一颗人头，连泥带土，毂碌碌滚将出来。众人发声喊道：“在这里了！”通判道：“这妇人的尸首，今日方得完全。”从人把泥土拂去，仔细一看，惊道：“可又古怪！这妇人怎生是有髭须的？”送上通判看时，但见这颗人头：

> 双眸紧闭，一口牢关。颈子上也是刀刃之伤，嘴儿边却有须髯之覆。早难道骷髅能作怪，致令得男女会差池？

王通判惊道：“这分明是一个男子的头，不是那妇人的了。这头又出见得作怪，其中必有跷蹊。”喝道：“把赵大锁了！”寻那赵大时，先前看见掘着人头不是妇人的，已自往外跑了。王通判就走出赵大前边屋里，叫抬张桌儿做公座坐了，带那赵大的家属过来，且问这颗人头的事。赵大妻子一时难以支吾，只得实招道：“十年前，赵大曾有个仇人，姓马，被赵大杀了，带这头来埋在这里的。”通判道：“适才赵大在此，而今躲在那里了？”妻子道：“他方才见人头被掘将出来，晓得事发，他一径出门，连家里多不说那里去了。”王通判道：“立刻的事，他不过走在亲眷家里，料去不远。快把你家甚么亲眷住址，一一招出来。”妻子怕动刑法，只得招道：“有个女婿姓江，做府中令史，必是投他去了。”通判即时差人押了妻子，竟到这江令史家里来拿。通判坐在赵大家里，立等回话。果然——

> 瓮中捉鳖，手到拿来。

且说江令史是衙门中人，晓得利害。见丈人赵大急急忙忙走到家来，说道是杀人事发，思要藏避。令史恐怕累及身家，不敢应承，劝他往别处逃走。赵大一时未有去向，心里不决。正踌躕间，公差已押着妻子来要人了。江令史此时火到身上，且自图灭熄，不好隐瞒，只得付与公差，仍带到赵大自己家里来。妻子路上已自对他说道："适才老爷问时，我已实说了。你也招了罢，免受痛苦。"赵大见通判时，果然一口承认。通判问其详细，赵大道："这姓马的先与小人有些仇隙，后来在山路中遇着小人，因在那里砍柴，带得有刀在身边，把他来杀了。恐怕有人认得，一时传遍，这事就露出来。所以既剥了他的衣服，就割下头来，藏到家里，把衣服烧了，头埋在园中。后来马家不见了人，寻问时，只见有人说山中有个死尸，因无头的，不知是不是，不好认得。而今事已经久，连马家也不提起了。这埋头的去处，与前日妇人之头相离有一丈多地。因为有这个头在地里，恐怕发露，所以前日埋那妇人头时，把草树记认的。因为隔得远，有胆气掘下去。不知为何，一掘倒先掘着了。这也是宿世冤业，应得填还。早知如此，连那妇人的头也不说了。"通判道："而今妇人的头，毕竟在那里？"赵大道："只在那一块，这是记认不差的。"通判又带他到后园，再命从人打旧掘处掘下去，果然又掘出一颗头来。认一认，才方是妇人的了。通判笑道："一件人命，却问出两件人命来，莫非天意也？"

锁了赵大，带了两颗人头，来到府中。出张牌去，唤马家亲人来认。马家儿子见说，才晓得父亲不见了十年，果是被人杀了，来补状词。王通判准了。把两颗人头，一颗给与马家埋葬去，一颗唤李方哥出来认看，果是其妻的了。把叫夜僧与赵大各打三十板，多问成了死罪。程朝奉不合买奸，致死人命，问成徒罪，折价纳赎。李方哥不合卖奸，问杖罪的决。断程朝奉出葬埋银六两，给与李方哥，葬那陈氏。三家铺人不合移尸，各该问罪，因不是这等不得并发赵大人命，似乎天意明冤，非关人事，释罪不究。

王通判这件事问得清白，一时清结了两件没头事，申详上司，各各称奖，至今传为美谈。只可笑程朝奉空想一个妇人，不得到手，枉葬送了他一条性命，自己吃了许多惊恐，又坐了一年多监，费掉了百来两银子，方得明白。有甚便宜处？那陈氏立个主意，不从夫言，也不见得被人杀了。至于因此一事，那赵大久无对证的人命，一并发觉，越见得天心巧处。可见欺心事做不得一些的。有诗为证：

冶容诲淫从古语，会见金夫不自主。
称觞已自不有躬，何怪启宠纳人侮。
彼黠者徒恣强暴，将此头颅向何许？
幽冤郁积十年馀，彼处有头欲出土。

卷二十九

赠芝麻识破假形　撷草药巧谐真偶

诗曰：

万物皆有情，不论妖与鬼。
妙药可通灵，方信岐黄理。

话说宋乾道年间，江西一个官人，赴调临安都下。因到西湖上游玩，独自一人，各处行走。走得路多了，觉得疲倦。道傍有一民家，门前有几株大树，树傍有石块可坐，那官人遂坐下少息。望去屋内有一双鬟女子，明艳动人。官人见了，不觉心神飘荡，注目而视。那女子也回眸流盼，似有寄情之意。官人眷恋不舍，自此时时到彼处少坐。那女子是店家卖酒的，就在里头做生意，不避人的。见那官人走来，便含笑相迎，竟以为常。往来既久，情意绸缪。官人将言语挑动他，女子微有羞涩之态，也不恼怒。只是店在路傍，人眼看见，内有父母，要求谐鱼水之欢，终不能勾。但只两心眷眷而已。

官人已得注选，归期有日，掉那女子不下，特到他家告别。恰好其父出外，女子独自在店，见说要别，拭泪私语道："自与郎君相见，彼此倾心。欲以身从郎君，父母必然不肯。若私下随着郎君去了，淫奔之名，又羞耻难当。今就此别去，必致梦寐焦劳，相思无已，如何是好？”那官人深感其意，即央他邻近人将着厚礼求聘为婚。那父母见说是江西外郡，如何得肯？那官人只得怏怏而去，自到家收拾赴任，再不能与女子相闻音耗了。

隔了五年，又赴京听调。刚到都下，寻个旅馆，歇了行李，即去湖边寻访旧游。只见此居已换了别家在内，问着五年前这家，茫然不知。邻近人也多换过了，没有认得的。心中怅然不快。回步中途，忽然与那女子相遇。看他年貌，比昔时已长大，更加标致了好些。那官人急忙施礼相揖，女子万福不迭，口里道：“郎君隔阔许久，还记得奴否？”那官人道：“为因到旧处寻访不见，正在烦恼，幸喜在此相遇。不知宅上为何搬过了？今在那里？”女子道：“奴已嫁过人了，在城中小巷内。吾夫坐库务，监在狱中，故奴出来求救于人，不匡撞着五年前旧识。郎君肯到我家啜茶否？”那官人欣然道：“正要相访。”两个人一头说，一头走。先在那官人的下处前经过，官人道：“此即小生馆舍，可且进去谈一谈。”那官人正要营勾着他，了还心愿，思量下处尽好就做事，那里还等得到他家里去？一邀就邀了进来，关好了门，两个抱了一抱，就推倒床上，行其云雨。那馆舍是个独院，甚是僻静。馆舍中又无别客，止是那江西官人一个住着。女子见了光景，便道：“此处无人知觉，尽可偷住，与郎君欢乐，不必到吾家去了。吾家里有人，反更不便。”官人道：“若就肯住此，更便得紧了。”一留半年。女子有时出外，去去即时就来，再不提着家中事，也不见他想着家里。那官人相处得浓了，也忘记他是有夫家的一般。

那官人调得有地方了，思量回去，因对女子道：“我而今同你悄地家去了，可不是长久之计么？”女子见说要去，便流下泪来道：“有句话对郎君说，郎君不要吃惊。”官人道：“是甚么话？”女子道：“奴自向时别了郎君，终日思念，恹恹成病，期年而亡。今之此身，实非人类，以夙世缘契，幽魂未散，故此特来相从这几时。欢期有限，冥数已尽，要从郎君远去，这却不能勾了。恐郎君他日有疑，不敢避嫌，特与郎君说明。但阴气相侵已深，奴去之后，郎君腹中必当暴下，可快服平胃散，补安精神，即当痊愈。”官人见说，不胜惊骇了许久。又闻得教服平胃散，问道：“我曾读《夷坚志》，见孙九鼎遇鬼，亦服此药。吾思此药皆平平，何故奏效？”女子道：“此药中有苍术，能去邪气，你只依我言就是了。”说罢，涕泣不止；那官人也相对伤感。是夜同寝，极尽欢会之乐。将到天明，恸哭而别。出门数步，倏已不见。果然别后，那官人暴下不止，依言赎平胃散服过才好。那官人每对人说着此事，还凄然泪下。可见情之所钟，虽已为鬼，犹然眷恋如此。况别后之病，又能留方服药医好，真多情之鬼也。

而今说一个妖物，也与人相好了，留着些草药，不但医好了病，又弄出许多姻缘事体，成就他一生夫妇，更为奇怪。有《忆秦娥》一词为证：

> 堪奇绝，阴阳配合真丹结。真丹结，欢娱虽就，精神亦竭。殷勤赠物机关泄，姻缘尽处伤离别。伤离别，三番草药，百年欢悦。

这一回书，乃京师老郎传留，原名为《灵狐三束草》。天地间之物，惟狐最灵，善能变幻，故名狐魅。北方最多，宋时有“无狐魅，不成村”之说。又性极好淫，其涎染着人，无不迷惑，故又名狐媚，以比世间淫女。唐时有“狐媚偏能惑主”之檄。然虽是个妖物，其间原有好歹。如任氏以身殉郑六，连贞节之事也是有的。至于成就人功名，度脱人灾厄，撮合人夫妇，这样的事往往有之。莫谓妖类，便无好心，只要有缘遇得着。

国朝天顺甲申年间，浙江有一个客商，姓蒋，专一在湖广、江西地方做生意。那蒋生年纪二十多岁，生得仪容俊美，眉目动人。同伴里头，道是他模样可以选得过驸马，起他混名，叫做蒋驸马。他自家也以风情自负，看世间女子，轻易也不上眼，道是必遇绝色，方可与他一对。虽在江湖上走了几年，不曾撞见一个中心满意女子。也曾同着朋友，衏衏人家走动两番，不过是遣兴而已。公道看起来，还则是他失便宜与妇人了。一日置货到汉阳马口地方，下在一个店家，姓马，叫得马月溪店。那个马月溪是本处马少卿家里的人，领着主人本钱，开着这个歇客商的大店。店中尽有幽房邃阁，可以容置上等好客，所以远方来的斯文人，多来投他。

店前走去不多几家门面，就是马少卿的家里。马少卿有一位小姐，小名叫得云容，取李青莲"云想衣裳花想容"之句，果然纤姣非常，世所罕有。他家内楼小窗，看得店前人见。那小姐闲了，时常登楼，看望作耍。一日正在临窗之际，恰被店里蒋生看见。蒋生远望去，极其美丽，生平目中所未睹，一步步走近前去细玩。走得近了，看得较真，觉他没一处生得不妙。蒋生不觉魂飞天外，魄散九霄，心里妄想道："如此美人，得以相叙一宵，也不枉了我的面庞风流。却怎生能勾？"只管仰面痴看。那小姐在楼上瞧见有人看他，把半面遮藏，也窥着蒋生是个俊俏后生，恰像不舍得就躲避着一般。蒋生越道是楼上留盼，卖弄出许多飘逸身分出来，要惹他动火。直等那小姐下楼去了，方才走回店中，关着房门，默默暗想："可惜不曾晓得丹青！若晓得时，描也描他一个出来。"次日问着店家，方晓得是主人之女，还未曾许配人家。蒋生道："他是个仕宦人家，我是个商贾，又是外乡，虽是未许下丈夫，料不是我想得着的。若只论起一双的面庞，却该做一对才不亏了人。怎生得氤氲大使做一个主便好！"大凡是不易得动情的人，一动了情，再按纳不住的。蒋生自此行着思，坐着想，不放下怀。

他原卖的是丝绸绫绢、女人生活之类，他央店家一个小的，拿了箱笼，引到马家宅里去卖，指望撞着那小姐，得以饱看一回。果然卖了两次，马家家眷们你要买长，我要买短，多讨箱笼里东西自家翻看，觌面讲价。那小姐虽不十分出头露面，也在人丛之中遮遮掩掩的看物事，有时也眼瞟着蒋生，四目相视。蒋生回到下处，越加禁架不定，长吁短气，恨不身生双翅，飞到他闺阁中做一处，晚间的春梦也不知做了多少。蒋生眠思梦想，日夜不置，真所谓：

> 思之思之，又从而思之。
> 思之不得，鬼神将通之。

一日晚间关了房门，正待独自去睡，只听得房门外有行步之声，轻轻将房门弹响。蒋生幸未熄灯，急忙添明了灯，开门出看，只见一个女子闪将入来。定睛仔细一认，正是马家小姐。蒋生吃了一惊，道："难道又做起梦来了？"正心一想，却不是梦，灯儿明亮，俨然与美貌的小姐相对。蒋生疑假疑真，惶惑不定。小姐看见意思，先开口道："郎君不必疑怪，妾乃马家云容也。承郎君久垂顾盼，妾亦关情多时了。今偶乘家间空隙，用计偷出重门，不自嫌其丑陋，愿伴郎君客中岑寂。郎君勿以自献为笑，妾之幸也。"蒋生听罢，真个如饥得食，如渴得浆，宛然刘、阮入天台，下界凡夫得遇仙子，快乐徯幸，难以言喻。忙关好了门，挽手共入鸳帷，急讲于飞之乐。云雨既毕，小姐分付道："妾见郎君韶秀，不能自持，致于自荐枕席。然家严刚厉，一知风声，祸不可测。郎君此后切不可轻至妾家门首，也不可到外边闲步，被别人看破行径。只管夜夜虚掩房门相待，人定之后，妾必自来。万勿轻易漏泄，始可欢好得久长耳。"蒋生道："远乡孤客，一见芳容，想慕欲死。虽然梦寐相遇，还道仙凡隔远，岂知荷蒙不弃，垂盼及于鄙陋，得以共枕同衾，极尽人间之乐。小生今日，就死也瞑目了。何况金口分付，小生敢不记心？小生自此足不出户，口不轻言，只呆呆守在房中，等到夜间，候小姐光降相聚便了。"天未明，小姐起身，再三计约了夜间，然后别去。蒋生自想，真如遇仙，胸中无限快乐，只不好告诉得人。

小姐夜来明去。蒋生守着分付，果然轻易不出外一步，惟恐露出形迹，有负小姐之约。蒋生少年，固然精神健旺，竭力纵欲，不以为疲。当得那小姐深自知味，一似能征惯战的一般，一任颠鸾倒凤，再不推辞，毫无厌足。蒋生倒时时有怯败之意。那小姐竟像不要睡的，一夜何曾休歇？蒋生心爱得紧，见他如此高兴，道是深闺少女乍知男子之味，又两情相得，所以毫不避忌，尽着性子喜欢做事，难得这样真心，一发快活，惟恐奉承不周。把个身子不放在心上，拚着性命做，就一下走了阳死了也罢了。弄了多时，也觉有些倦怠，面颜看看憔悴起来。正是：

二八佳人体似酥，腰间仗剑斩愚夫。
虽然不见人头落，暗里教君骨髓枯。

且说蒋生同伴的朋友，见蒋生时常日里闭门昏睡，少见出外；有时略略走得出来，呵欠连天，像夜间不曾得睡一般；又不曾见他搭伴夜饮，或者中了宿醒；又不曾见他妓馆留连，或者害了色病：不知为何如此。及来牵他去那里吃酒宿娼，未到晚，必定要回店中，并不肯少留在外边一更二更的。众人多各疑心道："这个行径，必然心下有事的光景，想是背着人做了些甚么不明的勾当了。我们相约了，晚间候他动静，是必要捉破他。"当夜天色刚晚，小姐已来。蒋生将他藏好，恐怕同伴疑心，反走出来谈笑一会，同吃些酒，直等大家散了，然后关上房门，进来与小姐上床。上得床时，那交欢高兴，弄得你死我活，哼哼嗽嗽的声响，也顾不得傍人听见。又且无休无歇，外边同伴窃听的道："蒋驸马不知那里私弄个妇女，在房里受用，这等久战。"站得不耐烦，各自归房，自去睡了。

次日起来，大家道：“我们到蒋驸马房前守他，看甚么人出来。”走在房外，房门虚掩，推将进去，蒋生自睡在床上，并不曾有人。众同伴疑道：“那里去了？”蒋生故意道：“甚么那里去了？”同伴道：“昨夜与你弄那话儿的。”蒋生道：“何曾有人？”同伴道：“我们众人多听得的，怎么混赖得？”蒋生道：“你们见鬼了！”同伴道：“我们不见鬼，只怕你着鬼了。”蒋生道：“我如何着鬼？”同伴道：“晚间与人干那话，声响外闻，早来不见有人，岂非是鬼？”蒋生晓得他众人夜来窃听了，亏得小姐起身得早，去得无迹，不被他们看见，实为万幸。一时把说话支吾道：“不瞒众兄说，小生少年出外，鳏旷日久，晚来上床，忍制不过，学作交欢之声，以解欲火。其实只是自家喉急的光景，不是真有个人在里面交合。说着甚是惶恐，众兄不必疑心。”同伴道：“我们也多是喉急的人，若果是如此，有甚惶恐？只不要着了甚么邪妖，便不是耍事。”蒋生道：“并无此事，众兄放心。”同伴似信不信的，也不说了。

只见蒋生渐渐支持不过，一日疲倦似一日，自家也有些觉得了。同伴中有一个姓夏的，名良策，与蒋生最是相爱。见蒋生如此，心里替他耽忧，特来对他说道：“我与你出外的人，但得平安，便为大幸。今仁兄面黄肌瘦，精神恍惚，语言错乱。及听兄晚间房中，每每与人切切私语，此必有作怪跷蹊的事。仁兄不肯与我每明言，他日定要做出事来，性命干系，非同小可。可惜这般少年，葬送在他乡外府，我辈何忍？况小弟蒙兄至爱，有甚么勾当，便对小弟说说，斟酌而行也好，何必相瞒？小弟赌个咒，不与人说就是了。”蒋生见夏良策说得痛切，只得与他实说道：“兄意思真恳，小弟实有一件事，不敢瞒兄。此间主人马少卿的小姐，与小弟有些缘分，夜夜自来欢会。两下少年，未免情欲过度。小弟不能坚忍，以致生出疾病来。然小弟性命还是小事，若此风声一露，那小姐性命也不可保了。再三叮嘱小弟慎口，所以小弟只不敢露。今虽对仁兄说了，仁兄万勿漏泄，使小弟有负小姐。”夏良策大笑道：“仁兄差矣！马家是乡宦人家，重垣峻壁，高门邃宇，岂有女子夜夜出得来？况且旅馆之中，众人杂沓，女子来来去去，虽是深夜，难道不隄防人撞见？此必非他家小姐可知了。”蒋生道：“马家小姐我曾认得的，今分明是他，再有何疑？”夏良策道：“闻得此地惯有狐妖，善能变化惑人，仁兄所遇，必是此物。仁兄今当谨慎自爱。”蒋生那里肯信？

夏良策见他迷而不悟，踌躇了一夜，心生一计道：“我直教他识出踪迹来，方才肯住手。”只因此一计，有分交：深山怪牝，难藏丑秽之形；幽室香躯，陡变温柔之质。用着那神仙洞里千年草，成就了卿相门中百岁缘。

且说蒋生心神惑乱，那听好言？夏良策劝他不转，来对他道：“小弟有一句话，不碍兄事的。兄是必依小弟而行。”蒋生道：“有何事教小弟做？”夏良策道：“小弟有件物事，甚能分别邪正。仁兄等那人今夜来时，把来赠他拿去。若真是马家小姐，也自无妨。若不是时，须有认得他处。这却不碍仁兄事的。仁兄当以性命为重，自家留心便了。”蒋生道：“这个却使得。”夏良策就把一个粗麻布袋，袋着一包东西，递与蒋生。蒋生收在袖中。夏良策再三叮嘱道：“切不可忘了。”蒋生不知何意，但自家心里也有些疑心，便打点依他所言试一试看，料也无碍。

是夜小姐到来，欢会了一夜。将到天明去时，蒋生记得夏良策所嘱，便将此袋出来赠他道：“我有些少物事，送与小姐拿去，且到闺阁中慢慢自看。”那小姐也不问是甚么物件，见说送他的，欣然拿了就走，自出店门去了。蒋生睡到日高，披衣起来，只见床面前多是些碎芝麻粒儿，一路出去，洒到外边。蒋生恍然大悟道：“夏兄对我说，此囊中物，能别邪正。元来是一袋芝麻。芝麻那里是辨别得邪正的？他以粗麻布为袋，明是要他撒将出来，就此可以认他来踪去迹。这个就是教我辨别邪正了。我而今跟着这芝麻踪迹寻去，好歹有个住处，便见下落。”

蒋生不说与人知，只自心里明白，逐步暗暗看地上有芝麻处便走。眼见得不到马家门上，明知不是他家出来的人了。纡纡曲曲，穿林过野，芝麻不断。一直跟寻到大别山下，见山中有个洞口，芝麻从此进去。蒋生晓得有些咤异，担着一把汗，望洞口走进。果见一个牝狐身边，放着一个麻布袋儿，放倒头在那里鼾睡。

几转雌雄坎与离，皮囊改换使人迷。
此时正作阳台梦，还是为云为雨时。

蒋生一见大惊，不觉喊道：“来魅吾的，是这个妖物呀！”那狐性极灵，虽然睡卧，甚是警醒。一闻人声，候把身子变过，仍然是个人形。蒋生道：“吾已识破，变来何干？”那狐走向前来，执着蒋生手道：“郎君勿怪。我为你看破了行藏，也是缘分尽了。”蒋生见他仍复旧形，心里老大不舍。那狐道：“好教郎君得知，我在此山中修道，将有千年，专一与人配合雌雄，炼成内丹。向见郎君韶丽，正思借取元阳，无门可入。却得郎君钟情马家女子，思慕真切，故尔效仿其形，特来配合。一来助君之欢，二来成我之事。今形迹已露，不可再来相陪，从此永别了。但往来已久，与君不能无情。君身为我得病，我当为君治疗。那马家女子，君既心爱，我又假托其貌，邀君恩宠多时，我也不能恝然。当为君谋取，使为君妻，以了心愿，是我所以报君也。”说罢，就在洞中手撷出一般希奇的草来，束做三束，对蒋生道：“将这头一束，煎水自洗，当使你精完气足，壮健如故。这第二束，将去悄地撒在马家门口暗处，马家女子即时害起癞病来。然后将这第三束去煎水与他洗濯，这癞病自好，女子也归你了。新人相好时节，莫忘我做媒的旧情也！”遂把三束草一一交付蒋生。蒋生收好，那狐又分付道：“慎之，慎之，莫对人言！我亦从此逝矣。”言毕依然化为狐形，跳跃而去，不知所往。

蒋生又惊又喜，谨藏了三束草，走归店中来。叫店家烧了一锅水，悄地放下一束草，煎成药汤。是夜将来自洗一番，果然神气开爽，精力陡健。沉睡一宵，次日将镜一照，那些萎黄之色，一毫也无了，方知仙草灵验。谨闷其言，不向人说。

夏良策来问昨日踪迹，蒋生推道："寻至水边已住，不可根究，想来是个怪物。我而今看破，不与他往来便了。"夏良策见他容颜复旧，便道："兄心一正，病色便退。可见是个妖魅。今不被他迷了，便是好了，连我们也得放心。"蒋生口里称谢，却不把真心说出来。只是一依狐精之言，密去干着自己的事。将着第二束草，守到黄昏人静后，走去马少卿门前，向户槛底下，墙角暗处，各各撒放停当。自回店中，等待消息。

不多两日，纷纷传说马家云容小姐生起癞疮来。初起时不过二三处，虽然嫌憎，还不十分在心上。渐渐浑身癞发，但见：

腥臊遍体，臭味难当。玉树亭亭，改做鱼鳞皴皱；花枝袅袅，变为虫蚀累堆。痒动处不住爬搔，满指甲霜飞雪落；痛来时岂胜啾唧，镇朝昏抹泪揉眵。谁家女子恁般撑，闻道先儒以为癞。

马家小姐忽患癞疮，皮痒脓腥，痛不可忍。一个绝色女子，弄成人间厌物，父母无计可施，小姐求死不得。请个外科先生来医，说得甚不值事，敷上药去就好。依言敷治，过了一会，浑身针刺，却像剥他皮下来一般疼痛，顷刻也熬不得，只得仍旧洗掉了。又有内科医家前来处方，说是："内里服药，调得血脉停当，风气开散，自然痊可。只是外用敷药，这叫得治标，决不能除根的。"听了他，把煎药日服两三剂，落得把脾胃盪坏了，全无功效。外科又争说是他专门，必竟要用擦洗之药；内科又说是肺经受风，必竟要吃消风散毒之剂。落得做病人不着，挨着疼痛，熬着苦水，今日换方，明日改药。医生相骂了几番，你说我无功，我说你没用，总归没帐。

马少卿大张告示在外：“有人能医得痊愈者，赠银百两。”这些医生看了告示，只好咽唾。真是孝顺郎中，也算做竭尽平生之力，查尽秘藏之书，再不曾见有些些小效处。小姐已是十死九生，只多得一口气了。马少卿束手无策，对夫人道：“女儿害着不治之症，已成废人。今出了重赏，再无人能医得好。莫若舍了此女，待有善医此症者，即将女儿与他为妻，倒赔妆奁，招赘入室。我女儿颇有美名，或者有人慕此，献出奇方来救他，也未可知。就未必门当户对，譬如女儿害病死了。就是不死，这样一个癞人，也难嫁着人家。还是如此，庶几有望。”遂大书于门道：

> 小女云容，染患癞疾。一应人等，能以奇方奏效者，不论高下门户，远近地方，即以此女嫁之，赘入为婿。立此为照。

蒋生在店中，已知小姐病癞出榜招医之事，心下暗暗称快。然未见他说到婚姻上边，不敢轻易兜揽。只恐远地客商，他日便医好了，只有金帛酬谢，未必肯把女儿与他。故此藏着机关，静看他家事体。果然病不得痊，换过榜文，有医好招赘之说。蒋生抚掌道：“这番老婆到手了！”即去揭了门前榜文，自称能医。门公见说，不敢迟滞，立时奔进通报。

马少卿出来相见，见了蒋生一表非俗，先自喜欢，问道：“有何妙方，可以医治？”蒋生道：“小生原不业医，曾遇异人，传有仙草，专治癞疾，手到可以病除。但小生不慕金帛，惟求不爽榜上之言，小生自当效力。”马少卿道：“下官止此爱女，德容俱备。不幸忽犯此疾，已成废人。若得君子施展妙手，起死回生，榜上之言，岂可自食？自当以小女馀生奉侍箕帚。”蒋生道：“小生原籍浙江，远隔异地，又是经商之人，不习儒业，只恐有玷门风。今日小姐病颜消减，所以舍得轻许。他日医好复旧，万一悔却前言，小生所望，岂不付之东流？先须说得明白。”马少卿道：“江浙名邦，原非异地；经商亦是善业，不是贱流。看足下器体，亦非以下之人。何况有言在先，远近高下，皆所不论。只要医得好。下官忝在缙绅，岂为一病女，就做爽信之事？足下但请用药，万勿他疑。”

蒋生见说得的确，就把那一束草叫煎起汤来，与小姐洗澡。小姐闻得药草之香，已自心中爽快。到得倾下浴盆，通身澡洗，可煞作怪，但是汤到之处，疼的不疼，痒的不痒，透骨清凉，不可名状。小姐把脓污抹尽，出了浴盆，身子轻松了一半。眠在床中一夜，但觉疮痂渐落，粗皮层层脱下来。过了三日，完全好了。再复清汤浴过一番，身体莹然如玉，比前日更加嫩相。

马少卿大喜，去问蒋生下处，元来就住在本家店中。即着人请得蒋生过家中来，打扫书房，与他安下。只要拣个好日，就将小姐赘他。蒋生不胜之喜，已在店中把行李搬将过来，住在书房，等候佳期。马家小姐心中感激蒋生救好他病，见说就要嫁他，虽然情愿，未知生得人物如何。叫梅香探听，元来即是曾到家里卖过绫绢的客人，多曾认得他，面庞标致的，心里就放得下。

吉日已到，马少卿不负前言，主张成婚。两下少年，多是美丽人物，你贪我爱，自不必说。但蒋生未成婚之先，先有狐女假扮，相处过多时，偏是他熟认得的了。一日，马家小姐说道：“你是别处人，甚气力到得我家里？天教我生出这个病来，成就这段姻缘。那个仙方，是我与你的媒人，谁传与你的，不可忘了！”蒋生笑道：“是有一个媒人，而今也没谢他处了。”小姐道：“你且说是那个？今在何处？”蒋生不好说是狐精，捏个谎道：“只为小生曾瞥见小姐芳容，眠思梦想，寝食俱废。心意志诚了，感动一位仙女，假托小姐容貌，来与小生往来了多时。后被小生识破，他方才说果然不是真小姐。小姐应该目下有灾，就把一束草，教小生来救小姐，说当有姻缘之分。今果应其言，可不是个媒人？”小姐道：“怪道你见我像旧识一般，元来曾有人假过我的名来。而今在那里去了？”蒋生道：“他是仙家，一被识破，就不再来了。知他在那里？”小姐道：“几乎被他坏了我名声，却也亏他救我一命，成就我两人姻缘，还算做个恩人了。”蒋生道：“他是个仙女，恩与怨总不挂在心上。只是我和你合该做夫妻，遇得此等仙缘，称心满意。但愧小生不才，有屈了小姐耳。”小姐道：“夫妻之间，不要如此说。况我是垂死之人，你起死回生的大恩，正该终身奉侍君子。妾无所恨矣！”自此，如鱼似水，蒋生也不思量回乡，就住在马家终身，夫妻偕老。这是后话。

那蒋生一班儿同伴，见说他赘在马少卿家了，多各不知其繇。惟有夏良策，曾见蒋生说着马小姐的话，后来道是妖魅的假托，而今见真个做了女婿，也不明白他备细。多来与蒋生庆喜，夏良策私下细问根繇。蒋生瞒起用草生癞一段话，只说：“前日假托马小姐的，是大别山狐精。后被夏兄粗布芝麻之计追寻踪迹，认出真形。他赠此药草，教小弟去医好马小姐，就有姻缘之分。小弟今日之事，皆狐精之力也。”众人见说多称奇道：“一向称仁兄为蒋驸马，今仁兄在马口地方作客，住在马月溪店，竟为马少卿家之婿，不脱一个马字。可知也是天意，生出这狐精来，成就此一段姻缘。驸马之称，便是前谶了。”大家相传，以为佳话。有等痴心的，就恨怎生我偏不撞着狐精，得有此奇遇。妄想得一个不耐烦。有诗为证：

人生自是有姻缘，得遇灵狐亦偶然。
妄意洞中三束草，岂知月下赤绳牵！

野史氏曰：

生始窥女而极慕思，女不知也。狐实阴见，故假女来。生以色自惑，而狐惑之也。思虑不起，天君泰然，即狐何为？然以祸始，而以福终，亦生厚幸。虽然，狐媒犹狐媚也，终死色刃矣。

卷三十

瘗遗骸王玉英配夫　偿聘金韩秀才赎子

诗云：

> 晋世曾闻有鬼子，今知鬼子乃其常。
> 既能成得雌雄配，也会生儿在冥壤。

话说国朝隆庆年间，陕西西安府有一个易万户，以卫兵入屯京师。同乡有个朱工部，相与得最好。两家夫人各有妊孕。万户与工部偶在朋友家里同席，一时说起，就两下指腹为婚。依俗礼各割衫襟，彼此互藏，写下合同文字为定。后来工部建言，触忤了圣旨，钦降为四川泸州州判；万户升了边上参将，各奔前程去了。

万户这边生了一男，传闻朱家生了一女。相隔既远，不能勾图完前盟。过了几时，工部在谪所水土不服，全家不保，剩得一两个家人，投托着在川中做官的亲眷，经纪得丧事回乡，殡葬在郊外。其时万户也为事革任回卫，身故在家了。

万户之子易大郎年已长大，精熟武艺，日夜与同伴驰马较射。一日正在角逐之际，忽见草间一兔腾起，大郎舍了同伴，挽弓赶去。赶到一个人家门口，不见了兔儿。望内一看，元来是一所大宅院。宅内一个长者走出来，衣冠伟然，是个士大夫模样，将大郎相了一相，道："此非易郎么？"大郎见是认得他的，即下马相揖。长者拽了大郎之手，步进堂内来，重见过礼，即分付里面治酒相款。酒过数巡，易大郎请问长者姓名。长者道："老夫与易郎葭莩不薄，老夫教易郎看一件信物。"随叫书童在里头取出一个匣子来，送与大郎开看。大郎看时，内有罗衫一角，文书一纸，合缝押字半边，上写道：

> 朱易两姓，情既断金，家皆种玉。得雄者为婿，必谐百年。背盟者天厌之！天厌之！
>
> 隆庆某年月日，朱某、易某书。坐客某某为证。

大郎仔细一看，认得是父亲万户亲笔，不觉泪下交颐。只听得后堂传说："孺人同小姐出堂。"大郎抬眼看时，见一个年老妇人，珠冠绯袍，拥一女子，袅袅婷婷，走出厅来。那女子真色澹容，蕴秀包丽，世上所未曾见。长者指了女子对大郎道："此即弱息，尊翁所订以配君子者也。"大郎拜见孺人已过，对长者道："极知此段良缘，出于先人成命，但媒妁未通，礼仪未备，奈何？"长者道："亲口交盟，何须执伐。至于仪文末节，更不必计较。郎君倘若不弃，今日即可就甥馆。万勿推辞。"大郎此时意乱心迷，身不自繇。女子已进去妆梳。须臾出来行礼，花烛合卺，悉依家礼仪节。是夜送归同房，两情欢悦，自不必说。

正是欢娱夜短，大郎匆匆一住数月，竟不记得家里了。一日，忽然念着道："前日骤马到此，路去家不远，何不回去看看就来？"把此意对女子说了。女子禀知父母，那长者与孺人坚意不许。大郎问女子道："岳父母为何不肯？"女子垂泪道："只怕你去了不来。"大郎道："那有此话？我家里不知我在这里，我回家说声就来。一日内的事，有何不可？”女子只不应允。大郎见他作难，就不开口。又过了一日，大郎道：“我马闲着，久不骑坐，只怕失调了。我须骑出去盘旋一回。”其家听信。大郎走出门，一上了马，加上数鞭，那马四脚腾空，一跑数里。马上回头看那旧处，何曾有甚么庄院？急盘马转来一认，连人家影迹也没有，但只群冢累累，荒藤野蔓而已。

归家昏昏了几日，才与朋友们说着这话。有老成人晓得的道：“这两家割襟之盟，果是有之。但工部举家已绝，郎君所遇，乃其幽宫。想是夙缘未了，故有此异。幽明各路，不宜相侵，郎君勿可再往。”大郎听了这话，又眼见奇怪，果然不敢再去。自到京师，袭了父职回来，奉上司檄文，管署卫印事务。夜出巡堡，偶至一处，忽见前日女子，怀抱一小儿迎上前来，道：“易郎认得妾否？郎虽忘妾，襁中之儿，谁人所生？此子有贵征，必能大君门户。今以还郎，抚养他成人，妾亦籍手不负于郎矣。”大郎念着前情，不复顾忌，抱那儿子一看，只见眉清目秀，甚是可喜。大郎未曾娶妻有子的，见了好个孩子，岂不快活？走近前去，要与那女子重叙离情，再说端的。那女子忽然不见，竟把怀中之子掉下去了。大郎带了回来。后来大郎另娶了妻，又断弦再续了两番，立意要求美色，娶来的皆不能如此女之貌，又绝无生息。惟有得此子长成，勇力过人，兼有雄略。大郎因前日女子有“大君门户”之说，见他不凡，深有大望。一十八岁了，大郎倦于戎务，就让他袭了职。以累建奇功，累官至都督，果如女子之言。

这件事，全似晋时范阳卢充与崔少府女金碗幽婚之事。然有地有人，不是将旧说附会出来的。可见姻缘未完、幽明配合，鬼能生子之事，往往有之。这还是目前的鬼，魂气未散。更有几百年鬼，也会与人生子，做出许多话柄来，更为奇绝。要知此段话文，先听几首七言绝句为证。

洞里仙人路不遥，洞庭烟雨昼潇潇。

莫教吹笛城头阁，尚有销魂乌鹊桥。（其一）

莫讶鸳鸾会有缘，桃花结子已千年。
尘心不识蓝桥路，信是蓬莱有谪仙。（其二）

朝暮云骖闽楚关，青鸾信不断尘寰。
乍逢仙侣抛桃打，笑我清波照雾鬟。（其三）

这三首乃女鬼王玉英忆夫韩庆云之诗。那韩庆云是福建福州府福清县的秀才，他在本府长乐县蓝田石尤岭地方开馆授徒。一日散步岭下，见路傍有枯骨在草丛中，心里恻然道："不知是谁人遗骸，暴露在此。吾闻收掩骴骼，仁人之事。今此骸无主，吾在此间开馆，既为吾所见，即是吾责了。"就归向邻家借了锄耰畚锸之类，又没个人帮助，亲自动手，瘗埋停当。撮土为香，滴水为酒，以安他魂灵，致敬而去。

是夜独宿书馆，忽见篱外毕毕剥剥，敲得篱门响。韩生起来，开门出看，乃是一个端丽女子。韩生慌忙迎揖。女子道："且到尊馆，有话奉告。"韩生在前引导，同至馆中。女子道："妾姓王，名玉英，本是楚中湘潭人氏。宋德祐年间，父为闽州守，将兵御元人，力战而死。妾不肯受胡虏之辱，死此岭下。当时人怜其贞义，培土掩覆。经今二百馀年，骸骨偶出，蒙君埋藏，恩最深重。深夜来此，欲图相报。"韩生道："掩骸小事，不足挂齿。人鬼道殊，何劳见顾？"玉英道："妾虽非人，然不可谓无人道。君是读书之人，幽婚冥合之事，世所常有。妾蒙君葬埋，便有夫妻之情。况夙缘甚重，愿奉君枕席，幸勿为疑。"韩生孤馆寂寥，见此美妇，虽然明说是鬼，然行步有影，衣衫有缝，济济楚楚，绝无鬼意。又且说话明白可听，能不动心？遂欣然留与同宿。交感之际，一如人道，毫无所异。韩生与之相处一年有馀，情同伉俪。忽一日，对韩生道："妾于去年七月七日，与君交接，腹已受妊。今当产了。”是夜即在馆中产下一儿。

初时韩生与玉英往来，俱在夜中，生徒俱散，无人知觉。今已有子，虽是玉英自己乳抱，却是婴儿啼声，瞒不得人许多，渐渐有人知觉。但亦不知女子是谁，婴儿是谁，没个人家主名，也没人来查他细帐，只好胡猜乱讲，总无实据。

传将开去，韩生的母亲也知道了，对韩生道：“你山间处馆，恐防妖魅。外边传说你有私遇的事，果是怎么样的，可实对我说。”韩生把掩骸相报及玉英姓名说话，备细述一遍。韩母惊道：“依你说来，是个多年之鬼了。一发可虑！”韩生道：“说也奇怪，虽是鬼类，实不异人，已与儿生下一子了。”韩母道：“不信有这话！”韩生道：“儿岂敢造言欺母亲？”韩母道：“果有此事？我未有孙，正巴不得要个孙儿。你可抱归来与我看一看，方信你言是真。”韩生道：“待儿与他说着。”果将母亲之言与玉英说知。玉英道：“孙子该去见婆婆。只是儿受阳气尚浅，未可便与生人看见，待过几时再处。”韩生回覆母亲。韩母不信，定要捉破他踪迹，不与儿子说知，忽一日自己魆地到书馆中来。玉英正在馆中楼上，将了果子，喂着儿子。韩母一直闯将上楼去。玉英望见有人，即抱着儿子从窗外逃走。喂儿的果子多遗弃在地，看来像是莲肉。拾起仔细一看，元来是蜂房中白子。韩母大惊道：“此必是怪物！”教儿子切不可再近他。韩生口中唯唯，心下实舍不得。等得韩母去了，玉英就来对韩生道：“我因有此儿在身，去来不便。今婆婆以怪物疑我，我在此也无颜。我今抱了他，回故乡湘潭去，寄养在人间，他日相会罢。”韩生道：“相与许久，如何舍得离别？相念时节，教小生怎生过得！”玉英道：“我把此儿寄养了，自身去来由我。今有二竹筴，留在君所。倘若相念及，有甚么急事要相见，只把两筴相击，我当自至。”说罢，即飘然而去。

玉英抱此儿到了湘潭，写七字在儿衣带上道：“十八年后当来归。”又写他生年月日在后边了，弃在河傍。湘潭有个黄公，富而无子，到河边遇见，拾了回去，养在家里。玉英已知，来对韩生道：“儿已在湘潭黄家，吾有书在衣带上，以十八年为约。彼时当得相会，一同归家。今我身无累，可以任从去来了。”

此后韩生要与玉英相会，便击竹箕，玉英即来。凡有疾病祸患，与玉英言之，无不立解。甚至他人祸福，玉英每先对韩生说过，韩生与人说，立有应验。外边传出去，尽道韩秀才遇了妖邪，以妖言惑众。恰好其时主人有女淫奔于外，又有疑韩生所遇之女即是主人家的。弄得人言肆起，韩生声名颇不好听。玉英知道，说与韩生道：“本欲相报，今反相累。”渐渐来得希疏，相期一年只来一番，来必以七夕为度。韩生感其厚意，竟不再娶。

如此一十八年，玉英来对韩生道：“衣带之期已至，岂可不去一访之？”韩生依言，告知韩母，遂往湘潭。正是：

> 阮修倡论无鬼，岂知鬼又生人。
> 昔有寻亲之子，今为寻子之亲。

且说湘潭黄翁，一向无子，偶至水滨，见有弃儿在地，抱取回家。看见眉清目秀，聪慧可爱，养以为子。看那衣带上面，有“十八年后当来归”七字，心里疑道：“还是人家嫡妾相忌，没奈何抛下的？还是人家生得儿女多了，怕受累弃着的？既已抛弃，如何又有十八年之约？此必是他父母既不欲留，又不忍舍，明白记着，寄养在人家，他日必来相访。我今现在无子，且收来养着，到十八年后再看如何。”黄翁自拾得此儿之后，忽然自己连生二子因将所拾之儿取名鹤龄，自己二子分开他二字，一名鹤算，一名延龄，同共送入学堂读书。鹤龄敏惠异常，过目成诵。二子虽然也好，总不及他。总丱之时，三人一同游庠。黄翁欢喜无尽，也与二子一样相待，毫无差别。二子是老来之子，黄翁急欲他早成家室，目前生孙，十六七岁，多与他毕过了姻。只有鹤龄因有衣带之语，怕父母如期来访，未必不要归宗，是以独他迟迟未娶。却是黄翁心里过意不去道："为我长子，怎生反未有室家？"先将四十金与他定了里中易氏之女。那鹤龄也晓得衣带之事，对黄翁道："儿自幼蒙抚养深恩，已为翁子。但本生父母既约得有期，岂可娶而不告？虽蒙聘下妻室，且待此期已过，父母不来，然后成婚，未为迟也。"黄翁见他讲得有理，只得凭他。

既到了十八年，多悬悬望着，看有甚么动静。一日，有个福建人在街上与人谈星命，访至黄翁之家，求见黄翁。黄翁心里指望三子立刻科名，见是星相家，无不延接。闻得远方来的，疑有异术，遂一面请坐，将着三子年甲，央请推算。谈星的假意推算了一回，指着鹤龄的八字对黄翁道："此不是翁家之子。他生来不该在父母身边的，必得寄养出外，方可长成。及至长成之后，即要归宗。目下已是其期了。"黄公见他说出真底实话，面色通红道："先生好胡说！此三子皆我亲子，怎生有寄养的话说？况说的更是我长子，承我宗祧，那里还有宗可归处？"谈星的大笑道："老翁岂忘衣带之语乎？"黄翁不觉失色道："先生何以知之？"谈星的道："小生非他人，即是十八年前弃儿之父韩秀才也。恐翁家不承认，故此假扮做谈星之人，来探踪迹。今既在翁家，老翁必不使此子昧了本姓。"黄翁道："衣带之约果然是真，老汉岂可昧得？况我自有子，便一日身亡，料已不填沟壑，何必赖取人家之子！但此子为何见弃，乞道其详。"韩生道："说来事涉怪异，不好告诉。"黄翁道："既有令郎这段缘契，便是自家骨肉。说与老夫知道，也好得知此子本末。"韩生道："此子之母非今世人，乃二百年前贞女之魂也。此女在宋时，父为闽官，御敌失守，全家死节。其魂不泯与小生配合生儿。因被外人所疑，他说家世湘潭，将来贵处寄养。衣带之字，皆其亲书。今日小生到此，也是此女所命，不想果然遇着，敢请一见。"黄翁道："有如此作怪异事！想令郎出身如此，必当不凡。今令郎与小儿，共是三兄弟，同到长沙应试去了。"韩生道：

“小生既远寻到此，就在长沙，也要到彼一面。只求老翁念我天性父子，恩使归宗，便为万幸。”黄翁道：“父子至亲，谊当使君还珠。况是足下冥缘，岂可间隔？但老夫十八年抚养已不必说，只近日下聘之资，也有四十金。子既已归足下，此聘金须得相还。”韩生道：“老翁恩德难报，至于聘金，自宜奉还。容小生见过小儿之后，归与其母计之，必不敢负义也。”

韩生就别了黄翁，径到长沙，访问黄翁三子应试的下处。已问着了，就写一帖，传与黄翁大儿子鹤龄。帖上写道：“十八年前与闻衣带事人韩某。”鹤龄一见衣带说话，感动于心，惊出请见，道：“足下何处人氏？何以知得衣带事体？”韩生看那鹤龄时：

> 年方弱冠，体不胜衣。清标固禀父形，嫣质犹同母貌。恂恂儒雅，尽道是十八岁书生；邈邈源流，岂知乃二百年鬼子。

韩生看那鹤龄模样，俨然与王玉英相似，情知是他儿子，遂答道：“小郎君可要见写衣带的人否？”鹤龄道：“写衣带之人，非吾父，即吾母。原约在今年，今足下知其人，必是有的信，望乞见教。”韩生道：“写衣带之人，即吾妻王玉英也。若要相见，先须认得我。”鹤龄见说，知是其父，大哭，抱住道：“果是吾父！如何舍得弃了儿子一十八年？”韩生道：“汝母非凡女，乃二百年鬼仙，与我配合生儿。因乳养不便，要寄托人间。汝母原籍湘潭，故将至此地。我实福建秀才，与汝母姻缘也在福建。今汝若不忘本生父母，须别了此间养父，还归福建为是。”鹤龄道：“吾母如今在那里？儿也要相会。”韩生道：“汝母倏去倏来，本无定所。若要相会，也须到我闽中。”鹤龄至性所在，不胜感动。

两弟鹤算、延龄在旁边听见说着要他归福建说话，少年心性，不觉大怒起来，道：“那里来这野汉，造此不根之谈，来诱哄人家子弟，说着不达道理的说话！好耽耽一个哥哥，却教他到福建去，有这样胡说的？”那家人每见说，也多嗔怪起来，对鹤龄道：“大官人不要听这个游方人，他每专打听着人家事体，来撰造是非，哄诱人的。”不管三七二十一，扯的扯，推的推，要搡他出去。韩生道：“不必啰唣，我已湘潭见过了你老主翁，他只要完得聘金四十两，便可赎回，还只是我的儿子。你们如何胡说！”众人那里听他，只是推他出去为净。鹤龄心下不安，再三恋恋，众人也不顾他。两弟狠狠道：“我兄无主意，如何与这些闲棍讲话？饶他一顿打，便是人情了。”鹤龄道：“衣带之语，必非虚语，此实吾父来寻盟。他说道曾在湘潭见过爹爹来，回去到家里必知端的。”鹤算、延龄两人与家人只是不信，管住了下处门首，再不放他进去与鹤龄相见了。

韩生自思：“儿子虽得见过，黄家婚聘之物理所当还，今没个处法还得他，空手在此一年也无益，莫要想得儿子归去，不如且回家去，再做计较。”心里主意未定，到了晚间，把竹笶击将起来，王玉英即至。韩生因说着已见儿子，黄家要偿取聘金方得赎回的话。玉英道：“聘金该还，此间未有处法，不如且回闽中，别图机会。易家亲事，亦是前缘，待处了聘金，再到此地完成其事，未为晚也。”韩生因此决意回闽。一路浮湘涉湖，但是波浪险阻，玉英便到舟中护卫。至于盘缠缺乏，也是玉英暗地资助，得以到家。

到家之日，里邻惊骇，道是韩生向来遇妖，许久不见，是被妖魅拐到那里去，必然丧身在外，不得归来了；今见好好还家，以为大奇。平日往来的，多来探望。韩生因为众人疑心坏了他，见来问的，索性一一把实话从头至尾，备述与人，一些不瞒。众人见他不死，又果有儿子在湘潭，方信他说话是实，反共说他遇了仙缘，多来慕羡他。不认得的，尽想一识其面。有问韩生为何不领了儿子归来，他把聘金未曾还得，湘潭养父之家不肯的话说了。有好事的，多愿相助，不多几时，凑上了二十馀金，尚少一半。夜间击笶，与王玉英商量。

玉英道："既有了一半，你只管起身前去，途中有凑那一半之处。"

韩生随即动身。到了半路，在江边一所古庙边经过。玉英忽来对韩生道："此庙中神厨里坐着，可得二十金，足还聘金了。"韩生依言，泊船登岸。走入庙里看时，只见：

> 庙门颓败，神路荒凉。执挝的小鬼无头，拿簿的判官落帽。庭中多兽迹，狐狸在此宵藏；地上少人踪，魍魉投来夜宿。存有千年香火样，何曾一陌纸钱飘。

韩生到神厨边，揭开帐幔来看，灰尘堆来有寸多厚。心里道："此处那里来的银子？"然想着玉英之言，未曾有差，且依他说话，爬上去蹲在厨里。

喘息未定，只见一个人慌慌忙忙走将进来，将手在案前香炉里乱塞。塞罢，对着神道声喏道："望菩萨遮盖遮盖，所罚之咒，不要作准。"又见一个人在外边嚷进来道："你欺心偷过了二十两银子，打点混赖？我与你此间神道面前罚个咒。罚得咒出，便不是你。"先来那个人便对着神道口里念诵道："我若偷了银子，如何如何。"后来这个人见他赌得咒出，遂放下脸子道："果是与你无干，不知在那里错去了。"先来那个人把身子抖一抖，两袖洒一洒，道："你看我身边须没藏处。"两个唧唧哝哝，一路说着外边去了。韩生不见人来了，在神厨里走将出来，摸一摸香炉，看适间藏的是甚么东西。摸出一个大纸包来，打开看时，是一包成锭的银子，约有二十馀两。韩生道："惭愧！眼见得这先入来的瞒起同伴的银子，藏在这里，等赌过咒、搜不出时，慢慢来取用。岂知已先为鬼神所知，归我手也。"欲待不取，总来是不义之财；欲待还那失主，又明显出这个人的偷窃来了。不如依着玉英之言，且将去做赎子之本，有何不可？当下取了，出庙下船。船里从容一秤，果有二十两重，分毫不少。

韩生大喜，到了湘潭，径将四十金来送还黄翁聘礼，求赎鹤龄。黄翁道：“婚盟已定，男女俱已及时。老夫欲将此项，与令郎完了姻亲，此后再议归闽。唯足下乔梓自做主张，则老夫事体也完了。”韩生道：“此皆老翁玉成美意，敢不听命？”黄翁着媒人与易家说知此事，易家不肯起来道：“我家初时，只许嫁黄公之子，门当户对，又同里为婚，彼此俱便。今闻此子原籍福建，一时配合了，他日要离了归乡，相隔着四五千里，这怎使得？必须讲过，只在黄家不去的，其事方谐。”媒人来对黄翁说了。黄翁巴不得他不去的，将此语一一告诉韩生道：“非关老夫要留此子，乃亲家之意如此。况令郎名在楚籍，婚在楚地，还闽之说，必是不妥。为之奈何？”韩生也自想有些行不通，再击竹筴与玉英商量。玉英道：“一向说易家亲事是前缘，既已根绊在此，怎肯放去？况妾本籍湘中，就等儿子做了此间女婿，成立在此也好。郎君只要父子相认，何必归闽？”韩生道：“闽是吾乡，我母还在，若不归闽，要此儿子何用？”玉英道：“事数到此，不繇君算。若执意归闽，儿子婚姻便不可成。郎君将此儿归闽中，又在何处另结良缘？不如且从黄、易两家之言，成了亲事。他日儿子自有分晓也。”韩生只得把此意回覆了黄翁，一凭黄翁主张。黄翁先叫鹤龄认了父亲，就收拾书房，与韩生歇下了。然后将此四十两银子，支分作花烛之费，到易家道了日子。易家见说不回福建了，无不依从。

成亲之后，鹤龄对父韩生说，要见母亲一面。韩生说与玉英，玉英道：“是我自家儿子，正要见他。但此间生人多，非我所宜。可对儿子说，人静后房中悄悄击筴，我当见他夫妇两人一面。”韩生对鹤龄说知，就把竹筴密付与他。鹤龄领着去了。

等到黄昏，鹤龄击筴，只见一个澹妆女子，在空中下来。鹤龄夫妻知是尊嫜，双双跪下。玉英抚摹一番道：“好一对儿子媳妇！我为你一点骨血，精缘所牵，二百年贞静之性，不得安闲。今幸已成房立户，我愿已完矣。”鹤龄道：“儿子颇读诗书，曾见古今事迹。如我母数百年精魂，犹然游戏人间，生子成立，诚为希有之事。不知母亲何术致此，望乞见教。”玉英道：“我以贞烈而死，后土录为鬼仙，许我得生一子，延其血脉。汝父有掩骸之仁，阴德可纪，故我就与配合，生汝以报其恩。此皆生前之注定也。”鹤龄道：“母亲既然灵通如此，何不即留迹人间，使儿媳辈得以朝夕奉养？”玉英道：“我与汝父有缘，故得数见于世，然非阴道所宜。今日特为要见吾儿与媳妇一面，故此暂来。此后也不再来了。直待归闽之时，石尤岭下再当一见。我儿前程远大，勉之勉之！”说罢，腾空而去。鹤龄夫妇恍恍自失了半日，才得定性。事虽怪异，想着母亲之言句句有头有尾，鹤龄自叹道：“读尽稗官野史，今日若非身为之子，随你传闻，岂肯即信也！”次日与黄翁及两弟说了，俱各惊骇。

鹤龄随将竹筴交还韩生，备说母亲夜来之言。韩生道：“今汝托义父恩庇成家立业，俱在于此。归闽之期，知在何时？只好再过几时，我自回去看婆婆罢了。”鹤龄道：“父亲不必心焦。秋试在即，且待儿子应试过了，再商量就是。”从此韩生且只在黄家住下。

鹤龄与两弟俱应过秋试，鹤龄与鹤算一同报捷，黄翁、韩生尽皆欢喜。鹤龄要与鹤算同去会试，韩生住湘潭无益，思量暂回闽中。黄翁赠与盘费，鹤龄与易氏，各出所有送行。韩生仍到家来，把上项事一一对母亲说知。韩母见说孙儿娶妇成立，巴不得要看一看，只恨不得到眼前。此时连媳妇是个鬼也不说了。

次年，鹤龄、鹤算春榜连捷。鹤龄给假省亲，鹤算选授福州府闽县知县，一同回到湘潭。鹤算接了黄翁，全家赴任。鹤龄也乘此便，带了妻易氏，附舟到闽访亲，登堂拜见祖母，喜庆非常。韩生对儿子道：“我馆在长乐石尤岭，乃与汝母相遇之所，连汝母骨骸也在那边。今可一同到彼，汝母必来相见。前日所约，原自如此。”遂合家同到岭下。方得驻足馆中，不须击筴，玉英已来。拜韩母道：“今孙儿媳妇多在婆婆面前，况孙儿已得成名，妾所以报郎君者已尽。妾幽阴之质，不宜久在阳世周旋，只因夙缘，故得如此。今合门完聚，妾事已了，从此当静修玄理，不复再入尘寰矣。”韩生道：“往还多年，情非朝夕，即为儿子一事，费过多少精神！今甫得到家，正可安享子媳之奉，如何又说要别的话来？”鹤龄夫妇涕泣请留。玉英道：“冥数如此，非人力所强。若非数定，几曾见有二百年之精魂，还能同人道生子，又在世间往还二十多年的事？你每亦当以数自遣，不必作人间离别之态也。”言毕，翩然而逝。鹤龄痛哭失声，韩母与易氏各各垂泪，惟有韩生不十分在心上。他是惯了的，道夜静击箓，原自可会。岂知此后随你击箓，也不来了。守到七夕常期，竟自杳然。韩生方忽忽如有所失，一如断弦丧偶之情。思他平时相与时节，长篇短咏，落笔数千言，清新有致，皆如前三首绝句之类。传出与人，颇为众口所诵。韩生取其所作成集，计有十卷，因曾赋《万鸟鸣春》四律，韩生即名其集为《万鸟鸣春》，流布于世。

韩生后来去世，鹤龄即合葬之石尤岭下。鹤龄改复韩姓，别号黄石，以示不忘黄家及石尤岭之意。三年丧毕，仍与易氏同归湘潭。至今闽中盛传其事。

二百年前一鬼魂，犹能生子在乾坤。
遗骸掩处阴功重，始信骷髅解报恩。

卷三十一

行孝子到底不简尸　殉节妇留待双出柩

诗云：

> 削骨蒸肌岂忍言，世人借口欲伸冤。
> 典刑未正先残酷，法吏当知善用权。

话说戮尸弃骨，古之极刑。今法被人殴死者，必要简尸。简得致命伤痕，方准抵偿，问入死罪，可无冤枉，本为良法。自古道："法立弊生。"只因有此一简，便有许多奸巧做出来。那把人命图赖人的，不到得就要这个人偿命，只此一简，已够奈何着他了。你道为何？官府一准简尸，地方上搭厂的就要搭厂钱，跟官、门皂、轿夫、吹手多要酒饭钱，仵作人要开手钱、洗手钱，至于官面前桌上要烧香钱、朱墨钱、笔砚钱，毡条坐褥俱被告人所备，还有不肖佐贰要摆案酒，要折盘盏，各项名色甚多，不可尽述。就简得雪白无伤，这人家已去了七八了；就问得原告招诬，何益于事？所以奸徒与人有仇，便思将人命为奇货。官府动笔判个"简"字，何等容易，道人命事应得的，岂知有此等害人不小的事？除非真正人命，果有重伤简得出来，正人罪名，方是正条。然刮骨蒸尸，千零万碎，与死的人计较，也是不忍见的。律上所以有“不愿者听”及“许尸亲告递免简”之例，正是圣主曲体人情处。岂知世上惨刻的官，要见自己风力，或是私心嗔恨被告，不肯听尸亲免简，定要劣撅做去，以致开久殓之棺，掘久埋之骨，随你伤人子之心，堕傍观之泪，他只是硬着肚肠不管。原告不执命，就坐他受贿；亲友劝息，就诬他私和。一味蛮刑，打成狱案，自道是与死者伸冤，不知死者惨酷已极了。这多是绝子绝孙的勾当。

闽中有一人，名曰陈福生，与富人洪大寿家佣工，偶因口语不逊，被洪大寿痛打一顿。那福生才吃得饭过，气郁在胸，得了中懑之症，看看待死。临死对妻子道：“我被洪家长痛打，致恨而死。但彼是富人，料掷他不倒，莫要听了人教唆，赖他人命，致将我尸首简验，粉骨碎身。只略与他说说，他怕人命缠累，必然周给后事，供养得你每终身，便是便益了。”妻子听言，死后果去见那家长，但道：“因被责罚之后，得病不痊，今已身死。惟家长可怜孤寡，做个主张。”洪大寿见因打致死，心里虚怯的，见他说得揣己，巴不得他没有说话，给与银两，厚加殡殓，又许了时常周济他母子。已此无说了。

陈福生有个族人陈三，混名陈喇虎，是个不本分、好有事的。见洪大寿是有想头的人家，况福生被打而死，不为无因，就来撺掇陈福生的妻子，教他告状执命。妻子道：“福生的死，固然受了财主些气，也是年该命限。况且死后他一味好意，殡殓有礼，我们翻脸子不转，只自家认了悔气罢。”喇虎道：“你每不知事体！这出银殡殓，正好做告状张本。这样富家，一条人命，好歹也起发他几百两生意，如何便是这样住了？”妻子道：“贫莫与富斗。打起官司来，我们先要银子下本钱，那里去讨？不如做个好人住手。他财主每或者还有不亏我处。”陈喇虎见说他不动，自到洪家去吓诈道：“我是陈福生族长。福生被你家打死了，你家私买下了他妻子，便打点把一场人命糊涂了？你们须要我口净，也得大家吃块肉儿。不然，明有王法，不到得被你躲过了。”洪家自恃福生妻子已无说话，天大事已定，傍边人闲言闲语不必怕他，不教人来兜揽，任他放屁喇撒一出，没兴自去。喇虎见无动静，老大没趣，放他不下。思量道：“若要告他人命，须得是他亲人。他妻子是扶不起的了；若是自己出名，告他不得。我而今只把私和人命首他一状，连尸亲也告在里头，须教他开不得口。”登时写下一状，往府里首了。

府里见是人命，发下理刑馆。那理刑推官最是心性惨刻的，喜的是简尸，好的是入罪，是个拆人家的祖师。见人命状到手，访得洪家巨富，就想在这桩事上显出自己风力来。连忙出牌拘人，吊尸简验。陈家妻子实是怕事，与人商量道：“递了免简，就好住得。”急写状去递。推官道：“分明是私下买和的情了！”不肯准状。洪家央了分上去说：“尸亲不愿，可以免简。”推官一发怒将起来，道：“有了银子，王法多行不去了？”反将陈家妻子拶出，定要简尸。没奈何，只得抬出棺木，解到尸场，聚齐了一干人众，如法蒸简。仵作人晓得官府心里要报重的，敢不奉承？把红的说紫，青的说黑，报了致命伤两三处。推官大喜，道是拿得倒一个富人，不肯假借，我声名就重了。立要问他抵命。怎当得将律例一查，家长殴死雇工人只断得埋葬，问得徒赎，并无抵偿之条。只落得洪家费掉了些银子，陈家也不得安宁，陈福生殓好入棺了，又狼狼籍籍这一番，大家多事。陈喇虎也不见沾了甚么实滋味，推官也不见增了甚么好名头，枉做了难人。一场人命结过了，洪家道陈氏母子到底不做对头，心里感激，每每看管他二人，不致贫乏。

陈喇虎指望个小富贵，竟落了空，心里常怀怏怏。一日在外酒醉，晚了回家，忽然路上与陈福生相遇。福生埋怨道：“我好好的安置在棺内，为你妄想吓诈别人，致得我尸骸零落，魂魄不安。我怎肯干休？你还我债去！”将陈喇虎按倒在地，满身把泥来搓擦。陈喇虎挣扎不得，直等后边人走来，陈福生放手而去。喇虎闷倒在地，后边人认得他的，扶了回家。家里道是酒醉，不以为意。不想自此之后，喇虎浑身生起癞来，起床不得，要出门来扛帮教唆，做些惫懒的事，再不能勾了。淹缠半载，不能支持。到临死才对家人说着："路上遇陈福生，嫌我出首，简了他尸，以此报我。我不得活了！"说罢就死。死后家人信了人言，道癞疾要缠染亲人，急忙抬出，埋于浅土，被狗子乘热拖将出来，吃了一半。此乃陈喇虎作恶之报。

却是陈福生不与打他的洪大寿为仇，反来报替他执命的族人，可见简尸一事，原非死的所愿。做官的人要晓得，若非万不得已，何苦做那极惨的勾当？倘若尸亲苦求免简，也该依他为是。至于假人命，一发不必说，必待审得人命逼真，然后行简定罪。只一先后之着，也保全得人家多了。而今说一个情愿自死，不肯简父尸的孝子，与看官每听一听。

父仇不报忍模糊，自有雄心托湛卢。
枭獍一诛身已绝，法官还用简尸无？

话说国朝万历年间，浙江金华府武义县有一个人，姓王名良，是个儒家出身。有个族侄王俊，家道富厚，气岸凌人，专一放债取利，行凶剥民。就是族中支派，不论亲疏，但与他财利交关，锱铢必较，一些面情也没有的。王良不合曾借了他本银二两，每年将束修上利。积了四五年，还过他有两倍了，王良意思，道自家屋里，还到此地，可以相让，此后利钱，便不上紧了些。王俊是放债人心性，那管你是叔父？道逐年还煞，只是利银，本钱原根不动，利钱还须照常，岂算还过多寡？一日在一族长处会席，两下各持一说，争论起来。王俊有了酒意，做出财主的样式，支手舞脚的发挥。王良气不平，又自恃尊辈，喝道："你如此气质，敢待打我么？"王俊道："便打了，只是财主打了欠债的。"趁着酒性，那管尊卑，扑的一掌打过去。王良不隄防的，一交跌倒。王俊索性赶上，拳头脚尖一齐来。族长道："使不得！使不得！"忙来劝时，已打得不亦乐乎了。——大凡酒德不好的人，酒性发了，也不认得甚么人，也不记得甚么事，但只是使他酒风，狠戾暴怒罢了，不管别人当不起的。——当下一个族侄把个叔子打得七损八伤。族长劝不住，猛力解开，教人负了王良家去。王俊没个头主，没些意思，耀武扬威，一路吆吆喝喝，也走去了。

讵知王良打得伤重，次日身危。王良之子王世名，也是个读书人。父亲将死之时，唤过分付道："我为族子王俊殴死，此仇不可忘。"王世名痛哭道："此不共戴天之仇，儿誓不与俱生人世。"王良点头而绝。王世名拊膺号恸，即具状到县间，告为立杀父命事，将族长告做见人。县间准行，随出牌吊尸到官，伺候相简。

王俊自知此事决裂，到不得官，苦央族长处息，任凭要银多少，总不计论；处得停妥，族长分外酬谢，自不必说。族长见有些油水，来劝王世名罢讼道："父亲既死，不可复生。他家有的是财物，怎与他争得过？要他偿命，必要简尸。他使用了仵作，将伤报轻了，命未必得偿，尸骸先吃这番狼籍，大不是算。依我说，乘他惧怕成讼之时，多要了他些，落得做了人家。大家保全得无事，未为非策。"王世名自想了一回道："若是执命，无有不简尸之理。不论世情敌他不过，纵是偿得命来，伤残父骨，我心何忍？只存着报仇在心，拚得性命，那处不着了手？何必当官，拘着理法，先将父尸经这番惨酷？又三推六问，几年月日才正得典刑？不如目今权依了他们处法，诈痴佯呆，住了官司，且保全了父骨，别图再报。"回覆族长道："父亲委是冤死。但我贫家，不能与做头敌，只凭尊长所命罢了。"

族长大喜，去对王俊说了。主张将王俊膏腴田三十亩，与王世名为殡葬父亲、养膳老母之费；王世名同母当官递个免简，族长随递个息词，永无翻悔。王世名一一依听了，来对母亲说道："儿非见利忘仇，若非如此，父骨不保。儿所以权听其处分，使彼绝无疑心也。"

世名之母妇女见识，是做人家念头重的，见得了这些肥田，可以享受，也自甘心罢了。

世名把这三十亩田所收花利，每岁藏贮封识，分毫不动。外边人不晓得备细，也有议论他得了田业息了父命的，世名也不与人辨明。王俊怀着鬼胎，倒时常以礼来问候叔母。世名虽不受他礼物，却也像豪无嫌隙的，照常往来。有时撞着杯酒相会，笑语酬酢，略无介意。众人又多有笑他忘了父仇的。事已渐冷，径没人提起了。怎知世名日夜提心吊胆，时刻不忘，悄地铸一利剑，镂下两个篆字，名曰"报仇"，出入必佩。请一个传真的，绘画父像，挂在斋中；就把自己之形，也图在上面，写他持剑侍立父侧。有人问道："为何画作此形？"世名答道："古人出必佩剑，故慕其风，别无他意。"有诗为证：

戴天不共敢忘仇，画笔常将心事留。
说与傍人浑不解，腰间宝剑自飕飕。

且说王世名日间对人嘻笑如常，每到归家，夜深人静，便抚心号恸。世名妻俞氏，晓得丈夫心不忘仇，每对他道："君家心事，妾所洞知。一日仇死君手，君岂能独生？"世名道："为子死孝，吾之职分。只恐仇不得报耳；若得报，吾岂愿偷生耶？"俞氏道："君能为孝子，妾亦能为节妇。"世名道："你身是女子，出口大易，有好些难哩。"俞氏道："君能为男子之事，安见妾身就学那男子不来？他日做出便见。"世名道："此身不幸，遭罹仇难。娘子不以儿女之见相阻，却以男子之事相勉，足见相成了。"夫妻各相爱重。

五载之内，世名已得游泮，做了秀才。妻俞氏又生下一儿。世名对俞氏道："有此呱呱，王氏之脉不绝了。一向怀仇在心，隐忍不报者，正恐此身一死，斩绝先祀，所以不敢轻生做事。如今我死可瞑目。上有老母，下有婴儿，此汝之责。我托付已过，我不能再顾了。"

遂仗剑而出。

也是王俊冤债相寻，合该有事。他新相处得一个妇人在乡间，每饭后不带仆从，独往相叙。世名打听在肚里，晓得在蝴蝶山下经过，先伏在那边僻处了。王俊果然摇摇摆摆，独自一人踱过岭来。世名正是：

恩人相见，分外眼明。
仇人相见，分外眼睁。

看得明白，飕的钻将过来，喝道："还我父亲的命来！"王俊不提防的，吃了一惊，不及措手，已被世名劈头一剁。说时迟，那时快，王俊倒在地下挣扎。世名按倒，枭下首级，脱件衣服下来，包裹停当，带回家中。见了母亲，大哭拜道："儿已报仇，头在囊中。今当为父死，不得侍母膝下了。"拜罢，解出首级，到父灵位前拜告道："仇人王俊之头，今在案前。望父阴灵不远，儿今赴官投死去也。"随即取了历年所收田租帐目，左手持刀，右手提头，竟到武义县中出首。

此日县中传开，说王秀才报父仇，杀了人，拿头首告，是个孝子。一传两，两传三，哄动了一个县城。但见：

人人竖发，个个伸眉。竖发的恨那数载含冤，伸眉的喜得今朝吐气。挨肩叠背，老人家挤坏了腰脊厉声呼；裸袖舒拳，小孩子踏伤了脚指号咷哭。任侠豪人齐拍掌，小心怯汉独惊魂。

王世名到了县堂，县门外喊发连天，何止万人挤塞！武义县陈大尹不知何事，慌忙出堂坐了，问其缘故。王世名把头与剑放下在阶前，跪禀道："生员特来投死。"陈大尹道："为何？"世名指着头道："此世名族人王俊之头。世名父亲被此人打死，昔年告得有状。世名法该执命，要他抵偿。但不忍把父尸简验，所以只得隐忍。今世名不烦官法，手刃其人，以报父仇，特来投到请死，乞正世名擅杀之罪。”大尹道：“汝父之事，闻和解已久，如何忽有此举？”世名道：“只为要保全父尸，先凭族长议处，将田三十亩养赡老母。世名一时含糊应承，所收花息，年年封贮，分毫不动。今既已杀却仇人，此项义不宜取，理当入官。写得有簿籍在此，伏乞验明。”大尹听罢，知是忠义之士，说道：“君行孝子之事，不可以文法相拘。但事干人命，须请详上司为主，县间未可擅便。且召保候详。王俊之头，先着其家领回候验。”看的人恐怕县官难为王秀才，个个伸拳裸臂，候他处分。见说申详上司，不拘禁他，方才散去。

陈大尹晓得众情如此，心里大加矜念，把申文多写得恳切。说先经王俊殴死王良是的，今王良之子世名报仇，杀了王俊，论来也是一命抵一命。但王世名不繇官断，擅自杀人，也该有罪。本人系是生员，特为申详断决。申文之外，又加上禀揭，替他周全，说孝义可敬，宜从轻典。上司见了，也多叹羡，遂批与金华县汪大尹会同武义审决这事。汪大尹访问端的，备知其情，一心要保全他性命。商量道：“须把王良之尸一简。若果然致命伤重，王俊原该抵偿，王世名杀人之罪就轻了。”

会审之时，汪大尹如此倡言。王世名哭道：“当初专为不忍暴残父尸，故隐忍数年，情愿杀仇人而自死。岂有今日仇已死了，反为要脱自身，重简父尸之理！前日杀仇之日，即宜自杀。所以来造邑庭，正来受朝庭之法，非求免罪也。大人何不见谅如此？”汪大尹道：“若不简父尸，杀人之罪难以自解。”王世名道：“原不求解，望大人放归别母，即来就死。”汪大尹道：“君是孝子烈士，自来投到者，放归何妨？但事须断决，可归家与母妻再一商量。倘肯把父尸一简，我就好周全你了。此本县好意，不可错过。”

王世名主意已定，只不应承。回来对母亲说汪大尹之意，母亲道：“你待如何？”王世名道：“岂有事到今日，反失了初心？儿久已拚着一死，今特来别母而去耳。”说罢，抱头大哭。妻俞氏在傍，也哭做了一团。俞氏道：“前日与君说过，君若死孝，妾亦当为夫而死。”王世名道：“我前日已把老母与婴儿相托于你。我今不得已而死，你与我事母养子，才是本等。我在九原，亦可瞑目。从死之说，万万不可，切莫轻言。”俞氏道：“君向来留心报仇，誓必身死。别人不晓，独妾知之。所以再不阻君者，知君立志如此。君能捐生，妾亦不难相从，故尔听君行事。今事已至此，若欲到底完翁尸首，非死不可。妾岂可独生以负君乎？”世名道：“古人言：死易，立孤难。你若轻一死，孩子必绝乳哺，是绝我王家一脉，连我的死也死得不正当了。你只与我保全孩子，便是你的大恩。”俞氏哭道：“既如此，为君姑忍三岁。三岁之后，孩子不须乳哺了，此时当从君地下，君亦不能禁我也。”

正哀惨间，外边有二三十人喧嚷，是金华、武义两学中秀才与王世名曾往来相好的，乃汪、陈两令央他们来劝王秀才。还把前言来讲道：“两父母意见相同，只要轻兄之罪，必须得一简验，使仇罪应死，兄可得生。特使小弟辈来达知此意，与兄商量。依小弟辈愚见，尊翁之死，实出含冤，仇人本所宜抵。今若不从简验，兄须脱不得死罪，是以两命抵得他一命。尊翁之命，原为徒死。况子者，亲之遗体；不忍伤既死之骨，却枉残现在之体，亦非正道。何如勉从两父母之言，一简以白亲冤，以全遗体，未必非尊翁在天之灵所喜。惟兄熟思之。”王世名道：“诸兄皆是谬爱小弟，肝鬲之言。两令君之意，弟非不感激。但小弟提着‘简尸’二字，便心酸欲裂。容到县堂再面计之。”众秀才道：“两令之意，不过如此。兄今往一决，但得相从，事体便易了。弟辈同伴兄去相讲一遭。”王世名即进去拜了母亲四拜，道：“从此不得再侍膝下了。”又拜妻俞氏两拜，托以老母幼子。大哭一场，噙泪而出，随同众友到县间来。

两个大尹正会在一处，专等诸生劝他的回话。只见王世名一同诸生到来，两大尹心里暗喜道：“想是肯从所议，故此同来也。”王世名身穿囚服，一见两大尹，即称谢道：“多蒙两位大人曲欲全世名一命，世名心非木石，岂不知感恩？但世名所以隐忍数年，甘负不孝之罪于天地间，觍颜嘻笑者，正为不忍简尸一事。今欲全世名之命。复致残久安之骨，是世名不是报仇，明是自杀其父了。总是看得世名一死太重，故多此议论。世名已别过母妻，特来就死，惟求速赐正罪。”两大尹相顾恃疑，诸生辈杂遝乱讲，世名只不改口。汪大尹假意作色道：“杀人者死。王俊既以殴死，致为人杀，论法自宜简所殴之尸有伤无伤，何必问尸亲愿简与不愿简？吾们只是依法行事罢了。”王世名见大尹执意不回，愤然道：“所以必欲简视，止为要见伤痕。便做道世名之父毫无伤，王俊实不宜杀，也不过世名一死当之，何必再简？今日之事，要动父亲尸骸，必不能勾。若要世名性命，只在顷刻可了，决不偷生以负初心。”言毕，望县堂阶上一头撞去。眼见得世名被众人激得焦燥，用得力猛，早把颅骨撞碎，脑浆迸出而死。

> 图圄自可从容入，何必须臾赴九泉？
> 只为书生拘律法，反令孝子不回旋。

两大尹见王秀才如此决烈，又惊又惨，一时做声不得。两县学生一齐来看王秀才，见已无救，情义激发，哭声震天。对两大尹道：“王生如此死孝，真为难得。今其家惟老母、寡妻、幼子，身后之事，两位父母主张从厚，以维风化。”两大尹不觉垂泪道：“本欲相全，岂知其性烈如此！前日王生曾将当时处和之产，封识花息，当官交明，以示义不苟受。今当立一公案，以此项给其母妻，为终老之资，庶几两命相抵。独多着王良一死无着落，即以买和产业周其眷属，亦为得平。”诸生众口称是。两大尹随各捐俸金十两，诸生共认捐三十两，共成五十两，召王家亲人来将尸首领回，从厚治丧。

两学生员，为文以祭之，云：

呜呼王生，父死不鸣。刃加仇颈，身即赴冥。欲全其父，宁弃其生。一时之死，千秋之名。哀哉尚飨！

诸生读罢祭文，放声大哭。哭得山摇地动，闻之者无不泪流。哭罢，随请王家母妻拜见，面送赙仪。说道："伯母、尊嫂宜趁此资物，出丧殡殓。"王母道："谨领尊命，即当与儿媳商之。"俞氏哭道："多承列位盛情。吾夫初死，未忍遽殡，尚欲停丧三年，尽妾身事生之礼。三年既满，然后议葬。列位伯叔，不必性急。"诸生不知他甚么意思，各自散去了。

此后，但是亲戚来往，问及出柩者，俞氏俱以言阻说，必待三年。亲戚多道："从来说入土为安，为何要拘定三年？"俞氏只不肯听，停丧在家。直到服满除灵，俞氏痛哭一场，自此绝食。旁人多不知道。不上十日，肚肠饥断，呜呼哀哉了。学中诸生闻之，愈加希奇，齐来吊视。王母诉出媳妇坚贞之性："矢志从夫，三年之中，如同一日，使人不及隄防，竟以身殉。今止剩三岁孤儿与老身，可怜！可怜！"诸生闻言，恸哭不已，齐去禀知陈大尹。大尹惊叹道："孝子节妇，出于一家，真可敬也。"即报各上司，先行奖恤，候抚按具题旌表。诸生及亲戚又义助含殓，告知王母，择日一同出柩。方知俞氏初时必欲守至三年，不肯先葬其夫者，专为等待自己双双同出也。远近闻之，人人称叹。巡按马御史奏闻于朝，下诏旌表其门曰"孝烈"，建坊褒荣。有《孝烈传志》行于世。

父死不忍简，自是人子心。
怀仇数年馀，始得伏斧砧。

岂肯自吝死，复将父骨侵？
法吏拘文墨，枉效书生忱。
宁知侠烈士，一死无沉吟。
彼妇激馀风，三年蓄意深。
一朝及其期，地下遂相寻。
似此孝与烈，堪为薄俗箴。

卷三十二

张福娘一心贞守　朱天锡万里符名

诗云：

耕牛无宿草，仓鼠有馀粮。
万事分已定，浮生空自忙。

话说天下凡事皆繇前定。如近在目前，远不过数年，预先算得出，还不足为奇。尽有世间未曾有这样事，未曾生这个人，几十年前先有前知的道破了，或是几千里外恰相凑着的，真令人梦想不到。可见数皆前定也。

且说宋时宣和年间，睢阳有一官人，姓刘，名粢，与孺人年皆四十外了。屡生子不育，惟剩得一幼女。刘官人到京师调官去了，这幼女在家又得病而死，将出瘗埋。孺人看他出门，悲痛不胜，哭得发昏，倦坐椅上。只见一个高髻妇人走将进来道："孺人何必如此悲哭？"孺人告诉他屡丧嗣息，止存幼女，今又夭亡，官人又不在家这些苦楚。那妇人道："孺人莫心焦，从此便该得贵子了。官人已有差遣，这几日内就归。归来时节，但往城西魏十二嫂处，与他寻一领旧衣服留着。待生子之后，借一个大银盒子，把衣裙铺着，将孩子安放盒内。略过少时，抱将出来。取他一个小名，或是合住，或是蒙住，即易长易养，再无损折了。可牢牢记取老身之言。”孺人妇道家心性，最喜欢听他的是这些说话。见话得有枝有叶，就问道：“姥姥何处来的，晓得这样事？”妇人道：“你不要管我来处去处，我怜你哭得悲切，又见你贵子将到，故教你个法儿，使你以后生育得实了。”孺人问：“高姓大名？后来好相谢。”妇人道：“我惯救人苦恼做好事，不要人谢的。”说罢，走出门外，不知去向。

果然过得五日，刘官人得调滁州法曹掾，归到家里。孺人把幼女夭亡，又逢着高髻妇人的说话，说了一遍。刘官人感伤了一回，也是死怕了儿女的心肠，见说着妇人之言，便做个不着，也要试试看。况说他得差回来，已此准了，心里有些信他。次日即出西门，遍访魏家。走了二里多路，但只有姓张姓李，姓王，姓赵，再没有一家姓魏。刘官人道：“眼见得说话作不得准了。”走回转来，到了城门边，走得口渴。见一茶坊，进去坐下，吃个泡茶。问问主人家，恰是姓魏。店里一个后生，是主人之侄，排行十一。刘官人见他称呼出来，打动心里，问魏十一道：“你家有兄弟么？”十一道：“有兄弟十二。”刘官人道：“令弟有嫂子了么？”十一道：“娶个弟妇，生过了十个儿子，并无一个损折。见今同居共食，贫家支撑，甚是烦难。”刘官人见有了十二嫂，又是个多子的，谶兆相合，不觉大喜。就把实情告诉他，说屡损幼子及妇人教导向十二嫂假借旧衣之事：“今如此多子，可见魇样之说不为虚妄的。”十一见是个官人，图个往来，心里也喜欢，忙进去对兄弟说了。魏十二就取了自穿的一件旧绢中单衣出来，送与刘官人。刘官人身边取出带来纸钞二贯答他。魏家兄弟断不肯受，道：“但得生下贵公子之时，吃杯喜酒，日后照顾寒家照顾勾了。”刘官人称谢，取了旧衣回家。

不多几时，孺人果然有了妊孕。将五个月，夫妻同赴滁州之任。

一日在衙对食，刘官人对孺人道：“依那妇人所言，魏十二嫂已有这人，旧衣已得，生子之兆，显有的据了。却要个大银盒子！吾想盛得孩子的盒子，也好大哩，料想自置不成。甚样人家有这样盒子，好去借得？这却是荒唐了！”孺人道：“正是这话。人家料没有的；就有，我们从那里知道，好与他借？只是那姥姥说话，句句不妄，且看应验将来。”

夫妻正在疑惑间，刘官人接得府间文书，委他查盘滁州公库。刘官人不敢迟慢，分付库吏取齐了簿籍，凡公库所有，尽皆简出备查。滁州荒僻，库藏萧索，别不见甚好物，独内中存有大银盒二具。刘官人触着心里，又疑道：“何故有此物事？”试问库吏，库吏道：“近日有个钦差内相谭稹到浙西公干，所过州县，必要献上土宜。那盛土宜的，俱要用银做盒子，连盒子多收去。所以州中备得有此。后来内相不打从滁州过，却在别路去了，银盒子得以不用，留在库中收贮，作为公物。”刘官人记在心里，回与孺人说其缘故，共相咤异。

过了几月，生了一子。遂到库中借此银盒，照依妇人所言，用魏十二家旧衣衬在底下，把所生儿子眠在盒子中间。将有一个时辰，才抱他出来，取小名做蒙住。看那盒子底下镌得有字，乃是“宣和庚子年制”。想起妇人在睢阳说话的时节，那盒子还未曾造起，不知为何他先知道了。这儿子后名孝韪，字正甫，官到兵部侍郎，果然大贵。高髻妇人之言，无一不验。真是数已前定，并那件物事世间还不曾有，那贵人已该在这里头眠一会，魇样得长成，说过在那里了，可不奇么？

而今说一个人在万里之外，两不相知，这边预取下的名字，与那边原取下的竟自相同。这个定数，还更奇哩。要知端的，先听小子四句口号：

有母将雏横遣离，谁知万里遇还时。

试看两地名相合，始信当年天赐儿。

这回书也是说宋朝，苏州一个官人，姓朱，字景先，单讳着一个铨字。淳熙丙申年间，主管四川茶马司。有个公子名逊，年已二十岁。聘下妻室范氏，是苏州大家。未曾娶得过门，随父往任。那公子青春正当强盛，衙门独处无聊，欲念如火，按纳不下。央人对父亲朱景先说，要先娶一妾以侍枕席。景先道："男子未娶妻，先娶妾，有此礼否？"公子道："固无此礼，而今客居数千里之外，只得反经行权，目下图个伴寂寥之计。他日娶了正妻，遣还了他亦无不可。"景先道："这个也使得。只恐他日溺于情爱，要遣就烦难了。"公子道："说过了话，男子汉做事，一刀两段，有何烦难！"景先许允。公子遂托衙门中一个健捕胡鸿，出外访寻。胡鸿访得成都张姓家里有一女子，名曰福娘，姿容美丽，性格温柔，来与公子说了。将着财礼银五十两，取将过来为妾。福娘与公子年纪相仿，正是：

少女少郎，其乐难当。

两情欢爱，如胶似漆，过了一年。

不想苏州范家，见女儿长成，女婿远方随任，未有还期，恐怕担阁了两下青春，一面整办妆奁，父亲范翁亲自伴送到任上成亲。将入四川境中，先着人传信到朱家衙内。已知朱公子一年之前娶得有妾，便留住行李不行，写书去与亲家道：

先妻后妾，世所恒有。妻未成婚，妾已入室，其义何在？今小女于归戒途，吉礼将成，必去骈枝，始谐连理。此白。

看官听说：这个先妾后妻，果不是正理。然男子有妾，亦是常事。今日既已娶在室中了，只合讲明了嫡庶之分，不得以先后至有僭越，便可相安，才是处分得妥的。争奈人家女子，无有不妒。只一句有妾，即已不相应了，必是逐得去，方拔了眼中之钉。与他商量，岂能相容？做父亲的有大见识，当以正言劝勉，说：“媵妾虽贱，也是良家儿女。既已以身事夫，便亦是终身事体，如何可轻说一个去他？使他别嫁，亦非正道。到此地位，只该大度含容，和气相与，等人颂一个贤惠，他自然做小伏低，有何不可？”若父亲肯如此说，那未婚女子虽怎生嫉妒，也不好渗渗癞癞，就放出手段，要长要短的。当得人家父亲，护着女儿，不晓得调停为上，正要帮他立出界墙来，那管这一家增了好些难处的事！只这一封书去，有分交：锦窝爱妾，一朝剑析延津；远道孤儿，万里珠还合浦。正是：

> 世间好物不坚牢，彩云易散琉璃碎。
> 无缘对面不相逢，有缘千里能相会。

朱景先接了范家之书，对公子说道：“我前日曾说过的。今日你岳父以书相责，原说他不过。他又说必先遣妾，然后成婚。你妻已送在境上，讨了回话，然后前进。这也不得不从他了。”公子心里委是不舍得张福娘，然前日要娶妾时，原说过了娶妻遣还的话，今日父亲又如此说，丈人又立等回头，若不遣妾，便成亲不得。真也是左难右难，眼泪从肚子里落下来。只得把这些话与张福娘说了。张福娘道：“当初不要我时，凭得你家。今既娶了进门，我没有得罪，须赶我去不得。便做讨大娘来时，我只是尽礼奉事他罢了，何必要得我去？”公子道：“我怎么舍得你去？只是当初娶你时节，原对爹爹说过，待成正婚之日，先行送还。今爹爹把前言责我，范家丈人又带了女儿住在境上，要等送了你去，然后把女儿过门。我也处在两难之地，没奈何了。”张福娘道：“妾乃是贱辈，唯君家张主。君家既要遣去，岂可强住，以阻大娘之来？但妾身有件不得已事，要去也去不得了。”公子道：“有甚不得已事？”张福娘道：“妾身上已怀得有孕，此须是君家骨血。妾若回去了，他日生出儿女来，到底是朱家之人，难道又好那里去得不成？把似他日在家守着，何如今日不去的是？”公子道：“你若不去，范家不肯成婚，可不担阁了一生婚姻正事？就强得他肯了，进门以后必是没有好气，相待得你刻薄起来，反为不美。不如权避了出去，等我成亲过了，慢慢看个机会，劝转了他，接你来同处，方得无碍。”张福娘没奈何，正是：

人生莫作妇人身，百年苦乐繇他人。

福娘主意不要回去，却是堂上主张发遣，公子一心要遵依丈人说话，等待成亲。福娘四不拗六，徒增些哭哭啼啼，怎生撇强得过？只得且自回家去守着。

这朱家即把此信报与范家，范翁方才同女儿进发。昼夜兼程，行到衙中，择吉成亲。朱公子男人心性，一似荷叶上露水珠儿，这边缺了，那边又圆。且全了范氏伉丽之欢，管不得张福娘仳离之苦，夫妻两下且自过得恩爱，此时便没有这妾也罢了。

明年，朱景先茶马差满，朝廷差少卿王渥交代，召取景先还朝。景先拣定八月离任。此时福娘已将分娩，央人来说，要随了同归苏州。景先道：“论来有了妊孕，原该带了同去为是。但途中生产，好生不便。且看他造化，若得目下即产，便好带去了。”福娘再三来说：“已嫁从夫。当时只为避取大娘，暂回母家，原无绝理。况腹中之子，是那个的骨血，可以弃了竟去么？不论即产与不产，嫁鸡逐鸡飞，自然要一同去的。”朱景先是仕宦中人，被这女子把正理来讲，也有些说他不过。说与夫人，劝化范氏媳妇，要他接了福娘来衙中，一同东归。

范氏已先见公子说过两番，今翁姑来说，不好违命。他是诗礼之家出身的，晓得大体，一面打点接取福娘了。怎当得：

天有不测风云，人有旦夕祸福。

朱公子是色上要紧的人，看他未成婚时，便如此忍耐不得，急于取妾，以致害得个张福娘上不得，下不得，岂不是个喉急的？今与范氏夫妻，你贪我爱，又遣了张福娘，新换了一番境界，把从前毒火，多注在一处，朝夜探讨。早已染了痨怯之症，吐血丝，发夜热，医家只戒少近女色。景先与夫人商量道："儿子已得了病，一个媳妇，还要劝他分床而宿。若张氏女子再娶将来，分明是油锅内添上一把柴了。还只是立意回了他，不带去罢。""只可惜他已将分娩，是男是女，这是我朱家之后，舍不得撇他。"景先道："儿子媳妇，多是青年。只要儿子调理得身体好了，那怕少了孙子？趁着张家女子尚未分娩，黑白未分，还好辞得。他若不日之间产下一子，倒不好撇他了。而今只把途间不便生产去说；十分说不倒时，权约他日后来相接便是。"计议已定，当下力辞了张福娘，离了成都，归还苏州去了。

张福娘因朱家不肯带去，在家哭了几场。他心里一意守着腹中消息。朱家去得四十日后，生下一子，因道少不得要归朱家，只当权寄在四川，小名就唤做寄儿。福娘既生得有儿子，就甘贫守节，誓不嫁人。随你父母乡里百般说谕，并不改心。只绩纺补纫，资给度日，守那寄儿长成。

寄儿生得眉目疏秀，不同凡儿。与里巷同伴一般的孩童戏耍，他每每做了众童的头，自称是官人，把众童呼来喝去，俨然让他居尊的模样。到了七八岁，张福娘送他上学从师，所习诗书，一览成诵。福娘一发把做了大指望，坚心守去，也不管朱家日后来认不认的事了。

且不说福娘苦守教子。那朱家自回苏州，与川中相隔万里，彼此杳不闻知。过了两年，是庚子岁，公子朱逊病不得痊，呜呼哀哉。范氏虽做了四年夫妻，倒有两年不同房，寸男尺女皆无。朱景先又只生得这个公子，并无以下小男小女，一死只当绝了后代了。有诗为证：

不孝有三无后大，谁料儿亡竟绝孙。
早知今日凄凉景，何故当时忽妾妊？

朱景先虽然仕宦荣贵，却是上奉老母，下抚寡媳，膝下并无儿孙，光景孤单，悲苦无聊，再无开眉欢笑之日。直至乙巳年，景先母太夫人又丧，景先心事，一发只有痛伤。此时连前日儿子带妊还妾之事，尽多如隔了一世的，那里还记得影响起来。

又道是无巧不成话。四川后任茶马王渥少卿，闻知朱景先丁了母忧，因是他交手的前任官，多有首尾的，特差人赍了赙仪奠帛，前来致吊。你道来的是甚么人？正是那年朱公子托他讨张福娘的旧役健捕胡鸿。他随着本处一个巡简邹圭到苏州公干的便船，来至朱家。送礼已毕，朱景先问他川中旧事，是件备陈。朱景先是个无情无绪之人，见了手下旧使役的，偏喜是长是短的婆儿气，消遣闷怀。

那胡鸿住在朱家了几时，讲了好些闲说话，也看见朱景先家里事体光景在心，便问家人道："可惜大爷青年短寿。今不曾生得有公子，还与他立个继嗣么？"家人道："立是少不得立他一个，总是别人家的肉，那里偎得热？所以老爷还不曾提起。"胡鸿道："假如大爷留得一股真骨血在世上，老爷喜欢么？"家人道："可知道喜欢！却那里讨得出？"胡鸿道："有是有些缘故在那里，只不知老爷意思怎么样。"家人见说得蹊跷，便问道："你说的话，那里起？"胡鸿道："你每岂忘记了大爷在成都曾娶过妾么？"家人道："娶是娶过，后来因娶大娘子，还了他娘家了。"胡鸿道："而今他生得有儿子。"家人道："他别嫁了丈夫，就生得有儿子，与我家甚么相干？"胡鸿道："冤屈！冤屈！他那曾嫁人？还是你家带去的种哩！”家人道：“我每不敢信你这话。对老爷说了，你自说去。”

家人把胡鸿之言，一一来禀朱景先。朱景先却记起那年离任之日，张家女子将次分娩，再三要同到苏州之事，明知有遗腹在彼地。见说是生了儿子，且惊且喜，急唤胡鸿来问他的信。胡鸿道：“小人不知老爷主意怎么样，小人不敢乱讲出来。”朱景先道：“你只说前日与大爷做妾的那个女子，而今怎么样了就是。”胡鸿道：“不敢瞒老爷说，当日大爷娶那女子，即是小人在里头做事的，所以备知端的。大爷遣他出去之时，元是有娠。后来老爷离任得四十多日，即产下一个公子了。”景先道：“而今见在那里？”胡鸿道：“这个公子生得好不清秀伶俐，极会读书。而今在娘身边，母子相守，在那里过日。”景先道：“难道这女子还不嫁人？”胡鸿道：“说这女子也可怜！他缝衣补裳，趁钱度日，养那儿子，供给读书，不肯嫁人。父母多曾劝他，乡里也有想他的，连小人也巴不得他有这日，在里头再赚两数银子。怎当得他心坚如铁，再说不入。后来看见儿子会读了书，一发把这条门路绝了。”景先道：“若果然如此，我朱氏一脉可以不绝，莫大之喜了。只是你的说话可信么？”胡鸿道：“小人是老爷旧役，从来老实，不会说谎。况此女是小人的首尾，小人怎得有差？”景先道：“虽然如此，我嗣续大事非同小可。今路隔万里，未知虚实。你一介小人，岂可因你一言，造次举动得？”胡鸿道：“老爷信不得小人一个的言语，小人附舟来的是巡简邹圭，他也是老爷的旧吏。老爷问他，他备知端的。”

朱景先见说话有来因，巴不得得知一个详细，即差家人请那邹巡简来。邹巡简见是旧时本官相召，不敢迟慢，忙写了禀帖，来见朱景先。朱景先问他蜀中之事，他把张福娘守贞教子，与那儿子聪明俊秀不比寻常的话，说了一遍。与胡鸿所说，分毫不差。景先喜得打跌，进去与夫人及媳妇范氏备言其故。合家惊喜道：“若得如此，绝处逢生，祖宗之大庆也！”景先分付备治酒饭，管待邹巡简，与邹巡简商量川中接他母子来苏州说话。邹巡简道："此路迢遥，况一个女子，一个孩子，跋涉艰难，非有大力，不能周全得直到这里。小官如今公事已完，早晚回蜀。恩主除非乘此便，致书那边当道，支持一路舟车之费。小官自当效犬马之力，着落他母子起身，一径到府上，方可无误。"景先道："足下所言，实是老成之见。下官如今写两封书，一封写与制置使留尚书，一封即写与茶马王少卿，托他周置一应路上事体，保全途中母子无虞。至于两人在那里收拾起身之事，全仗足下与胡鸿照管停当。下官感激不尽，当有后报。"邹巡简道："此正小官与胡鸿报答恩主之日，敢不随便尽心，曲护小公子到府？恩主作速写起书来，小官早晚即行也。"朱景先遂一面写起书来。书云：

铨不禄，母亡子夭，目前无孙。前发蜀时，有成都女子张氏，为儿妾，怀娠留彼。今据旧胥巡简邹圭及旧役胡鸿，俱言业已获雄，今计八龄矣。遗孽万里，实系寒宗如线。欲致其还吴，而伶仃母子，跋涉非易。敢祈鼎力覆庇，使舟车无虞。非但骨肉得以会合，实令祖宗籍以绵延，感激非可名喻也。铨白。

一样发书二封，附与邹巡简将去。就便赏了胡鸿，致谢王少卿相吊之礼。各厚赠盘费，千叮万嘱，两人受托而去。朱景先道是既有上司主张，又有旧役帮衬，必是停当得来的，合家日夜只望好音，不题。

且说邹巡简与胡鸿，回去到了川中。邹巡简将留尚书的书，去至府中递过。胡鸿也回覆了王少卿的差使，就递了旧茶马朱景先谢帖并书一封。王少卿遂问胡鸿这书内的详细，胡鸿一一说了。王少卿留在心上，就分付胡鸿道："你先去他家通此消息，教母子收拾打叠停当了，来禀着我。我早晚乘便，周置他起身就路便是。"

胡鸿领旨，竟到张家见了福娘，备述身被差遣，直到苏州朱家作吊太夫人的事。福娘忙问："朱公子及合家安否？"胡鸿道："公子已故了五六年了。"张福娘大哭一场。又问公子身后事体，胡鸿道："公子无嗣，朱爷终日烦恼。偶然说起娘子这边有了儿子，娘子教他读书，苦守不嫁。朱爷不信，遂问得邹巡简之言相同，十分欢喜。有两封书，托这边留制使与王少卿，要他每设法护送着娘子与小官人到苏州。我方才见过少卿了。少卿叫我先来通知你母子，早晚有便，就要请你们动身也。”张福娘前番要跟回苏州，是他本心，因不得自繇，只得强留在彼，又不肯嫁人，如此苦守。今见朱家要来接他，正是叶落归根事务，心下岂不自喜？一面谢了胡鸿报信，一面对儿子说了，打点东归。只看王少卿发付。

王少卿因会着留制使，同提起朱景先托致遗孙之事，一齐道这是完全人家骨肉的美事，我辈当力任之。适有蜀中进士冯震武，要到临安，有舟东下。其路必经苏州，且舟中宽敞，尽可附人。王少卿知得，报与留制使，各发柬与冯进士说了。如此两位大头脑去说那些小附舟之事，你道敢不依从么？冯进士分付了船户，将好舱口分别得内外的，收拾洁净，专等朱家家小下船。留制使与王少卿各赠路费、茶果、银两，即着邹巡简、胡鸿两人赍发张福娘母子动身，复着胡鸿防送到苏州。张福娘随别了自家家里，同了八岁儿子寄儿，上在张进士船上。张进士晓得是缙绅家属，又是制使、茶马使所托，加意照管，自不必说。一路进发，尚未得到。

这边朱景先家里，日日盼望消息，真同大旱望雨。一日，遇着朝廷南郊礼成，大赉恩典，侍从官员，当荫一子，无子即孙。朱景先待报有子孙来，目前实是没有；待说没有来，已着人四川勾当去了。虽是未到，不是无指望的，难道虚了恩典不成？心里计较道：“宁可先报了名字去，他日可把人来补荫。”主意已定，只要取下一个名字，就好填了。想一想道：“还是取一个甚么名字好？”

有恩须赁子和孙，争奈庭前未有人。
万里已迎遗腹孽，先将名讳报金门。

朱景先辗转了一夜，未得佳名。次早，心下猛然道："蜀中张氏之子，果收拾回来，此乃是数年绝望之后，从天降下来的，岂非天赐？《诗》云：'天锡公纯嘏。'取名天锡，既含蓄天幸得来的意思，又觉字义古雅，甚妙！甚妙！"遂把有孙朱天锡填在册子上，报到仪部去。准了恩荫，只等蜀中人来顶补。

不多几时，忽然胡鸿复来叩见，将了留尚书、王少卿两封回书来禀道："事已停当。两位爷给发盘缠，张小娘子与小公子多在冯进士船上附来，已到河下了。"朱景先大喜，正要着人出迎，只见冯进士先将帖来进拜。景先接见冯进士，诉出留、王二大人相托，顺带令孙母子在船上来，幸得安稳，已到府前说话。朱景先称谢不尽，答拜了冯进士，就接取张福娘母子上来。

张福娘领了儿子寄儿，见了翁姑与范氏大娘，感起了旧事，全家哭做了一团。又教寄儿逐位拜见过，又合家欢喜。朱景先问张福娘道："孙儿可叫得甚么名字？"福娘道："乳名叫得寄儿。两年之前，送入学堂从师，那先生取名天锡。"朱景先大惊道："我因仪部索取恩荫之名，你每未来到，想了一夜，才取这两个字，预先填在册子上送去。岂知你每万里之外，两年之前，已取下这两个字作名了。可见天数有定若此，真为奇怪之事。"合家欢异。

那朱景先忽然得孙，直在四川去认将来，已此是新闻了。又两处取名适然相同，走进门来，只消补荫，更为可骇。传将开去，遂为奇谈。后来朱天锡袭了恩荫，官位大显，张福娘亦受封章。这是他守贞教子之报。有诗为证：

娶妾先妻亦偶然，岂知弃妾更心坚。
归来万里繇前定，善念阴中必保全。

卷三十三

杨抽马甘请杖　富家郎浪受惊

诗云：

敕使南来坐画船，袈裟犹带御炉烟。
无端撞着曹公相，二十皮鞭了宿缘。

这四句诗乃是国朝永乐年间少师姚广孝所作。这个少师乃是僧家出身，法名道衍，本贯苏州人氏。他虽是个出家人，广有法术，兼习兵机，乃元朝刘秉忠之流。太祖分封诸王，各选一高僧伴送之国。道衍私下对燕王说道：“殿下讨得臣去作伴，臣当送一顶白帽子与大王戴。”“白”字加在“王”字上，乃是个“皇”字，他藏着哑谜，说道辅佐他做皇帝的意思。燕王也有些晓得他不凡，果然面奏太祖，讨了他去。后来赞成靖难之功，出师胜败，无不未卜先知。燕兵初起时，燕王问他利钝如何，他说：“事毕竟成，不过费得两日工夫。”后来败于东昌，方晓得“两日”是个“昌”字。他说道：“此后再无阻了。”果然屡战屡胜，燕王直正大位，改元永乐。道衍赐名广孝，封至少师之职。虽然受了职衔，却不肯留发还俗，仍旧光着个头，穿看蟒龙玉带，长安中出入。文武班中晓得是他佐命功臣，谁不钦敬？

一日成祖皇帝御笔亲差他到南海普陀落伽山进香。少师随坐了几号大样官船，从长江中起行。不则数日，来到苏州马头上，湾船在姑苏馆驿河下。苏州是他父母之邦，他有心要上岸观看风俗，比旧同异如何。屏去从人，不要跟随，独自一个，穿着直掇在身，只做野僧打扮，从胥门走进街市上来行走。

正在看玩之际，忽见喝道之声远远而来，市上人虽不见十分惊惶，却也各自走开。在两边了让他。有的说是管粮曹官人来了。少师虽则步行，自然不放他在眼里的，只在街上摇摆不避。须臾之间，那个官人看看抬近轿前，皂快人等高声喝骂道："秃驴！怎不回避？"少师只是微微冷笑。就有两个应捕，把他推来抢去。少师口里只说得一句道："不得无理！我怎么该避你们的？"应捕见他不肯走开，道是冲了节，一把拿住。只等轿到面前，应捕口禀道："一个野僧冲道，拿了，听候发落。"轿上那个官人问道："你是那里野和尚，这等倔强？"少师只不做声。那个官人大怒，喝教拿下打着。众人喏了一声，如鹰拿燕雀，把少师按倒在地，打了二十板。少师再不分辨，竟自忍受了。才打得完，只见府里一个承差同一个船上人，飞也似跑来道："那里不寻得少师爷到，却在这里！"众人惊道："谁是少师爷？"承差道："适才司道府县各爷，多到钦差少师姚老爷船上迎接。说着了小服，从胥门进来了。故此同他船上水手，急急赶来。各位爷多在后面来了。你们何得在此无理？"众人见说，大惊失色，一哄而散。连抬那官人的轿夫，把个官来撇在地上了，丢下轿子，恨不爷娘多生两只脚，尽数跑了。刚刚剩下得一个官人在那里。元来这官人姓曹，是吴县县丞。当下承差将出绳来，把县丞拴下，听候少师发落。

须臾，守巡两道府县各官多来迎接，把少师簇拥到察院衙门里坐了。各官挨次参见已毕。承差早已各官面前禀过少师被辱之事，各官多跪下待罪，就请当面治曹县丞之罪。少师笑道："权且寄府狱中，明日早堂发落。”当下把县丞带出，监在府里。各官别了出来，少师是晚即宿于察院之中。

次早开门，各官又进见。少师开口问道：“昨日那位孟浪的官人在那里？”各官禀道：“见监府狱。未得钧旨，不敢造次。”少师道：“带他进来。”各官道是此番曹县丞必不得活了，曹县丞也道性命只在霎时，战战兢兢，随着解人，膝行到庭下，叩头请死。少师笑对各官道：“少年官人不晓事。即如一个野僧，在街上行走，与你何涉，定要打他？”各官多道：“这是有眼不识泰山，罪应万死。只求老大人自行诛戮，赐免奏闻，以宽某等失于简察之罪，便是大恩了。”少师笑嘻嘻的，袖中取出一个柬帖来，与各官看，即是前诗四句。各官看罢，少师哈哈大笑道：“此乃我前生欠下他的。昨日微服闲步，正要完这夙债。今事已毕，这官人原没甚么罪过，各请安心做官罢了。学生也再不提起了。”众官尽叹伏少师有此等度量。却是少师是晓得过去未来事的，这句话必非混帐之语。

看官若不信，小子再说宋时一个奇人，也要求人杖责了前欠的，已有个榜样过了。这人却有好些奇处，听小子慢慢说来，做回正话。

从来有奇人，其术堪玩世。
一切真实相，仅足供游戏。

话说宋朝蜀州江源有一个奇人，姓杨，名望才，字希吕。自小时节，不知在那里遇了异人，得了异书，传了异术。七八岁时在学堂中，便自跷蹊作怪：专一聚集一班学生，要他舞仙童，跳神鬼，或扮个《刘关张三战吕布》，或扮个《尉迟恭单鞭夺槊》，口里不知念些甚么，任凭随心搬演，那些村童无不一一按节跳舞，就像教师教成了一般的。傍观着实好看。及至舞毕，问那些童子，毫厘不知。一日，同学的有钱数百文在书箐中，并没人知道。杨生忽地向他借起钱来，同学的推说没有。杨生便把手指掐道："你的钱有几百几十几文，见在笥中，如何赖道没有？"众学生不信，群然启那同学的书笥看，果然一文不差。于是传将开去，尽道杨家学生有希奇术数。年纪渐大，长成得容状丑怪，双目如鬼，出口灵验。远近之人多来请问吉凶休咎，百发百中。因为能与人抽简禄马，川中起他一个混名，叫做杨抽马。但是经过抽马说的，近则近应，远则远应，正则正应，奇则奇应。且略述他几桩怪异去处：

杨家住居南边，有大木一株，荫蔽数丈。忽一日写个帖子出去，贴在门首道：

明日午未间，行人不可过此，恐有奇祸。

有人看见，传说将去道："抽马门首，有此帖子。"多来争看。看见了的，晓得抽马有些古怪，不敢不信，相戒明日午未时候切勿从他门首来走。果然到了其期，那株大木忽然摧仆下来，盈塞街市；两傍房屋，略不少损。这多是杨抽马魇样过了，所以如此。又恐怕人不知道，失误伤犯，故此又先通示，得免于祸。若使当时不知，在街上摇摆时节，不好似受了孙行者金箍棒一压，一齐做了肉饼了？

又常持缣帛入市货卖。那买的接过手量着，定是三丈四丈长的，价钱且是相应。买的还要讨他便宜，短少些价值，他并不争论。及至买成，叫他再量量看，出得多少价钱，原只长得多少。随你是量过几丈的，价钱只有尺数，那缣也就只有几尺长了。

出去拜客，跨着一匹骡子，且是雄健。到了这家门内，将骡系在庭柱之下。宾主相见，茶毕，推说别故暂出，不牵骡去。骡初时叫跳不住，去久不来，骡亦不作声，看看缩小。主人怪异，仔细一看，乃是纸剪成的。

四川制置司有三十年前一宗案牍，急要对勘。年深尘积，不知下落。司中吏胥，彷徨终日，竟无寻处。有人教他请问杨抽马，必知端的。吏胥来问，抽马应声答道：“在某屋某柜第几沓下。”依言去寻，果然即在那里翻出来。一日，眉山琛禅师造门相访，适有乡客在座。那乡客新得一马，黑身白鼻，状颇骏异。杨抽马见了道：“君此马不中骑，只该送与我罢了。君若骑他，必有不利之处。”乡客大怒道：“先生造此等言语，意欲吓骗吾马。吾用钱一百千买来的，乘坐未久，岂肯轻为你赚去么？”抽马笑道：“我好意替你解此大厄，你不信我，也是你的命了。今有禅师在此为证，你明年五月二十日，宿冤当有报应，切宜记取，勿可到马房看他刍秣，又须善护左肋。直待过了此日，还可望再与你相见耳。”乡客见他说得荒唐，又且利害，越加忿怒，不听而去。到了明年此日，乡客那里还把他言语放在心上？果然亲去喂马。那匹马忽然跳跃起来，将双蹄乱踢，乡客倒地。那马见他在地上了，急向左肋用力一踹，肋骨齐断。乡客叫得一声“阿也”，连吼是吼，早已后气不接，呜乎哀哉。琛禅师问知其事，大加惊异，每向人说杨抽马灵验，这是他亲经目见的说话。

虞丞相自荆襄召还，子公亮遣书来叩所向。抽马答书道：

得苏不得苏，半月去作同佥书。

其时佥书未有带“同”字的，虞公不信。以后守苏台到官十五日，果然召为同佥书枢密院事。时钱处和先为佥书，故加“同”字。其前知不差如此。

果州教授关寿卿，名耆孙，有同僚闻知杨抽马之术，央他遣一仆，致书问休咎。关仆未至，抽马先知，已在家分付其妻道：“快些造饭，有一关姓的家仆来了，须要待他。”其妻依言造饭。饭已熟了，关仆方来。未及进门，抽马迎着笑道：“足下不问自家事，却为别人来奔波么？”关仆惊拜道：“先生真神仙也！”其妻即将所造之饭，款待此仆。抽马答书，备言祸福而去。

元来他这妻子姓苏，也不是平常的人。原是一个娼家女子，模样也只中中，却是拿班做势，不肯轻易见客。及至见过的客，他就评论道：某人是好，某人是歹，某人该兴头，某人该落泊，某人有结果，某人没散场……。恰像请了一个设帐的相士一般，看了气色，是件断将出来。却面前不十分明说，背后说一两句，无不应验的。因此也名重一时，来求见的颇多，王孙公子，车马盈门。中意的晚上也留几个。及至有的往来熟了，欲要娶他，只说道："目前之人皆非吾夫也。"后来一见杨抽马，这样丑头怪脸，偏生喜欢道："吾夫在此了。"抽马一见苏氏，便像一向认得的一般，道："元来吾妻混迹于此！"两下说得投机，就把苏氏娶了过来，好一似桃花女嫁了周公，家里一发的——

阴阳有准，祸福无差。

杨抽马之名，越加著闻。就是身不在家，只消到他门里问着，也是不差的。所以门前热闹，家里喧阗，王侯贵客，无一日没有在座上的。

忽地一日，抽马在郡中。郡中中走出两个皂隶来，少不得是叫做张千、李万，多是认得抽马的，齐来声喏。抽马一把拉了他两人出郡门来道："请两位到寒舍，有句要紧话相央则个。"那两个是公门中人，见说请他到家，料不是白差使，自然愿随鞭镫，跟着就行。抽马道："两位平日所用官杖，望乞就便带了去。"张千、李万道："到宅上去，要官杖子何用？难道要我们去打那个不成？"抽马道："有用得着处，到彼自知端的。"张千、李万晓得抽马是个古怪的人，莫不真有甚么事得做？依着言语，各掮了一条杖子，随到家来。抽马将出三万钱来，送与他两个。张千、李万道："不知先生要小人那厢使唤。未曾效劳，怎敢受赐？"抽马道："两位受了薄意，然后敢相烦。"张千、李万道："先生且说将来，可以效得犬马的，自然奉命。"抽马走进去，唤妻苏氏出来，与两位公人相见。张千、李万不晓其意，为何出妻见子，各怀着疑心，不好做声。只见抽马与妻每人取了一条官杖，奉与张千、李万道："在下别无相烦，止求两位牌头将此杖子，责我夫妻二人每人二十杖，便是盛情不浅。"张千、李万大惊道："那有此话！"抽马道："两位不要管，但依我行事，足见相爱。"张千、李万道："且说明是甚么缘故。"抽马道："吾夫妇目下当受此杖，不如私下请牌头来，完了这业债，省得当场出丑。两位是必见许则个。"张千、李万道："不当人子！不当人子！小人至死也不敢胡做。"抽马与妻叹息道："两位毕竟不肯，便是数已做定，解禳不去了。有劳两位到此，虽然不肯行杖，请收了钱去。"张千、李万道："尊赐一发出于无名。"抽马道："但请两位收去，他日略略用些盛情就是。"张千、李万虽然推托，公人见钱，犹如苍蝇见血，一边接在手里了，道："既蒙厚赏，又道是'长者赐，少者不敢辞'，他日有用着两小人处，水火不避便了。"两人真是无功受赏，头轻脚重，欢喜不胜而去。

且说杨抽马平日祠神，必设六位。东边二位空着虚座，道是神位。西边二位，却是他夫妻二人坐着作主。底下二位，每请一僧一道同坐。又不知奉的是甚么神，又不从僧，又不从道，人不能测。地方人见他行事古怪，就把他祠神诡异，说是左道惑众，论法当死，首在郡中。郡中准词，差人捕他到官，未及讯问，且送在监里。狱吏一向晓得他是有手段的跷蹊作怪人，惧怕他的术法利害，不敢加上械扭，曲意奉承他。却又怕他用术逃去，没寻他处，心中甚是忧惶。抽马晓得狱吏的意思了，对狱吏道："但请足下宽心，不必虑我，我当与妻各受刑责。其数已定，万不可逃，自当含笑受之。"狱吏道："先生有神术，总使数该受刑，岂不能趋避？为何自来就他？"抽马道："此魔业使然，避不过的。度过了厄，始可成道耳。"狱吏方才放下了心。果然，杨抽马从容在监，并不作怪。

郡中把他送在司理杨忱处议罪。司理晓得他是法术人，有心护庇他，免不得外观体面，当堂鞠讯一番。杨抽马不辨自己身上事，仰面对司理道："令叔某人，这几时有信到否？可惜！可惜！"司理不知他所说之意，默然不答。只见外边一人走将进来，道是成都来的人，正报其叔讣音。司理大惊退堂，心服抽马之灵。

其时司理有一女久病，用一医者陈生之药，屡服无效。司理私召抽马到衙，意欲问他。抽马不等开口，便道："公女久病，陈医所用某药一毫无益的，不必服他。此乃后庭朴树中小蛇为祟。我如今不好治得，因身在牢狱，不能役使鬼神。待我受杖后以符治之，可即平安，不必忧虑。"司理把所言对夫人说，夫人道："说来有因。小姐未病之前，曾在后园见一条小蛇，缘在朴树上，从此心中恍惚得病起的。他既知其根繇，又说能治，必有手段。快些周全他出狱，要他救治则个。"

司理有心出脱他，把罪名改轻，说元非左道惑众死罪，不过术人妄言祸福，只问得个不应、决杖，申上郡堂去。郡守依律科断，将抽马与妻苏氏各决臀杖二十。元来那行杖的皂隶，正是前日送钱与他的张千、李万，两人各怀旧恩，又心服他前知，加意用情，手腕偷力，蒲鞭示辱而已。抽马与苏氏尽道业数该当，又且轻杖，恬然不以为意。

受杖归来，立书一符，又写几字，作一封送去司理衙中，权当酬谢周全之意。司理拆开，见是一符，乃教他挂在树上的。又一红纸，有六字，写道："明年君家有喜。"司理先把符来试挂，果然女病洒然。留下六字，看明年何喜。果然司理兄弟四人，明年俱得中选。

抽马奇术如此类者，不一而足。独有受杖一节，说是度厄，且预先要求皂隶自行杖责解禳，及后皂隶不敢依从，毕竟受杖之时，用刑的仍是这两人，真堪奇绝。有诗为证：

祸福从来有宿根，要知受杖亦前因。

请君试看杨抽马，有术何能强避人？

杨抽马术数高奇，语言如响，无不畏服。独有一个富家子与抽马相交最久，极称厚善，却带一味狎玩，不肯十分敬信。抽马一日偶有些事干，要钱使用，须得二万。囊中偶乏，心里想道："我且蒿恼一个人着。"来向富家借货一用。富家子听言，便有些不然之色。看官听说：大凡富人，没有一个不悭吝的。惟其看得钱财如同性命一般，宝惜倍至，所以钱神有灵，甘心跟着他走。若是把来不看在心上，东手接来西手去的，触了钱神嗔怒，岂肯到他手里来？故此非悭不成富家，才是富家一定悭了。真个"说了钱，便无缘"，这富子虽与杨抽马相好，只是见他兴头有术，门面撮哄而已，忽然要与他借贷起来，他就心中起了好些歹肚肠。一则说是江湖行术之家，贪他家事，起发他的，借了出门，只当舍去了。一则说是朋友面上，就还得本钱，不好算利。一则说是借惯了手脚，常要歆动，是开不得例子的。只回道是："家间正在缺乏，不得奉命。"抽马见他推辞，哈哈大笑道："好替你借，你却不肯。我只教你吃些惊恐，看你借我不迭，那时才见手段哩。"自此，见富家子再不提起借钱之事。

富家子自道回绝了他，甚是得意。偶然那一日独自在书房中歇宿，时已黄昏人定，忽闻得叩门之声。起来开看，只见一个女子闪将入来，含颦万福道："妾东家之女也。丈夫酒醉逞凶，横相逼逐，势不可当。今夜已深，不可远去，幸相邻近，愿借此一宿。天未明，即当潜回家里，以待丈夫酒醒。"富家子看其模样，尽自飘逸有致，私自想道："暮夜无知，落得留他伴寝。他说天未明就去，岂非神鬼不觉的？"遂欣然应允道："既蒙娘子不弃，此时没人知觉，安心共寝一宵，明早即还尊府便了。"那妇人并无推拒，含笑解衣，共枕同衾，忙行云雨。

一个孤馆寂寥，不道佳人猝至；一个夜行凄楚，谁知书舍同欢．两出无心，略觉情形忸怩；各因乍会，翻惊意态新奇。未知你弱我强，从容试看；且自抽离添坎，热闹为先。

行事已毕，俱各困倦。睡到五更，富家子恐天色乍明，有人知道，忙呼那妇人起来。叫了两声，推了两番，既不见声响答应，又不见身子展动。心中正疑，鼻子中只闻得一阵阵血腥之气，甚是来得狠。富家子疑怪，只得起来挑明灯盏，将到床前一看，叫声：“阿也！”正是：

分开八片顶阳骨，浇下一桶雪水来。

你道却是怎么？元来昨夜那妇人，身首已斫做三段，鲜血横流，热腥扑鼻，恰像是才被人杀了的。富家子慌得只是打颤，心里道：“敢是丈夫知道，赶来杀了他？却怎不伤着我？我虽是弄了两番，有些疲倦，可也忒睡得死。同睡的人被杀了，怎一些也不知道？而今事已如此，这尸首在床，血痕狼籍，倏忽天明，他丈夫定然来这里讨人，岂不决撒？若要并叠过，一时怎能干净得？这祸事非同小可，除非杨抽马他广有法术，或者可以用甚么障眼法儿，遮掩得过。须是连夜去寻他！”也不管是四更五更，日里夜里，正是慌不择路，急走出门，望着杨抽马家里乱乱窜窜跑将来，擂鼓也似敲门，险些把一双拳头敲肿了，杨抽马方才在里面答应出来道：“是谁？”富家子忙道：“是我！是我！快开了门，有话讲。”此时富家子正是——

急惊风撞着了慢郎中。

抽马听得是他声音，且不开门，一路数落他道：“所贵朋友交厚，缓急须当相济。前日借贷些少，尚自不肯；今如此黑夜，来叫我甚么干？”

富家子道:“有不是处，且慢讲。快与我开开门着！”

抽马从从容容把门开了。富家子一见抽马，且哭且拜道:“先生救我奇祸则个！”抽马道:“何事恁等慌张？”富家子道:“不瞒先生说，昨夜黄昏时分，有个邻妇投我，不合留他过夜。夜里不知何人所杀，今横尸在家，乃飞来大祸，望乞先生妙法救解。”抽马道:“事体特易。只是你不肯顾我缓急，我顾你缓急则甚？”富家子道:“好朋友！念我和你往来多时。前日偶因缺乏，多有得罪。今若救得我命，此后再不敢吝惜在先生面上了。”抽马笑道:“休得惊慌。我写一符与你拿去，贴在所卧室中，亟亟关了房门，切勿与人知道。天明开看，便知端的。”富家子道:“先生勿耍我。倘若天明开看，仍复如旧，可不误了大事？”抽马道:“岂有是理！若是如此，是我符不灵，后来如何行术？况我与你相交有日，怎误得你？只依我行去，包你一些没事便了。”富家子道，“若果蒙先生神法救得，当奉钱百万相报。”抽马笑道:“何用许多？但只原借我二万足矣。”富家子道:“这个敢不相奉？”

抽马遂提笔画一符与他，富家子袖了急去。幸得天尚未明，慌慌忙忙，依言贴在房中，自身走了出来，紧把房门闭了，站在外边，牙齿还是捉对儿厮打的，气也不敢多喘。守至天大明了，才敢走至房前。未及开门，先向门缝窥看，已此不见甚么狼籍意思。急急开进看时，但见干干净净，一床被卧，不曾有一点渍污，那里还见甚么尸首？富家子方才心安意定，喜欢不胜。

随即备钱二万，并分付仆人携酒持肴，特造抽马家来叩谢。抽马道:“本意只求货二万钱，得此已勾，何必又费酒肴之惠？”富家子道:“多感先生神通广大，救我难解之祸。欲加厚酬，先生又分付只须二万。自念莫大之恩，无可报谢，聊奉卮酒，图与先生遣兴笑谈而已。”抽马道:“这等，须与足下痛饮一回。但是家间窄隘无趣，又且不时有人来寻，搅扰杂沓，不得快畅。明日携此酒肴一往郊外，尽兴何如？”富家子道:“这个绝妙！先生且留此酒肴自用，明日再携杖头来，邀先生郊外一乐可也。”抽马道：“多谢！多谢！”遂把二万钱与酒肴多收了进去。富家子别了回家。

到了明日，果来邀请出游。抽马随了他到郊外来。行不数里，只见一个僻净幽雅去处，一条酒帘子飘飘扬扬在那里。抽马道：“此处店家洁静，吾每在此小饮则个。”富家子即命仆人将盒儿向店中座头上安放已定，相拉抽马进店，相对坐下，唤店家取上等好酒来。只见里面一个当垆的妇人应将出来，手拿一壶酒，走到面前。富家子抬头看时，吃了一惊，元来正是前夜投宿被杀的妇人，面貌一些不差，但只是像个初病起来的模样。那妇人见了富家子也注目相视，暗暗痴想，像个心里有甚么疑惑的一般。富家子有些鹘突，问道：“我们与你素不相识，你见了我们，只管看了又看，是甚么缘故？”那妇人道：“好教官人得知，前夜梦见有人邀到个所在，乃是一所精致书房，内中有少年留住。那个少年模样，颇与官人有些厮像，故此疑心。”富家子道：“既然留住，后来却怎么散场了？”妇人道：“后来直到半夜方才醒来，只觉身子异常不快，陡然下了几斗鲜血，至今还是有气无力的。平生从来无此病，不知是怎么样起的。”杨抽马在旁，只不开口，暗地微笑。富家子晓得是他的作怪，不敢明言。私念着一晌欢情，重赏了店家妇人，教他服药调理。杨抽马也笑嘻嘻的袖中取出一张符来，付与妇人道：“你只将此符贴在睡的床上，那怪梦也不做，身体也自平复了。”妇人喜欢称谢。

两人出了店门，富家子埋怨杨抽马道：“前日之事，正不知祸从何起，元来是先生作戏。既累了我受惊，又害了此妇受病。先生这样耍法，不是好事。”抽马道：“我只召他魂来诱你，你若主意老成，那有惊恐？谁教你一见就动心营勾他，不惊你惊谁！”富家子笑道：“深夜美人来至，遮莫是柳下惠、鲁男子也忍耐不住，怎教我不动心？虽然后来吃惊，那半夜也是我受用过了。而今再求先生致他来与我叙一叙旧，更感高情，再容酬谢。”抽马道：“此妇与你元有些小前缘，故此致得他魂来，不是轻易可以弄术的。岂不怕鬼神责罚么？你夙债原少我二万钱，只为前日若不如此，你不肯借，偶尔作此顽耍勾当。我原说二万之外，要也无用。我也不要再谢，你也不得再妄想了。”富家子方才死心塌地，敬服抽马神术。

抽马后在成都卖卜，不知所终。要知虽是绝奇术法，也脱不得天数的。

异术在身，可以惊世。
若非夙缘，不堪轻试。
杖既难逃，钱岂妄觊？
不过前知，游戏三昧。

卷三十四

任君用恣乐深闺　杨太尉戏宫馆客

诗曰：

黄金用尽教歌舞，留与他人乐少年。
此语只伤身后事，岂知现报在生前。

且说世间富贵人家，没一个不广蓄姬妾。自道是左拥燕姬，右拥赵女，娇艳盈前，歌舞成队，乃人生得意之事。岂知男女大欲，彼此一般，一人精力要周旋几个女子，便已不得相当。况富贵之人，必是中年上下，取的姬妾，必是花枝也似一般的后生，枕席之事，三分四路，怎能勾满得他们的意，尽得他们的兴？所以满闺中不是怨气，便是丑声。总有家法极严的，铁壁铜墙，提铃喝号，防得一个水泄不通，也只禁得他们的身，禁不得他们的心。略有空隙，就思量弄一场把戏，那有情趣到你身上来？只把做一个厌物看承而已。似此有何好处？费了钱财，用了心机，单买得这些人的憎嫌。试看红拂离了越公之宅，红绡逃了勋臣之家，此等之事，不一而足。可见生前已如此了，何况一朝身死，树倒猢狲散，残花嫩蕊，尽多零落于他人之手。

要那做得关眄眄的，千中没有一人。这又是身后之事，管不得许多，不足慨叹了。争奈富贵之人，只顾眼前，以为极乐。小子在旁看的，正替你担着愁布袋哩。

宋朝有个京师士人，出游归来，天色将晚。经过一个人家后苑，墙缺处苦不甚高，看来像个跳得进的。此时士人带着酒兴，一跃而过。只见里面是一所大花园子，好不空阔。四周一望，花木丛茂，路径交杂，想来煞有好看。一团高兴，随着石砌阶路，转弯抹角，渐走渐深，悄不见一个人，只管踱的进去，看之不足。

天色有些黑下来了，思量走回，一时忘了来路。正在追忆寻索，忽地望见红纱灯笼远远而来，想道必有贵家人到。心下慌忙，一发寻不出原路来了。恐怕撞见不便，思量躲过。看见道左有一小亭，亭前大湖石畔，有叠成的一个石洞，洞口有一片小毡遮着。想道："躲在这里头去，外面人不见，权可遮掩过了，岂不甚妙？"忙将这片小毡揭将开来，正要藏身进去，猛可里一个人在洞里钻将出来，那一惊可也不小。士人看那人时，是一个美貌少年，不知为何先伏在这里头。忽见士人揭开来，只道抄他跟脚的，也自老大吃惊，急忙奔窜，不知去向了。士人道："惭愧！且让我躲一躲着。"于是吞声忍气，蹲伏在内，只道必无人见。

岂知事不可料，冤家路窄，那一盏红纱灯笼偏生生地向那亭子上来。士人洞中是暗处，觑出去看那灯亮处较明，乃是十来个少年妇人，靓妆丽服，一个个妖冶举止，风骚动人。士人正看得动火，不匡那一伙人一窝蜂的多抢到石洞口，众手齐来揭毡。看见士人面貌生疏，俱各失惊道："怎的不是那一个了？"面面厮觑，没做理会。一个年纪略老成些的妇人，夺将纱灯在手，提过来把士人仔细一照道："就这个也好。"随将纤手拽着士人的手，一把挽将出来。士人不敢声问，料道没甚么歹处，软软随他同走。引到洞房曲室，只见酒肴并列，众美争先，六博争雄，交杯换盏，以至搂肩交颈，揾脸接唇，无所不至。几杯酒下肚，一个个多兴热如火，不管三七二十一，一把推士人在床上了。齐攒入帐中，脱裤的脱裤，抱腰的抱腰，直到五鼓，方才一个个逐渐散去。士人早已弄得骨软筋麻，肢体无力，行走不动了。

那一个老成些的妇人，将一个大担箱放士人在内，叫了两三个丫鬟扛抬了，到了墙外，把担箱倾了士人出来，急把门闭上了，自进去了。此时天色将明，士人恐怕有人看见，惹出是非来。没奈何，强打精神，一步一步挨了回来，不敢与人说知。

过了几日，身体健旺，才到旧所旁边，打听缺墙内是何处。听得人说，是蔡太师家的花园，士人伸了舌头出来，一时缩不进去，担了一把汗，再不敢打从那里走过了。

看官，你想：当时这蔡京太师何等威势！何等法令！有此一班儿姬妾，不知老头子在那里昏寐中，眼睛背后，任凭他们这等胡弄。约下了一个，惊去了，又换了一个，恣行淫乐，如同无人。太师那里拘管得来？也只为多蓄姬妾，所以有这等丑事。同时称高、童、杨、蔡四大奸臣，与蔡太师差不多权势的杨戬太尉，也有这样一件事，后来败露，妆出许多笑柄来。看官不厌，听小子试道其详。

满前娇丽恣淫荒，雨露谁曾得饱尝？
自有阳台成乐地，行云何必定襄王！

话说宋时杨戬太尉，恃权怙宠，靡所不为。声色之奉，姬妾之多，一时自蔡太师而下，罕有其比。

一日，太尉要到郑州上冢，携带了家小同行。是上前的几位夫人，与各房随使的养娘、侍婢，多跟的西去。馀外有年纪过时了些的，与年幼未谙承奉的，又身子娇怯、怕历风霜的，月信方行、轿马不便的，剩下不去。合着养娘侍婢们，也还共有五六十人留在宅中。太尉心性猜忌，防闲紧严，中门以外直至大门，尽皆锁闭，添上朱笔封条，不通出入。惟有中门内前廊壁间挖一孔，装上转轮盘，在外边传将食物进去。一个年老院奴姓李的，在外监守。晚间督人巡更，鸣锣敲梆，通夕不歇。外边人不敢正眼觑视他。

内宅中留下不去的，有几位奢遮出色，乃太尉宠幸有名的姬妾。一个叫得瑶月夫人，一个叫得筑玉夫人，一个叫得宜笑姐，一个叫得餐花姨姨，同着一班儿侍女，关在里面。日长夜永，无事得做，无非是抹骨牌、斗百草、戏秋千、蹴气球，消遣过日。然意味有限，那里当得甚么兴趣？况日间将就扯拽过了，晚间寂寞，何以支吾！这个筑玉夫人，原是长安玉工之妻，资性聪明，仪容美艳，私下也通些门路，京师传有盛名。杨太尉偶得瞥见，用势夺来，十分宠爱，立为第七位夫人，呼名筑玉。谁知标致如玉琢成一般的人，也就暗带着本来之意。他在女伴中伶俐异常，妖淫无赛。太尉在家之时，尚兀自思量背地里溜将个把少年进来取乐；今见太尉不在，镇日空闲，清清锁闭着，怎叫他不妄想起来？

太尉有一个馆客，姓任，表字君用，原是个读书不就的少年子弟，写得一笔好字，也代做得些书启简札之类。模样俊秀，年纪未上三十岁。总角之时，多曾与太尉后庭取乐过来，极善恢谐帮衬。又加心性熨贴，所以太尉喜欢他，留在馆中作陪客。太尉郑州去，因是途中姬妾过多，轿马上下之处恐有不便，故留在家间外舍不去。任生有个相好朋友，叫做方务德，是从幼同窗。平时但是府中得暇，便去找他闲话饮酒。此时太尉不在家，任生一发身畔无事，日里只去拉他各处行走。晚间或同宿娼家，或独归书馆，不在话下。

且说筑玉夫人晚间寂守不过，有个最知心的侍婢，叫做如霞，唤来床上做一头睡着，与他说些淫欲之事，消遣闷怀。说得高兴，取出行淫的假具，教他缚在腰间。权当男子行事。如霞弄得兴头上问夫人道："可比得男子滋味么？"夫人道："只好略取解馋，成得甚么正经！若是真男子滋味，岂止于此。"如霞道："真男子如此直钱，可惜府中倒闲着一个在外舍。”夫人道：“不是任君用么？”如霞道：“正是。”夫人道：“这是太尉相公最亲爱的客人，且是好个人物。我们在里头窥见他，常自火动的。”如霞道：“这个人若设法得他进来，岂不妙哉？”夫人道：“果然此人闲着。只是墙垣高峻，岂能飞入？”如霞道：“只好说耍，自然进来不得。”夫人道：“待我心生一计，定要取他进来。”如霞道：“后花园墙下，便是外舍书房。我们明日早起，到后花园相相地头，夫人怎生设下好计弄进来，大家受用一番。”夫人笑道：“我未曾到手，你便思想分用了？”如霞道：“夫人不要独吃自屙！我们也大家有兴，好做帮手。”夫人笑道：“是，是。”一夜无话。

到得天明，梳洗已毕，夫人与如霞开了后花园门，去摘花戴，就便去相地头。行至秋千架边，只见绒索高悬。夫人看了，笑一笑道：“此件便有用他处了。”又见修树梯子倚在太湖石畔，夫人叫如霞道：“你看，你看，有此二物，岂怕内外隔墙？”如霞道：“计将安出？”夫人道：“且到那对外厢的墙边，再看个明白，方有道理。”如霞领着夫人，到两株梧桐树边，指着道：“此外正是外舍书房，任君用见今独居在内了。”夫人仔细相了一相，又想了一想，道：“今晚端的只在此处取他进来一会，不为难也。”如霞道：“却怎么？”夫人道：“我与你悄地把梯子拿将来，倚在梧桐树旁。你走上梯子，再在枝干上踏上去两层，即可以招呼得外厢听见了。”如霞道：“这边上去不难，要外厢听见也不打紧，如何得他上来？”夫人道：“我将几片木板，用秋千索缚住两头，隔一尺多缚一片板。收将起来，只是一捆；撒将直来，便似梯子一般。如与外边约得停当了，便从梯子走到梧桐枝上去，把索头扎紧在丫杈老干，生了根。然后将板索多抛向墙外挂下去，分明是张软梯，随你再多几个，也次第上得来，何况一人乎？”如霞道：“妙哉！妙哉！事不宜迟，且如法做起来试试看。”笑嘻嘻且向房中取出十来块小木板，递与夫人。夫人叫解将秋千索来，亲自扎缚得坚牢了，对如霞道：“你且将梯儿倚好，走上梯去，望外边一望，看可通得个消息出去。倘遇不见人，就把这法儿先坠你下去，约他一约也好。”

如霞依言，将梯儿靠稳，身子小巧利便，一毂碌溜上枝头。望外边书舍一看，也是合当有事，恰恰任君用同方务德外边游耍，过了夜，方才转来，正要进房。墙里如霞笑指道：“兀的不是任先生？”任君用听得墙头上笑声，抬头一看，却见是个双鬟女子指着他说话，认得是宅中如霞。他本是少年的人，如何禁架得定！便问道：“姐姐说小生甚么？”如霞是有心招风揽火的，答道：“先生这早在外边回来，莫非昨晚在那处行走么？”任君用道：“小生独处难捱，怪不得要在外边走走。”如霞道：“你看我墙内，那个不是独处的？你何不到里面走走，便大家不独了。”任君用道：“我不生得双翅，飞不进来。”如霞道：“你果要进来，我有法儿，不消飞得。”任君用向墙上唱一个肥喏道：“多谢姐姐！速教妙方。”如霞道：“待禀过了夫人，晚上伺候消息。”说罢了，溜下树来。任君用听得明白，不胜徯幸道：“不知是那一位夫人，小生有此缘分。却如何能进得去？且到晚上看消息则个。”一面只望着日头下去。正是：

无端三足乌，团圆光皎灼。
安得后羿弓，射此一轮落。

不说任君用巴天晚。且说筑玉夫人在下边，看见如霞和墙外讲话，一句句多听得的，不待如霞回覆，各自心照，笑嘻嘻的且回房中。如霞道：“今晚管不寂寞了。”夫人道：“万一后生家胆怯，不敢进来，这样事也是有的。”如霞道：“他方才恨不得立地飞了进来。听得说有个妙法，他肥喏就唱不迭，岂有胆怯之理？只准备今宵取乐便了。”筑玉夫人暗暗欢喜。

床上添铺异锦，炉中满爇名香。榛松细果贮教尝，美酒佳茗顿放。　　久

作阱中猿马，今思野外鸳鸯。安排芳饵钩檀郎，百计图他欢畅。（词寄《西江月》）

是日将晚，夫人唤如霞同到园中。走到梯边，如霞仍前从梯子溜在梧桐枝去，对着墙外大声咳嗽。外面任君用看见天黑下来，正在那里探头探脑，伺候声响。忽闻有人咳嗽，仰面瞧处，正是如霞在树枝高头站着。忙道："好姐姐，望穿我眼也！快用妙法，等我进来。"如霞道："你在此等着，就来接你。"急下梯来，对夫人道："那人等久哩。"夫人道："快放他进来！"如霞即取早间扎缚停当的索子，搿在腋下，望梯上便走。到树枝上，牢系两头。如霞口中叫声道："着！"把木板绳索向墙外一撒，那索子早已挂了下去。任君用外边凝望处，见一件物事抛将出来，却是一条软梯索子，喜得打跌。将脚试踹，且是结得牢实，料道可登。踹着木板，双手吊索，一步一步吊上墙来。如霞看见，急跑下来道："来了！来了！"夫人觉得有些害羞，走退一段路，在太湖石畔坐着等候。任君用跳过了墙，急从梯子跳下。一见如霞，向前双手抱住道："姐姐恩人，快活杀小生也！"如霞啐一声道："好不识羞的，不要馋脸！且去前面见夫人。"任君用道："是那一位夫人？"如霞道："是第七位筑玉夫人。"任君用道："可正是京师极有名标致的么？"如霞道："不是他，还有那个？"任君用道："小生怎敢就去见他？"如霞道："是他想着你，用见识教你进来的，你怕怎地？"任君用道："果然如此，小生何以克当？"如霞道："不要虚谦逊，造化着你罢了！切莫忘了我引见的。"任君用道："小生以身相谢，不敢有忘。"

一头说话，已走到夫人面前。如霞抛声道："任先生已请到了。"任君用满脸堆下笑来，深深拜揖道："小生下界凡夫，敢望与仙子相近？今蒙夫人垂盼，不知是那世里积下的福。"夫人道："妾处深闺，常因太尉宴会，窥见先生丰采，渴慕已久。今太尉不在，闺中空闲，特邀先生一叙。倘不弃嫌，妾之幸也。”任君用道：“夫人抬举，敢不执鞭坠镫？只是他日太尉知道，罪犯非同小可。”夫人道：“太尉昏昏的，那里有许多背后眼？况如此进来，无人知觉，先生不必疑虑，且到房中去来。”夫人叫如霞在前引路，一只手挽着任君用同行。任君用到此魂灵已飞在天外，那里还顾甚么利害？随着夫人，轻手轻脚，竟到房中。此时天已昏黑，各房寂静。如霞悄悄摆出酒肴，两人对酌，四目相视，甜语温存。三杯酒下肚，欲心如火，偎偎抱抱，共入鸳帷。两人之乐，不可名状。

本为旅馆孤栖客，今向蓬莱顶上游。
偏是乍逢滋味别，分明织女会牵牛。

两人云雨尽欢。任君用道：“久闻夫人美名，今日得同枕席，天高地厚之恩，无时可报。”夫人道：“妾身颇慕风情，奈为太尉拘禁，名虽朝欢暮乐，何曾有半点情趣？今日若非设法得先生进来，岂不辜负了好天良夜？自此当永图偷聚，虽极乐而死，妾亦甘心矣。”任君用道：“夫人玉质冰肌，但得挨皮靠肉，福分难消。何况亲承雨露之恩，实遂于飞之愿，总然事败，直得一死了。”两人笑谈欢谑，不觉东方发白。如霞走到床前来，催起身道：“快活了一夜，也勾了。趁天色未明，不出去了，更待何时？”任君用慌忙披衣而起，夫人不忍舍去，执手留连，叮咛夜会而别。分付如霞送出后园中，元从来时方法，在索上挂将下去。到晚夕仍旧进来，真个是：

朝隐而出，暮隐而入。
果然行不繇径，早已非公至室。

如此往来数晚，连如霞也弄上了手，滚得热做一团。筑玉夫人心欢喜，未免与同伴中笑语之间，有些精神恍惚，说话没头没脑的，露出些马脚来。同伴里面初时不觉，后来看出意态，颇生疑心。到晚上有有心的，多方察听，已见了些声响。大家多是吃得杯儿的的，巴不得寻着些破绽，同在浑水里搅搅，只是没有找着来踪去迹。

一日，众人偶然高兴，说起打秋千，一哄的走到架边，不见了索子。大家寻将起来。筑玉夫人与如霞两个多做不得声。元来先前两番，任君用出去了，便把索子解下藏过，以防别人看见。以后多次，便有些托大了，晓得夜来要用，不耐烦去解他。任君用虽然出去了，索子还吊在树枝上，挂向外边，未及收拾。却被众人寻见了，道："兀的不是秋千索，如何缚在这里树上，抛向外边去了？"宜笑姐年纪最小，身子轻便，见有梯在那里，便溜在树枝上去，吊了索头，收将进来。众人看见一节一节缚着木板，共惊道："奇怪，奇怪。可不有人在此出入的么？"筑玉夫人通红了脸，半晌不敢开言。瑶月夫人道："眼见得是甚么人在此通内了，我们该传与李院公查出，等候太尉来家禀知为是。"口里一头说，一头把眼来瞅着筑玉夫人。筑玉夫人只低了头。餐花姨姨十分瞧科了，笑道："筑玉夫人为何不说一句？莫不心下有事？不如实对姐妹们说了，通同作个商量，倒是美事。"如霞料是瞒不过了，对筑玉夫人道："此事若不通众，终须大家炒坏，便要独做也做不成了。大家和同些说明白了罢。"众人拍手道："如霞姐说得有理，不要瞒着我们了。"筑玉夫人才把任生在此墙外做书房、用计取他进来的事，说了一遍。瑶月夫人道："好姐姐，瞒了我们做这样好事！"宜笑姐道："而今不必说了。既是通同知道，我每合伴取些快乐罢了。"瑶月夫人故意道："做的自做，不做的自不做，怎如此说？"餐花姨姨道："就是不做，姐妹情分，只是帮衬些为妙。"宜笑姐道："姨姨说得是。"大家哄笑而散。

元来瑶月夫人内中与筑玉夫人两下最说得来，晓得筑玉有此私事，已自上心，要分他的趣了。碍着众人在面前，只得说假撇清的话。比及众人散了，独自走到筑玉房中，问道："姐姐，今夜来否？"筑玉道："不瞒姐姐说，连日惯了的，为甚么不来？"瑶月笑道："来时仍是姐姐独乐么？"筑玉道："姐姐才说不做的自不做。"瑶月道："才方是大概说话。我便也要学做做儿的。"筑玉道："姐姐果有此意，小妹理当奉让。今夜唤他进来，送到姐姐房中便了。"瑶月道："我与他又不厮熟，羞答答的，怎好就叫他到我房中？我只在姐姐处做个帮户便使得。"筑玉笑道："这件事用不着人帮。"瑶月道："没奈何，我初次害羞，只好顶着姐姐的名尝一尝滋味，不要说破是我，等熟分了再处。"筑玉道："这等，姐姐须权躲躲过，待他到我床上，脱衣之后，吹息了灯，掉了包就是。"瑶月道："好姐姐，彼此帮衬些个。"筑玉道："这个自然。"两个商量已定。

到得晚来，仍叫如霞到后花园把索儿收将出去，叫了任君用进来。筑玉夫人打发他先睡好了，将灯吹灭，暗中拽出瑶月夫人来，推他到床上去。瑶月夫人先前两个说话时，已自春心荡漾。适才闪在灯后偷觑任君用进来，暗处看明处较清，见任君用俊俏风流态度，着实动了眼里火。趁着筑玉夫人来拽他，心里巴不得就到手。况且黑暗之中，不消顾忌，也没甚么羞耻，一毂碌钻进床去。床上任君用只道是筑玉夫人，轻车熟路，也不等开口，翻过身就弄起来。瑶月夫人欲心已炽，猛力承受，弄到间深之处，任君用觉得肌肤腠理，与那做作态度略是有些异样，又且不见则声，未免有些疑惑。低低叫道："亲亲的夫人，为甚么今夜不开了口？"瑶月夫人不好答应。任君用越加盘问，瑶月转闭口息声，气也不敢出。急得任君用连叫"奇怪"，按住身子不动。筑玉在床沿边站着，听这一会。听见这些光景，不觉失笑，轻轻揭帐，将任君用狠打一下，道："天杀的！便宜你了。只管絮叨甚么？今夜换了个胜我十倍的瑶月夫人，你还不知哩！"任君用才晓得果然不是，便道："不知又是那一位夫人见怜，小生不曾叩见，辄敢放肆了。"瑶月夫人方出声道："文诌诌甚么，晓得便罢。"任君用听了娇声细语，不繇不兴动，越加鼓煽起来。瑶月夫人乐极道：“好知心姐姐，肯让我这一会快活死也！”筑玉夫人听得，当不住兴发，也跳上床来。任君用且喜旗枪未倒，瑶月已自风流兴过，连忙帮衬，放下身来，推他到筑玉夫人那边去。任君用换了对主，另复交锋起来。正是：

倚翠偎红情最奇，巫山黯黯雨云迷。
风流一似偷香蝶，才过东来又向西。

不说三人一床高兴，且说宜笑姐、餐花姨姨日里见说其事，明知夜间任君用必然进内，要去约瑶月夫人，同守着他，大家取乐。且自各去吃了夜饭，然后走到瑶月夫人房中，早已不见夫人。心下疑猜，急到筑玉夫人处探听。房外遇见如霞，问道：“瑶月夫人在你处否？”如霞笑道：“老早在我这里，今在我夫人床上睡哩。”两人道：“同睡了？那人来时却有些不便。”如霞道：“有甚不便？且是便得忒煞，三人做一头了。”两人道：“那人已进来了么？”如霞道：“进来，进来，此时进进出出得不耐烦。”宜笑姐道：“日里他见我说了合伴取乐，老大撇清，今反是他先来下手。”餐花姨姨道：“偏是说乔话的最要紧。”宜笑姐道：“我两个炒进去，也不好推拒得我每。”餐花姨姨道：“不要，不要，而今他两个弄一个，必定消乏，那里还有甚么本事轮到得我每！”附着宜笑姐的耳朵说道：“不如耐过了今夜，明日我每先下些功夫，弄到了房里，不怕他不让我每受用。”宜笑姐道：“说得有理。”两下各自归房去了，一夜无词。

次日早，放了任君用出去，如霞到夫人床前，说昨晚宜笑、餐花两人来寻瑶月夫人的说话。瑶月听得，忙问道：“他们晓得我在这里么？”如霞道：“怎不晓得？”瑶月惊道：“怎么好？须被他们耻笑。”筑玉道：“何妨！索性连这两个丫头也弄在里头了，省得彼此顾忌，那时小任也不必早去夜来，只消留在这里，大家轮流，一发无些阻碍，有何不可？”瑶月道：“是倒极是，只是今日难见他们。”筑玉道：“姐姐今日只如常时，不必提起甚么。等他们不问便罢，若问时，我便乘机兜他在里面做事便了。”瑶月放下心肠，因是夜来困倦，直睡到晌午起来，心里暗暗得意乐事，只隄防宜笑、餐花两人要来饶舌，见了带些没意思。

岂知二人已自有了主意，并不说破一字。两个夫人各像没些事故一般，怡然相安，也不提起。到了晚来，宜笑姐与餐花姨商量，竟往后花园中迎候那人。两人走到那里，躲在僻处，瞧那树边。只见任君用已在墙头上过来，从梯子下地，整一整巾帻，抖一抖衣裳，正举步要望里面走去。宜笑姐抢出来，喝道：“是何闲汉，越墙进来做甚么？”餐花姨也走出来，一把扭住道：“有贼！有贼！”任君用吃了一惊，慌得颤抖抖道：“是，是，是里头两位夫人约我进来的。姐姐休高声。”宜笑姐道：“你可是任先生么？”任君用道：“小生正是任君用，并无假冒。”餐花姨道：“你偷奸了两位夫人，罪名不小。你要官休私休？”任君用道：“是夫人们教我进来的，非干小生大胆。却是官休不得，情愿私休。”宜笑姐道：“官休时，拿你交付李院公，等太尉回来，禀知处分，叫你了不得。既情愿私休，今晚不许你到两位夫人处去，只随我两个悄悄到里边，凭我们处置。”任君用笑道：“这里头料没有苦楚勾当，只随两位姐姐去罢了。”当下三人捏手捏脚，一直领到宜笑姐自己房中，连餐花姨也留做了一床，翻云覆雨，倒凤颠鸾，自不必说。

这边筑玉、瑶月两位夫人，等到黄昏时候，不见任生到来，叫如霞拿灯去后花园中隔墙支会一声。到得那里，将灯照着树边，只见秋千索子挂向墙里边来了。元来任君用但是进来了，便把索子收向墙内，恐防挂在外面有人瞧见，又可以随着尾他踪迹，故收了进来，以此为常。如霞看见，晓得任生已自进来了，忙来回覆道：“任先生进来过了，不到夫人处，却在那里？”筑玉夫人想了一想，笑道：“这等，有人剪着绺去也。”瑶月夫人道：“料想只在这两个丫头处。”即着如霞去看。如霞先到餐花房中，见房门闭着，内中寂然。随到宜笑房前，听得房内笑声哈哈，床上轧轧震动不住，明知是任生在床做事。如霞好不口馋，急跑来对两个夫人道：“果然在他那里，正弄得兴哩，我们快去炒他！”瑶月夫人道：“不可，不可，昨夜他们也不捉破我们，今若去炒，便是我们不是，须要伤了和气。”筑玉道：“我正要弄他两个在里头，不匡他先自留心，已做下了，正合我的机谋。今夜且不可炒他，我与他一个见识，绝了明日的出路，取笑他慌张一回，不怕不打做一团。”瑶月道：“却是如何？”筑玉道：“只消叫如霞去把那秋千索解将下来，藏过了，且着他明日出去不得，看他们怎地瞒得我们！”如霞道：“有理，有理。是我们做下这些机关，弄得人进来，怎么不通知我们一声，竟自邀截了去？不通！不通！”手提了灯，一性子跑到后花园，溜上树去，把索子解了下来，做一捆抱到房中来，道：“解来了！解来了！”筑玉夫人道：“藏下了，到明日再处。我们睡休。”两个夫人各自归房中，寂寂寞寞睡了。正是：

一样玉壶传漏出，南宫夜短北宫长。

那边宜笑、餐花两人，搂了任君用，不知怎生狂荡了一夜，约了晚间再会。清早打发他起身出去，任君用前走，宜笑、餐花两人蓬着头尾在后边，悄悄送他同到后花园中。任生照常登梯上树，早不见了索子软梯，出墙外去不得。依旧走了下来，道：“不知那个解去了索子。必是两位夫人见我不到，知了些风，有些见怪，故意难我。而今怎生别寻根索子，弄出去罢。”宜笑姐道：“那里有这样粗索吊得人起，坠得下去的？”任君用道：“不如等我索性去见见两位夫人，告个罪，大家商量。”餐花姨姨道：“只是我们不好意思些。”

三人正踌躇间，忽见两位夫人同了如霞赶到园中来，拍手笑道："你们瞒了我们干得好事！怎不教飞了出去？"宜笑姐道："先有人干过了，我们学样的。"餐花道："且不要斗口，原说道大家帮衬。只为两位夫人撇了我们，自家做事，故此我们也打一场偏手。而今不必说了。且将索子出来，放了他出去。"筑玉夫人大笑道："请问，还要放出去做甚么？既是你知我见，大家有分了，便终日在此，还碍着那个？落得我们成群合伙喧哄过日。"一齐笑道："妙！妙！夫人之言有理。"筑玉便挽了任生，同众美步回内庭中来。

从此任生昼夜不出，朝欢暮乐，不是与夫人每并肩叠股，便与姨姐们作对成双。淫欲无休，身体劳惫，思量要歇息一会儿，怎繇得你自在？没奈何，求放出去两日，又没个人肯。各人只将出私钱，买下肥甘物件，进去调养他。虑恐李院公有言，各凑重赏，买他口净。真是无拘无忌，受用过火了。所谓——

志不可满，乐不可极。
福过灾生，终有败日。

任生在里头快活了一月有馀，忽然一日，外边传报进来，说太尉回来了。众人多在睡梦昏迷之中，还未十分准信，不知太尉立时就到，府门院门，豁然大开。众人慌了手脚，连忙着两个送任生出后花园，叫他越墙出去。任生上得墙头，底下人忙把梯子掇过，口里叫道："快下去！快下去！"不顾死活，没头的奔了转来。那时多着了忙，那曾仔细？竟不想不曾系得秋千索子，却是下去不得；这边没了梯子，又下来不得想道有人撞见，煞是利害，欲待奋身跳出，争奈淘虚的身子，手脚酸软，胆气虚怯，挣着便簌簌的抖，只得骑着墙檐脊上坐着，好似——

羝羊触藩，进退两难。

自古道："冤家路儿窄。"谁想太尉回来，不问别事，且先要到院中各处墙垣上看有无可疑踪迹，一径走到后花园来。太尉抬起头来，早已看见墙头上有人。此时任生在高处望下，认得是太尉自来，慌得无计可施，只得把身子伏在脊上。这叫得兔子掩面，只不就认得是他，却藏不得身子。太尉是奸狡有馀的人，明晓得内院墙垣有甚事，却到得这上头，毕竟连着闺门内的话，恐怕传播开去，反为不雅。假意扬声道："这墙垣高峻，岂是人走得上去的？那上面有个人，必是甚邪祟凭附着他了，可寻梯子扶下来问他端的。"左右从人应声去掇张梯子，将任生一步步扶掖下地。

任生明明听得太尉方才的说话，心生一计，将错就错，只做懵朦不省人事的一般，任凭众人扯扯拽拽，拖至太尉跟前。太尉认一认面庞，道："兀的不是任君用么？元何这等模样？必是着鬼了！"任生紧闭双目，只不开言。太尉叫去神乐观里请个法师来救解。太尉的威令，谁敢稽迟？不一刻法师已到。太尉叫他把任生看一看，法师捏鬼道："是个着邪的。"手里仗了剑，口里哼了几句咒语，喷了一口净水，道："好了，好了。"任生果然睁开眼来，道："我如何却在这里？"太尉道："你方才怎的来？"任生诌出一段谎来道："夜来独坐书房，恍惚之中，有五个锦衣花帽的将军来说，要随他天宫里去抄写甚么。小生疑他怪样，抵死不肯。他叫从人扯捉，腾空而起。小生慌忙吊住树枝，口里喊道：'我是杨太尉爷馆宾，你们不得无礼。'那些小鬼见说出'杨太尉'三字，便放松了手，推跌下来，一时昏迷不省，不知却在太尉面前。太尉几时回来的？这里是那里？"傍边人道："你方才被鬼迷在墙头上伏着，是太尉教救下来的。这里是后花园。"太尉道："适间所言，还是何神怪？"法师道："依他说来，是五通神道，见此独居无伴，作怪求食的。今与小符一纸，贴在房中，再将些三牲酒果安一安神，自然平稳无事。”太尉分付当直的依言而行。送了法师回去。

任生扶在馆中将息。任生心里道：“惭愧！天字号一场是非，早被瞒过了也。”任生因是几时斫丧过度了，精神元是虚耗的，做这被鬼迷了要将息的名头，在馆中调养了十来日。终是少年易复，渐觉旺相，进来见太尉称谢道：“不是太尉请法师救治，此时不知怎生被神鬼所迷，丧了残生也不见得。”太尉也自忻然道：“且喜得平安无事。老夫与君用久阔，今又值君用病起，安排几品，畅饮一番则个。”随命取酒共酌，猜枚行令，极其欢洽。任生随机应变，曲意奉承。酒间任生故意说起遇鬼之事，要探太尉心上如何。但提起，太尉便道：“使君用独居遇魅，原是老夫不是。”着实安慰。任生心下私喜道：“所做之事，点滴不漏了。只是众美人几时能勾再会？此生只好做梦罢了。”书房静夜，常是相思不歇。却见太尉不疑，放下了老大的鬼胎，不担干系，自道侥幸了。

岂知太尉有心，从墙头上见了任生，已瞧科了九分在肚里。及到筑玉夫人房中，不想那条做软梯的索子，自那夜取笑，将来堆在壁间，终日喧哄，已此忘了，一时不曾藏得过，被太尉看在眼里，料道此物正是接引人进来的东西了。即将如霞拷问。如霞吃苦不过，一一招出。太尉又各处查访从头彻尾的事，无一不明白了，却只毫不发觉出来。待那任生一如平时，宁可加厚些。正是：

腹中怀剑，笑里藏刀。
撩他虎口，怎得开交？

一日，太尉召任生吃酒，直引至内书房中。欢饮多时，唤两个歌姬出来唱曲，轮番劝酒。任生见了歌姬，不觉想起内里相交过的这几位来，心事悒怏，只是吃酒，被灌得酩酊大醉。太尉起身走了进去，歌姬也随时进来了，只留下任生正在椅子上打盹。忽然四五个壮士走到面前，不繇分说，将任生捆缚起来。任生此时醉中，不知好歹，口里胡言乱语，没个清头，早被众人抬放一张卧榻上。一个壮士拔出风也似一把快刀来。任生此时，正是：

命如五鼓衔山月，身似三更油尽灯。

看官，你道若是要结果任生性命，这也是太尉家惯做的事，况且任生造下罪业不小，除之亦不为过，何必将酒诱他在内室了，然后动手？元来不是杀他，那处法实是希罕。只见拿刀的壮士，褪下任生腰裤，将左手扯他的阳物出来，右手飕的一刀割下，随即剔出双肾。任生昏梦之中，叫声“阿呀”，痛极晕绝。那壮士即将神效止疼生肌的敷药敷在伤处，放了任生捆缚，紧闭房门而出。这几个壮士是谁？乃是平日内里所用阉工，专与内相净身的。太尉怪任生淫污了他的姬妾，又平日喜欢他知趣，着人不要径自除他，故此分付这些阉工把来阉割了。因是阉割的见不得风，故引入内里密室之中。古人所云“下蚕室”，正是此意。太尉又分付如法调治他，不得伤命。饮食之类，务要加意。任生疼得十死九生，还亏调理有方，得以不死。明知太尉洞晓前事，下此毒手，忍气吞声，没处申诉。且喜留得性命。过了十来日，勉强挣扎起来，讨些汤来洗面，但见下颏上微微几茎髭须尽脱在盆内。急取镜来照时，俨然成了一个太监之相。看那小肚之下，结起一个大疤。这一条行淫之具，已丢向东洋大海里去了。任生摸了一摸，泪如雨下。有诗为证：

昔日花丛多快乐，今朝独坐闷无聊。
始知裙带乔衣食，也要生来有福消。

任君用自被阉割之后，杨太尉见了，便带笑容，越加待得他殷勤。索性时时引他到内室中，与妻妾杂坐，宴饮耍笑，盖为他身无此物，不必顾忌，正好把来做玩笑之具了。起初瑶月、筑玉等人凡与他有一手者，时时说起旧情，还十分怜念他。却而今没蛇得弄，中看不中吃，要来无干。任生对这些旧人道："自太尉归来，我只道今生与你们永无相会之日了。岂知今日时时可以相会，却做了个无用之物，空咽唾津，可怜，可怜！"自此任生十日倒有九日在太尉内院，希得出外。又兼颏净声雌，太监嘴脸，怕见熟人，一发不敢到街上闲走。平时极往来得密的方务德，也有半年不见他面。务德曾到太尉府中探问，乃太尉分付过的，尽说道他死了。

一日，太尉带了姬妾，出游相国寺。任生随在里头，偶然独自走至大悲阁下，恰恰与方务德撞见。务德看去，模样虽像任生，却已脸皮改变。又闻得有已死之说，心里踌躇，不敢上前相认，走了开去。任生却认得是务德不差，连忙呼道："务德，务德，你为何不认我故人了？"务德方晓得真是任生，走来相揖。任生一见故友，手握着手，不觉呜咽流涕。务德问他许久不见及有甚伤心之事，任生道："小弟不才遭变，一言难尽。"遂把前后始末之事细述一遍，道："一时狂兴，岂知受祸如此！"痛哭不止。务德道："你受用太过，故折罚至此。已成往事，不必追悔。今后只宜出来相寻同辈，消遣过日。"任生道："何颜复与友朋相见？贪恋馀生，苟延旦夕罢了。"务德大加嗟叹而别。

后来打听任生郁郁不快，不久竟死于太尉府中，这是行淫的结果。方务德每见少年好色之人，即举任君用之事以为戒。看官听说：那血气未定后生们，固当谨慎；就是太尉虽然下这等毒手，毕竟心爱姬妾被他弄过了，此亦是富贵人多蓄妇女之鉴。

堪笑累垂一肉具，喜者夺来怒削去。

寄语少年渔色人，大身勿受小身累！

又一诗笑杨太尉云：

削去淫根淫已过，尚留残质共婆娑。
譬如宫女寻奄尹，一样多情奈若何？

卷三十五

错调情贾母詈女　误告状孙郎得妻

诗曰：

妇女轻自缢，就里别贞淫。
若非能审处，枉自命归阴。

话说妇人短见，往往没奈何了，便自轻生。所以缢死之事，惟妇人极多。然有死得有用的，有死得没用的。

湖广黄州蕲水县有一个女子陈氏，年十四岁，嫁与周世文为妻。世文年纪更小似陈氏两岁，未知房室之事。其母马氏，是个寡妇，却是好风月淫滥之人。先与奸夫蔡凤鸣私通，后来索性赘他入室，作做晚夫。欲心未足，还要吃一看二。有个方外僧人性月，善能养龟，广有春方，也与他搭上了。蔡凤鸣正要学些抽添之法，借些药力帮衬，并不吃醋捻酸，反与僧人一路宣淫，晓夜无度。有那媳妇陈氏在面前走动，一来碍眼，二来也带些羞惭，要一网兜他在里头。况且马氏中年了，那两个奸夫见了少艾女子，分外动火，巴不得到一到手。三人合伴，百计来哄诱他，陈氏只是不从。婆婆马氏怪他不肯学样，羞他道：“看你独造了贞节牌坊不成？”先是毒骂，渐加痛打。蔡凤鸣假意旁边相劝，便就捏捏撮撮撩拨他。陈氏一头受打，一头口里乱骂凤鸣道：“繇婆婆自打，不干你这野贼事，不要你来劝得。”婆婆道：“不知好歹的贱货，必要打你肯顺随了才住。”陈氏道：“拚得打死，决难从命。”蔡凤鸣趁势抱住道：“乖乖，偏要你从命，不舍得打你。”马氏也来相帮，扯裤揿腿，强要奸他。怎当得陈氏乱颠乱滚，两个人用力，只好捉得他身子住，那里有闲空凑得着道儿行淫！原来世间强奸之说，元是说不通的。落得马氏费坏了些气力，恨毒不过，狠打了一场才罢。

陈氏受这一番作践，气忿不过，跑回到自己家里，哭诉父亲陈东阳。那陈东阳是个市井小人，不晓道理的，不指望帮助女儿，反说道不该逆着婆婆，凡事随顺些自不讨打。陈氏晓得分理不清的，走了转来，一心只要自尽。家里还有一个太婆，年纪八十五了，最是疼他的。陈氏对太婆道：“媳妇做不得这样狗彘的事，寻一条死路罢，不得伏侍你老人家了。却是我决不空死，我决来要两个同去！”太婆道：“我晓得你是个守志的女子，不肯跟他们胡做。却是人身难得，快不要起这样念头！”陈氏主意已定，恐怕太婆老人家婆儿气，又或者来防闲着他，假意道：“既是太婆劝我，我只得且忍着过去。”是夜在房，竟自缢死。

死得两日，马氏晚间取汤澡牝，正要上床与蔡凤鸣快活，忽然一阵冷风过处，见陈氏拖出舌头尺馀当面走来，叫声：“不好了！媳妇来了！”蓦然倒地，叫唤不醒。蔡凤鸣看见，吓得魂不附体，连夜逃走英山地方，思要躲过。不想心慌不择路，走脱了力。次日发寒发热，口发谵语，不上几日也死了。眼见得必是陈氏活拿了去。

此时是六月天气。起初陈氏死时，婆婆恨他，不曾收殓。今见显报如此，邻里喧传，争到周家来看。那陈氏停尸在低檐草屋中，烈日炎蒸，面色如生，毫不变动。说起他死得可怜，无不垂涕。又见恶姑奸夫俱死，又无不拍手称快。有许多好事儒生，为文的为文，作传的作传，备了牲礼，多来祭奠。呈明上司，替他立起祠堂。后来察院采风，奏知朝廷，建坊旌表为烈妇，果应着马氏独造牌坊之谶。这个缢死，可不是死得有用的了？

莲花出水，不染泥淤。
均之一死，唾骂在姑。

湖广又有承天府景陵县一个人家，有姑嫂两人。姑未嫁出，嫂也未成房，尚多是女子，共居一个小楼上。楼后有别家房屋一所，被火焚过，馀下一块老大空地，积久为人堆聚粪秽之场。因此楼墙后窗，直见街道。二女闲空，就到窗边看街上行人往来光景。有邻家一个学生，朝夕在这街上经过，貌甚韶秀。二女年俱二八，情欲已动，见了多次，未免妄想起来，便两相私语道："这个标致小官，不知是那一家的。若得与他同宿一晚，死也甘心。"

正说话间，恰好有个卖糖的小厮，唤做四儿，敲着锣，在那里后头走来。姑嫂两人多是与他卖糖厮熟的，楼窗内把手一招，四儿就挑着担，走转向前门来，叫道："姑娘们买糖？"姑嫂多走下楼来，与他买了些糖，便对他道："我问你一句说话，方才在你前头走的小官，是那一家的？"四儿道："可是那生得齐整的么？"二女道："正是。"四儿道："这个是钱朝奉家哥子。"二女道："为何日日在这条街上走来走去？"四儿道："他到学堂中去读书。姑娘问他怎的？"二女笑道："不怎的。我们看见，问问着。"四儿年纪虽小，倒是点头会意的人，晓得二女有些心动，便道："姑娘喜欢这哥子，我替你们传情，叫他来耍耍何如？"二女有些羞缩，多红了脸，半晌方才道："你怎么叫得他来？"四儿道："这哥子在书房中，我时常挑担去卖糖，极是熟的。他心性好不风月，说了两位姑娘好情，他巴不得在里头的。只是门前不好来得，却怎么处？”二女笑道：“只他肯来，我自有处。”四儿道：“包管我去约得来。”二女就在汗巾里解下一串钱来，递与四儿道：“与你买果子吃。烦你去约他一约，只叫他在后边粪场上走到楼窗下来。我们在楼上窗里抛下一个布兜，兜他上来就是。”四儿道：“这等，我去说与他知道了。讨了回音，来复两位姑娘。”三个多是孩子家，不知甚么利害，欢欢喜喜，各自散去。

四儿走到书房来寻钱小官，撞着他不在书房，不曾说得。走来回复，把锣敲得响，二女即出来问。四儿便说未得见他的话。二女苦央他再去一番，千万等个回信。四儿去了一会，又走来道：“偏生今日他不在书房中。待走到他家里去与他说。”二女又千叮万嘱道：“不可忘了。”似此来去了两番。

对门有一个老儿，姓程，年纪七十来岁，终日坐在门前一只凳上，矇眬着双眼，看人往来。见那卖糖的四儿，在对门这家去了又来，频敲糖锣。那里头两个女人，但是敲锣，就走出来与他交头接耳。想道：“若只是买糖，一次便了，为何这等藤缠？里头必有缘故。”跟着四儿到僻净处，便一把扯住问道：“对门这两个女儿，托你做些甚么私事？你实对我说了，我与你果儿吃。”四儿道：“不做甚么事。”程老儿道：“你不说，我只不放你。”四儿道：“老人家休缠我，我自要去寻钱家小哥。”程老儿道：“想是他两个与那小官有情，故此叫你去么？”四儿被缠不过，只得把实情说了。程老儿带着笑说道：“这等，今夜若来，就成事了？”四儿道：“却不怎的！”程老儿笑嘻嘻的扯着四儿道：“好对你说，作成了我罢。”四儿拍手大笑道：“他是女儿家，喜欢他小官，要你老人家做甚么？”程老儿道：“我老则老，兴趣还高。我黑夜里坐在布兜内上去了，不怕他们推了我出来。那时临老入花丛，我之愿也。”四儿道：“这是我哄他两个了，我做不得这事！”程老儿道：“你若依着我，我明日与你一件衣服穿。若不依我，我去对他家家主说了，还要拿你这小猴子去摆布哩！”四儿有些着忙了，道："老爹爹果有此意，只要重赏我，我便假说是钱小官，送了你上楼罢。"程老儿便伸手腰间钱袋内摸出一块银子来，约有一钱五六分重，递与四儿道："你且先拿了这些须去，明日再与你衣服。"四儿千欢万喜，果然不到钱家去，竟诌一个谎，走来回复二女道："说与钱小官了，等天黑就来。"二女喜之不胜，停当了布匹等他，一团春兴。

谁知程老儿老不识死，想要剪绺。四儿走来回了他话，他就呆呆等着日晚。家里人叫他进去吃晚饭，他回说："我今夜有夜宵主人，不来吃了。"磕磕撞撞，撞到粪场边来，走至楼窗下面，咳嗽一声。时已天黑，不辨色了。两女听得人声，向窗外一看，但见黑魆魆一个人影，料道是那话来了，急把布来每人捏紧了一头，放将中段下去。程老儿见布下来了，即兜在屁股上坐好。楼上见布中已重，知是有人，扯将起去。那程老儿老年的人，身体干枯，苦不甚重。二女趁着兴高，用力一扯，扯到窗边。正要伸手扶他，楼中火光照出窗外，却是一个白头老人，吃了一惊。手臂索软，布扯不牢，一个失手，程老儿早已头轻脚重，跌下去了。二女慌忙把布收进，颤笃笃的关了楼窗，一场扫兴，不在话下。

次日，程老儿家见家主夜晚不回，又不知在那一家宿了，分头去亲眷家问，没个踪迹。忽见粪场墙边一个人死在那里，认着衣服，正是程翁。报至家里，儿子每来看看，不知其繇，只道是老人家脚蹉，自跌死了的。一齐哭着，扛抬回去，一面开丧入殓，家里嚷做一堆。

那卖糖的四儿还不晓得缘故，指望讨夜来信息，希冀衣服，莽莽走来。听见里面声喧，进去看看，只见程老儿直挺挺的躺在板上。心里明知是昨夜做出来的，不胜伤感，点头叹息。程家人看见了道："昨夜晚上请吃晚饭时，正见主翁同这个小厮在那里唧哝些甚么，想是牵他到那处去，今日却死在墙边。那厢又不是街路，死得跷蹊，这小厮必定知情。"众人齐来一把拿住道："你不实说，活活打死你才住！"四儿慌了，只得把昨日的事一一说了道："我只晓得这些缘故，以后去到那里，怎么死了，我实不知。”程家儿子们听了这话道：“虽是我家老子老没志气，牵头是你。这条性命断送在你身上，干休不得。”就把四儿缚住，送到官司告理。

四儿到官，把首尾一十一五说了。事情干连着二女，免不得出牌行提。二女见说，晓得要出丑了，双双缢死楼上。只为一时没正经，不曾做得一点事，葬送了三条性命。这个缢死，可不是死得没用的了？

二美属目，眷眷恋童。
老翁夙孽，彼此凶终。

小子而今说一个缢死的，只因一吊，倒吊出许多妙事来。正是：

失马未为祸，其间自有缘。
不因俱错认，怎得两团圆？

话说吴淞地方，有一个小官人，姓孙，也是儒家子弟，年方十七，姿容甚美。隔邻三四家，有一寡妇，姓方，嫁与贾家，先年其夫亡故。止生得一个女儿，名唤闰娘，也是十七岁，貌美出群。只因家无男子，止是娘女两个过活，顾得一个秃小厮使唤，无人少力，免不得出头露面。邻舍家个个看见的，人人称羡。孙小官自是读书之人，又年纪相当，时时撞着，两下眉来眼去，各自有心。只是方妈妈做人刁钻，心性凶暴，不是好惹的人。拘管女儿甚是严紧，日里只在面前，未晚就收拾女儿到房里去了。虽是贾闰娘有这个孙郎在肚里，只好空自咽唾。孙小官恰像经布一般，不时往来他门首，只弄得个眼熟，再无便处下手。幸喜得方妈妈见了孙小官，心里也自爱他一分的，时常留他吃茶，与他闲话，算做通家子弟，还得频来走走，捉空与闰娘说得句把话。闰娘恐怕娘疑心，也不敢十分兜揽。似此多时，孙小官心痒难熬，没个计策。

一日，贾闰娘穿了淡红褂子，在窗前刺绣。孙小官走来，看见无人，便又把语言挑他。贾闰娘提防娘瞧着，只不答应。孙小官不离左右的，踅了好两次。贾闰娘只怕露出破绽，轻轻的道："青天白日，只管人面前来晃做甚么？"孙小官听得，只得走了去，思量道："适间所言，甚为有意。教我青天白日不要来晃，敢是要我夜晚些来？或有个机会，也不见得。"

等到傍晚，又踅来贾家门首，呆呆立着，见贾家门已闭了。忽听得呀的一响，开将出来。孙小官未知是那个，且略把身子退后，望把门开处，走出一个人来，影影看去，正是着淡红褂子的。孙小官喜得了不得，连忙尾来，只见走入坑厕里去了。孙小官也跳进去，拦腰抱住道："亲亲姐姐，我被你想杀了！你叫我日里不要来，今已晚了，你怎生打发我？"那个人啐了一口道："小入娘贼！你认做那个哩？"元来不是贾闰娘，是他母亲方妈妈为晚了，到坑厕上收拾马子。因是女儿换下褂子在那里，他就穿了出来。孙小官一心想着贾闰娘，又见衣服是日里的打扮，娘女们身分必定有些厮像，眼花撩乱，认错了。直等听得声音，方知是差讹，打个失惊，不要命的一道烟跑了去。

方妈妈吃了一场没意思，气得颤抖抖的，提了马子回来。想着道："适才小猢狲的言语甚有跷蹊，必是女儿与他做下了，有甚么约会，认错了我，故作此行径，不必说得！"一忿之气，走进房来对女儿道："孙家小猢狲在外头，叫你快出去！"贾闰娘不知一些清头，说道："甚么孙家李家，却来叫我？"方妈妈道："你这臭淫妇约他来的，还要假撇清？"贾闰娘叫起屈来道："那里说起！我好耽耽坐在这里，却与谁有约来？把这等话脏污我。"方妈妈道："方才我走出去，那小猢狲急急赶来，口口叫姐姐，不是认做了你这臭淫妇么？做了这样龌龊人，不如死了罢！"贾闰娘没口得分剖，大哭道："可不是冤杀我！我那知他这些事体来？"方妈妈道："你浑身是口，也洗不清。平日不调得喉惯，没些事体，他怎敢来动手动脚？”方妈妈平日本是难相处的人，就碎聒得一个不了不休。贾闰娘欲待辨来，往常心里本是有他的，虚心病说不出强话。欲待不辨来，其实不曾与他有勾当，委是冤屈。思量一转，泪如泉涌，道：“以此一番，防范越严，他走来也无面目，这因缘料不能勾了。况我当不得这擦刮，受不得这腌臜，不如死了，与他结个来生缘罢。”哭了半夜，趁着方妈妈炒骂兴阑，精神疲倦，昏昏熟睡，轻轻床上起来，将束腰的汗巾悬梁高吊。正是：

未得野鸳交颈，且做羚羊挂角。

且说方妈妈一觉睡醒，天已大明，口里还唠唠叨叨说昨夜的事，带着骂道：“只会引老公，招汉子。这时候还不起来，挺着尸做甚么？”一头碎聒，一头穿衣服，静悄悄不见有人声响，嚷道：“索性不见则声，还嫌我做娘的多嘴哩！”夹着气蛊，跳下床来，抬头一看，正见女儿挂着，好似打秋千的模样，叫声“不好了！”连忙解了下来。早已满口白沫，鼻下无气了。

方妈妈又惊又苦又懊悔，一面抱来放倒在床上，捶胸跌脚的哭起来。哭了一会，狠的一声道：“这多是孙家那小入娘贼害了他性命，更待干罢！必要寻他来抵偿，出这口气。”又想道：“若是小入娘贼得知了这个消息，必定躲过我。且趁着未张扬时，去赚得他来，留住了，当官告他。不怕他飞到天外去。”忙叫秃小厮来，不与他说明，只教去请孙小官来讲话。

孙小官正想着昨夜之事，好生没意思。闻知方妈妈请他，一发心里缩缩朒朒起来道：“怎倒反来请我？敢怕要发作我么？”却又是平日往来的，不好推辞得，只得含着些羞惭之色，随着秃小厮来到，见了方妈妈。方妈妈撮起笑容来道：“小哥夜来好莽撞，敢是认做我小女么？”孙小官面孔通红，半晌不敢答应。方妈妈道：“吾家与你家门当户对。你若喜欢着我女儿，只消明对我说，一丝为定，便可成事。何必做那鼠窃狗偷，没道理的勾当？”孙小官听了这一片好言，不知是计，喜之不胜道：“多蒙妈妈厚情，待小子去备些薄意，央个媒人来说。”方妈妈道：“这个且从容。我既以口许了你，你且进房来与小女相会一相会，再去央媒也未迟。”孙小官正像尼姑庵里卖卵袋——巴不得要的，欢天喜地，随了方妈妈进去。方妈妈到得房门边，推他一把道：“在这里头，你自进去。”孙小官冒冒失失，踹脚进了房。方妈妈随把房门拽上了，铿的一声，下了锁。隔着板障，大声骂道：“孙家小猢狲，听着！你害我女儿吊死了，今挺尸在床上，交付你看守着。我到官去告你因奸致死，看你活得成活不成！”孙小官初时见关了门，正有些慌忙，道不知何意。及听得这些说话，方晓得是方妈妈因女儿死了，赚他来讨命。看那床上，果有个死人躺着，老大惊惶。却是门儿已锁，要出去又无别路。在里头哀告道：“妈妈，是我不是，且不要经官，放我出来再商量着。”门外悄没人应。元来方妈妈叫秃小厮跟着，已去告诉了地方，到县间递状去了。

孙小官自是小小年纪，不曾惊过甚么事体，见了这个光景，岂不慌怕？思量道：“弄出这人命事来，非同小可，我这番定是死了。”叹口气道：“就死也罢，只是我虽承姐姐顾盼好情，不曾沾得半分实味。今却为我而死，我免不得一死偿他。无端的两条性命，可不是前缘前世欠下的业债么？”看着贾闰娘尸骸，不觉伤心大哭道：“我的姐姐！昨日还是活泼泼与我说话的，怎今日就是这样了？却害着我！”

正伤感间，一眼觑那贾闰娘时：

双眸虽闭，一貌犹生。袅袅腰肢，如不舞的迎风杨柳；亭亭体态，像不动的出水芙蕖。宛然美女独眠时，只少才郎同伴宿。

孙小官见贾闰娘颜面如生，可怜可爱，将自己的脸偎着他脸上，又把口呜嘬一番。将手去摸摸肌肤身体，还是和软的，不觉兴动起来。心里想道：“生前不曾沾着滋味，今旁无一人，落得任我所为。我且解他的衣服开来，虽是死的，也弄他一下，还此心愿，不枉把性命赔他。”就揭开了外边衫子与裙子，把裤子解了带扭，褪将下来，露出雪白也似两腿。孙小官按不住欲心如火，腾的跳上身去，嘴对着嘴，恣意亲咂。只见贾闰娘口鼻中渐渐有些气息，喉中咯咯声响。元来起初放下时，被汗巾勒住了气，一时不得回转，心头温和，原不曾死。方妈妈性子不好，一看见死了，就耐不得，只思报仇害人，一下子奔了出去，不曾仔细解救。今得孙小官在身体上腾那，气便活动，口鼻之间，又接着真阳之气，恹恹的苏醒转来。

孙小官见有些奇异，反惊得不敢胡动。跳下身来，忙把贾闰娘款款扶起。闰娘得这一起，胸口痰落，忽地叫声“哎呀”，早把双眼朦胧闪开。看见是孙小官扶着他，便道：“我莫不是梦里么？”孙小官道：“姐姐，你险些害杀我也。”闰娘道：“我妈妈在那里了，你到得这里？”孙小官道：“你家妈妈道你死了，哄我到此，反锁着门，当官告我去了。不想姐姐却得重醒转来。而今妈妈未来，房门又锁得好好的，可不是天叫我两个成就好事了？”闰娘道：“昨夜受妈妈炒聒不过，拚着性命。谁知今日重活，又得见哥哥在此，只当另是一世人了。”孙小官抱住要云雨，闰娘羞阻道：“妈妈昨日没些事体，尚且百般丑骂。若今日知道与哥哥有些甚么，一发了不得。”孙小官道：“这是你妈妈自家请我上门的，须怪不得别人。况且姐姐你适才未醒之时，我已先做了点点事了。而今不必推掉得。”闰娘见说，自看身体上，才觉得裙裤俱开，阴中生楚，已知着了他手。况且原是心爱的人，有何不情愿？只算任凭他舞弄。孙小官重整旗枪，两下交战起来。

一个朦胧初醒，一个热闹重兴。烈火干柴，正是相逢对手；疾风暴雨，还饶未惯娇姿。不怕隔垣听，喜的是房门静闭；何须牵线合，妙在那觌面成交。两意浓时，好似渴中新得水；一番乐处，真为死去再还魂。

两人无拘无管，尽情尽意，乐了一番。闰娘道：“你道妈妈回家来见了，却怎么？”孙小官道：“我两人已成了事，你妈妈来家，推也推我不出去，怕他怎么？谁叫他锁着你我在这里的！”

两人情投意合，亲爱无尽。也只讵妈妈就来，谁知到了天晚，还不见回。闰娘自在房里取着火种，到厨房中做饭与孙小官吃。孙小官也跟着相帮动手，已宛然似夫妻一般。至晚妈妈竟不来家，两人索性放开肚肠，一床一卧，相偎相抱睡了。自不见有这样凑趣帮衬的事，那怕方妈妈住在外边过了年回来。这厢不题。

且说方妈妈这日哄着孙小官锁禁在房了，一径到县前来叫屈。县官唤进审问，方妈妈口诉因奸致死人命事情。县官不信，道：“你们吴中风俗不好，妇女刁泼。必是你女儿病死了，想要图赖邻里的。”方妈妈说：“女儿不从缢死，奸夫现获在家，只求差人押小妇人到家，便可扭来，登堂究问。如有虚诳，情愿受罪。”县官见他说得的确，才叫个吏典，将纸笔责了口词，准发该房出牌行拘。

方妈妈终是个女流，被衙门中刁难，要长要短的，诈得不耐烦，才与他差得个差人出来。差人又一时不肯起身，藤缠着要钱，羁绊住身子。转眼已是两三日，方得同了差人，来到自家门首。

方妈妈心里道：“不讵一出门，担阁了这些时，那小猢狲不要说急死，饿也该饿得零丁了。”先请公差到堂屋里坐下，一面将了钥匙去开房门。只听得里边笑语声响，心下疑惑道：“这小猢狲在里头，却和那个说话？”忙开进去，抬眼看时，只见两个人并肩而坐，正在那里知心知意的商量。方妈妈惊得把双眼一擦，看着女儿道：“你几时又活了？”孙小官笑道：“多承把一个死令爱交我相伴，而今我设法一个活令爱还了。这个人是我的了。”方妈妈呆了半晌，开口不得。思量没收场，只得拗曲作直，说道：“谁叫你私下通奸？我已告在官了！”孙小官道：“我不曾通奸，是你锁我在房里的，当官我也不怕。”方妈妈正有些没摆布处，心下踌躇，早忘了支分公差。外边公差每焦燥道：“怎么进去不出来了？打发我们回复官人去！”方妈妈只得走出来，把实情告诉公差道：“起初小女实是缢死了，故此告这状。不想小女仍复得活，而今怎生去回得官人便好？”公差变起脸来道：“匾大的天，凭你掇出掇入的？人命重情，告了状，又说是不死，你家老子做官，也说不通！谁教你告这样谎状？”方妈妈道：“人命不实，奸情是真，我也不为虚情。有烦替我带人到官，我自会说。”就把孙小官交付与公差。孙小官道：“我须不是自家走来的。况且人又不曾死，不犯甚么事，要我到官何干？”公差道：“这不是这样说。你牌上有名，有理没理你自见官分辨，不干我们事。我们来一番，须与我们差使钱去。”孙小官道：“我身子被这里妈妈锁住，饿了几日，而今拚得见官，那里有使用？但凭妈妈怎样罢了！”

当下方妈妈反输一帖，只得安排酒饭，款待了公差。公差还要连闰娘带去，方妈妈求免女儿出官。公差道：“起初说是死的，也少不得要相验尸首；而今是个活的，怎好不见得官？”贾闰娘闻知，说道：“果要出丑，我不如仍旧缢死了罢！”方妈妈没奈何，苦苦央及公差。公差做好做歉了一番，又送了东西，公差方肯住手，只带了孙小官同原告方妈妈到官回复。

县官先叫方妈妈问道：“你且说女儿怎么样死的？”方妈妈因是女儿不曾死，头一句就不好答应，只得说：“爷爷，女儿其实不曾死。”县官道：“不死怎生就告人因奸致死？”方妈妈道：“起初告状时节是死的，爷爷准得状回去，不想又活了。”县官道：“有这样胡说？原说吴下妇人刁，多是一派虚情。人不曾死，就告人命。好打！”方妈妈道：“人虽不死，奸情实是有的。小妇人现获正身在此。”县官就叫孙小官上去，问道：“方氏告你奸情，是怎么说？”孙小官道：“小人委实不曾有奸。”县官道：“你方才是那里拿出来的？”孙小官道：“在贾家房里。”县官道：“可知是行奸被获了！”孙小官道：“小人是方氏骗去锁在房里，非小人自去的，如何是小人行奸？”县官又问方妈妈道：“你如何骗他到家？”方妈妈道：“他与小妇人女儿有奸，小妇人知道了，骂了女儿一场，女儿当夜缢死。所以小妇人哄他到家锁住了，特来告状。及至小妇人到得家里，不想女儿已活，双双的住在房里了几日。这奸情一发不消说起了。”孙小官道：“小人与贾家女儿邻居，自幼相识，原不曾有一些甚么事。不知方氏与女儿有何话说，却致女儿上吊，道是女儿死了，把小人哄到家里，一把锁锁住。小人并不知其繇。及至小人慌了，看看女儿尸首时，女儿忽然睁开双目，依然活在床上。此时小人出来又出来不得，便做小人是柳下惠、鲁男子时，也只索同这女儿住在里头了。不诓一住就是两三日，却来拿小人到官。这不是小人自家走进去住在里头的，须怪小人不得。望爷爷详情。”

县官见说了，笑将起来道：“这说的是真话。只是女儿今虽不死，起初自缢，必有隐情。”孙小官道：“这是他娘女自有相争，小人却不知道。”县官叫方氏起来问道：“且说你女儿为何自缢？”方妈妈道：“方才说过，是与孙某有奸了。”县官道：“怎见得他有奸？拿奸要双，你曾拿得他着么？”方妈妈道：“他把小妇人认做了女儿，赶来把言语调戏，所以疑心他有奸。”县官笑道：“疑心有奸，怎么算得奸？以前反未必有这事，是你疑错了。以后再活转来，同住这两日夜，这就不可知。却是你自锁他在房里，成就他的。此莫非是他的姻缘了！况已死得活，世所罕有，当是天意。我看这孩子仪容可观，说话伶俐，你把女儿嫁了他，这些多不消饶舌了。”方妈妈道：“小妇人原与他无仇，只为女儿死了，思量没处出这口气，要摆布他。今女儿不死，小妇人已自悔多告了这状了。只凭爷爷主张。”县官大笑道：“你若不出来告状，女儿与女婿怎能勾先相会这两三日？”遂援笔判道：

孙郎贾女，貌若年当。疑奸非奸，认死不死。欲絷其钻穴之身，反遂夫同衾之乐。似有天意，非属人为。宜效绸缪，以消怨旷。

判毕，令吏典读与方妈妈、孙小官听了，俱各喜欢，两两拜谢而出。孙小官就去择日行礼，与贾闰娘配为夫妇。这段姻缘，分明在这一吊上成的。有诗为证：

姻缘分定不须忙，自有天公作主张。
不是一番寒彻骨，怎得梅花扑鼻香？

卷三十六

王渔翁舍镜崇三宝　白水僧盗物丧双生

诗云：

资财自有分定，贪谋枉费踌躇。
假使取非其物，定为神鬼揶揄。

话说宋时淳熙年间，临安府市民沈一，以卖酒营生。家居官巷口，开着一个大酒坊。又见西湖上生意好，在钱塘门外丰楼买了一所库房，开着一个大酒店。楼上临湖玩景，游客往来不绝。沈一日里在店里监着酒工卖酒，傍晚方回家去。日逐营营，算计利息，好不兴头。

一日，正值春尽夏初，店里吃酒的甚多。到晚未歇，收拾不及，不回家去，就在店里宿了。将及二鼓时分，忽地湖中有一大船，泊将拢岸。鼓吹喧阗，丝管交沸。有五个贵公子，各戴花帽，锦袍玉带，挟同姬妾十数辈，径到楼下。唤酒工过来，问道："店主人何在？"酒工道："主人沈一，今日不回家去，正在此间。"五客多喜道："主人在此更好，快请相见。"沈一出来见过了。五客道："有好酒只管拿出来，我每不亏你。”沈一道：“小店酒颇有，但凭开量洪饮。请到楼上去坐。”五客拥了歌童舞女，一齐登楼。畅饮更馀，店中百来坛酒，吃个罄尽。算还酒钱，多是雪花白银。沈一是个乖觉的人，见了光景，想道：“世间那有一样打扮的五个贵人？况他容止飘然，多有仙气。只这用了无数的酒，决不是凡人了。必是五通神道无疑。既到我店，不可错过了。”一点贪心忍不住，向前跪拜道：“小人一生辛苦经纪，赶趁些微末利钱，只勾度日。不道十二分天幸，得遇尊神，真是夙世前缘，有此遭际。愿求赐一场小富贵。”五客多笑道：“要与你些富贵也不难，只是你所求何等事？”沈一叩头道：“小人市井小辈，别不指望，只求多赐些金银便了。”五客多笑着点头道：“使得，使得。”即叫一个黄巾力士听使用。力士向前声喏，五客内中一个为首的唤到近身，附耳低言，不知分付了些甚么，领命去了。

须臾回覆，背上负一大布囊来，掷于地。五客教沈一来，与他道：“此一囊金银器皿，尽以赏汝。然须到家始看，此处不可泄露。”沈一伸手去隔囊捏一捏，捏得囊里块块累累，其声铿锵，大喜过望，叩头称谢不止。俄顷鸡鸣，五客率领姬妾上马，笼烛夹道，其去如飞。

沈一心里快活，不去再睡，要驼回到家开看。虑恐入城之际囊里狼犺被城门上盘诘，拿一个大锤，隔囊锤击，再加蹴踏匾了，使不闻声。然后背在肩上，急到家里，妻子还在床上睡着未起。沈一连声喊道：“快起来！快起来！我得一主横财在这里了，寻秤来与我秤秤看。”妻子道：“甚么横财？昨夜家中柜里头异常响声，疑心有贼，只得起来照看，不见甚么。为此一夜睡不着，至今未起。你且先去看看柜里着，再来寻秤不迟。”沈一走去取了钥匙，开柜一看，那里头空空的了。元来沈一城内城外两处酒坊，所用铜锡器皿家伙，与妻子金银首饰，但是值钱的，多收拾在柜内，而今一件也不见了。惊异道：“奇怪，若是贼偷了去，为何锁都不开的？”妻子见说柜里空了，大哭起来道：“罢了！罢了！一生辛苦，多没有了！”沈一道：“不妨，且将神道昨夜所赐来看看，尽勾受用哩。”慌忙打开布袋来看时，沈一惊得呆了。说也好笑，一件件拿出来看，多是自家柜里东西。只可惜被夜来那一顿锤踏，多弄得歪的歪，匾的匾，不成一件家伙了。沈一大叫道：“不好了！不好了！被这伙泼毛神作弄了！”妻子问其缘故，乃说：“昨夜遇着五通神道，求他赏赐金银，他与我这一布囊。谁知多是自家屋里东西，叫个小鬼来搬去的。”妻子道：“为何多打坏了？”沈一道：“这却是我怕东西狼犺，撞着城门上盘诘，故此多敲打实落了。那知有这样□，自家害着自家了。”

沈一夫妻多气得不耐烦，重新唤了匠人，逐件置造过，反费了好些工食。不指望横财，倒折了本。传闻开去，做了笑话。沈一好些时不敢出来见人。只因一念贪痴，妄想非分之得，故受神道侮弄如此。可见世上不是自家东西，不要欺心贪他的。

小子说一个欺心贪别人东西，不得受用，反受显报的一段话，与看官听一听，冷一冷这些欺心要人的肚肠。有诗为证：

异宝归人定夙缘，岂容旁睨得垂涎？
试看欺隐皆成祸，始信冥冥自有权。

话说宋朝隆兴年间，蜀中嘉州地方，有一个渔翁，姓王，名甲。家住岷江之滂，世代以捕鱼为业。每日与同妻子棹着小舟，往来江上，撒网施罟。一日所得，恰好供给一家。这个渔翁虽然行业落在这里头了，却一心好善敬佛。每将鱼虾市上去卖，若勾了一日食用，便肯将来布施与乞丐，或是寺院里打斋化饭，禅堂中募化腐菜，他不拘一文二文，常自喜舍不吝。他妻子见惯了的，况是女流，愈加信佛，也自与他一心一意。虽是生意浅薄，不多大事，没有一日不舍两文的。

一日正在江中棹舟，忽然看见水底一物，荡漾不定，恰像是个日头的影一般，火采闪烁，射人眼目。王甲对妻子道：“你看见么？此下必有奇异。我和你设法取他起来，看是何物。”遂教妻子理网，搜的一声，撒将下去。不多时，掉转船头，牵将起来。看那网中光亮异常，笑道：“是甚么好物事呀？”取上手看，却元来是面古镜，周围有八寸大小，雕镂着龙凤之文，又有篆书许多字，字形像符箓一般样，识不出的。王甲与妻子看了，道：“闻得古镜值钱。这个镜虽不知值多少，必然也是件好东西。我和你且拿到家里藏好，看有识者，才取出来与他看看，不要等闲亵渎了。”

看官听说：原来这镜果是有来历之物，乃是轩辕黄帝所造。采着日精月华，接着奇门遁甲，拣取年月日时，下炉开铸。上有金章宝篆，多是秘笈灵符。但此镜所在之处，金银财宝多来聚会，名为聚宝之镜。只为王甲夫妻好善，也是夙世前缘，合该兴旺，故此物出现，却得取了回家。自得此镜之后，财物不求而至。在家里扫地也扫出金屑来，垦田也垦出银窖来，船上去撒网也牵起珍宝来，剖蚌也剖出明珠来。

一日在江边捕鱼，只见滩上有两件小白东西，赶来赶去，盘旋数番。急跳上岸，将衣襟兜住，却似莲子大两块小石子，生得明净莹洁，光彩射人，甚是可爱。藏在袖里，带回家来，放在匣中。是夜即梦见两个白衣美女，自言是姊妹二人，特来随侍。醒来想道：“必是二石子的精灵，可见是宝贝了。”把来包好，结在衣带上。

隔得几日，有一个波斯胡人，特来寻问。见了王甲道：“君身上有宝物，愿求一看。”王甲推道：“没甚宝物。”胡人道：“我远望宝气在江边。跟寻到此，知在君家；及见君走出，宝气却在身上。千万求看一看，不必瞒我。”王甲晓得是个识宝的，身上取出与他看。胡人看了，啧啧道：“有缘得遇此宝。况是一双，尤为难得。不知可肯卖否？”王甲道：“我要他无用，得价也就卖了。”胡人见说肯卖，不胜之喜，道：“此宝本没有定价。今我行囊止有三万缗，尽数与君，买了去罢。”王甲道：“吾无心得来，不识何物。价钱既不轻了，不敢论量。

只求指明，要此物何用？”胡人道：“此名澄水石，放在水中，随你浊水皆清。带此泛海，即海水皆同湖水，淡而可食。”王甲道：“只如此，怎就值得许多？”胡人道：“吾本国有宝池，内多奇宝。只是淤泥浊水，水中有毒，人下去的，起来无不即死。所以要取宝的，必用重价募着舍性命的下水。那人死了，还要养赡他一家。如今有了此石，只须带在身边，水多澄清，如同凡水，任从取宝，总无妨了。岂不值钱？”王甲道：“这等，只买一颗去勾了，何必两颗多要？便等我留下一颗也好。”胡人道：“有个缘故。此宝形虽两颗，气实相联，彼此相逐，才是活物，可以长久。若拆开两处，用不多时，就枯槁无用。所以分不得的。”王甲想胡人识货，就取出前日的古镜出来，求他赏识。胡人见了，合掌顶礼道：“此非凡间之宝，其妙无量，连咱也不能尽知其用。必是世间大有福的人，方得有此。咱就有钱，也不敢买。只买此二宝去也勾了。此镜好好藏着，不可轻觑了他。”王甲依言，把镜来藏好，遂与胡人成了交易，果将三万缗买了二白石去。

王甲一时富足起来，然还未舍渔船生活。一日天晚，遇着风雨，掉船归家，望见江南火把明亮，有人唤船求渡，其声甚急。王甲料此时没有别舟，若不得渡，这些人须吃了苦。急急冒着风，掉过去载他。元来是两个道士，一个穿黄衣，一个穿白衣。下在船里了，摇过对岸。道士对王甲道：“如今夜黑雨大，没处投宿，得到宅上权歇一宵，实为万幸。”王甲是个行善的人，便道：“家里虽蜗窄，尚有草榻可以安寝，师父每不妨下顾的。”遂把船拴好，同了两道士到家里来，分付妻子安排斋饭。两道士苦辞道：“不必赐飧，只求一宿。”果然茶水多不吃，径到一张竹床上，一铺睡了。

王甲夫妻夜里睡觉，只听得竹床栗喇有声，扑的一响，像似甚重物跌下地来的光景。王甲夫妻猜道：“莫不是客人跌下床来？然是人跌，没有得这样响声。”王甲疑心，暗里走出来，听两道士宿处寂然没一些声息，愈加奇怪。走转房里，寻出火种，点起个灯来。出外一照，叫声：“阿也！”元来竹床压破，两道士俱落在床底下，直挺挺的眠着。伸手去一摸，吓得舌头伸了出去，半个时辰缩不进来。你道怎么？但见这两个道士：

冰一般冷，石一样坚。俨焉两个皮囊，块然一双宝体。黄黄白白，世间无此不成人；重重痴痴，路上非斯难算客。

王甲叫妻子起来道：“说也希罕，两个客人，不是生人，多变得硬硬的了。”妻子道：“变了何物？”王甲道：“火光之下看不明白，不知是铜是锡，是金是银。直待天明，才知分晓。”妻子道：“这等会作怪通灵的，料不是铜锡东西。”王甲道：“也是。”

渐渐天明，仔细一看，果然那穿黄的是个金人，那穿白的是一个银人，约重有千百来斤。王甲夫妻惊喜非常，道此是天赐，只恐这等会变化的，必要走了那里去。急急去买了一二十篓山炭，归家炽煽起来，把来销熔了。但见黄的是精金，白的是纹银。王甲前此日逐有意外之得，已是渐饶。又卖了二石子，得了一大主钱。今又有了这许多金银，一发瓶满瓮满，几间破屋没放处了。

王甲夫妻是本分的人，虽然有了许多东西，也不想去起造房屋，也不想去置买田产，但把渔家之事搁起，不去弄了，只是安守过日。尚且无时无刻没有横财到手，又不消去做得生意，两年之间，富得当不得。却只是夫妻两口，要这些家私竟没用处，自己反觉多得不耐烦起来。心里有些惶惧不安，与妻子商量道：“我家自从祖上到今，只是以渔钓为生计，一日所得，极多有了百钱，再没去处了。今我每自得了这宝镜，动不动上千上万，不消经求，凭空飞到，梦里也是不打点的。我每且自思量着，我与你本是何等之人？骤然有这等非常富贵，只恐怕天理不容。况我每粗衣淡饭便自过日，要这许多来何用？今若留着这宝镜在家，只有得增添起来。我想天地之宝，不该久留在身边，自取罪业。不如拿到峨眉山白水禅院，舍在圣像上，做了圆光，永做了佛家供养，也尽了我每一片心，也结了我每一个缘，岂不为美？”妻子道：“这是佛天面上好看的事。况我每知时识务，正该如此。”

于是两个志志诚诚，吃了十来日斋，同到寺里，献此宝镜。寺里住持僧法轮问知来意，不胜赞叹道：“此乃檀越大福田事。”王甲央他写成意旨，就使邀集合寺僧众，做一个三日夜的道场。办斋粮，施衬钱，费过了数十两银钱。道场已毕，王甲即将宝镜交付住持法轮，作别而归。法轮久已知得王甲家里此镜聚宝，乃谦词推托道：“这件物事，天下至宝，神明所惜。檀越肯将来施作佛供，自是檀越结缘，吾僧家何敢与其事？檀越自奉着置在三宝之前，顶礼而去就是了，贫僧不去沾手。”王甲夫妻依言，亲自把宝镜安放佛顶后面停当，拜了四拜，别了法轮，自回去了。

谁知这个法轮是个奸狡有馀的僧人，明知这镜是至宝，王甲钜富皆因于此，见说肯舍在佛寺，已有心贪他的了。又恐怕日后翻悔，原来取去，所以故意说个不敢沾手，他日好赖。王甲去后，就取将下来，密唤一个绝巧的铸镜匠人，照着形模，另铸起一面来。铸成，与这面宝镜分毫无异，随你识货的人也分别不出的。法轮重谢了匠人，教他谨言。随将新铸之镜装在佛座，将真的换去藏好了。那法轮自得此镜之后，金银财物，不求自至，悉如王甲这两年的光景。以致衣钵充牣，买祠部度牒度的僮奴，多至三百馀人。寺刹兴旺，富不可言。

王甲回去，却便一日衰败一日起来。元来人家要穷，是不打紧的。不消得盗劫火烧，只消有出无进，七颠八倒，做事不着，算计不就，不知不觉的，渐渐消耗了。况且王甲起初财物原是来得容易的，慷慨用费，不在心上，好似没底的吊桶一般，只管漏了出去。不想宝镜不在手里，更没有得来路，一用一空。只勾有两年光景，把一个大财主仍旧弄做个渔翁身分，一些也没有了。俗语说得好：

宁可无了有，不可有了无。

王甲泼天家事，弄得精光，思量道："我当初本是穷人，只为得了宝镜，以致日遇横财，如此富厚。若是好端端放在家中，自然日长夜大，那里得个穷来？无福消受，却没要紧的舍在白水寺中了。而今这寺里好生兴旺，却教我仍受贫穷，这是那里说起的事？"夫妻两个互相埋怨道："当初是甚主意，怎不阻当一声？"王甲道："而今也好处。我每又不是卖绝与他，是白白舍去供养的。今把实情去告诉住持长老，原取了来家。这须是我家的旧物，他也不肯不得。若怕佛天面上不好看，等我每照旧丰富之后，多出些布施，庄严三宝起来，也不为失信行了。"妻子道："说得极是！为甚么睁着眼看别人富贵，自己受穷？作急去取了来，不可迟了。"商议已定，明日王甲径到峨眉山白水禅院中来。

昔日轻施重宝，是个慷慨有量之人；今朝重想旧踪，无非穷促无聊之计。一般檀越，贫富不同。总是登临，苦乐顿别。

且说王甲见了住持法轮，说起为舍镜倾家，目前无奈，只得来求还原物。王甲口里虽说，还怕法轮有些甚么推故。不匡法轮见说，毫无难色，欣然道："此原是君家之物，今日来取，理之当然。小僧前日所以毫不与事，正为后来必有重取之日，小僧何苦又在里头经手？小僧出家人，只这个色身尚非我有，何况外物乎？但恐早晚之间有些不测，或被小人偷盗去了，难为檀越好情，见不得檀越金面。今得物归其主，小僧睡梦也安，何敢吝惜？"遂分付香积厨中办斋，管待了王甲已毕，却令王甲自上佛座，取了宝镜下来。王甲捧在手中，反覆仔细转看，认得旧物宛然，一些也无疑心。拿回家里来，与妻子看过，十分珍重，收藏起了。指望一似前日，财物水一般涌来；岂知一些也不灵验，依然贫困。时常拿出镜子来看看，光彩如旧，毫不济事。叹道："敢是我福气已过，连宝镜也不灵了。"梦里也不道是假的。有改字陈朝驸马诗为证：

镜与财俱去，镜归财不归。
无复珍奇影，空留明月辉。

王甲虽然宝藏镜子，仍旧贫穷；那白水禅院，只管一日兴似一日。外人闻得的，尽疑心道："必然原镜还在僧处，所以如此。"起先那铸镜匠人打造时节，只说寺中住持无非看样造镜，不知其中就里。今见人议论，说出王家有镜聚宝，舍在寺中，被寺僧偷过，致得王家贫穷，寺中丰富一段缘繇，匠人才省得前日的事，未免对人告诉出来。闻知的越恨那和尚欺心了。却是王甲有了一镜，虽知其假，那从证辨？不好再向寺中争论得，只得吞声忍气，自恨命薄。妻子叫神叫佛，冤屈无申，没计奈何。法轮自谓得计，道是没有尽藏的，安然享用了。看官，你道若是如此，做人落得欺心倒反便宜，没个公道了。怎知：

量大福亦大，机深祸亦深。

法轮用了心机，藏了别人的宝镜，自发了家。天理不容，自然生出事端来。

汉嘉来了一个提点刑狱使者，姓浑，名耀，是个大贪之人。闻得白水寺僧十分富厚，已自动了顽涎。后来察听，闻知有镜聚宝之说，想道："一个僧家，要他上万上千，不为难事。只是万千也有尽时，况且动人眼目。何如要了他这镜，这些财富尽跟了我走，岂不是无穷之利？亦且只是一件物事，甚为稳便。”当下差了一个心腹吏典，叫得宋喜，特来白水禅院，问住持要借宝镜一看。只一句话，正中了法轮的心病，如何应承得？回吏典道：“好交提控得知，几年前有个施主，曾将古镜一面舍在佛顶上，久已讨回去了。小寺中那得有甚么宝镜？万望提控回言一声。”宋喜道：“提点相公坐名要问这宝镜，必是知道些甚么来历的，今如何回得他？”法轮道：“委实没有，叫小僧如何生得出来？”宋喜道：“就是恁地时，在下也不敢回话，须讨嗔怪。”法轮晓得他作难，寺里有的是银子，将出十两，来送与吏典道：“是必有烦提控回一回。些小薄意，勿嫌轻鲜。”宋喜见了银子，千欢万喜道：“既承盛情，好歹替你回一回去。”

法轮送吏典出了门，回身转来，与亲信的一个行者真空商量道：“此镜乃我寺发迹之本，岂可轻易露白，放得在别人家去的？不见王家的样么？况是官府来借，他不还了，没处叫得撞天屈。又是瞒着别人家的东西，明白告诉人不得的事。如今只是紧紧藏着，推个没有。随他要得急时，做些银子不着，买求罢了。”真空道：“这个自然。怎么好轻与得他？随他要了多少物事去，只要留得这宝贝在，不愁他的。”师徒两个愈加谨密，不题。

且说吏典宋喜去回浑提点相公的话，提点大怒道：“僧家直恁无状！吾上司官取一物，辄敢抗拒不肯！”宋喜道：“他不是不肯，说道原不曾有。”提点道：“胡说！吾访得真实在这里，是一个姓王的富人舍与寺中，他却将来换过，把假的还了本人。真的还在他处，怎说没有？必定你受了他贿赂，替他解说。如取不来，连你也是一顿好打！”宋喜慌了道：“待吏典再去与他说，必要取来就是。”提点道：“快去！快去！没有镜子，不要思量来见我！”

宋喜唯唯而出，又到白水禅院来见住持，说：“提点相公必要镜子，连在下也被他焦燥得不耐烦。而今没有镜子，莫想去见得他。”法轮道：“前日已奉告过，委实还了施主家了，而今还那里再有？”宋喜道："相公说得丁一卯二的，道有姓王的施主，舍在寺中，以后来取，你把假的还了他，真的自藏了。不知那里访问在肚里的，怎好把此话回得他？"法轮道："此皆左近之人，见小寺有两贯浮财，气苦眼热，造出些无端说话。"宋喜道："而今说不得了。他起了风，少不得要下些雨。既没有镜子，须得送些甚么与他，才熄得这火。"法轮道："除了镜子，随分要多少，敝寺也还出得起。小僧不敢吝，凭提控怎么分付。"宋喜道："若要周全这事，依在下见识，须得与他千金，才打得他倒。"法轮道："千金也好处，只是如何送去？"宋喜道："这多在我，我自有送进的门路方法。"法轮道："只求停妥得，不来再要便好。"即命行者真空在箱内取出千金，交与宋喜明白；又与三十两，另谢了宋喜。

宋喜将的去，又藏起了二百，止将八百送进提点衙内，禀道："僧家实无此镜，备些镜价在此。"宋喜心里道："量便是宝镜，也未必值得许多，可以罢了。"提点见了银子，虽然也动火的，却想道："有了聚宝的东西，这七八百两只当毫毛，有甚希罕？叵耐这贼秃，你总是欺心赖别人的，怎在你手里了，就不舍得拿出来？而今只是推说没有，又不好奈何得。"心生一计道："我须是刑狱重情衙门，我只把这几百两银做了赃物，坐他一个私通贿赂、夤缘刑狱、污蔑官府的罪名，拿他来敲打。不怕不敲打得出来！"当下将银八百两封贮库内，即差下两个公人，竟到白水禅院拿犯法住持僧人法轮。

法轮见了公人来到，晓得别无他事，不过宝镜一桩前件未妥。分付行者真空道："提点衙门来拿我，我别无词讼干连，料没甚事。他无非生端，诈取宝镜。我只索去见一见，看他怎么说话，我也讲个明白。他住了手，也不见得。前日宋提控送了这些去，想是嫌少。拚得再添上两倍，量也有数。你须把那话藏好些，一发露形不得了。"真空道："师父放心。师父到衙门，要甚使用，只管来取。至于那话，我一面将来藏在人寻不到的去处，随你甚么人来，只不认帐罢了。"法轮道："就是指了我名来要，你也决不可说是有的。"两下约定。好管待两个公人，又重谢了差使钱了，两个公人各各欢喜。

法轮自恃有钱，不怕官府，挺身同了公人，竟到提点衙门来。浑提点升堂，见了法轮，变起脸来，拍案大怒道："我是生死衙门。你这秃贼，怎么将着重贿，营谋甚事？见获赃银在库，中间必有隐情。快快招来！"法轮道："是相公差吏典要取镜子，小寺没有镜子，吏典教小僧把银子来准的。"提点道："多是一划胡说！那有这个道理？必是买嘱私情，不打不招。"喝叫皂隶拖翻，将法轮打得一佛出世，二佛涅槃，收在监中了。

提点私下又教宋喜去把言词哄他，要说镜子的下落。法轮咬定牙关，只说："没有镜子。宁可要银子，去与我徒弟说，再凑些送他，赎我去罢。"宋喜道："他只是要镜子，不知可是增些银子完得事体的？待我先讨个消息，再商量。"宋喜把和尚的口语回了提点，提点道："与他熟商量，料不肯拿出来。就是敲打他也无益。我想，他这镜子无非只在寺中。我如今密地差人把寺围了，只说查取犯法赃物，把他家资尽数抄将出来，简验一过，那怕镜子不在里头？"就分付吏典宋喜，监押着四个公差，速行此事。

宋喜受过和尚好处的，便暗把此意通知法轮。法轮心里思量道："来时曾嘱付行者，行者说把镜子藏在密处，料必搜寻不着。家资也不好尽抄没了我的。"遂对宋喜道："镜子原是没有，任凭箱匣中搜索也不妨。只求提控照管一二，有小徒在彼，不要把家计东西乘机散失了，便是提控周全处。小僧出去，另有厚报。"宋喜道："这个当得效力。"别了法轮，一同公差到白水禅院中来，不在话下。

且说白水禅院行者真空，原是个少年风流淫浪的僧人，又且本房饶富，尽可凭他撒漫。只是一向碍着住持师父，自家像不得意。目前见师父官提了去，正中下怀，好不自繇自在。俗语云："偷得爷钱没使处。"平日结识的私情，相交的表子，没一处不把东西来乱摁乱用，费掉了好些过了。又偷将来各处寄顿下，自做私房，不计其数。猛地思量道：“师父一时出来，须要查算，却不决撒？况且根究镜子起来，我未免不也缠在里头。目下趁师父不在，何不卷掳了这偌多家财，连镜子多带在身边了，星夜逃去他州外府，养起头发来，做了俗人，快活他下半世，岂不是好？”算计已定，连夜把箱笼中细软值钱的，并叠起来，做了两担。次日自己挑了一担，顾人挑了一担，众人面前只说到州里救师父去，竟出山门去了。

去后一日，宋喜才押同四个公差来到，声说要搜简住持僧房之意。寺僧回说：“本房师父在官，行者也出去了，止有空房在此。”公差道：“说不得，我们奉上司明文，搜简违法赃物，那管人在不在？打进去便了！”当即毁门而入。在房内一看，里面止是些粗重家伙，椅桌狼犺，空箱空笼，并不见有甚么细软贵重的东西了。就将房里地皮翻了转来，也不见有甚么镜子在那里。宋喜道：“住持师父叮嘱我，教不要散失了他的东西。今房里空空，却是怎么呢？”合寺僧众多道：“本房行者不过出去看师父消息，为甚把房中搬得恁空？敢怕是乘机走了。”四个公差见不是头，晓得没甚大生意，且把遗下的破衣旧服乱卷掳在身边了，问众僧要了本房僧人在逃的结状，一同宋喜来回覆提点。

提点大怒道：“这些秃驴，这等奸猾！分明抗拒我，私下教徒弟逃去了，有甚难见处？”立时提出法轮，又加一顿臭打。那法轮本在深山中做住持，富足受用的僧人，何曾吃过这样苦？今监禁得不耐烦，指望折些银子，早晚得脱。见说徒弟逃走，家私已空，心里已此苦楚。更是一番毒打，真个雪上加霜，怎经得起？到得监中，不胜狼狈，当晚气绝。提点得知死了，方才歇手。眼见得法轮欺心，盗了别人的宝物，受此果报。有诗为证：

赝镜偷将宝镜充，翻令施主受贫穷。
今朝财散人离处，四大元来本是空。

且说行者真空偷窃了住持东西，逃出山门，且不顾师父目前死活，一径打点他方去享用。把日前寄顿在别人家的物事，多讨了拢来，同寺中带出去的放做一处。驾起一辆大车，装载行李，顾个脚夫，推了前走。看官，你道住持偌大家私，况且金银体重，岂是一车载得尽的？不知宋时尽行官钞，又叫得纸币，又叫得官会子，一贯止是一张纸。就有十万贯，止是十万张纸，甚是轻便。那住持固然有金银财宝，这个纸钞兀自有了几十万，所以携带不难。行者身边藏了宝镜，押了车辆，穿山越岭，待往黎州而去。到得竹公溪头，忽见大雾漫天，寻路不出。一个金甲神人，闪将出来。

躯长丈许，面有威容。身披锁子黄金，手执方天画戟。

大声喝道："那里走？还我宝镜来！"惊得那推车的人丢了车子，跑回旧路，只恨爷娘不生得四只脚，不顾行者死活，一道烟走了。那行者也不及来照管车子，慌了手脚，带着宝镜，只是望前乱窜，走入林子深处。忽地起阵狂风，一个斑斓猛虎跳将出来，照头一扑，把行者拖的去了。眼见得真空欺心盗了师父的物件，害了师父的性命，受此果报。有诗为证：

盗窃原为非分财，况兼宝镜鬼神猜。
早知虎口应难免，何不安心守旧来？

再说渔翁王甲讨还寺中宝镜，藏在家里，仍旧贫穷。又见寺中日加兴旺，外人纷纷议论，已晓得和尚欺心调换，没处告诉。他是个善人，只自家怨怅命薄。夫妻两个，说着宝镜在家时节许多妙处，时时叹恨而已。一日，夫妻两个同得一梦，见一金甲神人分付道："你家宝镜今在竹公溪头，可去收拾了回家。"两人醒来，各述其梦。王甲道：

“此乃我们心里想着，所以做梦。”妻子道：“想着做梦，也或有之，不该两个相同。敢是我们还有些造化，故神明有此警报。既有地方的，便到那里去寻一寻看也好。”王甲次日问着竹公溪路径，穿山度岭，走到溪头。只见一辆车子倒在地上，内有无数物件，金银钞币，约莫有数十万光景。左右一看，并无人影。想道：“此一套无主之物，莫非是天赐我的么？梦中说宝镜在此，敢怕也在里头。”把车内逐一简过，不见有镜子。又在前后地下草中四处寻遍，也多不见。笑道：“镜子虽不得见，这一套富贵，也勾我下半世了。不如趁早取了他去，省得有人来。”整起车来，推到路口，顾一脚夫推了，一直到家里来。对妻子道：“多蒙神明指点，去到溪口寻宝镜。宝镜虽不得见，却见这一车物事在那里。等了一会，并没个人来，多管是天赐我的，故取了家来。”妻子当下简看，尽多是金银宝钞，一一收拾，安顿停当。

夫妻两人，不胜之喜，只是疑心道：“梦里原说宝镜，今虽得此横财，不见宝镜影踪，却是何故？还该到那里仔细一寻。”王甲道：“不然，我便明日再去走一遭。”到了晚间，复得一梦，仍旧是个金甲神人来说道：“王甲，你不必痴心。此镜乃神天之宝，因你夫妻好善，故使暂出人间，作成你一段富贵，也是你的前缘。不想两入奸僧之手。今奸僧多已受报，此镜仍归天上去矣。你不要再妄想。昨日一车之物，原即是宝镜所聚的东西，所以仍归于你。你只坚心好善，就这些也享用不尽了。”飒然惊觉，乃是南柯一梦。王甲逐句记得明白，一一对妻子说。明知天意，也不去寻镜子了。夫妻享有寺中之物，尽勾丰足，仍旧做了嘉陵富翁。此乃好善之报，亦是他命中应有之财，不可强也。

休慕他人富贵，命中所有方真。
若要贪图非分，试看两个僧人。

卷三十七

叠居奇程客得助　三救厄海神显灵

诗曰：

窈渺神奇事，文人多寓言。
其间应有实，岂必尽虚玄。

话说世间稗官野史中，多有纪载那遇神遇仙，遇鬼遇怪，情欲相感之事。其间多有偶因所感，撰造出来的。如牛僧孺《周秦行纪》，道是僧孺落第时遇着薄太后，见了许多异代、本朝妃嫔美人，如戚夫人、齐潘妃、杨贵妃、昭君、绿珠，诗词唱和，又得昭君伴寝，许多怪诞的话。却乃是李德裕与牛僧孺有不解之仇，教门客韦瓘作此计诬着他。只说是他自己做的，中怀不臣之心，妄言污蔑妃后，要坐他族灭之罪。这个记中事体，可不是一些影也没有的了？又有那《后土夫人传》，说是韦安道遇着后土之神，到家做了新妇，被父母疑心是妖魅，请明崇俨行五雷天心正法，遣他不去。后来父母教安道自央他去，只得去了，却要安道随行。安道到他去处，看见五岳四渎之神，多来朝他，又召天后之灵，嘱他予安道官职钱钞。安道归来，果见天后传令洛阳城中访韦安道，与他做魏王府长史，赐钱五百万。说得百枝有叶，元来也是借此讥着天后的。后来宋太宗好文，太平兴国年间，命史官编集从来小说，以类分载，名为《太平广记》，不论真的假的，一总收拾在内。议论的道："上自神祇仙子，下及昆虫草木，无不受了淫亵污点。"道是其中之事，大略是不可信的。

不知天下的事，才有假，便有真。那神仙鬼怪固然有假托的，也原自有真实的，未可执了一个见识，道总是虚妄的事。只看《太平广记》以后许多记载之书，中间尽多遇神遇鬼的，说得的的确确，难道尽是假托出来不成？只是我朝嘉靖年间，蔡林屋所记《辽阳海神》一节，乃是千真万真的。盖是林屋先在京师，京师与辽阳相近，就闻得人说有个商人遇着海神的说话，半疑半信。后见辽东一个佥宪、一个总兵到京师来。两人一样说话，说得详细，方信其实。也还只晓得在辽的事，以后的事不明白。直到林屋做了南京翰林院孔目，撞着这人来游雨花台。林屋知道了，着人邀请他来相会，特问这话，方说得始末根由，备备细细。林屋叙述他觌面自己说的话，作成此传，无一句不真的。方知从古来有这样事的，不尽是虚诞了。

说话的，毕竟那个人是甚么人？那个事怎么样起？看官，听小子据着传文敷演出来。正是：

怪事难拘理，明神亦赋情。
不知精爽质，何以恋凡生？

话说徽州商人姓程，名宰，表字士贤，是彼处渔村大姓。世代儒门，少时多曾习读诗书。却是徽州风俗，以商贾为第一等生业，科第反在次着。正德初年，与兄程寀将了数千金，到辽阳地方为商，贩卖人参、松子、貂皮、东珠之类。往来数年，但到处必定失了便宜，耗折了资本，再没一番做得着。徽人因是专重那做商的，所以凡是商人归家，外而宗族朋友，内而妻妾家属，只看你所得归来的利息多少为重轻。得利多的，尽皆爱敬趋奉；得利少的，尽皆轻薄鄙笑。犹如读书求名的中与不中归来的光景一般。程宰弟兄两人因是做折了本钱，怕归来受人笑话，羞惭惨沮，无面目见江东父老，不思量还乡去了。

那徽州有一般做大商贾的，在辽阳开着大铺子。程宰兄弟因是平日是惯做商的，熟于帐目出入，盘算本利。这些本事，是商贾家最用得着的。他兄弟自无本钱，就有人出些束脩，请下了他，专掌帐目，徽州人称为二朝奉。兄弟两人日里只在铺内掌帐，晚间却在自赁的下处歇宿。那下处一带两间，兄弟各住一间，只隔得中间一垛板壁。住在里头，就像客店一般湫隘，有甚快活？也是没奈何了，勉强度日。

如此过了数年，那年是戊寅年秋间了，边方地土，天气早寒。一日晚间，风雨暴作。程宰与兄各自在一间房中，拥被在床，想要就枕。因是寒气逼人，程宰不能成寐，翻来覆去，不觉思念家乡起来。只得重复穿了衣服，坐在床里，浩叹数声，自想如此凄凉情状，不如早死了倒干净。此时灯烛已灭，又无月光，正在黑暗中苦挨着寒冷。忽地一室之中，豁然明朗，照耀如同白日，室中器物之类，纤毫皆见。程宰心里疑惑。又觉异香扑鼻，氤氲满室，毫无风雨之声，顿然和暖，如江南二三月的气候起来。程宰越加惊愕，自想道：“莫非在梦境中了？”不免走出外边，看是如何。他原披衣服在身上的，亟跳下床来，走到门边，开出去看。只见外边阴黑风雨，寒冷得不可当，慌忙奔了进来。才把门关上，又是先前光景，满室明朗，别是一般境界。程宰道：“此必是怪异！”心里慌怕，不敢移动脚步，只在床上高声大叫其兄。程寀止隔得一层壁，随你喊破了喉咙，莫想答应一声。程宰着了急，没奈何了，只得钻在被里，把被连头盖了，撒得紧紧，向里壁睡着，图得个眼睛不看见，凭他怎么样了。却是心里明白，耳朵里听得出的，远远的似有车马喧阗之声，空中管弦金石音乐迭奏，自东南方而来。看看相近，须臾之间，已进房中。程宰轻轻放开被角，露出眼睛偷看。只见三个美妇人，朱颜绿鬓，明眸皓齿，冠帔盛饰，有像世间图画上后妃的打扮，浑身上下，金翠珠玉，光采夺目。容色风度，一个个如天上仙人，绝不似凡间模样。年纪多只可二十馀岁光景。前后侍女无数，尽皆韶丽非常，各有执事，自分行列。但见：

或提炉，或挥扇，或张盖，或带剑，或持节，或捧琴，或秉烛花，或挟图书，或列宝玩，或荷旌幢，或拥衾褥，或执巾帨，或奉盘匜，或擎如意，或举肴核，或陈屏障，或布几筵，或陈音乐。

虽然纷纭杂沓，仍自严肃整齐。只此一室之中，随从何止数百？

说话的，你错了。这一间空房，能有多大，容得这几百人？若一个个在这扇房门里走将进来，走也走他一两个更次，挤也要挤坍了。看官，不是这话。列位曾见《维摩经》上的说话么？那维摩居士止方丈之室，乃有诸天，皆在室内，又容得十万八千狮子坐。难道是地方着得去？无非是法相神通。今程宰一室有限，那光明境界无尽。譬如一面镜子，能有多大？内中也着了无尽物像。这只是个现相，所以容得数百个人，一时齐在面前，原不是从门里一个两个进来的。

闲话休絮，且表正事。那三个美人，内中一个更觉齐整些的，走到床边，将程宰身上抚摩一过，随即开莺声，吐燕语，微微笑道："果然睡熟了么？吾非是有害于人的，与郎君有夙缘，特来相就，不必见疑。且吾已到此，万无去理。郎君便高声大叫，必无人听见，枉自苦耳。不如作速起来，与吾相见。"程宰听罢，心里想道："这等灵变光景，非是神仙，即是鬼怪。他若要摆布着我，我便不起来，这被头里岂是躲得过的？他既说是有夙缘，或者无害也不见得。我且起来见他，看是怎地。"遂一毂辘跳将起来，走下卧床，整一整衣襟，跪在地下道："程宰下界愚夫，不知真仙降临，有失迎迓，罪合万死，伏乞哀怜。”美人急将纤纤玉手，一把拽将起来道：“你休惧怕，且与我同坐着。”挽着程宰之手，双双南面坐下。那两个美人，一个向西，一个向东，相对侍坐。

坐定，东西两美人道：“今夕之会，数非偶然，不要自生疑虑。”即命侍女设酒进馔，品物珍美，生平目中所未曾睹。才一举箸，心胸顿爽。美人又命取红玉莲花卮进酒。卮形绝大，可容酒一升。程宰素不善酌，竭力推辞不饮。美人笑道：“郎怕醉么？此非人间曲蘖所酝，不是吃了迷性的，多饮不妨。”手举一卮，亲奉程宰。程宰不过意，只得接了到口。那酒味甘芳，却又爽滑清冽，毫不粘滞。虽醴泉甘露的滋味，有所不及。程宰觉得好吃，不觉一卮俱尽。美人又笑道：“郎信吾否？”一连又进数卮，三美人皆陪饮。程宰越吃越清爽，精神顿开，略无醉意。每进一卮，侍女们八音齐奏，音调清和，令人有超凡遗世之想。

酒阑，东西二美人起身道：“夜已向深，郎与夫人可以就寝矣。”随起身褰帷拂枕，叠被铺床，向南面坐的美人告去。其馀侍女，一同随散。眼前凡百具器，霎时不见，门户皆闭，又不知打从那里去了。

当下止剩得同坐的美人一个，挽着程宰道：“众人已散，我与郎解衣睡罢。”程宰私自想道：“我这床上布衾草褥，怎么好与这样美人同睡的？”举眼一看，只见枕衾帐褥，尽皆换过，锦绣珍奇，一些也不是旧时的了。程宰虽是有些惊惶，却已神魂飞越，心里不知如何才好，只得一同解衣登床。美人卸了簪珥，徐徐解开髻发绺辫，总绾起一窝丝来。那发又长又黑，光明可鉴。脱下里衣，肌肤莹洁，滑若凝脂，侧身相就。程宰汤着，遍体酥麻了。真个是：

丰若有馀，柔若无骨。云雨初交，流丹浃藉。若远若近，宛转娇怯。俨如处子，含苞初拆。

程宰客中荒凉，不意得了此味，真个魂飞天外，魄散九霄，实出望外，喜之如狂。美人也自爱着程宰，枕上对他道：“世间花月之妖，飞走之怪，往往害人。所以世上说着便怕，惹人憎恶。我非此类，郎慎勿疑。我得与郎相遇，虽不能大有益于郎，亦可使郎身体康健，资用丰足。倘有患难之处，亦可出小力周全。但不可漏泄风声，就是至亲如兄，亦慎勿使知道。能守吾戒，自今以后，便当恒奉枕席，不敢有废。若一有漏言，不要说我不能来，就有大祸临身，吾也救不得你了。慎之！慎之！”程宰闻言甚喜，合掌罚誓道：“某本凡贱，误蒙真仙厚德，虽粉身碎骨，不能为报。既承法旨，敢不铭心？倘违所言，九死无悔。”誓毕，美人大喜，将手来勾着程宰之颈，说道：“我不是仙人，实海神也。与郎有夙缘甚久，故来相就耳。”语话缠绵，恩爱万状。不觉邻鸡已报晓二次。美人揽衣起道：“吾今去了，夜当复来。郎君自爱。”

说罢，又见昨夜东西坐的两个美人，与众侍女齐到床前，口里多称：“贺喜夫人、郎君！”美人走下床来，就有捧家伙的侍女，各将梳洗应有的物件，伏侍梳洗罢，仍带簪珥冠帔，一如昨夜光景。美人执着程宰之手，叮咛再四，不可泄漏。徘徊眷恋，不忍舍去。众女簇拥而行，尚回顾不止。人间夫妇，无此爱厚。程宰也下了床，穿了衣服，伫立细看，如痴似呆，欢喜依恋之态不能自禁。转眼间，室中寂然，一无所见。看那门窗，还是昨日关得好好的。回头再看房内，但见：

土坑上铺一带荆筐，芦席中拖一条布被。欹颓墙角，堆零星几块煤烟；坍塌地垆，摆缺绽一行瓶罐。浑如古庙无香火，一似牢房不洁清。

程宰恍然自失道：“莫非是做梦么？”定睛一想，想那饮食笑语，以及交合之状，盟誓之言，历历有据，绝非是梦寐之境。肚里又喜又疑。

顷刻间，天已大明。程宰思量道："吾且到哥哥房中去看一看。莫非夜来事体，他有些听得么？"走到间壁，叫声："阿哥！"程寀正在床上起来，看见了程宰，大惊道："你今日面上神彩异常，不似平日光景，甚么缘故？"程宰心里踌躇道："莫非果有些甚么怪样，惹他们疑心？"只得假意说道："我与你时乖运蹇，失张失志，落魄在此，归家无期。昨夜暴冷，愁苦的当不得，展转悲叹，一夜不曾合眼。阿哥必然听见的，有甚么好处？却说我神彩异常起来！"程寀道："我也苦冷，又想着家乡，通夕不寐。听你房中，静悄悄地不闻一些声响。我怪道你这样睡得熟，何曾有愁叹之声？却说这个话！"程宰见哥哥说了，晓得哥哥不曾听见夜来的事了，心中放下了跎踏。等程寀梳洗了，一同到铺里来。

那铺里的人见了程宰，没一个不吃惊道："怎地今日程宰哥面上这等光彩？"程寀对兄弟笑道："我说么！"程宰只做不晓得，不来接口。却心里也自觉神思清爽，肌肉润泽，比平日不同，暗暗快活，惟恐他不再来了。

是日频视晷影，恨不速移。刚才傍晚，就回到下处，托言腹痛，把门扃闭，静坐虔想，等待消息。到得街鼓初动，房内忽然明亮起来，一如昨夜的光景。程宰顾盼间，但见一对香炉前导，美人已到面前。侍女止是数人，仪从之类稀少，连那傍坐的两个美人也不来了。美人见程宰嘿坐相等，笑道："郎果有心如此，但须始终如一方好。"即命侍女设馔进酒，欢谑笑谈，更比昨日熟分亲热了许多。须臾彻席就寝，侍女俱散。顾看床褥，并不曾见有人去铺设，又复锦绣重叠。程宰心忖道："床上虽然如此，地下尘埃秽污，且看是怎么样的？"才一起念，只见满地多是锦裀铺衬，毫无寸隙了。是夜两人绸缪好合，愈加亲狎。依旧鸡鸣两度，起来梳妆而去。

此后人定即来，鸡鸣即去，率以为常，竟无虚夕。每来必言语喧闹，音乐铿锵。兄房只隔层壁，到底影响不闻，也不知是何法术如此。自此情爱愈笃。程宰心里想要甚么物件，即刻就有，极其神速。一日，偶思闽中鲜荔枝，即有带叶百馀颗，香味珍美，颜色新鲜，恰像树上才摘下的。又说此味只有江南杨梅可以相匹，便有杨梅一枝，坠于面前，枝上有二万馀颗，甘美异常。此时已是深冬，况此二物皆不是北地所产，不知何自得来。又一夕，谈及鹦鹉，程宰道："闻得说有白的，惜不曾见。"才说罢，便有几只鹦鹉飞舞将来，白的、五色的多有，或诵佛经，或歌诗赋，多是中土官话。一日，程宰在市上看见大商将宝石二颗来卖，名为硬红，色若桃花，大似拇指，索价百金。程宰夜间与美人说起，口中啧啧，称为罕见。美人抚掌大笑道："郎如此眼光浅，真是夏虫不可语冰。我教你看着！"说罢，异宝满室，珊瑚有高丈馀的，明珠有如鸡卵的，五色宝石有大如栲栳的，光艳夺目，不可正视。程宰左顾右盼，应接不暇。须臾之间，尽皆不见。程宰自思："我夜间无欲不遂，如此受用，日里仍是人家佣工，美人那知我心事来？"遂把往年贸易耗折了数千金，以致流落于此，告诉一遍，不胜嗟叹。美人又抚掌大笑道："正在欢会时，忽然想着这样俗事来，何乃不脱洒如此！虽然，这是郎的本业，也不要怪你。我再教你看一个光景。"说罢，金银满前，从地上直堆至屋梁边，不计其数。美人指着问程宰道："你可要么？"程宰是个做商人的，见了偌多金银，怎不动火？心热口馋，支手舞脚，却待要取。美人将箸去馔碗内夹肉一块，掷程宰面上道："此肉粘得在你面上么？"程宰道："此是他肉，怎粘得在吾面上？"美人指金银道："此亦是他物，岂可取为己有？若目前取了些，也无不可；只是非分之物，得了反要生祸。世人为取了不该得的东西，后来加陪丧去的，或连身子不保的，何止一人一事？我岂忍以此误你！你若要金银，你可自去经营，吾当指点路径，暗暗助你，这便使得。"程宰道："只这样也好了。"

其时是己卯初夏，有贩药材到辽东的，诸药多卖尽，独有黄柏、大黄两味卖不去，各剩下千来斤。此是贱物，所值不多。那卖药的见无人买，只思量丢下去了。美人对程宰道："你可去买了他的，有大利钱在里头。"程宰去问一问价钱，那卖的巴不得脱手，略得些就罢了。程宰深信美人之言，料必不差，身边积有佣工银十来两，尽数买了他的归来，搬到下处。哥子程寀看见累累堆堆，偌多东西，却是两味草药。问知是十多两银子买的，大骂道："你敢失心疯了？将了有用的银子，置这样无用的东西！虽然买得贱，这偌多几时脱得手去，讨得本利到手？有这样失算的事！"谁知隔不多日，辽东疫疠盛作，二药各铺多卖缺了，一时价钱腾贵起来。程宰所有，多得了好价，卖得罄尽，共卖了五百馀两。程寀不知就里，只说是兄弟偶然造化到了，做着了这一桩生意，大加欣羡道："幸不可屡侥。今既有了本钱，该图些傍实的利息，不可造次了。"程宰自有主意，只不说破。

过了几日，有个荆州商人贩彩缎到辽东的，途中遭雨湿座黪，多发了斑点，一匹也没有颜色完好的。荆商日夜啼哭，惟恐卖不去，只要有捉手，便可成交，价钱甚是将就。美人又对程宰道："这个又该做了。"程宰罄将前日所得五百两银子，买了他五百匹。荆商大喜而去。程寀见了道："我说你福薄！前日不意中得了些非分之财，今日就倒灶了。这些彩缎，全靠颜色。颜色好时，头二两一匹，还有便宜。而今斑斑点点，那个要他？这五百两不撩在水里了？似此做生意，几能勾挣得好日回家？"说罢大恸。众商伙中知得这事，也有惜他的，也有笑他的。谁知时运到了，自然生出巧来。程宰顿放彩缎不上一月，江西宁王宸濠造反，杀了巡抚孙公、副使许公，谋要顺流而下，破安庆，取南京，僭宝位。东南一时震动，朝廷急调辽兵南讨。飞檄到来，急如星火。军中戎装旗帜之类，多要整齐，限在顷刻。这个边地上，那里立地有这许多缎匹？一时间价钱腾贵起来。只买得有就是，好歹不论。程宰所买这些斑斑点点的，尽多得了三倍的好价钱。这一番除了本钱五百两，分外足足撰了千金。

庚辰秋间，又有苏州商人贩布三万匹到辽阳，陆续卖去已有二万三四千匹了，剩下粗些的还有六千多匹。忽然家信到来，母亲死了，急要奔丧回去。美人又对程宰道："这件事又该做了。"程宰两番得利，心知灵验，急急去寻他讲价。那苏商先卖去的得利已多了，今止是馀剩，况归心已急，只要一伙卖，便照原来价钱也罢。程宰遂把千金尽数买了他这六千多匹回来。明年辛巳三月，武宗皇帝驾崩，天下人多要戴着国丧。辽东远在塞外，地不产布，人人要件白衣，一时那讨得许多布来？一匹粗布，就卖得七八钱银子。程宰这六千匹，又卖了三四千两。

如此事体，逢着便做，做来便希奇古怪，得利非常。记不得许多。四五年间，展转弄了五七万两，比昔年所折的，倒多了几十倍了。正是：

人弃我堪取，奇赢自可居。
虽然神暗助，不得浪贪图。

且说辽东起初闻得江西宁王反时，人心危骇，流传讹言，纷纷不一。有的说在南京登基了，有的说兵过两淮了，有的说过了临清到德州了。一日几番说话，也不知那句是真，那句是假。程宰心念家乡切近，颇不自安，私下问美人道："那反叛的到底如何？"美人微笑道："真天子自在湖湘之间，与他甚么相干？他自要讨死吃，故如此猖狂，不日就擒了。不足为虑。"此是七月下旬的说；再过月馀，报到，果然被南赣巡抚王阳明擒了解京。程宰见美人说天子在湖湘，恐怕江南又有战争之事，心中仍旧惧怕。再问美人，美人道："不妨，不妨。国家庆祚灵长，天下方享太平之福，只在一二年了。"后来嘉靖自湖广兴藩，入继大统，海内安宁，悉如美人之言。

到嘉靖甲申年间，美人与程宰往来已是七载，两情缱绻，犹如一日。程宰囊中幸已丰富，未免思念故乡起来。一夕对美人道："某离家已二十年了，一向因本钱耗折，回去不得。今蒙大造，囊资丰饶，已过所望。意欲暂与家兄归到乡里，一见妻子，便当即来。多不过一年之期，就好到此，永奉欢笑。不知可否？”美人听罢，不觉惊叹道：“数年之好，止于此乎？郎宜自爱，勉图后福，我不能伏侍左右了！”欷歔泣下，悲不自胜。程宰大骇道：“某暂时归省，必当速来，以图后会。岂敢有负恩私？夫人乃说此断头话！”美人哭道：“大数当然，彼此做不得主。郎适发此言，便是数当永诀了。”

言犹未已，前日初次来的东、西二美人及诸侍女仪从之类，一时皆集。音乐竞奏，盛设酒筵。美人自起，酌酒相劝，追叙往时初会与数年情爱，每说一句，哽咽难胜。程宰大声号恸，自悔失言，恨不得将身投地，将头撞壁。两情依依，不能相舍。诸女前来禀白道：“大数已终，法驾齐备，速请夫人登途，不必过伤了。”美人执着程宰之手，一头垂泪，一头分付道：“你有三大难，今将近了。时时宜自警省，至期吾自来相救。过了此后，终身吉利，寿至九九。吾当在蓬莱三岛，等你来续前缘。你自宜居心清净，力行善事，以副吾望。吾与你身虽隔远，你一举一动，吾必晓得。万一做了歹事，以致堕落，犯了天条，吾也无可周全了。后会迢遥，勉之！勉之！”叮宁了又叮宁，何止十来番。程宰此时神志俱丧，说不出一句话，只好唯唯应承，苏苏落泪而已。正是：

> 世上万般哀苦事，无非死别与生离。
> 天长地久有时尽，此恨绵绵无限期。

须臾，邻鸡群唱，侍女催促，诀别启行。美人还回头顾盼了三四番，方才寂然一无所见。但有：

> 蟋蟀悲鸣，孤灯半灭。凄风萧飒，铁马玎珰。

曙星东升，银河西转。顷刻之间，已如隔世。

程宰不胜哀痛，望着空中，禁不住的号哭起来。才发得声，哥子程寀隔房早已听见，不像前番随你间壁翻天覆地，总不知道的。哥子闻得兄弟哭声，慌忙起来问其缘故。程宰支吾道："无过是思想家乡。"口里强说，声音还是凄咽的。程寀道："一向流落，归去不得。今这几年来，生意做得着，手头饶裕，要归不难，为何反哭得这等悲切起来？从来不曾见你如此，想必有甚伤心之事，休得瞒我。"程宰被哥子说破，晓得瞒不住，只得把昔年遇合美人，夜夜的受用，及生意所以做得着，以致丰富，皆出美人之助，从头至尾述了一遍。程寀惊异不已，望空礼拜。明日与客商伴里说了，辽阳城内外没一个不传说程士贤遇海神的奇话。程宰自此终日郁郁不乐，犹如丧偶一般。与哥子商量，收拾南归。

其时有个叔父在大同做卫经历，程宰有好几时不相见了，想道："今番归家，不知几时又到得北边。须趁此便，打那边走一遭，看叔叔一看去。"先打发行李资囊，付托哥子程寀监押，从潞河下在船内，沿途等候着他。他自己却顾了一个牲口，繇京师出居庸关，到大同地方。见了叔父，一家骨肉久别相聚，未免留连几日，不得动身。晚上睡去，梦见美人走来催促道："祸事到了，还不快走！"程宰记得临别之言，慌忙向叔父告行。叔父又留他饯别，直到将晚，方出得大同城门。时已天黑，程宰道："总是前途赶不上多少路罢了，不如就在城外且安宿了一晚，明日早行。"睡到三鼓，梦中美人又来催道："快走！快走！大难就到，略迟脱不去了。"程宰当时惊醒，不管天早天晚，骑了牲口，忙赶了四五里路。只听得炮声连响，回头看那城外时，火光烛天，照耀如同白日。元来是大同军变。

且道如何是大同军变？大同参将贾鉴，不给军士行粮。军士鼓噪，杀了贾鉴。巡抚都御史张文锦出榜招安，方得平静。张文锦密访了几个为头的，要行正法。正差人出来擒拿，军士重番鼓噪起来，索性把张巡抚也杀了，据了大同，谋反朝廷。要搜寻内外壮丁，一同叛逆，故此点了火把出城，凡是饭店经商，尽被拘刷了转去，收在伙内，无一得脱。若是程宰迟了些个，一定也拿将去了。此是海神来救了第一遭大难了。

程宰得脱，兼程到了居庸。夜宿关外，又梦见美人来催道："趁早过关。略迟一步，就有牢狱之灾了。"程宰又惊将起来，店内同宿的多不曾起身，他独自一个，急到关前挨门而进。行得数里，忽然宣府军门行将文书来，因为大同反乱，恐有奸细混入京师，凡是在大同来进关者，不是公差吏人有官文照验在身者，尽收入监内，盘诘明白，方准释放。是夜与程宰同宿的人多被留住，下在狱中。后来有到半年方得放出的，也有染了病，竟死在狱中的。程宰若非文书未到之前先走脱了，便干净无事，也得耐烦坐他五七月的监。此是海神来救他第二遭的大难了。

程宰赶上了潞河船只，见了哥子，备述一路遇难，因梦中报信得脱之故，两人感念不已。一路无话，已到了淮安府高邮湖中，忽然：

> 黑云密布，狂风怒号。水底老龙惊，半空猛虎啸。左掀右荡，浑如落在簸箕中；前跷后攧，宛似滚起饭锅内。双桅折断，一舵飘零。等闲要见阎王，立地须游水府。

正在危急之中，程宰忽闻异香满船，风势顿息。须臾，黑雾四散中，有彩云一片，正当船上。云中现出美人模样来，上半身毫发分明，下半身霞光拥蔽，不可细辨。程宰明知是海神又来救他，况且别过多时，不能厮见，悲感之极，涕泗交下，对着云中，只是磕头礼拜。美人也在云端举手答礼，容色恋恋，良久方隐。船上人多不见些甚么，但见程宰与空中施礼之状，惊疑来问。程宰备说缘故如此，尽皆瞻仰。此是海神来救他第三遭的大难。此后再不见影响了。

后来程宰年过六十，在南京遇着蔡林屋时，容颜只像四十来岁的。可见是遇着异人无疑。若依着美人蓬莱三岛之约，他日必登仙路也。但不知程宰无过是个经商俗人，有何缘分，得有此一段奇遇。说来也不信，却这事是实实有的。可见神仙鬼怪之事，未必尽无。有诗为证：

流落边关一俗商，却逢神眷不寻常。
宁知钟爱缘何许，谈罢令人欲断肠。

卷三十八

两错认莫大姐私奔　再成交杨二郎正本

诗云：

李代桃僵，羊易牛死。
世上冤情，最不易理。

话说宋时南安府大庾县有个吏典黄节，娶妻李四娘。四娘为人心性风月，好结识个把风流子弟，私下往来。向与黄节生下一子，已是三岁了。不肯收心，只是贪淫。一日黄节因有公事，住在衙门中了十来日。四娘与一个不知姓名的奸夫说通了，带了这三岁儿子一同逃去。出城门不多路，那儿子见眼前光景生疏，啼哭不止。四娘好生不便，竟把儿子丢弃在草中，自同奸夫去了。

大庾县中有个手力人李三，到乡间行公事。才出城门，只听得草地里有小儿啼哭之声。急往前一看，见是一个小儿，眠在草里，擂天倒地价哭。李三看了，心中好生不忍，又不见一个人来睬他，不知父母在那里去了。李三走去抱扶着他。那小儿半日不见了人，心中虚怯，哭得不耐烦。今见个人来偎傍，虽是面生些，也倒忍住了哭，任凭他抱了起来。元来这李三不曾有儿女，看见欢喜。也是合当有事，道是天赐与他小儿，一径的抱了回家。家人见孩子生得清秀，尽多快活，养在家里，认做是自家的了。

这边黄节衙门中出来，回到家里，只见房闼寂静，妻子多不见了。骇问邻舍，多道是："押司出去不多日，娘子即抱着小哥，不知那里去了。关得门户寂悄悄的，我们只道到那里亲眷家去，不晓得备细。"黄节情知妻四娘有些毛病的，着了忙，各处亲眷家问，并无下落。黄节只得写下了招子，各处访寻，情愿出十贯钱做报信的谢礼。

一日，偶然出城数里，恰恰经过李三门首。那李三正抱着这拾来的儿子，在那里与他作耍。黄节仔细一看，认得是自家的儿子，喝问李三道："这是我的儿子，你却如何抱在此间？我家娘子那里去了？"李三道："这儿子吾自在草地上拾来的，那晓得甚么娘子？"黄节道："我妻子失去，遍贴招示，谁不知道？今儿子既在你处，必然是你作奸犯科，诱藏了我娘子，有甚么得解说？"李三道："我自是拾得的，那知这些事？"黄节扭住李三，叫起屈来，惊动地方邻里，多走将拢来。黄节告诉其事，众人道："李三元不曾有儿子。抱来时节，实是有些来历不明。却不知是押司的。"黄节道："儿子在他处了，还有我娘子不见，是他一同拐了来的。"众人道："这个我们不知道。"李三发极道："我那见甚么娘子？那日草地上只见得这个孩子在那里哭，我抱了回家。今既是押司的，我认了悔气还你罢了，怎的还要赖我甚么娘子？"黄节道："放你娘的屁！是我赖你？我现有招贴在外的。你这个奸徒，我当官与你说话！"对众人道："有烦列位与我带一带，带到县里来。事关着拐骗良家子女，是你地方邻里的干系，不要走了人。"李三道："我没甚欺心事，随你去见官，自有明白。一世也不走！"黄节随同了众人，押了李三，抱了儿子，一直到县里来。

黄节写了纸状词，把上项事一一禀告县官。县官审问李三，李三只说："路遇孩子，抱了归来是实，并不知别项情繇。"县官道："胡说！他家不见了两个人，一个在你家了，这一个又在那里？这样奸诈，不打不招！”遂把李三上起刑法来，打得一佛出世，二佛生天，只不肯招。那县里有与黄节的一般吏典二十多个，多护着吏典行里体面，一齐来跪禀县官，求他严行根究。县官又把李三重加敲打。李三当不过，只得屈招道：“因为家中无子，见黄节妻抱了儿子在那里，把来杀了，盗了他儿子回来。今被捉获，情愿就死。”县官又问：“尸首今在何处？”李三道：“恐怕人看见，抛在江中了。”县官录了口词，取了供状，问成罪名，下在死囚牢中了。分付当案孔目，做成招状，只等写完文卷，就行解府定夺。孔目又为着黄节，把李三狱情做得没些漏洞。

其时乃是绍兴十九年八月二十九日，文卷已完，狱中取出李三解府。系是杀人重犯，上了镣肘，戴了木枷，跪在庭下，专听点名起解。忽然阴云四合，空中雷电交加，李三身上枷扭尽行脱落。霹雳一声，掌案孔目震死在堂上；二十多个吏典，头上吏巾皆被雷风掣去。县官惊得浑身打颤。须臾性定，叫把孔目身尸验看，背上有朱红写的“李三狱冤”四个篆字。县官便叫李三问时，李三兀自痴痴地立着，一似失了魂的。听得呼叫，然后答应出来。县官问道：“你身上枷扭，适才怎么样解了的？”李三道：“小人眼前昏黑，犹如梦里一般，更不知一些甚么。不晓得身上枷扭，怎地脱了。”县官明知此事有冤，遂问李三道：“你前日孩子果是怎生的？”李三道：“实实不知谁人遗下在草地上啼哭，小人不忍，抱了回家。至于黄节夫妻之事，小人并不知道。是受刑不过屈招的。”县官此时又惊又悔，道：“今日看起来，果然与你无干。”当时遂把李三释放，叫黄节与同差人别行寻缉李四娘下落。后来毕竟在别处地方寻获。方知天下事，专在疑似之间冤枉了人。这个李三，若非雷神显灵，险些儿没辨白处了。

而今说着国朝一个人，也为妻子随人走了，冤着一个邻舍往来的，几乎累死，后来却得明白。与大庾这件事有些仿佛，待小子慢慢说来，便知端的。

佳期误泄桑中约，好事讹牵月下绳。
只解推原平日状，岂知局外有翻更。

话说北直张家湾有个居民，姓徐，名德，本身在城上做长班。有妻莫大姐，生得大有容色，且是兴高好酒，醉后就要趁着风势，撩拨男子汉，说话勾搭。邻舍有个杨二郎，也是风月场中人，年少风流，闲荡游耍过日，没甚根基。与莫大姐终日调情，你贪我爱，弄上了手，外边人无不知道。虽是莫大姐平日也还有个把梯己人往来，总不如与杨二郎过得恩爱。况且徐德在衙门里走动，常有个月期程不在家里，杨二郎一发便当，竟像夫妻一般过日。

后来徐德挣得家事从容了，衙门中寻了替身，不消得日日出去，每有时节歇息在家里，渐渐把杨二郎与莫大姐光景看了些出来。细访邻里街坊，也多有三三两两说话。徐德一日对莫大姐道："咱辛辛苦苦了半世，挣得有碗饭吃了，也要装些体面，不要被外人笑话便好。"莫大姐道："有甚笑话？"徐德道："钟不扣不鸣，鼓不打不响。欲人不知，莫若不为。你做的事，外边那一个不说的？你瞒咱则甚？咱叫你今后仔细些罢了。"莫大姐被丈夫道着海底眼，虽然撒娇撒痴，说了几句支吾门面说话，却自想平日忒做得渗濑，晓得瞒不过了，不好十分强辨得。暗地忖道："我与杨二郎交好，情同夫妻，时刻也间不得的。今被丈夫知道，必然防备得紧，怎得象意？不如私下与他商量，卷了些家财，同他逃了，去他州外府，自繇自在的快活，岂不是好？"藏在心中。

一日，看见徐德出去，便约了杨二郎，密商此事。杨二郎道："我此间又没甚牵带，大姐肯同我去，要走就走。只是到外边去，须要有些本钱，才好养得口活。"莫大姐道："我把家里细软尽数卷了去，怕不也过几时！等住定身子，慢慢生发做活就是。”杨二郎道：“这个就好了。一面收拾起来，得便再商量走道儿罢了。”莫大姐道：“说与你了。待我看着机会，拣个日子，悄悄约你走路。你不要走漏了消息。”杨二郎道：“知道。”两个趁空处又做了一点点事，千分万付而去。

徐德归来几日，看见莫大姐神思撩乱，心不在焉的光景，又访知杨二郎仍来走动，恨着道：“等我一时撞着了，怕不斫他做两段！”莫大姐听见，私下教人递信与杨二郎：“目下切不要到门前来露影。”自此杨二郎不敢到徐家左近来。莫大姐切切在心，只思量和他那里去了便好。已此心不在徐家，只碍着丈夫一个是眼中钉了。

大凡女人心一野，自然七颠八倒，如痴如呆，有头没脑，说着东边，认着西边，没情没绪的。况且杨二郎又不得来，茶里饭里多是他，想也想痴了。因是闷得不耐烦，问了丈夫，同了邻舍两三个妇女们约了，要到岳庙里烧一炷香。此时徐德晓得这婆娘不长进，不该放他出去才是。却是北人直性，心里道：“这几时拘系得紧了，看他恍恍惚惚，莫不生出病来？便等他外边去散散。”北方风俗，女人出去只是自行，男子自有勾当，不大肯跟随走的。当下莫大姐自同一伙女伴，带了纸马酒盒，抬着轿，飘飘逸逸的出门去了。只因此一去，有分交：

闺中佚女，竟留烟月之场；枕上情人，险作囹圄之鬼。直待海清终见底，方今盆覆得还光。

且说齐化门外有一个倬峭的子弟，姓郁，名盛。生性淫荡，立心刁钻，专一不守本分，勾搭良家妇女。又喜讨人便宜，做那昧心短行的事。他与莫大姐是姑舅之亲，一向往来。两下多有些意思，只是不曾得便，未上得手。郁盛心里道是一桩欠事，时常记念的。一日在自己门前闲立，只见几乘女轿抬过。他窥头探脑去看那轿里抬的女眷，恰好轿帘隙处，认得是徐家的莫大姐。看了轿上挂着纸钱，晓得是岳庙进香；又有闲的挑着盒担，乃是女眷们游耍吃酒的。想道："我若厮赶着他们去闲荡一番，不过插得些寡趣，落得个眼饱，没有实味。况有别人家女眷在里头，便插趣也有好些不便。不若我整治些酒馔在此，等莫大姐转来。我是亲眷人家，邀他进来打个中火，没人说得。亦且莫大姐尽是贪杯高兴，十分有情的，必不推拒。那时趁着酒兴营勾他，不怕他不成这事。好计，好计。"即时奔往闹热胡同，只拣可口的鱼肉荤肴，榛松细果，买了偌多，撮弄得齐齐整整。正是：

安排扑鼻芳香饵，专等鲸鲵来上钩。

却说莫大姐同了一班女伴，到庙里烧过了香，各处去游耍。挑了酒盒，野地上随着好坐处，即便摆着吃酒。女眷们多不十分大饮，无非吃下三数杯。晓得莫大姐量好，多来劝他。莫大姐并不推辞，拿起杯来就吃就干，把带来的酒吃得罄尽，已有了七八分酒意。天色将晚，然后收拾家伙，上轿抬回。

回至郁家门前，郁盛瞧见，忙至莫大姐轿前施礼道："此是小人家下，大姐途中口渴了，可进里面告奉一茶。"莫大姐醉眼朦胧，见了郁盛是表亲，又是平日调得情惯的，忙叫住轿。走出轿来，与郁盛万福道："元来哥哥住在这里？"郁盛笑容满面道："请大姐里面坐一坐去。"莫大姐带着酒意，踉踉跄跄的跟了进门。别家女轿，晓得徐家轿子有亲眷留住，各自先去了。徐家的轿夫住在门口等候。莫大姐进得门来，郁盛邀至一间房中，只见酒果肴馔摆得满桌。莫大姐道："甚么道理，要哥哥这们价费心？"郁盛道："难得大姐在此经过，一杯淡酒，聊表寸心而已。"郁盛是有意的，特地不令一个人来伏侍，只是一身陪着，自己斟酒，极尽殷勤相劝。正是：

茶为花博士，酒是色媒人。

莫大姐本是已有酒的，更加郁盛慢橹摇船捉醉鱼，觍觍着面庞，央求不过，又吃了许多。酒力发作，乜斜了双眼，淫兴勃然，倒来丢眼色，说风话。郁盛挨在身边同坐了，将着一杯酒，你呷半口，我呷半口，又噙了一口，勾着脖子，度将过去。莫大姐接来，咽下去了，就把舌头伸过口来。郁盛咂了一回，彼此春心荡漾，偎抱到床中，褪下小衣，弄将起来。

一个醉后掀腾，一个醒中摩弄。醉的如迷花之梦蝶，醒的似采蕊之狂蜂。醉的一味兴浓，担承愈勇；醒的半兼趣胜，玩视偏真。此贪彼爱不同情，你醉我醒皆妙境。

两人战到间深之处，莫大姐不胜乐畅，口里哼哼的道："我二哥，亲亲的肉。我一心待你，只要同你一处去快活了罢。我家天杀的不知趣，又来拘管人，怎如得二哥这等亲热有趣！"说罢，将腰下乱颠乱耸，紧紧抱住郁盛不放，口里只叫："二哥亲亲。"

元来莫大姐醉得极了，但知快活异常，神思昏迷，忘其所以。真个"醉里醒时言"，又道是"酒道真性"，平时心上恋恋的是杨二郎，恍恍惚惚竟把郁盛错认。干事的是郁盛，说的话多是对杨二郎的话。郁盛原晓得杨二郎与他相厚的，明明是醉里认差了。郁盛道："叵耐这浪淫妇，你只记得心上人，我且将计就计，恬他说话，看他说甚么来。"就接口道："我怎生得同你一处去快活？"莫大姐道："我前日与你说的，收拾了些家私，和你别处去过活。一向不得空便。今秋分之日，那天杀的进城上去，有那衙门里勾当。我与你趁那晚走了罢。"郁盛道："走不脱却怎么？"莫大姐道："你端正下船儿，一搬下船，连夜摇了去。等他城上出来知得，已此赶不着了。"郁盛道："夜晚间把甚么为暗号？”莫大姐道：“你只在门外拍拍手掌，我里头自接应你。我打点停当好几时了，你不要错过！”口里糊糊涂涂，又说好些，总不过肉麻说话。郁盛只拣那几句要紧的，记得明明白白在心。

须臾云收雨散，莫大姐整一整头髻，头眩眼花的走下床来。郁盛先此已把酒饭与轿夫吃过了，叫他来打着轿，搀扶莫大姐上轿去了。郁盛回来，道是占了采头，心中欢喜。却又得了他心腹里的话，笑道：“咤异！咤异！那知他要与杨二郎逃走，尽把相约的事，对我说了。又认我做了杨二郎，你道好笑么？我如今将错就错，顾下了船，到那晚剪他这绺，落得载他娘在别处去，受用几时，有何不可？”郁盛是个不学好的人，正挠着他的痒处，以为得计。一面料理船只，只等到期行事，不在话下。

且说莫大姐归家，次日病了一日酒，昨日到郁家之事，犹如梦里，多不十分记得。只依稀影响，认做已约定杨二郎日子过了。收拾停当，只待起身。岂知杨二郎处虽曾说过两番，晓得有这个意思，反不曾精细叮咛得，不做整备的。

到了秋分这夜，夜已二鼓，莫大姐在家里等候消息。只听得外边拍手响，莫大姐心照，也拍拍手。开门出去，黑影中见一个人在那里拍手，心里道是杨二郎了。急回身进去，将衣囊箱笼逐件递出，那人一件件接了，安顿在船中。莫大姐恐怕有人瞧见，不敢用火，将房中灯打灭了，虚锁了房门，黑里走出。那人扶了上船，如飞把船开了。船中两个多是低声细语，况是慌张之际，莫大姐只认是杨二郎，急切辨不出来。莫大姐失张失志，历碌了一日，下得船才心安，倦将起来，不及做甚么事。说得一两句话，那人又不十分回答。莫大姐放倒头，和衣就睡着了去。

比及天明，已在潞河，离家有百十里了。撑开眼来，看那舱里同坐的人不是杨二郎，却正是齐化门外的郁盛。莫大姐吃了一惊，道：“如何却是你？”郁盛笑道：“那日大姐在岳庙归来，途中到家下小酌，承大姐不弃，赐与欢会。是大姐亲口约下我的，如何倒吃惊起来？”莫大姐呆了一回，仔细一想，才省起前日在他家吃酒，酒中淫媾之事。后来想是错认，把真话告诉了出来。醒来记差，只说是约下杨二郎了，岂知错约了他。今事已至此，说不得了，只得随他去。只是怎生发付杨二郎呵？因问道：“而今随着哥哥到那里去才好？”郁盛道：“临清是个大马头去处，我有个主人在那里。我与你那边去住了，寻生意做。我两个一窝儿作伴，岂不快活？”莫大姐道：“我衣囊里尽有些本钱，哥哥要营运时，足可生发度日的。”郁盛道：“这个最好。”从此莫大姐竟同郁盛到临清去了。

话分两头。且说徐德衙门公事已毕，回到家里，家里悄没一人，箱笼什物，皆已搬空。徐德骂道：“这歪剌姑，一定跟得奸夫走了！”问一问邻舍，邻舍道：“小娘子一个夜里不知去向，第二日我们看见门是锁的了，不晓得里面虚实。你老人家自想着，无过是平日有往来的人约的去。”徐德道：“有甚么难见处，料只在杨二郎家里！”邻舍道：“这猜得着，我们也是这般说。”徐德道：“小人平日家丑，须瞒列位不得。今日做出事来，眼见得是杨二郎的缘故。这事少不得要经官，有烦两位做一做见证。而今小人先到杨家去问一问下落，与他闹一场则个。”邻舍道：“这事情那一个不知道的？到官时，我们自然讲出公道来。”徐德道：“有劳！有劳！”

当下一忿之气，奔到杨二郎家里。恰好杨二郎走出来，徐德一把扭住道：“你把我家媳妇子拐在那里去藏过了？”杨二郎虽不曾做这事，却是曾有这话关着心的，骤然闻得，老大吃惊。口里嚷道：“我那知这事，却来嫌我？”徐德道：“街坊上那一个不晓得你营勾了我媳妇子？你还要赖哩，我与你见官去。还我人来！”杨二郎道：“不知你家嫂子几时不见了？我好耽耽在家里，却来问我要人。就见官，我不相干。”徐德那听他分说，只是拖住了交付与地方，一同送到城上兵马司来。

徐德衙门情熟，为他的多。兵马司先把杨二郎下在铺里。次日徐德就将奸拐事情，在巡城察院衙门告将下来，批与兵马司严究。兵马审问杨二郎，杨二郎初时只推无干。徐德拉同地方，众口证他有奸。兵马喝叫加上刑法，杨二郎熬不过，只得招出平日通奸往来是实。兵马道：“奸情既真，自然是你拐藏了！”杨二郎道：“只是平日有奸，逃去一事，委实与小的无涉。”兵马又唤地方与徐德问道：“他妻子莫氏还有别个奸夫么？”徐德道：“并无别人，只有杨二郎奸稔是真。”地方也说道：“邻里中也只晓杨二郎是奸夫，别一个不见说起。”兵马喝杨二郎道：“这等，还要强辨！你实说，拐来藏在那里？”杨二郎道：“其实不在小的处，小的知他在那里？”兵马大怒，喝叫重重夹起，必要他说。杨二郎只得又招道：“曾与小的商量，要一同逃去，这说话是有的。小的不曾应承，故此未约得定。而今却不知怎的不见了。”兵马道：“既然曾商量同逃，而今走了，自然知情。他无非私下藏过，只图混赖一时，背地里却去奸宿。我如今收在监中，三日、五日一比，看你藏得到底不成！”遂把杨二郎监下，隔几日就带出鞫问一番。杨二郎只是一般说话，招不出人来。徐德又时时来催禀，不过做杨二郎屁股不着，打得些屈棒，毫无头绪。杨二郎正是俗语所云：

从前作事，没兴齐来。
乌狗吃食，白狗当灾。

杨二郎当不过屈打，也将霹诬枉禁事情在上司告下来，提到别衙门去问。却是徐德家里实实没了人，奸情又招是真的，不好出脱得他。有矜疑他的，教他出了招贴，许下赏钱，募人缉访。然是十个人内倒有九个说杨二郎藏过了是真的，那个说一声其中有冤枉？此亦是杨二郎淫人妻女应受的果报。

女色从来是祸胎，奸淫谁不惹非灾？
虽然逃去浑无涉，亦岂无端受枉来！

且不说这边杨二郎受累，累年不决的事。再表郁盛自那日载了莫大姐，到了临清地方，赁间闲房住下，两人行其淫乐，混过了几时。莫大姐终久有这杨二郎在心里，身子虽现随着郁盛，毕竟是勉强的，终日价没心没想，哀声叹气。郁盛起初绸缪相处了两个月，看看两下里各有些嫌憎，不自在起来。郁盛自想道："我目下用他的。带来的东西须有尽时，我又不会做生意，日后怎生结果？况且是别人的妻小，留在身边，到底怕露将出来，不是长便。我也要到自家里去的，那里守得定在这里？我不如寻个主儿卖了他。他模样尽好，倒也还值得百十两银子。我得他这些身价，与他身边带来的许多东西，也尽勾受用了。"打听得临清渡口驿前乐户魏妈妈家里，养许多粉头，是个兴头的鸨儿，要的是女人。寻个人去与他说了。魏妈只做访亲，来相探望。看过了人物，还出了八十两价钱，交兑明白，只要抬人去。郁盛哄着莫大姐道："这魏妈妈是我家外亲，极是好情分。你我在此异乡，图得与他做个相识往来，也不寂寞。魏妈妈前日来望过了你，你今日也去还拜他一拜才是。"莫大姐女眷心性，巴不得寻个头脑，外边去走走的。见说了，即便梳妆起来。郁盛就去顾了一乘轿，把莫大姐竟抬到魏妈家里。

莫大姐看见魏妈妈笑嘻嘻相头相脚，只是上下看觑，大剌剌的不十分接待；又见许多粉头在面前，心里道："甚么外亲！看来是个衏衏人家了。"吃了一杯茶，告别起身。魏妈妈笑道："你还要到那里去？"莫大姐道："家去。"魏妈妈道："还有甚么家里？你已是此间人了。"莫大姐吃一惊道："这怎么说？"魏妈妈道："你家郁官儿得了我八十两银子，把你卖与我家了。"莫大姐道："那有此话？我身子是自家的，谁卖得我？"魏妈妈道："甚么自家不自家，银子已拿得去了，我那管你？"

莫大姐道："等我去和那天杀的说个明白！"魏妈妈道："此时他跑自家的道儿，敢走过七八里路了，你那里寻他去？我这里好道路，你安心住下了罢，不要讨我杀威棒儿吃。"莫大姐情知被郁盛所赚，叫起撞天屈来，大哭了一场。魏妈妈喝住，只说要打；众粉头做好做歉的来劝住。莫大姐原是立不得贞节牌坊的，到此地位，落了圈套，没计奈何，只得和光同尘，随着做娼妓罢了。此亦是莫大姐做妇女不学好应受的果报。

妇女何当有异图？贪淫只欲闪亲夫。
今朝更被他人闪，天报昭昭不可诬。

莫大姐自从落娼之后，心里常自想道："我只图与杨二郎逃出来快活，谁道醉后错记，却被郁盛天杀的赚来卖我在此！而今不知杨二郎怎地在那里？我家里不见了人，又不知怎样光景？"时常切切于心。有时接着相投的孤老，也略把这些前因说说，只好感伤流泪，那里有人管他这些唠叨？

光阴如箭，不觉已是四五个年头。一日，有一个客人来嫖宿饮酒，见了莫大姐，目不停瞬，只管上下瞧觑。莫大姐也觉有些面染，两下疑惑。莫大姐开口问道："客官贵处？"那客人道："小子姓幸，名逢，住居在张家湾。"莫大姐见说"张家湾"三字，不觉潸然泪下，道："既在张家湾，可晓得长班徐德家里么？"幸客惊道："徐德是我邻人，他家里失去了嫂子几年。适见小娘子面庞有些厮像，莫不正是徐嫂子么？"莫大姐道："奴正是徐家媳妇，被人拐来坑陷在此。方才见客人面庞，奴家道有些认得，岂知却是日前邻舍幸官儿。"元来幸逢也是风月中人，向时看见莫大姐有些话头，也曾咽着干唾的，故此一见就认得。幸客道："小娘子你在此不打紧，却害得一个人好苦！"莫大姐道："是那个？"幸客道："你家告了杨二郎，累了几年官司，打也不知打了多少，至今还在监里，未得明白。”莫大姐见说，好不伤心，轻轻对幸客道：“日里不好尽言，晚上留在此间，有句说话奉告。”

幸客是晚就与莫大姐同宿了。莫大姐悄悄告诉他，说委实与杨二郎有交，被郁盛冒充了杨二郎拐来卖在这里。从头至尾，一一说了。又与他道：“客人可看平日邻舍面上，到家说知此事。一来救了奴家出去；二来说清了杨二郎，也是阴功；三来吃了郁盛这厮这样大亏，等得见了天日，咬也咬他几口。”幸客道：“我去说，我去说。杨二郎、徐长班多是我一块土上人，况且贴得有赏单，今我得实，怎不去报？郁盛这厮有名刁钻，天理不容，也该败了。”莫大姐道：“须得密些才好。若漏了风，怕这家又把我藏过了。”幸客道：“只你知我知。而今见人再不要提起。我一到彼，就出首便是。”

两人商约已定，幸客竟自回转张家湾，来见徐德道：“你家嫂子已有下落，我亲眼见了。”徐德道：“见在那里？”幸逢道：“我替你同到官面前，还你的明白。”徐德遂同了幸逢，齐到兵马司来。幸逢当官递上一纸首状。状云：

首状人幸逢，系张家湾民，为举首略卖事。本湾徐德，失妻莫氏，告官未获。今逢目见本妇，身在临清乐户魏鸨家倚门卖奸。本妇称系市棍郁盛略卖在彼是的。贩良为娼，理合举首。所首是实。

兵马即将首状判准在案，一面申文察院，一面密差兵番拿获郁盛，到官刑鞫。郁盛抵赖不过，供吐前情明白，当下收在监中，俟莫氏到时质证定罪。随即奉察院批发明文，押了原首人幸逢与本夫徐德，行关到临清州，眼同认拘莫氏及买良为娼乐户魏鸨到司审问，原差守提。临清州里即忙添差公人，一同行拘。一干人到魏家，好似——

瓮中捉鳖，手到拿来。

临清州点齐了。发了批回，押解到兵马司来。杨二郎彼时还在监中，得知这事，连忙写了诉状，称是与己无干，今日幸见天日等情，投递兵马司。准了，等候一同发落。

其时人犯齐到听审。兵马先唤莫大姐问他。莫大姐将郁盛如何骗他到临清，如何哄他卖娼家，一一说了备细。又唤魏鸨儿问道："你如何买了良人之妇？"魏妈妈道："小妇人是个乐户，靠那取讨娼妓为生。郁盛称说自己妻子愿卖，小妇人见了是本夫做主的，与他讨了。岂知他是拐来的？"徐德走上来道："当时妻子失去，还带了家里许多箱笼资财去。今人既被获，还望追出赃私，给还小人。"莫大姐道："郁盛哄我到魏家，我只走得一身去，就卖绝在那里。一应所有，多被郁盛得了，与魏家无干。"兵马拍桌道："那郁盛这样可恶！既拐了人去奸宿了，又卖了他身子，又没了他资财，有这等没天理的！"喝叫："重打！"郁盛辩道："卖他在娼家，是小人不是，甘认其罪。至于逃去，是他自跟了小人走的，非干小人拐他。"兵马问莫大姐道："你当时为何跟了他走？不实说出来，讨拶！"莫大姐只得把与杨二郎有奸、认错了郁盛的事，一一招了。兵马笑道："怪道你丈夫徐德告着杨二郎。杨二郎虽然屈坐了监几年，徐德不为全诬。莫氏虽然认错，郁盛乘机盗拐，岂得推故？"喝教把郁盛打了四十大板，问略贩良人军罪，押追带去赃物给还徐德；莫氏身价八十两，追出入官。魏妈买良，系不知情，问个不应罪名；出过身价，有几年卖奸得利，不必偿还。杨二郎先有奸情，后虽无干，也问杖赎，释放宁家。幸逢首事得实，量行给赏。

判断已明，将莫大姐发与原夫徐德收领。徐德道："小人妻子背了小人逃出了几年，又落在娼家了，小人还要这滥淫妇做甚么？情愿当官休了，等他别嫁个人罢。"兵马道："这个繇你。且保领出去，自寻人嫁了他，再与你立案罢了。”

一干人众，各到家里。杨二郎自思：“别人拐去了，却冤了我坐了几年监，更待干罢！”告诉邻里，要与徐德厮闹。徐德也有些心怯，过不去，转央邻里和解。领里商量调停这事，议道：“总是徐德不与莫大姐完聚了，现在寻人别嫁，何不让与杨二郎娶了，消释两家冤仇？”与徐德说了。徐德也道：“负累了他，便依议也罢。”杨二郎闻知，一发正中下怀，笑道：“若肯如此，便多坐了几时，我也永不提起了。”邻里把此意三面约同，当官禀明。兵马备知杨二郎顶缸坐监，有些屈在里头。依地方处分，准徐德立了婚书，给与杨二郎为妻。莫大姐称心像意，得嫁了旧时相识。因为吃过了这些时苦，也自收心学好，不似前时惹骚招祸，竟与杨二郎到了底。这莫非是杨二郎的前缘？然也为他吃苦不少了，不为美事。后人当以此为鉴。

枉坐囹圄已数年，而今方得保婵娟。
何如自守家常饭，不害官司不损钱！

卷三十九

神偷寄兴一枝梅　侠盗惯行三昧戏

诗曰：

剧贼从来有贼智，其间妙巧亦无穷。
若能收作公家用，何必疆场不立功？

自古说孟尝君养食客三千，鸡鸣狗盗的多收拾在门下。后来被秦王拘留，无计得脱。秦王有个爱姬传语道：“闻得孟尝君有领狐白裘，价值千金。若将来送了我，我替他讨个人情，放他归去。”孟尝君当时只有一领狐白裘，已送上秦王，收藏内库，那得再有？其时狗盗的便献计道：“臣善狗偷，往内库去偷将出来便是。”你道何为狗偷？乃是此人善做狗嗥。就假做了狗，爬墙越壁，快捷如飞，果然把狐白裘偷了出来。送与秦宫爱姬，才得善言放脱，连夜行到函谷关。孟尝君恐怕秦王有悔，后面追来，急要出关。当得关上直等鸡鸣才开。孟尝君着了急，那时食客道：“臣善鸡鸣，此时正用得着。”就曳起声音，学作鸡啼起来，果然与真无二。啼得两三声，四下群鸡皆啼，关吏听得，把关开了，孟尝君才得脱去。

孟尝君平时养了许多客，今脱秦难，却得此两小人之力。可见天下寸长尺技，俱有用处。而今世上只重着科目，非此出身，纵有奢遮的，一概不用。所以有奇巧智谋之人，没处设施，多赶去做了为非作歹的勾当。若是善用人材的收拾将来，随宜酌用，未必不得他气力，且省得他流在盗贼里头去了。

且如宋朝临安有个剧盗，叫做“我来也”。不知他姓甚名谁，但是他到人家偷盗了物事，一些踪影不露出来，只是临行时壁上写着“我来也”三个大字。第二日人家看见了字，方才简点家中，晓得失了贼。若无此字，竟是神不知、鬼不觉的，煞好手段。临安中受他蒿恼不过，纷纷告状。府尹责着缉捕使臣，严行挨查，要获着真正写“我来也”三字的贼人。却是没个姓名，知是张三、李四？拿着那个才肯认帐？使臣人等受那比较不过，只得用心体访。元来随你巧贼，须瞒不过公人，占风望气，定然知道的。只因拿得甚紧，毕竟不知怎的缉着了他的真身，解到临安府里来。

府尹升堂，使臣禀说缉着了真正“我来也”，虽不晓得姓名，却正是写这三字的。府尹道：“何以见得？”使臣道：“小人们体访甚真，一些不差。”那个人道：“小人是良民，并不是甚么‘我来也’。公人们比较不过，拿小人来冒充的。”使臣道：“的是真正的，贼口听他不得。”府尹只是疑心。使臣们禀道：“小人们费了多少心机，才访得着。若被他花言巧语脱了出去，后来小人们再没处拿了。”府尹欲待要放，见使臣们如此说，又怕是真的，万一放去了，难以寻他，再不好比较缉捕的了。只得权发下监中收监。

那人一到监中，便好言对狱卒道：“进监的旧例，该有使费。我身边之物，尽被做公的搜去。我有一主银两，在岳庙里神座破砖之下，送与哥哥做拜见钱。哥哥只做去烧香，取了来。”狱卒似信不信，免不得跑去一看，果然得了一包东西，约有二十馀两。狱卒大喜，遂把那人好好看待，渐加亲密。

一日，那人又对狱卒道：“小人承蒙哥哥盛情，十分看待得好，小人无可报效。还有一主东西，在某处桥垛之下，哥哥去取了，也见小人一点敬意。”狱卒道：“这个所在是往来之所，人眼极多，如何取得？”那人道：“哥哥将个筐篮，盛着衣服，到那河里去洗。摸来放在篮中，就把衣服盖好，却不拿将来了？”狱卒依言，如法取了来，没人知觉。简简物事，约有百金之外。狱卒一发喜谢不尽，爱厚那人，如同骨肉。晚间买酒请他。

酒中那人对狱卒道：“今夜三更，我要到家里去看一看，五更即来。哥哥可放我出去一遭。”狱卒思量道：“我受了他许多东西，他要出去，做难不得。万一不来了怎么处？”那人见狱卒迟疑，便道：“哥哥不必疑心。小人被做公的冒认做‘我来也’，送在此间。既无真名，又无实迹，须问不得小人的罪，小人少不得辨出去。一世也不私逃的，但请哥哥放心，只消两个更次，小人仍旧在此了。”狱卒见他说得有理，想道：“一个不曾问罪的犯人，就是失了，没甚大事。他现与了我许多银两，拚得与他使用些，好歹糊涂得过。况他未必不来的。”就依允放了他。那人不繇狱门，竟在屋檐上跳了去。屋瓦无声，早已不见。

到得天未大明，狱卒宿酒未醒，尚在朦胧，那人已从屋檐跳下，摇起狱卒道：“来了，来了。”狱卒惊醒，看了一看道：“有这等信人！”那人道：“小人怎敢不来，有累哥哥？多谢哥哥放了我去，已有小小谢意留在哥哥家里，哥哥快去收拾了来。小人就要别了哥哥，当官出监去了。”狱卒不解其意，急回到家中。家中妻子说：“有件事，正要你回来得知。昨夜更鼓尽时，不知梁上甚么响，忽地掉下一个包来。解开看时，尽是金银器物。敢是天赐我们的？”狱卒情知是那人的缘故，急摇手道：“不要露声！快收拾好了，慢慢受用。”狱卒急转到监中，又谢了那人。

须臾，府尹升堂，放告牌出。只见纷纷来告盗情事，共有六七纸，多是昨夜失了盗，墙壁上俱写得有“我来也”三字，恳求着落缉捕。府尹道：“我元疑心前日监的未必是真‘我来也’，果然另有这个人在那里。那监的岂不冤枉？”即叫狱卒来分付，快把前日监的那人放了。另行责着缉捕使臣，定要访个真正“我来也”解官，立限比较。岂知真的却在眼前放去了！只有狱卒心里明白，伏他神机妙用。受过重贿，再也不敢说破。

看官，你道如此贼人智巧，可不是有用得着他的去处么？这是旧话，不必说。只是我朝嘉靖年间，苏州有个神偷懒龙，事迹颇多。虽是个贼，煞是有义气，兼带着戏耍，说来有许多好笑好听处。有诗为证：

> 谁道偷无道？神偷事每奇。
> 更看多慷慨，不是俗偷儿。

话说苏州亚字城东玄妙观前第一巷，有一个人，不晓得他的姓名，后来他自号懒龙，人只称呼他是懒龙。其母村居，偶然走路遇着天雨，走到一所枯庙中避着，却是草鞋三郎庙。其母坐久，雨尚不住，昏昏睡去，梦见神道与他交感。归来有妊，满了十月，生下这个懒龙来。懒龙生得身材小巧，胆气壮猛，心机灵变，度量慨慷。且说他的身体行径：

> 柔若无骨，轻若御风。大则登屋跳梁，小则扪墙摸壁。随机应变，看景生情。撮口则为鸡犬狸鼠之声，拍手则作箫鼓弦索之弄。饮呀有方，律吕相应。无弗酷肖，可使乱真。出没如鬼神，去来如风雨。果然天下无双手，真是人间第一偷。

懒龙不但伎俩巧妙，又有几件希奇本事，咤异性格。自小就会着了靴在壁上走，又会说十三省乡谈。夜间可以连宵不睡，日间可以连睡几日，不茶不饭，像陈抟一般。有时放量一吃，酒数斗，饭数升，不够一饱；有时不吃起来，便动几日不饿。鞋底中用稻草灰做衬，走步绝无声响。与人相扑，掉臂往来，倏忽如风。想来《剑侠传》中白猿公，《水浒传》中鼓上蚤，其矫捷不过如此。

自古道："性之所近。"懒龙既有这一番咔嚓，便自藏埋不住，好与少年无赖的人往来，习成偷儿行径。一时偷儿中高手有：

芦茄茄（骨瘦如青芦枝，探丸白打最胜）；

刺毛鹰（见人辄隐伏，形如蛋蛍，能宿梁壁上）；

白搭膊（以素练为腰缠，角上挂大铁钩，以钩向上抛掷，遇罥挂，便攀缘腰缠上升，欲下亦藉钩力，梯其腰缠，翩然而落）。

这数个多是吴中高手，见了懒龙手段，尽皆心伏，自以为不及。懒龙原没甚家缘家计，今一发弃了，到处为家，人都不晓得他歇在那一个所在。白日行都市中，或闪入人家，但见其影，不见其形。暗夜便窃入大户朱门寻宿处，玳瑁梁间，鸳鸯楼下、绣屏之内、画阁之中，缩做刺猬一团，没一处不是他睡场。得便就做他一手。因是终日会睡，变幻不测如龙，所以人叫他懒龙。所到之处，但得了手，就画一枝梅花在壁上，在黑处将粉写白字，在粉墙将煤写黑字，再不空过，所以人又叫他做一枝梅。

嘉靖初年，洞庭两山出蛟，太湖边山崖崩塌，露出一古冢朱漆棺，宝物无数，尽被人盗去无遗。有人传说到城，懒龙偶同亲友泛湖，因到其处。看见藤蔓缠棺，已被斩断；开发棺中惟枯骸一具；冢傍有断碑模糊。懒龙道是古来王公之墓，不觉恻然，就与他掩蔽了。即时出些银两，顾本处土人聚土埋藏好了，把酒浇奠。奠毕将行，懒龙见草中一物碍脚，俯首取起，乃是古铜镜一面。急藏袂中，不与人见。及到城中，将往僻处，刷净泥滓细看。那镜小小只有四五寸，面上精光闪烁，背上鼻钮四傍，隐起穷奇、饕餮、鱼龙、波浪之形，满身青绿，尽蚀朱砂、水银之色。试敲一下，其声泠然。晓得是件宝贝，将来佩带身边。到得晚间，将来一照，暗处皆明，雪白如昼。懒龙得了此镜，出入不离，夜行更不用火，一发添了一助。别人怕黑时节，他竟同日里行走，偷法愈便。

却是懒龙虽是偷儿行径，却有几件好处：不肯淫人家妇女；不入良善与患难之家；许了人说话，再不失信。亦且仗义疏财，偷来东西，随手散与贫穷负极之人；最要薅恼那慳吝财主、无义富人，逢场作戏，做出笑话。因此到所在，人多倚草附木，成行逐队来皈依他，义声赫然。懒龙笑道："吾无父母妻子可养，借这些世间馀财，聊救贫人，正所谓损有馀补不足，天道当然。非关吾的好义也。"

一日，有人传说一个大商下千金在织人周甲家，懒龙要去取他的。酒后错认了所在，误入了一个人家。其家乃是个贫人，房内止有一张大几。四下一看，别无长物。既已进了房中，一时不好出去，只得伏在几下。看见贫家夫妻对食，盘餐萧瑟。夫满面愁容，对妻道："欠了客债要紧，别无头脑可还，我不如死了罢。"妻子道："怎便寻死？不如把我卖了，还好将钱营生。"说罢，夫妻泪如雨下。懒龙忽然跳将出来，夫妻慌怕。懒龙道："你两个不必怕我，我乃懒龙也。偶听人言，来寻一个商客，错走至此。今见你每生计可怜，我当送二百金与你，助你经营。快不可别寻道路，如此苦楚。"夫妻素闻其名，拜道："若得义士如此厚恩，吾夫妻死里得生了。"懒龙出了门去。一个更次，门内铿然一响，夫妻走起看时，果然一个布囊有银二百两在内，乃是懒龙是夜取得商人之物。夫妻喜跃非常，写个懒龙牌位，奉事终身。

有一贫儿，少时与懒龙游狎，后来消乏，与懒龙途中相遇，身上褴褛，自觉羞惭，引扇掩面而过。懒龙掣住其衣，问道："你不是某舍么？"贫儿跼蹐道："惶恐，惶恐。"懒龙道："你一贫至此，明日当同你入一大家，取些来付你。勿得妄言。”贫儿晓得懒龙手段，又是不哄人的，明日傍晚，来寻懒龙。懒龙与他共至一所，乃是士夫家池馆。但见：

暮鸦撩乱，碧树蒙笼。
万籁凄清，四隅寂静。

懒龙分付贫儿止住在外，自己竦身攀树，逾垣而入。许久不出。贫儿屏气吞声，蹲踞墙外。又被群犬嚎吠，赶来咋啮，贫儿绕墙走避。微听得墙内水响，倏有一物，如没水鸬鹚，从林影中堕地。仔细看看，却是懒龙，浑身沾湿，状甚狼狈。对贫儿道：“吾为你几乎送了性命！里面黄金无数，可以斗量，我已取到了手。因为外边犬吠得紧，惊醒里面的人，追将出来。只得丢弃道傍，轻身走脱。此乃子之命也。”贫儿道：“老龙平日手到拿来，今日如此，是我命薄。”叹息不胜。懒龙道：“不必烦恼，改日别作道理。”贫儿怏怏而去。

过了一个多月，懒龙路上又遇着他，哀告道：“我穷得不耐烦了。今日去卜问一卦，遇着上上大吉，财爻发动。先生说：‘当有一场飞来富贵，是别人作成的。我想，不是老龙，还那里指望？”懒龙笑道：“吾几乎忘了，前日那家金银一箱，已到手了。若竟把来与你，恐那家发觉，你藏不过，做出事来。所以权放在那家水池内，再看动静。今已个月期程，不见声息，想那家不思量追访了，可以取之无碍。晚间当再去走遭。”贫儿等到薄暮，来约懒龙同往。懒龙一到彼处，但见：

度柳穿花，捷若飞鸟。
驰波溅沫，矫似游龙。

须臾之间，背负一箱而出。急到僻处开看，将着身带宝镜一照，里头尽是金银。懒龙分文不取，也不问多少，尽数与了贫儿。分付道："这些财物可勾你一世了，好好将去用度，不要学我懒龙混帐，半生不做人家。"贫儿感激谢教，将着做本钱，后来竟成富家。懒龙所行之事，每多如此。

说话的，懒龙固然手段高强，难道只这等游行无碍，再没有失手时节？看官听说：他也有遇着不巧，受了窘迫，却会得逢急智生，脱身溜撒。

曾有一日走到人家，见衣橱开着，急向里头藏身，要取橱中衣服。不匡这家子临上床时，将衣橱关好，上了大锁，竟把懒龙锁在橱内了。懒龙出来不得，心生一计，把橱内衣饰紧缠在身，又另包下一大包，俱挨着橱门，口里就做鼠咬衣裳之声。主人听得，叫起老妪来道："为何把老鼠关在橱内了？可不咬坏了衣服！快开了橱，赶了出来。"老妪取火开橱，才开得门，那挨着门口包儿先滚了下地。说时迟，那时快，懒龙就这包滚下来头里，一同滚将出来，就势扑灭了老妪手中之火。老妪吃惊，大叫一声。懒龙恐怕人起难脱，急取了那个包，随将老妪要处一拨，扑的跌倒在地，望外便走。房中有人走起，地上踏着老妪，只说是贼，拳脚乱下。老妪喊叫连天。房外人听得房里嚷乱，尽奔将来，点起火一照，见是自家人厮打。方喊得住，懒龙不知已去过几时了。

有一织纺人家，客人将银子定下绸罗若干。其家夫妻收银箱内，放在床里边。夫妻同寝在床，夜夜小心谨守。懒龙知道，要取他的。闪进房去，一脚踏了床沿，挽手进床内掇那箱子。妇人惊醒，觉得床沿上有物，暗中一摸，晓得是只人脚，急用手抱住不放，忙叫丈夫道："快起来，吾捉住贼脚在这里了！"懒龙即将其夫之脚用手抱住一掐。其夫负痛，忙喊道："是我的脚！是我的脚！"妇人认是错拿了夫脚，即时把手放开。懒龙便掇了箱子，如飞出房。夫妻两人还争个不清，妻道："分明拿的是贼脚，你却教放了。"夫道："现今我脚掐得生疼，那里是贼脚？"妻道："你脚在里床，我拿的在外床，况且吾不曾掐着。"夫道："这等，是贼掐我的脚。你只不要放那只脚便是。"妻道："我听你喊将起来，慌忙之中，认是错了，不觉把手放松，他便抽得去了，着了他贼见识，定是不好了。"摸摸里床，箱子果是不见。夫妻两个，我道你错，你道我差，互相埋怨不了。

懒龙又走在一个买衣服的铺里，寻着他衣库，正要拣好的卷他。黑暗难认，却把身边宝境来照。又道是：

隔墙须有耳，门外岂无人？

谁想隔邻人家，有人在楼上做房，楼窗看见间壁衣库亮光一闪，如闪电一般，情知有些尴尬。忙敲楼窗，向铺里叫道："隔壁仔细，家中敢有小人了！"铺中人惊起，口喊"捉贼"。懒龙听得在先，看见庭中有一只大酱缸，上盖蓬箄。懒龙慌忙揭起，蹲在缸中，仍复反手盖好。那家人提着灯各处一照，不见影响，寻到后边去了。懒龙在缸里想道："方才只有缸内，不曾开看。今后头寻不见，此番必来。我不如往看过的所在躲去。"又思身上衣已染酱，淋漓开来，掩不得踪迹，便把衣服卸在缸内，赤身脱出来。把脚踪印些酱迹在地下，一路到门，把门开了，自己翻身进来，仍入衣库中藏着。那家人后头寻了一转，又将火到前边来，果然把酱缸盖揭开看时，却有一套衣服在内，认得不是家里的。多道："这分明是贼的衣掌了！"又见地下脚迹，自缸边直到门边，门已洞开。尽皆道："贼见我们寻，慌躲在酱缸里面。我们后边去寻时，他却脱下衣服，逃走了。可惜看得迟了些个，不然，此时已被我们拿住。"店主人家道："赶得他去也罢了。关好了门，歇息罢！"一家尽道贼去无事，又历碌了一会，放倒了头，大家酣睡。讵知贼还在家里，懒龙安然住在锦绣丛中，把上好衣服绕身系束得紧峭，把一领青旧衣外面盖着，又把细软好物装在一条布被里面，打做个包儿。弄了大半夜，寂寂负了，从屋檐上跳出。这家子没一人知觉。

跳到街上，正走时，天尚黎明，有三四一起早行的人，前来撞着。见懒龙独自一个，负着重囊，侵早行走，疑他来路不正气，遮住道：“你是甚么人？在那里来？说个明白，方放你走。”懒龙口不答应，伸手在肘后摸出一包，团圞如球，抛在地下就走。那几个人多来抢看，见上面牢卷密扎，道他必是好物，争先来解。解了一层，又有一层，就像剥笋壳一般。且是层层捆得紧，剥了一尺多，里头还不尽，剩有拳头大一块。疑道：“不知裹着甚么！”众人不肯住手，还要夺来解看。那先前解下的，多是敝衣破絮，零零落落，堆得满地。正在闹嚷之际，只见一伙人赶来道：“你们偷了我家铺里衣服，在此分赃么！”不繇分说，拿起器械蛮打将来。众人呼喝不住，见不是头，各跑散了。中间拿住一个老头儿，天色黯黑之中，也不来认面庞，一步一棍，直打到铺里。老头儿口里乱叫乱喊道：“不要打！不要打！你们错了！”众人多是兴头上，人住马不住，那里听他？看看天色大明，店主人仔细一看，乃是自家亲家翁，在乡里住的。连忙喝住众人，已此打得头虚面肿。店主人忙陪不是，置酒请罪。因说失贼之事，老头儿方诉出来道：“适才同两三个乡里人作伴到此，天未明亮，因见一人背驮一大囊行走，正拦住盘问，不匡他丢下一件包裹，多来夺看，他乘闹走了。谁想一层一层，多是破衣败絮。我们被他哄了，不拿得他，却被这里人不分皂白，混打这番，把同伴人惊散。便宜那贼骨头，又不知走了多少路了。”众人听见这话，大家惊悔。邻里闻知某家捉贼，错打了亲家公，传为笑话。原来那个球就是懒龙在衣橱里把闲工结成，带在身边，防人尾追，把此抛下做缓兵之计的。这多是他临危急智，脱身巧妙之处。有诗为证：

巧技承蜩与弄丸，当前卖弄许多般。

虽然贼态何堪述，也要临时猝智难。

懒龙神偷之名，四处布闻。卫中巡捕张指挥访知，叫巡军拿去。指挥见了，问道：“你是个贼的头儿么？”懒龙道：“小人不曾做贼，怎说是贼的头儿？小人不曾有一毫赃私犯在公庭，亦不曾见有窃盗贼伙扳及小人。小人只为有些小智巧，与亲戚朋友作耍之事间或有之。爷爷不要见罪小人，或者有时用得小人着，水里火里，小人不辞。”指挥见他身材小巧，语言爽快，想道无赃无证，难以罪他。又见说肯出力，思量这样人有用处，便没有难为的意思。

正说话间，有个阊门陆小闲将一只红嘴绿鹦哥来献与指挥。指挥教把锁镫挂在檐下，笑对懒龙道：“闻你手段通神，你虽说戏耍无赃，偷人的必也不少。今且权恕你罪，我只要看你手段。你今晚若能偷得我这鹦哥去，明日送来还我，凡事不计较你了。”懒龙道：“这个不难。容小人出去，明早送来。”懒龙叩头而出。指挥当下分付两个守夜军人：“小心看守架上鹦哥，倘有疏失，重加责治。”两个军人听命，守宿在檐下，一步不敢走离。虽是眼皮压将下来，只得勉强支持。一阵盹睡，闻声惊醒，甚是苦楚。

夜已五鼓，懒龙走在指挥书房屋脊上，挖开椽子，溜将下来。只见衣架上有一件沉香色潞绸披风，几上有一顶华阳巾，壁上挂一盏小行灯，上写着“苏州卫堂”四字。懒龙心思有计，登时把衣巾来穿戴了，袖中拿出火种，吹起烛煤，点了行灯，提在手里，装着老张指挥声音步履，仪容气度，无一不像。走到中堂壁门边，把门砉然开了，远远放住行灯，踱出廊檐下来。此时月色朦胧，天光昏惨，两个军人大盹小盹，方在困倦之际。懒龙轻轻踢他一下道：“天色渐明，不必守了，出去罢。”一头说，一头伸手去提了鹦哥锁镫，望中门里面摇摆了进去。两个军人闭眉刷眼，正不耐烦，听得发放，犹如九重天上的赦书来了，那里还管甚么好歹，一道烟去了。

须臾天明，张指挥走将出来，鹦哥不见在檐下。急唤军人问他，两个多不在了。忙教拿来，军人还是残梦未醒。指挥喝道：“叫你们看守鹦哥，鹦哥在那里？你们倒在外边来？”军人道：“五更时恩主亲自出来，取了鹦哥进去，发放小人们归去的，怎么反问小人要鹦哥？”指挥道：“胡说！我何曾出来？你们见鬼了？”军人道：“分明是恩主亲自出来，我们两个人同在那里，难道一齐眼花了不成？”指挥情知尴尬，走到书房，仰见屋椽有孔道，想必在这里着手去了。正持疑间，外报懒龙将鹦哥送到。指挥含笑出来，问他何繇偷得出去。懒龙把昨夜着衣戴巾假装主人、取进鹦哥之事，说了一遍。指挥惊喜，大加亲幸。懒龙也时常有些小孝顺，指挥一发心腹相托，懒龙一发安然无事了。普天下巡捕官偏会养贼，从来如此。有诗为证：

猫鼠何当一处眠？总因有味要垂涎。
繇来捕盗皆为盗，贼党安能不炽然？

虽如此说，懒龙果然与人作戏的事体多。曾有一个博徒在赌场得了采，背负千钱回家。路上撞见懒龙，博徒指着钱戏懒龙道：“我今夜把此钱放在枕头底下，你若取得去，明日我输东道。若取不去，你请我吃东道。”懒龙笑道：“使得，使得。”博徒归到家中对妻子说今日得了采，把钱藏在枕下了。妻子心里欢喜，杀一只鸡，盪酒共吃。鸡吃不完，还剩下一半，收拾在橱中。上床同睡，又说了与懒龙打赌赛之事，夫妻相戒，大家醒觉些个。岂知懒龙此时已在窗下，一一听得。见他夫妻惺憁，难以下手，心生一计。便走去灶下拾根麻骨放在口中，嚼得膈膊有声，竟似猫儿吃鸡之状。妇人惊起道：“还有老大半只鸡，明日好吃一餐，不要被这亡人拖了去。”连忙走下床来，去开橱来看。懒龙闪入天井中，将一块石头抛下井里，“洞”的一声响。

博徒听得，惊道：“不要为这点小小口腹，失脚落在井中了，不是耍处！”急出门来看时，懒龙已隐身入房，在枕下挖钱去了。夫妇两人黑暗里叫唤相应，方知无事，挽手归房。到得床里，只见枕头移开，摸那钱时，早已不见。夫妻互相怨怅道：“清清白白两个人，又不曾睡着，却被他当面作弄了去，也倒好笑。”到得天明，懒龙将钱来还了，来索东道。博徒大笑，就勒下几百放在袖里，与懒龙前到酒店中买酒请他。

两个饮酒中间，细说昨日光景，拍掌大笑。酒家翁听见，来问其故，与他说了。酒家翁道：“一向闻知手段高强，果然如此。”指着桌上锡酒壶道：“今夜若能取得此壶去，我明日也输一个东道。”懒龙笑道：“这也不难。”酒家翁道：“我不许你毁门坏户，只在此桌上，凭你如何取去。”懒龙道：“使得，使得。”起身相别而去。

酒家翁到晚，分付牢关门户，自家把灯四处照了，料道进来不得。想道：“我停灯在桌上了，拚得坐着，守定这壶，看他那里下手！”酒家翁果然坐到夜分，绝无影响。意思有些不耐烦了，倦怠起来。瞌睡到了，起初还着实勉强；支撑不过，就斜靠在桌上睡去，不觉大鼾。懒龙早已在门外听得，就悄悄的扒上屋脊，揭开屋瓦，将一猪脬紧扎在细竹管上。竹管是打通中节的，徐徐放下，插入酒壶口中。酒店里的壶，多是肚宽颈窄的。懒龙在上边把一口气从竹管里吹出去，那猪脬在壶内涨将开来，已满壶中。懒龙就掐住竹管上眼，便把酒壶提将起来。仍旧盖好屋瓦，不动分毫。酒家翁一觉醒来，桌上灯还未灭，酒壶已失。急起四下看时，窗户安然，毫无漏处。竟不知甚么神通，摄得去了。

又一日，与二三少年同立在北潼子门酒家。河下船中有个福建公子，令从人将衣被在船头上晒曝，锦绣璨烂，观者无不啧啧。内中有一条被，乃是西洋异锦，更为奇特。众人见他如此炫耀，戏道：“我们用甚法取了他的，以博一笑才好。”尽推懒龙道：“此时懒龙不逞技俩，更待何时？”懒龙笑道：“今夜让我弄了他来，明日大家送还他，要他赏钱，同诸公取醉。”懒龙说罢，先到混堂把身子洗得洁净，再来到船边看相动静。守到更点二声，公子与众客尽带酣意，潦倒模糊。打一个混同铺，吹灭了灯，一齐藉地而寝。懒龙倏忽闪烁，已杂入众客铺内，挨入被中。说着闽中乡谈，故意在被中挨来挤去。众客睡不像意，口里和啰埋怨。懒龙也作闽音说睡话，趁着挨挤杂闹中，扯了那条异锦被，卷作一束。就作睡起要泻溺的声音，公然拽开舱门，走出泻溺，径跳上岸去了。船中诸人一些不觉。

及到天明，船中不见锦被，满舱闹嚷。公子甚是叹惜，与众客商量。要告官，又不直得；要住了，又不舍得。只得许下赏钱一千，招人追寻踪迹。懒龙同了昨日一干人下船中，对公子道：“船上所失锦被，我们已见在一个所在。公子发出赏钱与我们弟兄买酒吃，包管寻来奉还。”公子立教取出千钱来放着，待被到手即发。懒龙道：“可叫管家随我们去取。”公子分付亲随家人，同了一伙人，走到徽州当内，认着锦被，正是元物。亲随便问道：“这是我船上东西，为何在此？”当内道：“早间一人拿此被来当。我们看见此锦不是这里出的，有些疑心，不肯当钱与他。那个人道：‘你每若放不下时，我去寻个熟人来保着，秤银子去就是。’我们说：‘这个使得。’那人一去，竟不来了。我元道必是来历不明的，既是尊舟之物，拿去便了。等那个来取时，小当还要捉住了他，送到船上来。”众人将了锦被，去还了公子，就说当中说话。公子道：“我们客边的人，但得原物不失罢了，还要寻那贼人怎的？”就将出千钱送与懒龙等一伙报事的人。众人收受，俱到酒店里破除了。元来当里去的人，也是懒龙央出来，把锦被卸脱在那里，好来请赏的。如此作戏之事，不一而足。正是：

胪传能发冢，穿窬何足薄？
若托大儒言，是名善戏谑。

懒龙固然好戏，若是他心中不快意的，就连真带耍，必要扰他。

有一伙小偷置酒邀懒龙游虎丘，船经山塘，暂停米店门口河下。穿出店中，买柴沽酒。米店中人嫌他停泊在此，出入搅扰，厉声推逐，不许系缆。众偷不平，争嚷。懒龙丢个眼色，道："此间不容借走，我们移船下去些，别寻好上岸处罢了，何必动气！"遂教把船放开，众人还忿忿。懒龙道："不须角口，今夜我自有处置他所在。"众人请问。懒龙道："你们去寻一只站船来，今夜留一樽酒，一个榼及暖酒家火、薪炭之类，多安放船中。我要归途一路赏月色到天明。你们明日便知，眼下不要说破。"是夜虎丘席罢，众人散去。懒龙约他明日早会，止留得一个善饮的为伴，一个会行船的持篙，下在站船中回来。经过米店河头，店中已扃闭得严密。其时河中赏月，归舟吹唱过往的甚多。米店里头人，安心熟睡。懒龙把船贴米店板门住下。日间看在眼里，有米一囤在店角落中，正临水次近板之处。懒龙袖出小刀，看板上有节处一挖，那块木节囫囵的落了出来，板上老大一孔。懒龙腰间摸出竹管一个，两头削如藕披，将一头在板孔中插入米囤，略摆一摆，只见囤内米簌簌的从管里泻将下来，就如注水一般。懒龙一边对月举杯，酣呼跳笑，与泻米之声相杂，来往船上多不知觉。那家子在里面睡的，一发梦想不到了。看看斗转参横，管中没得泻下，想来囤中已空。看那船舱也满了，便叫解开船缆，慢慢的放了船去。到一僻处，众偷皆来。懒龙说与缘故，尽皆抚拿大笑。懒龙拱手道："聊奉列位众分，以答昨夜盛情。"竟自一无所取。那米店直到开囤，才知其中已空，再不晓得是几时失去，怎么样失了的。

苏州新兴百柱帽，少年浮浪的，无不戴着装幌。南园侧东道堂白云房一起道士，多私下置一顶，以备出去游耍，好装俗家。一日夏月天气，商量游虎丘，已叫下酒船。有个纱王三，乃是王织纱第三个儿子，平日与众道士相好，常合伴打平火。众道士嫌他惯讨便宜，且又使酒难堪，这番务要瞒着了他。不想纱王三已知道此事，恨那道士不来约他，去寻懒龙商量，要怎生败他游兴。懒龙应允，即闪到白云房，将众道常戴板巾尽取了来。纱王三道："何不取了他新帽，要他板巾何用？"懒龙道："若他失去了新帽，明日不来游山了，有何趣味？你不要管，看我明日消遣他。"纱王三终是不解其意，只得繇他。

明日，一伙道士轻衫短帽，装束做少年子弟，登舟放浪。懒龙青衣相随下船，蹲坐舵楼。众道只道是船上人，船家又道是跟的侍者，各不相疑。开得船时，众道解衣脱帽，纵酒欢呼。懒龙看个空处，将几顶新帽卷在袖里，腰头摸出昨日所取几顶板巾，放在其处。行到斟酌桥边，拢船近岸，懒龙已望岸上跳将去了。一伙道士正要着衣帽登岸潇洒，寻帽不见，但有常戴的纱罗板巾，压折整齐，安放做一堆在那里。众道大嚷道："怪哉！怪哉！我们的帽子多在那里去了？"船家道："你们自收拾，怎么问我？船不漏针，料没失处。"众道又各处寻了一遍，不见踪影，问船家道："方才你船上有个穿青的瘦小汉子走上岸去，叫来问他一声，敢是他见在那里？"船家道："我船上那有这人？是跟随你们下来的。"众道嚷道："我们几曾有人跟来？这是你串同了白日撞偷了我帽子去了。我们帽子几两一顶结的，决不与你干休！"扭住船家不放。船家不伏，大声嚷乱。岸上聚起无数人来，蜂拥争看。人丛中走出一个少年子弟，扑的跳下船来道："为甚么喧闹？"众道与船家各各告诉一番。众道认得那人，道是决帮他的。不匡那人正色起来，反责众道道："列位多是羽流，自然只戴板巾上船。今板巾多在那里，再有甚么百柱帽？分明是诬诈船家了。"看的人听见，才晓得是一伙道士，板巾见在，反要诈船上赔帽子，发起喊来。就有那地方游手好闲几个揽事的光棍来出尖，伸拳掳手道："果是贼道无理！我们打他一顿，拿来送官。"那人在船里摇手，止住道："不要动手，不要动手，等他们去了罢。"那人忙跳上岸。众道怕惹出是非来，叫快开了船。一来没了帽子，二来被人看破，装幌不得了，不好登山，快快而回。枉费了一番东道，落得扫兴。

你道跳下船来这人是谁？正是纱王三。懒龙把板巾换了帽子，知会了他，趁扰攘之际，特来证实道士本相，扫他这一场。道士回去，还缠住船家不歇。纱王三叫人将几顶帽子送将来还他，上覆道："已后做东道，要洒浪那帽子时，千万通知一声。"众道才晓得是纱王三耍他。又曾闻懒龙之名，晓得纱王三平日与他来往，多是懒龙的做作了。

其时邻境无锡有个知县，贪婪异常，秽声狼藉。有人来对懒龙道："无锡县官衙中金宝山积，无非是不义之财，何不去取他些来？分惠贫人也好。"懒龙听在肚里，即往无锡地方，晚间潜入官舍中，观看动静。那衙里果然富贵，但见：

连箱锦绮，累架珍奇。元宝不用纸包，叠成行列；器皿半非陶就，摆满金银。大象口中牙，蠢婢将来揭火；犀牛头上角，小儿拿去盛汤。不知夏楚追呼，拆了人家几多骨肉；更兼苞苴混滥，卷了地方到处皮毛。费尽心，要传家里子孙，觍着面，且认民之父母。

懒龙看不尽许多奢华，想道："重门深锁，外边梆铃之声不绝，难以多取。"看见一个小匣，十分沉重，料必是精金白银，溜在身边。心里想道："官府衙中之物，省得明日胡猜乱猜，屈了无干的人。"摸出笔来，在他箱架边墙上，画着一枝梅花，然后轻轻的从屋檐下望衙后出去了。

过了两三日，知县简点宦囊，不见一个专放金子的小匣儿，约有二百馀两金子在内，价值一千多两银子。各处寻看，只见傍边画着一枝梅，墨迹尚新。知县吃惊道："这分明不是我衙里人了。卧房中谁人来得，却又从容画梅为记？此不是个寻常之盗，必要查他出来！"遂唤取一班眼明手快的应捕，进衙来看贼迹。众应捕见了壁上之画，吃惊道："覆官人，这贼小的们晓得了，却是拿不得的。此乃苏州城中神偷，名曰懒龙，身到之处，必写一枝梅在失主家为认号。其人非比等闲手段，出有入无，更兼义气过人，死党极多。寻他要紧，怕生出别事来。失去金银还是小事，不如放舍罢了，不可轻易惹他。”知县大怒道：“你看这班奴才！既晓得了这人名字，岂有拿不得的？你们专惯与贼通同，故意把这等话党庇他，多打一顿大板才好。今要你们拿贼，且寄下在那里。十日之内不拿来见我，多是一个死！”应捕不敢回答。知县即唤书房写下捕盗批文，差下捕头两人，又写下关子，关会长、吴二县，必要拿那懒龙到官。应捕无奈，只得到苏州来走一遭。

正进阊门，看见懒龙立在门口，应捕把他肩胛拍一拍道：“老龙，你取了我家官人东西罢了，卖弄甚么手段，画着梅花？今立限与我们，必要拿你到官，却是如何？”懒龙不慌不忙道：“不劳二位费心，且到店中坐坐细讲。”懒龙拉了两个应捕，一同到店里来，占副座头吃酒。懒龙道：“我与两位商：你家县主果然要得我紧，怎么好累得两位？只要从容一日，待我送个信与他，等他自然收了牌票，不敢问两位要我，何如？”应捕道：“这个虽好，只是你取得他的忒多了，他说多是金子，怎么肯住手？我们不同得你去，必要为你受亏了。”懒龙道：“就是要我去，我的金子也没有了。”应捕道：“在那里了？”懒龙道：“当下就与两位分了。”应捕道：“老龙不要取笑。这样话，当官不是耍处。”懒龙道：“我平时不曾说诳语，原不取笑。两位到宅上去，一看便见。”扯着两个人耳朵说道：“只在家里瓦沟中去寻就有。”应捕晓得他手段，忖道：“万一当官这样说起来，真个有赃在我家里，岂不反受他累？”遂商量道：“我们不敢要老龙去了，而今老龙待怎么分付？”懒龙道：“两位请先到家，我当随至。包管知县官人不敢提起，决不相累就罢了。”腰间摸出一包金子，约有二两重，送与两人道：“权当盘费。”从来说公人见钱，如苍蝇见血。两个应捕看见赤艳艳的黄金，怎不动火？笑欣欣接受了。就想：“此金子未必不就是本县之物。”一发不敢要他同去了。两下别过。

懒龙连夜起身，早到无锡，晚来已闪入县令衙中。县官有大小孺人，这晚在大孺人房中宿歇，小孺人独自在帐中。懒龙揭起帐来，伸手进去一摸，摸着顶上青丝髻，真如盘龙一般。懒龙将剪子轻轻剪下，再去寻着印箱，将来撬开，把一盘发髻塞在箱内，仍与他关好了。又在壁上画下一枝梅。别样不动分毫，轻身脱走。

次日小孺人起来，忽然头发纷披，觉得异样。将手一摸，顶髻俱无，大叫起来。合衙惊怪，多跑将来问缘故。小孺人哭道：“谁人使促掐，把我的头发剪去了！”忙报知县来看。知县见帐里坐着一个头陀，不知那里作怪起。想着平日绿云委地，好不可爱，今却如此模样，心里又痛又惊，道：“前番金子失去，尚在严提未到，今番又有歹人进衙了！别件犹可，县印要紧。”亟取印箱来看，看见封皮完好，锁钥俱在。随即开来看时，印章在上格不动，心里略放宽些。又见有头发缠绕，掇起上格，底下一堆髻发，散在箱里。再简点别件，不动分毫。又见壁上画着一枝梅，连前凑做一对了。知县吓得目睁口呆，道：“元来又是前番这人！见我追得急了，他弄这神通出来，报信与我。剪去头发，分明说可以割得头去；放在印箱里，分明说可以盗得印去。这贼直如此利害！前日应捕们劝我不要惹他，元来果是这等。若不住手，必遭大害。金子是小事，拚得再做几个富户不着，便好补填了。不要追究的是。”连忙掣签，去唤前日差往苏州下关文的应捕来销牌。

两个应捕自那日与懒龙别后，来到家中，依他说话，各自家里屋瓦中寻，果然各有一包金子，上写着日月封记，正是前日县间失贼的日子，不知懒龙几时送来藏下的。应捕老大心惊，噙着指头道：“早是不拿他来见官。他一口招出，搜了赃去，浑身口洗不清。只是而今怎生回得官人的话？”叫了伙计，正自商量踌躇，忽见县里差签来到。只道是拿违限的，心里慌张，谁知却是来叫销牌的。应捕问其缘故，来差把衙中之事一一说了，道：“官人此时好不惊怕，还敢拿人？”应捕方知懒龙果不失信，已到这里弄了神通去了，委实好手段。

嘉靖末年，吴江一个知县治行贪秽，心术狡狠。忽差心腹公人，赍了聘礼，到苏城求访懒龙，要他到县相见。懒龙应聘而来，见了知县，禀道："不知相公呼唤小人那厢使用。"知县道："一向闻得你名，有一机密事要你做去。"懒龙道："小人是市井无赖，既蒙相公青目，要干何事，小人水火不避。"知县屏退左右，密与懒龙商量道："叵耐巡按御史到我县中，只管来寻我的不是。我要你去察院衙里，偷了他印信出来，处置他不得做官了，方快我心。你成了事，我与你百金之赏。"懒龙道："管取手到拿来，不负台旨。"果然去了半夜，把一颗察院印信弄将出来，双手递与知县。知县大喜，道："果然妙手！虽红线盗金盒，不过如此神通罢了。"急取百金赏了懒龙，分付他快些出境，不要留在地方。懒龙道："多谢相公厚赐。只是相公要此印怎么？"知县笑道："此印已在我手，料他奈何我不得了。"懒龙道："小人蒙相公厚德，有句忠言要说。"知县道："怎么？"懒龙道："小人躲在察院梁上半夜，偷看巡按爷烛下批详文书，运笔如飞，处置极当。这人敏捷聪察，瞒他不过的。相公明白，不如竟将印信送还，只说是夜巡所获，贼已逃去。御史爷纵然不能无疑，却是又感又怕，自然不敢与相公异同了。"县令道："还了他的，却不依旧让他行事去？岂有此理！你自走你的路，不要管我。"懒龙不敢再言，潜踪去了。

却说明日察院在私衙中开印来用，只剩得空匣。叫内班人等遍处寻觅，不见踪迹。察院心里道："再没处去。那个知县晓得我有些不像意他，此间是他地方，奸细必多，叫人来设法过了。我自有处。"分付众人，不得把这事漏泄出去，仍把印匣封锁如常。推说有病，不开门坐堂，一应文移，权发巡捕官收贮，一连几日。知县晓得这是他心病发了，暗暗笑着，却不得不去问安。察院见传报知县来到，即开小门请进。直请到内衙床前，欢然谈笑，说着民风土俗，钱粮政务，无一不剖胆倾心，津津不已。一茶未了，又是一茶。知县见察院如此肝膏相待，反觉跼蹐，不晓是甚么缘故。正絮话间，忽报厨房发火，内班门皂、厨役纷纷赶进，只叫："烧将来了，爷爷快走！"察院变色，急走起来，手取封好的印匣，亲付与知县道："烦贤令与我护持了出去，收在县库。就拨人夫快来救火！"知县慌忙失错，又不好推得，只得抱了空匣出来。此时地方水夫俱集，把火救灭，只烧得厨房两间，公廨无事。察院分付把门关了。这个计较，乃是失印之后，察院预先分付下的。

知县回去思量道："他把这空匣交在我手，若仍旧如此送还，他开来不见印信，我这干系须推不去。"展转无计，只得润开封皮，把前日所偷之印仍放匣中，封锁如旧。明日升堂，抱匣送还。察院就留住知县，当堂开验印信，印了许多前日未发放的公文。就于是日发牌起马，离却吴江，却把此话告诉了巡抚都堂。两个会同，把这知县不法之事参奏一本，论了他去。知县临去时，对衙门人道："懒龙这人是有见识的，我悔不用其言，以至于此。"正是：

> 枉使心机，自作之孽。
> 无梁不成，反输一帖。

懒龙名既流传太广，未免别处贼情也有疑猜着他的，时时有些株连着身上。适遇苏州府库失去元宝十来锭，做公的私自议论道："这失去得没影响，莫非是懒龙？"懒龙却其实不曾偷，见人错疑了他，反要打听明白此事。他心疑是库吏知情，夜藏府中公廨黑处，走到库吏房中静听。忽听库吏对其妻道："吾取了库银，外人多疑心懒龙，我落得造化了。却是懒龙怎肯应承？我明日把他一生做贼的事迹，纂成一本，送与府主，不怕不拿他来做顶缸。"懒龙听见，心里思量道："不好，不好。本是与我无干，今库吏自盗，他要卸罪，官面前暗栽着我。官吏一心，我又不是没一点黑迹的，怎辨得明白？不如逃去了为上着，免受无端的拷打。”连夜起身，竟走南京，诈妆了双盲的，在街上卖卦。

苏州府太仓夷亭有个张小舍，是个有名极会识贼的魁首。偶到南京街上，撞见了道：“这盲子来得蹊跷！”仔细一相，认得是懒龙诈妆的，一把扯住，引他到僻静处，道：“你偷了库中元宝，官府正在追捕，你却遁来这里，妆此模样躲闪么？你怎生瞒得我这双眼过？”懒龙挽了小舍的手道：“你是晓得我的，该替我分剖这件事，怎么也如此说？那库里银子，是库吏自盗了，我曾听得他夫妻二人床中私语，甚是的确。他商量要推在我身上，暗在官府处下手。我恐怕官府信他说话，故逃亡至此。你若到官府处，把此事首明，不但得了府中赏钱，亦且辨明了我事，我自当有薄意孝敬你。今不要在此处破我的道路。”小舍原受府委，要访这事的。今得此的信，遂放了懒龙，走回苏州出首。果然在库吏处，一追便见，与懒龙并无干涉。

张小舍首盗得实，受了官赏。过了几时，又到南京，撞见懒龙仍妆着盲子在街上行走。小舍故意撞他一肩道：“你苏州事已明，前日说话的怎么忘了？”懒龙道：“我不曾忘，你到家里灰堆中去看，便晓得我的薄意了。”小舍欣然道：“老龙自来不掉谎的。”别了回去，到得家里，便到灰中一寻，果然一包金银，同着白晃晃一把快刀埋在灰里。小舍伸舌道：“这个狠贼！他怕我只管缠他，故虽把东西谢我，却又把刀来吓我。不知几时放下的，真是神手段。我而今也不敢再惹他了。”

懒龙自小舍第二番遇见，回他苏州事明，晓得无碍了。恐怕终久有人算他，此后收拾起手段，再不试用，实实卖卜度日。栖迟长干寺中，数年竟得善终。虽然做了一世剧贼，并不曾犯官刑，刺臂字。至今苏州人还说他狡狯耍笑事体不尽。似这等人，也算做穿窬小人中大侠了。反比那面是背非、临财苟得、见利忘义一班峨冠博带的不同。

况兼这番神技，若用去偷营劫寨，为间作谍，那里不干些事业？可惜太平之世，守文之时，只好小用伎俩，供人话柄而已。正是：

世上于今半是君，犹然说得未均匀。
懒龙事迹从头看，岂必穿窬是小人！

卷四十

宋公明闹元宵杂剧

《贵耳集》《瓮天脞语》　纪事

即空观　填词

宋公明闹元宵杂剧目录

第一折　提　纲（末上）

【青玉案】东风未放花千树，早吹陨、星如雨。宝马雕车香满路。凤箫声动，玉壶光转，一夜鱼龙舞。　　蛾儿雪柳黄金缕，笑靥盈盈暗香去。众里寻他千百度。蓦然回首，那人却在，灯火阑珊处。

李师师手破新橙，周待制惨赋离情。
小旋风簪花禁苑，及时雨元夜观灯。

第二折　破　橙（生扮周美成上）　用支思韵

【仙吕引子】【紫苏丸】穷秀才学问不中使，是门庭那堪投止，甚因缘得逗女娇姿，总君王禁不住相思死。

《忆秦娥》“香馥馥，樽前有个人如玉。人如玉，翠翘金凤，内家装束。

娇羞爱把眉儿蹙，逢人只唱相思曲。相思曲，一声声是，怨红愁绿。”

自家周邦彦，字美成，钱塘人氏。才学拟扬云，曾献《汴都》之赋；风流欺柳七，同传乐府之名。典册高文，不晓是翰墨林中大手；淫词艳曲，多认做繁华队里当家。只得混俗和光，偷闲寄傲。见作开封监税，权为吏隐金门。此间有个上厅行首李师师，乃是当今道君皇帝所幸。此女风情不凡，委是烟花魁首。亦且善能赏鉴，钟爱文人。小生蒙彼不弃，忝在相知。今日天气寒冷，料想官家不出来了，不免步至他家，取醉一回则个。（行介）

【仙吕过曲】【醉扶归】他九重兀自关情事，我三生结下小缘儿。两字温柔是证明师，尽树起莺花帜。任奇葩开暖向南枝，这芳香自惹蜂蝶恣。（旦扮李师师上）

【前腔】舞裙歌扇烟花市，便珠宫蕊殿有甚参差？谁许轻来觑罘罳。须不是闲阶址。花衚衕排下个海神祠，破题儿先把君王试。

奴家李师师是也。谁人在客堂中？上前看去。（相见介）呀，元来是周官人。甚风吹得到此？（生）小生心绪无聊，愿与贤卿一谈。想今日天气严寒，官家不出，故尔造访。（旦）既如此，小妹暖酒，与官人敌寒清话。丫鬟取酒过来。（丑扮丫鬟持酒上）有酒。（旦送介）

【桂枝香】高贤来至，撩人清思。俺这家门户呵，假饶终日喧阗，只算做黄昏独自。论知心有几？论知心有几？多情相视，甘当陪侍。（合）意孜孜，最是疼人处，吹灯带笑时。（生）

【前腔】迂疏寒士，馋穷酸子。谢娘行眼底种情，早赏识胸中奇字。论知音有几？论知音有几？这般怜才谁似？办取志诚无二。（合前）（小生扮宋道君，道服带二内侍上）

【赚】美玉于斯，微服潜行有所之。风流事，谁言王者必无私？（内侍唱）驾到！（生旦慌介）（旦）忙趋俟。（生）书生俏胆无双翅，（躲床下介）且向床阴作伏雌。（小生）听宣示，从容只对无迁次。（旦拜介）妾当万死！妾当万死！

（小生）赐卿平身。（旦）愿官家万岁。（小生）爱卿坐了讲话。（旦谢恩介）圣驾光临，龙体劳顿，臣妾敢奉卮酒上寿。（内作乐，旦送酒介）（小生）朕有新物，可以下酒。（袖出橙介）（旦）芳香酷烈，此地所未有也。（小生）此江南初进到，与卿同之。（旦）容臣妾手破，以刀作虀，配盐下酒。（小生进酒介）

【棹角儿序】这新橙芳香正滋，驿传来江南初至。须不是一骑红尘，也烦着几多星使。试看他下并刀，蘸吴盐，胜金虀，同玉脍，手似凝脂。（吹笙合唱）寒威方肆，兽烟袅丝。笑欣欣调笙坐对，醉眼迷眵。

（小生）酒兴已阑，朕将还宫矣。（旦）臣妾有一言，向官家敢道么？（小

生）恕卿无罪。（旦附耳，作低唱）

【前腔】问今宵谁行侍私？（小生笑介）不要管他。（旦）这些时犹烦唇齿。听严城鼓已三挝，六街中少人行止。试看他露霜浓，骑马滑，倒不如，休回去，着甚嗟咨？（合前）

（小生）爱卿爱朕，言之有理。传与内侍，明早还宫，（搂旦肩介）

【尾声】留依此处欢情恣。抵多少昭阳殿里梦回时。（合）怎知道行雨行云在别一司。（同下）

（生作床下出介）奇哉，奇哉。吓杀我也！侥幸杀我也！你看他剖橙而食，促膝而谈，欲去欲留，相调相谑。若有吏官在傍，也该载入起居注了。小臣何缘，得以亲见亲闻。不免将一时光景，作一新词，以记其事。（词寄《少年游》）（念介）"并刀如水，吴盐胜雪，纤手破新橙。锦幄初温，兽烟不断，相对坐调笙。　低声问：向谁行宿？城上已三更。马滑霜浓，不如休去，直是少人行。"词已写完，明日与师师看了，以博一笑。

【皂罗袍】偶到阳台左次，遇东皇雨露，正洒旁枝。新橙剖出傲霜姿，玉笙按就纤纤指。低声厮诨，含娇带嗤。不如休去，殷勤致辞。怕官家不押个鸳鸯字？

未许流莺过院墙，天家于此赋《高唐》。
大鹏飞在梧桐上，自有傍人说短长。

第三折　讯　灯（外扮宋公明领从人上）　用江阳韵

【中吕引子】【粉蝶儿】四海无人，谁知俺满怀忠壮。这些时且自埋藏。借山东烟水寨，三关兴旺。问谁当？这横行一时无两。

一水洼中能出令，万山深处自鸣金。包身义胆奇男子，也自称名在绿林！我乃山东宋江，表字公明。现为梁山寨主，替天行道，人多称我为及时雨。目下天气严寒，不知山下有甚事体，且待众兄弟到来，试问则个。（众扮梁山泊好汉，净扮李逵，照常上场诗、通姓名，相见介）（外）众兄弟，山下有甚事来？（众）启哥哥得知，朱贵酒店里，拿得一班莱州府灯匠，往东京进灯的。未敢擅便，押在关前听令。（外）休得要惊吓他，押上堂来我问咱。（众）得令。（杂扮灯匠挑灯上）朝为田舍郎，献灯忠义堂。寨主本无种，男儿当自强。（众）灯匠当面。（外）

【中吕过曲】【尾犯序】率土戴君王。岂是吾侪，不晓伦常？谄佞盈朝，致闾阎尽荒。灯匠，无非是繁华景物，才显出精工伎俩。争知道，脂膏尽处，黄雀觑螳螂。（杂叩头介）

【前腔换头】应当，灯铺乃官行。里甲排门，痛比钱粮。今年官家大张灯火，庆赏元宵，着落本州解造五架好灯。这灯呵，妙手雕镂，号玲珑玉光。（外）我多取了你的，你待如何？（杂）惊惶。若还是山中尽取，难销破京师业帐。（作悲介）从何处，重寻儿女？更一度哭爹娘。

（外）听之可伤。我逗你耍来！若取了你的，恐怕你吃苦，不当稳便。只取你小的一架，值多少价钱？（杂）本钱二十两。大王跟前，不敢说价。（外）就与你二十两。其馀的你们自解官。（杂）多谢大王！双手劈开生死路，一身跳出是非门。（下）（外）众兄弟，据灯匠所言，京师十分好灯，我欲往看一遭。

【前腔换头】京华靡丽乡。少长山东，未得徜徉。改换规模，到天边日旁。（众）斟量。若还遇风波竞险，须难免干戈闹嚷。分明是，龙居浅地，索是要隄防。

（外）我日间只在客店里藏身，夜晚入城看灯，不足为虑。且听我分拨：

我与柴进、戴宗、燕青一路，史进与穆弘一路，鲁智深与武松一路，朱仝与刘唐一路。只此四路人，暗地相随，缓急策应。其馀兄弟，尽数在家守寨。（净李逵云）说东京好灯，我也要去走一遭。（外）你如何去得？（净）我如何去不得？（外）你生性不善，面庞丑恶。（净）几曾见我那里吓杀了别人家大的小的？若不带我去，我独自一个先赶到东京，杀他一场，大家看不安稳。（外）既然要去，只打扮做伴当，跟随着我，不许惹事便了。

【前腔】王都本上邦。须胜似军州，马壮人强。此去私游，要行踪敛藏。（众）须仗，一队队分行布摆，一步步回头顾望。从今日，长安梦里，搅起是非场。

（外）明日黄道吉日，就此起行。（众）得令！
且解征袍脱茜巾，洛阳如锦旧知闻。
相逢何用通名姓，世上于今半是君。（众调阵下）

第四折　词　忤（旦扮李师师上）　用庚青韵

【南吕过曲】【一江风】是生来落得排场胜，那个曾红定？但相逢便有姻缘，暮雨朝云，暂主巫山令。嫦娥不恁撑，君王取次行。是风流占尽无馀剩。

妾身李师师。前日正与周美成饮笑，恰遇官家到来，仓忙避在床下。后来官家语言动止，尽为美成所见。美成填作一词，眼前说话，尽作词中佳料。似此才人，真堪爱敬。今日无事在此，且把此词展玩一遍则个。（小生道服扮道君上）

【前腔】离宫闱喜踏闲花径，种下风流性。但相从可意冤家，别样温柔，反似多傒幸。知他是怎生？拚倾若个城。任朝端絮不了穷三圣。

已到师师家了。师师那里？（旦迎驾介）臣妾候迎圣驾。愿官家万岁！

（小生）赐卿平身。爱卿，朕因元宵将近，暂息万机。乘此清闲，访卿夜话。（旦）臣妾洁除几席，专候驾临。（小生看案上介）爱卿在此看些甚么？（见词介）元来是一首词。（念前词介）此乃前日与卿晚夕的光景，何人檃括入词？（旦）不敢隐瞒，实出周邦彦之笔。（小生）周邦彦为何知得这等亲切？似目见耳闻的一般。（旦）臣妾万死！前日偶与周邦彦在此闲话，适遇驾到，邦彦无处躲避，窜伏床下。故彼时官家与臣妾举动言语，悉被窥见，作此词以纪其事。（小生怒介）轻薄如此，可恨！可恨！

【锁寒窗】是何方劣相酸丁，混入花丛举止轻。看论黄数黑，画影描形；机关逗处，唇枪厮逞。怎当他风狂行径！（合）思量直恁不相应，便早遣离神京。

（旦跪介）邦彦之罪，皆臣妾之罪也。望天恩宽宥！（起介）

【前腔】念他们白面书生，得见天颜喜倍增。任一时风欠，写就新声；知他那是，违条干令？总歌讴太平时境。（合）思量有恁不相应，便早遣离神京。

（小生）这个断难饶他。明日分付开封府，逐他出城便了。
（旦）一曲新词话不投，（小生）明朝谪遣向边州。
（合）是非只为多开口，烦恼皆因强出头。

第五折　闯　禁（末儒巾扮柴进，贴小帽扮燕青，同上）　用齐微韵

（末）金吾不禁夜，玉漏莫相催。则俺是梁山泊上第十位头领小旋风柴进。这个兄弟，是第三十六位头领浪子燕青。随俺哥哥宋公明下山，到东京看灯。哥哥在城外住下，俺和这个兄弟先进城来探听光景，做一番细作。早已入城来了也。

【北正宫】【端正好】却离了水云乡，早来到繁华地。路傍人不索猜疑，满朝中不及俺那山间位，衠一味怀忠义。

（贴）哥哥，来到东华门外。你看，街上的人好不多也！（末）

【滚绣球】景色奇，士女齐。满街衢游人如蚁，大多来肉眼愚眉。（手指介）兄弟，你看那戴翠花，着锦衣，一班儿纷纷济济，走将来别是容仪。多管是堂中珠履三千客，须不似山上兜鍪八面威。煞有蹊蹊。

兄弟，俺到酒坊中坐下，你去看那锦衣花帽的，与我赚将一个来者。（贴）理会得。（丑扮王班直上）花有重开日，人无再少年。俺乃穿宫班直老王的便是。方才宫中承应出来，且到街上走一走。（贴迎揖介）观察，小人声喏。（丑作不认介）你是何人？咱不认得。（贴）小人的东人和观察是旧交，特使小人来相请。观察莫不姓张？（丑）俺自姓王。（贴）小人贪慌失错了。正是叫小人请王观察。（丑）你主人是谁？（贴）观察同小人去，见面就晓得。（丑）而今在那里？（贴）在这阁儿里。（走到介，对末云）请到王观察来了。（末迎介）

【倘秀才】见说着良朋遇值，（揖介）忙举手当前拜礼。（丑还礼介）在下眼拙，失忘了足下，愿求大名。（末笑介）俺是恁二十年前一旧知，这些时离别久，往来稀，今朝厮会。

（丑想介）其实一时想不起。（末）小弟且不说，等兄长再想。想不出时，只是罚酒。（杂送酒肴上，末送酒介）

【滚绣球】俺这里殷勤待举觞，尊兄且莫推。谁教你贵人忘记，辞不得罚盏淋漓。

（丑）在下吃不得急酒，醉了须误了点名。（末）正要问兄长，头上为何戴这朵翠花？（丑）官家庆赏元宵。我们左右内外，共有二十四班，每班二百四十人，通共五千七百六十人，每人皆赐衣袄一领，翠叶金花一枝。上有小小金牌一个，凿着“与民同乐”四字。因此每日在这里点视，如有宫花锦袄，便能勾入内里去。（末）小弟却不省得。

元来是打扮乔，入内直。便饮一醉不妨。总无过随行逐队，料非关违误了军机。小的每，镟一杯热酒来，奉敬兄长者。（贴取酒下药介）（末奉酒介）兄长饮此一杯，小弟敢告姓名。（丑）在下实想不起，愿求大名。（末灌酒介，丑饮介）（末）你早忘眼底人千里，且尽尊前酒一杯。则交我含笑微微。

（丑作醉倒介）（末）早已麻倒了也。且脱他锦衣花帽下来，待俺穿戴了，充做入直的，到内里看一遭去。（换衣帽介）兄弟，你扶他去床上睡着。酒保来问时，只说这观察醉了，那官人出去未回，好生支吾者。（贴）不必分付，自有道理。（扶丑下）（末）俺如此服色进内去，料没挡拦也呵。（行介）

【倘秀才】本是个水浒中魔君下世，权做了皇城内当筵傀儡。抵多少壮士还家尽锦衣。从此去，到宫闱，没些儿回避。

呀！你看禁门上并无阻碍，一直到了紫宸殿。殿门上多有金锁锁着，进去不得。且转过凝晖殿，殿旁有路，转将入去。元来又是一个偏殿，牌上金书“睿思殿”三字。侧首一扇朱红槅子，且喜开着，不免闪将入去。

【滚绣球】幸逢着殿宇开，闯入个锦绣堆。耀人睛帘垂翡翠，看不迭案满珠玑。则见架上签，尽典籍，奚超墨龙文象笔，薛涛笺子石端溪。御屏上山河一统皆图画，比及俺水泊三关也在范围。这的是帝主宏规。

转过御屏后边，元来这是素面，却有几个大字在上，待我看者。（念介）山东宋江，淮西王庆，河北田虎，江南方腊。呀！好不利害也！

【叨叨令】御屏上写得淋淋侵侵地，多是些绿林中一派参参差差讳，列两行墨印分分明明配，俺哥哥早占了高高强强位。（拔刀介）俺待取下来也么哥，俺待取下来也么哥，（作挖下走介）急抽身且自慌慌忙忙退。

已把四字挖下，急走出殿门回去者。

【滚绣球】这事儿好骇惊，这事儿忒罕希！到那帝王家一同儿戏，俏一似出函关夜度鸣鸡。（贴上接介）哥哥来了也，看得如何？（末）且禁声，莫笑嘻，干着的一桩机密，免教他姓字高题！（将字与贴看介）略施万丈深潭计，已在骊龙颔下归。落得便宜。

（贴）请问哥哥，这是甚么意思？（末）此处耳目较近，不便细说。到下处见了大哥，自知明白。且脱下衣帽咱。（换衣帽介）（贴）这人还未醒，把衣服交与店家罢。（叫介）酒保！（酒保上）官人有何分付？（末）俺和这王观察是兄弟，恰才他醉了，俺替他去内里点名了回来，他还未醒。俺却在城外住，恐怕误了城门。剩下的酒钱，多赏了你。他的服色号衣多在这里，你等他醒来，交付还他。俺们自去了。（酒保）官人但请放心，男女自会伏侍。（笑介）这样好主顾，剩钱多赏了我，明日再来下顾一下顾。若要号衣用时，我在戏房中借一付与你。（下）（末）

【尾声】俺入宫的，俏冥冥已将望帝春心递；那醉酒的，黑魆魆兀自庄周晓梦迷。却不道他是何人我是谁？借得宫花压帽低，天子门庭去复回，御墨鲜妍满袖携。少不得惊动官家心下疑，索尽宫中甚处追？空对屏儿三叹息。怎知俺小旋风爷爷亲身来看过了你？

（同下）（丑吊场上）一觉好睡也。酒保，方才请我的官人那里去了？（内应）他见你醉了，替你去点了名回来，你还未醒。恐怕误了城门，他出城去了。留下号衣在此，还你。（丑）好没来繇！又不知姓张姓李，说是我的故人，请我吃得酩酊，敢是拐我当酒吃的？酒保，他会钞过不曾？（内）会钞过了。（丑）奇怪！酒钱又不欠，衣服又在此，他拐我甚么？我不是落得吃的了？看来我是个刷子，他也是个痴人。（诗云）“有人请吃酒，问着不开口。灌我醺醺醉，他自往外走。这样好主人，十番撞着九。”好造化！好造化！（笑下）

第六折　折　柳（生扮周美成上）　用先天韵

【双调引子】【捣练子】愁脉脉，意悬悬，夺去微官不值的钱。只恨元宵将近矣，嫦娥从此隔天边。

“桃溪不作从容住，秋藕绝来无续处。人如风后入江云，情似雨馀粘地絮。”下官周美成，只因今上微行妓馆，偶得窃窥，度一新词，致触圣怒。宣示蔡京丞相，着落开封府，要按发我课税不登。府尹说：“惟有此官，课额增羡。”蔡京道：“圣意如此。”只索迁就屈坐，劾上一本。随传圣旨：“周邦彦职事废弛，日下押出国门。”好不冤枉也！我想一官甚轻，不做也罢。只是元宵在即，良辰美景，万民同乐，独我一人不得与观。这也犹可，怎生撇得下心上李师师呵！他着人来说，要到十里长亭送我起程。敢待来也？（旦上）

【海棠春】何处是离筵，举步心如箭。

呀！美成已在此了。（相见介）（旦）官人，风波忽起，离别须臾，无限衷情，特来面语。（生）贤卿远至，足感深情。只是我事出无端，非意所料。这分别好难割舍呵！（旦）小妹聊具一杯，与君话别。（生）生受你。想小生呵！

【仙吕入双调过曲】【园林好】书生命随方受逭，书生态无人见怜。投至得娘行缱绻，徯幸煞并香肩，平白地降灾愆。（旦）

【前腔】遇君王承恩最偏，遇多才钟情更专。强消受皇躬垂眷，一谜里慕英贤，怎知道事相牵？（生）想那日呵！

【江儿水】寒夜挑灯话，炉中火正燃。君王蓦地来游宴，躲避慌忙身还颤。眼睁睁馋口涎空咽，划地芳心思展。（合）一曲新词，倒做了《阳关》三转。（旦）

【前腔】当日心中事，君前不敢言。谁知魆地龙颜变，判案些时无情面。笑啼两下恩成怨，教我如何过遣！（合前）（生）

【五供养】穷神活现，一个新橙，剖出冤缠。开封遵圣意，不论羡馀钱。官评坐贬，端只为床头铨选。一霎分离去，怎俄延？（合）何日归来，旧家庭院？（旦）

【前腔】君王不辨，扫煞风光，当甚传宣？知心从避地，无计可回天。奴身命蹇，禁不住泪痕如线。愁看元宵月，两地自为圆。（合前）

（旦）君家以词得名，以词得罪。今日之别，岂可无词？（生）小生试吟一首，以纪折柳之情。（词寄《兰陵王》）（念介）“柳阴直，烟里丝丝弄碧。隋堤上，曾见几番，拂水飘绵送行色。登临望故国，谁惜京华倦客？长亭路，年去岁来，应折柔条过千尺。　闲寻旧踪迹。又酒趁哀弦，灯照离席。梨花榆火催寒食。愁一箭风快，半篙波暖，回头迢递便数驿。望人在天北。　凄恻，恨堆积。渐别浦萦回，津堠岑寂，斜阳冉冉春无极。念月榭携手，露桥吹笛。沉思前事，似梦里，泪暗滴。”

【玉交枝】题词一遍，谢承他举贤荐贤。而今再把词来显，真个是旧病难痊。鸳鸯拆开为短篇，长吟只怕还重谴。（合）拚今宵孤身自眠，又何妨重重写怨！（旦）

【前腔】心中生羡，看词章风流似前。虽经折挫留馀喘，尚兀自挥洒联翩。本是连枝并头铁石坚，倒做了伯劳东去西飞燕。（合前）

（生）俺和你就此拜别。（拜介）（生）

【川拨棹】辞卿面，记平时相燕婉。再不能整宿停眠，再不能整宿停眠，立斯须三生有缘。（合）怎教人着去鞭？任从他足不前。（旦）

【前腔换头】诉不了离愁只自煎，揾不了啼妆只自湮。从此去度日如年，从此去度日如年，愿君家长途保全。（合前）（生）

【尾声】临行执手还相恋，归向君王一句言，道床下人儿今去的远。

一番清话又成空，满纸离愁曲未终。
情到不堪回首处，一齐分付与东风。

第七折　赐　环（贴扮燕青上）　用齐微入声韵

【商调引子】【绕地游】来游上国，到处无人识，向章台寻消问息。

白云本是无心物，又被清风引出来。俺浪子燕青，前日随着柴大官人进城探路，被柴大官人计入禁苑，挖出御屏上四字。俺宋公明哥哥晓得官家时刻不忘，思量寻个关节，讨个招安。那角妓李师师，与官家打得最熟。今欲到他家饮一巡儿酒，看取机会，着我先去送贽见之礼。来到此间，不免扯个谎哄他。里面有人么？（丑扮妈妈上）谈笑有鸿儒，往来无白丁。是那个？（贴拜介）是我。（丑）小哥高姓？（贴）老娘忘了？小人是张乙儿的子张闲便是。从小在外，今日方归，老娘怎不认得了？（丑想介）你不是太平桥下的小张闲么？（贴）正是。（丑）你那里去了？许多时不见。（贴）小人一向不在家，不得来看老娘。如今伏侍个山东梁客人，是燕南河北第一个有名的财主，来此间做买卖。一者就赏元宵，二者要求娘子一面。怎敢说在宅上出入？只求同席一饮，称心满意。先送一百两金子为进见之礼，与娘子打些头面器皿。若得往来往来，还有罕物相送。（出礼物介）（丑看伸舌介）好赤金也！火块一般的。只一件，我女儿今日为送周监税，出城去了，却不在家。怎么是好？（贴）少不得回来的。小人便闲坐一坐，等个回音。（小生上）

【绕地游后】和风丽日，忆娇姿来相探觅。是光阴怎生闲得？

自家道君皇帝便是。前日睿思殿上，失去了“山东宋江”四字，想城中必有奸细，已分付盘诘去了。心下好生不快，且与师师闲话去。（内喝）驾到。（丑慌介）官家来了，怎么好？女儿不在，谁人接待？张小乙哥，便与我支应一番则个。（贴）我正要认一认官家，借此机会上前答应去。（叩头介）男女万死！叩头陛下，愿陛下万岁！（小生）师师怎么不见？（贴）师师城外去了。（小生）你是何人？（贴）男女是师师中表兄弟，一向出外，今日回来。（小生）抬起头来我看。（贴抬头介）（小生）怪道也一般俊秀的。你既是师师兄弟，必有技艺。（贴）男女吹弹歌舞，多晓得些。（小生）赐卿平身，唱曲奉酒。（贴送酒，随意唱时曲一只介）（小生）此时已是更馀，师师还未见到，可恼！可恼！（旦愁妆上）

【忆秦蛾】愁如织，归来别泪还频滴。还频滴，翠帏春梦，江南行客。（见介）（贴暗下）（小生）更馀兀守方岑寂，何来俏脸添悲戚！添悲戚，向时淹润，这番狼藉。

（怒介）你看啼痕满面，憔悴不胜，适自何来？意态如此！（旦）臣妾万死！臣妾知周邦彦得罪，押出国门，略致一杯相别。不知得官家来此，接待不及，臣妾罪当万死！（小生冷笑介）痴妮子，只是与那酸子相厚！这酸子轻口薄舌，专会做词。今日你去送别曾有词否？从实奏来。（旦）有《兰陵王》调一词。（小生）你起来唱一遍看。（旦）容臣妾奉一杯，歌此词为官家寿。（小生）使得。（旦送酒介）

【商调过曲】【二郎神】柳阴直，在烟中丝丝弄碧。曾见隋堤凡几历，飘绵拂水，从来专送行色。无奈登临望故国，谁怜惜京华倦客？算长亭，年来岁去，柔条折过千尺。

【集贤宾】闲寻旧日踪与迹，趁哀弦灯照离席。榆火梨花知在即，一霎时催了寒食。风高箭急，待回首迢遥多驿。人在北，怎生不恨情堆积！

【琥珀猫儿坠】萦回别浦，津堠已岑寂。冉冉斜阳春景极。念相携素手露桥笛。凄恻，前事沉思，暗泪空滴。

（小生笑介）好词，好词。关情之处，令人泪落，真一时名手！怪不得他咬文嚼字。明日元宵佳节，正须好词。不免赦其罪犯，召他转来，为大晟乐正，供应词章。传旨与两府施行去！（旦叩头介）如此多谢天恩。（小生笑介）连你也欢喜了。

【尾声】道一声赦也欢交集，词去词来还则是词上力。（旦）可正是成败萧何一笑值。

（旦）新词动听不争多，成也萧何败也何。

（小生）遇饮酒时须饮酒，得高歌处且高歌。（下）

（旦吊场）（丑引贴见旦介）小乙哥过来见了姐姐。（旦）我正要问这是那一个？（丑）儿，这是太平桥张小乙哥。他引了一个大财主，是山东梁员外，送了一百两金子为见礼，要与你吃一杯儿酒。因你未回，留他在此。恰遇圣驾到来，无人接待，亏得他认做了你的中表兄弟，支持答应，俄延这一会，等得你回来。也是个道地人儿。（贴）小人有幸，得瞻天表，且候着了娘子。小人回去，回覆员外，还着他几时来？（旦）明日是元宵，驾幸上清宫，必然不来。却请员外过来少叙便是。（贴）小人理会得。正是：

嫦娥曾有约，（丑、旦）明夜早些来。（同下）

第八折　狎　游（外宋江上）　用萧豪韵

【双调引子】【梅花引】留连客舍已元宵，谁能识恁根苗？（末柴进上）凭是宫庭，鱼服曾行到。（合）宿卫重重成底事？待看尽莺花春色饶。

（外）不入虎穴，焉得虎子？差之一时，失之千里。俺宋江不到东京看灯，怎晓得御屏上写下名字？亏得俺柴进兄弟取了出来。这两日闻得城门上提防甚紧，却是人山人海，谁识得破？俺一来要进去观灯，二来要与当今打得热的李师师往来一番，觑个机会。昨日燕青兄弟已到他家，约定了今日，又兼得见了官家回来。俺想，若得我宋江遇见，可不将胸中之事表白一遍？讨得个招安，也不见得。（末）哥哥，招安也不是这样容易讨的。借这机会通些消息，或者有用，也未可知。目今且落得去游耍一番。（贴燕青上）欲赴天边约，须教月下来。哥哥，此时正好进城了。（外）我与柴大官人做伴，同去走遭。戴宗、李逵两个兄弟，扮做伴当，远远跟着便了。（同行介）

【仙吕入双调过曲】【六么令】官街乱嘈，趁着人多，早过城壕。无人认识大英豪，齐胡混，醉酕醄。镇闻满市皆喧笑，镇闻满市皆喧笑。

（贴）从此小街进去，便是李家瓦子了。（众行介）

【前腔】笙歌院落，煞是撩人，一曲魂消。君王外宅贮多娇，灯光映，月轮高。画栏十二珠帘悄，画栏十二珠帘悄。（旦同鸨女童上）

【前腔】游人似潮，昨日相期，佳客游遨。此时月色上花梢。（贴）近前去，把门敲。（旦出见，迎外、末介）（外、末）慕名特地来相造，慕名特地来相造。

（相见礼介）（贴向旦指外介）这位就是员外。（旦）昨日张闲多谈大雅，又蒙厚赐。今辱左顾，绮阁生光。（外）山僻之客，孤陋寡闻，得睹花容，生平愿足。（旦）这位官人，是员外何人？（外）是表弟华巡简。（旦）多是贵客。夙世有缘，得遇二君。草草杯盘，以奉长者。（外）在下山乡，未曾见此富贵。花魁娘子，名播寰宇。求见一面，如登天之难，何况促膝笑谈，亲赐杯酒！（旦）员外奖誉太过，何敢当此？丫鬟将酒过来。

【二犯江儿水】【五马江儿水】逢霁色皇都春早，融和雪正消。看争驰玉勒，竞睹金鳌，赛蓬莱结就的岛。迤逦御香飘，群仙不待邀。楼接层霄，铁锁星桥，大家来看一个饱。【朝元歌】幸遇着风流俊髦，厮觑了轩昂仪表。【一机锦】不枉了，两相辉灯月交。

（外）多蒙厚款！美酒嘉肴，清歌妙舞，鄙人遇此，如在天上。不胜酒狂，意欲乱道一词，尽诉胸中郁结，呈上花魁尊听。（末）哥哥，花魁美情，正当请教。（外）待不才先诉心事呵！

【前腔】问何处堪容狂啸？天南地北遥。借山东烟水，暂买春宵，凤城中春正好。薄幸怎生消？神仙体态娇。（起介）想汀蓼洲蒿，皓月空高，雁行飞，三匝绕。（做裸袖揎拳势介）谁识我忠肝共包？只等待金鸡消耗。（拍桌介）愁万种，醉乡中两鬓萧。

（末）表兄从来酒后如此，娘子勿笑。（旦）酒以合欢，何拘于礼？只是员外言语含糊，有许多不明处。（外）借纸笔来，写出请教。（旦）取笔砚过来，向员外告珠玉。（外写介）（词寄《念奴娇》）（念介）“天南地北，问乾坤何处，可容狂客？借得山东烟水寨，来买凤城春色。翠袖围香，绛绡笼雪，一笑千金值。神仙体态，薄幸如何消得！　想芦叶滩头，蓼花汀畔，皓月空凝碧。六六雁行连八九，只等金鸡消息。义胆包天，忠肝盖地，四海无人识。离愁万种，醉乡一夜头白。”（旦）细观此词，员外是何等之人？心中有甚不平之事？奴家文义浅薄，解不出来，求员外明言。（外欲语介）（内叫）圣驾到后门了！（旦慌介）不能相陪，望乞恕罪。（急下）（外对末、贴介）我正要诉出心事，却又去接驾了。我们且未可去，躲在暗处瞧一回。（末、贴）大哥有些酒意了，小心些则个。（外）晓得。

始信桃源有路通，这回陡遇主人翁。
今宵剩把银釭照，犹恐相逢是梦中。（各虚下）

第九折　闹　灯（净扮李逵，大帽青衣，内抹额束腰。杂扮戴宗随上）　用东钟韵

（净）浩气冲天冠斗牛，英雄事业未曾酬。手提三尺龙泉剑，不斩奸邪誓不休！俺黑旋风李逵便是。俺大哥好没来繇，看灯，看灯，竟与柴大官人、燕小乙哥走入衏衕人家吃酒去了。却教我与戴院长扮做伴当，跟随在门外坐守。这可是俺耐烦的？不要恼起俺杀人放火的性子来，把这家子来杀个罄尽！（做

势介）（戴）哥哥怎生对你说来？（净）只怕大哥又说我生事，俺且权忍片时也呵。

【北双调】【新水令】看长安灯火照天红，似俺这老苍头也大家来胡哄。恕面生也花世界，少拜识也锦胡同。偌大英雄，偌大英雄，替他每守门阑，太知重！（虚下）（小生、旦上）

【南仙吕入双调过曲】【步步娇】三五良宵冰轮涌，帝辇宸游动。（旦）今日该驾幸上清宫。欢情那处浓？（小生）朕今日幸上清宫方回，教太子在宣德殿赐万民御酒，御弟在千步廊买市。约下杨太尉同到卿家，久等不至，只得自来。（旦）不道馀恩，又得陪从。（小生）今日佳辰，宜有佳词。传旨宣周邦彦。（旦）斟酒泛金钟，这些时值得佳词供。（生上）

小臣周邦彦，闻得陛下在此，特来献元宵新词。（小生）念与朕听。（生念介）（词寄《解语花》）“风销焰蜡，露浥洪垆，花市光相射。桂华流瓦，纤云散，耿耿素蛾欲下。衣裳澹雅，看楚女、纤腰一把。箫鼓喧、人影参差，满路飘香麝。　　因念帝城放夜。望千门如画，嬉笑游冶。钿车罗帕，相逢处，自有暗尘随马。年光是也，惟只见、旧情衰谢。清漏移、飞盖归来，从舞休歌罢。”（小生）好词！好词！得景得情。良辰美景，才子佳人，俱在朕前，可喜！可喜！周邦彦升为大晟乐府待制，赐与御酒三杯。（生饮酒谢恩介）（同唱）斟酒泛金钟，这些时值得佳词供。（同下）（净上，戴随上）（净）

【北折桂令】渐更阑古寺声钟。等的人心热肠鸣，坐的来背曲腰躬。须知俺兄弟排连，尽多是江湖志量，怎走入花月樊笼？一壁厢主人情重，那堪俺坐客心慵。折倒威风，做哑妆聋。这的是黑爹爹性格温柔，今日里学得个举止从容。（下）（外、末、贴上）

【南江儿水】万里君门远，乘舆蓦地逢，天颜有喜亲承奉。（外）何不急趁樽前无拦纵，把一生忠义多相控？（末）（贴）这个使不得！便亲写下招安何用？打破沙锅，少不得受那奸邪搬弄。（下）（净、戴上）

（净）

【北雁儿落带得胜令】俺则待向章台猛去冲，（戴）这里头没你的勾当。（净）莽儿郎认不得鸾和凤。俺则待踏长街独自游，（戴）我不与你去，你须失了队。（净）急忙里认不出桃源洞。因此上权做个不惺惚，酩子里且包笼。困腾腾眼底生春梦，实丕丕心头拽闷弓。难容！无明火浑身迸。宋公明也！尊兄，这桩儿也算不公。

（坐场上介）（丑扮杨太尉上）

【南侥侥令】君王曾有约，游戏晚来同。（作走进门，戴走避，净坐不理介）（丑）是何处儿郎真懵懂？见我贵人来不敛踪！

（问净介）你是那里的狗弟子孩儿？见了俺杨太尉，站也不站起来。从人拿住者！（净大喊，脱衣帽，露内戎装介）

【北收江南】呀！要知咱名姓呵，须教认得黑旋风！（将丑打倒介）一拳儿打个倒栽葱。（丑跌介）（戴劝介）使不得！使不得！（净）方才泄俺气填胸。（放火介）不是俺性凶，不是俺性凶，只教你今朝风月两无功。

（净大喊介）梁山泊好汉全伙方在此！（外、末、贴急上）

【南园林好】听喧闹鱼游釜中，急奔脱鸟飞出笼。浑一似山崩潮涌。你看官家也从地道走了！惊凤辇离花丛，回首处隔巫峰。

（内喊介）休教走了黑旋风！（外）燕小乙哥，黑厮性发了，只怕有失。你是他降手，快去接了他出城。（净舞介）

【北沽美酒带太平令】谁人来犯俺锋？谁人来犯俺锋？（贴扑净跌介）

（净看贴起笑介）元来是旧降手又相逢。（贴）不要生事，随哥哥去罢！（净随众走介）恁道是保护哥哥第一功。顿金锁，走蛟龙，须知是做郎君要担怕恐。（扮高俅追败下）（五虎将上接介）（净同众唱）看明晃晃旌旗簇拥，雄纠纠貔虎相从。宋公明翠乡一梦，杨太尉伤司告讼。俺呵，一班儿弟兄逞雄，脱离着祸丛。呀！这的是闹东京一场传诵。

【北清江引】宋三郎岂是柔情种？只要把机关送。惹起黑天蓬，好事成虚哄，则落得闹元宵一会儿哄。

周美成盖世逞词豪，宋公明一曲《念奴娇》。

李师师两事传佳话，合编成妆点《闹元宵》。